STEPHANIE LAURENS

A salvo con tu Amor

HarperCollins *Español*

ISBN: 978-0-71808-025-9

Impreso en Estados Unidos de América
16 17 18 19 20 DCI 6 5 4 3 2 1

A salvo con tu Amor

PRÓLOGO

Abril de 1829
Taberna The Green Man
Ciudad Vieja, Edimburgo

—Tal y como le expliqué en nuestra conversación anterior, señor Scrope, mi petición es muy clara. Deseo que secuestre a la señorita Eliza Cynster en Londres y me la entregue aquí, en Edimburgo —McKinsey (aún se hacía llamar así; al fin y al cabo, era un buen alias) estaba cómodamente sentado en un reservado al final de la taberna, observando bajo la tenue luz al hombre que tenía enfrente—. Ha tenido dos semanas para analizar la situación e idear algún plan. La única cuestión que resta por responder es si será capaz de traerme a Eliza Cynster y entregármela sana y salva, sin que sufra daño alguno.

Scrope le sostuvo la mirada al contestar. Era un tipo de pelo y ojos oscuros, rostro alargado y actitud un tanto soberbia.

—Tras analizar la situación con detenimiento, creo que podemos llegar a un acuerdo.

—No me diga.

McKinsey bajó la mirada hacia sus dedos, que acariciaban con parsimonia su jarra de cerveza, y se preguntó qué demonios estaba haciendo. Scrope no le inspiraba ni la más mínima confianza y aun así allí estaba, tratando con él.

Sus dudas eran reales, aunque seguro que el tipo pensaba que se trataba de una treta para bajar el precio. A decir verdad, estaba convencido de que Scrope podía llevar a cabo aquella misión. Por eso estaba allí, contratando a un caballero (sí, por muy extraño que pudiera parecer, Scrope era un caballero) conocido entre la gente adinerada y la aristocracia en especial por ser un hombre que, por el precio adecuado, podía hacer desaparecer a familiares molestos.

Hablando sin rodeos: Scrope era un especialista en secuestrar y eliminar todo rastro de sus víctimas. En los clubs se rumoreaba que no fallaba jamás, lo que explicaba en parte el precio exorbitante que cobraba por sus servicios. A pesar de todas sus dudas, McKinsey estaba dispuesto a pagar ese precio (y el doble, si fuera necesario) con tal de que le entregara a Eliza Cynster.

Alzó su jarra y tomó un trago antes de decir:

—¿Cómo propone llevar a cabo el secuestro de la señorita Cynster?

Scrope se inclinó un poco hacia delante con los antebrazos apoyados en la mesa. Entrelazó las manos, y bajó la voz a pesar de que no había nadie lo bastante cerca como para oírle.

—Tal y como usted predijo, tras el reciente intento fallido de secuestro que sufrió la señorita Heather Cynster, Eliza Cynster se encuentra bajo una estricta y constante vigilancia. Lamentablemente, dicha vigilancia incluye a sus hermanos y a sus primos. En el transcurso de una semana no apareció en público ni una sola vez sin uno o más de dichos caballeros a su lado, la acompañaban incluso en el trayecto de ida y vuelta cuando asistía a alguna velada privada. La familia Cynster no está valiéndose de meros lacayos para mantener a salvo a la joven dama —Scrope hizo una pausa y le escudriñó con la mirada en un intento de descifrar la expresión de sus ojos claros—. Para serle sincero, la única forma de atrapar a Eliza Cynster sería organizando alguna emboscada, y huelga decir que eso conllevaría el riesgo de que quienes la escoltan no fueran los únicos que pudieran resultar heridos. Si el empleo de la fuerza es nuestra única opción, no puedo garantizar la seguridad de la señorita Cynster, al menos hasta que la tenga en mi poder.

—No, no debe haber violencia de ninguna clase —el tono

seco de McKinsey convirtió aquellas palabras en una prohibición tajante, innegociable—. No solo hacia la joven dama, tampoco hacia sus escoltas.

Scrope hizo una mueca y abrió las manos antes de argumentar:

—Si me prohíbe que emplee algo de fuerza, no sé cómo puede llevarse a cabo esta tarea.

McKinsey enarcó una ceja y empezó a golpetear pausadamente la mesa de madera con una uña mientras observaba el rostro de Scrope, un rostro de una elegancia pasable en el que no se reflejaba emoción alguna. La cara de póquer del tipo era tan buena como la suya propia, pero sus ojos...

Era un hombre frío, no había mejor forma de describirlo. Carente de emociones, distante, la clase de hombre capaz de cometer un asesinato como si nada.

Por desgracia, el destino había dejado a McKinsey con escasas opciones. Necesitaba a alguien capaz de encargarse de la tarea encomendada, echarse atrás en aquel preciso momento era del todo imposible para él; aun así, si iba a dar rienda suelta a aquel tipo para que atrapara a Eliza Cynster...

Se enderezó poco a poco y apoyó los codos sobre la mesa para mirarle cara a cara.

—Soy consciente de que llevar a cabo con éxito esta tarea, una tarea que supone atrapar a Eliza Cynster bajo las mismísimas narices de su poderosa familia y, más aún, cuando dicha familia está ya en guardia, supondría para usted que su reputación se cimentara hasta convertirlo en algo parecido a un dios dentro de su ámbito de trabajo. Si los Cynster no pueden protegerse contra usted, ¿quién podría hacerlo?

Había hecho sus propias pesquisas mientras Scrope estaba en Londres evaluando la posibilidad de secuestrar a Eliza Cynster. El tipo tenía fama de ser uno de los mejores, pero cuando había preguntado por él (con su verdadera identidad, no como McKinsey) a algunos de los caballeros para los que Scrope había trabajado previamente y que le había dado como referencias, más de uno había mencionado su desmesurado empeño en destacar, en lograr llevar a cabo tareas que mercenarios más cautos preferían rechazar. Al parecer, Scrope se había vuelto adicto a la gloria de realizar con éxito encargos que parecía imposible llevar a cabo. Los caballeros que le habían contratado previamente veían esa característica como algo positivo, pero, aunque estaba de acuerdo con ellos en lo referente a llevar a cabo un trabajo difícil, era consciente de que Scrope podía utilizar aquella adicción para sus propios fines.

Aunque el tipo no había mostrado reacción alguna al oír sus palabras, el hecho de que estuviera esforzándose tanto por mantenerse impasible hablaba por sí mismo, así que McKinsey esbozó una sonrisa comprensiva y añadió:

—De hecho, cuando complete con éxito esta misión, podrá cobrar cantidades incluso más elevadas que ahora por sus servicios, unas cantidades astronómicas.

—Mis honorarios...

McKinsey alzó una mano para interrumpirle.

—No voy a intentar renegociar a la baja el precio que ya acordamos, pero... —sin dejar de sostenerle la mirada, endureció tanto su expresión como su voz al añadir—: a cambio de que yo le revele cómo secuestrar a Eliza Cynster sin tener que recurrir al uso de la fuerza, aunque la dama se encuentre bajo la protección de los varones de su familia. Le exijo que cumpla con una condición.

Scrope sopesó la situación con cautela, y tardó un minuto entero en preguntar en voz baja:

—¿Qué condición?

McKinsey tuvo la sensatez de no esbozar una sonrisa triunfal.

—Que usted y yo ideemos juntos el plan de comienzo a fin, desde el momento del secuestro hasta el instante en que vaya a entregarme a Eliza Cynster.

Scrope se tomó otro largo momento para pensárselo, pero McKinsey no se sorprendió lo más mínimo cuando contestó al fin:

—Déjeme ver si lo he entendido bien... lo que usted quiere es dictar cómo debo llevar a cabo este trabajo.

—No, lo que quiero es asegurarme de que lo lleve a cabo

de una forma que cumpla por completo mis requisitos. Sugiero que, cuando le explique cómo puede realizarse el secuestro, usted proponga cómo desea proceder durante cada una de las fases del plan. Si yo estoy de acuerdo, usted procede de dicha forma; si no lo estoy, barajamos alternativas y elegimos una que nos satisfaga a ambos —estaba convencido de que Scrope sería incapaz de renunciar a la posibilidad de ser el hombre que lograra secuestrar con éxito a una Cynster.

El tipo apartó la mirada y se debatió por unos segundos antes de volver a mirarlo de nuevo.

—De acuerdo, acepto su condición.

Si Scrope hubiera sido otra clase de hombre, McKinsey le habría estrechado la mano para sellar el acuerdo, pero se limitó a esperar con rostro pétreo y, al cabo de un instante, el tipo añadió con naturalidad:

—Bueno, dígame, ¿dónde y cómo atrapo a Eliza Cynster?

Después de explicárselo, McKinsey se sacó del bolsillo de la levita un ejemplar doblado de un periódico londinense para mostrarle el anuncio pertinente. Scrope no estaba al tanto del evento y lo más probable era que no se hubiera dado cuenta del valor potencial que tenía. Después de eso, no resultó difícil idear los detalles del plan... en primer lugar la captura, y después el viaje de regreso a Edimburgo.

Ambos acordaron que el viaje debía llevarse a cabo con la mayor celeridad posible.

—Como mi cometido no consiste en deshacerme de ella, sino en entregársela a usted, prefiero dejarla en sus manos lo antes posible.

—Estamos de acuerdo —McKinsey fijó la mirada en los oscuros ojos de Scrope al afirmar con firmeza—: no tendría sentido que se arriesgara más tiempo del necesario —al ver que el tipo apretaba los labios, pero guardaba silencio, añadió—: permaneceré en la ciudad para poder hacerme cargo de la señorita Cynster en cuanto usted la traiga.

—De acuerdo, mandaré un aviso al mismo lugar que usamos para concertar esta cita.

McKinsey capturó su mirada y se la sostuvo al decir:

—Hay algo que considero importante recalcar: la señorita Cynster no debe sufrir daño alguno bajo ninguna circunstancia mientras usted la tenga en su poder. Estoy dispuesto a aceptar que pueda ser necesario sedarla para lograr sacarla de la casa con sigilo, pero estoy convencido de que tanto usted como sus acompañantes estarán capacitados para, de ahí en adelante, mantenerla callada y serena durante el viaje sin tener que recurrir a más sedantes ni a ataduras innecesarias. El cuento de llevarla de vuelta a casa por orden de su tutor resultó ser efectivo para controlar a Heather Cynster, funcionará igual de bien con su hermana.

—De acuerdo, usaremos esa excusa —Scrope puso cara de estar repasando mentalmente el plan, y tras un teatral silencio miró a McKinsey a los ojos—. Creo que tenemos un acuerdo, señor. Según mis cálculos, estaremos de vuelta en Edimburgo con la señorita Cynster y listos para entregarla cinco días después de su captura.

—Sí, así es. Tomar la ruta que hemos estado comentando le permitirá con toda probabilidad eludir cualquier posible confrontación.

Scrope sonrió entonces por primera vez.

—Sí, por supuesto —al ver que McKinsey se ponía en pie, se levantó a su vez. Aunque no era un tipo menudo, McKinsey era mucho más alto y fornido que él, pero aun así su rostro se iluminó cuando afirmó con mucha seguridad—: tenga por seguro que deja este trabajo en buenas manos, tengo tanto empeño como usted en asegurarme de que se lleve a cabo con éxito —esbozó una pequeña sonrisa mientras ambos se dirigían hacia la puerta de la taberna—. Tal y como usted ha dicho, servirá para cimentar mi reputación.

«Tal y como usted ha dicho, servirá para cimentar mi reputación».

El hombre que se hacía llamar McKinsey se encontraba en la cima de un altozano rocoso cercano al palacio de Holyrood. Con las manos en los bolsillos del pantalón, el gabán abierto y colgando de sus hombros, el soplo del viento en la cara y la mirada puesta en el norte, en dirección a su hogar, pensó de nuevo en aquellas últimas palabras de Scrope. Lo que le preocupaba no eran las palabras en sí (al fin y al cabo, él mismo las había pronunciado), sino el entusiasmo casi fanático, el deleite profundo y perturbador que se había reflejado en la voz de aquel tipo.

Scrope estaba demasiado interesado en vanagloriarse y acrecentar su reputación, y eso era algo que no le hacía ninguna gracia.

Habría preferido no tratar con alguien de su calaña, pero las situaciones desesperadas requerían medidas desesperadas. Si no secuestraba a una de las hermanas Cynster y la llevaba al norte para exhibirla como una mujer deshonrada ante su madre, esta no le devolvería el cáliz que había logrado robar y esconder. En caso de que él no tuviera en su poder dicho cáliz el día uno de julio, perdería su castillo y sus tierras y no podría hacer nada para impedir que su gente, su clan, fuera desposeída de sus bienes y despojada del que había sido su hogar durante siglos.

Tanto su gente como él perderían su legado, su patrimonio.

Lo perdería todo excepto a los dos niños que había prometido criar como si fueran suyos; aun así, los tres perderían el lugar que les correspondía, el único sitio del mundo donde encajaban por completo y al que pertenecían.

El destino no le había dejado más opción que satisfacer las exigencias de su madre, por muy descabelladas que estas fueran.

Lamentablemente, el primer intento había salido mal. Como había querido mantenerse distanciado del secuestro, pero asegurarse a la vez de que no se empleara más fuerza de la necesaria, había contratado a Fletcher y a Cobbins, un par de criminales de bajo nivel pero que solían realizar con éxito los trabajos que llevaban a cabo. Aquel par había secuestrado a Heather Cynster y la había llevado al norte, pero la joven había escapado gracias a la intervención de un inglés llamado Timothy Danvers, un aristócrata que ostentaba el título de vizconde de Breckenridge y que en ese momento era el prometido de la dama en cuestión.

Por culpa de aquel fracaso, no había tenido más opción que contratar a Scrope para que este secuestrara a Eliza Cynster, pero seguía sin gustarle su decisión por mucho que intentara justificarla mediante argumentos lógicos. Seguía sintiéndose inquieto, descontento y muy incómodo por el trato que acababa de cerrar. Tenía un mal presentimiento, una sensación de desasosiego constante e irritante. Era como llevar puesto un cilicio.

No había dudado a la hora de contratar a Fletcher y a Cobbins. Aunque eran capaces de emplear la violencia, no se trataba de hombres dispuestos a cometer un asesinato de buenas a primeras. De Scrope no podía decirse lo mismo, ya que los trabajos que llevaba a cabo solían conllevar algún asesinato. En aquel secuestro no había que asesinar a nadie ni mucho menos, pero el hecho de que el tipo tuviera una demostrada predisposición a emplear esos métodos no resultaba nada tranquilizador.

El problema radicaba en que necesitaba tener en su poder a Eliza Cynster cuanto antes. En el caso de Fletcher y Cobbins, había estipulado que le serviría cualquiera de las hermanas Cynster (Heather, Eliza o Angelica), pero para cuando aquel par había atrapado a la primera ya había averiguado lo suficiente como para darse cuenta de que había cometido un error. Para él había sido un gran alivio que la secuestrada fuera Heather, ya que con veinticinco años podía considerársela una solterona y estaba hecha a medida para la propuesta que él tenía pensado hacerle.

Pero al final no había podido ser, ya que el destino había intervenido y Heather había escapado con Breckenridge. Lo ocurrido no le había perturbado demasiado, ya que sabía que tenía a Eliza como alternativa. La joven tenía veinticuatro años y podría encajar en sus planes casi tan bien como Heather, pero si no lograba capturarla a ella...

Angelica era la tercera y menor de las hermanas pertenecientes a la rama del árbol genealógico de los Cynster en la que debía centrarse; en teoría, podría servirle, pero tan solo tenía veintiún años y él no tenía deseo alguno de lidiar con una joven dama de su edad.

Podía ser paciente cuando una situación así lo requería, pero no era un hombre de una paciencia inherente y convencer a una bobalicona princesita de la alta sociedad de que accediera a colaborar con él requeriría más tacto del que poseía; por otro lado, la alternativa de obligarla a acatar su voluntad requeriría ejercer sobre ella un grado de presión despiadada que se veía incapaz de alcanzar, sería incapaz de vivir con algo así en su conciencia por el resto de sus días.

Así que tenía que ser Eliza Cynster, y para eso necesitaba tanto las habilidades de Scrope como su ávido empeño en alcanzar sus objetivos. Él había hecho todo lo posible por garantizar la seguridad y el bienestar de la joven, todo lo posible para asegurarse de que nada saliera mal, pero aun así...

Con la mirada fija en el horizonte teñido de violeta y en las montañas tras las que, a muchos kilómetros de distancia, se encontraban el valle, el lago y el castillo que formaban su hogar, intentó convencerse de que había hecho todo lo posible. Intentó convencerse de que, tal y como había planeado, ya podía regresar a casa (al castillo, junto a su gente y los niños) y volver después, a tiempo para estar esperando cuando Scrope llegara con Eliza Cynster.

Honor ante todo. Ese era el lema de su familia, las palabras talladas en piedra sobre la puerta de entrada del castillo y en todas las chimeneas principales. El honor le impedía marcharse de allí, era una comezón constante que sentía bajo la piel.

Después de enviar a Scrope a lidiar con los Cynster, de mostrarle cómo secuestrar a Eliza bajo las narices de la vigilante familia de esta, de poner en marcha su plan, el honor le exigía que ejerciera de guardián, que siguiera a Scrope y de forma subrepticia, clandestinamente, vigilara y se asegurara de que nada saliera mal... de que Scrope no se excediera a la hora de cumplir con su tarea.

Permaneció allí, inmóvil, con la mirada fija en las montañas que se alzaban en la distancia más allá de los llanos, echando de menos con toda su alma la paz y el intenso silencio, con sus sentidos buscando en el aire el aroma de los pinos y los abetos, mientras el sol se hundía poco a poco en poniente y la oscuridad se abría paso.

Volvió a moverse al fin cuando las sombras fueron ganando terreno. Se enderezó y, con las manos aún en los bolsillos, dio media vuelta y descendió de vuelta a la calle antes de poner rumbo a la casa que poseía en la ciudad. Con la cabeza gacha y la mirada puesta en los adoquines del suelo, empezó a redactar mentalmente la carta que iba a enviarle a su administrador para advertirle que su regreso iba a retrasarse un par de semanas. Después de eso... después de eso, esperaba y rogaba poder regresar a casa con Eliza Cynster a su lado.

CAPÍTULO 1

Mansión St. Ives
Grosvenor Square, Londres

—¡No es justo!

Elizabeth Marguerite Cynster, Eliza para todos, masculló aquella protesta en voz baja al amparo de las sombras de una enorme planta, junto a una pared del salón de baile de la mayor de sus primas. El majestuoso salón ducal brillaba y resplandecía aquella noche en la que albergaba a la flor y nata de la alta sociedad. Ataviados con sus mejores galas, emperifollados y cargados de joyas, los invitados estaban inmersos en una vorágine casi extática de felicidad y regocijo desatados.

Eran muy pocos los miembros de la alta sociedad capaces de declinar la invitación a bailar el vals en un evento organizado por Honoria, duquesa de St. Ives y el poderoso marido de esta, Sylvester Cynster (más conocido como «Diablo»), así que el enorme salón estaba lleno hasta los topes.

La luz de las relucientes arañas bañaba los elaborados pcinados y se reflejaba en el corazón de innumerables diamantes.Vestidos en una amplia gama de vistosos colores ondeaban mientras las damas bailaban, creando así un ondulante mar de vivos plumajes que contrastaban con los atuendos en blanco y negro de rigor que lucían los caballeros. Infinidad de perfumes inundaban el aire, y una pequeña orquesta interpretaba de fondo uno de los valses más populares.

Eliza contempló a su hermana mayor, Heather, quien en ese momento estaba bailando en brazos de su apuesto futuro esposo, Timothy Danvers, vizconde de Breckenridge, que en el pasado había tenido fama de ser el mayor libertino de la alta sociedad. Incluso suponiendo que el baile no se hubiera organizado para celebrar el compromiso de la pareja de forma expresa, para anunciar formalmente dicho compromiso ante la alta sociedad, la expresión de adoración que aparecía en los ojos de Breckenridge cada vez que este posaba la mirada en Heather hablaba por sí sola. El que había sido el consentido de las damas de la alta sociedad en el pasado se había convertido en el protector y esclavo incondicional de Heather, y no había ninguna duda de que el sentimiento era mutuo. La felicidad que se reflejaba en el rostro de ella y que iluminaba sus ojos lo clamaba a los cuatro vientos.

A pesar de que Eliza no estaba de buen humor (debido, en gran parte, a los acontecimientos que habían conducido al compromiso matrimonial de Heather), se alegraba sinceramente y de corazón por su hermana.

Las dos habían pasado años (no, no era una forma de hablar, habían sido años de verdad), buscando a sus respectivos héroes entre los miembros de la alta sociedad, en los saloncitos y los salones de baile donde se suponía que las jóvenes damas como ellas debían limitarse a buscar un buen partido. Como ni ella ni sus hermanas, Heather y Angelica, habían tenido suerte a la hora de encontrar a los caballeros destinados a ser sus héroes, habían llegado a la lógica conclusión de que no iban a encontrarlos dentro de los «cotos de caza» de rigor, así que habían tomado la decisión, igualmente lógica, de extender la búsqueda a las zonas donde se congregaban los caballeros más elusivos, pero igualmente adecuados como candidatos a marido.

Era una estrategia que les había funcionado tanto a su prima mayor, Amanda, como a la hermana gemela de esta, Amelia, aunque la segunda la había empleado con una variante. A Heather, por su parte, también le había servido ese mismo enfoque, aunque en su caso había sido de una forma del todo inesperada; en cualquier caso, lo que estaba claro era que, si una mujer de la familia Cynster quería encontrar a su héroe, lo que tenía que hacer era atreverse a salir de los círculos en los que acostumbraba a moverse.

Ella estaba decidida a hacerlo, pero el problema radicaba en que, debido a la aventura en la que se había metido de lleno Heather minutos después de dar el primer paso para adentrarse en ese mundo más atrevido (la habían secuestrado, había sido rescatada por Breckenridge y había huido junto a él), había salido a la luz un complot para secuestrar a «las hermanas Cynster».

Nadie sabía si las únicas que estaban en el punto de mira de los secuestradores eran Heather, Angelica y ella, o si también corrían peligro Henrietta y Mary, sus primas pequeñas.

Nadie entendía qué motivo podía haber tras aquella amenaza, ni lo que se pretendía hacer con la víctima tras secuestrarla y llevarla a Escocia. Tampoco había ninguna pista que pudiera revelar la identidad del instigador de todo aquello, pero el resultado había sido que tanto a ella como a las otras tres «hermanas Cynster» las habían puesto bajo una vigilancia constante. Bastaba con que sacara un pie de la casa de sus padres para que alguno de sus hermanos o, en su defecto, de sus primos (que eran igual de asfixiantes) apareciera a su lado y se convirtiera en su sombra.

La cuestión era que, para ella, salir lo más mínimo de los restrictivos círculos de lo más selecto de la alta sociedad se había convertido en algo imposible. En caso de que intentara hacerlo, la manaza de alguno de sus hermanos o de sus primos la agarraría del codo y la haría regresar con un firme tirón.

No tenía más remedio que admitir que resultaba comprensible que se comportaran así, pero...

—¿Por cuánto tiempo más voy a tener que soportarlo? —las medidas de protección ya llevaban tres semanas en pie, y no daban muestras de empezar a ceder—. ¡Ya tengo veinticuatro años! ¡Si este año no encuentro a mi héroe, me convertiré en una solterona!

No tenía por costumbre hablar sola en voz baja, pero la velada iba llegando a su fin y, tal y como solía suceder en aquella clase de eventos, a ella no le había pasado nada remarcable. Por eso estaba arrinconada contra la pared, oculta entre las sombras de la enorme planta, porque estaba cansada de sonreír y fingir que sentía algún interés por los correctísimos y jóvenes caballeros que habían intentado captar su atención a lo largo de la noche.

Teniendo en cuenta que era una Cynster, una joven dama de buena cuna e impecables modales poseedora de una cuantiosa dote, jamás le habían faltado pretendientes; lamentablemente, nunca había sentido ni el más mínimo deseo de hacer de Julieta para alguno de aquellos aspirantes a Romeo. Al igual que Angelica, su hermana menor, ella estaba convencida de que reconocería a su héroe. Tal vez no sucediera en cuanto pusiera sus ojos en él, tal y como creía Angelica, pero sí después de pasar algunas horas en su compañía.

Heather, por el contrario, nunca había tenido la certeza de poder reconocer a su héroe, y lo cierto era que conocía a Breckenridge desde hacía años (bueno, no había tenido una relación estrecha con él, pero sí que le conocía de vista), y hasta la pequeña aventura que habían vivido juntos no se había dado cuenta de que estaban hechos el uno para el otro. Su hermana le había contado que Catriona, esposa de uno de sus primos y que, como representante terrenal de la deidad conocida en algunas partes de Escocia como «la Señora», solía «saber» ciertas cosas, le había advertido que debía ver con claridad a su héroe, y al final había resultado ser así.

Catriona le había entregado a Heather un collar con un colgante diseñado para ayudar a una joven dama a encontrar a su amor verdadero, a su héroe; al parecer, se suponía que el collar debía ir pasando de mano en mano, así que su hermana había cumplido y se lo había entregado a ella. La joya pasaría en su debido momento a Angelica, y después a Henrietta y a Mary antes de regresar finalmente a Escocia para ir a parar a manos de Lucilla, la hija de Catriona.

Eliza alzó una mano y acarició la fina cadena intercalada con pequeñas cuentas de amatista que rodeaba su cuello. El colgante de cuarzo rosa que pendía del collar estaba oculto en el valle formado por sus senos, y la cadena quedaba escondida bajo el delicado encaje del elegante pañuelo que cubría el pronunciado escote de su vestido de seda dorada.

El collar estaba en su poder, así que ¿dónde estaba el héroe al que se suponía que iba a reconocer gracias a él? Estaba claro que allí no, porque ningún caballero con madera de héroe había aparecido por arte de magia; a decir verdad, no esperaba que sucediera justo allí, en medio de lo más selecto de la alta sociedad, pero a pesar de ello sentía decepción y un profundo abatimiento.

Heather había encontrado a su héroe, pero en el proceso había obstaculizado la búsqueda de ella. No había sido algo intencionado, por supuesto, pero sí muy efectivo; aunque su propio héroe no se encontrara en los círculos de la alta sociedad, ya no podía salir de dichos círculos para darle caza.

—¿Qué diantre voy a hacer?

Un lacayo que estaba bordeando el salón con una bandejita de plata en la mano se volvió al oírla y escudriñó las sombras con la mirada. Eliza apenas le prestó atención, pero él puso cara de alivio al verla y dio un paso hacia ella.

—Lady Eliza —la saludó, antes de hacer una reverencia y ofrecerle la bandeja—. Un caballero solicitó hace más de media hora que se le entregara esta nota, pero no lográbamos encontrarla entre el gentío.

Ella agarró la nota doblada mientras se preguntaba quién sería el tedioso caballero al que se le había ocurrido enviársela.

—Gracias, Cameron.

El lacayo era uno de los empleados de sus padres, pero, dada la magnitud de aquel baile, estaba actuando de refuerzo en la mansión St. Ives.

—¿Sabes quién es el caballero en cuestión?

—No, señorita. La nota me la ha entregado otro lacayo, ha ido pasando de mano en mano.

—Gracias.

Eliza le indicó con un gesto que podía retirarse y, cuando el lacayo se despidió con una pequeña reverencia y se fue, abrió la nota sin esperar gran cosa de ella. Estaba escrita con trazos enérgicos y decididos, unos trazos negros sobre el papel blanco que revelaban un estilo muy masculino, y la alzó un poco para poder leerla bajo la luz.

Venga a verme al saloncito de la parte trasera de la casa si se atreve. No, no nos conocemos. Si no he firmado esta nota es porque mi nombre no tendría significado alguno para usted. No hemos sido presentados y dudo mucho que alguna de las grandes damas presentes accediera a concederme ese honor; aun así, mi presencia aquí, el hecho de que haya asistido a este baile, habla lo suficientemente bien de mis antecedentes y de mi posición social. Además, sé dónde se encuentra el saloncito que he mencionado, lo que indica que estoy familiarizado con la mansión.

Creo que ya es hora de que nos veamos cara a cara, aunque solo sea para comprobar si podríamos sentirnos inclinados a conocernos mejor.

Voy a finalizar esta nota tal y como la he empezado: venga a verme al saloncito de la parte trasera de la casa si se atreve.

Estaré esperando.

Eliza no pudo evitar sonreír. Qué... impertinencia, ¡qué atrevimiento! Mira que enviarle semejante nota en la casa de su prima, bajo las mismísimas narices de las grandes damas de la alta sociedad y de toda su familia...

Pero, quienquiera que fuese, estaba claro que se encontraba allí, dentro de la mansión, y si sabía dónde se encontraba el saloncito al que había hecho alusión...

Releyó la nota sin saber cómo proceder, pero no vio razón alguna que le impidiera ir con disimulo al saloncito y descubrir quién había osado enviarle una nota así.

Salió de su escondite y, con el máximo disimulo posible, bordeó con rapidez el abarrotado salón de baile. Estaba convencida de que era cierto que no conocía al hombre que le había enviado la nota, que nunca habían sido presentados, porque a ninguno de los caballeros a los que conocía se le habría ocurrido enviarle una escandalosa nota invitándola a mantener un encuentro secreto en la mansión St. Ives.

Se sentía expectante, llena de excitación. ¡A lo mejor había llegado el momento que tanto había esperado!, ¡quizás iba a conocer por fin a su héroe!

Después de cruzar una puerta lateral, recorrió a toda prisa un pasillo, dobló una esquina y después otra. La luz iba volviéndose más tenue conforme avanzaba hacia la esquina trasera de la enorme mansión. El saloncito al que se dirigía estaba en lo más profundo de las zonas privadas de la casa, lejos de las salas donde se recibía a las visitas y del ruido que se generaba en ellas, y daba a los jardines traseros. Honoria pasaba muchas tardes allí, viendo desde la terraza cómo jugaban sus hijos en el jardín.

Cuando llegó por fin al final del último pasillo y tuvo ante sí la puerta del saloncito, no dudó ni un instante antes de abrirla y entrar.

Las lámparas no estaban encendidas, pero la luz de la luna entraba por las ventanas y por las puertas acristaladas de la terraza. Lanzó una mirada a su alrededor y, al no ver a nadie, cerró la puerta tras de sí y se adentró en la estancia pensando que él podría estar esperándola sentado en una de las butacas que miraban hacia las ventanas.

Se detuvo al llegar junto a ellas, y al ver que estaban vacías se preguntó ceñuda si él se habría cansado de esperar y se habría marchado.

—¿Hola? —dijo en voz alta, antes de empezar a dar media vuelta—. ¿Hay alguien a...?

Un sonido quedo a su espalda hizo que se volviera como una exhalación, pero ya era demasiado tarde. Un duro brazo le rodeó la cintura desde atrás y la apretó contra un sólido cuerpo masculino.

Intentó gritar...

La enorme palma de una mano le cubrió la boca y la nariz con un trapo blanco. Ella forcejeó, inhaló aire, notó un intenso olor dulzón... sus músculos se aflojaron de golpe, sintió que se desplomaba y aun así luchó por girar la cabeza, pero la pesada mano la siguió y mantuvo aquel horrible trapo sobre su boca y su nariz hasta que la realidad se esfumó y la oscuridad la envolvió por completo.

Eliza sintió náuseas al ir emergiendo de la oscuridad. Estaba meciéndose, balanceándose, no podía parar de hacerlo. Cuando sus sentidos se estabilizaron al fin, reconoció el traqueteo de las ruedas de un carruaje sobre el empedrado del suelo.

¿Un carruaje? Sí, estaba viajando... ¡Dios del cielo, la habían secuestrado!

La sorpresa inicial que la impactó de lleno fue reemplazada por un pánico visceral que la ayudó a centrarse. Aún no había intentado abrir los ojos, le pesaban los párpados y las extremidades, le costaba trabajo hasta mover un solo dedo. Creía notar que no le habían atado ni las manos ni los pies, pero, teniendo en cuenta que apenas tenía fuerzas para pensar, eso era algo que de momento no tenía demasiada importancia.

Además, dentro del vehículo había otra persona... no, una no, eran varias.

Se quedó tal y como estaba, desplomada en un rincón con la cabeza echada hacia delante, mientras agudizaba sus sentidos. Lo único que alcanzó a notar fue que había una persona sentada a su lado y otra frente a ella, así que aprovechó el siguiente balanceo fuerte del vehículo para girar un poco la cabeza y entreabrió con esfuerzo los párpados para echar un vistazo con disimulo.

Sentado frente a ella había un hombre que, a juzgar por su vestimenta, parecía ser un caballero. Sus facciones eran austeras y alargadas, tenía la barbilla cuadrada y un ondulado cabello castaño oscuro bien arreglado; era alto y se le veía fuerte, más esbelto que fornido. Seguro que había sido él quien la había atrapado contra su cuerpo en el saloncito, que había sido su mano la que le había tapado la nariz y la boca con el trapo que desprendía aquel olor tan horrible.

Le dolía la cabeza, se le encogió el estómago al recordar aquel intenso olor dulzón. Respiró hondo por la nariz y dejó a un lado el recuerdo de aquellas sensaciones mientras centraba su atención en la persona que tenía a su lado.

Era una mujer. No podía verle la cara sin volver la cabeza, pero el vestido que le cubría las piernas parecía indicar que se trataba de una doncella; no solo eso, sino que era una con un estatus elevado. Quizás fuera una ayuda de cámara, porque la tela negra del vestido era de mayor calidad que la que usaría una criada normal y corriente.

«Igual que con Heather». A su hermana también se le había asignado una doncella cuando la habían secuestrado, y su familia lo había interpretado como una prueba de que el responsable de lo ocurrido era un aristócrata; al fin y al cabo, ¿a quién más se le habría ocurrido pensar en asignarle una doncella a una dama que había sido secuestrada? Al parecer, en esa ocasión también se había tenido en cuenta ese detalle, así que cabía preguntarse si el hombre que tenía enfrente era el aristocrático villano que tenía a su familia en el punto de mira.

Le observó con mayor detenimiento y llegó a la conclusión de que lo más probable era que no fuera él. A Heather la habían secuestrado unos matones a sueldo y, aunque tenía la impresión de que aquellos dos desconocidos estaban un poco por encima de las personas que habían secuestrado a su hermana (teniendo en cuenta la descripción que esta le había dado), tenían pinta de haber sido contratados para realizar un trabajo.

La cabeza se le iba despejando, cada vez le resultaba más fácil pensar.

Si aquello era una repetición del secuestro de Heather, entonces iban a llevarla hacia el norte rumbo a Escocia. Miró hacia la ventanilla y observó con disimulo la calle mientras seguía fingiendo que estaba inconsciente. Tardó un poco, pero al final se dio cuenta de que el carruaje no se encontraba en la que se conocía como la «gran ruta del norte», sino que estaba siguiendo el camino que su familia tomaba cuando iba a visitar a lady Jersey a la residencia que esta poseía en Osterley Park.

Estaban llevándola rumbo al oeste, tal vez ni siquiera tuvieran intención de llevársela demasiado lejos de Londres. La cuestión era si su familia sabría en qué dirección buscar. Darían por hecho que estaban llevándola hacia el norte... y eso cuando acabaran por darse cuenta de que había sido secuestrada, claro.

Quienesquiera que fueran aquellas personas, no había duda de que eran osadas e inteligentes. De entre todas las jóvenes de la familia, había sido a ella a la que tanto sus hermanos como sus primos habían estado custodiando con mayor celo, pero la mansión St. Ives era el único sitio donde habían dado por hecho que estaría a salvo y habían bajado un poco la guardia.

A nadie se le habría pasado por la imaginación que los secuestradores pudieran atreverse a atacar en aquella casa en concreto, y menos aún aquella noche. El lugar estaba lleno hasta los topes de gente que la conocía, desde invitados y familiares hasta personal de servicio procedente de las casas de otros miembros de la familia.

A pesar de su enfurruñamiento de antes, en ese momento habría dado cualquier cosa con tal de ver llegar al galope a Rupert o a Alasdair, o incluso a alguno de sus arrogantes primos.

La habían sofocado a más no poder en su afán por protegerla, ¿dónde estaban cuando les necesitaba de verdad?

Frunció el ceño sin darse cuenta, y el hombre afirmó:

—Está despierta.

Ella siguió haciéndose la dormida. Relajó el rostro con fingida naturalidad para que pareciera que había fruncido el ceño entre sueños, cerró los ojos por completo y permaneció inmóvil, sin dar muestra alguna de haber oído las palabras del hombre; al cabo de un momento, notó que la mujer se le acercaba un poco más y sintió el peso de su penetrante mirada en el rostro antes de oírla preguntar:

—¿Estás seguro?

Su dicción era buena, así que no había duda de que era una sirvienta de alto rango; además, su tono de voz indicaba un trato de igual a igual con el hombre, lo que confirmaba que él era alguien contratado y no el misterioso noble de las Tierras Altas que parecía haber estado detrás del secuestro de Heather.

—Está fingiendo, usa el láudano —contestó el tipo al cabo de un momento.

Eliza contuvo a duras penas su reacción al oír aquello.

—¿No dijiste que él te advirtió que no había que sedarla ni hacerle daño? —adujo la mujer.

—Sí, pero tenemos que darnos prisa y para eso nos conviene que esté dormida. Él no se enterará.

¿Quién diantres sería ese misterioso «él» al que estaban refiriéndose?

—De acuerdo, pero vas a tener que ayudarme —dijo la mujer.

Al oírla rebuscar en un bolso, Eliza no pudo seguir fingiendo y exclamó:

—¡No!

Su intención era intentar convencerles de que no volvieran a sedarla, pero no se había recobrado tanto como pensaba. Su voz no era más que un susurro bronco y, aunque intentó apartar a la mujer de ojos negros y cabello oscuro que estaba inclinándose hacia ella con un frasquito en la mano, sus brazos no tenían fuerza.

Antes de que pudiera reaccionar, el hombre se abalanzó hacia ella, le sujetó las muñecas con una mano y con la otra le agarró la barbilla y la obligó a echar la cabeza hacia atrás.

—¡Venga, dáselo ya!

Eliza luchó por cerrar la boca, pero él hundió un pulgar en su mandíbula y la mujer le metió con destreza el frasquito entre los labios. Intentó no tragar, pero el líquido le bajó por la garganta...

El hombre la sujetó hasta que se quedó laxa y el láudano la hundió en la oscuridad de la inconsciencia.

Para cuando Eliza logró emerger del mundo de tinieblas en el que estaba sumida lo suficiente como para poder pensar, habían pasado días, aunque no habría sabido decir cuántos. La habían mantenido sedada y arrinconada en aquella esquina del carruaje, y tenía la impresión de que apenas habían hecho un alto en el camino.

Se sentía absurdamente débil. Mantuvo los ojos cerrados mientras iba recordando, mientras iba encajando todos los datos dispersos y los comentarios que había captado en los fugaces momentos de lucidez intercalados entre los largos periodos de inconsciencia.

La habían sacado de Londres por un camino que iba en dirección oeste, eso sí que lo recordaba. Y después... Después habían pasado por Oxford al amanecer, había vislumbrado por un instante las familiares agujas de los edificios contra un cielo que iba tiñéndose de color.

Los secuestradores habían seguido usando el láudano con mesura después de aquella primera dosis, habían ido administrándole la cantidad justa para mantenerla aturdida y adormilada de modo que no pudiera hacer nada, mucho menos escapar. Tenía el vago recuerdo de estar pasando por otras poblaciones, de ver campanarios de iglesias y plazas de mercado, pero el único lugar que recordaba con certeza era York. Habían pasado cerca de la catedral, y estaba casi segura de que había sido aquella misma mañana. El tañido de las campanas había sido tan fuerte que la había despertado, pero había vuelto a perder la consciencia mientras el vehículo viraba y salía de la ciudad.

No había vuelto a despertar hasta ese momento. Movió la cabeza con languidez, como si aún estuviera dormida, y dado que aún tenía los párpados pesados y no podía levantarlos aguzó sus otros sentidos.

Olía a mar. El característico aroma salado era intenso, la brisa que entraba por el resquicio de la portezuela era revitalizante y fresca. Oyó también el inconfundible graznido de las gaviotas. Estaba claro que tras salir de York habían seguido hacia la costa, tenía que valorar su situación en función de ese dato.

No conocía demasiado bien aquella zona, ya que estaba bastante lejos de Londres y no se encontraba en la gran ruta del norte; aun así, si habían pasado por York y por Oxford cabía suponer que sus captores, conscientes de que su familia la buscaría por dicha ruta, estaban llevándola hacia Escocia siguiendo otro camino. Si estaba en lo cierto y habían evitado por completo la ruta principal, era posible que no encontraran ni rastro de ella, y eso quería decir que nadie iba a aparecer a lomos de un brioso corcel para rescatarla... o, por lo menos, que no podía contar con que su familia lograra salvarla.

Estaba claro que iba a tener que salvarse ella solita, y la idea hizo que le diera un vuelco el corazón. Las aventuras no eran su fuerte, ese tipo de cosas las dejaba para Heather y en especial para Angelica. Ella, por el contrario, era la hermana callada y tranquila, la mediana, la que tocaba como un ángel tanto el piano como el arpa y a la que le encantaba bordar.

Pero si quería escapar (y, la verdad, de eso no tenía ninguna duda), iba a tener que hacer algo por sí misma.

Respiró hondo y, después de entreabrir los párpados con esfuerzo, miró con disimulo a sus secuestradores. Era la primera vez que tenía la ocasión de verlos a la luz del día, por regla general se daban cuenta de que estaba recobrando la consciencia y se apresuraban a sedarla de nuevo. La mujer (en un primer momento la había tomado por una ayuda de cámara, pero a esas alturas estaba casi convencida de que era una enfermera de esas a las que las familias adineradas de la alta sociedad contrataban para cuidar de sus mayores), era pulcra y eficiente, su dicción era buena y tenía buena presencia. Llevaba su espesa cabellera oscura recogida en un severo moño a la altura de la nuca, y sus pálidas facciones revelaban que podría tratarse de una mujer de buena cuna que había pasado por apuros económicos. En su rostro había una dureza visible que se reflejaba también en sus ojos.

Parecía tener una altura y una complexión similares a las suyas (altura media tirando a alta, y cuerpo normal tirando a esbelto) y unos cuantos años más que ella, pero tenía una fuerza significativamente mayor gracias a su trabajo de enfermera.

Volvió la mirada hacia el hombre que se había sentado frente a ella durante todo el trayecto. Le había visto de cerca en varias ocasiones, cuando la había sujetado para que la enfermera pudiera sedarla. Estaba segura de que no era el misterioso hacendado de las Tierras Altas, ya que había recordado que Breckenridge había afirmado que el elusivo noble tenía «un rostro tallado en granito y ojos como el hielo».

El hombre que tenía delante poseía unas facciones marcadas, pero no eran especialmente duras ni cinceladas; además, sus ojos de color marrón oscuro zanjaban el asunto.

—Ha despertado de nuevo —dijo la enfermera.

Al oír la advertencia de su compinche, el hombre apartó la mirada de la ventanilla y se volvió a mirar a Eliza.

—¿Quieres volver a sedarla? —añadió la mujer.

Eliza sostuvo la mirada del hombre sin decir palabra, y él la observó en silencio durante un largo momento antes de contestar:

—No.

Eliza disimuló el alivio que sintió al oír aquella negativa, no era nada agradable estar sedada.

El hombre se acomodó mejor en el asiento antes de decirle a la enfermera:

—Tiene que estar tan sana y saludable como siempre para cuando lleguemos a Edimburgo, así que será mejor que dejemos de sedarla por ahora.

Así que estaban llevándola hacia Edimburgo, ¿no? Después de tomar nota mental de ese dato, Eliza alzó la cabeza y enderezó sus encorvados hombros. Se incorporó en el asiento y, tras apoyar la espalda en el acolchado respaldo, observó abiertamente y con cierta altivez al tipo y le preguntó:

—¿Le importaría presentarse? —su voz sonó débil y enronquecida.

Él la miró a los ojos y, al cabo de un instante, esbozó una pequeña sonrisa e inclinó la cabeza.

—Me llamo Scrope, Victor Scrope, y ella es Genevieve. Fuimos enviados junto al cochero a la pecaminosa ciudad de Londres para llevarla de vuelta a la aislada finca de su tutor, de la que usted huyó.

El tipo expuso una historia inventada prácticamente idéntica a la que los secuestradores de Heather habían empleado para asegurarse de que esta no intentara escapar, y al final añadió:

—Se me aseguró que, al igual que su hermana, usted es lo bastante inteligente como para entender que, gracias a nuestra versión de los hechos, cualquier intento por su parte de llamar la atención y pedir ayuda tendría como consecuencia un daño irreparable en su propia reputación.

Al ver que la miraba con una ceja enarcada aguardando su respuesta, Eliza hizo un cortante gesto de asentimiento y dijo con rigidez:

—Sí, lo entiendo perfectamente bien —su voz seguía sonando débil y suave, pero iba recobrando su fuerza.

—¡Excelente! Permítame añadir que entraremos en Escocia en breve, y allí resultaría aún más fútil cualquier intento de lograr que alguien la ayude; por si estaba demasiado incapacitada para percatarse de ello, déjeme decirle que hemos evitado viajar por la gran ruta del norte, así que su famosa familia no encontrará allí ni rastro de nuestro paso aunque la recorra de principio a fin —Scrope atrapó su mirada y la sostuvo al añadir—: el caso es que no va a recibir ayuda alguna de ellos, y los próximos días serán mucho más fáciles para todos nosotros si acepta que es mi prisionera y que no la dejaré ir hasta que la deje en manos de la persona que me contrató.

Al ver la calma con la que hablaba y la gélida confianza en sí mismo que mostraba, a Eliza le vino a la mente la imagen de una jaula de hierro. Aunque asintió de nuevo, se dio cuenta sorprendida de que por dentro ya estaba repasando lo que sabía, sopesando sus opciones, buscando una escapatoria. El comentario que Scrope había hecho sobre Heather confirmaba que le había contratado el misterioso noble de las Tierras Altas que parecía estar detrás del secuestro de su hermana, y huelga decir que no le apetecía lo más mínimo ir a parar a sus manos. Esperar a estar en poder de aquel hombre antes de intentar huir podría ser como esperar a notar el calor antes de salir del fuego y caer en las brasas, así que la cuestión era idear un plan de huida dando por hecho que no iba a recibir ayuda alguna de su familia.

Se volvió a mirar el paisaje por la ventanilla y en la distancia, más allá de rocosos acantilados, vio el mar destellando bajo el pálido sol. Si aquella mañana habían pasado por York, eso quería decir que... bueno, no tenía una certeza absoluta, pero estaba casi segura de que, fuera cual fuese el camino que estaban siguiendo, iban a tener que pasar por una ciudad grande como mínimo antes de llegar a la frontera con Escocia.

No quería esperar hasta después de pasar la frontera para intentar pasar a la acción; tal y como Scrope había mencionado, estar en Escocia reduciría aún más la probabilidad de que alguien la rescatara, y era precisamente eso, un rescate, lo que ella necesitaba. Teniendo en cuenta el cuento inventado que tenían preparado los secuestradores, si intentaba liberarse por sí misma tan solo iba a lograr que su reputación quedara hecha trizas.

Lo que necesitaba era que su héroe apareciera y la pusiera a salvo, tal y como le había pasado a Heather. A su hermana la había rescatado Breckenridge, pero ¿quién iba a rescatarla a ella? Pues nadie, porque nadie tenía ni idea de su paradero.

Su situación era distinta a la de su hermana, ya que, mientras que Breckenridge había presenciado el secuestro de Heather y la había seguido desde el principio, en su caso nadie sabía hacia dónde se la habían llevado. Estaba claro que, si quería que alguien la rescatara, iba a tener que hacer algo para que así fuera.

Le habría encantado que Angelica estuviera con ella en ese momento, porque su hermana menor sería una fuente inagotable de ideas en una situación así y estaría deseosa de intentar ponerlas en práctica. A ella, por el contrario, no se le ocurría ningún plan brillante más allá de la opción obvia: aprovechar el único punto débil que había en aquel cuento de que estaban llevándola de vuelta a casa de un supuesto tutor.

Si lograba captar la atención de alguien que la conocía, de algún miembro de la alta sociedad, aquella excusa no se sostendría por ningún lado; además, teniendo en cuenta lo poderosa e influyente que era su familia, era más que probable que el escandaloso hecho de que hubiera pasado días con sus respectivas noches en manos de sus captores pudiera quedar enterrado por completo.

El problema era que el rescate tenía que llevarse a cabo a aquel lado de la frontera, porque una vez en Escocia se reducirían enormemente tanto la probabilidad de ver a algún conocido como la posibilidad de que este fuera capaz de liberarla.

Se acurrucó de nuevo en su esquina del carruaje y miró por la ventanilla para poder ver llegar los vehículos con los que se cruzaban de vez en cuando. Si veía a algún posible candidato...

En aquel rincón tan lejano de Inglaterra tan solo conocía bien a dos familias: los Varisey, de la Casa de Wolverstone, y los Percy, de la de Alnwick. Pero, si sus captores seguían sin entrar en la gran ruta del norte, las probabilidades de que viera a alguno de los miembros de dichas familias serían muy escasas.

Miró a Scrope y le preguntó, intentando fingir naturalidad:

—¿Cuánto falta para que crucemos la frontera?

Él miró por la ventanilla, y al cabo de un momento sacó un reloj de bolsillo y le echó un vistazo.

—Es poco más del mediodía, así que deberíamos llegar a Escocia a última hora de la tarde —volvió a guardar el reloj y miró a Genevieve—. Nos detendremos en Jedburgh para pernoctar allí, tal y como habíamos planeado, y mañana por la mañana seguiremos rumbo a Edimburgo.

Eliza volvió a mirar hacia fuera y fijó los ojos en el camino. Había estado dos veces en Edimburgo y sabía que, si salían de Jedburgh por la mañana, llegarían a la capital escocesa a eso del mediodía. A juzgar por los comentarios que Scrope había dejado caer, era allí donde tenían pensado entregársela al noble de las Tierras Altas, pero si no iban a cruzar la frontera hasta última hora de la tarde y en ese momento era poco más del mediodía, estaba casi segura de que el camino donde estaban iba a pasar por Newcastle-Upon-Tyne, la población grande más cercana tanto a Wolverstone como a Alnwick. Si mal no recordaba, el carruaje iba a tener que atravesar dicha población para poder tomar el camino que conducía a Jedburgh.

Fuera o no día de mercado, no iba a tener una mejor oportunidad de atraer la atención de alguien conocido que mientras atravesaban la ciudad a paso lento; además, era un lugar donde esa persona podría obtener de inmediato el apoyo de las autoridades.

Aunque las aventuras no fueran su fuerte, iba a ser capaz de llevar a cabo su plan. ¡Iba a lograrlo!

Se relajó contra el asiento mientras seguía con la mirada puesta en el camino, a la espera de que aparecieran los tejados de Newcastle. El sol asomó entre las nubes y su calor la adormiló, pero luchó contra la tentación. Se movió un poco, se enderezó y se estiró antes de volver a acomodarse. El reflejo de la luz en el siguiente tramo del camino, húmedo tras una pasajera lluvia primaveral, le dio de lleno en los ojos y tuvo que cerrarlos.

No pudo evitar hacerlo, pero solo iba a ser por un momento, hasta que se le pasara el deslumbramiento...

Eliza despertó de golpe. Por un segundo, no se acordó de nada... y de repente se acordó de todo. Recordó qué era lo que había estado esperando, miró por la ventanilla, y se dio cuenta de que debía de haber pasado más de una hora.

Estaban cruzando un puente de tamaño considerable, la había despertado el sonido de las ruedas pasando por encima de los tablones de madera.

Se enderezó en el asiento y, con el corazón martilleándole en el pecho, contempló las casas que había a lo largo del camino. Sintió una oleada de alivio al darse cuenta de que no había perdido la oportunidad que estaba esperando, ya que parecían estar entrando en ese momento en Newcastle-Upon-Tyne.

Después de acomodarse mejor, relajó los hombros y la espalda y, bien alerta, se centró de nuevo en mirar por la ventanilla. Deseó con todas sus fuerzas que allí, caminando por las calles de la ciudad, hubiera alguien conocido. Existía la posibilidad de que Minerva, la duquesa de Wolverstone, hubiera salido de compras... y, con un poco de suerte, lo habría hecho acompañada de su marido.

No se le ocurría nadie más capacitado para rescatarla que Royce, el duque de Wolverstone.

Notó en la cara el peso de la mirada de Scrope, pero no le prestó atención alguna. No podía apartar los ojos del exterior, iba a reaccionar en cuanto viera a alguien y sus secuestradores no tendrían tiempo de detenerla.

Era un buen plan, pero conforme fueron avanzando cada vez iban siendo menos las casas que había a lo largo del camino; al ver que al final las dejaban todas atrás, se dio cuenta de que se había equivocado al pensar que había despertado mientras entraban en la ciudad y que en realidad habían estado saliendo de ella. Había desaprovechado aquella oportunidad, había perdido la mejor (y, casi con total seguridad, también la última) oportunidad de atraer la atención de alguien que la conociera.

Por primera vez en su vida, sintió que se le caía el alma a los pies.

Tragó saliva y apoyó la espalda poco a poco en el asiento. No sabía qué hacer, ¿cómo iba a salir de aquel embrollo? Aunque no miró a Scrope, supo de forma instintiva cuándo dejó de observarla y de estar tan alerta. Estaba claro que el tipo sabía que ya era muy improbable que ella pudiera hacer algo para frustrar sus planes.

—Esa era la última ciudad antes de llegar a la frontera —le comentó él a Genevieve—. De aquí a Jedburgh es casi todo campo abierto, Taylor podrá ir a buen ritmo y deberíamos llegar antes del anochecer.

La mujer expresó su asentimiento con un pequeño sonido ininteligible.

Eliza se preguntó si Scrope podía leerle la mente. Si lo que se proponía era desmoralizarla y dejarla abatida, lo había logrado.

Siguió mirando por la ventanilla y observando el paisaje a pesar de que había perdido todas sus esperanzas. Estaba segura de que aquella no era la gran ruta del norte, ya que había recorrido en varias ocasiones el tramo comprendido entre Newcastle y Alnwick. Era la primera vez que pasaba por el camino que habían elegido los secuestradores, pero había campos a ambos lados y los tejados que alcanzaba a ver de vez en cuando pertenecían a granjas y a cabañas.

El carruaje siguió avanzando inexorable, fue llevándola cada vez más hacia el norte mientras sus ruedas traqueteaban a un ritmo implacable y constante. De vez en cuando se cruzaban con otros vehículos, casi todos ellos carros de granjeros.

El camino fue estrechándose de forma gradual; cada vez que se encontraban con alguien que circulaba en dirección contraria, los dos tenían que aminorar la marcha y pasar poco a poco. Se dio cuenta de que aquella podría ser la oportunidad que estaba buscando, pero permaneció tal y como estaba y se esforzó por fingir que seguía relajada y desmoralizada. Tenía que evitar que Scrope se pusiera alerta. Si, por una de esas casualidades de la vida, se cruzaban con alguien que pudiera ayudarla, alguien que estuviera viajando hacia el sur en dirección a Newcastle en un carruaje, una calesa o un carro, ella estaba sentada en el lado ideal del carruaje para poder avisarle de alguna forma.

La situación en la que se encontraba era desesperada. Si veía a algún terrateniente, a cualquier miembro de la pequeña nobleza rural, tenía que estar preparada para aprovechar la oportunidad y pedir ayuda a gritos; tal y como estaban las cosas, su familia no debía de saber hacia dónde la llevaban, así que, aunque la persona que la viera se limitara a enviar una carta a alguien de Londres comentando lo sucedido, con eso bastaría para que alguien se lo mencionara a sus padres.

No podía perder la fe, debía aferrarse a la convicción de que aquel plan saldría bien.

Tenía que alertar a alguien, y aquel tramo del camino cercano a la frontera era su última esperanza. Si se le presentaba una oportunidad, la que fuera, tenía que aprovecharla.

Mantuvo la mirada en el camino fingiendo estar sumida en sus pensamientos, y se prometió a sí misma que iba a lograrlo. Aunque no poseyera la terca determinación de Heather ni la temeraria falta de miedo de Angelica, no estaba dispuesta a acabar en manos de un supuesto noble escocés sin hacer aunque fuera un solo intento por liberarse.

Puede que fuera la hermana callada, pero eso no quería decir que fuera una pusilánime.

Después de aminorar un poco la marcha al doblar un recodo del camino en su calesín, Jeremy Carling prosiguió a buen paso rumbo al sur durante aquel primer tramo del largo trayecto de vuelta a Londres.

Había salido del castillo de Wolverstone a mediodía, pero en vez de dirigirse al sur por Rothbury y Pauperhaugh para tomar el camino de Morpeth y Newcastle-Upon-Tyne (esa era la ruta que, como de costumbre, había seguido para viajar al castillo) había optado por la ruta del oeste, que recorría el límite norte del bosque de Harwood y desembocaba en el camino secundario de Newcastle justo al sur de Otterburn.

Disfrutaba viendo los extensos campos y, aunque había tenido que avanzar con mayor lentitud porque aquella era una ruta menos transitada y ascendía por las colinas, las vistas habían valido la pena.

Aprovechando que bajo las ruedas del calesín había por fin un terreno más llano, dio rienda suelta a su última adquisición, un caballo negro de pura raza al que había bautizado con el nombre de «Jasper». La tarde iba cayendo, pero seguro que llegaba antes del anochecer a Newcastle y a la posada en la que solía alojarse cuando pasaba por allí. Su mente, liberada de la necesidad de pensar en cuestiones prácticas, pudo centrarse (como de costumbre) en lo que era la piedra angular de su vida: el estudio de jeroglíficos antiguos.

Su fascinación por aquella arcana escritura a base de símbolos había surgido cuando, tras la muerte de sus padres, había ido a vivir junto con su hermana Leonora a casa de sir Humphrey Carling, su tío viudo. Él era un jovencito de doce años que tenía una curiosidad insaciable (ese era un rasgo suyo que no había cambiado con el paso del tiempo), y ya en aquel entonces Humphrey era la mayor eminencia del país en lenguas antiguas y estaba especializado en los textos mesopotámicos y sumerios. Su casa estaba llena de pergaminos y de libros antiquísimos, de montones de papiros y de cilindros inscritos.

Jeremy hizo que Jasper aminorara un poco la velocidad al doblar otro recodo, y sonrió al recordar aquellos tiempos pasados. Los textos antiguos, las lenguas y los jeroglíficos habían captado su atención desde el mismo momento en que los había visto por primera vez. Traducirlos y descifrar sus secretos se había convertido rápidamente en una pasión. Los hijos de otros caballeros iban a estudiar a Eton y a Harrow, pero él, que desde una edad temprana había demostrado ser un estudiante despierto e impaciente, había tenido como mentores a multitud de tutores privados y al propio Humphrey, quien era todo un erudito. Mientras que otros caballeros de su misma edad tenían viejos amigos de su época de estudiantes, él tenía viejos colegas.

Era una vida que le iba como anillo al dedo, y en ella se sentía como el proverbial pez en el agua.

Como tanto Humphrey como él tenían sus respectivas fortunas (en su caso, gracias a la cuantiosa herencia que había recibido de sus padres), habían podido centrarse por completo, codo con codo, en los textos antiguos que llegaban a sus manos. Habían estado tan inmersos en sus estudios, que se habían aislado en gran medida del resto de la sociedad y tan solo solían relacionarse con otros intelectuales.

De haber sido posible, lo más probable era que ambos hubieran permanecido en aquella cómoda reclusión por el resto de sus días, pero había dado la casualidad de que varios años atrás, justo cuando había tomado el testigo de manos de su tío y había alcanzado el lugar prominente que este había ocupado durante décadas, había surgido de repente un gran interés público por todo lo relacionado con la antigüedad. Eso había llevado a que empezara a recibir multitud de consultas y solicitudes de instituciones privadas y de familias pudientes que querían verificar la autenticidad y el valor de tomos que habían hallado en sus colecciones.

Aunque su tío aún seguía ayudando con sus conocimientos de vez en cuando, estaba mayor y frágil, así que la tarea de asesorar en cuestiones relativas a civilizaciones antiguas (tarea que, a decir verdad, iba convirtiéndose cada vez más en un negocio), recaía en gran medida sobre sus hombros. Era un experto tan reputado que los propietarios de manuscritos antiguos solían ofrecerle cifras astronómicas a cambio de su opinión; en ciertos círculos, era el no va más poder decir que el pergamino mesopotámico de uno había sido autentificado por nada más y nada menos que el respetadísimo Jeremy Carling.

Sonrió divertido al pensar en ello, y también al pensar en que las esposas de los hombres que pedían su opinión deseaban tanto como sus esposos recibir su visita para poder presumir de haber tenido como invitado al famoso y hermético erudito. Desde un punto de vista público, dejar a un lado a la sociedad había tenido un efecto rebote. Era un caballero de buena cuna y bien relacionado, un hombre poseedor de una fortuna considerable y enigmáticamente hermético, y para muchas de las damas de la alta sociedad ese aislamiento le convertía en un soltero muy codiciado. Las artimañas que algunas de ellas habían intentado poner en práctica para atraparle y hacer de él un cautivo permanente le habían sorprendido incluso a él, pero ninguna había tenido éxito ni iba a tenerlo. Le gustaba la vida tranquila que llevaba.

Aunque hacer de asesor para el gran público era una tarea lucrativa y a menudo gratificante, prefería pasar la mayor parte de su tiempo metido en su biblioteca traduciendo, estudiando y publicando análisis de distintas obras. Algunas de dichas obras acababan llegando a sus manos por casualidad, pero, dado su prestigio como reputado estudioso y coleccionista, otras se las hacían llegar las augustas instituciones públicas que se dedicaban en ese momento a la investigación de civilizaciones antiguas.

Aquellos estudios y contribuciones académicas iban a conformar buena parte del grueso de su legado intelectual, era la esfera que iba a seguir siendo siempre su principal interés. En eso se parecía mucho a Humphrey, ya que los dos se sentían la mar de satisfechos pasando el tiempo en sus enormes bibliotecas (cada uno tenía la suya propia en la casa londinense que compartían en Montrose Place), inmersos en el estudio de algún tomo antiguo. El único incentivo infalible para sacar a uno u otro de aquel aislamiento era la posibilidad de descubrir algún misterioso tesoro.

Los intelectuales como ellos vivían para momentos así. La excitación de identificar un texto antiguo que había quedado perdido en el olvido siglos atrás era una droga sin igual, una a la que ellos y los de su especie eran adictos.

Había sido un incentivo de ese tipo el que le había llevado a viajar a los confines de Northumberland y más en concreto al castillo de Wolverstone, el hogar de Royce Varisey y su esposa, Minerva, duques de Wolverstone. Con el paso de los años había llegado a conocerles bastante bien gracias a la estrecha amistad que mantenían con Leonora y el esposo de esta (Tristan Wemyss, vizconde de Trentham), así que no era de extrañar que Royce hubiera recurrido a él al descubrir un viejo libro de jeroglíficos mientras catalogaba la enorme biblioteca de su difunto padre.

Sonrió para sus adentros mientras hacía chasquear las riendas para que Jasper el Negro acelerara el paso. La suerte había estado de su lado, ya que el libro de Jeremy había resultado ser un hallazgo fantástico, ni más ni menos que un texto sumerio que se daba por perdido desde hacía muchísimo tiempo. Estaba deseando contárselo a Humphrey, y se moría de ganas de empezar a redactar una disertación para la Real Sociedad a partir de las abundantes notas que había tomado. Sus conclusiones iban a causar un gran revuelo.

Una placentera y cálida oleada de entusiasmo le recorrió las venas y pensó en lo que le esperaba. Visualizó su biblioteca y su casa, donde reinaban la paz y una reconfortante quietud... y también un profundo vacío.

Su buen humor se esfumó. Estuvo tentado a hacer como de costumbre y evitar pensar en aquello, pero estaba en medio de la nada y no tenía ningún tema urgente que pudiera acaparar su atención. A lo mejor había llegado el momento de lidiar con el problema.

No estaba seguro de cuándo o por qué había surgido aquella persistente insatisfacción que le carcomía por dentro. No tenía nada que ver con su trabajo, ya que en ese aspecto las cosas iban de maravilla. La profesión que había elegido aún seguía fascinándole, estaba tan centrado como siempre en el campo de estudio que había despertado su interés desde siempre.

La insatisfacción que sentía no tenía nada que ver con los jeroglíficos. Era una inquietud indeseada que procedía del fondo de su ser, la sensación emergente y perturbadora de que había dejado escapar algo vital, de que había fracasado... no en el trabajo, sino en la vida.

La sensación había ido intensificándose aún más durante las dos semanas que había pasado en Wolverstone y, de hecho, en un sentido había alcanzado su apogeo. Había sido Minerva, la gentil esposa de Wolverstone, la que le había hecho ver la realidad, quien con sus palabras de despedida le había obligado a enfrentarse a algo en lo que había estado evitando pensar desde hacía algún tiempo: una familia, hijos, el futuro.

Estando en Wolverstone había visto y observado cómo podía llegar a ser la vida de alguien en ese sentido, había estado rodeado por esa realidad. Se había criado sin sus padres, con Leonora y Humphrey (que en aquel entonces ya era un viudo aislado del resto del mundo) como única compañía, así que jamás había estado expuesto a una familia extensa y bulliciosa, a la calidez y el encanto de ese tipo de vida, a ese otro nivel de bienestar, a la diferencia fundamental que hacía que una casa fuera un hogar. La que él compartía con Humphrey era solo eso, una casa sin más, ya que le faltaban los elementos esenciales que la convertirían en un hogar.

Había pensado que eso era algo que carecía de importancia tanto para Humphrey como para él, pero estaba claro que, al menos en su caso, se había equivocado. Esa equivocación y su consecuente empeño en apartarla de su mente y en negarse a hacer algo al respecto era la causa subyacente de su insatisfacción, lo que la generaba y la intensificaba cada vez más.

Las palabras de despedida de Minerva habían sido: «Vas a tener que hacer algo pronto, querido Jeremy, si no quieres despertar una mañana y descubrir que te has hecho mayor y no tienes a nadie a tu lado».

Ella se lo había dicho con la mejor de las intenciones, con ojos llenos de comprensión, pero sus palabras le habían dejado helado. Minerva, con suma delicadeza, había dado de lleno en el clavo, y gracias a ella había tomado conciencia del que, en el fondo, era el mayor de sus miedos.

Leonora había encontrado a Tristan, y este a su vez la había encontrado a ella. Los dos juntos habían formado su propia familia, habían creado su cálida y bulliciosa prole, tal y como habían hecho también Royce y Minerva.

Él tenía sus libros, pero, tal y como había insinuado Minerva, estos no iban a darle calor en los años que tenía por delante y mucho menos cuando falleciera Humphrey, que ya estaba mayor y frágil. Había empezado a plantearse si se arrepentiría entonces de no haberse molestado en tomarse algo de tiempo para buscar una esposa con la que compartir su vida y con la que tener hijos, niños y niñas como sus sobrinos. ¿Se arrepentiría de no haber hecho lo necesario para oír voces y risas infantiles por los pasillos, para tener hijos propios a los que cuidar y ver crecer?

Tener un varón al que poder transmitirle sus conocimientos y lo que había aprendido de la vida, tal y como había visto que Royce hacía con sus hijos mayores... tener quizás un hijo (o incluso una hija) con quien poder compartir la fascinación por las escrituras antiguas, tal y como Humphrey había hecho con él...

Había dado por hecho desde hacía mucho tiempo que jamás desearía ese tipo de cosas, pero ya no estaba tan seguro de ello.

Ya tenía treinta y siete años (Minerva lo sabía, seguro que eso era lo que la había impulsado a hacerle aquel comentario al despedirse de él), aunque la gente solía pensar que era más joven debido a que tenía una complexión delgada y no había empezado a robustecerse hasta que había llegado a los treinta; en cualquier caso, la observación que ella le había hecho era innegable. Si quería tener una familia como la que tenían Minerva y Royce, no tenía más remedio que hacer algo al respecto, y cuanto antes.

Acababa de pasar por la aldea de Rayless, y al salir vio el poste indicador que señalaba en dirección a Raechester. Tenía por delante una hora de trayecto sin nada que pudiera distraer su atención, así que decidió aprovechar aquel tiempo para decidir qué era lo que quería.

La tarea duró dos segundos. Lo que quería era formar una familia como la que tenían tanto su cuñado como Royce, una familia que podía imaginar al detalle.

El siguiente paso consistía en idear la forma de conseguirla. Necesitaba una esposa, claro, así que la cuestión era cómo conseguir una.

Su mente, afamada por su brillantez y su aguda inteligencia, se quedó encallada en aquel punto, así que optó por una solución académica: reformuló la pregunta. Se planteó qué clase de esposa quería tener, qué tipo de esposa necesitaba para alcanzar lo que para él sería un resultado óptimo, y le resultó más fácil delinear una respuesta.

La esposa que quería y necesitaba debía ser callada y reservada. No le pedía total abnegación, pero sí que tenía que ser una mujer que no se molestara cuando él pasara días absorto con algún libro. Se daría por satisfecha con el manejo de la casa, y dando a luz y criando a los hijos con los que fueran bendecidos. Se la imaginaba tímida y relativamente reticente, una dama dócil, tranquila y complaciente que no intentaría interferir en sus estudios y mucho menos distraerlo y provocar que les prestara menos atención.

Hizo que Jasper aminorara la marcha al llegar a Raechester. Lo puso al trote mientras cruzaban aquel pequeño pueblecito, y no pudo contener una mueca mientras seguía sumido en sus pensamientos. Si algo le habían enseñado los encuentros que había tenido hasta el momento con las mujeres, era que encontrar a semejante parangón no iba a ser nada fácil. A las damas les gustaba que se les prestara atención, eso era algo que habían tenido en común todas con las que había mantenido relaciones y había sido el motivo principal que siempre acababa por hacerles tomar caminos separados.

A pesar de lo dicho, no tenía nada en contra de las mujeres per se. Algunas de ellas (como Amanda y Amelia, las gemelas Cynster, por ejemplo) le resultaban bastante entretenidas. Años atrás se había permitido mantener algunos encuentros con ciertas damas de la alta sociedad y después había tenido tres aventurillas más largas, pero al final había empezado a aburrirse y se había hartado de las exigencias, cada vez mayores, de las damas en cuestión, así que había dado por terminadas aquellas relaciones con la mayor gentileza posible.

Al final, años atrás había decidido aferrarse a su escudo de ermitaño y mantener las distancias con todas las féminas en general, ya que había llegado a la conclusión de que los devaneos amorosos daban más problemas que otra cosa y no merecían la pena. Leonora le había presionado y había insistido en que sus experiencias pasadas tan solo querían decir que aún no había encontrado a la dama que sí que le merecería la pena, la dama por la que valdría la pena salir de su reclusión.

Desde un punto de vista lógico, no podía por menos que darle la razón, pero aun así dudaba seriamente que una mujer así pudiera existir, y más aún que llegara a cruzarse en su camino.

Intelectualmente hablando, las damas le inspiraban tanto cierto recelo como una fría displicencia; el recelo se debía a que en ocasiones se preguntaba si ellas operaban en un plano distinto de racionalidad y en realidad sabían más que él, al menos en lo relativo a temas sociales; en cuanto a la fría displicencia, se debía a que jamás había encontrado a una cuyo uso de la razón y la lógica le hubiera inspirado respeto (aunque, a decir verdad, eso también podría decirse de la gran mayoría de caballeros).

En cualquier caso, había decidido buscar esposa —porque la decisión estaba tomada, ¿no? Eh... sí, al parecer, estaba decidido a seguir adelante con aquello—, así que iba a tener que, como dirían Tristan y sus camaradas del club Bastion, planificar una campaña para lograr su objetivo.

En su caso, el objetivo en cuestión consistía en encontrar y cortejar a una dama de carácter impecable con todas las características que había descrito, y lograr que le concediese su mano en matrimonio. No estaría de más que también tuviera un atractivo pasable y que poseyera una posición social similar a la suya, ya que él no iba a poder ser de ninguna ayuda si la pobre necesitaba que la asesoraran en cuestiones tales como quién tenía precedencia al entrar en una sala.

Lo siguiente era idear la forma de avanzar en pos del objetivo que acababa de fijarse, y el primer paso tenía que ser encontrar a una candidata adecuada. Si le pedía a Leonora que le ayudara, ella lo haría encantada, pero entonces las viejas cacatúas (es decir, la jauría formada por las damas entradas en años de la familia de Tristan) insistirían en sumarse a la causa. Nada de lo que Leonora, Tristan o él mismo pudieran decir o hacer serviría para evitar que intervinieran, ni la catástrofe que sin duda resultaría de dicha intervención. Aunque tenían las mejores intenciones, aquellas ancianas eran de ideas fijas y eran tan mandonas como el que más.

Si no podía pedirle a Leonora que le ayudara, no podía pedírselo a ninguna otra mujer, eso no hacía falta que se lo dijera nadie. La conclusión era que le quedaban los hombres, es decir: Tristan y los antiguos camaradas de este. Todos ellos, incluyendo a Royce, se habían convertido en buenos amigos suyos.

Intentó imaginarse qué ayuda podrían prestarle, pero aparte de darle consejos tácticos (consejos que ya había recibido de ellos a lo largo de los años) no les veía ayudándole a identificar y a conocer a la joven dama idónea, ya que todos estaban casados y, al igual que él, hacían todo lo posible por evitar estar en sociedad. Estaba claro que por ese lado no iba a recibir ayuda alguna.

Si rebuscaba un poco más entre sus conocidos, había varios caballeros solteros a los que conocía a través de los Cynster, pero en las ocasiones puntuales en las que había coincidido con ellos había tenido la impresión de que también preferían mantenerse a distancia de la sociedad, o al menos de los círculos plagados de jóvenes casaderas.

A decir verdad, al analizar la situación con mayor detenimiento empezó a darse cuenta de que, al parecer, todos sus conocidos (o al menos aquellos con los que sentía cierta afinidad) evitaban estar en compañía de jóvenes casaderas hasta que tenían que encontrar una con la que contraer matrimonio.

Frunció el ceño mientras le daba vueltas a aquello. Frenó un poco a Jasper para que entrara al trote en Knowesgate, que apenas era un grupito de cabañas, y en cuanto salieron le dio rienda suelta.

Tenía que haber alguien a quien poder pedirle ayuda para encontrar a la esposa que necesitaba para hacer realidad sus planes de futuro. La idea de encontrarla por sí solo... en fin, ni siquiera sabría por dónde empezar.

Pensar en Almack's bastaba para que le dieran ganas de olvidarse del proyecto sin más, así que tenía que haber otra alternativa.

Al cabo de un rato, aún no se le había ocurrido ninguna opción útil. Tras pasar junto al camino que conducía a la aldea de Kirkwhelpington, tomó una larga y amplia curva a una velocidad considerable y justo entonces vio aparecer un poco más adelante un carruaje, el primero que veía en todo el día. El vehículo avanzaba hacia él por la curva a buen paso, pero no estaban en un camino principal y aquel tramo era demasiado estrecho como para permitir que los dos pasaran a la vez.

—Maldición —masculló.

Tiró de las riendas para frenar a Jasper hasta ponerlo al paso, y vio que el otro carruaje también aminoraba la marcha. Maniobró con cuidado para acercar la rueda exterior de su calesín al borde del camino, y saludó con la mano al cochero mientras este apartaba su vehículo hacia el otro lado con suma precaución.

Estaba concentrándose en la maniobra, pendiente de las riendas y vigilando como un halcón para que las ruedas de ambos vehículos no se tocaran, cuando oyó un súbito golpe en la ventanilla del carruaje. Alzó la mirada y vio la pálida cara de una mujer que, angustiada y con ojos suplicantes, había golpeado el cristal con las palmas de las manos.

La vio mover los labios, oyó su grito ahogado, unas manos masculinas la agarraron de los hombros de repente y la apartaron con brusquedad de la ventanilla, y antes de que pudiera reaccionar el carruaje ya había pasado de largo y volvía a tener ante sí un camino vacío.

Lo que acababa de vivir le había dejado anonadado. Notó apenas que Jasper tiraba de las riendas con impaciencia, deseoso de volver a acelerar el paso, y bajó las manos para dejar que se pusiera al trote mientras su mente intentaba asimilar lo sucedido.

Parpadeó perplejo y miró por encima del hombro. El carruaje había acelerado hasta recobrar el mismo paso sostenido de antes, pero no se alejaba apresuradamente ni mucho menos; al cabo de medio minuto, cuando lo vio desaparecer al final de la curva, se volvió hacia delante de nuevo y dejó que Jasper siguiera trotando, pero su mente seguía analizando y comparando a toda velocidad.

Era un experto en jeroglíficos antiguos y tenía una memoria infalible para ese tipo de cosas. Las caras eran como jeroglíficos y estaba convencido de haber visto antes aquella, pero ¿dónde había sido? Aparte de los Wolverstone, no conocía a nadie más que viviera en aquella zona... Londres, había sido en Londres. Sí, en un salón de baile, hacía un par de años.

Recordó la escena de golpe.

—¡Eliza Cynster!

Mientras pronunciaba su nombre, le vino otro recuerdo a la cabeza. Justo el día de su llegada a Wolverstone, Royce había recibido una carta de Diablo Cynster en la que este le explicaba no solo que Heather Cynster había sufrido un intento frustrado de secuestro, sino que estaban convencidos de que las hermanas de la joven aún corrían peligro.

—¡Diantre!

Tiró de las riendas para detener a Jasper y se quedó mirando el camino como un pasmarote. Los captores de Heather Cynster la habían llevado a Escocia, y el carruaje que él tenía a sus espaldas en ese momento se dirigía hacia la frontera; por si fuera poco, había alcanzado a entender la palabra que Eliza había gritado: «¡Socorro!».

¡Ella también había sido secuestrada!

Eliza se acurrucó en el rincón del carruaje contra el que la había lanzado Scrope. El tipo se había puesto como una furia, pero había recobrado la compostura de inmediato y había vuelto a parapetarse tras la misma expresión de pétreo estoicismo de antes para ocultar lo enfadado que estaba.

Genevieve, por su parte, la había reprendido en voz baja y le había agarrado con fuerza la muñeca. La sujetaba como un ave de presa, como si pensara que iba a intentar huir de un momento a otro, pero la verdad era que no había escapatoria posible.

De pie ante ella, con una mano apoyada en el techo del carruaje para mantener el equilibrio, Scrope la observó con expresión gélida durante un largo momento antes de abrir la trampilla que tenía sobre su cabeza para hablar con el cochero.

—¿Se ha detenido el calesín con el que acabamos de cruzarnos?

—No. El conductor se ha vuelto a mirar con cara de perplejidad, pero al cabo de un momento ha proseguido su camino. ¿Por qué?

Scrope miró a Eliza al responder:

—Porque nuestra valiosa mercancía ha intentado llamar su atención. ¿Estás seguro de que no nos sigue?

Al cabo de unos segundos, el cochero confirmó:

—No tenemos a nadie detrás.

—Perfecto —Scrope cerró la trampilla y volvió a fijar la mirada en Eliza mientras se balanceaba ligeramente con el vaivén del carruaje.

Ella le sostuvo la mirada y se sorprendió al darse cuenta de que no estaba asustada. Había hecho lo que tenía que hacer y apenas le quedaban fuerzas para hacer gran cosa más, ni siquiera tener miedo.

El tipo acabó por sentarse frente a ella al cabo de un momento.

—Tal y como usted misma acaba de demostrar, es inútil que monte un escándalo, porque no le servirá de nada —la miró con ojos fríos y calculadores y añadió—: ¿vamos a tener que atarla y dar nuestra versión de la historia en la próxima parada o se portará bien?

Eliza recordó la táctica que había empleado Heather con sus captores, cómo les había hecho creer que era una mujercita indefensa e incapaz de hacer nada por sí sola, y relajó el cuerpo para fingir que empezaba darse por vencida.

—Está claro que no tengo ninguna esperanza, así que me portaré bien.

No añadió que iba a portarse bien mientras le conviniera hacerlo. Como había dejado de forma deliberada que la debilidad que empezaba a adueñarse de ella tiñera su voz, no se sorprendió al ver que Scrope, tras pasar un largo momento observándola pensativo, acababa por asentir. El tipo miró entonces a Genevieve y ordenó:

—Suéltala, pero la ataremos y la amordazaremos si vuelve a hacer algo que pueda complicarnos la vida.

Después de fulminarla con la mirada, Genevieve le soltó la muñeca y soltó un bufido nada amistoso antes de sentarse bien de nuevo. Los tres retomaron entonces lo que estaban haciendo antes de todo aquel drama, antes de que Eliza viera pasar a Jeremy Carling.

Sabía que debería sentir una decepción enorme, pero no le quedaban fuerzas ni para eso. Había estado convencidísima de que el hecho de que pudiera pensar quería decir que el efecto del láudano ya había pasado. Pensaba que había recobrado fuerzas suficientes, que tenía la suficiente energía para, en el momento crucial (suponiendo que dicho momento surgiera), poder montar un escándalo que bastara para que la persona que la viera decidiera ayudarla.

A decir verdad, sus esperanzas de ver a alguien que pudiera salvarla habían sido casi nulas, pero de repente, como por obra y gracia del destino, había visto un rostro conocido. Se había lanzado hacia la ventanilla sin pensárselo dos veces, había golpeado el cristal mientras gritaba pidiendo ayuda. En cuanto se había movido había empezado a darle vueltas la cabeza, pero estaba tan desesperada que había descargado hasta la última gota de sus fuerzas y su determinación en aquel momento, en hacer todo lo que estuviera en sus manos.

Lo ocurrido la había dejado exhausta y sin fuerzas, y daba la impresión de que había sido un esfuerzo inútil.

Jeremy Carling. ¿Por qué, de todos los caballeros que el destino podría haber puesto en su camino, había tenido que ser precisamente él? Era un académico, un soñador, un genio reconocido, pero también era un hombre distante que mostraba un marcado desinterés por la vida social. Era tan despistado que seguro que ni se acordaba de quién era ella, tal vez ni siquiera se hubiera dado cuenta de que la conocía.

Esa era una posibilidad más que probable, ya que, aunque se lo habían presentado formalmente en un baile un par de años atrás y desde entonces le había visto de lejos en varios eventos familiares, tan solo habían hablado una vez, y apenas habían intercambiado un par de palabras. Había sido cuando los habían presentado, pero había tenido la impresión de que estaba tan ajeno a lo que le rodeaba, tan absorto en sus pensamientos, que había buscado apresurada una excusa cortés para alejarse del grupito donde estaba él.

Aun así, no había tenido más remedio que obrar como lo

había hecho; para bien o para mal, había tenido que aprovechar la oportunidad que se le había presentado.

Soltó un profundo suspiro de desaliento sin intentar disimularlo. No le importaba que lo oyeran los secuestradores, ya que cimentaba aún más la imagen de mujercita vencida e indefensa. No estaba tan mal como quería aparentar, pero poco le faltaba.

Cerró los ojos mientras intentaba relajarse y hacer acopio de fuerzas y determinación, y al cabo de un momento cobró vida en su interior una chispa de esperanza; al fin y al cabo, ella sí que había reconocido a Jeremy Carling, así que existía la posibilidad (por muy remota que fuera) de que él también la hubiera reconocido a ella.

Era una chispita de esperanza muy débil, pero la única que tenía y, teniendo en cuenta lo abatida y debilitada que estaba, tenía que aferrarse a lo que fuera. Se preguntó qué iba a hacer él en caso de que la hubiera reconocido. Era un intelectual, no un caballero andante ni un guerrero dispuesto a acudir él mismo en su auxilio, pero seguro que estaría preocupado. A lo mejor mandaba un aviso a sus familiares, o puede que fuera a hablar con ellos en persona al llegar a Londres... bueno, eso suponiendo que se dirigiera hacia allí, claro. ¿Qué estaría haciendo tan al norte? A lo mejor había ido a visitar a alguna de sus amistades.

Se cruzó de brazos y se acurrucó en la esquina del carruaje. No podía predecir lo que iba a hacer Jeremy, pero era un hombre honorable y seguro que haría algo para ayudarla.

Jeremy tardó un minuto entero en convencer a su cerebro de que aquello estaba pasando de verdad, de que no estaba soñando y la situación era real, y entonces se puso a pensar a toda velocidad.

Al ver que no estaba interesado en seguir avanzando, Jasper tiró de las riendas hasta que logró bajar la cabeza. Mientras él se dedicaba a mordisquear la hierba que crecía al borde del camino, Jeremy permaneció sentado en el inmóvil calesín con las manos sujetando sin fuerza las riendas y la mirada perdida.

Debía evaluar la situación. Tenía que analizar lo que había

que hacer, lo que estaba en sus manos llevar a cabo, cuáles eran sus opciones. Tenía que enviar un aviso a los Cynster o, en su defecto, a Wolverstone. Se le ocurrió la posibilidad de avisar a alguien más, pero descartó la idea de inmediato. A pesar de ser un ermitaño que prefería no moverse en sociedad, tenía claro que en una situación así preservar la reputación de una dama encabezaba la lista de cosas que había que hacer a toda costa.

El problema radicaba en que en cualquiera de los dos casos, dirigirse hacia el sur rumbo a Newcastle (la población más próxima desde la que podría enviar un mensajero) o dar media vuelta y regresar a Wolverstone para alertar a Royce, la única información que podría dar era que a Eliza se la habían llevado al otro lado de la frontera.

Era obvio que los padres de la joven querrían obtener cualquier dato por pequeño que fuera, pero seguro que preferirían que la siguiera e intentara ayudarla a escapar. Si intentaba enviar un mensaje al sur, perdería su pista y no podría ayudarla directamente, y estaba claro que necesitaba ayuda. Ella no habría intentado llamar su atención tal y como lo había hecho si no estuviera en una situación desesperada.

Eliza había gritado pidiendo que la socorriera y él no podía cuestionar semejante petición, tenía que responder como correspondía; además, lo más probable era que ni siquiera le hubiera reconocido, así que estaba tan desesperada como para pedirle ayuda a cualquier caballero que se cruzara con ella.

Para que una joven dama de su elevado estatus social se comportara así, tenía que estar en una situación límite.

Royce le había leído en voz alta lo que Diablo ponía en su carta acerca del plan de secuestro, y al parecer habían deducido que un hacendado escocés y, más en concreto, un noble de las Tierras Altas, quería secuestrar a una de las jóvenes de la familia Cynster por razones que aún se desconocían. Un detalle a tener en cuenta (y, dadas las circunstancias, tranquilizador) era que aquel escocés, quienquiera que fuese, había insistido en que se tratara con sumo cuidado a Heather e incluso le había procurado una doncella que la había acompañado durante el trayecto hacia el norte.

Breckenridge (un caballero a quien él apenas conocía) había presenciado por casualidad cómo atrapaban a Heather en una calle londinense, así que la había seguido y al final la había rescatado y había dejado al escocés con las manos vacías.

Al parecer, el tipo había logrado atrapar a Eliza, aunque cabía preguntarse cómo lo había logrado. Conociendo a los varones de la familia Cynster, a los hermanos y los primos de Eliza, costaba imaginar qué les habría llevado a bajar la guardia...

Dejó a un lado aquellas elucubraciones y se centró en la cuestión más apremiante, que no era otra que decidir lo que iba a hacer. ¿Cuál debería ser su paso más inmediato?

Los hechos estaban claros: Eliza Cynster había sido secuestrada y se encontraba en un carruaje que iba a cruzar la frontera en breve. Sería difícil seguirle la pista una vez que estuviera en Escocia, sobre todo si los secuestradores se adentraban en las agrestes Tierras Altas. Encontrarla en ese segundo caso sería casi imposible.

Si permitía que la llevaran al otro lado de la frontera y no la seguía, se arriesgaba a que después no hubiera forma de localizarla o, como mínimo, a que la joven acabara en manos de aquel misterioso escocés; por otro lado, si la seguía tendría que rescatarla o, como mínimo, hacer todo lo posible por ayudarla a escapar.

Él no era un héroe ni mucho menos, pero había pasado la última década en compañía de hombres que sí que lo eran: Tristan y los demás miembros del club Bastion. Había participado en varias de las aventuras civiles de aquellos valientes y había visto cómo pensaban, cómo encaraban los problemas y lidiaban con ese tipo de situaciones.

Aunque esa experiencia no podía compararse con una preparación adecuada, en ese caso iba a tener que bastarle, porque daba la impresión de que él era la única esperanza de Eliza.

Había estado deseando llegar a casa, arrellanarse en su cómoda butaca frente a la chimenea de su biblioteca mientras saboreaba el gran hallazgo que había resultado ser el manuscrito de Royce y, después, centrarse en resolver el problema de cómo encontrar a su esposa ideal, pero estaba claro que iba a tener que posponer todo eso. Sabía cuál era su deber, lo que el honor demandaba.

Alzó las riendas y chasqueó la lengua.

—Vamos, muchacho. Tenemos que volver por donde hemos venido.

Después de maniobrar para dar la vuelta en el desierto camino, hizo que Jasper retomara la marcha y tras un primer momento aceleró aún más.

—¡Rumbo a la frontera! ¡Hay que ir a Escocia!

Tal vez fuera un intelectual despistado, pero tenía una damisela en peligro a la que salvar.

CAPÍTULO 2

Eliza estaba en la planta superior de una posada de Jedburgh, paseando de un lado a otro de su habitación con paso decidido. La maciza puerta de roble estaba cerrada a cal y canto, estaba atrapada; después de proporcionarle una bandeja de comida, sus captores habían bajado a cenar al comedor, donde seguro que se respiraba un ambiente más distendido.

Al llegar a la pared dio media vuelta airada y su mirada fue a parar a la bandeja de comida, que estaba encima de una mesa al otro lado de la habitación. No tenía apetito, pero había hecho un esfuerzo y se había tomado el caldo y todo el pastel de carne que había sido capaz de tragar. Si quería escapar de sus tres secuestradores (Scrope, Genevieve y Taylor, el corpulento cochero), tenía que estar fuerte. Aunque era consciente de que la posibilidad de que lograra escapar era muy remota, estaba paseando de un lado a otro de la habitación con la esperanza de que el ejercicio contribuyera a que los efectos del láudano acabaran de disiparse por completo.

Mientras cruzaba por enésima vez la larga habitación, tuvo que esforzarse por mantener el equilibrio. El sedante aún estaba en su organismo y seguía dejándola sin fuerzas, con los músculos débiles y aflojados, relativamente indefensa. La habían tenido sedada tres días (les había oído decir que aquella era la tercera noche tras el baile de compromiso de Heather y Breckenridge), así que seguramente no debería resultarle tan sorprendente y preocupante que estuviera tardando cierto tiempo en recuperarse por completo. Estaba bastante segura de que beber agua también le iría bien, así que tomó el vaso que había en la bandeja y tomó un trago.

Estaba intentando con desesperación conservar las esperanzas, pero... teniendo en cuenta todo lo que había alcanzado a recordar acerca de Jeremy Carling, verse obligada a depender de él no resultaba demasiado tranquilizador.

Tenía fama de poseer una mente brillante, pero teniendo en cuenta que dicha mente prefería la antigüedad al presente, que era un hombre que por regla general parecía estar distraído y más centrado en civilizaciones de tiempos pasados que en estar pendiente de lo que estaba pasando justo delante de sus narices...

Volvió a dejar el vaso en la bandeja, respiró hondo y contuvo el aliento hasta que logró serenarse un poco. Era inútil que se desesperara. O Jeremy hacía algo para ayudarla o no lo hacía, ella no podía hacer nada al respecto.

Mientras cruzaba de nuevo la habitación, intentó hacer caso omiso de la insidiosa vocecilla que le susurraba desde algún rincón de su mente que, mientras que Heather había tenido como salvador a Breckenridge, al caballero que había resultado ser su héroe, a ella le había tocado ni más ni menos que Jeremy Carling. ¡Qué injusticia!

Apartó a un lado aquella irracional protesta (en ese momento estaría encantada de que la rescatara cualquiera, no estaban las cosas como para esperar a que apareciera su héroe), y siguió andando con paso decidido.

Le dio un brinco el corazón al recordar de nuevo el momento en que, cuando estaba a punto de perder toda esperanza, había visto a Jeremy Carling. La imagen había quedado grabada en su mente, aún podía verle con total nitidez sentado muy recto en su calesín. Recordaba a la perfección sus hombros anchos y cuadrados, el gabán abierto que cubría dichos hombros y que enmarcaba un pecho que, en comparación con el recuerdo previo que tenía de Jeremy, parecía haber mejorado tanto en anchura como en fuerza (al menos, esa era la impresión que le había dado).

Frunció el ceño mientras, sin dejar de caminar, recordaba hasta el último detalle. A decir verdad, en el aspecto físico que Jeremy tenía en ese momento no había nada que pudiera llevar a descartarle como posible salvador; de hecho, analizando con objetividad la imagen que había quedado grabada en su mente, no podía por menos que llegar a la conclusión de que incluso los intelectuales despistados podían llegar a convertirse en la clase de caballeros que atraían la atención de las damas.

Fuera como fuese, tal y como se apresuró a señalar aquella vocecilla que susurraba en su interior, el aspecto que él pudiera tener o dejar de tener carecía de importancia. El hecho de que el salvador de Heather hubiera resultado ser también su héroe no era razón para suponer que a ella fuera a pasarle lo mismo; además, por lo que sabía de Jeremy Carling daba la impresión de que cualquier mohoso y polvoriento texto antiguo le interesaba infinitamente más de lo que le interesaba o podría llegar a interesarle cualquier mujer.

Al llegar a la pared, suspiró y alzó la mirada al techo antes de decir en voz alta:

—Por favor, que me haya visto; por favor, que me haya reconocido; por favor, que haya hecho algo para mandarme ayuda.

Ese último punto era un problema añadido. En su opinión, los sabihondos despistados que se pasaban la vida enfrascados en sus estudios estaban entre las personas menos decididas del mundo, tan solo las superaban por muy poco las ancianitas apocadas.

Bajó la mirada de nuevo, dio media vuelta y cruzó la habitación otra vez. Notaba los músculos de las piernas menos débiles que cuando había empezado con el ejercicio. Mantuvo la cabeza gacha mientras intentaba ponerse en el lugar de un sabio despistado, mientras intentaba imaginar cómo podría actuar Jeremy.

—Si manda un aviso a Londres, no sé cuánto tardarían en...

Se detuvo en seco al oír un golpecito. Miró hacia la ventana, ya que le había parecido que el sonido procedía de allí, pero su habitación estaba en una segunda planta. Ya había valorado la posibilidad de escapar por allí, y la había descartado por imposible. Si bien era cierto que Breckenridge había alertado de su presencia a Heather a través de una ventana situada en la segunda planta de una posada, era muy improbable que a ella le pasara lo mismo. Sí, seguro que habían sido imaginaciones suyas...

Al oír un segundo golpecito, echó a correr hacia la ventana, apartó a un lado la cortina, miró a través del cristal... y se encontró frente a frente con Jeremy Carling.

Se alegró tanto de verle que se quedó allí parada como un pasmarote, mirándole con una sonrisa radiante y pensando en que él tenía unos ojos preciosos. No alcanzaba a distinguir bien el color a la luz de la luna, pero eran grandes, profundos, y la observaban con una mirada maravillosamente directa y transparente.

Sus facciones eran simétricas y tenían un toque aristocrático, en especial la nariz. Su frente era ancha, sus mejillas delgadas y largas, su barbilla cuadrada, y sus labios parecían pertenecer a un hombre que solía reír con frecuencia.

Un rápido vistazo le bastó para verificar que había acertado al pensar que, en comparación con la última vez que le había visto, tenía los hombros mucho más anchos y estaba mucho más robusto y fuerte en general.

Bajo la luz plateada de la luna llena, Jeremy se sentía muy expuesto sentado en la cima del tejado, justo debajo de la ventana de Eliza, pero desde un punto de vista racional sabía que la gente no solía levantar la mirada hacia arriba. Con un poco de suerte, ninguno de los clientes que salían de la posada se desviaría demasiado de la norma.

Como en el exterior había tanta luz como en el interior de la habitación, podía ver el rostro de Eliza con claridad y alcanzaba a ver lo bastante bien su expresión como para darse cuenta de que, aunque se alegraba de verle, estaba bastante sorprendida. La verdad era que su reacción era comprensible, incluso él mismo estaba sorprendido al verse allí arriba.

Al ver que parecía haberse quedado paralizada, aprovechó para confirmar que la impresión que había tenido era real. Eliza era más... no más guapa, pero sí más impactante de lo que recordaba, sobre todo ahora que no estaba tan alterada como en el carruaje.

Por alguna extraña razón, se sintió complacido por ello.

Apartó una mano del borde del tejado, señaló el pestillo de la ventana batiente e hizo un movimiento giratorio con el dedo. Tras lanzar una mirada hacia el pestillo, Eliza se apresuró a abrir. Él se echó un poco hacia atrás para dejar pasar la hoja de la ventana, y entonces se echó de nuevo hacia delante y susurró:

—¿Está sola?

Ella aferró el alféizar de la ventana y se inclinó hacia delante para acercarse más a él.

—Sí, de momento sí. Ellos están abajo, son tres.

—Muy bien, ¡vámonos de aquí!

A ella se le iluminaron los ojos y, cuando se asomó por la ventana para mirar hacia abajo, Jeremy perdió el hilo de sus pensamientos al ver aquella espesa melena justo debajo de su barbilla, una melena de mechones dorados como la miel que brillaban bajo la luz de la luna; al darse cuenta de que se había quedado mirándola absorto, procuró centrarse y le dijo:

—No está tan alto como parece. Podemos ir pegados a la pared hasta el final de este tejado, bajar después al siguiente con un pequeño salto, y desde allí podremos cruzar parte del tejado de la cocina. Tendremos que apresurarnos, pero...

—No puedo hacerlo —dijo ella, antes de echarse de nuevo hacia atrás. Sin dejar de aferrarse al alféizar, le miró a los ojos y añadió—: créame si le digo que nada me gustaría más que marcharme con usted, pero... —dejó la frase inacabada y le agarró el antebrazo. Él la miró con expresión interrogante al ver cómo le temblaba la mano y que apenas podía apretar, y ella suspiró pesarosa y admitió—: no puedo apretar más, en este momento no puedo agarrar nada con más fuerza que esta. Han estado administrándome láudano durante tres días y el efecto aún no ha pasado del todo. Sigo teniendo las piernas un poco flojas y no puedo agarrar nada con fuerza, si resbalara...

Jeremy sintió que le recorría un escalofrío. Si ella resbalaba, no sabía si podría sujetarla a tiempo y sostenerla para evitar que se cayera del tejado. Aunque era una mujer alta y esbelta, abultaba lo bastante como para que se planteara si tendría la fuerza necesaria para salvarla; a decir verdad, no tenía ni idea de lo fuerte que era o dejaba de ser, porque era algo que jamás había tenido que poner a prueba.

Asintió y, procurando reflejar serenidad y confianza tanto con sus gestos como con su tono de voz, contestó:

—Está bien. No nos beneficiaría en nada que alguno de los dos se cayera y se rompiera algo, tendremos que buscar otra solución.

Ella lo miró como sorprendida, pero al cabo de un momento asintió.

—Sí, de acuerdo —hizo una pequeña pausa antes de preguntar—: ¿tiene alguna sugerencia?

Jeremy se sintió aliviado al ver que parecía estar en un estado más racional del que esperaba, que no estaba histérica ni llorosa (gracias a Dios). Se puso a pensar en las opciones que tenían, que no parecían ser muchas.

—En cualquier caso, creo que liberarla esta misma noche no sería demasiado aconsejable. El camino estará muy oscuro y, si volviéramos a cruzar los montes Cheviot, aunque sea en un carruaje, en medio de la noche y, muy posiblemente, huyendo de unos perseguidores que podrían estar armados, la cosa podría terminar muy mal. Teniendo en cuenta que no estamos familiarizados con esta zona... —la miró con expresión interrogante, y al verla negar con la cabeza concluyó diciendo—: lo más sensato sería no intentar huir de noche.

—Podríamos perdernos, salir del camino.

—Exacto. Ha mencionado que los secuestradores son tres, ¿verdad?

Eliza apoyó los codos en el alféizar y asintió.

—Sí, así es. Scrope es el líder, creo que fue él quien estaba esperando en el saloncito de la mansión St. Ives —le miró a los ojos y admitió—: estaba muy oscuro y no pude verle, pero me sedó. Creo que fue con éter. Debieron de sacarme por la ventana, da a un callejón.

Al ver que él se limitaba a observarla con ojos penetrantes, esperando paciente a que continuara, añadió:

—Hay una mujer, estoy convencida de que debe de tratarse de una enfermera que trabaja también de acompañante. Calculo que tiene unos treinta y pocos años, y es más fuerte de lo que parece. Taylor, el cochero, también está metido en el plan. Se trata de un hombre muy corpulento y fuerte. Es más tosco que Scrope, que tiene aspecto de caballero y habla como tal.

Sin apartar los ojos de ella, Jeremy comentó:

—Si ellos son tres y nosotros tan solo dos, eso significa que a plena luz del día tampoco podremos intentar nada directo a menos que podamos deshacernos de uno de ellos, por no decir dos.

Se pusieron a darle vueltas al tema y, al cabo de un minuto, Eliza sacudió la cabeza.

—Ni siquiera se me ocurre algo para lograr distraer a dos de ellos, no son tontos ni mucho menos.

—¿A dónde la llevan?, ¿lo han mencionado?

—A Edimburgo. Me han secuestrado por orden de un escocés de las Tierras Altas y allí es donde piensan hacer la entrega, dijeron que sería pasado mañana. Verá, parece ser que hay un noble escocés que...

—Estoy al tanto de la situación. Sé lo del secuestro de Heather y conozco las conjeturas que ha hecho su familia acerca de la identidad de la persona que lo orquestó todo —al ver que lo miraba sorprendida, le explicó—: estaba en el castillo de Wolverstone estudiando un manuscrito cuando Royce recibió una carta de Diablo en la que este le explicaba lo sucedido con Heather, le exponía lo que pensaba la familia y le pedía consejo. Royce nos la leyó a Minerva y a mí, así me enteré de lo ocurrido.

Ella no disimuló el alivio que sintió al oír aquello y admitió:

—Perfecto. Debo admitir que no me entusiasmaba la idea de tener que explicarlo todo, parece una historia inverosímil.

—Que usted esté aquí, encerrada en una posada de Jedburgh, no tiene nada de inverosímil.

—Eso es cierto, no hay duda de que ese misterioso noble escocés no es un fragmento de la imaginación de nadie —Eliza apoyó un poco más de peso en el alféizar antes de añadir—: si no podemos huir esta noche, entonces...

—Entonces tendré que planear la forma de liberarla mañana de las garras de los secuestradores —hizo la afirmación como si fuera un hecho—. A decir verdad, resultará mucho más fácil liberarla en Edimburgo que aquí.

—¿Por qué?, ¿porque Jedburgh es una población pequeña?

—Sí, en parte. Diablo mencionaba en su carta una patraña que los secuestradores habían preparado para asegurarse de que Heather no pudiera conseguir ayuda con facilidad, ni siquiera de las autoridades.

—¿Lo de que habían ido a buscarla por orden de su tutor? Sí, también están dispuestos a utilizar ese cuento conmigo; de hecho, lo utilizaron a modo de amenaza.

—Esa es la otra razón por la que no es buena idea rescatarla mientras estemos en Jedburgh o en las inmediaciones. Les bastaría con alertar a las autoridades, y el contingente que tendrían a su disposición para poder usarlo en nuestra contra sería considerable; además, es posible que lograran cerrar la frontera antes de que la alcanzáramos.

—No es una buena opción, desde luego.

Eliza le vio titubear. A juzgar por la expresión de su rostro (una expresión que, sin duda, reflejaba una aguda inteligencia), supuso que debía de estar reflexionando, analizando la situación.

—Además —dijo él al fin—, Edimburgo tiene importantes ventajas. Se trata de una ciudad grande, por lo que ocultarnos una vez que usted esté libre no nos resultará demasiado difícil. Pero la principal ventaja para nosotros es que allí tengo amigos, buenos amigos que seguro que nos ayudarán.

Se quedó callado y la observó con ojos penetrantes. Ella no sabía qué era lo que estaría buscando en su rostro y mucho menos lo que iba a alcanzar a ver, pero antes de que pudiera hacer comentario alguno él añadió con cierta timidez:

—Creo que podemos dar por hecho que los secuestradores reanudarán el viaje mañana por la mañana, y en ese caso llegarán a Edimburgo a eso del mediodía. Usted ha mencionado que piensan dejarla en manos de ese misterioso escocés de las Tierras Altas al día siguiente, así que tendrán que mantenerla encerrada en algún lugar de la ciudad o de las inmediaciones. ¿Se ve capaz de seguir con ellos, al menos hasta que se detengan en el lugar donde piensen pernoctar mañana?

Eliza pensó en ello antes de contestar.

—No me va a quedar más remedio que hacerlo, la verdad es que no veo que tengamos otra alternativa.

—No, no tenemos ninguna que sea buena o sensata —admitió él con una mueca.

—De acuerdo, en ese caso les seguiré el juego y dejaré que me lleven a Edimburgo —le miró a los ojos al preguntar—: y entonces, ¿qué?

—Yo la seguiré, tomaré nota de dónde la encierran y acudiré a su rescate mañana por la noche. No vamos a permitir que la dejen en manos de ese canalla escocés, así que mañana por la noche iré a buscarla.

Lo dijo con una mirada directa y franca, una mirada que reflejaba una firmeza y una determinación que la reconfortaron.

—De acuerdo, pero tendrá que ser mañana por la noche sin falta. Los secuestradores de mi hermana esperaron durante días a que llegara el hombre que les había contratado, pero en este caso no será así. Oí que Scrope le decía a Taylor que habían enviado un mensaje al norte antes de salir de Londres, por lo que parece está deseando dejarme en manos de ese infame escocés y desembarazarse de mí cuanto antes.

—Es un tipo listo. Así es más seguro para él, no se arriesga a perderla como les pasó a los otros secuestradores con Heather.

—Sí, eso es cierto. Dígame, ¿está seguro de que sus amigos...? —se interrumpió de golpe, miró hacia la puerta y se alarmó al oír el sonido de pasos que se acercaban. Se volvió de nuevo hacia él a toda prisa.

—Sí, sí que estoy seguro —le susurró él, mientras empezaba a cerrar ya la ventana.

Eliza no tuvo tiempo de contestar. Agarró la ventana, la cerró de golpe, corrió el pestillo, cerró las cortinas de un plumazo, y logró echar a andar hacia la cama antes de que la llave entrara en el cerrojo.

Fue Genevieve quien abrió la puerta y, al verla andar con

paso lento, se volvió a dar las buenas noches en voz baja a Scrope, a quien Eliza alcanzó a ver entre las sombras del pasillo. Oyó el sonido sordo de una bota rozando el suelo de pizarra, y también dos voces masculinas contestando en voz baja a Genevieve. Taylor también estaba en el pasillo.

Se acercó a una de las dos estrechas camas que había en la habitación y se sentó lentamente. Aguzó el oído y oyó que uno de los hombres entraba en la habitación de la izquierda y el otro en la de la derecha, estaba claro que Scrope no quería correr ningún riesgo.

Genevieve la observó con atención y, al cabo de un momento, recogió la bandeja y fue a dejarla en el pasillo. Después de cerrar la puerta con llave, se puso dicha llave en la cadena que llevaba alrededor del cuello y se volvió de nuevo a mirarla.

—Es hora de dormir. Quítese el vestido, por favor.

Eliza suspiró para sus adentros y obedeció. Desabrochó la hilera de botoncitos de topacio que bajaba por la parte delantera del elegante vestido de seda, que a aquellas alturas estaba arrugadísimo. Cuando giró un poco para deshacer los lazos que había en uno de los costados de la prenda, vio que Genevieve agarraba tanto su propia capa como la que habían usado para cubrirla a ella, las doblaba y las colocaba debajo del colchón de la otra cama.

Recordó que Heather le había contado que, durante el secuestro, la supuesta doncella que la acompañaba había dormido todas las noches encima de la ropa de ambas, con lo que huir de noche había sido prácticamente imposible. Quizás había un manual de instrucciones para secuestradores en el que se detallaban los métodos más eficaces para evitar que los secuestrados causaran problemas.

Tal y como esperaba, en cuanto se quitó el vestido, lo sacudió y lo colocó sobre la cama, Genevieve se hizo con él; sin mediar palabra, la mujer lo metió bajo su colchón junto con su propio vestido negro de día y las dos capas. Después de volver a colocar el viejo colchón en su sitio, alzó la mirada hacia ella y esbozó una sonrisa de satisfacción.

—Ahora sí que podremos dormir tranquilas.

Eliza no se molestó en contestar. Ataviada con su camisola de seda, se metió en la cama, se estiró un poco antes de sentarse, ahuecó la incómoda almohada y se tumbó de nuevo. Se quedó mirando el techo mientras Genevieve se acostaba en la cama de al lado y apagaba la vela de un soplo, y oyó cómo se colocaba de costado.

Por el sonido rítmico y profundo de su respiración supo poco después que se había quedado dormida, pero eso no la beneficiaba en nada. Tal y como había dicho Jeremy, intentar huir de noche sería una imprudencia incluso suponiendo que lograra salir de la habitación sin alertar a ninguno de sus tres captores, y aunque encontrara ropa suficiente para ir decentemente vestida.

Dócil, callada e indefensa, así debía mostrarse hasta que Jeremy lograra liberarla. Al verla comportarse así, los secuestradores no considerarían necesario tomar medidas más estrictas para custodiarla, medidas que serían más difíciles de burlar.

Se tragó un bufido burlón. Dócil, callada e indefensa... estaba segura de que iba a poder proyectar esa imagen sin problema ninguno, porque así era en realidad. Era indudable que era mucho más dócil, callada e indefensa que sus hermanas y, muy posiblemente, que cualquiera otra de las mujeres que habían pertenecido a la familia Cynster a lo largo de los años.

Heather era la hermana mayor y tenía confianza en sí misma, era una mujer resuelta que tenía muy claro cuál era el lugar que ocupaba en el mundo; Angelica, la mimada hermana pequeña, no le tenía miedo a nada, era atrevida y mandona, y tenía el pleno convencimiento de que, pasara lo que pasase, las cosas siempre acabarían por salirle bien (y con razón, porque siempre acababa por ser así).

Ella, Eliza, era la callada. Había oído cómo la describían así multitud de veces, pero, más allá de eso, la verdad era que esa era la imagen que tenía de sí misma. Era la pianista, la que tocaba el arpa y bordaba; no llegaba a ser una soñadora exactamente, pero ninguna otra Cynster de los últimos tiempos se acercaba tanto a esa definición. No se le daban bien las actividades físicas. No tenía nada en contra, pero no estaban hechas para ella. Nunca había destacado en ninguna, y en algunos casos ni siquiera había alcanzado un mínimo nivel de destreza.

Sus dos hermanas eran mujeres seguras de sí mismas a las que les gustaban las actividades al aire libre, se desenvolvían igual de bien en la campiña que en un salón de baile. Tanto para Heather como para Angelica, salir a pasear suponía una enérgica caminata a través de colinas y valles, mientras que su versión de dicha actividad era un relajado paseo por las terrazas y los empedrados senderos de un jardín.

Por todo ello, para ella suponía un gran alivio que su huida fuera a llevarse a cabo en Edimburgo y no en medio de la campiña y, peor aún, de las Tierras Bajas escocesas, una región con la que no estaba nada familiarizada.

Alzó de nuevo la mirada hacia el techo, que estaba bañado por la luz de la luna, y sintió que algo, determinación y algo más que no habría sabido describir, iba surgiendo en su interior poco a poco pero de forma irrefrenable, que emergía y se expandía, que iba fraguándose.

Sí, puede que fuera dócil, callada e indefensa, pero también era una Cynster de los pies a la cabeza. Pasara lo que pasase, con la ayuda de Jeremy o sin ella, iba a escapar. Iba a liberarse. ¡No estaba dispuesta a permitir que la entregaran como un fardo a un rufián de las Tierras Altas!

Respiró hondo, cerró los ojos y, para su propia sorpresa, se quedó dormida de inmediato.

Media hora después, Jeremy regresó a la habitación que había alquilado en una pequeña taberna situada a unos noventa metros de la posada donde los secuestradores habían decidido pasar la noche.

Para cuando había puesto los pies en el suelo después de bajar con cuidado del tejado de la posada, ya se había dado cuenta de que, si su plan inicial de sacar a Eliza de la habitación sin más y llevarla al sur de inmediato era inviable, iba a tener que idear otro que le permitiera rescatarla de forma efectiva y segura, así que había pasado media hora recorriendo el pueblo para situarse bien y memorizar los detalles más reseñables.

Tal vez no tuviera demasiada experiencia en tales menesteres, pero había tratado lo suficiente a Trentham y a los demás miembros del club Bastion como para saber cuáles eran los aspectos básicos a la hora de formular un plan así. Recabar información siempre era el primer paso.

Después de dejar sobre la vieja cómoda que había en la habitación la vela que el tabernero le había entregado, cerró la puerta con llave y se quitó el gabán. Dejó la prenda en el respaldo de la silla que había junto a la estrecha cama, se sentó en esta y, después de comprobar que el colchón era aceptable, se tumbó con las manos detrás de la cabeza y estiró las piernas hasta que sus pies quedaron colgando al final de la cama.

Contempló sin ver el techo mientras repasaba mentalmente todo lo que había averiguado acerca de aquel pueblo. Todo, desde la proximidad de la guarnición armada que había en el castillo hasta el hecho de que la población fuera poco más que una única calle en la que apenas había potenciales escondrijos donde ocultarse, confirmaba que la opción de permitir que los secuestradores llevaran a Eliza a Edimburgo era la más sensata.

Tan solo se le había ocurrido una alternativa posible: que aquellos tres malandrines se relajaran al ver que estaban tan cerca de lograr su objetivo y cometieran algún error que le permitiera arrebatarles a Eliza de las manos, pero tendría que ser con alguna treta que les permitiera huir con la suficiente ventaja para llegar a la frontera.

Esa le parecía una posibilidad más que improbable, sobre todo teniendo en cuenta lo que ella le había contado acerca de los secuestradores y por lo que cabía deducir al ver que habían sido capaces de sacarla de la mansión St. Ives, pero le parecía oír a Trentham recordándole con severidad que uno siempre debía permanecer alerta y preparado, que siempre había que estar listo para intervenir y aprovechar esas situaciones que a priori parecían «más que improbables».

De modo que, por si acaso, por la mañana iba a estar en el patio de la posada, esperando y vigilante; además, seguro que a

Eliza le resultaría reconfortante tener aunque fuera una confirmación visual de que él estaba cerca y pensaba seguir estándolo.

Siguió allí tumbado durante un buen rato, mirando sin ver el techo mientras su bien ejercitada mente lógica de estudioso repasaba al detalle los matices, las posibilidades y las probabilidades de lo que podría ocurrir cuando el carruaje en el que viajaba Eliza llegara a Edimburgo.

Fue más allá y, de forma metódica, empezó a hacer un listado de las alternativas pertinentes, de las ventajas con las que contaba, de a quién podría recurrir para solicitar ayuda, de cuáles eran sus propias habilidades y de todo lo que sabía acerca de la ciudad.

Había pasado cinco meses en Edimburgo ocho años atrás, cuando la universidad le había consultado sobre la traducción de media docena de pergaminos. Había entablado entonces una estrecha amistad con dos caballeros a los que después había visitado todos los años, por regla general cuando tenía que viajar a Edimburgo por razones de trabajo.

Tal y como le había dicho a Eliza, en aquella ciudad tenía amigos con los que podía contar.

Tanto Cobden Harris como Hugo Weaver eran intelectuales también, pero ambos eran hombres vigorosos y vivaces que tenían una edad parecida a la suya y que no carecían de recursos ni mucho menos; además, los dos vivían en la ciudad y conocían como la palma de su propia mano hasta el último rincón de aquel lugar.

No tenía ni la más mínima duda de que tanto ellos como Meggin, la esposa de Cobby, le ayudarían en todo lo que pudieran. El problema era cómo rescatar a Eliza de las garras de los secuestradores...

Estaba barajando distintas posibilidades cuando la luz que se reflejaba en el techo empezó a parpadear, y al volverse a mirar la vela y ver que estaba a punto de consumirse se levantó de la cama y empezó a desvestirse. Mientras lo hacía se dio cuenta de que no podía correr el riesgo de que los secuestradores le vieran al día siguiente en el patio de la posada, y siguiendo aquel razonamiento se preguntó qué haría Tristan en su lugar y modificó sus planes en consecuencia.

Después de apagar la vela, se metió entre las sábanas y se estiró boca arriba de nuevo. Era la primera vez en sus treinta y siete años de vida que participaba en una aventura en la que era él quien tenía que trazar los planes, quien, por así decirlo, estaba al mando de la misión.

No había sido consciente del gran desafío que supondría algo así, y mucho menos de que podría disfrutar al asumir semejante tarea, pero lo cierto era que su mente lo veía como algo parecido al ajedrez (aunque en aquel caso fuera un ajedrez a escala real en el que no había una serie completa de piezas, ni tablero, ni unas normas establecidas).

Había olvidado lo que había sentido años atrás, cuando se había visto involucrado en los extraños sucesos que habían ocurrido en Montrose Place. Se había olvidado de la emoción, de la excitante tensión, de lo que se sentía al enfrentarse a un villano, al intentar salir victorioso, al triunfar sobre un adversario, al luchar del lado del bien.

Esbozó una sonrisa, se puso de lado, cerró los ojos... y admitió para sus adentros que había olvidado que en la vida había otros desafíos entretenidos más allá de los que se ocultaban en jeroglíficos milenarios.

CAPÍTULO 3

Eliza despertó a la mañana siguiente cuando Genevieve la zarandeó; en cuanto abrió los ojos, la mujer señaló el palanganero con un gesto de la mano y le dijo:

—Será mejor que se asee y se vista. Abajo servirán el desayuno en breve, y Scrope quiere poner rumbo a Edimburgo sin demora.

Apartó a un lado las cobijas y, medio adormilada aún, se sentó en la cama. Hacía bastante frío, así que se cubrió los hombros con el cobertor y se acercó al palanganero arrastrando los pies. No era una persona mañanera, en eso también se diferenciaba de Heather y de Angelica.

Después de colocarse el cobertor bajo los brazos, agarró el aguamanil con ambas manos para verter el agua tibia en la palangana, y al hacerlo se dio cuenta de lo pesado y sólido que era. Se planteó pedirle a Genevieve que se acercara, golpearla con el aguamanil para dejarla inconsciente, vestirse y marcharse a toda prisa, pero lo más probable era que se topara con Scrope o con Taylor en cuanto saliera por la puerta de la habitación. Seguro que alguno de los dos estaba esperándolas en el pasillo.

Dejó a un lado el aguamanil, se lavó la cara y parpadeó mientras empezaba a despertarse del todo. Si intentaba huir en ese momento, por su cuenta, las probabilidades de que lo lograra eran escasas. Scrope y sus secuaces descubrirían que en realidad estaba decidida a escapar, y de eso no saldría nada bueno.

Se secó la cara con la fina toalla que había disponible. La decisión a la que Jeremy y ella habían llegado la noche anterior seguía siendo la más sensata, iba a dejar que la llevaran a Edimburgo y tendría fe en él aunque fuera un intelectual despistado.

Mientras se acercaba de nuevo a la cama para ponerse su arrugado vestido de gala, se recordó a sí misma que Jeremy había subido hasta un tejado para llegar a su ventana y eso era algo de lo que jamás le habría creído capaz. Estaba claro que aquel hombre tenía cualidades ocultas, tan solo cabía rezar para que dichas cualidades le permitieran rescatarla.

En cuanto le dijo a Genevieve que estaba lista, esta la cubrió bien con la capa y la sacó de la habitación. Taylor estaba esperando en el pasillo, tal y como ella había imaginado, y las condujo a un saloncito privado de la primera planta. Desayunaron deprisa y en silencio, y cuando terminaron Taylor salió para llevar el carruaje a la entrada.

Scrope permaneció atento a la ventana, y en cuanto vio que el vehículo se detenía frente a la puerta se volvió a mirarla y le advirtió:

—Sabe la historia que vamos a contar si se le ocurre montar un escándalo. Le aconsejo que no se cree a sí misma dificultades innecesarias, pórtese bien y todos actuaremos de forma civilizada.

Eliza se contuvo y se limitó a contestar con una inclinación de cabeza, que lo tomaran como un gesto de conformidad si querían. Era la primera vez que había tenido que tomar la decisión consciente de acatar las órdenes que le daban, antes había estado sedada o demasiado débil para oponer resistencia.

De camino al saloncito había comprobado cómo tenía los brazos y las piernas, y había sentido un alivio enorme al darse cuenta de que podía controlarlos con normalidad y había recobrado su fuerza habitual. Si quisiera resistirse, podría hacerlo, pero...

Al ver que Scrope abría la puerta y la sujetaba para dejarlas pasar, salió tras Genevieve plenamente consciente de que él la seguía de cerca. Desde un punto de vista lógico, sabía que debería hacer lo que había planeado con Jeremy y seguirles el juego sin protestar, pero cuando salió por la puerta de la posada y vio el oscuro carruaje esperando allí, la embargó una necesidad instintiva de resistirse.

Se detuvo en el porche y justo en ese momento vio un movimiento a su izquierda por el rabillo del ojo. Miró más allá de Genevieve, que estaba esperando para meterla a toda prisa en el vehículo aunque fuera a empujones, y alcanzó a ver a Jeremy, ataviado con una chaqueta vieja y una gorra de paño que cubría su cabello oscuro y cuya visera ocultaba en parte su rostro.

Él bajó la cabeza en un gesto de asentimiento casi imperceptible. Estaba diciéndole sin necesidad de palabras que estaba allí velando por ella, que iba a seguir el carruaje hasta Edimburgo tal y como le había asegurado, que iba a rescatarla.

Respiró hondo, miró al frente y echó a andar hacia el carruaje. Ella fue la primera en entrar en el vehículo, la siguió Genevieve, y Scrope se paró a intercambiar unas palabras con Taylor antes de entrar a su vez y cerrar la portezuela.

El carruaje se puso en marcha con una sacudida, salió del patio de la posada y puso rumbo a Edimburgo.

En cuanto el carruaje de los secuestradores se incorporó al camino, Jeremy regresó a toda prisa a la taberna. Después de volver a ponerse el elegante gabán que revelaba con claridad su condición de caballero, se pasó los dedos por el pelo, sacudió la cabeza para adecentar de nuevo su espesa cabellera, hizo el equipaje, pagó por su estancia en la taberna y salió al patio.

Se acercó a un joven y servicial mozo de cuadra que estaba esperando allí en mangas de camisa sujetando las riendas de Jasper el Negro (que ya estaba enganchado al calesín y piafaba, deseoso de ponerse en marcha), y le devolvió la chaqueta y la gorra junto con una sonrisa, unas palabras de agradecimiento y una moneda. Un disfraz no le ayudaría en nada mientras viajara en su elegante calesín con Jasper entre las varas, alguien podría incluso sospechar que había robado el vehículo; además, cuando llegara a Edimburgo era posible que le fueran útiles las atenciones que solían recibir los caballeros de su estatus social, por lo que un disfraz podría resultar ser contraproducente.

Tan solo tenía que asegurarse de no acercarse demasiado para evitar que el cochero (un tal Taylor, según Eliza) le viera lo bastante bien como para darse cuenta de que era el caballero al que ella había pedido auxilio. Mejor dicho: el caballero que iba a auxiliarla.

A decir verdad, estaba bastante satisfecho con cómo se habían desarrollado los acontecimientos hasta el momento.

Después de subir al calesín, hizo chasquear las riendas y Jasper salió con paso brioso del pequeño patio de la taberna. Cuando el animal y él lograron ponerse de acuerdo y establecieron un ritmo de viaje sostenido y razonable, mantuvo los ojos pegados al camino que se abría ante ellos por si el carruaje aminoraba la marcha de forma inesperada.

La única tarea de su lista que aún no había podido cumplir era la de enviar una nota de aviso a la familia de Eliza. Si estuvieran en la gran ruta del norte, habría podido mandar un mensaje con el correo nocturno, pero se encontraban en un camino secundario donde no operaba el servicio de Correos oficial; de igual forma, intentar encontrar a un mensajero fiable al que poder contratar había resultado ser una empresa inútil, ya que esa gente trabajaba en caminos principales y en las ciudades enlazadas por dichos caminos.

Se había planteado acudir al comandante al mando de la guarnición, pero, por lo que él sabía de ese tipo de asuntos, era imprescindible que el secuestro de Eliza se mantuviera en el más estricto secreto. Había que procurar que estuviera enterada de la verdad el mínimo de gente posible, tal y como se había hecho en el caso de la desaparición de Heather; de hecho, si a él le habían puesto al tanto de lo ocurrido con esta última, era porque pertenecía a un círculo muy restringido al que solo pertenecía gente de confianza.

Breckenridge había sido muy cauto a la hora de confiarle la verdad a alguien cuando había rescatado a Heather, ya que había querido proteger la reputación de la joven a toda costa; de igual forma, él no estaba convencido de que dejar una misiva dirigida a los Cynster en manos del comandante de la guarnición, por muy sellada que estuviera, fuera conveniente para Eliza.

Cuando llegara a Edimburgo enviaría un mensaje al sur (tal vez a Royce, para que este se encargara de avisar a los demás) en cuanto supiera dónde pensaban mantener retenida a Eliza los secuestradores. Seguro que los Cynster entenderían la demora; aunque estuvieran muertos de la angustia, darían por hecho que él debía anteponer la seguridad de la joven a cualquier otra consideración.

Hizo que Jasper mantuviera aquel ritmo sostenido y controlado mientras seguía avanzando por el camino en pos del carruaje.

Como no podía eludir la compañía de Scrope y de Genevieve en los confines del carruaje, Eliza decidió aprovechar aquel tiempo para algo productivo. Se devanó los sesos intentando recordar hasta el último detalle del secuestro y el rescate de Heather, y eligió el que a su juicio podría ser más efectivo para lograr desestabilizar a Scrope.

Le tenía sentado enfrente, como de costumbre (lo bastante cerca para atraparla si intentaba escapar). Le miró fijamente a la cara, esperó a que él se volviera a mirarla, y entonces le preguntó:

—¿El escocés que les contrató aún sigue haciéndose llamar McKinsey? —notó el titubeo que él no pudo ocultar, un titubeo que parecía indicar que su suposición era acertada.

—¿Por qué lo pregunta?

—Tan solo me preguntaba cómo debo dirigirme a él.

Al ver que él esbozaba una sonrisita de satisfacción y se relajaba en el asiento, enarcó las cejas con actitud un tanto condescendiente y afirmó:

—Ya sé que en realidad no se llama así —se sintió satisfecha al ver que se ponía ceñudo por un instante, y le preguntó—: ¿qué le contó él acerca de mi familia y de mí?

Scrope se lo pensó unos segundos antes de responder.

—No hacía falta que me contara gran cosa acerca de su familia, los Cynster son muy conocidos. En cuanto a usted, tan solo me dijo que quería que la atrapara y se la entregara en

Edimburgo, y que usted sería una presa fácil en el baile de compromiso de su hermana.

Eliza contuvo las ganas de fruncir el ceño. No quería que él se diera cuenta de lo importante que era la siguiente pregunta para ella, así que procuró mantener un tono de voz relajado y aparentar que se sentía un poco halagada.

—¿Les pidió que me atraparan a mí en concreto?

La mirada de Scrope se agudizó. La observó en silencio unos segundos antes de responder:

—Sí, ¿por qué lo pregunta?

Eliza no vio razón alguna para no contestar.

—Cuando mi hermana Heather fue secuestrada, sus captores tenían órdenes de atrapar a «una de las hermanas Cynster» y eso nos incluía a Heather, a mí, a Angelica, a Henrietta y a Mary. Heather fue la elegida por pura suerte.

Scrope enarcó las cejas, apartó la mirada y se quedó pensativo mientras se reclinaba de nuevo en la esquina bañada en sombras; al cabo de un instante, comentó en voz baja:

—Pues en esta ocasión la quería a usted y solo a usted —la miró con ojos inescrutables al añadir—: estipuló específicamente que tenía que ser usted.

Su tono de voz no contribuyó a tranquilizarla ni mucho menos. Eliza intentó pensar más preguntas pertinentes, pero antes de que pudiera formular la primera él siguió hablando sin apartar la mirada de ella.

—Ni se moleste en intentarlo, yo llevo el timón con mano mucho más firme que los captores de su hermana mayor. Si desea respuestas para sus preguntas, tendrá que esperar para formulárselas a... McKinsey —sus labios esbozaron una sonrisita burlona.

Después de fulminarlo con la mirada, Eliza se volvió hacia la ventanilla y mantuvo la boca cerrada mientras reflexionaba acerca del dato nuevo y, a decir verdad, inesperado que acababa de obtener: en esa ocasión, McKinsey solo la quería a ella.

No sabía qué motivos le habrían llevado a tomar esa decisión, pero fueran cuales fuesen estaba claro que aquello no parecía presagiar nada bueno para ella. Con cada nuevo kilómetro, con cada giro de las ruedas del carruaje, Edimburgo y el misterioso escocés de las Tierras Altas iban acercándose más y más de forma inexorable.

Tenía que escapar de las garras de Scrope antes de que McKinsey fuera a buscarla.

Llegaron a Edimburgo a última hora de la mañana bajo un cielo azul grisáceo y con una fresca brisa soplando con fuerza. Jeremy avanzaba con cuidado, pendiente del carruaje de los secuestradores, y estaba a unos noventa metros por detrás de ellos cuando vio que aminoraban la marcha y giraban para cruzar el arco de entrada de una posada, una bastante grande situada cerca de donde South Bridge Street iniciaba el ascenso hacia la Ciudad Vieja.

Además de mantener una distancia prudencial durante todo el trayecto (la suficiente para asegurarse de que Taylor, el cochero, no le viera en caso de que mirara hacia atrás), también había procurado dejar otros vehículos entre el suyo y el de los secuestradores siempre que le había sido posible, pero ya estaban en Edimburgo y tenía que decidir cuál iba a ser su siguiente paso. El problema era que no tenía ni idea de cuáles eran los planes de Scrope.

Entre su calesín y la posada había dos carros y un carruaje que avanzaban a paso lento. Alzó la mirada para ver lo que había a ambos lados del camino hasta donde le alcanzaba la vista; tal y como imaginaba, había multitud de posadas a lo largo de aquel tramo, pero la elegida por los secuestradores era la última de las que tenían un tamaño considerable.

Aquel dato despejaba sus dudas. Que Scrope hubiera parado en la posada más cercana al centro de la ciudad propiamente dicho podría tener dos posibles explicaciones: o era allí donde iban a esperar la llegada del misterioso escocés a quien iban a entregarle a Eliza o tenían planeado llevarla a algún lugar del centro, alguna casa metida entre las estrechas y serpenteantes callejuelas empedradas por las que no podía pasar un carruaje.

Si la segunda opción era la correcta (y, a decir verdad, a él le parecía la más probable), tenía que actuar con premura. Si iban a internarse con Eliza en la Ciudad Vieja, tenía que seguirles de cerca.

Lanzó una mirada a su alrededor y vio una posada pequeñita situada a escasos veinte metros de la otra, y en el mismo lado del camino. Rezando para que a Taylor y a Scrope no se les ocurriera asomarse al camino para ver si alguien les estaba siguiendo, condujo hacia la pequeña posada y entró en el patio.

Cinco minutos después se apoyó en la baranda de hierro del puente del sur, mezclado entre la horda de gente que iba y venía, mientras vigilaba de forma subrepticia la posada donde estaban los secuestradores. Apenas acababa de colocarse en posición cuando Scrope, Taylor y la enfermera salieron del lugar escoltando a una persona más esbelta y cubierta con una capa oscura y se dirigieron hacia donde estaba él. La mujer agarraba a Eliza del codo, Scrope caminaba unos pasos por delante procurando mantenerse bien cerca en todo momento, y Taylor cerraba la marcha seguido de un mozo que llevaba a rastras tres voluminosas bolsas de viaje.

Él procuró no hacer nada que pudiera atracr la atención de alguno de los tres, pero ninguno de ellos miró a derecha ni a izquierda. Avanzaron por el puente con la mirada al frente, con un paso firme que declaraba a las claras que sabían hacia dónde se dirigían y que deseaban llegar lo antes posible a su destino.

Eliza mantenía la cabeza gacha y tenía puesta la capucha de la capa, así que él ni siquiera alcanzó a verle la cara. Después de observarla unos segundos por el rabillo del ojo, se dio cuenta de que ella estaba pendiente de por dónde pisaba, ya que, además de que la capa le iba grande y tenía que subírsela un poco para no tropezar, los finos escarpines que calzaba no estaban hechos para caminar por un suelo empedrado y desigual como aquel y tenía que andar con cuidado.

Después de verla pasar sin que ella advirtiera su presencia, esperó un momento y los siguió a unos veinte metros de distancia caminando con naturalidad. Gracias a su altura, no le suponía ningún problema dejar que otros transeúntes llenaran el espacio que le separaba del grupo, y no les perdió de vista mientras subía tras ellos rumbo a la Milla Real.

Eliza había estado en Edimburgo en dos ocasiones anteriores y en ambos casos había ido para asistir a algún evento social en compañía de sus padres, pero apenas había prestado atención a la distribución de las calles; al fin y al cabo, ni se le había pasado por la cabeza que algún día podría necesitar esa información. Había reconocido la ancha calle elevada por la que habían subido andando y también la enorme iglesia que había justo en la esquina donde terminaba la cuesta y el terreno se nivelaba (tenía la impresión de que la calle que cruzaba con aquella era High Street, aunque no habría podido asegurarlo), pero a partir de allí estaba totalmente perdida.

Fuera o no High Street, la cuestión era que se trataba de una calle muy transitada en la que tuvieron que ir abriéndose paso entre el gentío. Para cuando sus captores la hicieron entrar en una estrecha callejuela descendente ya había perdido de vista la entrada de la calle por la que habían subido, la que conducía hacia el sur, la que acababa por incorporarse a la gran ruta del norte y que podría llevarla de vuelta a Londres.

Miró hacia atrás en el último instante, alcanzó a vislumbrar el chapitel de la imponente iglesia, y se calmó un poco al darse cuenta de que podría usarlo como punto de referencia si más tarde tenía que orientarse. La calle elevada (que, si mal no recordaba, se llamaba South Bridge) iniciaba su descenso a un lado de aquella iglesia.

Miró hacia delante y se sorprendió al ver que los edificios que se alineaban a lo largo de la calle empedrada por la que la conducían eran relativamente modernos. Los revestimientos de piedra estaban como nuevos, los cristales de las ventanas relucían, la pintura de las fachadas no había perdido su lustre. El lado derecho de la calle estaba ocupado por una hilera de casas idénticas de tres plantas y de construcción bastante reciente.

Estaba tan sorprendida que se le olvidó que, justo antes de bajar del carruaje, Scrope le había prohibido que hablara.

—Creía que la ciudad entera era muy vieja.

Él la miró con ojos gélidos, pero optó por contestar.

—Y así es, pero las zonas que ardieron hace poco hasta quedar hechas cenizas son una excepción.

—Ah, sí, ya lo recuerdo —la ciudad había sido devastada por un gran incendio—. Fue hace unos cinco años más o menos, ¿verdad?

Él se limitó a asentir (haciendo gala una vez más de lo sumamente conversador que era), y apenas dio un par de pasos más antes de detenerse delante de los escalones de entrada de una de las casas nuevas, unos escalones que subían hasta un pequeño porche que precedía a una verde y lustrosa puerta principal. Subió de inmediato mientras se sacaba unas llaves del bolsillo de la levita, y al cabo de un instante tenía la puerta abierta y estaba entrando en la casa.

Cuando Genevieve la instó a que subiera los escalones del porche, Eliza obedeció a regañadientes a pesar del sofocante temor instintivo que iba cobrando fuerza en su interior. Se dijo que no tenía nada que temer, que seguro que Jeremy la había seguido, que en una casa tan nueva cualquiera de las habitaciones en la que la encerraran tendría una ventana por la que poder huir, y cruzó el umbral aferrándose a su papel de damita obediente (aunque, a decir verdad, con Genevieve y Taylor a su espalda no tenía ninguna otra opción).

Al entrar en el pequeño vestíbulo vio a Scrope parado junto a una puerta que supuso que debía de dar al salón principal. Cuando él indicó con un gesto el pequeño pasillo que había a la izquierda y Genevieve la condujo hacia allí, logró lanzar una mirada hacia atrás, pero no pudo ver la calle porque Taylor estaba en medio de la puerta principal pagando al mozo que había cargado con el equipaje.

Genevieve la hizo entrar en la habitación que había al fondo del pasillo y que resultó ser la cocina, pero en vez de detenerse junto a la mesa central siguió agarrándola del brazo y la condujo hacia una puerta cerrada que había en la pared.

Scrope, que había entrado tras ellas, se acercó a abrir y dejó al descubierto la estrecha escalera descendente de madera que había al otro lado; después de agarrar un candil que había junto a la puerta, lo encendió y ajustó la llama antes de empezar a bajar los escalones.

—Vamos —les dijo con sequedad.

Eliza no pudo dar ni un solo paso, si la encerraban en el sótano...

—¡Muévase! —Genevieve reforzó aún más la orden dándole un empujón por la espalda—. Si está acostumbrada a vivir entre algodones, consuélese sabiendo que es un sótano nuevo y que tenemos órdenes de darle todas las comodidades posibles, aunque no haya nada de lujos.

Al oír que Taylor, el cochero con funciones de cancerbero, se acercaba con sus característicos pasos pesados, se dio cuenta de que no tenía más remedio que obedecer y poco a poco, paso a paso, fue descendiendo hasta llegar a un sólido suelo de piedra.

Scrope estaba parado a unos metros de distancia con el candil en alto, y el amplio círculo de luz que le rodeaba alcanzaba a iluminar un corto pasillo y otra puerta más, una más gruesa que la anterior y que tenía un cerrojo de hierro macizo con una llave enorme.

Después de girar dicha llave y de abrir la puerta, Scrope se volvió a mirarla y le indicó que entrara con una pequeña reverencia burlona.

—Estos son sus aposentos, señorita Cynster. Me temo que no es a lo que usted está acostumbrada, pero tan solo tendrá que pasar una única noche en este espartano acomodo.

Alzó el candil y la luz iluminó el pequeño habitáculo, que debía de medir unos nueve metros cuadrados y que contenía una pequeña cama y un viejo palanganero sobre el que colgaba un espejito. Una alfombra raída cubría parte del suelo y en una esquina había un pequeño biombo tras el que seguramente se escondía un orinal.

Lo más positivo que podría decirse sobre aquel lugar era que estaba limpio.

Eliza miró a Scrope cuando Genevieve intentó obligarla a entrar. No estaba dispuesta a amilanarse ni a mostrar cómo se sentía, aunque lo cierto era que sentía más furia que miedo. Le miró a los ojos y le preguntó con calma y dignidad:

—¿Puedo tener una vela al menos?

Él le sostuvo la mirada (seguro que intentando imaginar si una vela podría ayudarla a escapar) y al cabo de un momento se volvió hacia la escalera. Taylor se había quedado arriba, en la cocina.

—¡Enciende una vela y bájala! —después de darle aquella orden a su compinche, la miró de nuevo y le indicó con un gesto de la cabeza que entrara en la habitación.

Ella asintió con altivez y obedeció. Le bastaron unos cuantos pasos para cruzar el pequeño habitáculo y, en cuanto se detuvo junto a la cama, se quitó la tosca capa que ellos le habían proporcionado; escasos segundos después, Taylor apareció en la puerta y le entregó un candelero con una vela encendida.

—Gracias —mientras el cochero se retiraba sin más dilación, ella miró a Scrope a los ojos y le dijo con altivez—: puede retirarse —al ver que se tensaba tuvo la satisfacción de saber que su insulto velado había dado en la diana.

Él cerró la puerta con más fuerza de la necesaria, y se oyó cómo cerraba con llave y el sonido de sus pasos alejándose; cuando todo quedó en silencio, Eliza dejó el candelero en una esquina del palanganero, se sentó en la cama, entrelazó las manos en su regazo y se quedó mirando fijamente la puerta, aquel panel macizo de madera que la separaba de la libertad. Era la única vía de salida de aquella habitación en el sótano, de aquella mazmorra moderna en la que la habían encerrado.

No tenía ni idea de cómo iba a ingeniárselas Jeremy para sacarla de allí, pero ya la había sorprendido tanto con su ingenio como por el hecho de estar dispuesto a intentar cosas de las que jamás le habría creído capaz, así que no podía darse por vencida; aun así, no podía evitar las pequeñas dudas que la asaltaban. No tenía ni idea de si él sabía dónde la tenían encerrada y eso era lo peor de todo, ya que la situación exigía de ella que depositara una fe ciega en alguien a quien apenas conocía y eso no era nada fácil.

Tomó conciencia de repente del peso del colgante que descansaba entre sus senos, y lo agarró a través de la fina seda del vestido mientras intentaba tranquilizarse, mientras intentaba convencerse a sí misma de que no estaba sola.

Se sintió agradecida de poder contar con la ilusoria calidez de la vela mientras, con una mano apretada alrededor del colgante y la mirada fija en la puerta, no podía hacer más que esperar.

Jeremy estaba parado tres puertas más abajo de la casa de Nidery Street en la que habían entrado Eliza y los secuestradores, apoyado en una verja al otro lado de la calle como si estuviera esperando a un amigo. Las viviendas que tenía enfrente eran muy nuevas, y estaba casi seguro de saber a qué se debía eso.

Tanto Cobby como Hugo le habían hablado del gran incendio que había sufrido la ciudad y le habían mantenido al tanto del proceso de reconstrucción posterior, y al sumar aquella información a lo que tenía ante sus propios ojos en ese momento se le estaba ocurriendo una posibilidad muy interesante que valía la pena poner a prueba.

Veinte minutos después de que Eliza y sus secuestradores entraran en la vivienda, justo cuando estaba a punto de apartarse de la verja para ir a casa de Cobby, vio que la puerta principal se abría y el hombre que estaba al mando (un tal Scrope, según le había informado Eliza) salía al porche, cerraba tras de sí y bajaba los escalones de la entrada antes de poner rumbo a High Street.

Mantuvo la mirada puesta en la casa sin saber qué hacer mientras calculaba a toda prisa los riesgos, y muy a su pesar llegó a la conclusión de que, como tanto el tipo que ejercía de cochero y de guardián como la enfermera aún seguían dentro de la casa y serían dos contra uno, las probabilidades de que lograra reducirles eran casi nulas.

Se planteó seguir a Scrope, pero al mirar hacia la calle vio que ya era demasiado tarde para eso. El tipo había acelerado aún más el paso y ya se había perdido entre el gentío que circulaba por la calle principal. Era fácil de reconocer cuando estaba solo, pero no tenía ningún rasgo que le hiciera destacar estando en medio de una multitud.

A lo mejor había ido avisar al misterioso escocés que le había contratado. Teniendo en cuenta que, según Eliza, tenían previsto entregarla al día siguiente, no era descabellado suponer que Scrope hubiera ido a mandar un mensaje para avisarle de que ya la tenían en Edimburgo.

Eliza tenía que salir de allí antes de la mañana siguiente.

Se volvió de nuevo hacia la casa y observó con atención las ventanas de las plantas superiores, pero no vio ningún rostro mirando hacia fuera y se preguntó si Eliza le había visto, si sabía que él estaba allí, si era consciente de que iba a recibir ayuda. No le gustaba nada la idea de que ella creyera que estaba sola.

Se apartó de la verja y se alejó de allí. Ya sabía dónde tenían encerrada a Eliza, había llegado la hora de empezar a organizar su rescate.

Al llegar a High Street dobló a la derecha y se dirigió por la Milla Real hacia Cannongate y Reids Close, la calle donde se encontraba la casa de Cobby.

CAPÍTULO 4

Varias horas después, Jeremy bajó tras su amigo Cobby los escalones del porche de la casa vecina a la de los secuestradores ataviado con un abrigo oscuro que le llegaba a las rodillas, con su cabello castaño oscuro peinado hacia atrás con la raya en el centro y bien alisado, provisto de unas gafas y con dos lápices asomando del bolsillo superior del abrigo.

Había tardado más de tres horas en organizarlo todo y poner en marcha sus planes. El primer paso había sido pasar por una oficina de mensajería y mandar una carta que debía entregársele a Wolverstone a la mayor brevedad posible. Como no sabía dónde vivían los padres de Eliza, había dejado en manos de Royce y Minerva la tarea de hacer correr la voz; ellos pondrían al tanto de la situación a los Cynster, que a aquellas alturas debían de estar desesperados por tener noticias de ella.

En la carta explicaba cómo se había cruzado con ella por puro azar, les contaba lo que había averiguado acerca de los secuestradores y concluía asegurándoles que estaba haciendo los preparativos necesarios para rescatarla, pero salvaguardando su reputación y evitando que se hiciera público que había estado secuestrada. Para terminar, les informaba que Eliza y él buscarían cobijo en el castillo de Wolverstone, el lugar seguro más cercano, tan pronto como les fuera posible.

Después de enviar la misiva había puesto rumbo a Reids Close y no solo había encontrado a Cobden Harris (erudito miembro del clan Harris al que todos llamaban «Cobby») en

83

casa, con los pies en alto frente a la chimenea, sino que había tenido la suerte de encontrarlo en compañía de Hugo Weaver.

Había entablado una estrecha amistad con los dos durante los cinco meses que había pasado en Edimburgo trabajando para la Asamblea escocesa, catalogando una serie de obras antiguas que, en algunos casos, habían sido adquiridas por Alejandro I y habían quedado relegadas al olvido. Cobby estaba especializado en el estudio de textos escoceses antiguos y Hugo, por su parte, era un especialista en textos jurídicos antiguos, en leyes, parlamentos y sistemas de gobierno. La Asamblea les había invitado a que los tres formaran un equipo y el resultado había sido un vínculo que había ido más allá del plano profesional y se había convertido en una amistad que había perdurado cuando él había regresado a Londres.

Huelga decir que, en cuanto había puesto al tanto de la situación tanto a sus dos amigos como a la esposa de Cobby (Margaret, más conocida como Meggin), los tres se habían mostrado deseosos de meterse de lleno en el proyecto que Hugo había bautizado con teatralidad como «El Rescate», en mayúsculas.

—Yo creo que con eso basta —dijo en ese momento Cobby.

Después de revisar el libro de registro que llevaba en la mano, su amigo (que era un poco más bajito que él, estaba un poco más rellenito y llevaba una vestimenta similar a la suya), se detuvo en medio de la calle, le indicó que le mostrara la tablilla con papeles en la que se suponía que él había ido tomando notas, y fingió que comparaba dichas notas con las entradas de su libro de registro.

En cuanto él les había descrito la casa de Niddery Street, sus tres compinches habían confirmado de inmediato sus sospechas. Esa era la razón de que Cobby y él, disfrazados de inspectores, estuvieran revisando las casas que había a lo largo de la calle con el objetivo de averiguar en qué parte de la vivienda estaba encerrada Eliza. Hugo, por su parte, llevaba años vinculado con el mundo del teatro de aquella ciudad y, después de caracterizarles a Cobby y a él con una vestimenta adecuada, había salido a buscar en los vestuarios de varios teatros todo lo necesario y a hacer los preparativos para llevar a cabo «El Rescate».

Cobby se inclinó un poco hacia él y le preguntó en voz baja:

—¿Estás listo?

A modo de respuesta, él asintió e indicó con un gesto la puerta de la casa de al lado. Estaba bien disfrazado, así que era muy improbable que Taylor le reconociera.

Sin pensárselo dos veces, su amigo se dirigió hacia la casa de los secuestradores, subió los escalones de la entrada y llamó a la puerta con el puño. Taylor abrió al cabo de un momento y miró a uno y otro antes de preguntar:

—¿Qué desean?

—Buenos días —le contestó Cobby, con una sonrisa cordial y muy metido en su papel de funcionario público—. Venimos a realizar una inspección oficial.

—¿Una inspección de qué?

—Del edificio. De acuerdo a la nueva normativa que se aprobó tras el incendio, todos los edificios nuevos deben ser revisados para comprobar que cumplen con las nuevas ordenanzas de la ciudad.

Taylor lo miró ceñudo.

—Nosotros no somos los dueños, hemos alquilado esta casa para un par de semanas y no tardaremos en marcharnos. Vuelvan cuando...

Al ver que hacía ademán de cerrar la puerta, Cobby alzó una mano para detenerle y se apresuró a decir:

—Me temo que no va a poder ser, caballero, las inspecciones son obligatorias y no se pueden posponer. El propietario debió de recibir la notificación pertinente y si no les informó al respecto es con él con quien tienen que hablar, pero nosotros somos funcionarios públicos y no pueden ponernos ningún impedimento. Como usted entenderá, la indignación de la población por la mala calidad de las construcciones y la ausencia de normas estrictas en ese sentido alcanzó un punto álgido después del incendio, así que las autoridades no pueden permitirse tener manga ancha en este tema —Cobby abarcó con un gesto de la mano el resto de casas que se alineaban a lo largo de la calle y añadió—: ya hemos completado la inspección de gran parte de esta sección y debemos concluirla hoy mismo, así que si nos permite entrar procuraremos realizar nuestra tarea y marcharnos lo antes posible.

Taylor vaciló por un momento. Sin soltar la puerta, contestó al fin:

—Mi superior ha salido, pero seguro que regresará en breve. Si pudieran volver dentro de una hora...

—Lo lamento, pero eso no nos será posible. Debemos ceñirnos a un horario de trabajo muy estricto —Cobby hizo una pequeña pausa como si estuviera pensando en posibles soluciones, y al final le ofreció—: la comisaría no está lejos de aquí. Si usted lo prefiere de cara a justificarse ante su superior, podemos solicitar que dos agentes se personen para dar fe de la oficialidad de nuestra solicitud.

Jeremy bajó la mirada mientras luchaba por contener una sonrisa. A su amigo se le daba de maravilla hacer creer a la gente que era la cordura y la sensatez personificadas, y habían ensayado juntos lo que iba a decir.

Tal y como cabía esperar, la posibilidad de que la policía fuera a la casa bastó para que Taylor se decidiera a toda prisa. Después de borrar toda expresión de su rostro, el tipo se encogió de hombros y abrió del todo la puerta antes de contestar con aparente indiferencia:

—Bueno, si no van a tardar mucho supongo que no pasa nada con que entren.

Iniciaron la supuesta inspección en el ático y fueron recorriendo toda la casa mientras tomaban notas e iban consultando los formularios que ellos mismos se habían inventado, inspeccionaron una habitación tras otra revisando hasta los armarios. Al llegar a la planta baja aún no habían encontrado ni rastro de Eliza, así que insistieron en mirar también debajo de la escalera y Cobby permaneció allí (con la excusa de estar tomando notas, pero en realidad estaba vigilando que nadie aprovechara para subir arriba a Eliza a escondidas) mientras él revisaba a conciencia las estancias de aquella planta.

No logró encontrarla por ninguna parte, pero estaba seguro

de que ella se encontraba en aquella casa. Él se había ausentado durante unas horas, pero no tenía sentido que los secuestradores se la hubieran llevado justo en ese intervalo de tiempo y que ellos hubieran permanecido allí; además, tenía la certeza de que la estructura de la casa ocultaba algo que no se apreciaba desde el exterior.

Regresó junto a Cobby cuando acabó el recorrido por la planta baja, fingieron de nuevo que comparaban notas, y su amigo le precedió por el corto pasillo que conducía a la cocina. La mujer de cabello moreno que había visto junto a Eliza (Genevieve, la enfermera), estaba sentada junto a la sencilla mesa central mientras bebía algo en una taza, y se quedó atónita al verles entrar. Miró con una mezcla de sorpresa y preocupación a Taylor, pero este le hizo un gesto de negación casi imperceptible con la cabeza antes de explicarle lo de la supuesta inspección.

La reacción de la mujer confirmó las sospechas de Jeremy. Eliza estaba allí, y seguramente la habían encerrado en la habitación del sótano. Al inspeccionar la casa de al lado habían comprobado la existencia de dicho habitáculo y todo aquel grupo de viviendas parecía tener la misma estructura.

Cobby y él inspeccionaron a conciencia la cocina bajo la atenta mirada de Taylor y de la mujer, y prestaron una atención especial tanto al tiro de la chimenea como a la puerta trasera; al cabo de unos minutos, intercambiaron unas palabras en voz baja y Cobby señaló la otra puerta, la que estaba a la izquierda de la que habían usado para entrar en la cocina.

—Bueno, tan solo nos queda el sótano y habremos acabado. Si son tan amables de abrir la puerta...

Para que pareciera que la petición no tenía nada de raro, que revisar el sótano era pura rutina, Jeremy le mostró a su amigo la tablilla en la que había ido anotando cosas y fingió que le comentaba en voz baja algo sobre un punto en concreto.

Se dio cuenta de que Taylor y Genevieve intercambiaban una mirada al otro lado de la mesa y les dio un poco de tiempo para que pensaran en lo que iban a hacer. Aprovechó a su vez para repasar mentalmente las opciones que tenía, y entonces bajó la tablilla y retrocedió un paso.

Cobby se volvió de nuevo hacia Taylor, y al ver que este no se había acercado a la puerta del sótano enarcó las cejas y le preguntó:

—¿Algún problema?

—Eh… —después de mirar de nuevo a Genevieve, el tipo alzó la mano y agarró una llave que estaba colgada de un gancho en la pared—. Podría haberlo, ustedes dirán. Podemos dejarles bajar al sótano, pero allí abajo hay una habitación que el propietario dejó cerrada a cal y canto. No tenemos la llave, suponemos que guardó allí sus objetos de valor; en cualquier caso, no estaría bien que intentáramos forzar el cerrojo.

—Vaya, lamento oír eso.

Cobby miró a Jeremy tras hacer aquel comentario, y este se percató del peligro y contestó imitando el acento de las Tierras Bajas de Meggin.

—Quizás, dado que ustedes no tienen la culpa de que el propietario haya obrado así, mi compañero y yo deberíamos examinar lo que podamos y dejar constancia de lo ocurrido en el informe para que nuestro superior tome las medidas que considere oportunas —lanzó una mirada al reloj que había colgado en la pared y le dijo a Cobby en voz baja—: si no acabamos de una vez, no vamos a poder reunirnos con los demás en el pub.

Su amigo miró también el reloj y asintió.

—Sí, tienes razón —se volvió de nuevo hacia Taylor y le sugirió—: quizás podríamos asomarnos y echar un vistazo, para poder demostrar que hemos hecho todo lo posible.

Moviéndose con lentitud, Taylor metió la llave en la cerradura, la giró y abrió la puerta.

Jeremy estaba pensando frenético en lo que podría suceder y se dio cuenta de que Eliza podría gritar pidiendo auxilio si se percataba de la presencia de alguien, en cuyo caso Taylor y Genevieve harían todo lo posible por evitar que Cobby y él salieran de la casa.

—No se ve gran cosa, tan solo los escalones y ese pequeño tramo de pasillo —les advirtió Taylor con una sonrisa forzada, mientras mantenía abierta la gruesa puerta.

La tensión que crepitaba en el ambiente iba en aumento. Jeremy notó que Genevieve, a la que tenía a su espalda, se había tensado y estaba lista para ayudar a su compinche en caso de que fuera necesario empujarles a Cobby y a él escalera abajo.

Al ver que su amigo se acercaba al umbral y miraba hacia abajo, él se apresuró a intervenir. Mantuvo el tono de voz bajo, para que Eliza no alcanzara a oírle en caso de que estuviera encerrada en la habitación del sótano.

—Con esto basta, no nos hace falta ver más. Estos escalones parecen tan seguros como los del resto de casas que hemos inspeccionado en esta zona.

Cobby se volvió a mirarle al notar la tensión que se reflejaba en su voz. Al cabo de unos segundos bajó de nuevo la mirada hacia el sótano, hacia la maciza puerta que se vislumbraba apenas en la penumbra, y contestó en voz igual de baja:

—Sí, tienes razón.

Su amigo se apartó de la puerta tras escudriñar durante unos segundos más el oscuro sótano y le hizo un gesto a Taylor para indicarle que ya habían terminado. Mientras el tipo cerraba la puerta con mucha más premura de la que había mostrado al abrirla, se acercó a él para echarle un vistazo a sus anotaciones y asintió con aparente satisfacción.

—Sí, ya tenemos suficiente.

—Perfecto —se limitó a decir Taylor.

Después de volver a colgar la llave en el gancho de la pared, se dispuso a acompañarlos a la puerta principal, y ellos se despidieron de la mujer con una cortés inclinación de cabeza.

Un minuto después, cuando ya estaban de nuevo en la calle, Jeremy le advirtió a su amigo en voz baja:

—Vamos a la siguiente casa, están observándonos a través de la ventana.

—Sí. En cualquier caso, tenemos que comprobar el sótano.

La anciana que vivía en la casa de al lado protestó con tono quejumbroso, pero al final terminó por dejarles entrar. Aunque aquella inspección fue más rápida, también revisaron la casa entera por si a Taylor y a Genevieve se les ocurría preguntarle a la mujer qué era lo que habían hecho.

Esperaban poder echarle un buen vistazo a la habitación del

sótano y en especial a su suelo, pero cuando la anciana abrió la puerta se llevaron una decepción. Estaba claro que la mujer se había mudado de una casa mucho más grande y que había conservado todos sus antiguos muebles, porque los tenía almacenados allí abajo y apenas quedaban visibles unos diez centímetros del suelo de la habitación.

—Eh... sí, muy bien —Cobby se quedó mirando los muebles amontonados, lanzó una breve mirada a las paredes y asintió—. Bueno, con esto basta para dar por concluida la inspección.

Hizo gala de todo su encanto escocés al darle las gracias a la mujer por su colaboración, y esta les acompañó a la puerta principal de mucho mejor humor. En cuanto pisaron de nuevo la calle y la puerta se cerró tras ellos, Jeremy comentó:

—Tenemos que asegurarnos de que nuestras sospechas acerca del sótano son ciertas.

—De acuerdo, vayamos a la siguiente casa. Estando tan cerca de High Street, todas serán iguales.

La siguiente puerta la abrió un caballero entrado en años, un soldado retirado rudo y cordial que, apoyándose en su bastón, les mostró encantado la casa mientras parloteaba sin parar.

Ellos le siguieron la corriente y fueron recompensados cuando el hombre les llevó a la habitación del sótano.

—Es igual que la de las otras casas, por supuesto —comentó, mientras abría la puerta y les invitaba a entrar con un gesto.

Cobby alzó el candil que llevaba en la mano e iluminó el interior. Aparte de varios muebles viejos arrinconados en una esquina, no había nada más.

Al ver que bajaban la mirada y seguían el haz de luz hasta encontrar la trampilla de madera que había en el suelo de piedra, el viejo soldado soltó una pequeña carcajada.

—Sí, hay una en todas estas casas. Sentía curiosidad por ver si ustedes sabrían de su existencia.

Jeremy asintió con la mirada fija en la trampilla.

—Es algo que hemos visto en algunas de las viviendas, pero en otras no hemos podido confirmar su existencia ni echar un vistazo... en la de la anciana de al lado, por ejemplo.

—Adelante, echen un vistazo. Tan solo tienen que correr el cerrojo.

Mientras Cobby iluminaba la trampilla con el candil, Jeremy se agachó y movió de un lado a otro el cerrojo para desatascarlo antes de poder echarlo hacia atrás. La trampilla era gruesa y pesada, pero tenía unos buenos goznes y pudo abrirla sin problemas.

Cobby se acercó un poco más para iluminar el hueco que había quedado al descubierto. Los bordes de la trampilla eran sólidos y estaban en buen estado, y una escalera de madera bastante nueva conectaba el suelo del sótano con una especie de pasillo que había debajo.

—Sí, es igual que en la última casa donde pudimos echar un buen vistazo, un par de puertas más arriba —comentó Cobby.

—Todas estas casas las diseñó el mismo constructor y son prácticamente idénticas —afirmó el sagaz anciano—. No hay duda de que era un tipo listo, se le ocurrió la práctica idea de construir en todas ellas una salida por la que poder huir en caso de que se desatara otro incendio. No habría muerto tanta gente si no hubieran bloqueado el acceso a los viejos túneles, resulta muy fácil bajar hasta ellos y usarlos como vía de salida.

Jeremy sonrió y miró a Cobby por encima de la trampilla abierta.

—Sí, no hay duda de que era un constructor muy listo y de ideas de lo más prácticas.

Eliza estaba profundamente dormida cuando Genevieve la sacudió para despertarla. Abrió adormilada los ojos y tuvo que taparselos con una mano para protegerlos de la luz del candil que sostenía Taylor, que estaba de pie tras la enfermera; al ver que ya se había consumido por completo la nueva vela que le habían entregado cuando habían bajado a recoger la bandeja de comida vacía, se dio cuenta de que había dormido un buen rato.

Se apoyó en los codos para incorporarse y miró a Genevieve, que estaba colocando una jarra humeante en el palanganero.

—¿Qué hora es?

—Las siete —le contestó la mujer, antes de volverse a mirarla—. Scrope ha decidido que suba a cenar con nosotros, es más fácil que preparar una bandeja por separado.

Taylor dejó sobre el aguamanil un candelabro encendido de dos brazos y soltó un bufido burlón.

—Es la última noche que tenemos que cuidarla como si fuera una niñita, yo creo que Scrope quiere celebrarlo.

—Nosotros dos nos vamos para que pueda asearse y arreglarse, volveremos en quince minutos para llevarla arriba —añadió Genevieve, mientras le indicaba a Taylor que saliera.

En cuanto se fueron y volvieron a cerrar la pesada puerta, Eliza sacó las piernas de la cama y oyó el sonido de la llave girando en el cerrojo. Se sentó en el borde de la cama e intentó imaginar los motivos ulteriores que podrían ocultarse tras aquella inesperada invitación a cenar, pero al final llegó a la conclusión de que, fueran cuales fuesen, le traían sin cuidado. Salir de aquel minúsculo habitáculo, aunque fuera por unas horas, era un regalo que no iba a rechazar.

El breve recorrido a pie por la ciudad había sido más que bienvenido después de pasar días metida en el carruaje, pero el hecho de volver a estar encerrada en un espacio reducido hacía que deseara con todas sus fuerzas volver a estar al aire libre. Era algo que le resultaba extraño, ya que jamás le habían gustado demasiado los grandes espacios abiertos.

Se quedó quieta por un instante al ponerse en pie, y sintió un gran alivio al comprobar que los últimos vestigios del láudano se habían evaporado. Volvía a ser dueña y señora de su mente y de su cuerpo.

Se acercó al palanganero y, después de verter el agua caliente de la jarra en la palangana, se quitó su maltrecho vestido de seda, apartó el colgante de cuarzo rosa y se lo echó hacia atrás por encima del hombro, y se aseó con rapidez.

Después de sacudir con fuerza el vestido dorado, se lo puso de nuevo y se volvió hacia el espejo para adecentarse el pelo en la medida de lo posible. El elegante peinado de ondulantes mechones rubios cayendo como una cascada del moño alto que la coronaba había quedado hecho un desastre. Se quitó con rapidez las horquillas, se peinó con los dedos la espesa y larga melena, y tras hacerse dos trenzas las enroscó como una corona que fijó con las horquillas.

Cuando volvió a colocar el colgante entre sus senos, se planteó dejarlo a la vista por encima del vestido, pero el cuarzo rosa no combinaba bien con el color dorado de la prenda.

—Además, es mejor mantenerlo oculto —lo metió bajo el vestido, colocó bien la cadena de la que pendía, y después de arreglar lo mejor que pudo el pañuelo que le cubría el escote y el cuello del vestido se miró al espejo para ver el resultado final.

Había quedado mejor de lo que esperaba y eso sirvió para estimular su confianza en sí misma, para que se sintiera como la Cynster que era y no como la indefensa y desaliñada víctima de un secuestro.

Se dio cuenta de que tenía ganas de subir a cenar, de ver qué otros datos podía sonsacarles a Scrope y a sus secuaces. Mientras no se atormentara preguntándose si Jeremy sabría dónde la tenían encerrada o si lograría rescatarla, mientras diera por hecho que él iba a ayudarla, podría mantener la compostura.

Se volvió de inmediato hacia la puerta al oír el sonido de pasos que se acercaban. Quien abrió fue Taylor, que sonrió de oreja a oreja al verla. Le acompañaba Genevieve, que la miró con irritación y le ordenó con sequedad:

—Vamos, Scrope está esperando.

La condujeron escaleras arriba hasta la cocina y después la guiaron por el pasillito hasta el comedor, donde la rectangular mesa central ya estaba dispuesta para cuatro comensales. Scrope, que estaba de pie junto a una licorera con una copa de vino tinto en la mano, se volvió al oírla entrar y la recorrió con la mirada antes de saludarla con una caballerosa reverencia.

—Bienvenida, señorita Cynster. ¿Puedo ofrecerle una copa de vino?

Aunque su rostro seguía tan hermético como siempre, ella notó que parecía estar relajado y de buen humor.

—No, gracias, prefiero un poco de agua.

—En ese caso...

Él le indicó con la mano que se acercara a la mesa antes de dirigirse también hacia allí. Después de dejar la copa junto al servicio de mesa situado en la cabecera, se acercó a la silla que tenía a su derecha y la sostuvo para ella.

Eliza decidió seguirle el juego, así que se sentó y agradeció la galantería con una elegante inclinación de cabeza.

Taylor, por su parte, ayudó a Genevieve a tomar asiento frente a ella, tras lo cual Scrope y él ocuparon sus respectivas sillas y dio comienzo la cena.

No había servidumbre para servir los platos y todo estaba colocado ya en la mesa, que era lo bastante grande para acomodar a seis personas. La sopa de jamón y guisantes era un plato un poco pesado para cenar, pero Eliza estaba hambrienta y no tardó en dejar el plato vacío.

Tras la sopa hubo un plato de pescado, después otro de gallina de Guinea y perdices con varias guarniciones, y por último se levantó la tapa que cubría una bandeja de venado asado. Con su apetito más que saciado, se limpió los labios con la servilleta y se dispuso a sonsacarles toda la información posible.

—Por lo que veo, esto es un festín de celebración y una especie de última cena para mí —alzó su vaso de agua y miró a Scrope a los ojos—. Supongo que, tal y como usted mismo adelantó, McKinsey vendrá a buscarme mañana, ¿verdad?

Los tres secuestradores habían sido muy reservados en todo momento, pero quizás daban por hecho que a aquellas alturas daba lo mismo lo que pudieran revelar.

Al ver que Scrope la observaba con ojos penetrantes, tomó otro sorbo de agua y se limitó a enarcar las cejas; al cabo de unos segundos, él asintió y admitió:

—Supone usted bien. Antes del mediodía mandé un aviso a McKinsey, o como quiera que se llame. No sé cuánto tardará en recibirlo, ya que, como comprenderá, la entrega no se realiza de forma directa, pero él me dio a entender que estaría en Edimburgo esperando nuestra llegada.

Taylor, que estaba atareado en el otro extremo de la mesa

con un plato de venado lleno hasta los topes, lanzó una mirada a su compinche y le preguntó:

—Ah, ¿no tendremos que esperar a que venga de Inverness?

Eliza no dejó escapar aquel dato.

—¿Inverness?

Al ver que Scrope apretaba los labios y fulminaba con la mirada a Taylor, se volvió a mirar a su vez a este último. Estaba claro que el tipo se había dado cuenta de que había cometido un error, así que ella optó por intentar restarle importancia al asunto.

—Mi familia ya está enterada de que McKinsey es un escocés de las Tierras Altas, saber que procede de Inverness no es nada nuevo.

Inverness era la población grande perteneciente a las Tierras Altas que estaba situada más al sur.

Scrope fijó la mirada en su plato y masculló:

—No procede de allí —lanzó otra mirada airada a Taylor antes de añadir—: Inverness no es más que el lugar por el que pasó el mensaje que le envié con anterioridad.

Eliza se dio cuenta de lo que parecía desprenderse de aquella afirmación, y dio voz a sus conclusiones.

—¿Siguieron al mensajero?

—Me gusta saber con quién trato.

—Sí, es comprensible. ¿Averiguó algo más acerca de su verdadera identidad?

—No. Ese hombre es el noble escocés más escurridizo que jamás haya nacido. El mensaje se desvaneció de la oficina de Inverness y nadie parecía tener ni idea de a dónde fue a parar.

A juzgar por la frustración que se reflejaba en su voz, estaba claro que estaba diciendo la verdad.

—Ya veo.

El relato de Scrope resultaba muy revelador. Heather, Angelica y ella habían pasado muchas horas hablando acerca del misterioso escocés, haciendo conjeturas acerca de cómo sería. Teniendo en cuenta que sus acciones revelaban que se trataba de un hombre con poder (la clase de poder que los Cynster reconocían y entendían de forma instintiva) y si a eso se le sumaban las descripciones físicas que tenían de él, era innegable que la imagen resultante era la de un hombre capaz de ejercer una atracción primitiva y visceral, al menos sobre las mujeres de la familia Cynster.

Pero a pesar de eso, a pesar de la curiosidad que sentía, ella no sentía deseo alguno de conocerle, no en aquellas circunstancias. Que la llevaran a la fuerza a las agrestes Tierras Altas no figuraba en su lista de entretenimientos deseables.

Por otra parte, se negaba de forma categórica a pensar en lo que aquel hombre planeaba hacer con ella cuando la tuviera en su poder. Jeremy iba a rescatarla antes de que eso sucediera, así que era del todo innecesario dejarse arrastrar por el pánico.

Cuando terminó la cena y Genevieve se puso a recoger la mesa con la ayuda de Taylor, Scrope retomó su papel de anfitrión cortés y le ofreció un vasito de licor. Ella se dignó a aceptarlo tras una breve vacilación, y poco después aprovechó un momento en que los otros dos se ausentaron para decir:

—Hay algo que me llama la atención, señor Scrope. Usted parece ser un hombre de buena cuna, un caballero, y siento curiosidad por saber cuáles son los motivos que le llevan a encargarse de este tipo de... trabajos, por decirlo de alguna forma.

Quienquiera que hubiera organizado el menú de la cena, no había duda de que estaba familiarizado con la forma de vida de las clases acomodadas. Genevieve era una simple empleada que trabajaba como enfermera y acompañante, así que estaba claro que no había sido ella quien no solo había elegido los platos, sino que al encargarlos (daba por hecho que alguien había llevado la cena a la casa) había solicitado que la comida se entregara con los correspondientes escalfadores.

De todo ello cabía deducir que Scrope se consideraba un caballero y ella sabía por experiencia que, si una enfocaba bien la conversación, los caballeros siempre estaban encantados de hablar de sí mismos.

Él la contempló pensativo mientras tomaba un trago de la copa de vino que había ido llenando a lo largo de la cena; después de lanzar una breve mirada hacia la puerta que daba al pasillo, admitió con voz suave:

—Aunque nací en el seno de una familia acomodada y recibí la educación que corresponde a un caballero, el destino quiso que me quedara sin tener con qué mantenerme. Hay hombres que en una situación así recurren a las mesas de juego con la esperanza de encontrar la salvación en los naipes, pero en mi caso... —sus labios se curvaron en una pequeña sonrisa llena de cinismo— el destino me dio la oportunidad de realizar un encargo bastante especial para un familiar lejano, y descubrí una profesión que se me daba de maravilla.

—¿Lo considera una profesión? —Eliza no intentó ocultar su desaprobación.

—Por supuesto que sí —afirmó él, antes de tomar otro trago del vino que sin duda estaba contribuyendo a aquel súbito arranque de sinceridad—. Quizás se sorprenda al saber que existe un mercado muy bien organizado para el tipo de servicios que yo ofrezco —sonrió al ver que permanecía callada— le aseguro que es la pura verdad; además, en mi profesión existe una escala en la que la posición de uno depende de los logros que alcance —la observó por encima del borde de la copa mientras tomaba otro trago, y cuando volvió a bajarla añadió—: usted, señorita Cynster, va a hacer que yo, Victor Scrope, llegue a lo más alto de esa escala —alzó la copa en un brindis—. Entregársela a McKinsey me elevará hasta la gloriosa cúspide de mi carrera profesional.

Eliza guardó silencio, estaba claro que Scrope se había desprendido de su habitual máscara impenetrable; tal y como atestiguaba aquella cena de celebración, se sentía más que seguro de que iba a lograr su cometido, de que a la mañana siguiente iba a entregársela a McKinsey. No había duda de que en ese momento estaba mirando al hombre que se ocultaba tras la máscara de profesionalidad gélida e inescrutable.

Él se inclinó un poco hacia delante y la observó en silencio con aquellos ojos oscuros y penetrantes antes de decir:

—En definitiva, querida mía, el dinero no es mi única motivación, aunque para ser sincero debo admitir que McKinsey no ha sido tacaño ni mucho menos. La verdad es que nuestro noble de las Tierras Altas le puso un precio muy alto a su cabeza; aun así, ese no es el mejor premio que ganaré cuando mañana la deje en sus manos. Voy a ser claro, señorita Cynster: usted va a ser mi salvación, va a proporcionarme el futuro que tanto ansío. Gracias al dinero que me pagará McKinsey y, sobre todo, a la fama que obtendré por haber logrado secuestrarla, podré vivir cómodamente el resto de mis días como un adinerado caballero.

Se reclinó en la silla y, con una perversa sonrisa de satisfacción y un brillo casi febril en la mirada, alzó su copa de nuevo.

—Brindo por usted, señorita Cynster, y por lo que me depara el futuro.

Eliza luchó por contener un escalofrío mientras le veía apurar su copa de un solo trago tras pronunciar aquellas ominosas palabras.

Los dos miraron hacia la puerta al oír un sonido procedente de allí y vieron entrar a Genevieve y a Taylor. La primera se acercó a la mesa con dos platos y comentó:

—Hay bizcocho con frutas y pastel de manzana.

—Y cuajada de acompañamiento —añadió el segundo, antes de dejar un cuenco sobre la mesa y de retomar su asiento.

Genevieve alzó una cuchara de plata para repartir el postre y miró a Scrope y a Eliza con expresión interrogante.

—¿Y bien?

—Yo quiero de todo —le dijo Eliza. Quería borrar de su mente lo que había vislumbrado en los ojos de Scrope y un buen postre era la única distracción que tenía a mano, así que tenía que conformarse con eso.

Los tres secuestradores la condujeron de vuelta a su «celda» poco después. Scrope, que había accedido a darle más velas, revisó el habitáculo con la mirada como asegurándose de que disponía de las comodidades necesarias, y tras hacerle un gesto a Genevieve para que esta saliera cerró la puerta tras de sí.

La última imagen que Eliza vio de sus captores fue el rostro de aquel tipo, un rostro al que una vela que lo iluminaba desde abajo le daba un aspecto demoníaco y cuyos ojos oscuros y brillantes estaban fijos en ella.

Cuando la puerta se cerró dio rienda suelta al escalofrío instintivo que había estado reprimiendo hasta el momento, pero se esforzó por dejar a un lado la ominosa inquietud que la embargaba y centrarse en pensar acerca de lo que podría suceder en las próximas horas.

Ni siquiera tenía la certeza de que Jeremy supiera dónde la tenían encerrada, a lo mejor había sido incapaz de seguir al carruaje o les había perdido la pista al llegar a Edimburgo. Tenía que ser realista y, como mínimo, intentar idear la forma de escapar si él no la rescataba aquella noche.

Después de sopesar distintas posibilidades, se dio cuenta de que antes de nada tenía que decidirse entre intentar huir de las garras de Scrope o esperar e intentar escapar del noble escocés cuando este la tuviera en su poder.

La cuestión no era a cuál de los dos podría ganarle la partida con mayor facilidad, sino cuál de ellos podría ser más dado a cometer un error que le permitiera huir.

Scrope no había cometido ni el más mínimo error hasta el momento, pero, por muy confiado que estuviera a aquellas alturas, a pesar de que estaba convencido de que iba a lograr su cometido y estaba jactándose ya de su supuesta victoria, era muy improbable que metiera la pata en el último instante.

Seguro que el momento de la entrega estaba minuciosamente planeado, y que la vigilancia iba a ser extrema. Scrope no iba a cometer ningún error, ya que había mucho dinero y mucho orgullo en juego.

Por otro lado, si era cierto que el hombre que les había contratado era un aristócrata (y, a juzgar por todo lo que sabían de él, esa era una suposición que cada vez cobraba más fuerza), entonces cabría la posibilidad de que tuviera las mismas ideas preconcebidas respecto a las mujeres que sus hermanos y sus primos, la misma ceguera masculina con la que estaba acostumbrada a lidiar. Eso la beneficiaría, le daría una ventaja que podría aprovechar para escapar.

El problema radicaba en que era más que probable que el tipo la llevara a las Tierras Altas, y allí estaría total y completamente perdida. En la campiña inglesa habría podido arreglárselas sola; a pesar de que pasear por valles y suaves colinas no fuera una actividad que le gustara, sabía que era capaz de hacerlo. Pero cruzar cañadas, bordear lagos y subir a escarpadas cimas nevadas era algo muy distinto.

Había gente que se perdía en las agrestes Tierras Altas y que tardaba años en aparecer.

Se sentó en el borde de la cama y, con la mirada perdida fija en la puerta, le dio vueltas y más vueltas a la cabeza mientras las velas iban consumiéndose. Se levantó a lavarse la cara con el agua fría de la jarra antes de quedarse sin luz, y las velas fueron apagándose una tras otra mientras se descalzaba y se metía en la cama.

Se cubrió con una fina sábana, se tumbó de lado y encogió las piernas. No tenía escapatoria. No había nada, absolutamente nada, que pudiera hacer para huir. Lo mirara por donde lo mirase, su futuro dependía de un hombre: Scrope, el misterioso noble escocés o Jeremy Carling.

Cerró la mano alrededor del colgante de cuarzo rosa que su hermana le había entregado con la esperanza de que la ayudara a encontrar la felicidad. De los tres, tenía claro cuál era el que prefería que el destino eligiera para ella; aunque fuera un intelectual despistado, se apañaría con él.

Jeremy estaba sentado con Hugo, Cobby y Meggin alrededor de la mesa del comedor de la casa que estos dos últimos tenían en Reids Close. Era como la escena que un pintor plasmaría en un lienzo para representar justo lo que era, una agradable cena organizada por una joven pareja escocesa acomodada y bien relacionada en la que los invitados eran dos de los amigos solteros del anfitrión. A la sala, iluminada por el reconfortante y cálido resplandor de la araña de luces que colgaba sobre la mesa de caoba, no le faltaba ni un solo detalle. Un revestimiento de madera oscura cubría las paredes, sobre los macizos aparadores colgaban hermosos cuadros de paisajes brumosos en vivos colores; candelabros de plata y un frutero a juego de varios pisos relucían bajo la luz, mientras que la cabeza de ciervo flanqueada por dos enormes truchas disecadas no dejaba lugar a dudas de que aquello era Escocia.

Cobby, sentado en la maciza silla labrada situada en la cabecera de la mesa, charlaba con ojos chispeantes y una amplia sonrisa con Hugo, a quien tenía sentado a su izquierda. Tenía un cabello de un color castaño oscuro parecido al de Jeremy, ojos castaños y facciones equilibradas, y ataviado como estaba en ese momento con su habitual ropa de calle era la viva estampa del descendiente de un venerable clan escocés.

Meggin, por su parte, estaba sentada en una silla labrada un poco más pequeña en el extremo opuesto de la mesa. Era la viva estampa de una dama joven y sofisticada con su espesa melena negra, sus chispeantes ojos azules y su vestido de seda azul oscuro, y contemplaba a su marido con un amor palpable.

Ya se habían cerrado las cortinas, los platos se habían retirado de la mesa. Había llegado el momento de hablar de cosas serias.

Jeremy dio unas palmaditas en la mesa y, cuando los demás le miraron con expresión interrogante, afirmó:

—Tenemos que repasar el plan.

Habían ido montándolo a trozos (uno hacía una sugerencia que otro alteraba para hacerla encajar mejor) como si fuera un enorme rompecabezas mental titulado «El Rescate», y la verdad era que se sentía bastante satisfecho con el resultado final.

—Sí, hay que revisar nuestro plan de ataque ahora que ya tenemos los disfraces —comentó Hugo, antes de reclinarse en su silla e indicar con un gesto la ropa y las pelucas que había dejado encima de una silla situada junto a la pared.

No había duda de que era bueno contar con un amigo como él cubriéndole a uno las espaldas. Se trataba de un hombre camaleónico con una apostura que recordaba a la de lord Byron. Tenía un cabello oscuro artísticamente revuelto, unos huesos finos y una constitución delgada que solían darles a sus movimientos una gracilidad afeminada, y se encontraba igual de cómodo intercambiando comentarios mordaces en un salón de baile que lanzando puñetazos a diestro y siniestro durante una bronca en un bar.

Lo cierto era que en ese momento estuvo acertado al llamar aquello un «plan de ataque», ya que daba la impresión de que estaban metidos en una campaña militar cuyo objetivo estaba muy claro.

—Siento curiosidad por saber de dónde has sacado todo eso —le dijo Cobby, haciendo referencia a la ropa que había sobre la silla.

—Del pequeño teatro del palacio —Hugo esbozó una sonrisa traviesa y le guiñó el ojo—. Que quede entre nosotros.

Sus familiares, tanto los del tronco principal como los de las distintas ramas del árbol genealógico, habían ejercido durante años de asesores legales para el palacio, por lo que él tenía acceso a zonas muy restringidas.

Meggin entrelazó las manos sobre la mesa y miró a Jeremy.

—Empecemos por el principio, ¿cómo tienes pensado sacar a la señorita Cynster de ese sótano?

Ella era la más práctica del grupo y les obligó a repasar el plan paso a paso. Les ayudó a encontrar todas las lagunas que habían quedado, todos los pequeños detalles que ellos tres, acostumbrados a pensar como académicos, habían pasado por alto.

—¿Estás seguro de que no la habrán sedado de nuevo?

Jeremy se planteó aquella posibilidad, y al cabo de unos segundos contestó:

—La verdad es que no creo que lo hayan hecho. Tanto en su caso como en el de su hermana Heather, los secuestradores tenían órdenes estrictas de que las cautivas no sufrieran ningún daño; de hecho, sospecho que Scrope no tendría que haberla sedado en ningún momento.

—En ese caso, si tienen intención de entregársela mañana al hombre que les contrató, esta noche no la habrán sedado y podrá caminar por sí sola —Meggin asintió satisfecha—. De acuerdo, sigamos.

Repasaron mentalmente todas las fases del plan que habían fraguado. El siguiente paso después de liberar a Eliza de la habitación del sótano iba a ser sacarla de la ciudad.

—Saldremos de aquí justo antes del amanecer para ir a alquilar las monturas —dijo Jeremy—. No tiene sentido intentar huir a caballo antes de que haya luz suficiente para ver el camino —tenían pensado llevarla allí, a Reids Close, después de sacarla de la casa de los secuestradores—. Una vez que hayamos salido de la ciudad, calculo que tardaremos un día más o menos en llegar a Wolverstone, aunque lleguemos casi de noche.

—Para eso tendríais que cabalgar sin apenas descanso —le advirtió Meggin, dubitativa.

—Sí, ya sé que no será fácil. Mientras logremos atravesar la frontera antes del anochecer, a partir de allí conozco los caminos que llevan al castillo lo bastante bien como para viajar en medio de la oscuridad.

Ella acabó por asentir y dejar pasar el tema a pesar de que no parecía demasiado convencida, y Jeremy agradeció que tuviera tanto tacto. Los dos sabían que, para evitar que la reputación de Eliza quedara manchada por haber pasado una noche a solas con un caballero con el que no tenía ningún parentesco, iban a tener que cubrir la distancia que separaba Edimburgo del castillo de Wolverstone viajando a toda velocidad y sin parar apenas. Eso no resultaría difícil en condiciones normales, pero en aquella ocasión iban a tener que dar un amplio rodeo para evitar que los secuestradores dieran con ellos.

Volvió a repasar aquella fase del plan por si se le ocurría alguna idea mejor, y al final acabó por concluir:

—No existe ninguna otra forma de lograr nuestro objetivo.

Como aquello había quedado decidido, Cobby y Hugo tomaron las riendas de la discusión y repasaron el papel que ellos desempeñaban en «El Rescate» y que no era otro que actuar de señuelo. Su tarea consistía en llevar a Scrope y a sus compinches (y también al noble de las Tierras Altas, en caso de que también se involucrara de forma activa en la búsqueda) en dirección contraria a la que iban a tomar Jeremy y Eliza.

Al ver lo entusiasmados que estaban sus dos amigos con la misión que tenían asignada, Jeremy intercambió una mirada con Meggin y esta les advirtió:

—Tenéis que ser cuidadosos, no reveléis vuestra verdadera identidad. Os recuerdo que ahora sois miembros respetados de la sociedad de Edimburgo, no unos colegiales traviesos.

Los dos intentaron parecer contritos, pero tenían los ojos chispeantes y no lograron engañarla. Después de soltar un bufido burlón, se volvió de nuevo hacia Jeremy y le dijo:

—Todo esto está muy bien, pero aún tengo mis dudas acerca de ese viaje por lo que respecta a la señorita Cynster. Os acompañaría yo misma si pudiera, pero Cobby también estará fuera y no podemos dejar solos a los niños. ¿Estás seguro de que no sería buena idea contratar a una doncella para que le sirva de acompañante?

Ninguno de los tres caballeros le restó importancia a sus palabras, todos consideraron la cuestión con el debido detenimiento. Sabían que las consideraciones que ella pudiera hacer eran muy valiosas, ya que había cuestiones (como las relacionadas con las restrictivas normas sociales, por ejemplo) que ellos podrían pasar por alto al considerarlas irrelevantes.

Al cabo de un largo momento, Jeremy hizo una mueca y le dijo a Cobby:

—Yo sigo pensando que contratar a una doncella sería demasiado problemático. En primer lugar, si no se tragan vuestro anzuelo y organizan una búsqueda más amplia por la ciudad, la presencia de una doncella podría hacer que llamáramos la atención, y precisamente eso es lo que queremos evitar; en segundo lugar, con una doncella ya no podríamos ir a caballo. Dejando a un lado que los secuestradores eran tres en un carruaje, uno de ellos una doncella, y esa misma combinación es la que estarán buscando, necesitaríamos algo más grande que un calesín o un faetón y eso nos obligaría a ir más lentos —miró a Meggin y añadió—: entonces sí que tardaríamos más de un día en llegar al castillo, por lo que ellos tendrían a su vez más tiempo para atraparnos.

Ella frunció la nariz y él concluyó diciendo:

—No, sigo creyendo que nuestra mejor opción es el plan tal y como está ahora.

Tanto Cobby como Hugo asintieron, y Meggin suspiró y contestó:

—De acuerdo.

Lanzó una mirada hacia el reloj que había colgado en la pared y los demás la imitaron.

—Se está haciendo tarde —comentó Jeremy, antes de mirar primero a Cobby y después a Hugo—. Será mejor que nos pongamos en marcha.

Todos se levantaron de inmediato. Una vez en el vestíbulo, los tres amigos se pusieron sus respectivos gabanes y se pertrecharon con candiles mientras Meggin esperaba junto a la puerta principal, lista para abrir, y Jeremy le indicó con un gesto que lo hiciera en cuanto estuvo preparado y vio que Cobby y Hugo lo estaban también.

—¡Vamos, llegó el momento de iniciar «El Rescate»!

Había que rescatar a Eliza de las garras de sus secuestradores.

C A P Í T U L O 5

La noche estaba siendo interminable para Eliza, que ni siquiera había intentado conciliar el sueño. Cuando las velas se consumieron por completo, la envolvió una oscuridad tan absoluta que ni siquiera podía ver su mano ante sus propias narices, una oscuridad que la oprimía como un manto sofocante.

No solía tenerle miedo a la oscuridad, pero aquella resultaba amenazante. Estaba temblando a pesar de la sábana que la cubría, pero la fresca temperatura del sótano no era la causante del frío que le calaba hasta los huesos.

No tardó en perder la noción del tiempo.

Intentó no pensar en lo que pasaría si el misterioso noble de las Tierras Altas aparecía antes que Jeremy. ¿Qué podría hacer ella en ese caso?, ¿cómo iba a...?

Toc, toc.

Aquel golpeteo quedo la arrancó de repente de sus pensamientos. Se volvió hacia la puerta, pero no se abrió y, en cualquier caso, dudaba mucho que a los secuestradores se les ocurriera llamar antes de entrar; además, aunque no tenía ni idea de la hora que era, sería muy improbable que fueran a buscarla en medio de la noche.

Toc, toc.

Se sentó con cautela en la cama y frunció el ceño. La oscuridad la desorientaba, pero habría jurado que los golpecitos procedían de... de debajo de la cama.

Toc, toc.

El ritmo era regular, no había duda de que aquel golpeteo estaba haciéndolo alguien de forma deliberada. Echó a un lado la sábana, buscó a tientas sus escarpines y se los puso.

Toc, toc; toc, toc.

—¡Ya voy! —susurró, a pesar de que no tenía ni idea de...

Se agachó a mirar bajo la cama (una cama típica con armazón de hierro y alambre cuya base estaba a medio metro por lo menos del suelo), y tardó un instante en percatarse de que la razón por la que alcanzaba a ver algo era la tenue luz que se filtraba a través de la raída alfombra. Justo cuando acababa de apartarla a un lado, volvió a oírse el golpeteo.

Vio una fina luz que delineaba los lados de un cuadrado en el suelo y, después de quedarse mirando pasmada lo que su atónito cerebro estaba diciéndole que era una trampilla de madera, inhaló hondo y golpeteó con los nudillos como si estuviera llamando a una puerta.

Tras unos segundos de silencio, la trampilla se movió mientras alguien intentaba levantarla desde abajo, pero estaba claro que estaba cerrada de alguna forma.

Le dio un brinco el corazón, pero tenía que ser cauta porque no tenía ni idea de quién estaba allí abajo. A lo mejor se trataba de unos ladrones. Acercó la cabeza a uno de los bordes iluminados de la trampilla y preguntó, tan alto como se atrevió en aquellas circunstancias:

—¿Quién está ahí?

Tras unos segundos de silencio, una voz murmuró:

—Jeremy Carling, hemos venido a rescatarla.

Eran las palabras más maravillosas que había oído en toda su vida. Alivio, gratitud, y una extraña excitación la recorrieron en una potente oleada.

—¡Un momento!, ¡tengo que mover la cama!

Se puso en pie a toda prisa, fue apartando de la pared un extremo de la cama como buenamente pudo y, cuando la trampilla quedó despejada, se arrodilló y palpó el borde que estaba anclado al suelo.

—¡Lo tengo! —exclamó en voz baja, al encontrar lo que parecía ser un cerrojo sencillo. Logró sacar a tientas el pasador del anclaje, y sintió un alivio enorme al ver que no estaba atascado y podía abrirlo con facilidad—. ¡Gracias a Dios!

Intentó abrir la trampilla utilizando el cerrojo a modo de mango, y en cuanto lo logró unas manos empujaron desde abajo. Se echó hacia atrás hasta ponerse de cuclillas y vio cómo unos brazos echaban la trampilla hacia atrás hasta dejarla apoyada contra la pared.

Se puso de rodillas, se asomó a mirar por el hueco iluminado... y a sus labios afloró una sonrisa radiante al encontrarse cara a cara con Jeremy Carling.

Él se quedó mirándola como si hubiera perdido el hilo de sus pensamientos, pero al cabo de un instante se recompuso y le preguntó con voz queda:

—¿Hay alguien que pueda oírnos?

—No. Después de cenar, me encerraron aquí de nuevo y ninguno de ellos ha vuelto a bajar.

—Perfecto —volvió a mirarla a la cara antes de bajar la mirada por sus hombros, que estaban cubiertos a duras penas por el arrugadísimo pañuelo—. ¿Aún tiene la capa que llevaba puesta antes? Aquí abajo hace bastante frío.

—Sí —alargó la mano hacia la cama y agarró la prenda en cuestión, que había estado usando a modo de manta adicional.

Al ver la fina sábana que colgaba del borde de la cama, él le aconsejó:

—Traiga también la sábana, nos vendrá bien —esperó a que ella se pusiera la capa y agarrara la sábana antes de preguntar—: ¿Necesita traer algo más?

—No, ni siquiera me han dado un peine —le contestó ella, mientras doblaba la sábana.

—De acuerdo. Páseme la sábana.

Ella se la dio y Jeremy se la pasó a Cobby, que estaba al pie de la escalera. Volvió a alzar la mirada hacia Eliza y le indicó con la mano que se girara.

—Aquí hay una escalera, pero va a tener que darse la vuelta para bajar —bajó un par de peldaños y le aconsejó—: vaya poco a poco, yo la sujetaré si se cae.

Ella obedeció de inmediato y fue bajando con cuidado, buscando cada peldaño con el pie. Él fue retrocediendo mientras ella descendía y, cuando llegó al pétreo suelo del túnel, ocupó el lugar de Cobby al pie de la escalera y alzó una mano para sujetarla del codo.

—Ya casi está.

Ella se volvió a mirarlo en cuanto pisó el túnel y volvió a deslumbrarlo con una sonrisa radiante. Tal y como le había sucedido antes, cuando sus ojos se encontraron le recorrió una placentera oleada de calor que lo dejó desconcertado.

Recobró la compostura con esfuerzo y se volvió hacia Cobby, que estaba junto a él.

—Permita que le presente a Cobden Harris.

El aludido la saludó estrechándole la mano y le dijo:

—Llámeme Cobby, señorita Cynster. Así me llama todo el mundo.

—Y este es Hugo Weaver —añadió Jeremy.

Después de cambiarse de mano el saco que había llevado hasta allí, su amigo la tomó de la mano y la saludó con una cortés reverencia.

—Encantado de conocerla, señorita Cynster —le soltó la mano y se volvió a mirar a Jeremy—. Sugiero que nos vayamos antes de que los lugareños se pongan nerviosos.

Cobby retrocedió un poco y le indicó a Eliza que pasara, pero Jeremy alzó la mirada hacia la trampilla y dijo de repente:

—Un momento —bajó la mirada hacia Eliza y le preguntó—: Antes ha dicho que la cama estaba encima de la trampilla, ¿verdad?

—Sí, así es. Una alfombra la tapaba, y la cama estaba colocada encima. Yo no tenía ni idea de que la trampilla estaba ahí y está claro que Scrope y sus compinches tampoco, porque de haberlo sabido no me habrían encerrado en ese lugar.

Jeremy intercambió una mirada con Cobby y con Hugo antes de volverse de nuevo hacia la escalera.

—Vale la pena emplear unos minutos en dificultarles un poco las cosas —subió con rapidez, se asomó por la trampilla y echó un vistazo—. Necesito algo de luz, Cobby.

Entró en la habitación y, cuando Cobby apareció en el hueco

de la trampilla y alzó un candil para que pudiera ver, se puso manos a la obra.

Cinco minutos después había ahuecado las almohadas y las había colocado debajo de la sábana, y también había puesto la alfombra sobre la trampilla para que esta quedara oculta de nuevo al volver a cerrarse. Después de colocarse de nuevo en la escalera, con la trampilla medio abierta, sacó las manos por los bordes, tiró de la cama hasta volver a colocarla en su lugar, cerró del todo la trampilla y volvió a bajar al túnel.

Miró sonriente a Cobby y a Hugo y afirmó con satisfacción:

—Ahora van a tener que enfrentarse al clásico enigma de cómo se desvanece una persona de una habitación cerrada.

—Siempre quise planteárselo a alguien —comentó Cobby, con una carcajada.

Hugo esbozó una sonrisa, pero al cabo de un instante indicó con un gesto el túnel y les advirtió:

—Tenemos que irnos ya.

Ajustaron los candiles de modo que la luz saliera en estrechos haces que bastarían para iluminar el camino, pero que con un poco de suerte pasarían desapercibidos para los moradores de los hogares por los que iban a pasar.

Jeremy le indicó a Eliza que se cubriera con la capucha de la capa. Su dorado cabello brillaba como la miel bajo la luz a pesar de lo desaliñada que estaba, sería más seguro ocultarlo junto con cualquier otro detalle que pudiera revelar que se trataba de una dama.

La sujetó con suavidad del codo a través de la capa y de la sábana que ella se había puesto sobre los hombros, y le indicó a Cobby con un gesto que ya podían ponerse en marcha. Se mantuvo junto a ella, pero un poquito más retrasado para poder sostenerla si tropezaba y protegerla de cualquier posible amenaza.

Cobby les precedía, y Hugo cubría la retaguardia.

Notaba la vaina de la espada corta que llevaba bajo el gabán golpeteándole el muslo con cada paso que daba. Cobby también llevaba un arma similar y mantenía la mano cerca de la empuñadura mientras avanzaban, y Hugo iba armado con una porra y una daga.

No iban buscando pelea, pero ninguno de ellos era tan necio como para entrar en aquella zona sin estar preparado para cualquier eventualidad.

Eliza notó la actitud protectora de los tres y supuso a qué se debía. Aunque el peligro no estaba a la vista, lo notaba cerca, intuía su amenazadora presencia. El frío húmedo de los túneles (en unas ocasiones estrechos, en otras cavernosos) por los que estaban pasando estaba insidiosamente impregnado de una violencia latente.

Se tapó mejor con la sábana y se acercó un poco más a Jeremy antes de preguntarle, con una voz que apenas era un susurro:

—¿Qué lugar es este?

A los cinco les precedían tres mozos de aspecto humilde que habían estado esperándoles cerca de la escalera y que, de vez en cuando, alzaban una mano para que se detuvieran y, tras comprobar que el camino estuviera despejado, les indicaban que podían seguir. Aprovechando que acababan de hacerles una señal para que se detuvieran, Jeremy le susurró al oído:

—Esto son las bóvedas entre los soportes de los puentes. Después de la construcción de los puentes elevados que llevaban al norte y al sur partiendo de High Street, aquellas personas que más tarde construyeron sus casas contra esos puentes incorporaron los espacios entre los soportes como múltiples niveles subterráneos en las casas, es decir: había un segundo sótano debajo del primero, y debajo de este un tercero, y así sucesivamente.

Se quedó callado cuando reemprendieron la marcha y cruzaron a buen paso y en silencio una zona extensa y mucho más amplia.

Elena captó un movimiento en la impenetrable oscuridad de aquel lugar, y cuando el camino se estrechó de nuevo preguntó en voz baja:

—¿Por qué hay gente escondida en la oscuridad?

—No se esconden, viven aquí. Estamos cruzando sus hogares.

—¿Por qué están aquí? —le costaba trabajo concebir algo así.

—Cuando el incendio quemó cinco años atrás las casas que existían antes y arrasó todos los niveles construidos por encima de la superficie, los constructores que edificaron sobre los cimientos de las estructuras incineradas se limitaron a sellar los niveles inferiores. Esos niveles que había bajo tierra, es decir, estos túneles, se convirtieron en un refugio para las personas sin hogar, los indigentes, los pobres de todo tipo. Hubo algunos que, como en el caso del avispado constructor que edificó la casa que eligieron los secuestradores, dejaron salidas en los sótanos por si había otro incendio. Casi todos los de aquí saben de la existencia de las bóvedas.

—Creo que Scrope es inglés, y no me cabe duda de que tanto la enfermera como el cochero lo son.

—Exacto. Una de dos: o bien alquilaron una casa, o bien ocuparon una cuyo dueño estaba ausente.

Llegaron en ese momento a unos toscos escalones tallados en piedra y, mientras Cobby y Hugo se mantenían cerca como centinelas en alerta que no bajaban la guardia, él la ayudó a bajar y susurró:

—Ya no falta mucho. Estamos descendiendo por la cuesta que hay bajo el puente, estamos cerca del final del túnel.

Eliza recordó lo largo que era el puente por el que habían pasado para ir a High Street al salir de la posada y pensó en la cantidad de salas ocultas que debía de haber debajo de aquella enorme estructura. Pensó en cuánta gente debía de haber allí debajo, cuantas familias y grupos de todo tipo.

—Al menos están resguardados del mal tiempo.

Jeremy no respondió. Al ver que Cobby, que iba un poco más adelantado que ellos, acababa de detenerse al llegar a una amplia abertura más allá de la cual las estrellas brillaban como alfileres en el negro manto del cielo, se detuvo a su vez y se volvió a mirarla antes de decirle en voz baja:

—Vaya con Hugo, yo les alcanzaré dentro de un momento.

Ella lo miró vacilante. Estaba claro que era reticente a dejarle allí, pero cuando Hugo se acercó y la tomó del brazo le siguió sin protestar y salieron al exterior, al amparo de la noche.

Cobby estaba esperándoles justo a la salida, pero se volvió a mirar hacia el interior del túnel y observó alerta mientras los tres jóvenes guías, que habían permanecido a la espera entre las sombras más oscuras, se acercaban a Jeremy. Este acababa de sacarse un saquito del bolsillo y les dijo:

—Aquí tenéis —vació el contenido del saquito en la palma de la mano y les mostró las monedas que les había prometido a cambio de que les ayudaran a recorrer las bóvedas—. Lo prometido, más una propina.

Después de intercambiar una mirada con sus dos compañeros, el mayor de los jóvenes se volvió de nuevo hacia Jeremy y le preguntó:

—¿Podría dividirlo usted en tres partes?

Jeremy se encargó de ello. Cuando, después de aceptar más que dichosos las monedas, los jóvenes se despidieron con un saludo y se esfumaron rápidamente de allí, salió del túnel y junto con Cobby se dirigió al portal cercano donde estaban esperándoles Hugo y Eliza.

En cuanto le vio llegar, ella soltó la manga de Hugo y le aferró a él del brazo. Les miró a los tres y les dijo:

—No saben cuánto les agradezco que me hayan rescatado. Según Scrope, el hombre que les contrató llegará mañana por la mañana, y lo cierto es que no me apetecía en absoluto conocerle.

Hugo hizo una cortés reverencia y afirmó, sonriente:

—Ha sido un placer poder ayudarla.

—A decir verdad, hacía mucho que no nos embarcábamos en una aventura, así que somos nosotros los que estamos en deuda con usted —le aseguró Cobby, con una sonrisa de oreja a oreja y rebosante de entusiasmo—. ¡Partamos sin demora rumbo a un terreno menos hostil!

Se pusieron en marcha y, al igual que antes, él se colocó delante y Hugo en la retaguardia.

—¿Adónde vamos?

Eliza le hizo aquella pregunta a Jeremy en voz baja. A pesar de la oscuridad reinante, notó cómo bajaba la mirada hacia ella y supo de forma instintiva que estaba observándola.

—A casa de Cobby, está cerca de aquí.

Saltaba a la vista que Cobby conocía bien el camino, porque los guio sin vacilar por callejuelas y pequeños patios, por estrechos callejones y calles más amplias. Ella se esforzó por no quedarse atrás, pero iba calzada con los delicados escarpines que se había puesto para asistir al baile y tenía que andar con cuidado.

Jeremy estuvo pendiente de ella en todo momento, le ofrecía su brazo para que se sujetara a él y estaba listo para agarrarla si la veía tropezar. Aquella atención constante la habría irritado en condiciones normales, pero aquella noche se sentía agradecida... y sorprendida, muy sorprendida por cómo la afectaba tener a aquel hombre junto a ella.

Puede que fuera un intelectual, un erudito despistado como el que más, pero también era muy alto y muy... «masculino» era la palabra que se le ocurría para definirlo.

Tenía una presencia mucho más imponente de lo que ella recordaba. Poseía un aura que la trastornaba, que despertaba sus sentidos, que acaparaba su atención por completo y la hacía olvidar todo lo que la rodeaba.

A pesar de lo distraída que estaba, no hizo falta que nadie le dijera que habían entrado en la mejor zona de la Ciudad Vieja, ya que las casas eran distintas. Muchas de ellas eran más antiguas, databan de antes del incendio y en las fachadas tenían ornamentaciones que iban apreciándose con mayor claridad conforme la luna iba ascendiendo en el cielo.

Las campanas de la ciudad dieron las dos justo cuando estaban entrando en una calle de viviendas que destilaban una sobria elegancia y en la que reinaba la quietud. Cobby se detuvo frente a una casa de tres plantas y, después de sacarse una llave del bolsillo, subió los tres escalones de la entrada, abrió la puerta de par en par y esbozó una amplia sonrisa mientras les invitaba a entrar.

—Bienvenida a mi humilde morada, señorita Cynster —cuando ella cruzó el umbral del brazo de Jeremy, añadió—: aunque su estancia aquí será corta, Meggin y yo esperamos que se sienta cómoda.

Eliza entró en un cálido y acogedor vestíbulo donde la recibió una dama que debía de tener una edad parecida a la suya. La mujer, que tenía una lustrosa melena negra rizada y unos chispeantes ojos azules, sonrió al verla y alargó las manos hacia ella.

—Soy Margaret, aunque todos me llaman Meggin. Bienvenida a nuestro hogar.

Su sonrisa era tan franca que Eliza se la devolvió sin dudarlo. Se tomaron de las manos y se besaron las mejillas, y por primera vez en días se sintió relajada.

Después de cerrar a cal y canto la puerta principal se dirigieron a un saloncito donde estaban esperándoles una jarra de té, pastelillos de miel y un plato de gruesos emparedados. Mientras Meggin y Eliza tomaban té en delicadas tacitas de porcelana y saboreaban los deliciosos pastelillos, los caballeros se decantaron por tomar whisky y devoraron los emparedados en un abrir y cerrar de ojos.

—Todo ha ido tal y como lo habíamos planeado —le aseguró Cobby a su esposa, con un emparedado en la mano—. Fuimos directos al final de High Street y desde allí fuimos retrocediendo y contando hasta que encontramos el sótano que buscábamos.

—Por suerte para nosotros, fue un mismo constructor quien edificó todo ese grupo de casas —apostilló Hugo.

—Sí, y también fue una suerte que encontraras a esos jóvenes para que nos guiaran —comentó Jeremy, antes de dejar su copa vacía sobre la mesa—. Nos las habríamos arreglado para encontrar el camino sin ellos, pero habríamos llamado demasiado la atención. Su presencia nos permitió entrar y salir sin problemas.

Estando cómodamente sentada en el sofá tapizado de damasco junto a Meggin, en una estancia elegante y acogedora donde se sentía como en casa, Eliza tomó conciencia de su aspecto desastrado por primera vez desde que había entrado en el saloncito de la mansión St. Ives; además, necesitaba con desesperación un baño caliente.

Miró a Meggin y le dijo con una tímida sonrisa:

—Disculpe la molestia, pero me gustaría cambiarme de ropa y no tengo nada que ponerme —como su anfitriona era un poco más baja que ella, añadió—: me pregunto si tendrá alguna doncella de constitución parecida a la mía...

Meggin se echó a reír y le dio unas palmaditas en la mano.

—¡Dadas las circunstancias, creo que es mejor que todos dejemos a un lado las formalidades! Estamos entre amigos, podemos tutearnos. En cuanto a la ropa, no te preocupes, eso ya se ha tenido en cuenta. Se está calentando agua para que te des un baño, ya estaría lista si hubiéramos sabido con exactitud cuándo ibais a llegar —le lanzó una mirada a Jeremy antes de añadir—: en cualquier caso, supongo que antes de nada preferirás oír el resto del plan que han urdido estos caballeros.

Eliza miró a Jeremy con expresión interrogante, y este procedió a explicárselo.

—Hay que sacarla de Edimburgo y ponerla a salvo lo antes posible. A menos que a usted se le ocurra otra opción, el castillo de Wolverstone es el lugar seguro más cercano que conozco.

—Meggin tiene razón, Jeremy, es absurdo que nos andemos con formalismos. Tutéame, por favor —le pidió ella, sonriente, antes de añadir—: había estado en Edimburgo en dos ocasiones previas, pero aquí no tengo familia ni amigos cercanos —reflexionó al respecto y acabó por asentir—. Sí, Wolverstone me parece la opción más sensata. Otra alternativa sería seguir el ejemplo de Heather y Breckenridge y buscar refugio en el valle donde viven Richard y Catriona, pero la frontera está justo al sur de aquí y nos queda más cerca.

—Y Wolverstone no queda lejos de la frontera, de modo que es allí adonde debemos dirigirnos. Royce y Minerva se encuentran allí, y esa es una ventaja añadida.

Ella asintió y preguntó:

—De acuerdo, entonces está decidido. ¿Cómo vamos a llegar hasta allí?

Jeremy miró a Cobby.

—¿Tienes el mapa?

—Lo dejé en el comedor, voy a buscarlo.

Mientras esperaban a que regresara, Jeremy siguió con las explicaciones.

—Antes de que se me olvide, debo decirte que ayer envié una nota a Royce avisándole de que te había encontrado y nos dirigiríamos a Wolverstone con la mayor premura posible. Aproveché para pedirle que se encargara de avisar a tus padres, aunque para cuando ellos reciban el mensaje ya deberíamos estar sanos y salvos en Wolverstone. En cualquier caso, debemos tener en cuenta que es más que posible que Scrope intente atraparte de nuevo.

—Saldrá en mi busca en cuanto se percate de que me he esfumado de ese sótano.

—Exacto. Por desgracia, no sería prudente partir antes del amanecer y es posible que él descubra tu ausencia poco después, así que nos pareció oportuno idear una estrategia para entorpecer su búsqueda.

Cobby entró en ese momento y dejó un enorme mapa desplegado sobre una mesa auxiliar que entonces colocó entre el sillón y la silla de Jeremy. Tanto Hugo como él acercaron sus respectivas sillas, y entonces comentó:

—No está de más que volvamos a repasarlo todo de nuevo.

—Sí, tienes razón —afirmó Jeremy, antes de volverse hacia Eliza—. El plan que hemos ideado tiene dos vertientes: la huida propiamente dicha, en la que tú y yo nos dirigimos a Wolverstone a toda velocidad, y el señuelo.

—Que somos Hugo y yo —le aclaró Cobby.

—Los cuatro partiremos poco antes del amanecer, pero nos separaremos de inmediato —siguió diciendo Jeremy—. Hugo y Cobby se dirigirán a una pequeña posada de South Bridge cercana a la otra donde Scrope dejó el carruaje, allí están mi calesín y mi caballo. Ellos se harán pasar por nosotros dos, recogerán mis pertenencias y pondrán rumbo a la frontera a toda velocidad por la gran ruta del norte, justo lo que cualquiera esperaría que hiciéramos.

Le indicó en el mapa la ruta que iban a tomar sus amigos y añadió:

—Pasarán por Berwick, y al llegar a Wolverstone darán aviso de que tú y yo nos dirigimos hacia allí por otra ruta menos obvia —alzó la cabeza y sus ojos se encontraron con los de Eliza—. Mientras tanto, nosotros nos dirigiremos a Cannongate y seguiremos por High Street hasta llegar a Grassmarket, una plaza situada en la zona sudeste de la ciudad. Después de detenernos en las cuadras que hay allí, tomaremos este camino de aquí —se lo indicó en el mapa— en dirección sudoeste, como si fuéramos hacia Lanark, pero al llegar a Carnwath cambiaremos de dirección y pondremos rumbo al este —fue trazando la ruta mientras se lo explicaba—. Pasaremos por Castlecraig, Peebles, Innerleithen, Melrose, Galashiels, St. Boswells y Jedburgh, y entonces cruzaremos la frontera.

—Por el mismo paso fronterizo que usaron los secuestradores para entrar en Escocia.

—Exacto. Damos por hecho que creerán que hemos optado por la ruta más rápida y transitada, que intentaremos pasar desapercibidos entre los otros vehículos. Desde el punto de vista de los secuestradores, no hay motivo alguno que pueda llevarnos a elegir el paso fronterizo de Jedburgh o, para ser más exactos, de Carter Bar, ya que no tienen ni idea de que nos dirigimos a Wolverstone y para ir allí esa es la ruta más rápida —alzó la mirada hacia ella y añadió—: si salimos de aquí al amanecer y viajamos a toda velocidad, con un poco de suerte deberíamos llegar a Wolverstone mañana mismo, aunque sea después del anochecer.

—Lo que no entiendo es por qué tanto Scrope y sus compinches como el hombre que les contrató habrían de perseguir a un calesín en el que viajen Hugo y Cobby. Salta a la vista que no soy ninguno de ellos.

Jeremy sonrió de oreja a oreja, Cobby la miró ufano y Hugo parecía triunfal, así que tuvo que ser Meggin la que se encargó de darle una explicación.

—Lo que nuestro trío de ases no ha mencionado es que Hugo es un actor con una larga carrera a sus espaldas.

El aludido sonrió orgulloso al admitir:

—Tengo una peluca bastante parecida a tu pelo y un vestido de seda dorada muy similar al tuyo. Si añadimos un poco de relleno y me cubro con tu capa, podré hacerme pasar por ti con facilidad, ya que tenemos una altura parecida y no soy un hom-

bre corpulento. Te aseguro que tengo mucha experiencia andando, gesticulando y hablando como una mujer, la suficiente
para engañar a cualquiera que me vea de pasada.

—Sí, y la gente a la que debemos engañar en este caso tan
solo va a vernos de pasada —apostilló Cobby—. Los mozos de
cuadra de algunas posadas, y cualquier otra persona con la que
nos crucemos en el camino y a la que podrían preguntarle
acerca de nuestro paradero. Yo puedo hacerme pasar por Jer, ya
lo he hecho antes —añadió, sonriente.

Jeremy miró a Eliza de nuevo, y su expresión se tornó seria
cuando admitió con cierta inseguridad:

—Aparte de eso, esperábamos que consintieras en ponerte
un atuendo de hombre... pantalones, botas, camisa y gabán —
sus mejillas se tiñeron de rubor— contribuiría a confundir a
Scrope y a sus compinches.

Eliza le sostuvo la mirada mientras intentaba contenerse,
pero al final afloró a sus labios una irreprimible sonrisa tan amplia como la de Cobby y le aseguró:

—Me parece una idea excelente.

—Perfecto —contestó él, claramente aliviado. Lanzó una
breve mirada a Hugo y a Cobby antes de volverse de nuevo
hacia ella—. En fin, este es nuestro plan para burlar a Scrope, a
sus compinches e incluso al hombre que les contrató, y lograr
llevarte sana y salva a Wolverstone.

Eliza pasó media hora gloriosa relajándose en una tina de
agua caliente en un precioso dormitorio de la planta superior.
Sintiéndose limpia y mucho más relajada, salió con renuencia y
se secó. Estaba ataviada con una camisola limpia y una cómoda
bata que Meggin le había dejado prestadas, arrodillada junto a
la chimenea mientras se secaba el pelo, pensando maravillada
en el súbito vuelco que había dado la situación (y dándole vueltas asombrada a todo lo que estaba descubriendo acerca de un
intelectual despistado que, visto a través de los ojos de sus amigos, parecía mucho menos distante y apartado de la vida real
de lo que ella creía), cuando oyó que llamaban a la puerta.

Se volvió y vio a entrar a Meggin, que tras cerrar la puerta tras de sí le mostró sonriente varias prendas de ropa que fue a dejar sobre la cama.

—Esta es la aportación de Hugo para tu disfraz. Sospecho que la camisa de seda y el pañuelo para el cuello son suyos, pero lo más probable es que la chaqueta, los pantalones y las botas hayan salido de alguno de los teatros.

Eliza se puso en pie y se acercó a ella.

—Que tenga acceso a todos esos vestuarios ha sido toda una ventaja.

—Sí, en especial porque pudo hacerse con varias alternativas y vamos a poder elegir —alzó una chaqueta de tweed y frunció el ceño—. Demasiado rústica, llamarías demasiado la atención —repasó con la mirada las otras prendas que había extendido sobre la cama y afirmó—: Tienes que parecer común y corriente en todos los sentidos.

Fueron examinando una prenda tras otra, descartando algunas de ellas de inmediato y apartando las que podrían ser aceptables.

—Los tres han puesto mucho esfuerzo en esta... bueno, Cobby la ha llamado «aventura» —comentó Eliza—. No hay duda de que estoy en deuda con ellos, y también contigo.

Meggin le restó importancia a sus palabras.

—Para nosotros ha sido un placer ayudar y la verdad es que no les había visto tan animados en meses, por no decir años. Los tres, incluyendo a Cobby, suelen vivir bastante aislados del resto del mundo y una situación como esta que les pone a prueba, que les estimula, que les hace salir y relacionarse con el mundo real aunque sea por un breve periodo de tiempo, no les viene nada mal.

Eliza indicó la ropa con un gesto y comentó:

—Parecen haber pensado en todo.

—De eso no me cabe la menor duda —Meggin suspiró y admitió—: pero tienen tendencia a dar por hecho que todo va a salir según lo planeado, como por ejemplo que Jeremy y tú lograréis llegar a Wolverstone en un solo día siguiendo una ruta que da tanto rodeo. Tengo mis reservas y las expuse. Admito que es posible y que, con Scrope y ese misterioso noble de las Tierras Altas tras vuestra pista, no habrá tiempo que perder, pero llegar en un día implicaría que no habéis encontrado obstáculos en el camino y la experiencia me ha enseñado que nada es tan fácil —la miró a los ojos al añadir—: propuse que os acompañara una doncella por si acaso, pero ellos rechazaron la idea dando unos argumentos que debo admitir que eran válidos.

—Supongo que adujeron que un caballero y un muchacho no necesitarían para nada una doncella de compañía, ¿verdad?

—Sí, ese fue uno de sus razonamientos, pero el de más peso era el hecho de que no podríais viajar a la velocidad necesaria llevando a otra persona más. De haber ido acompañados por una doncella, habríais tenido que parar a pernoctar en algún lugar casi con toda seguridad y Jeremy está decidido a no darles ni a Scrope ni al hombre que le contrató ni la más mínima oportunidad de acercarse a ti.

—Eso no voy a discutírselo —le dijo Eliza con una mueca.

Poco después, se puso los calzones nuevos de seda que Meggin había comprado para ella y entre las dos le vendaron los senos con un pañuelo de seda. Se dejó puesto el collar, metió el colgante de cuarzo rosa entre sus aplastados senos y vio que la fina cadena con cuentas de amatista quedaba bien oculta bajo la camisa de seda de Hugo. Aunque la prenda le quedaba bien, las mangas eran demasiado largas, pero Meggin había traído consigo agujas e hilo y cada una arregló un puño con unas cuantas puntadas rápidas.

—Ya está, pruébatela —Meggin retrocedió un paso, se llevó las manos a las caderas mientras esperaba a que volviera a ponerse la camisa, y la observó con detenimiento antes de asentir con aprobación—. Sí, así está bien. Sigamos con todo lo demás.

Veinte minutos después, tras meter varios jirones de ropa en las puntas de las botas para que estas le quedaran bien y recogerse el pelo con un sinfín de horquillas, Eliza se puso el sombrero frente al espejo basculante de su habitación y revisó el resultado obtenido.

—La verdad es que parezco un muchacho.

Meggin, que estaba junto a ella mirando también el espejo, asintió y comentó:

—Sí, uno a punto de dejar atrás la adolescencia. Mientras recuerdes que debes andar con paso decidido y no con gracilidad, la gente se creerá tu papel.

Eliza se miró los pies antes de comentar, sonriente:

—Las botas me ayudarán en eso.

Meggin se echó a reír.

—Sí, eso es cierto. Bueno, ¿estás lista?

—Sí —enderezó la espalda, alzó la barbilla y asintió de forma tan imperiosa como lo haría su hermano Gabriel. Señaló hacia la puerta con una elegante reverencia y le dijo con cortesía—: adelante, señora mía. Yo la sigo.

Meggin soltó una risita y la precedió hacia la puerta, pero cuando llegaron a la escalera se detuvo y le indicó:

—Baja tú primero, esos tres están ansiosos por ver el resultado de sus esfuerzos.

Eliza bajó la escalera con una sonrisa en los labios, y el vestíbulo fue apareciendo ante su vista conforme iba descendiendo. Vio un par de botas y al bajar un poco más y ver las correspondientes piernas se dio cuenta de que se trataba de Jeremy, que estaba parado al pie de la escalera.

Las dudas que Meggin había admitido tener sobre la capacidad de planificación de los tres amigos le había dado que pensar. Ella se había sorprendido muy gratamente por lo ingeniosos que habían demostrado ser hasta el momento, pero, tal y como le había advertido Meggin, quizás sería prudente por su parte no esperar demasiado de ellos; al fin y al cabo, no eran magos, sino intelectuales, y ese tipo de personas no cambiaban de repente por puro entusiasmo.

Jeremy iba apareciendo ante ella con cada escalón que bajaba, y cada nuevo centímetro que alcanzaba a ver confirmaba sin lugar a dudas que la imagen que guardaba de él en su memoria había quedado más que anticuada. Estaba muy cambiado y el Jeremy que tenía ante sus ojos hacía que se le acelerara el corazón, la dejaba sin aliento y acaparaba toda su atención.

Luchó por ignorar aquella extraña reacción y adoptó una actitud de arrogante aplomo mientras seguía bajando. Al llegar al vestíbulo, miró con toda la tranquilidad del mundo a los tres caballeros (que se habían quedado boquiabiertos al verla), y entonces dio una vuelta completa poco a poco procurando no moverse como una mujer, sino con los ademanes más bruscos de un hombre.

Jeremy no podía dejar de mirarla. Sus ojos se habían quedado pegados a aquellas largas y torneadas piernas enfundadas en unos pantalones mientras ella bajaba por la escalera escalón a escalón, de forma deliberadamente lenta, y no podía arrancarlos de allí. Mientras ella giraba para que la vieran bien, tuvo que hacer un esfuerzo consciente por parpadear y por inhalar aire, y fue entonces cuando se dio cuenta de que había estado conteniendo el aliento.

A pesar de sus buenas intenciones, no pudo evitar que su mirada se posara de inmediato en su trasero, cuyo contorno alcanzaba a verse bajo el faldón de la chaqueta que llevaba puesta.

Se le secó la boca y le recorrió una oleada de calor, tal y como le había pasado cuando ella le había mirado con una deslumbrante sonrisa en el sótano. Su mente consciente, la mente lógica y racional de un académico, le restó importancia arrogantemente a aquella reacción (sí, no era más que pura y simple lujuria, ya que al fin y al cabo era un hombre de carne y hueso), pero otra parte menos racional de su ser sabía que no era tan fácil, que era mucho más que eso.

Y, por si fuera poco, se había ofrecido a acompañarla hasta Wolverstone. Iba a estar a solas durante aquel largo trayecto con ella, con una princesita casadera de la familia Cynster que iba a ir disfrazada de hombre.

Aquello le daba un cariz muy distinto a aquel viaje, en vez de una aventura podía convertirse en un verdadero calvario. Lo único que le tranquilizaba un poco era saber que tan solo iba a durar un día.

Cuando ella acabó de dar la vuelta y lo miró, logró mirarla a los ojos y alcanzó a decir:

—Estás bastante... aceptable.

Aquella valoración tan tibia le valió una mirada de reprobación de Cobby, que se volvió sonriente hacia ella y le aseguró:

—Estás convincente, absolutamente convincente.

—Vas a interpretar el papel de maravilla, sobre todo si recuerdas moverte tal y como lo estás haciendo —afirmó Hugo.

Si seguía moviéndose así... Jeremy se frotó la sien izquierda, prefería no imaginárselo.

—¡Vamos, todos al comedor! —les ordenó Meggin, que había bajado tras Eliza—. Ya sé que es muy temprano, pero el desayuno ya está preparado. Tenéis que comer algo si queréis estar listos para partir en cuanto amanezca.

Debió de percatarse de que a Jeremy le pasaba algo y le lanzó una mirada llena de curiosidad, pero él fingió no darse cuenta y dejó que los demás le precedieran. Aprovechó el momento para hacer acopio de valor y, al cabo de unos segundos, entró tras ellos en el comedor.

Repasaron una última vez el plan mientras disfrutaban de un copioso desayuno en el que había tostadas, tortitas, salchichas, huevos cocidos, jamón, arenques ahumados y arroz hervido, y Jeremy se sintió complacido al ver que Eliza no se limitaba a tomar un par de tostadas y algo de té, tal y como solían hacer tantas damas de la alta sociedad.

Para él fue un alivio ver que comía lo suficiente para que no le faltaran las fuerzas durante la jornada que tenían por delante, ya que sería una pesadilla tener que lidiar con una mujer debilitada y al borde del desvanecimiento sabiendo que era probable que Scrope y el misterioso escocés de las Tierras Altas estuvieran pisándoles los talones.

—Con un poco de suerte, Scrope y el hombre que le contrató nos seguirán a nosotros y vosotros podréis llegar a Wolverstone sin contratiempos —afirmó Cobby—. A decir verdad, yo creo que todo está de nuestra parte. Ellos no tienen motivo alguno para sospechar que vais a poner rumbo al oeste, y mucho menos para buscar a un hombre acompañado de un muchacho.

Hugo, que había comido con rapidez y había ido a ponerse el vestido de seda dorada que había tomado prestado de algún teatro y la capa que los secuestradores le habían entregado a Eliza, llegó justo a tiempo de oír las palabras de su amigo. Se detuvo en la puerta del comedor y afirmó, como toda una dama:

—Sí, sobre todo teniendo en cuenta que podrán perseguir a una dama y a un caballero cuya descripción encajará con lo que ellos buscan.

Los demás se quedaron mirándolo atónitos, y al final fue Jeremy el primero en recobrarse de la sorpresa.

—Ese vestido te queda muy bien, resalta tus ojos castaños.

Hugo parpadeó con coquetería y contestó:

—Muchas gracias, amable caballero.

—La verdad es que eres una dama de lo más elegante, amigo mío —le aseguró Cobby, en tono de broma.

—Recuerda que no puedes llamarme así.

Meggin los recorrió a todos con la mirada y comentó:

—Bueno, ya estáis prácticamente listos. Perfecto —señaló con la cabeza hacia la ventana, que daba al este y por la que se veía cómo una tenue luz empezaba a iluminar el cielo por encima de los tejados. Se puso en pie antes de añadir—: esperad un minuto más, tengo que ir a por una cosa.

Los cuatro se miraron intrigados, pero apuraron sus tazas y dejaron las servilletas sobre la mesa antes de levantarse. Eliza estaba poniéndose una capa de hombre mientras esperaban en el vestíbulo cuando Meggin salió por la puerta de las cocinas. Iba cargada con tres alforjas, y le dio una a Cobby y las otras dos a Jeremy.

—Aquí tenéis, por si acaso —al verles echar un vistazo dentro, optó por explicarles—: es comida, y en las tres hay también un pequeño cuchillo en el fondo.

«Por si acaso». Eliza la miró a los ojos y le dijo:

—Gracias —se volvió a incluir también a los demás— por todo.

—Nos veremos en Wolverstone esta noche —le aseguró Cobby.

—Apuesto a que nosotros llegamos primero —afirmó Hugo, sonriente, antes de despedirse de ella con un apretón de manos muy masculino—. Estaremos esperando en la terraza con una copa de vino en la mano, preparados para recibiros.

Tras estrecharle también la mano a Cobby, Eliza envolvió en un cálido abrazo a Meggin; después de despedirse de ella con dos besos en la mejilla y un fuerte apretón de manos, retrocedió y esperó mientras Jeremy se despedía también.

—Volveré a visitaros pronto sin toda esta excitación —le aseguró él a Meggin, después de besarla en la mejilla.

—Eso espero. Y tú también, Eliza. Quiero que me contéis cómo ha salido todo.

Abrieron la puerta principal mientras seguían las despedidas, y poco después Eliza estaba en la calle junto a Jeremy.

—¡Buena suerte! —les dijo Meggin desde la puerta. Les dijo adiós con la mano, y ellos le devolvieron el gesto.

Jeremy y Eliza se volvieron hacia Hugo y Cobby al cabo de un momento, y los tres hombres se despidieron con un saludo militar que ella imitó.

—Nos vemos en Wolverstone —dijo Jeremy, antes de dar media vuelta y echar a andar con ella calle arriba.

—¡Rumbo a Wolverstone! —exclamaron al unísono Hugo y Cobby (quien iba cargado con el equipaje de Jeremy), antes de irse calle abajo.

Después de subir hasta Cannongate, Eliza y Jeremy doblaron a la izquierda y fueron por la Milla Real en dirección este. Llegaron a High Street y pasaron junto a Tron Kirk (la iglesia junto a South Bridge que ella había reconocido al llegar a la ciudad), y después pasaron por la Catedral de San Gil y por el Parlamento.

Eliza aprovechó para practicar los andares masculinos mientras caminaban por la calle medio desierta. Al principio le resultó un poco difícil reprimir el contoneo de las caderas, pero para cuando estaban llegando al extremo más occidental de la calle ya dominaba el arte de dar zancadas más largas y balanceaba los brazos de forma más natural.

Jeremy caminaba a su lado con una alforja al hombro y la otra colgada de un brazo. Era consciente en todo momento de lo que ella hacía, notaba cómo le miraba las caderas y los muslos de vez en cuando para imitar su forma de andar; aun así, procuraba ignorar aquella distracción como buenamente podía y no apartaba la mirada de la calle, estaba pendiente de que estuviera despejada mientras escudriñaba todos los rincones y observaba hasta la última sombra.

Sus instintos estaban despiertos y alerta, sus sentidos habían cobrado vida de una forma que no recordaba haber experimentado nunca antes. Su reacción podría deberse al hecho de estar protegiendo a Eliza, pero, aunque eso fuera cierto, jamás había llegado a imaginar que el simple hecho de proteger a una mujer generaría aquella potente excitación y mucho menos aquella mezcla de tensión contenida y de estado de alerta que se había adueñado de él.

Era emocionante, excitante. Empezaba a entender que hombres como su cuñado y los otros miembros del club Bastion pudieran volverse adictos a aquel cóctel de sensaciones. No había duda de que suponía todo un reto estar al mando, idear los planes, dar las órdenes y tener el papel de guerrero protector; aun así, le había tomado por sorpresa lo excitante que resultaba salir victorioso y que los planes de uno salieran bien, no esperaba que algo así le afectara demasiado.

Era un intelectual de pies a cabeza y aquellas reacciones propias de un guerrero protector eran algo totalmente nuevo para él, algo que desconocía por completo y que en su vida cotidiana no habría necesitado en absoluto, pero estaba claro que tenía otra cara distinta e insospechada, una faceta oculta de su ser que nunca antes había salido a la luz.

Al ver aparecer el castillo más adelante, le dio un codazo a Eliza en el brazo (tal y como habría hecho si ella fuera un hombre) y dobló a la izquierda para entrar en la zona de Grassmarket, donde había varias cuadras que solían usar aquellos que entraban en la ciudad por el sudoeste.

Mientras se acercaba a la que había elegido por considerarla la más adecuada para sus propósitos, murmuró:

—Recuerda que yo soy tu tutor y tú estás a mi cargo. Finge que estás aburrida, que lo que ocurre a tu alrededor no te interesa lo más mínimo y no hables a menos que no tengas más remedio que hacerlo.

—De acuerdo. Dame una de las alforjas.

Jeremy se la dio al llegar a la entrada de la cuadra y, con la otra al hombro, la dejó esperando allí y se alejó sin volverse a mirarla ni una sola vez. Avisó al encargado al entrar en el recinto, y después de intercambiar con él los saludos de rigor se dispuso a escoger dos monturas adecuadas.

No podía desprenderse de la apremiante necesidad de volverse a mirar para asegurarse de que ella estuviera sana y salva, pero tenía que ceñirse a su papel y sabía que, si realmente fueran un tutor con un muchacho a su cargo, no se le ocurriría volverse a mirarlo a menos que oyera algún revuelo. De modo que luchó contra su instinto y se concentró en la tarea que tenía entre manos.

Necesitaban dos caballos veloces. Era posible que tuvieran que cruzar algunos campos, pero casi todo el trayecto sería por caminos bien trazados y era en ellos donde debían cabalgar a toda velocidad. Dicho esto, también debían ser animales fuertes y con aguante, porque, a pesar de que podrían cambiar de monturas al menos una vez, quería llegar lo más lejos posible (hasta Carnwath, a poder ser) antes de hacer una parada.

El encargado de la cuadra era un hombre con experiencia y en cuanto supo lo que necesitaban le mostró dos alazanes, uno más corpulento y el otro un poco más joven y fino. Después de examinarlos, Jeremy dio su aprobación y procedió a seleccionar las sillas de montar y los demás aparejos, tras lo cual pagó al hombre y condujo a los caballos hacia el estrecho patio que había junto al camino.

Eliza se volvió a mirarle al oír el golpeteo de los cascos en el suelo. Al ver que parecía alarmarse por algo se puso tenso y lanzó una mirada por encima del hombro, pero el encargado de la cuadra ya había vuelto a sus quehaceres y no detectó ningún peligro inminente.

Se detuvo delante de ella y, usando los caballos a modo de barrera que les ocultaba, le preguntó:

—¿Qué pasa?

Ella apartó los ojos de los animales, que piafaban deseosos de ponerse en marcha, y miró al principal artífice de su rescate mientras resistía a duras penas el impulso de frotarse las manos con nerviosismo.

—Eh... ¿no sería mejor ir en carruaje? ¿No iríamos más rápido en un coche de caballos o algo parecido?

Jeremy no entendía a qué venía aquello.

—Puede que sí, pero también puede que no; en cualquier caso, el factor determinante es que con un carruaje no nos quedaría más remedio que limitarnos a ir por los caminos, y tan solo por aquellos que fueran transitables. A caballo podemos ir campo a través si hace falta.

Al ver que ella lanzaba otra mirada llena de indecisión a los caballos, la observó unos segundos en silencio y al final añadió en voz baja:

—Si Scrope o el hombre que lo contrató logran seguirnos la pista y vienen tras nosotros, habremos de ser flexibles y contar con una gran movilidad, tendremos que zafarnos como zorros escurridizos. Tendremos que cambiar de dirección con rapidez en caso de que sea necesario y para eso hay que ir a caballo, un carruaje no nos serviría.

Ella respiró hondo, le miró a la cara y asintió con clara reticencia.

—Sí, es verdad.

Jeremy vaciló antes de preguntarle:

—Sabes montar a horcajadas, ¿verdad? Siempre he oído decir que montar a la amazona es más difícil.

Eliza optó por aferrarse a aquella creencia tan extendida.

—Sí, eso tengo entendido yo también, la verdad es que nunca he montado a horcajadas —fijó la mirada en el más pequeño de los dos caballos, respiró hondo y, mientras luchaba por contener la aprensión que la atenazaba, alzó la barbilla y afirmó—: pero seguro que me las arreglaré bien —no le quedaba más remedio. Jeremy y sus amigos se habían tomado muchas molestias para ayudarla, y estaba claro que montar a caballo formaba parte del plan de rescate.

—Perfecto —contestó él, antes de poner en posición al más joven de los dos alazanes—. Yo me encargo de sujetarlo, ¿puedes montar sola?

—Creo que sí —al fin y al cabo, había visto infinidad de veces cómo sus hermanos y sus primos subían a lomos de sus monturas.

Llena de firme determinación, colocó el pie en el estribo,

agarró la perilla y se impulsó hacia arriba. Se llevó una grata sorpresa al ver cuánta libertad de movimiento le daban los pantalones, y después de pasar la pierna por encima de la montura se sentó con una fluidez encomiable y agarró de inmediato las riendas. No había duda de que aquello de llevar pantalones era algo a lo que no le costaría nada acostumbrarse.

Jeremy le ajustó los estribos. Le resultaba un poco raro estar sentada a horcajadas, pero se sentía mucho más segura que cuando iba en la habitual silla de amazona. «¡Vamos, Eliza, tú puedes!», se dijo para sus adentros. Tenía que convencerse a sí misma de que montar metida en su papel de hombre iba a ser pan comido, porque sabía por experiencia propia que los caballos notaban el estado de ánimo del jinete.

Jeremy le ató una de las alforjas delante de la silla de montar y, después de acercarse a su propio caballo, ató la otra alforja a su silla y subió a lomos del animal con toda facilidad.

—De acuerdo, pongámonos en marcha —dijo, antes de dirigirse hacia la puerta que daba al camino.

Eliza se sintió aliviada al ver que su montura le seguía por voluntad propia. Si todo seguía así, no tenía por qué haber ningún problema.

Empezó a sentirse más relajada en el transcurso de los diez minutos posteriores, ya que los dos caballos se portaban bastante bien. A pesar de que estaban deseosos de galopar a rienda suelta, ninguno de los dos poseía el temperamento difícil al que estaba acostumbrada a enfrentarse cuando tenía que lidiar con alguno de los ejemplares que criaba su familia.

Su alazán obedecía sin protestar las instrucciones que le daba con las riendas, pero lo que más la tranquilizaba era el hecho de que, a pesar de lo temprano de la hora, había bastante tráfico (otros jinetes y algún que otro carruaje, pero lo que más abundaba eran carros) y no tenían más remedio que avanzar a un ritmo bastante lento. No era tan distinto a pasear a caballo por Hyde Park.

«¡Tú puedes, Eliza!». Aquella letanía se repitió en su mente mientras dejaban atrás la hermosa ciudad de Edimburgo e iban al trote hacia el sureste por el camino de Carnwath.

El sol empezó a pintar largas sombras ante ellos mientras iba ascendiendo poco a poco a su espalda. El cielo gris se tiñó de un rosa que después pasó a un amarillo claro, y este a su vez dio paso a un suave azul claro.

Mientras seguían avanzando sin descanso, Eliza se dio cuenta de que habían pasado tantas cosas desde que había visto por última vez a Scrope, Genevieve y Taylor que tenía la sensación de que no eran más que un recuerdo lejano.

Jeremy se mantenía junto a ella, aunque un poco más avanzado. El camino se extendía ante ellos sin apenas obstáculos mientras seguían a aquel paso sostenido.

Con el canto de los pájaros, el golpeteo de los cascos de los caballos, el traqueteo de ruedas y las voces de los viajeros con los que se cruzaban de vez en cuando como sonidos de fondo, con la fresca brisa soplándoles en el rostro y a pesar de saber que tenían por delante una jornada larga y agotadora, Eliza sentía una sorprendente paz.

Se sentía relajada, animada y libre a pesar de que iba a lomos de un caballo.

«¡Tú puedes, Eliza!».

Sonriente, prosiguió junto a Jeremy por el camino que les alejaba de Edimburgo.

CAPÍTULO 6

Scrope entró en la cocina de la casa justo cuando Genevieve y Taylor acababan de sentarse a desayunar.

—Voy a esperar a McKinsey en la plaza.

—¿No vas a desayunar? —le preguntó ella.

—Ya lo he hecho. Quiero dejar a la señorita Cynster en manos de McKinsey lo antes posible y recibir nuestra bonificación. Él me aseguró que estaría esperando, vamos a ver lo ansioso que está por hacerse con la mercancía. Bajadle una bandeja a la señorita Cynster en cuanto terminéis de desayunar, bastará con algo de té y unas tostadas. Que se asee, se vista y coma algo, quiero que cuando yo llegue con McKinsey esté lista para entregársela —al ver que Genevieve asentía, se volvió hacia la puerta—. Aseguraos de que a mi vuelta ya esté preparada.

En cuanto él le dio la espalda, Genevieve hizo una mueca y siguió desayunando. Taylor, por su parte, masculló una protesta al oír que la puerta principal se cerraba, pero comió tan deprisa como pudo. Los dos sabían que era mejor no llevarle nunca la contraria a Scrope, ya que los trabajos que aceptaba siempre eran los más simples y sencillos, además de los mejor pagados.

Después de tomar un último bocado, Genevieve se levantó y se dispuso a preparar una bandeja para la cautiva. Cuando el agua rompió a hervir de nuevo, llenó la tetera y echó el resto en una jarra que había llenado de agua fría hasta la mitad.

—Ya está —se limpió las manos en su delantal y miró a Taylor—. ¿Estás listo?

Él se comió el último trozo de salchicha que le quedaba y asintió mientras apartaba a un lado el plato vacío. Se puso en pie y, mientras ella agarraba la bandeja, él descolgó las llaves del gancho y abrió de par en par la puerta que daba al sótano. Encendió a toda prisa un candil, ajustó la llama, y la precedió escalera abajo.

Genevieve le siguió un poco más lenta cargada con la bandeja. Al llegar a la habitación del sótano, esperó mientras él dejaba el candil en el suelo, insertaba la llave en el cerrojo y abría la pesada puerta.

La tenue luz del candil iluminó la silueta de la prisionera tumbada en la cama y Genevieve entró con la bandeja. Se volvió a mirar a Taylor, que había permanecido parado en la puerta, y le pidió:

—Ve a buscar la jarra de agua y la palangana mientras yo despierto a la princesita.

Su compinche asintió con un sonido parecido a un gruñido y se marchó. Dejó el candil en el suelo junto a la puerta y Genevieve, tras dejar a un lado la bandeja y lanzar una breve mirada a la silueta que permanecía tumbada en la cama, se acercó a recogerlo.

—¡Arriba, señorita Cynster! Ha llegado la hora de la verdad —vio a Taylor bajando con cuidado cargado con la jarra y la palangana, y agarró el candil; después de ajustar la llama para que iluminara más, entró de nuevo en la habitación—. ¡Vamos, levántese! —insistió, mientras se acercaba a la cama con el candil en alto—. No va a servirle de nada... —soltó una exclamación ahogada y cubrió la escasa distancia que la separaba de la cama a toda velocidad—. ¡No!

Apartó a un lado la sábana y dejó al descubierto las dos almohadas que había debajo, soltó un grito de rabia al ver que no había ni rastro de la joven que debería estar allí.

—¡No! ¡No puede ser!

Taylor dejó caer la jarra y la palangana y entró a la carrera.

—¿Qué pasa?

—¡No está aquí! —exclamó ella, con la tez macilenta, después de recorrer la habitación entera con la mirada.

—¡No digas tonterías!, ¡eso es imposible! —afirmó él. Después de lanzar una mirada a su alrededor, se agachó y miró debajo de la cama.

—¡Te digo que no está aquí! —se agarró los codos llena de ansiedad, y cuando su compinche se enderezó y volvió a ponerse en pie añadió—: ¡Scrope va a liquidarnos!

—No sé por qué habría de hacerlo, no hemos sido nosotros los que la hemos perdido —le contestó él, antes de mirar de nuevo a su alrededor con desconcierto—. Es verdad, no está aquí. Se ha esfumado de una habitación cerrada.

—Claro, intenta explicarle eso a Scrope. Pensará que hemos hecho un trato con ella, que la hemos liberado a cambio de que su familia nos pague un rescate.

Aquella era una posibilidad muy real. Taylor no estaba acostumbrado a pensar con rapidez (por eso trabajaba para otra gente, para tipos como Scrope), pero en ese momento estaba haciéndolo.

—Anoche estaba aquí. Scrope fue el último en salir, fue él quien cerró la puerta con llave. Esta mañana se ha levantado temprano y estaba en la cocina antes que nosotros... —la miró a los ojos y le preguntó—: ¿crees que ya se la habrá entregado al tipo que nos contrató y que nos ha dejado tirados?

Genevieve se planteó aquella posibilidad, pero acabó negando con la cabeza.

—No, ese no es su estilo. Scrope nunca trabaja solo, así que tiene que contratar a gente como nosotros. No le beneficiaría en nada que se corriera la voz de que nos ha traicionado.

—Sí, tienes razón.

Genevieve giró sobre sí misma poco a poco mientras seguía agarrándose los codos y examinó hasta el último rincón de la habitación.

—No me explico cómo demonios habrá podido salir de... de aquí, del sótano, de la casa.

—Eso es irrelevante. Sea como sea, la cuestión es que se ha esfumado. Lo que importa es que sabemos que anoche aún estaba aquí y eso significa que, se fuera a la hora que se fuese, lo más probable es que no haya podido salir de la ciudad hasta que ha amanecido y han abierto las cuadras —se volvió a mirarla y le aseguró con voz firme—: es posible que logremos atraparla si parto en su busca ahora mismo.

Al verle dar media vuelta y salir de la habitación sin más, Genevieve echó a correr tras él.

—¿Cómo sabrás la dirección que ha tomado y dónde buscarla?

—Muy fácilmente —le aseguró él sin volverse a mirarla mientras subía a toda prisa hacia la cocina—. Estará yendo de regreso a su casa, es lo que haría cualquier joven dama en su lugar —entró en la cocina y agarró su chaqueta, que estaba colgada junto a la puerta trasera—. Aun suponiendo que haya encontrado a alguien dispuesto a ayudarla, estará viajando hacia el sur por la gran ruta del norte a toda velocidad.

—Claro, directa a la frontera.

—Voy a preguntar en los establos y las posadas de South Bridge Street, seguro que se ha dirigido hacia allí para conseguir un carruaje o tomar la silla de posta. Tú quédate aquí para poner a Scrope al tanto de lo que ocurre, yo regresaré con la mercancía o mandaré un mensaje si tengo que ir tras ella.

Genevieve hizo una mueca, pero no tenían otra alternativa. Cuando Taylor salió a la calle sin más demora, ella le siguió hasta la puerta y cerró mientras le oía alejarse corriendo. Se quedó parada en el vestíbulo, aún no se había recobrado del todo de la sorpresa.

—¿Cómo demonios habrá logrado escapar esa condenada?

—¡Qué día tan maravilloso!, ¡no quepo en mí de gozo! —declamó Hugo con teatralidad mientras, reclinado en el asiento del calesín, hacía girar su peluca rubia alrededor de un dedo—. Brilla el sol, nuestro plan va viento en popa. ¿Qué más se le puede pedir a la vida?

—Que a Jer y a Eliza les esté yendo tan bien como a nosotros, diría yo —le contestó sonriente Cobby, que era el encargado de manejar las riendas.

—Seguro que así es, ¿por qué no habría de irles bien? Nuestro plan es excelente, no veo por qué habría de salir algo mal.

—La verdad es que este caballo es un muy buen ejemplar, se deja manejar bien y tiene mucha potencia.

—Jer siempre ha tenido buen ojo para esas cosas —al ver que un carruaje se acercaba en dirección contraria, Hugo se apresuró a ponerse la peluca.

—Si seguimos a este ritmo, no tardaremos en llegar a Dalkeith.

Hugo se volvió para mirar por encima del hombro hacia la ciudad de Edimburgo, que medio oculta por la neblina que se alzaba del estuario iba perdiéndose en la distancia. Cuando miró de nuevo al frente al cabo de unos segundos, se tapó mejor con la capa que cubría el vestido dorado de seda, encorvó un poco los hombros, se cubrió con la capucha y volvió un poco la cabeza. En un abrir y cerrar de ojos había quedado transformado en una tímida damisela.

Esperó a que pasara el carruaje que iba en dirección contraria, y entonces miró a Cobby con una sonrisa de oreja a oreja. Siguió en su papel de mujer un rato más hasta que, al final, al ver que no había nadie más a la vista, se echó la capucha hacia atrás y señaló con teatralidad hacia delante.

—¡Allá vamos! ¡Dalkeith y Berwick nos esperan, y después rumbo a Wolverstone!

—¡Rumbo a Wolverstone! —exclamó Cobby, sonriente, antes de hacer chasquear las riendas para que Jasper acelerara el paso.

Taylor se detuvo junto a dos mozos de cuadra en el patio de la pequeña posada cercana a la que Scrope había elegido para dejar el carruaje cuando habían llegado a Edimburgo.

—Estoy buscando a una joven dama. Es inglesa, de pelo rubio y lleva puesto un elegante vestido dorado.

Había ido corriendo desde la casa y aún no había recobrado el aliento, pero al ver que los dos mozos intercambiaban una mirada supo de inmediato que su esfuerzo no había sido en vano.

—Es obvio que la habéis visto, ¿qué dirección ha tomado?

—¿Qué ganamos nosotros si te lo decimos? —le preguntó el mayor de los dos mozos.

Taylor masculló una imprecación y rebuscó a toda prisa en sus bolsillos. Encontró un chelín y se lo mostró.

—No tientes a la suerte, ¿hacia dónde ha ido la muchacha?

El mozo agarró la moneda y, después de echarle un buen vistazo para comprobar que fuera auténtica, se la metió en el bolsillo.

—Ha venido con un caballero inglés, se han ido al amanecer con el calesín y el caballo que él había dejado aquí ayer por la mañana.

—¿Qué dirección han tomado?

Fue el mozo más joven el que contestó:

—He oído que el tipo mencionaba la gran ruta del norte, pensaban ir a Dalkeith y seguir desde allí.

—Gracias —Taylor se sacó varias monedas más del bolsillo y les dijo—: necesito el caballo más veloz que podáis conseguirme, y que alguien lleve un mensaje a la Ciudad Vieja.

—¡Al fin! —exclamó Jeremy, antes de aflojar las riendas y de volverse a mirar a Eliza—. Creía que no íbamos a librarnos del tráfico jamás, no tenía ni idea de que encontraríamos tantos carros por el camino; en fin, ahora al menos ya podemos acelerar el paso —tocó con los talones los flancos de su alazán, que aceleró de inmediato.

Eliza se sobrepuso a sus temores y aflojó las riendas lo justo para que su caballo respondiera, pero en cuanto el animal alargó el tranco las aferró con fuerza de forma instintiva, apretó los muslos contra la silla de montar, notó cómo se le encogía el estómago... se tensó, en definitiva, de pies a cabeza.

Intentó sofocar el pánico creciente que la atenazaba mientras todos y cada uno de sus músculos iban tensándose más y más. Se recordó a sí misma que estaba haciéndose pasar por un muchacho, que en ese momento no debía comportarse como una mujer y mucho menos como una que no sabía montar bien a caballo.

«¡Tú puedes, Eliza!».

El camino había quedado despejado al fin y se extendía libre de vehículos hasta donde alcanzaba la vista. Cualquier jinete decente habría estado encantado y se habría sentido tentado a acelerar el paso.

—¡Vamos a tener que galopar a toda velocidad si queremos llegar a Wolverstone hoy mismo! —le advirtió Jeremy.

Ella se aferró a las riendas, a la silla, a su compostura, e intentó convencerse de que no pasaría nada si llegaban un par de horas más tarde de lo previsto.

«¡Tú puedes, Eliza! ¡Tú puedes!».

Repitió una y otra vez aquel mantra mientras los caballos aceleraban aún más, mientras subía y bajaba intentando amoldarse al paso de su montura.

«¡Tú puedes!».

Aún no se había caído. Estaba manteniéndose encima del caballo a duras penas, pero la cuestión era que no se había caído.

«¡Tú puedes, claro que puedes!».

Se le cayó el alma a los pies cuando, un minuto después, Jeremy le advirtió:

—¡Aún tenemos muchos kilómetros por delante, tenemos que acelerar más el paso! ¡Vamos!

—¡No pue...! —se le agarrotó la garganta y todo lo demás.

El alazán de Jeremy se lanzó al galope y el suyo le imitó.

Se sentía como un taco de madera, estaba rígida y congelada, no podía relajarse ni hacer lo que sabía que debía hacer. El pánico la recorrió en una oleada asfixiante, tenía los pulmones tan constreñidos que no podía respirar.

«¡No puedes, Eliza!, ¡no puedes!».

Tal y como esperaba, sus desesperados intentos por amoldarse al ritmo del caballo no tardaron en descontrolarse hasta que empezó a rebotar, con lo que el animal perdió a su vez el paso y empezó a tironear y a sacudir la cabeza mientras intentaba seguir el galope sostenido de su compañero.

Luchó contra él jadeante mientras un pánico monstruoso le inundaba el pecho. Tiró desesperada de las riendas. El animal aminoró la marcha, se desvió hacia la orilla del camino, arqueó el lomo mientras ella seguía luchando por controlarlo, pero de repente se detuvo de forma tan brusca que le hizo perder el equilibrio.

Intentó mantenerse en la silla, pero notó cómo iba deslizándose ignominiosamente hacia un lado y acabó cayendo sobre la hierba con las riendas aún entre las manos.

Las piernas no la sostuvieron. Se desplomó en el suelo jadeante, pero la tela que le aplastaba los senos no la ayudaba en nada a respirar y empezó a marearse. Encogió las piernas, colocó la cabeza entre las rodillas y de repente notó que Jeremy se arrodillaba a su lado y le pasaba una mano por la espalda.

—No hay nadie a la vista —le aseguró él. Lo que acababa de ocurrir le había dejado atónito, pero su propia reacción visceral le había dejado igual de sorprendido—. ¿Qué ha pasado? —se había vuelto a mirar atrás justo a tiempo de verla desviarse hacia la orilla y caerse del caballo. Echó la cabeza hacia delante para intentar verle la cara y le preguntó con preocupación—: ¿Te has lastimado?

—No —le contestó ella, sin levantar la cabeza de entre las rodillas.

Jeremy alzó la mirada hacia el caballo, pero tanto el animal como la silla de montar parecían estar bien y no vio nada que pudiera explicar la caída. Se volvió a mirarla de nuevo al oírla respirar hondo, y ella alzó la cabeza y le miró a los ojos al admitir:

—Lo siento, tendría que haberte advertido que no se me da demasiado bien montar a caballo.

Aquello lo tomó totalmente desprevenido y su respuesta le salió sin pensar.

—¡Pero si eres una Cynster!

Ella le miró enfurruñada.

—Eso nadie lo sabe mejor que yo, te lo aseguro. No comparto la obsesión de mi familia por los caballos y jamás se me ocurriría montar por voluntad propia; de hecho, no lo hago ni cuando estoy en el campo. Huelga decir que, perteneciendo a la familia que pertenezco, soy capaz de pasear a caballo por las calles de Londres y por el parque, pero hasta ahí llega mi habilidad ecuestre. Carezco de la destreza necesaria para ir al galope.

Jeremy vio cómo su supuestamente maravilloso plan se desmoronaba ante sus propios ojos. Se sentó junto a ella sobre la hierba y, con los brazos apoyados en las rodillas, fijó la mirada en el camino.

—Tendrías que habérmelo dicho.

—Intenté hacerlo cuando llegamos a la cuadra.

—Quiero decir antes, mientras repasábamos el plan en casa de Cobby.

—Creía que íbamos a viajar en un carruaje, no mencionaste que tu intención fuera montar a caballo.

Jeremy se dio cuenta de que ella tenía razón en eso.

—Lo siento. Tienes razón, no lo especifiqué en ningún momento. Es que di por hecho que...

—No, la culpa es mía —admitió, mientras jugueteaba mohína con las briznas de hierba del suelo—. Tendría que haber admitido la verdad cuando estábamos en la cuadra, pero pensé que el hecho de ir vestida de hombre y de montar a horcajadas me facilitaría las cosas. Creí que podría arreglármelas razonablemente bien y no quería que tu plan se fuera al traste...

Y no quería que él se enterara de algo que ella consideraba una debilidad, una debilidad que por regla general podía ocultar o eludir. Respiró hondo antes de añadir:

—No quería que supieras que soy una mujer tan débil e inútil que ni siquiera es capaz de manejar un caballo.

—Hay multitud de mujeres que no saben manejar caballos vigorosos, y lo mismo puede decirse de muchos hombres. Que hayas nacido en una familia que siente tanta pasión por los caballos ha sido una cuestión de mala suerte —hablaba con objetividad, como si fuera un profesor narrando unos hechos probados—. Que no sepas montar bien a caballo no supone un demérito de tu persona ni desmerece en nada tus otras habilidades, que sin duda son muchas.

—Pero ha echado a perder tu plan, ¿verdad?

—No, digamos que nos obliga a introducir algunos cambios.

Jeremy se dio cuenta de que el mayor de dichos cambios era que no iban a poder llegar a Wolverstone ese mismo día ni aunque viajaran durante la noche. La única forma de lograrlo sería encontrando un medio de transporte veloz, muy veloz.

—Vamos —se puso en pie, la tomó de las manos y tiró con suavidad para ayudarla a levantarse. La contempló con ojos penetrantes y al cabo de un momento le aseguró, con una sonrisa de ánimo—: no todo está perdido ni mucho menos. Vamos a proseguir al mismo trote lento de antes y en cuanto lleguemos al siguiente pueblo seguiremos tu sugerencia y alquilaremos un coche de caballos. Tendremos por delante una carrera sin igual, pero aún podemos llegar a Wolverstone esta misma noche.

Ella le observó con ojos penetrantes, como intentando ver si estaba siendo sincero, y finalmente esbozó una tentativa sonrisa.

—De acuerdo —cuando él le soltó las manos y ella bajó las suyas, añadió—: y gracias.

—¿Por qué?

—Por entenderlo.

Él no contestó. Se limitó a sujetarle el caballo mientras ella montaba, y entonces subió a lomos de su alazán y se colocó a su lado.

—El pueblo más próximo es Slateford, no tardaremos en llegar.

Eliza asintió y prosiguieron su camino a un lento trote.

—¡Tralarí, tralará, recorrer Escocia es fenomenal!

Hugo terminó la canción alzando con una floritura la peluca rubia, y Cobby le indicó sonriente los tejados que asomaban entre las bajas colinas que había un poco más adelante.

—Eso de ahí debe de ser Dalkeith —comentó.

—¡Sí, sí que lo es! —exclamó Hugo, al ver un poste indicador al borde del camino—. Ahí ponía que está a un kilómetro y medio de aquí.

—Vamos muy bien de tie... ¡diablos! —Cobby intentó no perder el control de las riendas cuando Jasper el Negro tropezó de repente y aminoró cojeando la marcha—. ¡Maldita sea!

Se asomaron a mirar a ambos lados del animal y Hugo aventuró al fin:

—Creo que se le ha metido una piedra en el casco trasero izquierdo.

Detuvieron el vehículo, bajaron a examinar el casco en cuestión y comprobaron que, en efecto, había una piedra alojada allí. La sacaron con una navaja, pero Jasper siguió cojeando.

—Tiene la pezuña dolorida, Cobby.

Su amigo soltó una imprecación y le dio unas palmaditas tranquilizadoras al caballo.

—Es el caballo favorito de Jer, no nos lo perdonará jamás si permitimos que sufra algún daño.

Después de suspirar con resignación, Hugo se puso en pie y miró hacia los distantes tejados.

—Vamos a tener que ir a pie hasta Dalkeith. Jasper se quedará allí hasta que pasemos a recogerlo de nuevo, y alquilaremos otro caballo.

—Es un kilómetro y medio, no tardaremos demasiado en llegar.

Hugo hizo una reverencia ante Jasper.

—Vamos allá, muchacho. Te llevaremos a un sitio donde puedas estar cómodo, y entonces proseguiremos nuestro viaje.

Los dos amigos y el caballo echaron a andar con el vacío calesín traqueteando tras ellos, y Cobby comentó al cabo de un momento:

—Aún no hemos recorrido ni ocho kilómetros.

—Eso es lo de menos. Es tan temprano que no creo que Scrope haya descubierto siquiera que Eliza ha huido, y mucho menos que esté siguiéndonos la pista. Habremos reiniciado la marcha mucho antes de que alguien venga husmeando tras nuestro rastro.

—¿No han tenido ningún contratiempo? —le preguntó McKinsey a Scrope, mientras este le conducía por Niddery Street.

—No, ninguno. Hasta que llegamos a Jedburgh anteanoche tan solo fuimos parando el tiempo necesario para cambiar de caballos, llegamos a Edimburgo ayer.

—¿La muchacha no les ha dado problemas?

—No. Cuando le advertí acerca del cuento que usted nos dijo que usáramos, se dio cuenta de que no tenía escapatoria.

—¿Ha sufrido algún daño?

—Después de recuperarse de los efectos del sedante no se ha quejado ni ha dado muestras de sentirse indispuesta en ningún momento.

El tipo parecía la inocencia personificada, pero McKinsey no era tonto. Oculto entre las sombras de Grosvenor Square, había visto cómo Scrope, el cochero y la enfermera sacaban a una desvanecida Eliza Cynster del saloncito situado en la parte posterior de la mansión de los Cynster.

Les había seguido hasta que había visto que el carruaje en el que iban enfilaba por Oxford Road y entonces, dando por terminada la parte más peligrosa del secuestro y con la tranquilidad de saber que la muchacha estaba a salvo gracias a su orden de que no sufriera daño alguno, había cabalgado rumbo al norte siguiendo otra ruta. Estaba en York, sentado en los escalones de la iglesia, cuando el carruaje había pasado por allí y había alcanzado a ver dentro a Eliza, que parecía estar dormida.

A juzgar por el tiempo que habían tardado en pasar por allí, estaba claro que Scrope había seguido sus instrucciones de no detenerse y seguir a buen paso por la ruta acordada, así que con la certeza de que el tipo había actuado tal y como él le había pedido había montado a lomos de Hércules, su caballo, y les había seguido hasta cerciorarse de que tomaban el camino de Middlesbrough. Después había ido campo a través hasta incorporarse finalmente a la gran ruta del norte, por la que había seguido rumbo a Edimburgo y, más concretamente, a la mansión cercana al palacio que poseía allí.

Conocía bien aquella ciudad y tenía ojos y oídos en muchos de sus rincones, así que diez minutos después de que Scrope llegara junto con sus compinches él había sido informado de ello.

Habría podido ir a recoger a la muchacha el día anterior, pero no quería que Scrope se percatara de que había estado vigilándolo tan de cerca. Por lo que había visto de aquel tipo, estaba claro que se tomaría muy mal que alguien dudara de si podía realizar bien su trabajo. A aquellas alturas no quería tener problemas con él y, como esperar unas doce horas más no iba a cambiar en nada las cosas, había optado por esperar a que Scrope le mandara un aviso; aun así, una vez que había recibido dicho aviso había optado por no dejar pasar más tiempo y se había encontrado con Scrope justo cuando la Ciudad Vieja estaba despertando a un nuevo día.

Pensaba llevar a Eliza a su casa antes de llevarla al norte, todo estaba dispuesto ya para el viaje. En breve la tendría en su poder y, gracias a ella, tendría al alcance de la mano el cáliz que debía recuperar.

Scrope se detuvo en ese momento delante de una casa de aspecto nuevo; de hecho, todas las viviendas de aquel lado de la calle eran nuevas, ya que habían sustituido a las que se habían quemado en el incendio cinco años atrás.

—Aquí es —le dijo el tipo, antes de sacarse una llave del bolsillo y de abrir de par en par la puerta principal. Se apartó un poco como si fuera a indicarle que entrara, pero de repente se quedó inmóvil.

McKinsey miró hacia el vestíbulo y vio a una mujer vestida de negro (la enfermera) parada entre las sombras y poco menos que estrujándose las manos.

—¿Qué sucede? —le preguntó Scrope a la mujer.

Ella acababa de ver a McKinsey y se humedeció los labios con nerviosismo antes de contestar:

—Se ha ido, ha desaparecido. Cuando he bajado al sótano esta mañana, ella ya no estaba allí.

Scrope retrocedió un paso como si acabara de recibir un golpe, pero permaneció inexpresivo.

—¡Pero si la puerta del sótano estaba cerrada cuando bajé esta mañana!

—Entremos dentro.

McKinsey dio aquella orden sin mostrar ni rastro de la furia que sentía. No esperó a que le obedeciera, le hizo entrar poco menos que a empujones y se colocó de modo que pudiera verles a los dos.

La mujer cerró la puerta antes de volverse como una exhalación hacia Scrope.

—Las dos puertas del sótano estaban cerradas, tal y como tenía que ser. Fuiste tú quien las cerró anoche y también el primero en bajar a la cocina esta mañana, Taylor y yo hemos bajado a la vez y hemos encontrado las dos puertas cerradas; además, no tendría sentido que nos lleváramos a la muchacha —lanzó una mirada hacia McKinsey y le señaló con un gesto antes de mirar de nuevo a su compinche—. Está claro que no se la hemos entregado a él.

—¡Tiene que estar allí abajo! —exclamó Scrope—. Seguro que está escondida y no la habéis encontrado.

—¡Baja tú mismo a mirar! Hemos cerrado las dos puertas al salir, las llaves están encima de la mesa —al ver que Scrope se dirigía hacia la cocina por el pasillo, se apresuró a ir tras él.

McKinsey los siguió sin prisa. Tenía bastante claro cómo había logrado salir Eliza Cynster del sótano, lo que no sabía aún era adónde había ido ni si alguien la había ayudado a huir.

Entró en la cocina justo a tiempo de ver que Scrope agarraba dos pesadas llaves que colgaban de un gancho y le preguntaba a la enfermera:

—¿Dónde está Taylor?

La mujer, que permanecía de pie a un lado agarrándose los codos, le miró con enfado antes de contestar a la defensiva:

—En cuanto hemos descubierto que la muchacha no estaba ahí abajo, él se ha ido corriendo a preguntar por ella en las cuadras y en las posadas frecuentadas por los viajeros que recorren la gran ruta del norte. Me ha dicho que, al margen de cómo haya podido huir de aquí, lo más seguro es que ella intente regresar a Londres siguiendo esa ruta.

Scrope soltó un bufido burlón antes de volverse para abrir la puerta del sótano, y McKinsey miró a la mujer y comentó:

—Taylor ha actuado con sensatez —tal y como esperaba, su comentario sirvió para que ella se relajara un poco. No era recomendable aterrorizar a alguien a quien más adelante quizás tuviera que sonsacarle información.

Siguió a Scrope, que acababa de abrir la puerta con brusquedad y estaba bajando a toda prisa con un candil en la mano, pero lo hizo a paso más lento y tuvo que agacharse para poder pasar por la puerta; cuando llegó abajo, el tipo había dejado en el suelo el candil y estaba abriendo la segunda puerta, que era incluso más gruesa que la primera, mientras mascullaba en voz baja:

—¡No puede ser!, ¡es imposible que haya atravesado dos puertas cerradas con llave!

—No lo ha hecho.

—¿Qué ha dicho?

—Nada. Abra la puerta y echemos un vistazo.

Scrope respiró hondo y, después de abrir la puerta, agarró el candil y lo sostuvo en alto al entrar en la habitación.

McKinsey se detuvo justo en la puerta y vio de inmediato que no había ningún posible escondite. Se trataba de una habitación espartana, pero lo bastante cómoda para pasar una noche.

—Es imposible... —murmuró Scrope, completamente desconcertado, mientras escudriñaba desesperado todos los rincones a la luz del candil.

McKinsey bajó la mirada hacia el suelo. Al cabo de un momento entró en la habitación, se agachó y apartó a un lado la fina alfombra, y entonces miró debajo de la cama.

—Tal y como suponía —se puso en pie, alzó el extremo de la cama y lo apartó de la pared bajo la atónita mirada de Scrope y de la enfermera. Fue a colocarse en la zona que acababa de quedar al descubierto y señaló hacia el suelo—. Así es como ha logrado huir.

Los otros dos se asomaron a mirar por encima de la cama y Scrope dijo, como si no pudiera creer lo que estaban viendo sus ojos:

—¿Una trampilla?

—Este grupo de viviendas, al igual que otros que fueron construidos después del gran incendio, suelen tenerlas —les explicó McKinsey, antes de agacharse. Levantó la trampilla y dejó al descubierto una sólida escalera fija de madera que descendía hacia un suelo cubierto de tierra—. Como habrán podido ver, no estaba cerrada con el cerrojo —bajó la trampilla y corrió dicho cerrojo antes de ponerse en pie con un fluido movimiento.

—¿Adónde conduce? —le preguntó la mujer.

—A las bóvedas, los espacios huecos entre los soportes de los puentes y los túneles que los conectan.

—Pero... ¿cómo supo ella que existía algo así? —dijo Scrope.

—Dudo mucho que lo supiera, lo que significa que debe de haber recibido ayuda. ¿Tuvo ocasión de contactar con alguien?

—No, no veo cómo habría podido hacerlo.

Scrope miró con expresión interrogante a la enfermera, que negó con la cabeza antes de afirmar:

—No ha hablado con nadie, tan solo con nosotros tres.

McKinsey permaneció allí, inmóvil y en silencio, durante un largo momento, sin dejar traslucir lo que pensaba y mucho menos lo que sentía.

—Puede que el cochero, el tal Taylor, haya averiguado algo. Hasta que no tengamos noticias de él... —se interrumpió y alzó la cabeza al oír el sonido distante de alguien llamando a la puerta seguido del tintineo de una campanilla en la cocina.

—¡Debe de ser Taylor! —dijo Scrope, antes de ordenarle a la enfermera—: ve a ver —en cuanto la mujer salió a toda prisa de la habitación, carraspeó y se volvió a mirar a McKinsey—. Milord, soy consciente de que...

—No, Scrope, aún no. Antes de tomar cualquier decisión veamos lo que podemos averiguar, hasta dónde podemos seguirle la pista a la señorita Cynster.

Su voz imperiosa logró silenciar a Scrope, pero la enfermera regresó al cabo de un momento.

—Era un mensajero procedente de una posada cercana a donde nosotros dejamos el carruaje. Taylor dice que nuestra mercancía ha salido de allí al amanecer con un inglés, que han tomado la gran ruta del norte en un calesín y él ha alquilado un caballo veloz y ha ido tras ellos.

McKinsey asintió y, después de lanzar una última mirada a su alrededor, se dirigió hacia la puerta.

—Doy por hecho que ese hombre está armado, pero que sabe que no deseo que se recurra a la violencia contra nadie en este asunto, ¿verdad?

—Por supuesto, milord —le aseguró Scrope, mientras salía tras él.

La enfermera ya había subido a la cocina y McKinsey la siguió en silencio. No sabía hasta qué punto creerse aquella última respuesta de Scrope, y tampoco tenía ni idea del control que este ejercía sobre el tal Taylor. Aun así...

Al llegar a la cocina se detuvo y empezó a tamborilear con los dedos sobre la mesa con suavidad.

—Está claro que vamos a tener que esperar a saber lo que ha averiguado Taylor, habrá que ver si regresa con la señorita Cynster o sin ella. Mientras tanto, puedo realizar otras pesquisas que quizás puedan ayudarnos a saber quién es ese inesperado inglés y si ha sido él quien la ha ayudado a escapar —miró al uno y a la otra y añadió—: ustedes esperen aquí, regresaré en una hora.

La mujer asintió con aquiescencia, pero Scrope aún parecía estar atónito por lo ocurrido.

Jeremy era consciente de que a la hora de idear el plan había cometido un grave error, ya que no había tenido en cuenta las habilidades que pudiera tener Eliza; de hecho, la cuestión ni siquiera se le había pasado por la cabeza, al igual que tampoco se había planteado lo que su plan original habría requerido de ella.

A decir verdad, no había pensado en ella para nada, al menos como una participante activa. No, más bien había pensado en ella como si fuera un manuscrito que había que recoger.

En ese momento estaban sentados en la parte trasera de un carro tirado por un caballo, con un montón de coles separándolos del granjero que iba delante conduciendo.

—Lo siento, ya sé que esperabas ir mucho más rápido —se disculpó Eliza, con un suspiro pesaroso.

Él negó con la cabeza sin apartar la mirada del camino que iban dejando atrás.

—No, no te disculpes. Si lo haces, yo también tendré que hacerlo —la miró con una sonrisa para intentar darle ánimos—. Tendría que haberte explicado mejor el plan; no solo eso, también tendría que haberte pedido tu opinión al respecto. De haberlo hecho, habríamos alquilado una calesa en vez de dos caballos y todo habría salido bien.

Habían dejado los caballos en Slateford. A pesar de ir a un trote lento, había visto a Eliza cada vez más nerviosa (y temerosa) ante la posibilidad de volver a perder el control del animal y caer, una posibilidad que estaba casi garantizada si ella seguía estando tan tensa.

Para cuando habían llegado a Slateford, ella le había contagiado sus temores; al fin y al cabo, unos huesos rotos o alguna herida incluso más grave no iban a beneficiarles en nada. En la pequeña taberna no había ningún carruaje en alquiler, ni siquiera un carro, pero el granjero estaba a punto de partir y se había ofrecido a llevarles al último pueblo al que se dirigía, Kingsknowe, asegurándoles que allí sí que encontrarían algún vehículo de alquiler.

Como el hombre ya había entregado la mayor parte de sus coles y su caballo era fuerte, avanzaban a un paso sostenido un poco más rápido que un trote lento, así que podría decirse que estaban en mejores circunstancias porque viajaban a mayor velocidad que antes (aunque la diferencia fuera mínima); por otro lado, Eliza ya no corría el riesgo de caer de un caballo y los dos estaban menos tensos… bueno, al menos en ese aspecto, porque a él seguía resultándole más que difícil ignorarla (o, mejor dicho, ignorar el efecto que ejercía sobre él) al verla vestida de hombre.

Tenía que controlar en todo momento las ganas de mirar aquellas largas piernas enfundadas en unos pantalones, y la tensión que eso generaba…

Alejó sus pensamientos de aquella distracción y se centró en el problema más apremiante. Era muy agradable ir en carro por el camino durante una hermosa mañana como aquella, sobre todo teniendo a Eliza junto a él, pero yendo a un paso tan lento estaban expuestos y si alguien estaba siguiéndoles la pista no iban a poder huir, eran presa fácil.

Sacó su reloj de bolsillo para ver qué hora era, pero se quedó paralizado cuando Eliza se inclinó hacia él para echar un vistazo también. El aroma a rosas y a lavanda de su pelo le arrebató los sentidos, se sintió embriagado por su femenina calidez.

—Ya son cerca de las nueve —comentó ella, antes de apartarse de nuevo.

Jeremy contuvo a duras penas las ganas de volver a acercarla.

—Sí —la palabra brotó sin apenas fuerza de sus labios. Carraspeó ligeramente y bajó de nuevo la mirada hacia el reloj que tenía en la mano, no entendía qué diantres le estaba pasando. Guardó ceñudo el reloj en el bolsillo antes de comentar—: hemos tardado tres horas en recorrer una distancia muy pequeña, en cuanto consigamos un coche de caballos tendremos que correr como alma que lleva el diablo. Lo más probable es que tengamos que hacer algunos ajustes en el plan, pero no podemos tomar ninguna decisión hasta que sepamos cuáles son nuestras opciones —se volvió hacia ella al sentir el peso de su mirada.

—Te agradezco que estés siendo tan comprensivo —le dijo ella, sonriente.

Jeremy no se había puesto a despotricar ni la había culpado de lo sucedido, no la había hecho sentir más culpable de lo que ya se sentía por haber trastocado sus planes. Ni siquiera la había hecho sentir estúpida (más estúpida aún) por ser incapaz de montar bien a caballo. La había aceptado junto con sus limitaciones, y estaba cambiando el plan sin mostrar ni una pizca de desdén o sarcasmo.

—Sea cual sea la decisión que tomemos, haré todo lo que esté en mi mano por no entorpecer nuestra huida.

Él asintió y miró de nuevo hacia el camino antes de decir:

—Solo espero que a nuestro señuelo le esté yendo mejor que a nosotros y que haya logrado alejar todo lo posible a cualquiera que esté persiguiéndonos.

Hugo y Cobby se habían quedado callados al fin después de pasar los primeros diez minutos de aquella forzada caminata soltando imprecaciones. Iban caminando en silencio a ambos lados de Jasper cuando el sonido de un caballo acercándose a toda velocidad hizo que se detuvieran y se volvieran a mirar hacia atrás.

Habían visto pasar a varios carruajes y al coche del correo, pero aquel era el primer jinete con el que se encontraban y alcanzaron a vislumbrarlo galopando a lomos de un caballo de tamaño considerable antes de perderlo de vista cuando dobló un recodo del camino.

Cobby se volvió a examinar con ojo crítico a Hugo, que iba pegado a la orilla del camino, y comentó:

—Llevas la peluca un poco ladeada.

Su amigo se la colocó bien y, después de cubrirse con la capucha de la capa, se acercó un poco más a Jasper para quedar oculto en gran medida de cualquiera que pasara por el camino.

Cobby se tensó cuando el jinete apareció tras ellos en lo alto de una pendiente y pudo verle mejor.

—Va armado con una pistola.

—¿La lleva enfundada? —le preguntó Hugo, manteniendo la cabeza gacha en todo momento.

—No, en la mano.

El jinete cabalgó directo hacia ellos y al alcanzarlos tiró con brusquedad de las riendas para frenar a su montura y les apuntó con la pistola.

—¡Alto! ¡Deténganse!

Cobby alzó las manos en son de paz y le dijo, procurando imitar la forma de hablar de Jeremy:

—Ya nos hemos detenido, ¿quién demonios es usted?

El tipo los miró ceñudo. Con la pistola aún en la mano, pero sin apuntar a ningún punto en concreto, calmó a su inquieto caballo y los observó con ojos penetrantes antes de dirigir su atención al calesín.

—¿Han salido con ese calesín de la posada Rising Sun, en South Bridge Street?

Dirigió la pregunta a Cobby, quien le contestó con actitud beligerante:

—Sí, ¿qué tiene eso de malo? ¡Es mío!

El jinete siguió mirándolo unos segundos más antes de observar con atención a Hugo; al cabo de un largo momento miró también a Jasper, pero al final negó con la cabeza y afirmó:

—Dejémoslo, les he confundido con alguien.

—¿Ah, sí? —Cobby se llevó las manos a las caderas—. ¿Y ese le parece motivo suficiente para abordarnos de improviso pistola en mano? Tal y como puede ver, nuestro caballo se ha lastimado una pata, y...

El jinete soltó una imprecación, dio media vuelta y regresó hacia Edimburgo.

Cobby permaneció inmóvil en medio del camino mientras lo seguía con la mirada. Hugo se le acercó al ver que el tipo desaparecía al otro lado de la cuesta y al cabo de un momento alcanzaron a verlo de nuevo, cabalgando como alma que llevaba el diablo rumbo a Edimburgo.

—Nuestra misión ha sido breve —comentó Cobby, con una mueca.

Hugo echó la capucha hacia atrás, se quitó la peluca y se rascó la cabeza.

—Sí, la verdad es que no esperaba que nuestro papel de señuelo quedara al descubierto en unas cuantas horas. Supongo que ese era Taylor, el cochero guardián.

—¿Crees que habrá reconocido el calesín de Jer o al bueno de Jasper? —le preguntó Cobby, antes de darle unas palmaditas al animal en el cuello.

—Puede que sí, pero dudo mucho que eso le sirva de algo. Ten en cuenta que no saben quién es Jeremy. Lo más probable es que piensen que somos una mera coincidencia y que descarten que podamos tener alguna relación con Eliza.

—Cuando Taylor regrese a informar, indagarán de nuevo para intentar encontrar el rastro de Jer.

—No, ni siquiera saben que él existe. Y, si lo saben, creen que se trata de ti. Rastrearán hasta el último rincón de la ciudad para ver si encuentran a Eliza o a alguien que la haya visto, pero con suerte eso no les llevará demasiado lejos.

Cobby miró a su amigo y le preguntó:

—¿Y nosotros qué?, ¿qué hacemos ahora?

Ambos pensaron con detenimiento en ello, y al final fue Hugo quien dijo:

—Me sentiría mucho más tranquilo si tuviera la certeza de que Jer y Eliza han logrado salir de la ciudad sin contratiempos

—se volvió a mirar en dirección a Dalkeith antes de proponer—: quizás deberíamos seguir adelante, alquilar un caballo en Dalkeith tal y como habíamos planeado, y entonces regresar a Edimburgo para ver si Meggin ha recibido alguna noticia; en caso de que no haya llegado a sus oídos nada nuevo, podemos acercarnos a las cuadras de Grassmarket para ver si averiguamos algo y, si todo parece haber salido según lo planeado, partiremos de nuevo por la gran ruta del norte y llegaremos a Wolverstone antes que Jer.

Miró a Cobby para ver qué le parecía la idea, y este asintió.

—Bien pensado, vamos allá.

McKinsey tardó algo de tiempo en localizar al pilluelo de los bajos fondos que buscaba, y transcurrió media hora más hasta que el muchacho regresó con la información requerida.

—Tres tipos finolis pasaron anoche por los túneles con una dama... bueno, en realidad ha sido esta madrugada —Conejo (le llamaban así por sus orejas y por la rapidez con la que se movía por las bóvedas) añadió—: tres de los hermanos Dougan hicieron de guía, me han dicho que uno de los tipos les pagó muy bien.

McKinsey recibió aquella información con paciencia fingida. Estaba sentado en lo que quedaba de un antiguo muro de piedra cercano a la entrada de las bóvedas de South Bridge, los túneles no estaban hechos para hombres de su tamaño.

—¿Te han dado algún detalle acerca de los tres hombres o de la dama?

—Me han dicho que ella tenía el pelo de color dorado. Llevaba puesta una capa, pero lo vieron antes de que se lo cubriera con la capucha.

—¿Qué te han dicho acerca de los tres hombres?

—Que hablaban con refinamiento y eran hombres serios, no de esos que suelen bajar para armar gresca. Por su forma de hablar, dos de ellos eran de aquí, de Edimburgo, pero el otro, el que pagó a los Dougan, no hay duda de que era inglés.

—¿Vio alguien hacia dónde se dirigieron al salir de los túneles?

—No, se internaron en la oscuridad de la noche.

—¿En qué dirección?, ¿hacia el palacio o hacia el castillo?

—Hacia el palacio, y daba la impresión de que sabían hacia dónde se dirigían.

—Excelente —McKinsey se metió la mano en el bolsillo y sacó unas monedas—. Buen trabajo.

Conejo, que sabía quién era McKinsey en realidad, se puso firme y se llevó una mano a la frente para tironear de un mechón de su lacio flequillo.

—Gracias, milord —alargó sus mugrientas manos para recibir el montoncito de monedas y añadió sonriente—: siempre es un placer hacer negocios con usted.

McKinsey se echó a reír y se puso en pie.

—Adiós, Conejo —se despidió, sonriente, mientras contenía el impulso de revolverle el pelo—. Cuídate, y cuida también a tu madre.

—¡Cuente con ello! —después de guardar el dinero en el bolsillo de su raído jubón, el muchacho se despidió con un saludo militar—. Hasta la próxima, milord.

McKinsey esperó hasta que le vio entrar en su madriguera y entonces dio media vuelta y ascendió por una pequeña cuesta. Cuando estuvo de nuevo en el mundo de las calles de la ciudad, puso rumbo a Niddery Street.

Ya era media mañana y aunque gracias a Conejo ya sabía con certeza cómo había huido la mercancía del sótano, cuándo lo había hecho y con quién, aún no tenía ni idea de a dónde se había dirigido después ni de la identidad de quien la había ayudado a escapar.

En cualquier caso, teniendo en cuenta las restrictivas normas de la alta sociedad, no era de extrañar que Eliza Cynster hubiera puesto rumbo a Inglaterra con tanta premura... suponiendo que fuera ella la dama que había salido de Edimburgo a primera hora de la mañana acompañada de un inglés, claro. Cabía preguntarse si dicho inglés era el mismo que la había acompañado por las bóvedas aquella madrugada.

Lo que seguía sin entender era cómo había podido enterarse alguien de dónde estaba encerrada. No sabía si sería significativo el que uno de los hombres que la habían rescatado fuera inglés y, más aún, que muy probablemente hubiera huido con él rumbo al sur, pero la respuesta a esa incógnita debían de tenerla Scrope y sus secuaces aunque ni ellos mismos fueran conscientes de ello.

Aquella reflexión hizo que sus pensamientos retornaran a lo que estaría esperándole en la casa de Niddery Street. Hacía una hora que había salido de allí, pero su instinto insistía en alertarle de que había algo que no encajaba. Ese «algo» era la reacción que había tenido Scrope, lo aturdido y desconcertado que se había quedado. La reacción de la mujer, de la enfermera, le había parecido comprensible, pero la de Scrope no. Se suponía que el tipo era un profesional consumado, pero lo ocurrido le había desestabilizado por completo y había dado la impresión de que era incapaz de recobrarse con rapidez.

Lo que habría cabido esperar era que Scrope reaccionara de inmediato, que reevaluara sus planes y los modificara de acuerdo a las circunstancias, que aceptara lo que había salido mal, revisara sus planes y estuviera listo de inmediato para tomar las decisiones que fueran necesarias para alcanzar el objetivo que se habían propuesto, pero en vez de eso se había quedado pasmado.

Si uno comparaba cómo se había comportado Scrope en la casa con la reputación que tenía... se decía de él que no había fallado en ninguno de los trabajos (trabajos bastante sucios, por cierto) que se le habían encomendado, a lo mejor se había quedado tan impactado porque era la primera vez que algo le salía mal.

La idea le arrancó un bufido burlón de los labios. Él mismo estaba convirtiéndose en todo un experto en tener que lidiar con planes que acababan torciéndose, así que podría darle lecciones a Scrope sobre lo inútil que era enfurecerse con el destino. Lo que había que hacer era encajar los golpes de la vida como uno buenamente pudiera y después volver a levantarse, reevaluar la situación y alcanzar desde otra dirección el objetivo deseado.

Lo cierto era que la terquedad y la tenacidad no solían fallar, él sabía por experiencia propia que esa combinación siempre acababa por dar sus frutos.

Esa reflexión le condujo de nuevo a la situación a la que se enfrentaba en ese momento. Teniendo en cuenta todo lo que sabía, después de sopesar las distintas posibilidades, empezaba a sospechar que el caprichoso destino estaba jugando de nuevo con él, que de forma solapada estaba encaminándolo hacia un nuevo fracaso.

Por desgracia, no habría sabido decir si al final de aquel camino le esperaba el triunfo o la derrota. Hasta que averiguara quién había ayudado a escapar a Eliza Cynster y lo que ella pensaba de esa persona (hasta que supiera si, tal y como le había sucedido a Heather Cynster, entre la damisela en peligro y su salvador existía o existiría en breve algo más que una mera relación cordial), no sabría cuál era el papel que le iba a tocar interpretar en aquella obra dirigida por el destino.

Él había preparado el escenario y había abierto el telón, pero el destino había tomado las riendas y era el que estaba dirigiendo la función.

Fuera como fuese, Eliza iba a tener que casarse, ya que las normas sociales no iban a dejarle ninguna otra alternativa. La cuestión era quién sería su marido, el inglés o él.

En caso de ser él podría seguir adelante con su plan de recuperar el cáliz que había robado su madre, un cáliz de vital importancia, pero si el inglés (iba a dar por hecho que era él quien la había rescatado) demostraba ser un hombre de valía, si ella deseaba tomarlo como esposo y el tipo la correspondía, entonces estaría obligado por su honor, un honor al que estaba decidido a aferrarse fueran cuales fuesen las exigencias de su madre, a dar un paso atrás y dejar que la pareja huyera rumbo a la frontera y, seguramente, rumbo también a la felicidad conyugal.

Prefería no pararse a pensar en ese momento en la difícil situación en la que quedaría él si las cosas tomaban aquellos derroteros. No, no quería plantearse aquello hasta que no tuviera más remedio que hacerlo.

—Bastante tengo con los problemas que se me presentan hoy —apretó la mandíbula y enfiló por Niddery Street.

Antes de nada, tenía que averiguar hasta qué punto estaba

involucrado el inglés en aquel asunto. Después se centraría en encontrar a Eliza y al hombre que la había ayudado a huir y sabría si tenía que intervenir y rescatarla de su supuesto salvador o si, por el contrario, la joven estaba con el hombre que estaba destinado a ser su esposo.

—Quiero saber cómo es posible que ese inglés averiguara que ustedes tenían a Eliza Cynster en su poder —decretó McKinsey con voz gélida e implacable.

En ese momento se encontraba en el saloncito de la casa donde los secuestradores habían tenido encerrada a Eliza Cynster, sentado en una butaca y mirando con expresión imperiosa a Scrope, que estaba sentado en una silla frente a él. La enfermera, por su parte, estaba sentada muy rígida junto a su compinche y no paraba de girar los pulgares con nerviosismo.

Scrope, que parecía haber pasado del desconcierto a una actitud beligerante en el tiempo que McKinsey se había ausentado de la casa, le sostuvo la mirada y contestó con sequedad:

—No tengo ni idea, no pregonamos a los cuatro vientos que ella estaba aquí.

—Aun así, un inglés la ha ayudado a escapar de esta casa y, según la información que nos ha facilitado Taylor, un inglés partió de Edimburgo esta mañana acompañado de una dama que encaja con la descripción de Eliza Cynster.

Scrope vaciló por un instante antes de contestar.

—No hay razón para creer que el tipo que la sacó a través de esos condenados túneles sea el mismo que está llevándola hacia el sur, puede que la muchacha haya convencido a algún viajero de que la lleve consigo. No dispone de dinero, pero su apellido es conocido en toda Inglaterra y podría servirle para lograr que la auxilien.

—Sí, eso no lo niego, pero la cuestión es que alguien averiguó que ella se encontraba aquí y le enseñó cómo escapar. Ese alguien tuvo que verla y debió de seguirles hasta esta casa, porque ella no volvió a salir a la calle desde su llegada —al ver que

Scrope fruncía el ceño, supo sin necesidad de palabras que el tipo no había tomado medidas para evitar que alguien les siguiera mientras conducían a Eliza Cynster a la casa—. Quiero que me cuente detalladamente el trayecto desde Grosvenor Square hasta Edimburgo.

—Ya le he dicho que no hay nada que contar —le contestó Scrope con impaciencia.

—Permítame que insista —el tono de voz con que lo dijo dejaba claro que no se trataba de una petición, sino de una orden—. Sedaron a la señorita Cynster, la sacaron de la casa de su primo, la metieron en un carruaje y salieron de Grosvenor Square. Empiece por ahí, ¿qué fue lo que pasó después?

El gesto ceñudo de Scrope se acentuó aún más, pero al final contestó a regañadientes.

—Tomamos Oxford Road, pasamos por Oxford...

—¿La señorita Cynster había recobrado ya la consciencia para entonces?

—Eh... pues sí y no. Aún estaba grogui, durmió durante gran parte del viaje.

El tipo fingió no darse cuenta de la larga mirada penetrante que le lanzó McKinsey, pero este se percató de su actitud y dedujo que el estado de inconsciencia de la joven había sido algo premeditado. ¿Para qué si no contratar a una enfermera que habría de realizar las tareas de una doncella? Scrope había desobedecido las órdenes explícitas que él le había dado en ese sentido, pero a esas alturas eso era algo que ya carecía de importancia.

—De acuerdo, deduzco que estaba demasiado «dormida» como para atraer la atención de alguien mientras pasaban por Oxford. ¿En qué momento estuvo más... *compos mentis*, por decirlo de alguna forma?

Scrope dejó pasar la indirecta.

—Empezó a despertar mientras salíamos de York, pero volvió a quedarse dormida.

El propio McKinsey la había visto dormitando en York.

—De acuerdo, centrémonos en lo que ocurrió entre Oxford y York. Repase paso a paso ese tramo del camino, recuerde todos los pueblos y lugares por los que pasaron. ¿En algún momento hubo alguien que mostrara el más mínimo interés por el carruaje y sus ocupantes?

Scrope y la enfermera pensaron en ello, pero tras un largo momento los dos negaron con la cabeza y fue el primero quien contestó.

—No, no pasó nada reseñable. No hubo ningún incidente.

—¿Nadie charló con Taylor? —insistió McKinsey—. ¿Nadie se acercó a hablar con él en alguno de los sitios donde pararon?

En esa ocasión fue la enfermera quien respondió.

—No, él casi nunca baja del pescante cuando se detiene para un cambio rápido de caballos.

—¿Y condujo sin descanso?

—Ese es su trabajo —se limitó a decir ella.

—Yo le relevé durante algunos de los tramos más desiertos para que durmiera unas horas —admitió Scrope—, pero tan solo nos detuvimos para cambiar de caballos.

Eso casaba con los cálculos que había hecho McKinsey basándose en lo que habían tardado en pasar por York. Siguió mirándoles con ojos penetrantes, impertérrito y firme, y prosiguió con el interrogatorio.

—De acuerdo, pasaron por York sin que hubiera ningún incidente. ¿Pasó algo entre York y Middlesbrough? —al ver que, tras reflexionar unos segundos, negaban de nuevo con la cabeza, añadió—: Scrope, usted ha dicho que la señorita Cynster empezó a despertar en York. ¿Cuándo recobró del todo la noción de donde estaba?

Fue la enfermera quien respondió.

—Al norte de Middlesbrough, hablamos con ella y volvió a dormirse. Despertó otra vez mientras salíamos de Newcastle y cruzábamos el puente.

—Y en alguna de esas dos ocasiones, bien al norte de Middlesbrough, bien cuando salían de Newcastle... ¿se acercó a la ventanilla o intentó llamar la atención de alguien?

—Allí no —contestó Scrope.

McKinsey fijó toda su atención en él y le dijo, con voz engañosamente serena:

—¿Está diciendo que la muchacha intentó llamar la atención de alguien en algún momento dado?

Scrope lo miró ceñudo e intentó restarle importancia al asunto.

—Sí, pero fue un intento fallido.

—Y aun así ha logrado escapar.

—La huida no tiene relación alguna con ese incidente en el camino. Ya nos habíamos alejado bastante de Newcastle, estábamos a menos de cincuenta kilómetros de distancia de la frontera y en medio del campo.

—¿En el camino de Jedburgh?

—Exacto. Allí hay arboledas, brezales y poca cosa más. Ella estaba dormitando de nuevo acurrucada en una esquina, pero cuando aminoramos la marcha para dejar pasar a otro vehículo se incorporó de golpe.

—¿Qué fue lo que sucedió?

—Se lanzó hacia la ventanilla, la golpeó con los puños mientras gritaba pidiendo auxilio.

—¿Y qué pasó después? —le parecía increíble que no le hubieran dado antes aquella información.

—¡Nada! La apartamos de la ventanilla a toda prisa, el otro vehículo ya había pasado de largo. Le dije a Taylor que permaneciera alerta, pero lo único que pasó fue que el otro conductor se volvió a mirarnos antes de proseguir su camino como si nada. Taylor siguió vigilándolo un poco más, pero vio que no nos seguía y se alejaba por el camino.

McKinsey se imaginó la escena.

—¿Alguno de ustedes alcanzó a ver al conductor?

Tanto Scrope como la enfermera negaron con la cabeza, y fue ella la que aclaró:

—Los dos vehículos habían aminorado la marcha, pero el tipo pasó junto a nosotros con rapidez. Aunque la intentona de la señorita Cynster apenas duró un momento, un instante, antes de que la apartáramos de la ventanilla, para entonces el otro vehículo ya había pasado de largo.

McKinsey los miró pensativo, visualizando cómo había sucedido todo, y al cabo de un momento comentó:

—Sí, pero si estaba acurrucada en la esquina debió de ver que ese vehículo se acercaba en dirección contraria. Tuvo tiempo de ver al conductor, reconocerlo y actuar en consecuencia.

Scrope soltó un bufido burlón.

—Lo que pasó fue que ese fue el único vehículo con el que nos cruzamos y al verlo ella se dio cuenta de que era su última oportunidad, nada más. No hay motivo alguno para creer que conociera al conductor.

«Claro que lo hay, el resultado de todo esto es que ella ha logrado huir». McKinsey no se molestó en intentar hacerle ver lo que para él era una obviedad, porque lo que Scrope pensara ya no tenía ninguna importancia; aun así, nunca estaba de más ser concienzudo.

—Quiero saber si, al margen de ese incidente, hubo algún momento en que la señorita Cynster pudiera ser vista por un caballero. Me da igual que fuera inglés, escocés o de la índole que fuera, me da igual si ustedes presenciaron cómo ocurría o si creen que no sucedió, quiero que piensen en ello. ¿Es posible que alguien la reconociera en algún momento dado después del incidente con ese otro vehículo? No sé... cuando iban a pie por South Bridge, por ejemplo.

Scrope respondió con frialdad, a la defensiva.

—No. No hubo ningún otro incidente que pueda resultar relevante, y cuando la trajimos andando hasta aquí estuvo flanqueada por nosotros y con el rostro oculto bajo la capucha. El lugar estaba muy transitado, nadie nos prestó ni la más mínima atención.

McKinsey le observó en silencio mientras le daba vueltas a aquella incógnita, mientras se preguntaba si Eliza Cynster había huido gracias al conductor con el que se habían cruzado por el camino o a alguien que la había visto por casualidad en Edimburgo. Antes de que pudiera decidir si valía la pena seguir interrogando a Scrope, que cada vez se mostraba más hostil, oyó que alguien llamaba a la puerta principal.

—¡Seguro que es Taylor! —exclamó la enfermera, antes de levantarse a toda prisa para ir a abrir.

McKinsey oyó al cabo de un momento que la mujer le mencionaba en voz baja, y dedujo que debía de estar advirtiendo a Taylor de su presencia; tras unos segundos en los que reinó el silencio, un tipo corpulento vestido de cochero apareció en la puerta con el sombrero entre las manos y saludó a Scrope con un gesto de la cabeza antes de lanzarle una mirada a él.

Scrope le indicó que entrara y le preguntó con sequedad:

—Venga, habla. ¿La has encontrado?

Taylor entró en el saloncito, se detuvo y cuadró los hombros antes de proceder a informarles.

—He encontrado al caballero con el que nos cruzamos ayer por el camino, estaba a este lado de los montes Cheviot.

Scrope se puso en pie de golpe al oír aquello y empalideció visiblemente.

—¿Estaba aquí?

—Eso parece. Al salir de aquí he ido a indagar a South Bridge Street y no me ha hecho falta ir más allá de la pequeña posada que hay prácticamente al lado de donde nosotros dejamos nuestro carruaje. Los mozos de cuadra me han dicho que el caballero llegó ayer por la mañana y que ha partido hoy al amanecer acompañado de una dama inglesa de pelo rubio ataviada con un vestido dorado. La descripción encajaba con nuestra mercancía, así que os he enviado el aviso y he salido tras ellos.

—¿Y qué ha pasado? —le preguntó Scrope.

—Les he dado alcance cerca de Dalkeith. Su caballo, aquel ejemplar negro con tan buena planta, se había lastimado una pata y se habían visto obligados a ir a pie.

—¡Me trae sin cuidado el condenado caballo! —vociferó Scrope—. ¡Quiero saber lo que ha pasado con la mujer y con el inglés!

Taylor lo miró unos segundos en silencio antes de contestar.

—A primera vista me ha parecido que podría tratarse del tipo con el que nos cruzamos ayer. El caballo y el calesín sí que los he reconocido sin ningún género de duda, por lo que deduzco que sí que debe de tratarse de él —miró a McKinsey antes de añadir—: pero la dama que le acompaña no es la señorita Cynster, eso lo tengo claro. En cuanto los he visto bien, he dado media vuelta y he regresado a Edimburgo a toda velocidad. He preguntado en todas las posadas de South Bridge, que suelen estar llenas de viajeros que van por la gran ruta del norte, pero nadie ha visto a ninguna otra dama inglesa rubia. No hay duda de que no iba en ninguno de los carruajes que han partido esta mañana, ni los públicos ni los privados —hizo una pequeña pausa antes de aventurar—: es posible que aún se encuentre en Edimburgo.

McKinsey no contestó. Estuvo tentado a preguntar para qué habría de tomarse alguien la molestia de crear un excelente señuelo, sino para desviar la atención y que pasara desapercibido el hecho de que quien huía lo hacía en otra dirección distinta, pero tenía mejores cosas que hacer. Que el caballero inglés y la dama ataviada con un vestido dorado a los que Taylor había dado alcance no eran más que un señuelo estaba clarísimo, ¿cuántas damas rubias vestidas así iban a salir de Edimburgo por la gran ruta del norte en el calesín de un caballero inglés en una misma mañana?

El inglés al que Eliza Cynster había reconocido en el camino la había rescatado, eso era algo de lo que estaba convencido aunque no supiera cómo se las había arreglado para hacerlo. La cuestión era que tenía el deber de dar alcance a la pareja, y la situación estaba despertando en él una sensación de *déjà vu* que no le hacía ninguna gracia. Tal y como había sucedido con Heather, se encontraba en la ridícula situación de tener que proteger a una Cynster. Iba a tener que encontrarla y averiguar si corría peligro, si hacía falta rescatarla o, por el contrario, podía desentenderse de ella sin que por ello quedara en entredicho su honor de caballero y centrarse en decidir cuál iba a ser su siguiente paso.

Al ver que Scrope y sus dos ayudantes estaban aguardando en silencio su veredicto y sus siguientes instrucciones, dijo sin inflexión alguna en la voz:

—Me gustaría hablar a solas con usted un minuto, señor Scrope.

El aludido les indicó a los otros dos que salieran con un seco gesto de la cabeza. Cuando le obedecieron tras despedirse de McKinsey con sendas reverencias y Taylor cerró tras de sí, dio media vuelta y empezó a pasearse por el saloncito con nerviosismo.

—Seguro que aún está en la ciudad, la buscaremos hasta en el último rincón...

—Ya se ha marchado de aquí —le aseguró McKinsey con calma.

Scrope se detuvo en seco y se volvió a mirarlo.

—¡Eso no puede saberlo con certeza!

—En eso se equivoca —después de hacer aquella afirmación, se sacó una bolsita de monedas del bolsillo y se la lanzó.

Scrope la atrapó al vuelo y por el peso supo que no era la cantidad que esperaba obtener.

—¿Qué es esto? Aún no he completado el trabajo que me encomendó.

—Lamento decirle que a partir de ahora ya no trabaja para mí. Esa es su remuneración, doy por concluidos sus servicios. Ya no desempeña ningún papel en este juego.

Scrope se puso furioso al oír aquello. Se acercó a su butaca como una exhalación, se detuvo y se cernió amenazante sobre él.

—¡No! ¡No voy a permitir que...!

McKinsey se puso en pie con un movimiento elegante y fluido. Se irguió todo lo alto que era, bajó la mirada hacia él y le preguntó con voz muy, pero que muy suave:

—¿Decía algo?

Scrope era alto, pero McKinsey lo era mucho más; Scrope era fornido, pero McKinsey era un hombre enorme de constitución hercúlea e imponente musculatura.

El tipo no retrocedió achantado, tal y como habrían hecho muchos otros en su lugar, pero aun así cambió de actitud y habló en un tono mucho más sosegado.

—Esta era mi misión, la tarea que acepté llevar a cabo. Hasta que la complete, hasta que le entregue a la señorita Cynster, esto no ha terminado para mí.

—Eso es lo que usted cree, pero yo no estoy de acuerdo y debo recordarle que el cliente, es decir, quien decide y tiene la última palabra, soy yo.

—¡Este es mi trabajo, mi profesión! ¡Yo nunca fallo!

—Lo ha hecho en esta ocasión, pero tenga por seguro que no voy a hacer correr la voz.

—¡Esa no es la cuestión! —Scrope apretó los puños como intentando contener físicamente su furia. Estaba a punto de estallar y masculló sus siguientes palabras poco menos que rechinando los dientes—. No voy a permitir que una muchachita me gane la partida, me da igual que un caballero la haya ayudado a escapar. Mi reputación quedará hecha trizas si dejo pasar este asunto, así que no voy a renunciar sin más. ¡No voy a permitir que Eliza Cynster se me escape!

McKinsey se mantuvo inexpresivo al oír aquello. Entendía que una persona quisiera salvaguardar su reputación profesional, pero en aquella situación había muchas más cosas en juego.

—Lo importante aquí no es usted, Scrope, y nunca lo ha sido. Permítame que sea muy claro: si me obedece y acata la decisión que he tomado, nadie se enterará jamás de que ha fracasado; si intenta volver a capturar a Eliza Cynster, me encargaré de que no vuelva a trabajar ni en esta ciudad ni en ninguna otra en lo que le resta de vida —la furia había oscurecido los ojos de Scrope hasta dejarlos casi negros y ni siquiera alcanzaba a leer en ellos si el tipo había asimilado su advertencia—. ¿Me ha entendido?

La respuesta tardó unos segundos en llegar.

—Perfectamente bien.

—Excelente.

Le sostuvo la mirada unos segundos más antes de rodearle y dirigirse hacia la puerta. Mientras se alejaba notó el peso de su mirada furibunda en la espalda, pero de repente se le pasó por la cabeza una posibilidad que no se le había ocurrido y, cuando ya tenía la mano en el pomo de la puerta, se detuvo y se volvió a mirarlo por encima del hombro.

—Estoy convencido de que la señorita Cynster salió hace horas de la ciudad, pero si me equivoco y usted la encuentra en

Edimburgo le aconsejo que recuerde que mis órdenes de que ella
no sufra daño alguno siguen en pie. Un rasguño, la más mínima
magulladura y vendré a buscarlo. No tendré piedad, se lo aseguro.
Si ella vuelve a caer en sus manos, trátela como si fuera de porcelana y mándeme un aviso a través del método de costumbre.
En caso de que eso ocurriera, le pagaré el doble de lo que acordamos en un principio —le observó con atención durante un
largo momento más y al final añadió con voz serena—: usted cree
que ella aún sigue en la ciudad y yo lo contrario, así que lo pondremos a prueba. Usted búsquela aquí, yo la buscaré en otro lado
y, como ya le he dicho, si se demuestra que usted tenía razón le
pagaré el doble.

Scrope no le respondió, se limitó a mirarle con ojos encen-
didos de cólera y los labios apretados con fuerza.

McKinsey salió al vestíbulo, cerró la puerta del saloncito con
suavidad tras de sí y, al cabo de unos segundos, ya estaba caminando por Niddery Street. Cruzó High Street y se adentró en
el laberinto de callejuelas, pasó por pequeños callejones y por
estrechos pasajes en los que para caber tuvo que ponerse de
lado, y después de aquel recorrido errático cuya finalidad era
que nadie pudiera seguirle (Scrope, por ejemplo), salió a una
zona de calles más anchas y concurridas.

Mientras caminaba empezó a pensar de nuevo en Scrope, no
sabía si podía confiar en que desistiera y se olvidara de Eliza
Cynster. Aunque estaba bastante claro que el tipo no había seguido al pie de la letra sus instrucciones respecto a cómo debía
ser tratada la muchacha durante el largo viaje rumbo al norte,
era indudable que se había ceñido a las órdenes que había recibido. La cuestión era cómo iba a reaccionar tras el desacuerdo
que habían tenido y, más aún, sabiendo que podía conseguir
una suculenta recompensa si permanecía en Edimburgo y buscaba allí a Eliza Cynster.

Era obvio que ella ya se había marchado, ya que no tenía
sentido enviar un señuelo en una dirección si uno no iba a marcharse en otra; aun así, había tres factores (la posibilidad de que
la muchacha aún estuviera en la ciudad, el hecho de que Scrope
estuviera convencido de que dicha posibilidad era una certeza,

y el elemento añadido de la enorme recompensa que estaba en juego) que sumados deberían bastar para mantener al tipo allí, con lo que no interferiría ni daría problemas.

A decir verdad, le había dado muy mala espina la mirada extraña, casi podría decirse que fanática, que había visto en los ojos de Scrope, pero por otro lado estaba convencido de que el tipo tenía motivos suficientes para querer permanecer en Edimburgo (y no había duda de que uno de ellos era demostrar que tenía razón y que él, el hombre que le había contratado y que había dado por concluidos sus servicios, estaba equivocado).

Cuando enfiló al fin por la calle donde estaba su casa estaba convencido de que con lo que había hecho, con el apetitoso anzuelo que le había puesto delante de las narices a Scrope, bastaba para asegurarse de que este respetara las normas y los límites que él le había impuesto.

CAPÍTULO 7

El respeto que Jeremy sentía por su cuñado y por los demás miembros del club Bastion iba en aumento con cada minuto que pasaba, no entendía cómo era posible que alguien lograra aparentar calma mientras veía cómo se avecinaba un desastre.

Ya casi era mediodía y aún estaban en Kingsknowe, el carro en que viajaban había volcado y había estado a punto de caer en la cuneta al rompérsele una rueda. Después de levantarse como buenamente habían podido y de recobrarse del susto (y, en su caso, de reprimir los inapropiados impulsos que se habían adueñado de él al caer encima de Eliza de repente), se habían sentido en la obligación de quedarse para ayudar al pobre granjero a enderezar de nuevo el vehículo. El hombre se había ido después a lomos de su caballo en busca de un herrero, con lo que no habían tenido más remedio que seguir a pie.

Pero la cosa no acababa ahí. En cuanto habían llegado a Kingsknowe habían ido a preguntar a las dos únicas posadas que había en el lugar, pero las dos habían alquilado ya las respectivas calesas que tenían al servicio de los clientes y no tenían ningún otro vehículo disponible, nada que fuera más rápido que un carro vacío... y esa había sido la única opción que les había quedado (bueno, también estaba la de volver a alquilar un par de caballos, pero le había bastado con ver la cara de inquietud que había puesto Eliza para descartar esa idea).

El encargado de la cuadra de la segunda posada les había informado que un granjero que estaba comiendo en aquel momento en el establecimiento tenía intención de partir en breve rumbo a Currie, así que habían ido en su busca y el hombre había accedido de inmediato a llevarles en su carro.

Aunque llevaban comida en las alforjas, Jeremy había optado por ser previsor y había propuesto que, dado que tenían que esperar al granjero, podían aprovechar y comer algo también.

Y así había sido como habían acabado sentados en una esquina del pequeño comedor de la posada, con los platos en los que ya solo quedaban los restos de un pastel de carne pasable apartados a un lado y el mapa que les había dado Cobby abierto en medio de la mesa, y evitando sacar a colación la cuestión que ninguno de los dos podía quitarse de la cabeza.

Mientras repasaban el camino que habían recorrido de momento (habían pasado más de cinco horas y habían cubierto muy pocos kilómetros), estaba devanándose los sesos intentando encontrar la forma de decirle a Eliza que, debido a lo poco que habían avanzado, casi con toda probabilidad iban a verse obligados a pasar al menos una noche en el camino, juntos, a solas... pero ni él mismo era capaz de asimilar aquella idea.

Después de intentarlo durante varios minutos sin avanzar lo más mínimo, decidió dejar a un lado esa cuestión y centrarse en la huida.

—No tenemos más remedio que cambiar nuestros planes.

—Este es el camino que íbamos a seguir, ¿verdad? —le preguntó ella. Trazó la ruta en el mapa con un dedo hasta Carnwath, de allí siguió hacia el este por Melrose y Jedburgh, y por último bajó hacia el sur por los montes Cheviot—. Quizás podríamos acortar el viaje desviándonos antes hacia el sur, ¿y si vamos por este camino de aquí?

Jeremy siguió la ruta que ella fue trazando con el dedo, pero hizo una mueca al verla llegar a la gran ruta del norte.

—No, lo único que conseguiríamos con eso sería dar un gran rodeo alrededor de Edimburgo y acabar en la gran ruta del norte a escasos kilómetros de la ciudad, en la zona aproximada por donde nos buscarán Scrope y compañía.

Ella frunció la nariz y observó con mayor detenimiento el mapa antes de comentar:

—Qué pocos caminos hay en dirección este.

—Eso se debe a los montes Pentland. Una vez que se alzan a la izquierda del camino, que discurre a lo largo de la ladera occidental, no hay ningún camino que cruce la sierra hasta llegar a Carnwath.

—En ese caso, hasta entonces no tenemos más remedio que seguir por donde vamos.

—Sí. Por desgracia, así es.

Era otro aspecto del plan original que, en vista de lo ocurrido, se habría podido mejorar. Dado que era posible que les persiguieran, habría sido útil contar con rutas alternativas cerca de Edimburgo, pero tal y como estaban las cosas hasta llegar a Carnwath no tenían ninguna alternativa viable.

—Bueno, está decidido. Seguiremos rumbo a Carnwath —añadió él, intentando mantener una actitud positiva—. Vamos a tener que ser más cautelosos que nunca durante este tramo del trayecto, pero el lado positivo es que en Carnwath no tendremos problemas para alquilar un coche de caballos; en cualquier caso, podemos ver si encontramos alguno en los pueblos que vayamos encontrando por el camino.

Eliza le miró a los ojos, unos ojos de un color marrón que podía parecer normal y corriente, pero que estaban llenos de calidez. Era un color que le recordaba al caramelo, un caramelo oscuro e intenso, y también a un costoso brandy añejo. Al paso al que iban, e incluso suponiendo que encontraran algún carro más veloz, para cuando cayera la noche ni siquiera habrían llegado a Carnwath. Eso quería decir que iban a tener que buscar un lugar donde cobijarse, y eso a su vez podía resultar ser problemático en más de un sentido.

Estuvo a punto de disculparse de nuevo, pero en vez de pronunciar unas palabras que no resolverían nada optó por intentar no dificultarle aún más las cosas. Hasta que supieran con certeza cuáles eran las opciones que tenían, hablar de cómo iban a pasar la noche era una pérdida de tiempo. Como solía decirse, bastaba a cada hora su propio afán, y ellos ya tenían afanes de sobra en ese momento.

Al ver que el granjero se levantaba de la mesa cercana donde había estado comiendo y les lanzaba una mirada, se mantuvo en su papel de muchacho y le saludó con un gesto de la mano antes de disponerse a doblar de nuevo el mapa. Miró a Jeremy y, decidida a poner de su parte para que ninguno de los dos cayera en el desánimo, comentó:

—Otra cosa que tenemos a nuestro favor es que aún no tenemos a Scrope pisándonos los talones.

—Ni al misterioso noble de las Tierras Altas —asintió él, antes de meter el mapa en la alforja y ponerse en pie.

Hizo ademán de alargar una mano hacia ella para ayudarla a levantarse de la silla, pero bajó el brazo de inmediato al darse cuenta del error que estaba cometiendo; al ver que ella se percataba de lo ocurrido y le lanzaba una pequeña sonrisa, le devolvió el gesto e indicó hacia la puerta con un gesto de la cabeza.

—Nuestro elegante carruaje nos espera.

Ella le precedió hacia la salida y minutos después estaban sentados el uno junto al otro en la parte trasera del carro, con las piernas colgando y el camino discurriendo bajo sus pies mientras el granjero conducía rumbo a Carnwath.

Las campanas del mediodía acababan de oírse en la ciudad cuando el noble escocés que en ese momento se hacía llamar McKinsey entró en la tercera de las cuadras que se alineaban en la parte baja de Grassmarket.

El señuelo que Taylor había descubierto en la gran ruta del norte parecía indicar que Eliza y el caballero que la había rescatado habían salido de la ciudad aquella mañana por otra ruta. Era muy improbable que tuvieran intención de adentrarse aún más en tierras escocesas, por lo que podían descartarse los caminos que conducían hacia el norte y hacia el noroeste; de igual forma, estaba convencido de que tampoco habían puesto rumbo al este ni al sudeste, ya que los caminos que iban en esas direcciones les acercarían demasiado a la gran ruta del norte; de hecho, algunos de ellos salían de aquella vía principal.

De todo ello cabía concluir que las únicas posibilidades restantes eran la ruta que bajaba hacia el sur o las que iban hacia el sudoeste, y después de haber salido de Edimburgo en cualquiera de esas dos direcciones la pareja podía dar un rodeo y tomar el camino de Jedburgh; de estar en su lugar, él habría intentado llegar a aquel paso fronterizo. Ellos habían optado por no tomar la gran ruta del norte y cruzar la frontera al norte de Berwick, de modo que era el paso de Carter Bar, situado al sur de Jedburgh, el que les ofrecía la ruta más cercana y directa para regresar a Inglaterra. También era la menos transitada, y era de suponer que la pareja consideraba una ventaja añadida el hecho de mantenerse a salvo de las miradas de un sinfín de viajeros.

Había jugueteado con la idea de confiar en sus instintos, dirigirse a Jedburgh, esperar a que pasaran por allí y seguirles. El problema era que existía una pequeña posibilidad de que, tal y como habían hecho Heather Cynster y Breckenridge, hubieran decidido ir a refugiarse al valle de Casphairn, el hogar de Richard Cynster y su esposa, que estaba situado al sudoeste de Galloway.

Como tenía que observar a Eliza Cynster y al caballero que la había rescatado para, una vez que averiguara de qué clase de hombre se trataba y cuál era la relación que existía entre ellos, poder decidir cuál iba a ser su siguiente paso, no podía correr el riesgo de perderlos. No le quedaba más remedio que seguirlos, estuvieran donde estuviesen.

El encargado de la cuadra se acercó a él en cuanto le vio aparecer en la puerta.

—Buenos días, milord. ¿Necesita un caballo?

—No, necesito información acerca de dos viajeros ingleses que estoy buscando, una dama y un caballero. Se marcharon de la ciudad esta mañana, seguramente bastante temprano. Tenían intención de alquilar algún medio de transporte, puede que algún carruaje ligero o un par de caballos veloces, pero no sé con certeza cuál era la ruta que pensaban tomar. Puede que usted les haya visto o, mejor aún, que les haya atendido.

El hombre negó con la cabeza mientras se limpiaba las manos con un trapo.

—No, no les he visto. Han venido dos parejas a media mañana, pero eran clientes habituales de la zona y en los dos casos han alquilado un vehículo para pasar el día fuera. No he visto a ninguna dama inglesa.

—Gracias, seguiré buscando.

Ya estaba dando media vuelta cuando el hombre comentó:

—Tiene gracia... sí que vinieron dos ingleses al amanecer, pero ninguno de los dos era una dama.

McKinsey se volvió a mirarlo de nuevo y enarcó una de sus negras cejas.

—¿Ah, sí?

—Sí, un joven caballero acompañado de su tutor. Alquilaron dos caballos veloces y partieron rumbo a Carnwath.

—¿Habló usted con ese joven?

—No, y ahora que lo pienso ni siquiera pude verlo bien. Fue el tutor el que entró a seleccionar los caballos y los aparejos, y también se encargó de ensillarlos. El muchacho se quedó esperando allí —indicó con un gesto el pequeño patio que había delante de la cuadra— con una de las alforjas, y cuando el tutor se le acercó con los caballos montaron y se alejaron por el camino. No sé si habrán recorrido demasiada distancia, porque al joven se le veía muy rígido a lomos del caballo. Saltaba a la vista que no era un jinete experimentado y recuerdo que pensé que a lo mejor ese era el motivo por el que el tutor había decidido partir tan temprano, porque lo más probable es que tarden el día entero en llegar a Carnwath.

McKinsey miró pensativo hacia el camino durante unos segundos antes de volverse de nuevo hacia el hombre.

—Gracias —le dijo, con una sonrisa, antes de lanzarle una moneda.

El hombre la agarró al vuelo y contestó agradecido:

—Gracias, milord. ¿Está seguro de que no necesita un caballo?

McKinsey se echó a reír.

—Muy seguro, ya tengo uno y se pondría celoso.

Al salir de la cuadra subió por Grassmarket a paso rápido y enfiló por High Street rumbo a su casa y a la cuadra donde esperaba Hércules. Aunque Eliza Cynster y el caballero que la acompañaba le llevaban casi seis horas de ventaja, no tenía ni la más mínima duda de que a lomos de su caballo iba a poder darles alcance con facilidad.

Scrope dejó dos bolsitas encima de la mesa de la cocina, alrededor de la cual estaban sentados en ese momento Genevieve y Taylor, y les dijo sin andarse por las ramas:

—Aquí tenéis, estamos en paz —esperó mientras agarraban una cada uno, las abrían y contaban las monedas que había dentro, y entonces añadió—: os pago todo lo que os corresponde, tal y como acordamos.

La casa estaba envuelta en el silencio más absoluto, las cortinas estaban cerradas y no quedaba ni rastro de su paso por allí. Los tres habían hecho ya el equipaje y las tres maletas estaban listas junto a la mesa, todo estaba dispuesto para que cada uno tomara su propio camino. Aunque habían trabajado juntos en ocasiones anteriores, los tres ofrecían sus servicios por libre y se les contrataba de forma individual.

—Pero si hemos perdido a la muchacha —dijo Taylor, mientras volvía a guardar las monedas en la bolsita.

Scrope estaba deseando que ellos se largaran para poder ponerse en marcha, pero contuvo a duras penas su impaciencia y fingió indiferencia al contestar:

—McKinsey ha dado por terminados nuestros servicios, ha dejado muy claro que nos quiere fuera de este asunto y que no desea que sigamos buscándola.

—¿Y aun así nos ha pagado todo lo acordado? —preguntó Taylor, sorprendido.

La paciencia de Scrope estaba llegando a su límite.

—No, pero nos ha pagado una buena suma por los servicios que hemos prestado hasta hoy. No podemos quejarnos.

—¿Vas a dejar escapar no solo a la muchacha, sino también todo ese dinero? —Taylor había pasado de la sorpresa a la incredulidad.

No, Scrope no iba a dejarlos escapar, pero eso no pensaba

decírselo a ellos. Respiró hondo para intentar mantener la calma y al cabo de un instante contestó:

—Tal y como me ha dicho el propio McKinsey, él era nuestro cliente. Nosotros nos dedicamos a llevar a cabo los trabajos que nos encargan nuestros clientes, debemos cumplir con lo que nos piden. En todo caso, os diré por si no os habéis dado cuenta que McKinsey o comoquiera que se llame es un caballero al que nadie en su sano juicio osaría enfrentarse, al menos a este lado de la frontera.

—Ni al otro lado tampoco —dijo Genevieve, mientras cerraba bien la bolsita de monedas—. Tienes razón, es McKinsey el que está al mando; si él dice que nos olvidemos de la muchacha, pues eso es lo que haremos. Bueno, yo me largo —se puso en pie y miró a Taylor—. ¿Vienes conmigo?

Él se quedó mirando a Scrope con ojos penetrantes, pero al final se levantó también y contestó:

—Sí, vamos.

Scrope notó un ligero tono burlón en su voz y contuvo a duras penas su ira. Su reputación ya se estaba poniendo en tela de juicio y no solo por parte de Taylor, Genevieve había accedido a marcharse con una rapidez sospechosa. Seguro que los dos iban a darle vueltas al tema, que tarde o temprano hablarían entre ellos y que acabaría por correrse la voz... no, tenía que evitar que eso sucediera.

Cuando salieron los tres de la casa equipaje en mano, cerró la puerta con llave y se volvió a mirarlos.

—Yo me encargo de devolverle la llave al administrador.

—De acuerdo, hasta la próxima —se limitó a contestar Genevieve, antes de marcharse.

Cuando Taylor se fue tras ella calle abajo tras un breve gesto de despedida, él echó a andar calle arriba y al llegar a High Street apretó el paso. El despacho del administrador le venía de camino y tardó menos de un minuto en devolverle la llave.

Cinco minutos después estaba sentado en una pequeña cafetería, vigilando desde una sucia ventana una de las principales cuadras de la zona norte de la Ciudad Vieja. No había tenido éxito en ninguna de las ocasiones en que había intentado seguir a McKinsey para averiguar dónde vivía, pero una semana atrás había descubierto por pura suerte dónde tenía su caballo.

Estaba convencido de que el tipo iba a salir en busca de la muchacha y, siendo realista, sabía que un hombre de su índole tenía ventaja sobre un forastero como él a la hora de obtener información de la gente de la ciudad.

McKinsey iba a remover cielo y tierra hasta encontrar el rastro de Eliza Cynster, así que no hacía falta que él se molestara en buscarla. Cuando el tipo averiguara hacia dónde había huido la muchacha y fuera a aquella cuadra en busca de su caballo para partir en su busca, él le seguiría a su vez y permanecería al acecho. Iba a esperar a que llegara el momento de actuar, y en cuanto se le presentara la oportunidad demostraría por qué era el mejor en su profesión. Iba a atrapar de nuevo a aquella molesta muchacha, y el hombre que la había rescatado iba a quedarse con un palmo de narices.

Se regodeó imaginando el momento triunfal en que se la entregaría a McKinsey y solicitaría su recompensa. Aquella victoria iba a reafirmar y cimentar su reputación, que lo era todo para él. Sin ella no sería nada, sería un don nadie, pero eso era algo que McKinsey no había llegado a entender.

El hecho de ser contratado para capturar a Eliza Cynster le daba derecho a completar la misión y, más aún, a entregar victorioso la mercancía a su cliente. Así funcionaban las cosas en su mundo, y punto. Aquellos efímeros momentos de triunfo eran los que más saboreaba en la vida, eran unos momentos en los que él era un verdadero rey.

Como lo único que le importaba a McKinsey era que la muchacha acabara en su poder, seguro que al final le daría igual que él interviniera, así que iba a completar el encargo que se le había asignado.

Iba a encargarse de atrapar de nuevo a Eliza Cynster, iba a ser él quien iba a entregársela a McKinsey en bandeja de plata.

Ya era media tarde cuando el noble de las Tierras Altas entró en el patio de la segunda de las dos posadas que había en

Kingsknowe a lomos de Hércules, su imponente alazán, y un joven mozo de cuadra se acercó corriendo y abrió los ojos como platos al ver al poderoso animal.

El noble, que ya se disponía a desmontar, se detuvo en el último momento y se inclinó un poco hacia delante para acariciar el cuello de Hércules mientras el muchacho sujetaba la brida. Esperó a que dejara de mirar a su caballo y alzara la mirada hacia él, y entonces le dedicó una sonrisa cordial que el muchacho le devolvió antes de preguntar:

—¿Qué desea, milord?

—Estoy buscando a dos viajeros, un inglés acompañado de un joven, que salieron de Edimburgo en dirección a Carnwath. Tenían intención de alquilar algún coche de caballos ligero, y me preguntaba si se habrían detenido aquí a preguntar si había alguno disponible.

Había seguido el rastro de la pareja hasta Slateford, pero la información que había recibido allí le había dejado perplejo. Por alguna extraña razón, habían dejado allí sus caballos con instrucciones de que fueran devueltos a la cuadra de Grassmarket donde los habían conseguido, y entonces habían reanudado el camino en el carro de un granjero porque no habían encontrado ningún vehículo en alquiler.

Al mozo de cuadra se le iluminó el rostro y contestó:

—Sí, milord, han pasado por aquí. Llegaron justo antes de la hora de la comida, pero solo tenemos un coche de caballos y ya no estaba disponible.

—¿Hacia dónde se dirigían?

—Comieron algo en la posada y después se fueron con el viejo Mitchell, un granjero de la zona. La última vez que los vi iban subidos en la parte de atrás del carro, rumbo a Carnwath.

Tras recibir aquella información, el noble se irguió en su silla y le lanzó un chelín de plata que el muchacho se apresuró a atrapar.

—¡Gracias, milord!

Justo cuando estaba a punto de hacer que Hércules diera media vuelta, el noble se detuvo y preguntó:

—¿Cuánto hace que se fueron?

—Una hora, puede que dos.

El noble asintió, hizo que Hércules diera media vuelta, salió del patio de la posada al trote, y se incorporó al camino en pos de una presa que, por alguna incomprensible razón, había optado por no ir a caballo.

Eliza Cynster y su salvador estaban huyendo, así que no había duda de que la mejor opción para ellos habría sido montar a caballo. La alternativa de viajar en un carruaje ya habría sido incluso peor, porque no podrían salirse de los caminos y serían más fáciles de rastrear, pero ¿a quién se le ocurría huir en el carro de un granjero?

Recordó de repente lo que había comentado el encargado de la cuadra de Grassmarket, que al joven se le veía muy rígido a lomos del caballo y que saltaba a la vista que no era un jinete experimentado, y se preguntó si esa sería la explicación.

Había dado por hecho que Eliza Cynster, una Cynster de pies a cabeza, sería una excelente amazona, pero si en realidad no era así... sí, resultaría mucho más fácil atraparles, pero lo que le dejó pasmado fue darse cuenta de que, si su plan hubiera salido bien y no la hubieran rescatado, habría acabado atado a una esposa que no sabía montar a caballo. La mera idea bastaba para ponerle los pelos de punta.

Quizás se había equivocado al pensar que el destino estaba jugando con él, y en realidad le había dado un buen empujón para desviarlo de un camino que le habría conducido al más absoluto de los desastres.

A pesar de que su atención estaba centrada en dar alcance a la pareja y, más allá de eso, en recobrar el cáliz que necesitaba para salvar sus tierras y a su gente, el fatalismo innato que había heredado de sus ancestros permanecía latente.

No se le había pasado por alto el hecho de que, una vez más, se había visto obligado a asumir el papel de protector de una Cynster. Tal y como había sucedido con Heather, se sentía obligado por su honor a asegurarse de que, acabara como acabase todo aquello, Eliza no sufriera ningún daño. Era su deber asegurarse de que ella saliera de aquella experiencia ilesa y, además, con planes de boda para salvaguardar su reputación. Si no podía ser con él, tal y como había planeado en un principio, con el hombre que la había rescatado. Sería ella quien eligiera y él acataría su decisión.

Si sus sospechas eran ciertas y era una pésima amazona, estaría encantado de dejarla ir a pesar de lo que eso supondría.

Cuanto más pensaba en todo lo que había vuelto a salir mal en aquella segunda intentona de secuestrar a una Cynster, más convencido estaba de que el destino estaba diciéndole con suma claridad que Eliza Cynster y él no estaban hechos el uno para el otro, pero más allá de ese mensaje estaba otro igual de claro: al parecer, no se le iba a permitir recuperar el cáliz sin sacrificar una cosa a la que había intentado aferrarse con todas sus fuerzas, sin tener que pagar un precio muy alto a cambio de poder cumplir con las exigencias de su madre.

Su honor era una parte intrínseca de su ser y secuestrar él mismo a una Cynster era el límite que se había marcado y que había intentado no cruzar, pero el destino no parecía estar dispuesto a permitirle el lujo de mantenerse al margen del trabajo sucio. Iba a tener que encargarse de hacerlo él mismo, tendría que aceptar aquella ignominiosa tarea que iba a dejar una mácula en su alma en vez de limitarse a intervenir en el último momento como una especie de salvador.

El papel de salvador y protector se le daba muy bien, ya que era el que había tenido durante la mayor parte de su vida; a decir verdad, tendría que haberse dado cuenta de que el destino no iba a ponerle las cosas tan fáciles, que no iba a permitir que se limitara a hacer algo que le salía de forma innata.

No, si quería recuperar el cáliz iba a tener que inclinar la balanza a su favor haciendo algo que no deseaba hacer, sacrificando algo que para él tenía un valor incalculable, y eso quería decir que...

Se movió inquieto en la silla de montar y apartó de su mente la conclusión lógica a la que acababa de llegar. Más tarde lidiaría con los siguientes pasos que tendría que dar, de momento no tenía tiempo para eso.

Después de centrar de nuevo su atención en el camino que tenía por delante, se preguntó cuál sería el siguiente lugar donde la pareja intentaría conseguir un coche de caballos; incluso suponiendo que tuvieran éxito, a lomos de Hércules iba a alcanzarlos antes del anochecer, y entonces ya vería lo que hacía.

Tenía intención de observarles para ver si el hombre que había rescatado a Eliza estaba capacitado para protegerla y, en caso de que existiera entre ellos una relación estrecha, si ya estaban encaminados hacia el altar o lo estarían en breve; de ser así, daría un paso atrás y dejaría que se marcharan, aunque quizás les observara desde la distancia hasta verles llegar a algún lugar seguro.

Cuando les diera alcance vería cómo estaba la situación y sabría lo que el destino, el caprichoso destino, le deparaba.

Jeremy y Eliza se despidieron del granjero que les había llevado en carro hasta un pueblecito llamado Currie. Ella mantuvo la cabeza gacha y murmuró una breve despedida intentando hablar con voz profunda, pero el hombre no sospechó nada y se llevó la mano al sombrero mientras se despedía de él llamándole «joven caballero».

Jeremy esperó hasta que le vieron alejarse por un caminito secundario, y entonces señaló con la cabeza hacia la única posada del lugar.

—Vamos. No albergo demasiadas esperanzas, pero al menos podemos preguntar si tienen aunque sea un carro en alquiler.

Cruzaron el camino principal que conducía a Carnwath, Lanark, Cumnock y Ayr, y entraron en el patio de la posada.

Eliza se mantuvo a la sombra de Jeremy (literal y metafóricamente) mientras él se encargaba de hablar con el encargado, que confirmó sus temores al decirles que no tenían ningún vehículo.

—Pero tenemos caballos disponibles —añadió el hombre.

Jeremy la miró por un instante, pero debió de notar lo tensa que se había puesto de golpe y rechazó la oferta.

—No, vamos a tener que revisar nuestros planes —contestó, antes de darle un empujoncito a Eliza en el hombro para indicarle que le siguiera de vuelta al camino.

Ella le miró mientras caminaban hacia allí y notó la firme determinación que se reflejaba en su rostro.

—¿Qué hacemos ahora?

Él se volvió a mirarla y pensó en ello unos segundos antes de contestar:

—Tenemos que detenernos y pensar —miró a su alrededor— busquemos algún lugar donde nadie pueda vernos desde el camino.

Eliza miró a su alrededor también y se detuvo de espaldas al camino.

—Allí hay una iglesia.

Él siguió la dirección de su mirada y vio la torre cuadrada alzándose sobre las casas que bordeaban el camino.

—Sí, perfecto —estuvo a punto de tomarla del codo, pero se detuvo a tiempo y bajó la mano—. Vamos.

Retrocedieron por el camino hasta desviarse por un sendero más estrecho que siguieron, cada uno con una alforja al hombro, hasta llegar a la iglesia. Estaba rodeada del cementerio, una ancha franja de terreno recubierta de hierba y sembrada de monumentos y tumbas que, en muchos casos, eran testimonio de la antigüedad de aquella congregación. La iglesia en sí era un sólido edificio de piedra que tenía una gruesa puerta de roble y parecía próspera y bien atendida.

Jeremy se sintió aliviado cuando llegaron a la puerta y vio que no estaba cerrada con llave. La abrió y entró sin pensárselo dos veces. A aquella hora del día no había nadie, pero cuando Eliza intentó adelantarle la detuvo tocándole el brazo y le advirtió:

—Un momento.

Cruzó la nave rumbo a la base de la torre y abrió la puertecita que había en la pared y que tampoco estaba cerrada con llave. Al comprobar que, tal y como esperaba, al otro lado había una escalera ascendente, se volvió a mirar a Eliza de nuevo y le dijo:

—Ven, será mejor que revisemos el lugar antes de intentar idear un nuevo plan.

Ella se acercó de inmediato y la luz que penetraba por una

de las ventanas del triforio tornó el cabello que asomaba bajo su sombrero en oro puro, brillante e intenso. Jeremy no pudo por menos que dar gracias a que hubiera permanecido oculta entre las sombras y hubiera mantenido la cabeza agachada cuando había habido otras personas cerca, porque ningún hombre que alcanzara a verla bien la confundiría con un varón.

Su instinto le hizo apartarse a un lado para dejarla pasar, pero mientras subía por la estrecha escalera de caracol se dio cuenta del error que acababa de cometer. Si Eliza realmente fuera un muchacho, no le habría cedido el paso.

No, habría sido él quien la precediera escalera arriba, y así no habría sufrido la tortura de ver sus caderas contoneándose ante sus ojos de una forma muy poco masculina con cada nuevo escalón que subían. Sabía perfectamente bien lo que estaba viendo a pesar de que estuviera cubierta por la capa de Hugo.

Cuando salieron al tejado de la torre emergió en su interior un instinto de otra índole que apartó a un lado sus lascivos pensamientos. Antes de aquella aventura ni siquiera era consciente de poseer aquellos instintos, aquellos impulsos propios de un guerrero, así que aún estaba aprendiendo a manejarlos y a saber discernir cuándo debía dejarse llevar por ellos y cuándo era mejor reprimirlos.

Aquellos instintos recién descubiertos habían salido a la superficie y habían ido ganando fuerza con cada nuevo inconveniente que había surgido aquella mañana, pero a esas alturas y teniendo en cuenta que ya era media tarde y aún estaban en Currie los tenía a flor de piel.

La sensación no era una simple inquietud subyacente, sino un hormigueo real en la nuca. Era como si a su espalda hubiera alguien con la espada desenvainada y a punto de atacar.

Sentía la necesidad apremiante de inspeccionar el camino que habían dejado atrás, tenía que hacerlo, y el tejado de la torre era perfecto para ello. Se acercó al muro bajo que rodeaba la almena, oteó el paisaje que se extendía bajo sus pies y vio el camino que conducía a Edimburgo discurriendo entre los campos. Los tramos más cercanos estaban a la vista y los carruajes, los carros y los jinetes parecían juguetitos desde aquella atalaya.

Eliza se puso una mano a modo de visera y, mientras ella miraba hacia el sur y hacia el oeste, hacia Carnwath, él dejó la alforja en el suelo y rebuscó hasta encontrar el catalejo que Cobby le había prestado. Lo abrió por completo, se lo llevó al ojo y observó el camino por el que habían pasado poco antes.

Era un catalejo bastante viejo y su calidad no era nada del otro mundo, pero...

Miró con atención, volvió a mirar, y tuvo que morderse la lengua para contener la imprecación que estuvo a punto de escapar de sus labios. Sin bajar el catalejo, le preguntó a Eliza:

—¿Heather y Breckenridge dieron alguna descripción de ese misterioso noble de las Tierras Altas? —se sintió aliviado al ver que había hablado con naturalidad y había logrado ocultar la inquietud que sentía.

—Sí. Parece ser que se trata de un hombre alto, fuerte y muy grandote de pelo negro... pero negro de verdad, no castaño, y ojos de color claro; según un hombre que había hablado con él, su rostro parecía tallado en granito y sus ojos eran gélidos —se volvió a mirarle con expresión interrogante—. ¿Por qué?

Jeremy hizo caso omiso de la pregunta y se limitó a colocarse mejor el catalejo antes de preguntar a su vez:

—Creo recordar que se mencionó algo acerca del caballo que montaba.

Eliza se acercó a él antes de contestar.

—Era un alazán enorme, un ejemplar impresionante —al cabo de un instante añadió—: ¿acaso está cerca?

Que no preguntara si el tipo estaba siguiéndoles revelaba que eso era algo que ya había dado por hecho.

—Un hombre que coincide con esa descripción se acerca a toda velocidad a lomos de un poderoso alazán. Está a menos de un kilómetro y medio de aquí.

—¡Si se detiene a preguntar en el pueblo, se dará cuenta de que estamos cerca y nos buscará!

—¿Se ha dado cuenta el encargado de la cuadra de la dirección que tomábamos?, no me he fijado.

—Creo que no, pero no puedo afirmarlo con certeza —admitió ella, tras pensarlo por un momento.

—Tenemos que salir de aquí cuanto antes.

—No podemos regresar al camino, ese hombre nos vería.

Jeremy bajó el catalejo, dio media vuelta y cruzó hacia el extremo opuesto de la torre para otear lo que había en aquella dirección. Hizo una mueca al ver el paisaje tan distinto que se extendía ante sus ojos, y al cabo de unos segundos guardó el catalejo en la alforja y sacó el mapa para consultarlo.

Eliza se acercó y sujetó una esquina del mapa para ayudarle a mantenerlo abierto. Le bastó con mirarla para saber que estaba asustada y nerviosa, pero que aun así mantenía la sensatez y no se había dejado arrastrar por el pánico.

Se sintió aliviado al verla reaccionar así, porque con el pánico que él sentía ya tenían de sobra para los dos. La próxima vez que sintiera un hormigueo en la nuca, iba a reaccionar mucho antes.

Indicó un punto del mapa antes de señalar hacia los montes teñidos de un suave tono morado que se alzaban más allá de los campos que había detrás del pueblo.

—Esos de ahí deben de ser los montes Pentland. Nos dirigiremos hacia allí si seguimos por el sendero que nos ha traído hasta la iglesia, pero según el mapa es un camino corto y no encontraremos otro hasta que crucemos la sierra.

—Sí, pero una vez que lleguemos al otro lado hay un camino principal... no, son dos —comentó ella, mientras consultaba el mapa con atención—. Penicuik es una población bastante grande, seguro que allí sí que encontramos algún coche de caballos disponible. Desde allí podemos poner rumbo a Peebles, y estaremos de nuevo en la ruta que en un principio pensábamos seguir para llegar a Wolverstone.

Jeremy estuvo a punto de señalar que aquello implicaría que el viaje se alargara un día más de lo planeado, pero se dio cuenta de que con el escocés pisándoles los talones no era el momento de hablar de eso.

—De acuerdo. ¿Estás dispuesta a intentar cruzar los montes Pentland?

Ella alzó la barbilla y la expresión de su rostro le recordó que estaba ante una Cynster de los pies a la cabeza.

—No estoy dispuesta a quedarme aquí de brazos cruzados, a la espera de que ese escocés nos dé alcance —afirmó con ojos llenos de decisión, antes de volverse hacia la escalera—. ¡Vamos!

Jeremy guardó el mapa a toda prisa, se echó la alforja al hombro y la siguió con rostro adusto. La alcanzó en la puerta abierta, la agarró del brazo y la obligó a retroceder un poco para poder adelantarla y precederla escalera abajo.

Por suerte, no había ningún peligro esperándoles al acecho en la iglesia, y se sintió aliviado cuando salieron y vio que la vegetación que bordeaba el cementerio impedía que alguien pudiera verles.

—Ya debe de estar a la altura de las primeras casas del pueblo —comentó, antes de salir del edificio.

Le indicó a Eliza que le precediera y, después de lanzar una mirada hacia el camino principal, rodearon la iglesia casi a la carrera y salieron al sendero por una puerta lateral del cementerio.

Después de una última mirada hacia atrás, echaron a andar el uno junto al otro con pasos rápidos que se encaminaban a los altos montes que se alzaban en el horizonte y que les alejaban de la civilización.

Un poco más adelante, cuando doblaron una curva y quedaron fuera de la vista de cualquiera que estuviera en el camino principal, intercambiaron una mirada y aceleraron aún más el paso.

Ascender monte arriba no estaba siendo tarea fácil. Después de llegar al final del sendero a escasa distancia de la iglesia, habían cruzado un campo después de atravesar el seto que lo bordeaba y habían proseguido el camino. Tan solo se habían detenido para orientarse, y para ello habían usado como puntos de referencia la más alta de las cimas que tenían ante ellos y la torre de la iglesia a su espalda.

Eliza daba una y mil gracias por los pantalones y las botas que llevaba puestos, no sabía cómo se las habría arreglado de haber ido ataviada con un vestido. La libertad que daba la vestimenta masculina conllevaba muchas ventajas, con la restricción de una falda habría tenido que dar dos o tres pasos por cada uno que estaba dando vestida así.

Durante el ascenso empezaron a encontrar zonas cubiertas de brezales. Entre los arbustos (que aún no habían florecido, pero eran abundantes y tupidos) se veía el rastro que habían dejado rebaños de ovejas a su paso, pero la dirección que ellos seguían no coincidía siempre con la de las pisadas.

A medio camino de la primera cima encontraron un riachuelo y, a sugerencia de Jeremy, fueron siguiendo la orilla hasta que encontraron un lugar donde pudieron cruzar al otro lado pasando por encima de unas rocas.

Eliza permanecía callada para no malgastar el aliento mientras centraba toda su atención en seguir avanzando. Él, por su parte, caminaba a su lado amoldándose a su paso y se detenía de vez en cuando para mirar hacia atrás y comprobar que fueran en la dirección correcta.

Aunque el terreno cada vez era más escarpado y avanzar resultaba más y más difícil, Eliza estaba decidida a no quejarse ni a poner la más mínima objeción. Siguió caminando con determinación mientras hacía caso omiso del desacostumbrado calor, de la sensación de ardor que tenía en las piernas y en las pantorrillas por el cansancio.

Jeremy y ella estaban aunados en su esfuerzo de huir del noble escocés que les perseguía y, como gracias a ella no tenían más alternativa que hacerlo a pie, no iba a dejar que brotara de sus labios ni una sola queja.

Cuando llegaron por fin a la cima de la colina, se inclinó hacia delante, apoyó las manos en los muslos, agachó la cabeza y luchó por recobrar el aliento. Estaba jadeando de una forma muy impropia en una dama cuando notó que se esfumaba el peso de la alforja que aún llevaba al hombro.

—Yo la sujeto —le dijo Jeremy.

Ella no pudo ni contestar. Sintió que le flaqueaban las piernas y alcanzó apenas a sentarse en una roca cercana.

Él se colocó un poco por debajo de la cresta de la colina, lo justo para que si alguien alzaba la mirada no le viera silueteado contra el cielo, y dejó las alforjas a sus pies. Volvió a desplegar el mapa y lo consultó unos segundos antes de mirar a Eliza, que estaba contemplando horrorizada el paisaje que se extendía más allá del valle que tenían por delante.

—¡Dios mío, esta no es más que la primera cima! —se volvió a mirarlo y le preguntó—: ¿a cuántas más tendremos que subir?

—Tan solo una, aquella de allí. Una vez que la superemos, será todo cuesta abajo.

—Bueno, algo es algo.

Jeremy reprimió una sonrisa al ver que aún estaba jadeante y volvió a consultar el mapa.

—Vamos en la dirección correcta —miró hacia el otro lado del valle, calculó la distancia y se volvió a mirar por encima del hombro hacia el oeste—. Ya empieza a oscurecer, conforme vayamos descendiendo hacia el valle cada vez habrá menos luz.

—¿Vamos a poder llegar a la otra cima antes de que anochezca?

—Yo creo que no, y no es prudente caminar de noche en un terreno como este —echó un vistazo a los alrededores—. Tenemos que empezar a buscar algún lugar donde pasar la noche.

Era el único aspecto de la huida del que aún no habían hablado. Jeremy esperaba que ella empezara a lanzar recriminaciones de un momento otro, así que se sorprendió al ver que suspiraba con resignación, se levantaba de la roca en la que estaba sentada y se limitaba a proponer:

—Sigamos caminando y permanezcamos atentos. No veo ningún tejado, pero seguro que hay cabañas, chozas o lo que sea por la zona.

Jeremy tenía la impresión de que ese «lo que sea» era lo mejor que iban a encontrar por allí, pero, al ver que ella ya se había puesto en marcha, se puso una alforja en cada hombro y la siguió cuesta abajo.

Cuando el noble de las Tierras Altas que se hacía llamar McKinsey llegó al pueblo de Ainville sin haber encontrado ni rastro de su presa, masculló una imprecación y tiró de las riendas para que Hércules se detuviera.

—¡Maldita sea! Los he perdido.

Huelga decir que el caballo no le contestó.

McKinsey permaneció a lomos de su montura, consciente de que ya estaba oscureciendo, y repasó mentalmente el tramo entre Ainville y el último lugar donde le habían dado información de la pareja. Aunque el hombre con el que había hablado en Currie no había visto hacia dónde se habían ido, él había optado por seguir hacia el sur porque sabía que iban en esa dirección, pero desde entonces no había vuelto a encontrar a nadie que les hubiera visto.

Se había detenido a preguntar en todas las posadas que había encontrado a su paso, pero sus esfuerzos habían sido inútiles.

A lo mejor habían logrado que el cochero y los ocupantes de algún carruaje accedieran a llevarles, pero él había galopado veloz por el camino, sobre todo por aquel último tramo recto y desierto, y un carruaje tendría que ir a una velocidad de vértigo para que ni siquiera hubiera alcanzado a verlo en la distancia. Cabría la posibilidad de que el vehículo se hubiera desviado del camino principal, pero en aquella zona había muy pocos caminos secundarios.

Decidió que ya era demasiado tarde para seguir con la búsqueda por el momento, así que condujo a Hércules hacia el patio de una posada cercana. Al día siguiente iba a tener que volver atrás y preguntar si alguien había visto pasar algún carruaje.

La posada resultó ser sorprendentemente acogedora y, después de dejar su equipaje junto a la escalera, entró en el pequeño comedor, pidió una cerveza, y miró a su alrededor mientras se apoyaba con indolencia en la barra. Se fijó en un hombre entrado en años que estaba sentado junto a una de las ventanas con la mirada puesta en el camino. Estaba abrigado con varios chales de punto y se cubría la calva con una gorra a cuadros, y aunque estaba cabeceando un poco tenía los ojos abiertos y la mirada despejada.

El noble agarró la jarra de cerveza que el camarero dejó junto a su codo y señaló con la cabeza hacia el hombre.

—¿Qué está bebiendo?

—Porter.

—Deme una jarra para él.

El camarero obedeció sonriente y el noble se acercó a la mesa situada junto a la ventana con las dos jarras, la de porter y la suya.

—Tenga, para usted.

El anciano de chispeantes ojos oscuros y rostro curtido le observó con atención y, al cabo de un momento, alargó la mano hacia la jarra y le indicó con un gesto de la cabeza que se sentara al otro lado de la mesa.

—Gracias, milord.

El noble se sentó, estiró sus largas piernas y tomó otro trago de cerveza.

Después de tomar dos tragos de porter sin dejar de observarle por encima del borde de la jarra, el hombre soltó una carcajada y le preguntó:

—¿En qué puedo ayudarle?

El noble sonrió.

—Me gustaría que me dijera lo que ha visto esta tarde. Estoy intentando dar alcance a dos conocidos míos que se suponía que iban a pasar hoy por aquí, pero me temo que les he perdido la pista. Es posible que hayan conseguido que alguien les lleve en su carruaje, en cuyo caso podría alcanzarles un poco más adelante.

El hombre asintió y tomó otro trago antes de contestar.

—Debe de haberles perdido la pista en algún lugar del camino, porque desde el mediodía no he visto pasar a nadie, ni a caballo ni en un carruaje. Ni siquiera a pie.

—Gracias.

Se quedó charlando un rato con él de los típicos asuntos relacionados con el campo, y tras apurar su jarra se despidió con una cortés inclinación de cabeza y subió a su habitación.

Una buena cena, una noche de sueño reparador, y al día siguiente retrocedería por el camino hasta encontrar de nuevo el rastro de su presa. Rastrear era algo en lo que era todo un experto y, o mucho se equivocaba o la pareja había optado por ir a pie; de ser así, sería muy fácil seguirles la pista y alcanzarles.

Una vez que los encontrara, les observaría para evaluar la situación y actuaría en consecuencia.

CAPÍTULO 8

La luz iba menguando y Eliza empezaba a creer que iban a tener que dormir a cielo abierto cuando Jeremy, quien iba medio paso por delante, se detuvo y alzó una mano para indicarle que se detuviera también.

—¿Es eso un tejado? —le preguntó él, con la mirada puesta en una arboleda que había un poco más adelante a la derecha.

Ella aguzó la mirada y al cabo de un momento vio en medio de la penumbra una sombra distinta a las demás asomando entre los árboles, algo que podría resultar ser un tejado gris.

—¡Yo creo que sí!

Jeremy escudriñó el valle poco profundo hacia el que estaban descendiendo y al final concluyó:

—No veo ninguna otra vivienda de ninguna clase, este valle parece estar desierto.

—Sí, lo único que hay es ese tejado y lo que haya debajo, sea lo que sea.

Él miró de nuevo hacia la arboleda.

—Podría ser la cabaña de algún leñador, esos árboles podrían usarse para obtener leña. Vamos a echar un vistazo.

Eliza le siguió hacia los árboles y preguntó:

—¿Qué hacemos si el leñador está ahí?

—Le preguntaremos si podemos pasar la noche en su cabaña, pero no veo señales de vida. No se ve ninguna luz, y si hubiera alguien ya habría encendido alguna vela.

Se abrieron paso entre el espeso manto de hojas y ramas que

cubría el suelo bajo los árboles. Aquí y allá se veían rastros de talas recientes, pero cuanto más se acercaban a la cabaña más convencida estaba Eliza de que estaba desocupada.

—Lo más probable es que los leñadores solo se alojen aquí cuando están trabajando, y que estas tierras y la arboleda pertenezcan a alguna finca cercana.

Elena guardó silencio y permaneció a su espalda, tan cerca que de vez en cuando le rozaba el abrigo con la mano.

Jeremy era plenamente consciente de su cercanía, de que estaban solos en medio de aquella tierra salvaje y no había nadie a la vista que pudiera actuar como carabina, pero los instintos protectores que acababa de descubrir en su interior estaban calmados solo con saber que ella estaba cerca.

Tuvieron que dar un pequeño rodeo para bajar hasta la pequeña hondonada donde se encontraba la cabaña, una construcción pequeña que tan solo debía de tener una única habitación y que estaba hecha de piedras y troncos. Estaba enclavada contra la ladera que ascendía tras ella, y la protegían tanto el monte como la espesa arboleda que la rodeaba.

Jeremy se detuvo al llegar al borde del claro que había delante de la cabaña, y tras observar con atención las ventanas cerradas y no detectar señales de vida cruzó el claro con cautela.

Llamó a la puerta una, dos veces. Al ver que no contestaba nadie, intercambió una mirada con Eliza y alzó el cerrojo. Abrió la puerta de par en par y echó un vistazo bajo la escasa luz que penetró en el oscuro lugar.

Eliza se asomó a mirar también y al cabo de unos segundos se decidió a entrar y comentó:

—Está bastante limpia.

—Sí, no hay duda de que pertenece a alguna finca —asintió él, antes de agarrar una palmatoria que había en una repisa situada junto a la puerta. No había ningún yesquero a la vista, así que rebuscó en sus bolsillos para sacar el suyo.

Mientras, en el exterior, los últimos resquicios de luz fueron desvaneciéndose y la noche cayó como un manto sobre la cabaña.

La vela chisporroteó antes de cobrar vida; en cuanto la llama estuvo encendida, Jeremy alzó la palmatoria para ver bien el lugar. En una de las paredes había una rústica cómoda, dos leñeras de madera flanqueaban la estrecha chimenea, y en medio de la habitación había una pequeña mesa cuadrada con tres sencillas sillas de madera.

Al otro extremo de la cabaña, en el cuadrante más alejado de la puerta, había un camastro relleno de paja y cubierto con varias mantas toscas. Eliza se acercó a echarle un vistazo y, tras pensárselo unos segundos, se quitó el sombrero y se sentó. Se agachó un poco para olisquear y comentó:

—La paja parece bastante fresca.

Aunque no le resultó nada fácil, Jeremy logró mantener un tono de voz sereno y aparentar calma al contestar:

—Lo más probable es que los leñadores vengan una vez al mes, al menos durante el verano. Seguro que no les hemos encontrado por muy poco.

—Menos mal.

Él se acercó a la mesa para dejar allí la palmatoria, y entonces se quitó las alforjas y las dejó colgadas en el respaldo de las sillas.

—He visto un pozo ahí fuera —comentó, antes de ir a por una jarra metálica que había encima de la cómoda.

Eliza le siguió hasta la puerta, esperó mientras le veía cruzar hacia un pequeño pozo de piedra, y entonces salió tras él y le ofreció:

—Yo sujeto la jarra mientras tú sacas el agua.

—De acuerdo.

Esperó callada mientras él lanzaba el cubo y tiraba de la cuerda para volver a sacarlo, y entonces alargó la jarra para que la llenara. Mientras él se encargaba de vaciar el cubo del todo y volver a colocarlo en su lugar, ella regresó a la cabaña y buscó un poco hasta encontrar dos tazas metálicas que llenó de agua.

Cuando Jeremy entró de nuevo la encontró sentada a la mesa, bebiendo agua fresca con los ojos cerrados y una expresión de pura dicha en el rostro. Al oírle entrar abrió los ojos y comentó sonriente:

—Ni el más exquisito vino me sabría tan bien en este momento.

Él logró esbozar una sonrisa a pesar de que se le había secado la boca de golpe. Se volvió a cerrar la puerta y al ver que había un cerrojo de hierro lo corrió aliviado. Al menos tenían la certeza de que nadie iba a poder tomarles por sorpresa durante la noche.

—Menos mal que a Meggin se le ocurrió empacar algo de comida —comentó ella, antes de dejar su taza sobre la mesa y de ponerse a rebuscar en una de las alforjas.

—¿Qué hay? —le preguntó él mientras abría la otra alforja.

Entre los dos sacaron un surtido pasable de bollitos de pan, pollo frío, queso e higos. También había una manzana para cada uno, pero decidieron dejarlas para el desayuno.

Cenaron sentados a la mesa con la vela entre los dos, con el susurro del viento entre los árboles y el ulular de un búho como música de fondo. Cuando terminaron de cenar siguieron sentados mientras apuraban el agua de sus respectivas tazas.

Les envolvía un aura de paz, de quietud y de tranquilidad, de bienestar y de seguridad. Eliza la percibía, la notaba, y sabía que si se sentía así era porque le tenía a él sentado enfrente.

Sus ojos se encontraron, ninguno de los dos apartó la mirada por un largo momento.

Eliza era plenamente consciente de la cuestión que estaba latente entre los dos y estaba convencida de que a él le pasaba lo mismo, pero se sentía incapaz de sacarla a colación. Lanzó una mirada hacia la chimenea y preguntó:

—¿Crees que sería buena idea encenderla?

Su cuerpo estaba exhausto, su mente no estaba en condiciones de tratar las consecuencias sociales que podría conllevar el hecho de que pasaran la noche juntos y sin carabina.

Él vaciló de forma casi imperceptible antes de contestar.

—Podríamos hacerlo, pero, si el noble que contrató a los secuestradores está cerca, el humo podría guiarle hasta aquí.

—Sí, es verdad; además, no hace demasiado frío.

—Sí, yo creo que será mejor que no la encendamos.

Eliza soltó un sonoro suspiro antes de levantarse. Hizo una

mueca al notar lo doloridos que tenía los muslos y las pantorrillas, y se volvió hacia el camastro antes de admitir:

—Si no me acuesto cuanto antes, voy a quedarme dormida
de pie.

Jeremy se puso en pie también.

—Acuéstate tú en el camastro, que yo...

—No digas tonterías —le espetó, antes de volverse hacia él.
Era consciente de que estaba hablando con mucha sequedad, pero
no intentó dulcificar sus palabras—. Detesto que la gente intente
hacer sacrificios innecesarios, en especial si es para intentar ayudarme —se tumbó en el camastro, le miró desafiante y le indicó
con un gesto que se acercara—. Aquí caben tres personas de sobra
y nosotros estamos vestidos de pies a cabeza, hay espacio más que
suficiente para los dos y no hay ningún otro sitio donde puedas
dormir. Mañana nos espera otra larga caminata y quién sabe qué
más. Tendrás que estar en plenas facultades, y para ello tienes que
dormir —le sostuvo la mirada con actitud firme y un tanto au-
toritaria y concluyó con un escueto—: he dicho.

Él estaba mirándola ceñudo, pero sus labios se curvaron hacia
arriba por un instante antes de que volviera a controlarlos. Permaneció indeciso junto a la mesa, pero al final acabó por clau-
dicar.

—De acuerdo —agarró la palmatoria, rodeó la mesa y le indicó que se hiciera a un lado—. Tú te quedas con el lado de la
pared.

«El más alejado de la puerta, por si algo o alguien entra por
sorpresa». Jeremy se tragó aquellas palabras y se sintió aliviado
al ver que ella no protestaba (seguro que porque se consideraba
la ganadora de aquella discusión) y se echaba a un lado hasta
tumbarse cuan larga era al otro extremo del camastro.

Después de dejar la palmatoria a una distancia prudencial
del camastro, se sentó y se dispuso a quitarse las botas, pero en
el último momento optó por no hacerlo. Si de repente sucedía
algo que le obligara a pasar a la acción, tendría que estar preparado al instante.

—Buenas noches —murmuró, sin volverse a mirarla, antes
de apagar la vela de un soplo.

Se volvió hasta quedar tumbado de espaldas, y al cabo de un instante oyó que ella giraba hasta quedar de cara a la pared, se tapaba mejor con la capa y se relajaba tras soltar un suave suspiro.

Estaba convencido de que no iba a poder conciliar el sueño teniéndola tan cerca, pero eso era algo de lo que no había querido hablar (y mucho menos con ella). Le había parecido más fácil ceder sin más, ya que, tal y como ella misma había dicho, en el camastro había espacio de sobra. No tenía por qué ocurrir nada inapropiado... aunque tampoco hacía falta que ocurriera, porque el mero hecho de que estuvieran solos en aquel lugar tan apartado ya era bastante inapropiado de por sí.

Mantuvo los brazos extendidos a ambos lados del cuerpo, respiró hondo y cerró los ojos mientras exhalaba el aire. Aunque lo intentó, no encontró ni las razones ni las fuerzas necesarias para ponerse a pensar en cuál era la situación en la que quedaban el uno respecto al otro después de pasar aquella noche juntos.

Los dos estaban agotados. Ella ya se había quedado dormida, lo sabía por el sonido rítmico y suave de su respiración, y él ya estaba a punto también... de hecho, le bastó con pensar en dormirse para sumirse rendido en un profundo sueño.

Scrope esperó a que el posadero de Ainville, al filo de la medianoche, iniciara la ronda para comprobar que todas las ventanas estuvieran cerradas antes de dar la jornada por concluida, y fue entonces cuando emergió de entre las sombras de la arboleda que había a unos veinte metros de la posada y entró en el pequeño patio del establecimiento.

El posadero le alquiló gustoso una habitación, y le ordenó a un somnoliento mozo que saliera a encargarse de su caballo.

Scrope procuró hablar en voz baja. Hacía más de una hora que los huéspedes (incluyendo a McKinsey) se habían retirado a dormir, pero no tenía sentido correr riesgos inútiles.

—A poder ser, preferiría una habitación que dé a la parte delantera de la posada —una desde la que pudiera ver cuándo se marchaba McKinsey.

—No hay problema, me queda una —le dijo el posadero, antes de entregarle una pesada llave—. Es la que está a la izquierda, justo al llegar al final de la escalera.

—Como he llegado tan tarde, no tengo intención de marcharme temprano. Bajaré a desayunar, aunque no sé a qué hora.

—Como usted desee, podemos prepararle el desayuno cuando usted lo solicite.

Scrope aceptó la vela que le entregó el hombre y echó a andar escalera arriba. Con cada escalón que subía se mostraba más cauteloso, ya que estaba convencido de que McKinsey se alojaba en la mejor habitación de la posada. Eso quería decir que con toda probabilidad sería una que también diera al patio delantero, por lo que era más que posible que fuera contigua a la suya.

Había perseguido al escurridizo noble escocés desde Edimburgo, pero manteniendo en todo momento una distancia prudencial. No iba a subestimarle, pero, por otra parte, sabía que aquel tipo tenía puntos débiles por el mero hecho de ser como era. McKinsey estaba acostumbrado a dar órdenes y a ser obedecido de inmediato, así que seguro que ni se le pasaba por la cabeza la posibilidad de que él no acatara su orden de olvidarse de la muchacha.

Al llegar a su habitación, metió la llave en la cerradura, abrió procurando no hacer ruido y, después de entrar, dejó su alforja en el suelo y volvió a cerrar. Después de revisar someramente la habitación, se desvistió y se metió en la cama.

Permaneció tumbado boca arriba mientras repasaba lo que había sucedido a lo largo de aquella jornada y planeaba, en la medida de lo posible, los pasos que iba a dar al día siguiente. Estaba en su derecho de perseguir y capturar a Eliza Cynster, eso era algo que ni siquiera se cuestionaba. Él era Victor Scrope, y Victor Scrope nunca fallaba cuando se le ponía tras el rastro de una presa. Esa reputación era la que había llevado a McKinscy a contratarle, así que el tipo no iba a tener más remedio que aceptar las inevitables consecuencias de su decisión.

Cerró los ojos y esbozó una tensa sonrisa. Iba a lograr su objetivo, como siempre. Él nunca fallaba. Aquello no era más que un nuevo reto, un obstáculo inesperado con el que nunca antes se había topado, pero cuando lograra el triunfo su prestigio profesional alcanzaría cumbres insospechadas.

Iba a atrapar a Eliza Cynster y a entregársela a McKinsey, tal y como habían acordado.

Eso le permitiría obtener una cuantiosa bonificación y salvaguardar su orgullo, pero lo principal para él era que ese triunfo serviría para cimentar (o incluso acrecentar aún más) el prestigio profesional de Victor Scrope, un prestigio que había corrido peligro por culpa de aquella misión.

De todas las posibles consideraciones, aquella era la más importante. Su reputación lo era todo, le definía como persona. Sin ella no era nadie, estaría perdido. Nadie tenía derecho a atacarla ni a dañarla, nadie iba a hacerlo.

Cuando aquel asunto concluyera, Victor Scrope destacaría muy por encima del resto de profesionales de su selecto gremio, ningún otro habría superado semejantes obstáculos. Ningún otro sería considerado tan poderoso, tan omnipotente dentro del ramo.

Conforme el sueño iba adueñándose de él, su firme determinación fue haciéndose más fuerte. Estaba dispuesto a hacer lo que fuera necesario con tal de proteger su reputación, ese era un derecho suyo inalienable que iba a defender a toda costa.

Jeremy fue despertando poco a poco, de forma gradual, por culpa de un ligero cosquilleo en la nariz. Mientras iba emergiendo del mundo de los sueños, sus sentidos le informaron de la cálida presencia de una mujer entre sus brazos, de que unas curvas suaves y deliciosas estaban apretadas contra su costado, se amoldaban a su cadera y le acariciaban el muslo.

La sensación era más que placentera, pero no entendía cómo era posible algo así. Él nunca, jamás había dormido en la cama de ninguna mujer, y no recordaba haber invitado a ninguna a la suya...

Despertó del todo de repente, abrió los ojos de par en par, miró hacia abajo sin mover lo más mínimo ni la cabeza ni ninguna otra parte del cuerpo, y sintió una satisfacción triunfal (aunque de lo más inapropiada) al ver a Eliza cómodamente acurrucada entre sus brazos.

Estaba allí, contemplándola embobado mientras le recorría una extraña y embriagadora sensación de felicidad, cuando ella empezó a despertar. Antes de que pudiera decidirse entre soltarla a toda velocidad, clamar su inocencia y disculparse profusamente o adoptar la sofisticación de un hombre de mundo, se quedó tensa de repente y soltó una exclamación ahogada mientras se apartaba de él a toda prisa.

Se quedó mirándolo horrorizada con aquellos hermosos ojos pardos abiertos de par en par, y al cabo de un instante exclamó:

—¡Cuánto lo siento! —se incorporó hasta quedar sentada en el bamboleante colchón de paja, y le bastó con volverse a mirar el camastro para confirmar que era ella la responsable de lo ocurrido—. Eh... no sé...

Eliza estaba horrorizada, aunque no en el sentido que cabría esperar. Sintió cómo se le encendían las mejillas de rubor, pero al volverse a mirar a Jeremy vio en sus ojos color caramelo una calidez tranquilizadora. No parecía escandalizado ni avergonzado.

Él esbozó una pequeña sonrisa que no la molestó (era una sonrisa tranquilizadora y nada burlona, era obvio que no estaba riéndose de ella), y se encogió de hombros antes de decir:

—No te preocupes, supongo que los dos hemos dormido mejor estando más cerca y compartiendo nuestro calor corporal. Seguramente ha sido eso lo que te ha hecho acercarte a mí mientras dormías.

Eliza no estaba convencida de que esa fuera la explicación de lo ocurrido; aun así, él estaba siendo galante y echándole una mano para que saliera con facilidad de aquella situación tan embarazosa, y no era tan orgullosa como para rechazar su ayuda.

Acabó de sentarse bien y se echó hacia atrás el pelo, que había escapado de las horquillas y le caía alborotado por los hombros.

—Tienes razón, no había pensado en eso. A decir verdad, no tengo por costumbre dormir acompañada.

Él apretó los labios con fuerza y asintió.

—No, por supuesto que no.

Ella le miró amenazante al detectar cierto tono de broma en su voz, pero lo cierto era que también estaba luchando por reprimir una sonrisa; después de sostener durante unos segundos la mirada de aquellos preciosos ojos marrones, admitió:

—No sé cómo he podido decir semejante obviedad.

—Por lo que a mí respecta, no hace falta que retires lo dicho —le aseguró él, sonriente.

Ella se quedó mirándolo sin saber qué decir. Estaba asombrada y fascinada tanto por él como por sí misma, por cómo había reaccionado él con ella y viceversa.

Siguieron mirándose en silencio durante un largo momento, pero al final él lanzó una mirada hacia la puerta y comentó:

—A juzgar por la luz que hay fuera, hemos dormido más de la cuenta y ya es pleno día.

Tras sacar sus largas piernas de debajo de las mantas (y dejarla sintiendo una extraña sensación de pérdida al ver cómo se rompía aquel momento tan extraño e íntimo), se sentó en el borde del camastro y se pasó las manos por el pelo.

Eliza apretó los puños para contener las ganas de alborotar aquellos sedosos mechones antes de peinárselos con los dedos, y no se sorprendió al ver que él se levantaba sin molestarse en peinarse bien.

—Deja que vaya a echar un vistazo fuera, no salgas hasta que yo regrese.

Le hizo la advertencia muy serio mientras se dirigía hacia la puerta, y ella pensó para sus adentros que en ese momento sí que le recordaba sobremanera a muchos de los autoritarios varones que conocía.

Jeremy entreabrió la puerta después de descorrer el cerrojo, se asomó con cautela, y tras comprobar que no había ningún peligro a la vista abrió del todo y salió.

Tuvo que echar mano de toda su fuerza de voluntad para despejar su mente y dejar de pensar en lo que acababa de suceder. Se detuvo en el quicio de la puerta y escudriñó los alrededores no solo con los ojos, sino también con el resto de sus sentidos.

Tanto Tristan como Charles St. Austell le habían enseñado cómo permanecer en silencio y escuchar, cómo permanecer atento al más mínimo susurro, al chasqueo de una ramita, al canto de cada pájaro.

Se relajó un poco cuando pasó un minuto y no oyó nada que estuviera fuera de lugar, pero a pesar de que estaba razonablemente seguro de que no había nadie en las inmediaciones rodeó la cabaña. Ascendió por la arboleda pasando por detrás de la pequeña construcción, fue a parar al camino por el que habían bajado el día anterior, y cuando llegó de nuevo a la cabaña encontró a Eliza esperando en la puerta. Se había recogido de nuevo su dorada melena con horquillas, y tenía puesto el sombrero.

—No he visto a nadie, creo que estamos a salvo.

—Perfecto, yo he aprovechado para adecentar el camastro y dejarlo todo tal y como estaba. Las alforjas están listas, pero he dejado fuera las dos manzanas y he llenado las tazas con el agua que quedaba en la jarra —miró hacia los árboles y añadió—: tengo que salir con urgencia.

Él indicó hacia un lado de la cabaña y le aconsejó:

—Al doblar la esquina hay una zona donde estarás a cubierto.

—Gracias —le contestó, antes de dirigirse hacia allí.

Él entró después de seguirla por un instante con la mirada, aquella mujer seguía desconcertándolo. A juzgar por lo que había oído decir acerca de ella anteriormente, por lo que sabía de su reputación, se deducía que era una princesita que vivía entre algodones y que era incluso más delicada que sus hermanas.

El hecho de que apenas supiera montar a caballo podría haber confirmado aquella valoración en un primer momento, pero después no había hecho nada que pudiera llevarle a pensar que se trataba de una mujer débil, apocada o incompetente; de hecho, no parecía menos capaz en ningún sentido que su hermana Leonora, quien había sido y seguía siendo una influencia femenina muy importante en su vida.

Él sabía cómo eran las mujeres fuertes, con carácter e independientes y, aunque no esperaba ni mucho menos que Eliza Cynster perteneciera a ese grupo, empezaba a sospechar que así era; de estar en su lugar, muchas damiselas de la alta sociedad se habrían echado a llorar aterradas y no habrían atendido a razones, con lo que su tarea como caballero al rescate habría sido mucho más difícil, pero ella se había adaptado ya a la situación.

Dejando a un lado lo de montar a caballo (e incluso en ese caso había hecho el esfuerzo de intentarlo), había estado a la altura de todos los desafíos a los que había tenido que enfrentarse tras ser secuestrada, y respecto a lo que había sucedido aquella misma mañana al despertar...

El sonido de pasos acercándose con rapidez a la cabaña le arrancó de su ensimismamiento, y de repente se dio cuenta de que llevaba todo aquel rato parado junto a la mesa y con la mirada fija en el camastro. Se apresuró a apartar aquellos pensamientos de su mente antes de que sus mejillas se tiñeran de un revelador rubor, agarró a toda prisa una manzana y le dio un bocado. Después, acercó el mapa y lo abrió.

Cuando Eliza cruzó la puerta, estaba mirando ceñudo el mapa mientras hacía al fin lo que había tenido intención de hacer al entrar en la cabaña: ver cuál era el camino por el que debían seguir.

—Vamos a tener que cruzar dos riachuelos como mínimo antes de llegar a la siguiente colina, no veo ninguna otra opción. El más grande conecta dos pequeños lagos y podríamos optar por rodear el que está más al norte, pero, aparte de que eso nos alejaría demasiado de nuestra ruta, cerca del extremo norte de ese lago hay un viejo fuerte. En este momento prefiero evitar que nos vea alguien con autoridad para detenernos.

Ella se acercó a mirar el mapa, y al cabo de un momento asintió.

—Sí, estoy de acuerdo. Tendremos que cruzar los riachuelos.

Jeremy notó un suave aroma que a esas alturas conocía perfectamente bien. Era el embriagador perfume de su piel, un aroma que la identificaba. Esperó hasta que ella se incorporara, y entonces la miró a los ojos y le preguntó:

—No quiero perderte si tropiezas, ¿sabes nadar?

Ella sonrió al verle tan serio y preocupado.

—Sí, y bastante bien. Los caballos son lo único que se me resiste.

—De acuerdo —dobló el mapa y lo guardó en una de las alforjas. Alargó la mano hacia la otra, pero ella se le adelantó.

—No, ya llevo yo esta, al menos de momento. Pesa mucho menos ahora que no tiene dentro la comida.

Jeremy notó que lo miraba como si pensara que iba a protestar alegando que era una mujer y, por tanto, demasiado débil para cargar con la alforja, pero asintió y se limitó a contestar:

—Muy bien, dámela si te cansas demasiado.

Ella le recompensó con una sonrisa radiante y, después de echarse la alforja al hombro, agarró su manzana, se volvió hacia la puerta y exclamó con determinación:

—¡Pongámonos en marcha!

Después de sacudir la cabeza para intentar reponerse del paralizador efecto que había ejercido sobre él aquella deslumbrante sonrisa, Jeremy salió tras ella de la cabaña.

Siguieron descendiendo entre los árboles bajo un sol mortecino y procuraron mantenerse a cubierto, pero al final no tuvieron más remedio que salir a un terreno más abierto y pedregoso. Jeremy permanecía alerta y miraba a su alrededor a menudo, pero no vio a nadie y mucho menos a alguien que estuviera persiguiéndoles.

El primer riachuelo resultó ser bastante pequeño, y les bastó con buscar un tramo poco profundo para poder cruzar con facilidad. El segundo habría supuesto un grave problema, pero algún alma caritativa había colocado un largo tronco a modo de puente.

Jeremy fue el primero en cruzar y estuvo a punto de caer en la rápida corriente. Sin dejar de agitar los brazos como un loco y de soltar una retahíla de imprecaciones, logró mantener el equilibrio el tiempo suficiente para acabar de cruzar de un salto a la otra orilla, donde aterrizó espatarrado mientras oía de fondo el sonido de una risa alegre y melodiosa.

Era la primera vez que la oía reír, al menos de aquella forma tan franca y desinhibida. Se dio la vuelta con la intención de mirarla fingiendo estar enfurruñado, pero se quedó tumbado de espaldas mientras veía fascinado cómo, sujetando la alforja de modo que le quedara un bolsillo encima de cada hombro, pasaba por encima del tronco como si fuera lo más sencillo del mundo y con un saltito aterrizaba de pie junto a él.

Lo miró con una actitud triunfal digna de toda una princesa, y al cabo de un momento sonrió de oreja a oreja e indicó con un gesto de la cabeza la colina cercana.

—¡Venga, holgazán, aún nos queda por subir otra colina más!

Él se puso en pie con un teatral gemido con el que logró hacerla reír de nuevo. Al verla ponerse en marcha llena de decisión, pisando fuerte con aquellas botas de hombre, sonrió y le dio alcance.

Subieron la segunda colina a paso rápido, llenos de confianza en sí mismos. Al llegar a la cima se detuvieron para consultar el mapa, casaron las marcas que había en él con lo que tenían ante sus ojos, y confirmaron la ruta que se habían fijado.

Por el fondo del valle que tenían a sus pies discurría un camino de tamaño medio, y Jeremy señaló hacia un grupo de tejados que había un poco más allá.

—Aquello de allí debe de ser Silverburn —consultó de nuevo el mapa— según esto, está a unos tres kilómetros de aquí —alzó la mirada y señaló hacia el este—. Y aquello de allí es Penicuik, está a unos ocho kilómetros —se volvió a mirarla y añadió—: podemos ir directos a Penicuik o pasar antes por Silverburn. La segunda opción nos tomaría un poco más de tiempo, pero podríamos aprovechar para comer algo.

Eliza se lo planteó, pero también le tuvo en cuenta a él. A pesar de la imagen que tenía de él en el pasado, en realidad Jeremy no era un hombre pequeño, ya que no era ni delgaducho ni bajito. Estaba bastante segura de poder llegar a Penicuik sin necesidad de comer nada, pero tenía dos hermanos muy grandotes y sabía cuánto comían; además, tenía claro quién iba a tener que encargarse de salvarlos en caso de que corrieran peligro. Ella podría ayudar, pero sería Jeremy quien estuviera al mando.

—Voto por pasar por Silverburn —dijo al fin—. Tenemos que comer algo y no sabemos lo que nos depara el resto de la jornada, puede que no tengamos más oportunidades de comer en todo el día.

—Sí, tienes razón —asintió él, antes de guardar el mapa y de indicar con un gesto la pendiente que bajaba hacia el pueblo—. Vamos.

Menos de una hora después estaban sentados en una esquina del comedor de una posada llamada Merry Widow, donde les sirvieron dos platos llenos hasta los topes de jamón, huevos, arroz hervido, arenques ahumados y salchichas. Eliza hizo lo que pudo y al final, aprovechando que el camarero estaba distraído, intercambió su plato con el que Jeremy ya había dejado limpio.

Al ver que él la miraba con expresión interrogante, le explicó en voz baja:

—Ningún muchacho dejaría un desayuno a medias.

Él esbozó una pequeña sonrisa antes de poner todo su empeño en no dejar ni rastro de comida en aquel segundo plato.

Reanudaron el camino poco después. Mientras estaban en la posada, Eliza había tenido que ceñirse a su papel de varón y había procurado hablar poco, por lo que se había limitado a responder con sonidos ininteligibles cada vez que se le había preguntado algo. Cuando tuvo la certeza de que ya no podían verles desde el pueblo y volvían a estar en campo abierto, sintió que le quitaban un gran peso de encima y que podía volver a ser ella misma.

Jeremy señaló hacia una colina que había un poco más adelante y comentó:

—Penicuik está al otro lado, pero siguiendo este camino podemos rodear la ladera sur de la colina.

—Perfecto. No me importa caminar, pero agradecería sobremanera no tener que subir más cuestas.

—Ya somos dos —admitió él con una sonrisa.

Poco después llegaron a otro riachuelo que, aunque no era excesivamente grande, era demasiado ancho como para cruzar de un salto y demasiado hondo como para vadearlo. Fueron siguiendo la orilla hasta que al fin encontraron unas piedras que podrían servir a sus propósitos, pero cuando Jeremy cruzó descubrió que algunas de ellas se tambaleaban y otras estaban cubiertas de limo y resbalaban. Estuvo a punto de caer al agua al resbalar en una de ellas, pero dio un salto y logró aterrizar sano y salvo en la otra orilla.

—Cruza hasta que estés a medio camino, y entonces agárrame la mano.

Eliza obedeció de inmediato. Le aferró la mano al llegar a las piedras problemáticas y, al igual que él, resbaló en una de las que estaban cubiertas de limo, pero él la atrajo con un firme tirón hacia la otra orilla... y hacia su cuerpo.

Eliza se tragó a duras penas un gritito muy poco masculino y todos sus sentidos cobraron vida de golpe, pero justo antes de que chocara contra él la agarró de la cintura y la detuvo.

Se quedó atónita al sentir que sus sentidos protestaban enérgicamente al ver frustradas sus expectativas y parpadeó confundida, pero por suerte Jeremy no se percató de los atrevidos impulsos que la recorrían y la soltó antes de decir con una sonrisa de satisfacción:

—Ya está, solucionado. Vamos —dio media vuelta y prosiguió el camino, pero no le soltó la mano.

Eliza se dijo que si no la soltaba era para ayudarla a subir por la resbaladiza orilla del riachuelo, pero siguió sujetándola con firmeza cuando volvieron a pisar terreno firme.

Mientras caminaba junto a él por el campo, disfrutando de la libertad que le daban las botas y los pantalones, se preguntó si se le habría olvidado que no la había soltado, pero si algo estaba claro era que no era ni de lejos tan despistado como ella había creído tiempo atrás y eso quería decir que estaba tomándola de la mano a propósito, porque quería hacerlo.

Tras pensarlo con detenimiento, decidió que no iba a mencionar el hecho de que estuviera tomándose aquellas libertades, y mucho menos a protestar. Le gustaba sentir sus dedos fuertes y duros envolviendo los suyos. Aquel contacto tan masculino la tranquilizaba, hacía que se sintiera reconfortada y protegida.

Sentía que estaban juntos en aquella aventura, en aquella

arriesgada huida en la que les perseguían unos peligrosos villanos.

Sus labios se curvaron en una espontánea sonrisa y alzó el rostro hacia el débil sol. No debía olvidar pedirle que la soltara antes de acercarse al camino o a cualquier vivienda, antes de que les viera alguien y se preguntara por qué un caballero tomaba de la mano a un muchacho.

El noble de las Tierras Altas llegó a la cabaña de los leñadores a media mañana. Se había marchado de Ainville justo después del amanecer y había disfrutado al regresar al galope por el camino hasta Currie, el último lugar donde le habían dado información acerca de la pareja de fugitivos. Se había detenido delante de la pequeña posada en la que habían estado e, imaginándose que estaba en su lugar, había mirado a su alrededor.

Se había fijado de inmediato en la torre de la iglesia y en el sendero que llevaba hacia allí había encontrado dos pares de huellas, uno que correspondía a unas botas grandes y el otro a unas mucho más pequeñas.

Consciente de que en el suelo de piedra de la iglesia no iba a encontrar ninguna pista, había recorrido el perímetro del cementerio y había encontrado más huellas del mismo tipo dejando un rastro muy marcado que se alejaba del camino principal y se dirigía hacia el este, hacia los montes Pentland.

Tras volver a montar a lomos de Hércules, había lanzado una nueva mirada hacia la torre de la iglesia. Tenía la fuerte impresión de que la pareja le había visto y, más aún, que sabían lo suficiente acerca de él como para reconocerle y saber que era el hombre que había encargado los secuestros. Quizás tendría que haber sido más cuidadoso mientras seguía a Heather Cynster y a Breckenridge semanas atrás, pero ya no podía hacer nada al respecto. Lo relevante en ese momento era que Eliza y el caballero que la había rescatado iban a huir en cuanto le vieran, por lo que iba a tener que permanecer oculto si quería encontrarlos y observarlos.

A partir de la iglesia no les había perdido la pista en ningún momento, ni siquiera en los brezales. El suelo pedregoso tampoco suponía un impedimento para él. En los agrestes parajes de Escocia, ya fuera en las cumbres o en los valles, se sentía como pez en el agua.

Tiró de las riendas para detener a Hércules justo antes de adentrarse en la arboleda y observó con atención la cabaña. Todo estaba en silencio, de la chata chimenea no salía humo. Después de desmontar, ató a Hércules a una rama baja y, sin molestarse en caminar con sigilo, avanzó entre los árboles y cruzó el claro. Llamó a la puerta, y al no recibir respuesta abrió y entró.

Tardó escasos minutos en interpretar los rastros que encontró y en extraer toda la información posible de ellos. No había duda de que alguien había pasado la noche allí, dos personas para ser precisos. En la jarra aún quedaba un poco de agua, dos de las tazas no estaban polvorientas, y sobre la mesa se habían colocado cosas que habían dejado marca en la fina capa de polvo que la cubría.

Se acercó al camastro y apartó a un lado las toscas mantas. Alguien había intentado volver a colocar bien la paja, pero aún se podía apreciar que el hombre (el cuerpo más grande y pesado) había yacido en el lado más cercano a la puerta y que la mujer había pasado gran parte de la noche acurrucada contra él.

Contempló ceñudo los indicios que tenía ante sus ojos. Por un lado, podrían interpretarse como una prueba de que existía algún grado de intimidad entre Eliza Cynster y su salvador, pero, por el otro lado, era posible que tan solo les uniera una estrecha amistad, que no fueran más que un par de compatriotas que se veían obligados por las circunstancias a compartir una cama y a darse calor.

En cualquier caso, ni podía ni debía sacar conclusiones precipitadas.

Después de volver a colocar bien las mantas, lanzó una última mirada alrededor de la sencilla cabaña y salió al exterior. Después de cerrar tras de sí, tomó buena nota de la dirección que había tomado la pareja y entonces regresó junto a Hércules, montó y rodeó la arboleda hasta encontrar de nuevo el rastro.

Les siguió hasta llegar a un riachuelo, y mientras guiaba a Hércules hacia la otra orilla se planteó algo a lo que llevaba dándole vueltas desde el día anterior. ¿Por qué iban a pie?, ¿sería cierto que Eliza Cynster no sabía montar a caballo?

Con cada hora que pasaba corrían más peligro de ser atrapados, y lo más probable era que pensaran que Scrope estaba pisándoles los talones; aun así, un hombre que había sido capaz de rescatar a Eliza Cynster de un sótano y de sacarla de Edimburgo, un hombre que había logrado burlar al mismísimo Scrope, todo un experto que aún no conocía la derrota en su profesión, se merecía un respeto. Quizás se habían visto obligados por alguna razón a realizar aquel viaje a pie.

Aunque las Tierras Bajas no eran su territorio, conocía la zona lo bastante bien para adivinar hacia dónde se dirigían sin necesidad de un mapa. Mientras Hércules continuaba hacia el mayor de los dos riachuelos que discurrían por el valle, se inclinó para dar unas palmaditas en el lustroso cuello del animal.

—Penicuik, hacia allí se dirigen. Lo más probable es que alquilen algún coche de caballos y pongan rumbo a Peebles, y de allí cruzarán por... sí —sonrió y tocó con los talones los flancos del poderoso alazán para que acelerara—. Eso es lo que harán y allí les encontraremos. ¡Vamos, muchacho, rumbo a Penicuik!

Oculto entre los árboles a lomos de su caballo, Scrope vio cómo McKinsey ascendía por la siguiente colina, pero permaneció donde estaba mientras esperaba a que llegara el momento adecuado para ponerse en marcha. Cuando saliera de la arboleda no iba a tener ningún lugar donde esconderse y lo último que deseaba era que McKinsey le viera.

Lo cierto era que hasta el momento el tipo había estado a la altura de sus expectativas. No se le había ocurrido que él pudiera desobedecerle y seguirle y no se había vuelto a mirar atrás ni una sola vez, pero aun así no quería correr el riesgo de que en aquella ocasión, al llegar a la cima de la colina, detuviera a su montura por un momento, lanzara una mirada por encima del hombro y le viera. Iba a esperar a que descendiera por el otro lado de la colina antes de aventurarse a seguirle.

Quería que McKinsey siguiera ajeno a su presencia, aquella situación le convenía demasiado como para arriesgarse a dejarla escapar. Tal y como estaban las cosas, el tipo estaba haciendo de experto rastreador para él. La facilidad con la que había encontrado el rastro de la pareja y su habilidad para seguirles de forma tan certera revelaba a las claras que era todo un experto, y él era un profesional que sabía otorgarle a esa clase de talentos el merecido respeto.

—Lástima que no pueda contratarle.

Lanzó una mirada por encima del hombro hacia la cabaña de los leñadores y se planteó aprovechar aquella pausa obligada para echar un vistazo dentro, pero seguro que McKinsey ya había tomado buena nota de cualquier pista útil que pudiera haber allí.

Miró al frente de nuevo justo a tiempo de verle llegar a la cima de la colina. Alzó las riendas, esperó a que iniciara el descenso por el otro lado y desapareciera de la vista por completo, y entonces hizo que su montura saliera de la arboleda.

Tenía que cruzar el valle y llegar a la cima de la colina antes de perder al tipo de vista. Quería atrapar a Eliza Cynster, y McKinsey era la vía segura e infalible para poder encontrarla.

CAPÍTULO 9

Jeremy y Eliza llegaron a Penicuik aquella misma mañana, metidos de nuevo en sus respectivos papeles de tutor y de muchacho a su cargo, y se encontraron con que era día de mercado.

No había una plaza del mercado propiamente dicha, pero el camino que les había conducido hasta aquel pueblecito se ensanchaba de forma considerable, lo suficiente para permitir que caballos, carruajes y carros circularan en ambas direcciones a la derecha, y puestos ambulantes de toda clase ocuparan el espacio adicional de la izquierda.

Se detuvieron a contemplar aquel colorido y bullicioso lugar donde reinaba un ambiente muy agradable y, al cabo de un momento, Jeremy señaló hacia un letrero que se balanceaba colgado de una pared un poco más allá de los puestos.

—Allí hay una posada, vayamos a ver si pueden alquilarnos un coche de caballos.

Eliza asintió y se dirigieron hacia allí. La forma más fácil de preservar su papel de muchacho era hablar lo menos posible. Hablar con un tono de voz lo bastante grave y bronco era algo que dejaba como último recurso, ya que se había dado cuenta de que para hablar así de forma convincente se requería un esfuerzo constante.

Cuando llegaron a The Royal, la posada que habían visto y que estaba situada en una curva del camino, rodearon el edificio en busca del patio de la cuadra y descubrieron que en aquella zona había más puestos ambulantes y que un poco más adelante, cuando el camino empezaba a ascender por una pequeña cuesta, había otra posada igual de grande que la primera.

—Si aquí no pueden ayudarnos, probaremos suerte allí — dijo Jeremy.

No hizo falta que lo hicieran, porque les bastó con hablar con el encargado de la cuadra de The Royal para recibir la tan ansiada respuesta.

—Sí, tengo una calesa que creo que les servirá.

Eliza miró a Jeremy a los ojos por un instante antes de volverse hacia los puestos del mercado. Fingió el desinterés típico de un muchacho indolente para disimular el alivio que sentía, y dejó que él se encargara de negociar el precio del vehículo.

Muchos de los puestos vendían fruta, algunos de ellos tenían dulces y pastas, en otros se vendían frutos secos, quesos y encurtidos, y había uno con panecillos recién hechos. Se le hizo la boca agua con solo mirar, y al ver una bomba de agua recordó que las botellas de barro que llevaba en la alforja volvían a estar casi vacías. Como de allí en adelante iban a viajar en la calesa, se suponía que aquella misma noche llegarían a Wolverstone, pero aun así...

Al ver que Jeremy se acercaba en ese momento con una sonrisa de satisfacción en el rostro, le indicó los puestos de comida con un gesto y comentó:

—Quizás sería buena idea que compráramos provisiones, por si acaso.

—Sí, tienes razón. Los mozos tardarán unos quince minutos en tener lista la calesa, les he dicho que iba a dar una vuelta por el mercado —consultó su reloj de bolsillo y añadió—: aún es pronto. Si compramos algo de comida, podríamos ponernos en marcha y parar más tarde a comer por el camino.

—Excelente idea —notó el roce de sus dedos cuando hizo ademán de tomarla del codo, pero él debió de darse cuenta de su error y bajó la mano de inmediato.

—Adelante —le dijo él, antes de advertirle en voz más baja—: vas a tener que guiarme, no sé lo que hay que comprar.

Eliza asintió y fue avanzando por los puestos, deteniéndose

acá y allá mientras hacía los típicos comentarios que cabría esperar de un muchacho hambriento.

Había tanto donde escoger que acabaron comprando más de lo necesario, pero Jeremy pensó que era mejor tener de más que de menos; además, gracias a la calesa no iban a tener que cargar con el peso extra de las alforjas llenas hasta los topes.

Aquello le hizo pensar en el camino que tenían por delante y en cuánto tiempo iban a tardar en llegar a la frontera, en la posibilidad de que tuvieran que volver a pasar otra noche juntos.

A decir verdad, una segunda noche a solas con Eliza no iba a alterar realmente la situación, una situación que él daba por hecho que ya había quedado sellada tras aquella primera noche juntos. A ojos de la alta sociedad, con una única noche bastaba. Que hubiera más era algo que carecía de importancia.

Nunca había alcanzado a entender el complicado entresijo de las normas sociales. Era consciente de que existían muchas restricciones y de que algunas de ellas eran inamovibles y bastaban para que Eliza y él quedaran unidos de forma irrevocable, pero había excepciones y no estaba seguro de cómo iba a interpretarse la situación en la que se habían visto inmersos.

Decidió dejar de pensar en aquello por el momento y centrarse en lo que tanto su cuñado como los antiguos compañeros de armas de este le aconsejarían que hiciera.

Lo primero que se le ocurrió fue que necesitaba algún arma, debía estar preparado por si se topaban con el enemigo. Tenía una puntería excelente, pero no creía que en aquel pueblecito hubiera un armero y mucho menos alguien especializado en la fabricación de pistolas.

En ninguno de los puestos del mercado había armas de fuego, pero vio uno donde un zíngaro vendía unos cuchillos que parecían de buena calidad. Los que Meggin les había metido en las alforjas servirían para atacar a alguna pieza de fruta e incluso a alguna que otra porción de queso, pero poco más.

Se detuvo al llegar al puesto y tiró a Eliza de la manga al ver que no se había percatado de sus intenciones y seguía caminando. Ella se volvió y, al ver los cuchillos, se colocó a su lado con cierta renuencia.

Bastaba con mirarla a la cara para ver su ceño de desaprobación, así que le dio una patadita con disimulo en la bota y le mostró uno de los cuchillos.

—Estos cuchillos no están nada mal —comentó, mientras la miraba por el rabillo del ojo.

Ella se dio cuenta de repente de que no estaba interpretando bien su papel y se apresuró a fingir un masculino interés por los cuchillos. Al verla alzar varios de ellos para examinarlos y sopesarlos, Jeremy se apresuró a darle conversación al vendedor para evitar que notara lo delicadas que eran sus manos, pero el hombre estaba más interesado en negociar un buen precio.

Acababan de llegar a un acuerdo cuando Eliza carraspeó y dijo con voz grave:

—Este me gusta.

Jeremy miró el cuchillo en cuestión y vio que era corto y afilado, y que podía transportarse de forma segura en la pequeña funda de cuero que se incluía como accesorio. Después de mirarla brevemente a los ojos, asintió y lo colocó junto a los dos que él había elegido.

—De acuerdo —miró al zíngaro y le preguntó—: ¿cuánto quiere por él?

Regatearon de nuevo hasta acordar un precio, y después de pagar le entregó a Eliza el cuchillo enfundado y se metió en el cinto los otros dos.

Mientras volvían a circular entre el creciente número de transeúntes que recorrían el mercado, agachó la cabeza y murmuró:

—Mantenlo oculto. No hay que pregonar a los cuatro vientos que uno va armado, es preferible tomar por sorpresa a cualquier posible adversario.

Ella le miró sonriente y asintió, y el cuchillo desapareció bajo la capa que cubría su atuendo masculino; al cabo de un momento, alzó la mirada de nuevo hacia él y le recordó:

—Vamos a necesitar más agua.

Después de llenar las botellas en la bomba de agua, se detuvieron a la sombra de una pared mientras él volvía a guardarlas en las alforjas y colocaba bien todo lo que habían comprado.

Eliza revisó con la mirada los puestos de comida y comentó:

—Yo creo que ya no necesitamos nada más.

Él se enderezó y se echó al hombro la alforja más pesada.

—Hemos tardado más de lo que esperaba, nuestra calesa ya debe de estar lista —se tensó de golpe al mirarla a la cara—. ¿Qué pasa?

Ella tenía la mirada puesta en algo que había tras él, en algún punto de la cuesta donde estaba la segunda posada.

—No te muevas, no te gires —susurró, tan pálida que daba la impresión de que había visto un fantasma—. Es el noble de las Tierras Altas, acaba de detenerse y está revisando la zona a lomos de su enorme caballo.

—¿Puede vernos?

—No, está al otro lado del mercado.

Jeremy resistió el fuerte impulso de mirar por encima del hombro y la agarró del brazo con la intención de conducirla hacia la posada sin prisa aparente, pero ella se resistió.

—¡Espera! —al cabo de un segundo respiró aliviada—. ¡Está dando media vuelta! —miró a Jeremy, que seguía agarrándola del brazo, y después de soltarse se volvió hacia la posada. Mientras se dirigían hacia allí, le explicó en voz baja—: se ha limitado a echar un vistazo, pero no se ha tensado y ha entrado en el patio de la otra posada.

Él aceleró el paso.

—Tenemos que ir a por la calesa y salir de aquí cuanto antes.

Cuando entraron en el patio de la posada le costó trabajo ocultar lo tenso que estaba y aparentar naturalidad. Contuvo a duras penas las ganas de cargar las alforjas en la calesa a toda prisa y marcharse de allí con Eliza a toda velocidad.

Cuando tuvo por fin las riendas en las manos y estaba todo listo para partir, hizo que el zaino castrado que había elegido saliera del patio de la posada y se incorporara al camino a la máxima velocidad que dictaba la prudencia (que no era mucha, teniendo en cuenta el tráfico que había). Al llegar al final de la curva lanzó una mirada por encima del hombro hacia la calle... y vio al imponente noble escocés parado en el camino, mirando hacia ellos con las manos en las caderas.

—¡Maldición! —exclamó, antes de hacer que el caballo acelerara un poco más.

Ella le miró asustada.

—¿Qué sucede?, ¿nos ha visto?

Jeremy dudó antes de contestar, pero al final asintió y admitió:

—Justo en ese momento teníamos pocos vehículos detrás, ha sido cuestión de mala suerte.

Eliza soltó un bufido de desaprobación, pero el sonido quedó estrangulado en su garganta de repente. Le aferró el brazo y estuvo a punto de alzar la mano para señalar hacia delante, pero se dio cuenta de que sería un error; con la mirada al frente, le advirtió con apremio:

—¡Es Scrope! Va a caballo por detrás de aquel carruaje de cuatro caballos que se aproxima a nosotros.

Estaban saliendo del pueblo por el mismo camino por el que habían llegado, pero el que debían tomar para dirigirse hacia el sur estaba justo delante. Jeremy se movió de un lado a otro hasta que logró vislumbrar las patas del caballo que iba tras el pesado carruaje que se acercaba a paso lento, y entonces miró hacia el camino que debían tomar mientras calculaba distancias y ángulos.

—Ruega para que logre maniobrar en el momento justo...

Ajustó el paso del caballo, lo contuvo mientras el carruaje iba acercándose, y entonces hizo que girara de repente a la izquierda para enfilar por el camino que llevaba al sur. Lo hizo en el momento justo, de modo que el carruaje les tapara mientras giraban y Scrope no pudiera verles hasta que estuvieran dándole la espalda.

—¡Por el amor de Dios, ni se te ocurra mirar atrás! —susurró sin mirarla.

—No te preocupes —le contestó ella, mientras se erguía todo lo posible para intentar aparentar más altura de la que tenía. El corazón le martilleaba en el pecho—. El noble y Scrope deben de haber aunado fuerzas para encontrarnos —comentó, antes de lanzar una breve mirada a su adusto y tenso rostro.

Él mantuvo los ojos puestos en el camino e hizo chasquear

las riendas para que el caballo acelerara aún más. Pasaron por el puente de piedra que cruzaba un río al sur del pueblo, y el camino se abrió ante ellos.

Nadie había gritado tras ellos exigiéndoles que se detuvieran, no habían oído el sonido de ningún caballo galopando para darles alcance.

—Scrope no nos ha visto, ¿verdad? —preguntó ella al fin.

—Es posible que sí, pero creo que no nos ha reconocido.

Eliza ni siquiera tuvo tiempo de empezar a relajarse, porque él la tomó desprevenida al hacer que el caballo girara de repente a la izquierda para tomar un camino más estrecho que se alejaba del principal. Soltó una exclamación ahogada cuando pasaron por un pequeño bache, y Jeremy hizo chasquear de nuevo las riendas para que el caballo acelerara al máximo por aquel desierto camino que serpenteaba entre abedules. La calesa se bamboleaba mientras avanzaba a toda velocidad, las ruedas traqueteaban y levantaban piedras sueltas a su paso.

Eliza se volvió a mirarlo y, aferrada al lateral del vehículo, comentó:

—Creía que íbamos a dirigirnos hacia el sur para pasar por Peebles.

—Sí, eso era lo que íbamos a hacer —le contestó él, con un tono y una expresión en el rostro que revelaban lo tenso que estaba—, pero ese condenado escocés nos ha visto y dará por hecho que nos dirigimos hacia allí. Suponiendo que Scrope nos haya visto saliendo del pueblo, podrá confirmar que íbamos en esa dirección en cuanto el noble le diga que las dos personas que viajaban en una calesa éramos nosotros. Saldrán en nuestra busca de inmediato.

—Ah —miró al frente mientras seguía aferrada con fuerza al lateral de la calesa—.Y mientras ellos van a Peebles y nos buscan allí, nosotros tomamos otra dirección —al cabo de un momento, respiró hondo y le preguntó—: ¿hacia dónde nos dirigimos?

—Pronto dejaremos atrás todas estas curvas y el camino se encauzará más o menos hacia el este —él hizo una pequeña pausa antes de añadir—: si seguimos en esa dirección acabaremos

por llegar a la ruta que nos interesa, la que pasa por Jedburgh —
se había limitado a estudiar las zonas del mapa que había creído
necesarias, no se le había ocurrido explorar las rutas alternativas
que había en aquella dirección. Otra lección que había tenido
que aprender por las malas—. Nos detendremos un poco más
adelante para ver cuál es el mejor camino a seguir, pero antes...

Aprovechando que el camino acababa de ascender por una
nueva cuesta y que estaban llegando a lo más alto, tiró de las
riendas para que el caballo fuera aminorando la marcha y acabó
por detenerlo junto a un seto alto en el que había unos escalones para cruzar al otro lado.

Después de poner el freno, ató las riendas, alzó las alforjas y
le dio una a ella antes de indicar:

—El catalejo.

Los dos rebuscaron a toda prisa, y al cabo de un momento
ella encontró el instrumento cilíndrico y se lo dio.

Jeremy bajó de la calesa, subió los escalones que había en el
seto y, de pie en el de arriba del todo, procuró mantener el equilibrio mientras miraba por el catalejo.

La perspectiva que tenía desde allí resultó ser mejor de lo
que esperaba. Vio cómo emergía desde un poco más arriba del
puente el camino que conducía hacia el sur, lo siguió por el
puente y alcanzó a ver un tramo más allá del punto en el que
ellos habían tomado el desvío; en comparación, del camino más
estrecho por el que se habían desviado apenas alcanzaba a ver
un pequeño tramo.

Supo sin necesidad de volverse que Eliza se había acercado.
Sintió que su femenina calidez le embriagaba y se adueñaba por
completo de sus sentidos, notó el peso de su mirada en el rostro y
se dio cuenta de que había subido los escalones inferiores del seto.

—¿Y bien?, ¿alcanzas a verles? —le preguntó ella, con voz
imperiosa pero a la vez llena de preocupación.

Jeremy se centró de nuevo en su tarea, oteó el terreno hasta
que tuvo la certeza de que ningún jinete se aproximaba por el
corto tramo que no alcanzaba a ver, y entonces bajó el catalejo
y dijo sonriente:

—No, no veo a nadie.

Ella le miró sorprendida y alargó la mano.

—Déjame ver.

Él bajó dos peldaños por el otro lado del seto tras entregarle el catalejo, pero al verla tambalearse un poco al subir dejó toda cautela a un lado y la agarró de la cintura para sostenerla.

—Eh... gracias —lo dijo con voz un poco estrangulada y sin mirarle. Después de examinar el terreno a través del catalejo, murmuró—: no veo a ninguno de los dos, ni en este camino ni el otro. Lo que no tengo claro es si nos habrán perdido la pista o si no nos habrán reconocido.

—Estoy convencido de que el noble escocés nos ha reconocido en el pueblo, aunque no sé cómo.

—Si nos han seguido rumbo a Peebles tan pronto como les haya sido posible, para cuando nos hemos detenido ellos ya habrán pasado por el tramo del camino que se ve desde aquí.

—En cualquier caso, tanto si aún siguen en el pueblo como si ya han pasado de largo rumbo al sur, nos han perdido la pista.

Ella bajó el catalejo y le miró con una sonrisa radiante.

—¡Les hemos dado esquinazo!

Jeremy quedó atrapado en aquella sonrisa, en la calidez de sus ojos.

Ella se echó a reír, sacudió el cuerpo en un pequeño baile victorioso, y entonces le rodeó el cuello con los brazos y le besó. Así, sin más, posó los labios sobre los suyos en un arranque de abrumador y exuberante alivio... y de repente se quedó paralizada.

Él se quedó inmóvil también. Estaba demasiado atónito, demasiado confundido como para hacer otra cosa, pero al cabo de un instante ella apretó los labios con más firmeza contra los suyos y siguió besándole lentamente, de forma intencionada y consciente.

Él le devolvió el beso y sintió que el tiempo se detenía, que se paraba en seco sin más. El mundo que le rodeaba se desvaneció, no podía pensar. Todo su ser estaba centrado en el sencillo contacto de aquellos labios moviéndose contra los suyos, en el intenso placer que le recorrió cuando le devolvió la caricia y ella la aceptó encantada antes de volver a la carga.

Intentó acercarse más a él, pero el movimiento la desequilibró un poco y tuvo que echarse hacia atrás. Jeremy no le impidió que se apartara a pesar de que era obvio que ninguno de los dos quería interrumpir el beso, y la sostuvo de la cintura para ayudarla a mantener el equilibrio.

Se miraron a los ojos durante un largo segundo. Ella estaba de pie en el escalón superior y él dos más abajo, así que estaban casi a la misma altura y entre sus ojos había escasos centímetros de distancia.

Jeremy esperó a que diera comienzo lo inevitable. Cuando ella empezara a disculparse aturullada, él iba a tener que responder de igual forma y todo iba a acabar degenerando en una situación de lo más incómoda...

Dadas sus expectativas, se quedó atónito al ver que ella guardaba silencio y, tras mirarle con una pequeña sonrisa breve y de lo más femenina, se apartaba del todo y descendía los escalones. Se quedó allí parado sin saber cómo reaccionar y soltó con disimulo el aliento que había estado conteniendo, pero al verla regresar a la calesa salió de su estupor y se apresuró a seguirla.

Ella se volvió a mirarle al subir a la calesa y le preguntó:

—¿Avanzamos un poco más antes de detenernos para comer algo y consultar de nuevo el mapa?

Jeremy se sentó junto a ella y la miró a los ojos antes de asentir.

—Sí, me parece un buen plan.

Ella sonrió complacida, se volvió a mirar al frente y señaló hacia delante con teatralidad.

—¡Vamos allá! Aunque, si no te importa, preferiría que aminoraras un poco la marcha.

Jeremy sonrió de oreja a oreja, aún no se había recobrado del todo del embriagador efecto de un placer del todo inesperado. Preguntándose si era así como se sentía un guerrero victorioso, hizo chasquear las riendas para que el zaino se pusiera en marcha.

Poco menos de una hora después de ver cómo su presa se alejaba del mercado en una calesa, el noble escocés que se hacía llamar McKinsey llegó a Penicuik satisfecho con lo que había dado de sí la mañana.

Dado que su intención no era capturar a la pareja, sino limitarse a observar, no había salido tras ellos de inmediato y, tras dejar a Hércules cómodamente instalado en la cuadra de The Crown, una de las dos posadas del lugar, se había acercado a hablar con el encargado de la cuadra de la otra posada, The Royal.

Una actitud franca y cordial le había valido una información similar a la obtenida en las cuadras de Grassmarket. El hombre que viajaba en compañía de un muchacho era un caballero inglés y parecía ser franco, amable y educado; en definitiva, la impresión que tenía de él era que se trataba de un hombre inteligente y sereno que poseía una considerable fuerza interior y más recursos de los que podría parecer en un principio.

Después de hablar con el encargado de la cuadra, había dado un paseo por el mercado para charlar con los vendedores y había aprovechado al máximo su acento escocés y el cuento de que estaba buscando a dos amigos ingleses que debían de haber pasado poco antes por allí. Había averiguado que no solo habían comprado provisiones, sino que también habían adquirido tres cuchillos, dos para el caballero y otro más pequeño para el joven muchacho.

Aunque había tomado buena nota de ese dato, lo que más le interesaba era lo que había averiguado acerca de la personalidad de la pareja.

Cruzó al trote el puente que había al sur del pueblo y, al llegar al camino despejado que había al otro lado, dejó que Hércules se desfogara con un fluido galope.

Una vez que el poderoso alazán adquirió un ritmo sostenido, se centró de nuevo en la imagen mental que estaba construyendo de la pareja que huía rumbo a la frontera. Gracias a las descripciones que había obtenido y a los comentarios adicionales que algunas personas habían hecho, cada vez estaba más convencido de que, en caso de que llegara a encontrarse cara a cara con Eliza Cynster y su salvador, la reacción más apropiada sería estrecharle la mano al tipo que le había quitado a la dama de las manos y desearle toda la felicidad del mundo.

Eliza Cynster ya no era responsabilidad suya, sino del valeroso (y desconocido, al menos de momento) caballero que la había rescatado. En cuanto a ella, daba la impresión de que se trataba de una muchacha difícil, aunque no en el mismo sentido que su hermana Heather. Eliza parecía pertenecer a esa categoría de mujeres a las que él llamaba «flojas y consentidas». Eso no quería decir que fuera una caprichosa insoportable, sino más bien que era una de esas típicas damiselas que habían nacido en el seno de pudientes y aristocráticas familias inglesas; por si eso fuera poco, también parecía ser bastante delicada, y nada de eso encajaba con él.

Una dama delicada que se había criado entre algodones, acostumbrada a disfrutar de todos los lujos habidos y por haber y carente de fortaleza, sería una esposa desastrosa para él.

Por todo ello, no sabía cómo sentirse tras ver que aquel segundo intento de secuestro de una Cynster acababa siendo también un rotundo fracaso. Por un lado, el hecho de que no pudiera llevar a Eliza Cynster al norte y presentarla ante su madre como una mujer «deshonrada» implicaba que aún tenía que cumplir con las exigencias que ella le había impuesto a cambio de devolverle el cáliz que necesitaba para salvar sus tierras y a su gente, y en ese sentido empezaba a apremiar el tiempo.

Pero, por el otro lado, se había salvado de tener que casarse con una dama que no desearía tenerle como marido y que habría sido desdichada siendo su esposa. Había aceptado hacía mucho que vivir por el resto de sus días inmerso en la infelicidad era un precio que quizás tuviera que pagar, pero tener que permanecer de brazos cruzados y poco menos que condenar a una joven dama a una vida así... eso habría sido terrible para él y le habría hundido aún más en una profunda desdicha.

Por todo lo dicho, no había duda de que el hecho de que no tuviera que casarse con Eliza Cynster era motivo de celebración, tanto para la dama en cuestión como para él mismo. Si aún estaba siguiendo a la pareja no era más que para intentar verles mejor y tener la completa seguridad de que el caballero que la había rescatado sería un marido adecuado para ella, que la trataba bien y siempre lo haría.

Había hecho lo mismo en el caso de Heather Cynster y Breckenridge, y sus ojos no le habían engañado en aquella ocasión anterior. La pareja había anunciado su compromiso matrimonial poco después de su paso por tierras escocesas, y por lo que le había llegado desde entonces a través de sus contactos en Londres sabía que, para asombro de muchos escépticos, la pareja era realmente feliz; al parecer, el compromiso había tomado por sorpresa a la alta sociedad.

Siguió galopando con un suave viento agitándole el pelo, y esbozó una amplia sonrisa cuando se dio cuenta de algo. Si Eliza Cynster (que al inicio de aquella aventura estaba a punto de ser considerada una solterona a sus veinticuatro años) había encontrado al hombre que estaba destinado a ser su esposo gracias a aquel secuestro, entonces cabría deducir que, en vez de poner en peligro la reputación de las dos hermanas Cynster a las que se había visto obligado a secuestrar debido a la estratagema de su madre, al final había acabado ejerciendo de Cupido para ellas debido al extraño curso de los acontecimientos.

Esa sí que era una dulce ironía y se dio el gusto de saborearla durante un minuto entero, pero la realidad estropeó el momento al recordarle quién tenía que ser su siguiente objetivo después del fracaso de aquel segundo secuestro.

Formaba parte de su filosofía de vida aceptar la existencia del destino como una fuerza real que ayudaba a formar a un ser humano, pero en ese momento supo con claridad que se trataba de una fuerza femenina. Tan solo una mujer sometería a un hombre a semejante calvario.

Aún estaba pensando enfurruñado en lo que le esperaba en un futuro inmediato, después de que se asegurara de que Eliza y el caballero que la había rescatado habían cruzado sanos y salvos la frontera, cuando llegó a un tramo lodoso donde un riachuelo parecía haberse desbordado.

—¡Maldición! —exclamó, segundos después, al darse cuenta de lo que había visto... o, para ser más exactos, de lo que no había visto.

Después de tirar de las riendas para que Hércules aminorara la marcha, le hizo dar media vuelta y regresó al tramo lodoso.

Se inclinó hacia delante sin desmontar, examinó las huellas que
habían quedado marcadas en el suelo, y se esforzó por recordar
el momento en que había visto cómo la pareja salía de Penicuik.
Se centró en las ruedas de la calesa en la que viajaban, unas de
madera con un aro metálico, y volvió a examinar las huellas que
tenía ante sus ojos.

—¡Otra vez no! ¡No han pasado por aquí! —soltó un suspiro
de exasperación e hizo chasquear las riendas—. Vamos, compañero, hay que volver atrás. Al menos no me he dado cuenta de
que se han escabullido por algún camino secundario cuando ya
estábamos a medio camino de la frontera.

Dejó que el caballo se lanzara al galope y no tardó en ver
aparecer los tejados de Penicuik un poco más adelante, alzándose sobre la elevada orilla norte del río Esk.

Aminoró la marcha cuando llegaron al puente de piedra y,
justo cuando estaba repasando lo que sabía de los caminos que
había en aquella zona, le llamó la atención un pequeño movimiento, un movimiento rápido y furtivo.

Se dio cuenta de que se trataba de Scrope, que se había apre-
surado a ponerse a cubierto al verle llegar.

—Ha hecho bien en esconderse —no le hacía ninguna gracia que el tipo hubiera desobedecido de forma tan flagrante sus
órdenes directas, pero lo cierto era que no le sorprendía del
todo que lo hubiera hecho.

Se detuvo en el lado sur del puente y se apoyó en la perilla
como si estuviera contemplando pensativo los tejados del pueblo. Por el rabillo del ojo veía la espesa vegetación donde Scrope
estaba escondido a lomos de un jamelgo gris bastante decente.

Ya había encontrado las huellas de la calesa adentrándose en
un camino que tenía a su derecha y que iba en dirección sudeste.
Seguro que Eliza Cynster y su salvador, conscientes de que él
estaba siguiéndoles la pista (y, posiblemente, conscientes también
de que Scrope estaba pisándoles los talones), no habían encontrado más alternativa que tomar aquel desvío.

Aquella ruta alternativa podía haberles parecido conveniente
en un principio, pero, por desgracia, si seguían por allí iban a
descubrir que el camino terminaba al llegar a las estribaciones

de la parte occidental de los montes Moorfoot. No había ningún camino que los cruzara, así que no iban a tener más remedio que desviarse hacia el norte o hacia el sur.

En cualquiera de los dos casos iban a desviarse bastante de su camino, pero, por otra parte, al poner rumbo al sudeste por aquel camino secundario habían logrado escabullirse tanto de Scrope como de él, y al final iban a poder dar un rodeo y llegar a la ruta que cada vez estaba más convencido que querían tomar: la que pasaba por Jedburgh.

A decir verdad, debería alegrarse, porque tal y como estaban las cosas era imposible que la pareja llegara a la frontera durante aquella jornada. Iban a tener que pasar otra noche juntos y después tardarían como mínimo una jornada más de viaje rumbo al sur, así que iba a tener tiempo de sobra para observarlos hasta que su puntilloso sentido del honor quedara satisfecho con la certeza de que el caballero que había rescatado a la muchacha era un protector digno de una Cynster (y, a diferencia de él, un futuro marido adecuado para la dama).

Eso era lo único que le preocupaba en ese momento: obtener una confirmación inequívoca tanto de la valía del caballero como de la relación que podía forjarse aquella pareja. Tan solo quedaba decidir lo que iba a hacer con Scrope, no podía quedarse todo el día allí parado con la mirada perdida.

Le extrañaba que aquel tipo hubiera logrado rastrear a la pareja hasta un pueblecito tan apartado como aquel. Le dio vueltas a aquella cuestión, y la irritante posibilidad de que hubiera estado siguiéndole fue cristalizando hasta convertirse en una certeza. Un agravio más que añadir a la lista de aquel insolente.

A decir verdad, Scrope no le preocupaba demasiado, pero, por desgracia, el tipo era una complicación añadida.

—Maldita sea...

Si tomaba otro camino para confundir a Scrope a aquellas alturas, él mismo perdería el rastro de la pareja casi con total seguridad, porque era posible que no pudiera rastrearles con facilidad después de que se vieran en la disyuntiva de tener que elegir entre dirigirse hacia el norte o hacia el sur. Dependía de dónde estuvieran cuando se dieran cuenta de que tenían que cambiar de rumbo, y llegados a ese punto podían elegir tanto una dirección como la otra.

El tiempo pasaba inexorable, tenía que tomar una decisión. Hizo que Hércules se pusiera en marcha y lo guio hacia el sendero secundario que iba hacia el sudeste.

Podía seguir deliberando mientras avanzaba, por el momento lo principal era que él se interponía entre Scrope y la pareja. Mientras el tipo permaneciera a su espalda, Eliza y su caballero no corrían ningún peligro.

Puso a Hércules a medio galope mientras especulaba, mientras pensaba y planeaba. Lo ideal sería encontrar a la pareja, observar desde una distancia prudencial hasta darse por satisfecho, y entonces dejar que prosiguieran su camino mientras él daba media vuelta, capturaba a Scrope y, con su tono de voz más gélido y amenazante, le preguntaba qué demonios se traía entre manos.

Esbozó una sonrisa de satisfacción al imaginarse aquello último, y siguió galopando por el camino.

Como querían alejarse todo lo posible de sus dos perseguidores antes de hacer un alto para comer algo, Eliza y Jeremy habían seguido durante cerca de una hora por aquel camino tan útil que les conducía hacia el sudeste y que, aunque en realidad era poco más que un sendero, estaba en condiciones decentes.

Aunque habían encontrado otros dos caminos bastante más grandes a su paso, en ambos casos había señales que indicaban que llevaban de vuelta a la ruta que conducía a Peebles, así que los habían dejado atrás.

Jeremy no podía dejar de pensar en el beso que se habían dado, aunque estaba luchando por no darle más importancia de la que seguramente tenía. Seguro que no había sido más que una de esas cosas que sucedían sin más. Los dos se habían dejado llevar por la euforia que les había embargado al ver que habían logrado burlar a sus perseguidores...

Por mucho que intentara engañarse a sí mismo, en el fondo

sabía que esa explicación podría ser cierta en el caso de Eliza, pero no en el suyo.

Se obligó a dejar de pensar en el objeto de su obsesión, y al centrarse de nuevo en el camino vio que este giraba con brusquedad hacia el noreste un poco más adelante; después de hacer que el caballo aminorara la marcha, lo condujo hacia el prado que había a un lado del camino.

—Vamos a parar aquí —propuso, antes de lanzar una mirada por encima del hombro—. No hemos visto ni oído a ningún posible perseguidor, yo creo que por el momento estamos a salvo.

—Perfecto. Me muero de hambre, y seguro que tú también —contestó ella, antes de alzar las alforjas y colocarlas sobre su regazo.

A decir verdad, no era comida lo que se moría por... se apresuró a cortar de raíz aquel pensamiento tan inapropiado. Bajó de la calesa, alargó las manos para que ella le pasara las alforjas, y fue a dejarlas junto a un arbusto cercano que al menos podía proporcionarles un poco de sombra.

Eliza se acercó y, después de arrodillarse al otro lado de las alforjas, procedió sin más dilación a rebuscar en ellas mientras él se sentaba sobre la hierba y extendía las piernas.

Comieron y bebieron, y él sacó finalmente el mapa mientras mordisqueaba una manzana. Lo abrió mientras encogía las rodillas, y sentado con las piernas cruzadas lo extendió en el suelo.

Eliza apartó a un lado las alforjas y, después de incorporarse un poco para acercarse y sentarse junto a él, le preguntó:

—¿Dónde estamos?

Jeremy tuvo que luchar contra la atracción compulsiva que sentía al tenerla tan cerca; después de estudiar el mapa unos segundos, posó el dedo en el punto donde estaban y dijo con una mezcla de resignación y renuencia:

—Aquí.

Ella se acercó un poco más para ver mejor, y la fragancia de aquella melena dorada oculta bajo el sombrero embriagó sus sentidos.

—Este camino no va hacia el sudeste —comentó, decepcionada, antes de alzar la mirada hacia él.

—No. Por alguna incomprensible razón, da un rodeo y conduce de nuevo hacia Edimburgo —no supo si sentirse aliviado o pesaroso al verla echarse un poco hacia atrás—. Bueno, casi. Desemboca cerca de Gorebridge en la ruta que conecta Edimburgo con Carlisle.

Eliza frunció la nariz.

—No nos serviría de nada ir a Carlisle.

—Así es. Aparte de que se encuentra al otro extremo del país y lejos de la frontera, allí no hay ningún conocido que pueda ayudarnos y darnos cobijo; además, nuestros dos perseguidores no se darán por vencidos cuando lleguen a la frontera, intentarán seguirnos el rastro.

—Sí, tienes razón. Wolverstone sigue siendo nuestra mejor alternativa, el lugar seguro más cercano —después de volver a estudiar el mapa, Eliza miró por encima del hombro hacia el punto donde, a unos veinte metros de donde estaban sentados, el camino se desviaba hacia el noreste—. Allí parece haber un caminito que va en dirección contraria, ¿está en el mapa?

Jeremy lo consultó antes de ponerse en pie.

—Sí, pone que es un sendero. Vayamos a echar un vistazo.

Dejaron el caballo donde estaba y descendieron hasta llegar a la entrada de lo que resultó ser poco más que una senda por donde pasaban los rebaños de ovejas.

—Por aquí no podemos pasar con la calesa —dijo Eliza, desmoralizada.

—No —Jeremy se volvió a mirar hacia el camino que habían estado siguiendo y que, a pesar de estar en buenas condiciones, no iba en la dirección que les convenía—. Cuando uno necesita una buena calzada romana, no hay forma de encontrarla.

Ella esbozó una pequeña sonrisa, pero volvió a ponerse seria de inmediato y le preguntó:

—¿Y ahora qué hacemos?

Jeremy miró hacia una granja que había a la izquierda del camino un poco más allá de la curva, se volvió hacia los montes que tenían a su derecha y que tenían que bordear o cruzar si querían llegar a la ruta de Jedburgh, y señaló hacia el lugar donde habían dejado el mapa.

—Vamos a ver cuáles son nuestras opciones.

Regresaron junto a la calesa, se sentaron de nuevo sobre la hierba y se pusieron a estudiar de nuevo el mapa; poco después, Jeremy alzó la vista hacia el cielo por un momento y comentó:

—Apenas estamos a primera hora de la tarde, tenemos que dar por sentado que Scrope y el hombre que le contrató acabarán por encontrar nuestro rastro y seguirnos —lanzó una mirada a su alrededor—. Se darán cuenta de que hemos hecho una parada aquí y, suponiendo que sigamos adelante por el camino, vendrán tras nosotros a toda velocidad. El problema es que ellos viajan a caballo y nosotros en una calesa, podrán ir más veloces durante más tiempo y tomar atajos por los que la calesa no podría pasar.

Bajó la mirada hacia el mapa y fue trazando la ruta con el dedo.

—Siguiendo por aquí llegaremos a Gorebridge, pero entonces tendremos que virar hacia el sur y viajar a toda velocidad. Tendremos que pasar por Stow y Galashiels, y después por Melrose para llegar a St. Boswells. Eso nos dejará en la ruta de Jedburgh, y desde allí no tardaremos mucho en llegar a la frontera.

Sin apartar los ojos del mapa, Eliza dio voz a algo que resultaba obvio.

—Nos darán alcance mucho antes de llegar a Jedburgh.

Jeremy apretó los labios y asintió.

—Sí, es verdad.

Eliza tan solo alcanzaba a ver una alternativa. Al darse cuenta de que él no la había sugerido porque quería dejar la decisión en sus manos, decidió tomar la iniciativa.

Llena de determinación, alzó la barbilla y le miró a los ojos al preguntar:

—¿Podemos hacerles creer que hemos seguido por el camino en la calesa aunque en realidad no sea así? —al ver su sonrisa de aprobación, se sintió como si unos cálidos rayos de sol acabaran de asomar entre unos oscuros nubarrones de tormenta.

—Seguiremos adelante hasta aquella granja de allí, podemos pagar para que oculten la calesa y el caballo y se encarguen de llevarlos de regreso a Penicuik mañana. Si nos aseguramos de no dejar ningún rastro al llegar a la granja, es muy probable que para cuando nuestros perseguidores se den cuenta de que nos han perdido la pista ya estén en Gorebridge, puede que incluso más lejos. Para entonces no tendrán forma de saber hacia dónde hemos ido; que ellos sepan, incluso podríamos decidir regresar a Edimburgo.

—Perfecto. Ellos perderán nuestro rastro y quedarán desconcertados, y mientras tanto nosotros seguiremos a pie —después de trazar una ruta en el mapa con el dedo, Eliza alzó la mano y señaló hacia el este—. Vamos a tener que cruzar esos dichosos montes, y después seguir hasta llegar a Stow.

Sus miradas se encontraron y, tras observarla durante un largo momento con ojos penetrantes, Jeremy le preguntó con voz suave:

—¿Estás segura?

Eliza sabía qué era lo que estaba preguntándole. Jeremy estaba haciendo alusión a la cuestión que pendía sobre sus cabezas como la espada de Damocles, una cuestión que estaba claro que los dos tenían muy presente. Ya habían pasado una noche juntos sin carabina y, aunque quizás habría sido posible explicarlo de alguna forma, era muy distinto acceder a pasar una noche más con él, ya fuera en la cabaña de algún leñador o en algún lugar similar, que optar por seguir viajando de noche por estrechos caminos de montaña. Por alguna perversa razón, la sociedad podría llegar a aceptar eso último por muy peligroso que fuera, pero la condenaría por optar por la primera opción a pesar de que era mucho más segura.

Asintió y se puso en pie.

—Sí, sí que lo estoy —después de sacudirse los pantalones, se esforzó por sonreír y dijo en tono de broma—: ir vestida de hombre empieza a gustarme, es mucho menos restrictivo que llevar falda —mientras Jeremy doblaba el mapa y lo guardaba en una de las alforjas, ella agarró la otra y se acercó a la calesa—. Seguro que encontraremos alguna cabaña o algún sitio similar donde pasar la noche.

La mera idea bastó para que la recorriera un pequeño estremecimiento de excitación. No se había permitido el lujo de detenerse a pensar en el beso, en aquel fascinante y absorbente beso que había sido toda una revelación, porque sabía que si lo hacía iba a empezar a pensar en otras cosas, cosas que la harían ponerse roja como un tomate.

Después de dejar la alforja en la calesa, se acercó al caballo mientras intentaba centrarse en el asunto que tenían entre manos.

—Quizás sería buena idea llevarlo andando hasta la granja, dejaremos menos rastro si la calesa no lleva nuestro peso.

Quince minutos después, tras dejar la calesa y el caballo en la granja y con la certeza de que el servicial granjero, más que satisfecho con la suma que le había pagado Jeremy, iba a asegurarle a cualquiera que llegara preguntando por ellos que les había visto pasar de largo por el camino, abandonaron el lugar y cruzaron el camino procurando no dejar ninguna huella.

—El noble tuvo que seguirnos desde Currie, solo así se explica que lograra encontrarnos —comentó Jeremy, mientras atravesaban con las alforjas al hombro un campo rumbo a la primera cuesta—. Si las sospechas de tu familia se confirman y procede de las Tierras Altas, lo más probable es que le guste la caza y sea un rastreador experto.

—Pues le desafío a que encuentre nuestro rastro ahora, nos hemos asegurado de no dejar huellas al entrar y salir de la granja.

Él le dio un toquecito en el hombro y señaló hacia una senda que seguía un curso más directo monte arriba y se perdía al otro lado de la cima.

—Será mejor que subamos esta primera colina lo antes posible. Al llegar a la cima nos pararemos para ver si hay rastro de nuestros perseguidores, y a partir de allí podremos seguir más tranquilos. Una vez que estemos al otro lado, será muy difícil que nos vean.

Así lo hicieron. Jeremy oteó el camino desde la cima, pero no vio ni rastro de los perseguidores.

—Nada de momento —dijo, después de cerrar el catalejo.

Los dos estaban convencidos de que sus perseguidores (o, como mínimo, el noble) les habían seguido la pista por el camino, y siguieron adelante sin más dilación. Descendieron hacia el siguiente valle y lo cruzaron a buen paso, sintiéndose seguros y más relajados al saber que nadie podía verles desde el camino.

Fueron más cautelosos al subir por una segunda colina, pero al volverse a mirar hacia atrás se dieron cuenta de que la primera se interponía y les impedía ver el camino. Desde allí no se veía la granja donde habían dejado la calesa, y eso quería decir que nadie que estuviera en aquel tramo del camino podría verles a su vez.

Aquello hizo que se sintieran más seguros y reanudaron la marcha. Recorrieron sendas por las que tan solo solían transitar las ovejas, cruzaron chapoteando algún que otro arroyo. Hacía buena tarde, y era un placer disfrutar del aire puro del monte.

Tenían pocos puntos de referencia con los que orientarse, así que Jeremy usó la trayectoria del sol y la posición de unos picos lejanos para procurar ir en dirección sudeste.

Después de vadear un arroyo un poco más grande que los anteriores, siguieron avanzando manteniendo a la derecha las cristalinas aguas de un lago de considerable tamaño. Los montes Moorfoot propiamente dichos aún estaban un poco más adelante, de momento estaban atravesando las estribaciones mientras el terreno iba ascendiendo de forma gradual.

Eliza sentía un intenso y completamente inesperado júbilo. No se le ocurría otra forma de describir la sensación de bienestar, la alegría casi exultante que se reflejaba en el brío de sus pasos. Mientras caminaba contemplaba el paisaje que la rodeaba, disfrutaba de las amplias vistas que de vez en cuando asomaban entre las colinas bajas que les rodeaban. Hasta el aire parecía más fresco y puro allí arriba.

Jamás se le habría pasado por la cabeza que le gustaría caminar por brezales, por colinas y valles, y mucho menos con un villano como Scrope persiguiéndola (por no hablar del misterioso noble escocés, que daba incluso más miedo); aun así, estaba convencida de que habían burlado a ambos perseguidores aunque solo fuera de momento, así que se sentía con derecho a disfrutar de aquel interludio. Y lo más maravilloso de todo era que podía hacerlo.

Las caminatas nunca habían ocupado un lugar destacado en su lista de actividades preferidas; aun así, caminar con la libertad que le daban los pantalones y las botas, con el ancho mundo abierto a su alrededor y con Jeremy Carling a su lado, le parecía en ese momento un pedacito de cielo.

Iba a disfrutarlo mientras pudiera.

En ese momento recordó algo más de lo que también había disfrutado: el beso. El mero hecho de que no pudiera dejar de pensar en lo sucedido bastaba para diferenciarlo de cualquier otro beso de su pasado, pero también había que tener en cuenta que ambos estaban fuera de sus respectivos mundos cotidianos. Iban a la deriva por un mundo de electrizantes aventuras, un mundo temporal donde los besos (besos que en circunstancias normales no habrían podido existir) podían darse, podían suceder y surgir sin más.

Pero ella quería aún más, eso era innegable; de hecho, ya estaba pensando en cómo propiciar otra situación parecida. ¿Cómo si no podía averiguar por qué había sido una experiencia tan diferente a las anteriores? Quería saber qué había tenido aquel beso (el beso de Jeremy Carling, un intelectual despistado que vivía centrado en sus estudios) para lograr cautivarla y embriagar por completo sus sentidos.

A decir verdad, aquel beso había despertado en ella algo más que su curiosidad, pero ¿quién habría imaginado que un serio erudito besaría así? Había sido un beso tan seductor y tentador, que tenía la sospecha de que para ella iba a ser muy difícil resistirse. No sabía si sería capaz de dar media vuelta y alejarse de aquella tentación.

Por eso había decidido que sería una pérdida de tiempo preocuparse por lo que pudiera ocurrir cuando regresaran a la civilización, al mundo de la alta sociedad. Sí, seguramente iban a recibir presiones de todo tipo para que se casaran, pero cabía la posibilidad de que ellos desearan casarse por voluntad propia.

Sería un feliz desenlace para aquella aventura, y no era una idea descabellada ni mucho menos. Heather y Breckenridge iban a casarse y, fueran cuales fuesen las circunstancias que les habían llevado al altar, habían tomado la decisión libremente y sin sufrir ningún tipo de coacción.

Lanzó una mirada de reojo a Jeremy, que de vez en cuando se volvía a mirar atrás y permanecía atento en todo momento. La reconfortaba saber que él se mantenía tan alerta mientras ella se limitaba a disfrutar de las vistas.

¡Y qué vistas! Le miró de arriba abajo con disimulo, pero hizo un esfuerzo y miró al frente de nuevo. La imagen de intelectual despistado que tenía de él en el pasado se había desvanecido y había sido reemplazada por una realidad mucho más potente y atrayente, pero, por si eso fuera poco, la intrigaba aún más el hombre que había bajo la máscara. Jamás habría imaginado que fuera un hombre tan complejo, que tuviera un carácter con tantos matices y rasgos singulares.

Su fuerte instinto protector, por ejemplo. Ella se había dado cuenta al instante de que era un rasgo muy marcado en él (con hermanos y primos como los suyos, era toda una experta en el tema), pero la actitud protectora de Jeremy estaba... ¿cómo decirlo? «Suavizada» no era la palabra exacta... digamos que era una actitud sensata en la que se reflejaba que él entendía y aceptaba que ella también era un adulta, que tenía ideas propias y derecho a opinar acerca de las decisiones que había que ir tomando durante aquella aventura.

Él le había preguntado su opinión en vez de limitarse a decretar órdenes sin más, ahí estaba la diferencia.

No soportaba la actitud protectora de sus hermanos y sus primos, pero la de Jeremy sí que podía aceptarla; además, había en él una hidalguía que podría parecer un poco anticuada, pero que a ella le resultaba muy atractiva.

Su aguda inteligencia era otro rasgo que la cautivaba. Nunca había considerado que eso fuera un requisito para que un hombre la atrajera, pero no había duda de que tenía sus ventajas no tener que estar explicando en todo momento lo que pensaba; además, le gustaba la naturalidad con la que él daba por hecho que ella también era capaz tanto de razonar como de encontrar soluciones.

Volvió a lanzarle una mirada de reojo, y al cabo de un instante miró de nuevo al frente mientras la embargaba una cálida excitación. No le molestaba lo más mínimo tener que pasar otra noche a solas con él, porque había decidido que iba a conocerle mejor y a darse el placer de besarlo de nuevo (al menos una vez).

Cuando llegaron por fin a los pies de los montes Moorfoot propiamente dichos, examinaron el terreno y al final encontraron un sendero pedregoso que subía hasta la primera cima y se perdía por el otro lado. Ella empezó con el ascenso sin mediar palabra, y él la siguió tras lanzar una última mirada alrededor para comprobar que no hubiera ningún peligro al acecho.

Subir por la ladera no era tarea fácil, ya que era un terreno mucho más escarpado que el que habían dejado atrás. Sentían la caricia del sol en la espalda mientras iban ascendiendo, en algunos puntos del camino encontraban grandes rocas que debían subir como si fueran elevados escalones, y eso entorpecía la marcha de forma considerable.

Jeremy estaba sorprendido al ver que Eliza seguía caminando sin desfallecer ni protestar lo más mínimo, aunque bien sabía Dios que él no era un experto ni mucho menos en mujeres. Sí, había tenido unas cuantas amantes años atrás, pero en ese momento no tenía ni idea de cuál era el comportamiento que cabía esperar de las jóvenes damas de la alta sociedad, y mucho menos cuando estaban bajo presión.

Aprovechó para mirarla de nuevo a la primera oportunidad y vio que, a pesar de lo difícil que estaba siendo el ascenso, se la veía sonriente y relajada; de hecho, no parecía estar preocupada por nada, y ese «nada» incluía tanto el hecho de que iban a tener que pasar otra noche juntos como el beso que habían compartido, un beso que le había dejado... no desconcertado exactamente, sino más bien lleno de incertidumbre.

Se le podía considerar una especie de científico y como tal no le gustaban las incertidumbres, pero no tenía ni idea de cómo interpretar aquel beso. Tenía la impresión de que ella le había besado sin pensar, arrastrada por un exceso de entusiasmo, pero la cuestión era que, lejos de apartarse al darse cuenta de lo que estaba haciendo, había seguido besándole.

¿Cómo se suponía que debía interpretar él algo así? No sabía si Eliza querría que volviera a besarla, si se lo permitiría. Había respondido encantada cuando él le había devuelto el beso, pero eso no quería decir que estuviera deseosa de repetir la experiencia.

Al final iba a darle dolor de cabeza si seguía dándole vueltas y más vueltas al tema.

Apretó los labios mientras intentaba centrarse en seguir ascendiendo poco a poco tras ella, pero mientras luchaba por apartar la mirada de la seductora imagen que tenía justo delante de las narices no pudo por menos que admitir, al menos para sí mismo, que estaba confundido pero interesado. Ese interés, y el hecho de que fuera una sensación tan intensa y profunda, resultaba todo un enigma de por sí.

Jamás habría imaginado que Eliza Cynster podría captar su interés hasta tal punto. Cuando habían sido presentados (esa había sido la primera y última vez que habían intercambiado algunas palabras), había tenido la sensación de que él no le caía en gracia, de que ella no se había llevado una buena impresión. No tenía ni idea de lo que le había desagradado tanto de él, pero esa había sido la clara impresión que le había quedado de aquel único encuentro que habían tenido.

Quizás se sentía obligada a sonreírle, por así decirlo, porque la había rescatado, pero parecía muy improbable que una tibia gratitud bastara para impulsarla a besarlo. A lo mejor lo que pasaba era que antes apenas le conocía, y que eso se había rectificado gracias a la aventura que estaban viviendo juntos.

Apartó el tema de su mente y se centró en el ascenso al ver que ya estaban a punto de llegar a la cima, y poco después llegaron al pequeño llano que coronaba la colina.

Mientras Eliza se sentaba en una roca y sacaba su botella de agua, él sacó la suya y bebió un poco antes de sacar también el catalejo para buscar la granja donde habían dejado la calesa y el caballo. Desde aquella atalaya privilegiada se veía casi todo el terreno que habían recorrido después de dejar atrás el camino.

—¿Hay rastro de ellos?

—No. Alcanzo a ver el camino hasta justo antes de la curva, y no los veo por ninguna parte.

—Así que o ya han pasado de largo y siguen rumbo al noreste por el camino o aún no han llegado a la curva; en cualquiera de los dos casos, hemos logrado dejarlos atrás.

Jeremy bajó el catalejo y miró hacia el oeste. El sol estaba tapado por algunas nubes, pero ya empezaba a ocultarse tras el horizonte.

—Anochecerá dentro de poco, será mejor que sigamos —al ver que se levantaba y se echaba la alforja el hombro, alargó la mano—. Dame, ya la llevo yo —antes de que ella pudiera protestar, añadió—: ahora vamos a ir cuesta abajo.

Ella inclinó la cabeza en un gesto de agradecimiento y le entregó la alforja antes de preguntar:

—No van a poder rastrearnos cuando oscurezca, ¿verdad?

—No.

Jeremy hizo acopio de valor y, en un acto de gran osadía, la tomó de la mano. Se dirigió hacia el extremo más oriental de la cima sin atreverse a mirarla a los ojos, y bajó la mirada hacia las sombras cada vez más densas que cubrían la ladera.

—Por esta noche estaremos a salvo, pero —se volvió hacia ella y la miró por fin a los ojos— tendremos que encontrar algún lugar donde cobijarnos antes de que oscurezca del todo.

Ella se limitó a asentir y a indicarle con un gesto que iniciara la marcha, así que Jeremy la condujo monte abajo. Descendieron tomados de la mano, sorteando con cuidado los tramos más complicados y caminando el uno junto al otro en los más fáciles, y fueron a parar a un valle poco profundo.

—Los montes escoceses parecen ser lugares bastante desiertos, ¿verdad? No veo más que brezos, rocas y ovejas —comentó ella.

—Sí, tienes razón. Hay una especie de sendero allí abajo, en el fondo del valle, pero no veo ningún edificio.

Prosiguieron el camino, pero minutos después Jeremy la vio estremecerse de frío y le golpeó de lleno la necesidad visceral de protegerla, de ampararla y encontrar algún lugar donde pudiera cobijarse. Nunca antes había sentido algo semejante, un impulso así de acuciante e intenso, pero se dio cuenta de que era inútil tanto intentar comprenderlo como luchar contra él. Lanzó una rápida mirada a su alrededor y, al ver un saliente rocoso pegado a la ladera de la colina a menos de veinte metros de donde estaban, le soltó la mano y dejó las alforjas en el suelo antes de buscar el catalejo.

—Espera aquí, voy a subir a aquel saliente para echar un vistazo.

Ella asintió y se tapó mejor con la capa mientras esperaba sin perderle de vista.

Jeremy tardó un par de minutos en subir al montón de rocas, y una vez arriba se llevó el catalejo al ojo mientras se esforzaba por no perder el equilibrio. Escudriñó la zona, presa de una sensación de apremio creciente. La oscuridad iba ganando terreno a pasos agigantados, tenía que...

Le dio un brinco el corazón cuando le pareció ver algo. Bajó el catalejo, entrecerró los ojos mientras intentaba agudizar la mirada, y al cabo de un momento volvió a mirar a través del catalejo.

La cabañita apenas se veía en medio de la penumbra, pero no había duda de que estaba allí.

Bajó a toda prisa. Eliza estaba esperándolo con las alforjas a sus pies.

—¿Has visto algo?

—Una cabaña, seguramente pertenezca a algún pastor —agarró las alforjas y se las echó al hombro—. No he visto humo saliendo de la chimenea y sabrá Dios en qué condiciones estará, pero al menos dormiremos bajo techo.

—Dadas las circunstancias, me parece perfecto —afirmó ella, sonriente.

Jeremy le devolvió la sonrisa y se tomaron de la mano.

—Está allí, justo detrás de aquellos árboles —le explicó, mientras retomaban la marcha.

Estaba anocheciendo cuando el noble de las Tierras Altas se detuvo justo antes de llegar a una pronunciada curva del camino. No había duda de que la pareja había pasado un rato sentada allí, la hierba estaba aplastada y había multitud de huellas de botas en el terreno blando de la orilla.

A SALVO CON TU AMOR

Se había visto obligado a perder tiempo revisando dos caminos que se cruzaban con aquel, en los dos casos había recorrido un tramo en ambas direcciones para no arriesgarse a volver a perder el rastro de su astuta presa. En los últimos días había hecho buen tiempo y el terreno estaba bastante seco, así que encontrar un rastro no resultaba nada fácil.

En ambas ocasiones, Scrope se había mantenido a cubierto mientras le observaba desde una distancia más que prudencial y, al verle proseguir hacia el sureste tras cerciorarse de que iba por el camino correcto, había salido tras él de nuevo.

—Así que llegaron hasta aquí, y... —lanzó una mirada a su alrededor— es posible que no se dieran cuenta del problema que se avecinaba hasta que lo tuvieron delante, la cuestión es saber qué hicieron después —al ver que Hércules cabeceaba, como indicándole los montes que se alzaban al este de allí, murmuró—: sí, yo también lo creo, pero ¿dónde está la calesa? Ah, allí hay una granja, lo más probable es que la dejaran allí. Pero antes de ir a confirmar mis sospechas, tengo que decidir qué es lo que voy a hacer con Scrope.

Durante el trayecto había tenido tiempo de reflexionar acerca de la situación. Scrope se limitaba a seguirle y no había intentado en ningún momento adelantarle para acercarse más a la pareja; si a eso se le sumaba el hecho de que parecía ser un tipo de ciudad, cabía deducir que no era un buen rastreador y necesitaba que él le guiara.

A McKinsey le habían enseñado a rastrear todo tipo de animales desde que había aprendido a andar, de modo que eran muy escasas las veces en que no podía encontrar un rastro en cualquier terreno dado. Si Eliza Cynster y el caballero que la había rescatado se habían dirigido hacia los montes Moorfoot iba a encontrarlos con facilidad, pero sabía que Scrope le seguiría y no le parecía prudente conducirle hasta la pareja en una zona tan remota y solitaria.

No confiaba ni lo más mínimo en aquel tipo.

En todo caso, no tenía necesidad de seguir el rastro de la pareja directamente. Si habían dejado atrás el camino y se habían adentrado en la sierra, estaba convencido de saber por dónde iban a salir. Que tomaran esa dirección confirmaría sus sospechas (que iban convirtiéndose en total certeza) de que se dirigían hacia la ruta de Jedburgh para llegar al paso fronterizo de Carter Bar. Seguro que habían llegado a la conclusión de que aquella ruta les ofrecía ciertas ventajas, y estaba dispuesto a apostar a que él no estaba al tanto de cuáles eran todas ellas.

Como estaba convencido de que se dirigían hacia allí, no era necesario que les siguiera a través de las colinas. Podía seguir la ruta que llevaba hacia Gorebridge y aprovechar para burlar a Scrope, no hacía ninguna falta que este se acercara a Eliza Cynster y a su salvador. Si sus sospechas eran ciertas y la pareja había tenido la valentía de adentrarse en aquella inhóspita zona, él iba a aprovechar para desembarazarse de una vez por todas de aquel tipo.

Una vez cumplida esa tarea, iría en dirección sur hasta Boswells, un pueblo que se encontraba a pocos kilómetros de distancia de Jedburgh con el que estaba familiarizado y que serviría bien a sus propósitos. Se limitaría a esperar allí hasta que llegara la pareja, y entonces les seguiría lo bastante de cerca para observar hasta tener la certeza de que, a pesar del fracaso de su plan para secuestrarla, Eliza Cynster tenía por delante un futuro lleno de felicidad; además, mientras tanto permanecería vigilante y podría protegerlos en caso de que Scrope aún estuviera siguiéndoles.

No tardó en tomar una decisión.

Hizo chasquear las riendas y avanzó a paso lento por el camino mientras fingía que examinaba atentamente la orilla. Su expresión fue tornándose cada vez más ceñuda y finalmente se detuvo al llegar a la entrada de la granja.

—¡No puede ser que hayan seguido adelante por el camino! —exclamó, mirando en dirección a Gorebridge.

A raíz de todo lo sucedido, estaba convencido de que Eliza Cynster y su salvador eran dos personas inteligentes. Esperaba que se hubieran dado cuenta de que tanto Scrope (en caso de que supieran que el tipo iba tras ellos) como él no tardarían en darles alcance si seguían por el camino, y que hubieran tenido la valentía de dejar la calesa en aquella granja y cruzar los montes Moorfoot a pesar de que era una ruta mucho más difícil.

Pero no había ningún tipo de rastro. No había huellas de botas dirigiéndose hacia las colinas ni roderas entrando en la granja...

Observó con atención el suelo cercano a la entrada, era absurdo que no hubiera huellas de ninguna clase; de hecho, mirando con mayor detenimiento se dio cuenta de que daba la impresión de que alguien había pasado una rama de pino para alisar la superficie.

Estaba dispuesto a apostar a que eso era lo que había pasado.

—Buena idea. En este caso os habéis pasado un poco de listos, pero el truco servirá.

Hizo chasquear las riendas para que Hércules se pusiera en marcha de nuevo y al recorrer con la mirada la otra orilla del camino vio un rastro casi imperceptible en la hierba, como si alguien hubiera pasado por allí pisando con sumo cuidado.

—Excelente —se enderezó, alzó las riendas y puso a Hércules al trote.

La pareja se había internado en la sierra, pero Scrope no estaba capacitado para ver y mucho menos para interpretar correctamente aquel rastro casi imperceptible, así que seguro que le seguía a él hasta Gorebridge. Con un poco de suerte, una vez allí podría encargarse de que aquel tipo tan perverso dejara de ser un problema tanto para Eliza Cynster y su salvador como para él.

CAPÍTULO 10

La cabaña que habían visto debía de pertenecer a algún pastor y en ese momento estaba desocupada, pero quienquiera que viviera allí no llevaba demasiado tiempo fuera y, a juzgar por las macetas que había sobre la repisa de la chimenea, tenía intención de regresar pronto.

La vivienda de troncos y piedras consistía en una única habitación, tenía un sólido techo de paja y era más grande de lo que parecía desde fuera. Además de una mesa de pino con sus correspondientes sillas, varios bancos de cocina y un fregadero de estaño colocados alrededor de la ventana, también había dos camastros con rústicos armazones de madera, uno grande y el otro más pequeño, y tres estrechos aparadores de distintos tamaños junto a dos de las paredes. Incluso había un palanganero con una palangana y un aguamanil un poco descascarillados.

—Puede que hayan ido a por provisiones al pueblo más cercano —comentó Eliza, al ver lo limpio y ordenado que estaba todo.

Jeremy dejó las alforjas sobre la mesa y asintió.

—Sí, es lo más probable. Podríamos ver si hay algo de comida, y dejar algo de dinero para pagar por lo que gastemos.

Ella le miró a los ojos y al cabo de un momento preguntó:

—¿Sabes cocinar?

La pregunta le tomó desprevenido, y ya había empezado a negar con la cabeza cuando se lo pensó mejor y contestó:

—No lo he hecho nunca, pero supongo que no es una tarea demasiado difícil.

Eliza se acercó a la mesa y empezó a sacar toda la comida que aún les quedaba en las alforjas.

—Tenemos pan, fruta y un poquito de queso, y también un puñado de frutos secos —al ver que estaba rebuscando entre las sombras tras la puerta, que aún seguía abierta, le preguntó—: ¿qué haces?

Él contestó sin dejar de rebuscar.

—No soy tan buen cazador como para poner una trampa para conejos y no creo que fuera buena idea intentar sacrificar una oveja o un cordero... suponiendo que lográramos atrapar alguno, claro... pero creo que sí que seré capaz de pescar una o dos truchas —la miró sonriente y añadió—: he oído el sonido de un arroyo cercano, voy a ver lo que consigo antes de que anochezca del todo.

Eliza le siguió, casi igual de entusiasmada con la idea, y mientras cruzaban el claro que había frente a la cabaña Jeremy se detuvo y le indicó con la cabeza un circulito de piedras que había justo en el centro.

—¿Por qué no intentas encender un fuego? Será más fácil cocinar lo que consiga pescar aquí fuera que en el hogar que hay en la cabaña.

—De acuerdo.

—El yesquero está en la otra alforja —le dijo, antes de adentrarse entre los árboles.

Eliza le siguió hasta el borde del claro y vio desde allí el caudaloso arroyo que, tras bajar la ladera saltando con brío entre varias rocas grandes, acababa formando una pequeña laguna que estaba a menos de veinte metros de la cabaña.

—Supongo que por eso la construyeron justo aquí —comentó en voz alta.

Como no tenía ni idea de pesca, al ver que Jeremy se detenía junto a la laguna y empezaba a hacer algo con el sedal (supuso que estaría anudando el anzuelo), se fue a buscar leña entre los árboles.

Estaban a mayo y en una zona elevada de montaña, pero

aunque hacía bastante frío no había demasiada humedad en el aire y la luz del largo crepúsculo era una ventaja añadida. Nunca antes había encendido sola un fuego al aire libre, pero al final se las ingenió para que prendiera una llamita que fue alimentando y avivando con diligencia hasta convertirla en una hoguera decente.

Cuando fue a por más ramas aprovechó para ver cómo iban las cosas en la laguna y vio a Jeremy sentado en la orilla, muy quieto y callado, con la caña de pescar cimbreándose con suavidad entre sus manos.

Regresó a la hoguera pensando en el próximo paso a seguir, ¿dónde iban a cocinar el pescado? Decidió ir a ver si había alguna vela en la cabaña y, después de encontrar una, salió a encenderla en la hoguera y entró de nuevo para rebuscar entre los utensilios de cocina que había alrededor del hogar.

Justo cuando acababa de colocar el espetón de hierro que había encontrado (había tardado varios minutos en entender cómo debía montarlo), Jeremy apareció con la caña de pescar y dos truchas de buen tamaño que le mostró con una enorme sonrisa de satisfacción al detenerse junto a la hoguera.

—¡Perfecto! —le felicitó ella, con la debida admiración—. ¿Qué hacemos ahora?

Él dejó la caña y las truchas sobre la hierba antes de contestar.

—Las he destripado junto a la laguna, así que ahora solo tenemos que... —agarró el largo y fino espetón y ensartó una de las truchas—. Será mejor que las asemos una a una —afirmó, antes de colocar los extremos del espetón en los soportes que ella había colocado a ambos lados de la hoguera—. El truco es no intentar cocinarlas demasiado rápido, así no se quemarán por fuera —la miró y le embargó una cálida satisfacción al verla asentir con una pequeña sonrisa en los labios.

—Voy a por unos platos y el pan —le dijo ella, antes de ponerse en pie.

Jeremy se quedó donde estaba con los brazos relajados sobre las rodillas y las manos entrelazadas, viendo cómo el pez iba asándose poco a poco al calor de las llamas. Cuando Eliza regresó poco después con dos platos de hojalata, dos sencillos tenedores, dos jarras de agua y su cuchillito, la ayudó a prepararlo todo para aquella cena al aire libre embargado de una profunda sensación de bienestar. Se sentía feliz, pura y simplemente feliz.

Nunca antes se había sentido así, pero algún impulso primitivo le instaba a no analizar ni cuestionar lo que pasaba. Eso era algo muy inusual en él, ya que como buen estudioso tendía a hacer siempre ambas cosas, pero por alguna extraña razón Jeremy Carling, el hombre más allá del serio erudito, en aquella ocasión tenía muy claro que quería dejarse llevar sin más, quería vivir el momento y saborearlo al máximo.

Una parte más sabia y fundamental de su ser sabía que momentos como aquel eran demasiado escasos en la vida como para desperdiciarlos entre cavilaciones y dudas. Había que aprovecharlos y disfrutarlos al máximo sin vacilar, sin andarse con medias tintas ni preocupaciones.

Cocinaron la trucha el tiempo justo y colocaron los platos debajo justo cuando la carne se separó de la espina. Entre suaves risas y exclamaciones victoriosas, se pararon a poner a asar la otra y entonces empezaron a comer con ganas, con un apetito estimulado por la precaria situación en la que estaban, por el lugar donde se encontraban, por la jornada que habían tenido.

Cuando Eliza se chupó los dedos y, con los ojos cerrados mientras saboreaba aquel manjar, murmuró que era el pescado más sabroso que había comido en toda su vida, él no pudo por menos que darle toda la razón.

El agua fresca se les antojó tan deliciosa como el más selecto de los vinos, y la segunda trucha no tardó en seguir el mismo camino que la primera. Cuando quedaron saciados por fin, dejaron los platos sobre la hierba y permanecieron allí sentados hombro con hombro, contemplando las llamas rosáceas el uno junto al otro, hasta que al cabo de unos minutos Eliza le miró y le pidió:

—Háblame de tu familia —quería conocerle mejor.

Él se volvió a mirarla y sus ojos se encontraron.

—Ya conoces a Leonora.

—Sí, pero creo recordar que vives con tu tío.

—Humphrey —Jeremy fijó de nuevo la mirada en las llamas antes de seguir—. Leonora y yo fuimos a vivir con él cuando fallecieron nuestros padres, yo tenía doce años. Él vivía en Kent en aquel entonces, pero varios años después decidió que nos mudáramos a Londres porque pensó que allí podría desarrollar mejor sus estudios.

—¿Qué es lo que estudia?

—Textos antiguos, igual que yo.

Se quedó tan fascinada viendo la luz de las llamas danzando sobre su austero rostro que tardó unos segundos en contestar.

—¿Alguno de los dos está especializado en una clase de textos en concreto?

—No, más bien en un idioma. Antes era el sumerio y supongo que ese sigue siendo nuestro preferido, pero estamos capacitados para analizar cualquier tipo de escritura jeroglífica.

—¿Recibís muchas consultas?

Siguieron conversando y Eliza fue construyendo poco a poco una imagen mental de cómo vivía, de cómo era su día a día. Sintió cierta envidia cuando él le explicó que solía pasar varios meses al año en el extranjero, invitado por las más prestigiosas instituciones europeas.

—El año pasado estuve en Praga y ha llegado a mis oídos que podría llegarme una solicitud procedente de Viena, ya veremos.

Ella suspiró y le preguntó si le gustaba viajar. Poco a poco, pregunta a pregunta, fue averiguando más cosas acerca de un modo de vida muy distinto a aquellos con los que estaba familiarizada, pero que al mismo tiempo coexistía con el mundo en que se movía ella.

Al pensar en los puntos en común que tenían, le miró y comentó sin andarse por las ramas:

—No recuerdo haber coincidido contigo en ningún otro baile aparte de aquel en el que nos presentaron hace tiempo, creo que fue en casa de lady Bethlehem.

—No recuerdo dónde fue. En aquella época Leonora estaba empeñada en obligarme a salir y en presentarme a gente. Cedí a sus deseos durante un año más o menos, pero debo admitir que los bailes no son mi fuerte.

—¿Ni siquiera si las mansiones donde se organizan cuentan con excelentes bibliotecas?

Él se echó a reír y admitió:

—Durante un tiempo intenté refugiarme en ellas, pero Leonora no tardó en darse cuenta de dónde podía encontrarme, y no fue la única. La cuestión es que las bibliotecas y, por extensión, también los bailes, perdieron todo su encanto para mí.

Eliza no pudo evitar sonreír al oír aquello. Lo que él estaba contándole estaba ayudándola a distraerse y no pensar en la sensación creciente de intimidad (una intimidad que no era física) que estaba generándose debido a la luz de las llamas, a la oscuridad y a lo cerca que le tenía. Estaba de lo más satisfecha por haber conseguido sin apenas esfuerzo que él le diera una explicación sorprendentemente detallada de cómo era su vida cuando le pilló observándola con una mirada muy, pero que muy penetrante.

—Ahora te toca a ti. Conozco a tu familia a grandes rasgos, pero quiero verles a través de tus ojos.

Ella se rodeó las pantorrillas con los brazos, apoyó la barbilla en las rodillas y fijó la mirada en las llamas.

—Nos conoces lo bastante bien para tener una impresión general de cómo somos. Mis hermanas son más... no sé, supongo que podría decirse que son más activas que yo. De las tres, yo soy la tranquila, la callada. Como tú bien sabes, no me gusta montar a caballo; de hecho, hasta hoy mismo ni siquiera sabía que me gustaban las caminatas. Es una actividad que nunca antes me había gustado, pero creo que podría deberse al peso de las faldas. Tendré que experimentar cuando regrese a casa... me refiero a nuestra finca en la campiña, a Casleigh y a la zona de las Quantock. Heather suele dar largos paseos cuando está allí y Angelica sale a montar a caballo incluso más a menudo que ella.

Jeremy ladeó un poco la cabeza para poder verle el rostro.

—¿Qué haces tú cuando pasáis una temporada allí?

Ella esbozó una pequeña sonrisa y admitió:

—Me dedico a bordar, es una actividad con la que disfruto de verdad. Me enseñó mi tía Helena, que es toda una experta. También toco varios instrumentos y practico mucho, sobre todo con el arpa. El piano es relativamente fácil —le miró de soslayo y añadió—: yo soy a la que siempre le piden que cante la primera en las típicas reuniones familiares.

—Alguien tiene que asumir ese papel —le contestó él, sonriente.

Eliza miró de nuevo hacia las llamas.

—Pues sí, y en mi familia ese alguien soy yo.

—Pero pasas la mayor parte del año en Londres, ¿verdad? —al ver que ella se limitaba a asentir, insistió—: ¿cómo es tu día a día?, ¿qué sueles hacer?

Eliza se planteó no contestar, pero la calidez del fuego, lo relajada que se sentía en su compañía y la naturalidad que reinaba en el ambiente hicieron que dejara a un lado sus reservas. Se puso más cómoda y procedió a responder a sus preguntas (o, mejor dicho, a su interrogatorio) con la misma sinceridad que él le había ofrecido.

Se sorprendió al ver que resultaba ser una experiencia muy estimulante. En condiciones normales no habría contestado a aquella clase de preguntas (y tenía la sensación de que él menos aún), y mucho menos con tanta naturalidad.

Intentó convencerse a sí misma de que era por las circunstancias, por la situación, por aquella sensación de aislamiento que quedaba suavizada en cierta medida por la luz del fuego... y así era, pero solo hasta cierto punto. No se imaginaba revelando semejantes cosas (y mucho menos sintiéndose tan cómoda y relajada) ante cualquier otra persona que no fuera él, alguien menos sincero.

Más allá de la hoguera, la oscuridad fue espesándose. Jeremy dejó de hacerle preguntas y se quedaron allí sentados, sin que hubiera incomodidad alguna entre los dos. No hacía falta añadir nada más, ella no se sentía obligada a mantener viva la conversación y él parecía estar igual de relajado.

Les envolvía una sensación de unidad, de camaradería, que les reconfortaba y les hacía sentirse seguros. Calma, paz, serenidad... todas ellas estaban presentes allí, en la oscuridad de la noche, en las llamas mortecinas que iban convirtiéndose poco a poco en luminosas brasas.

Jeremy no habría sabido decir si aquel manto tranquilizador era real o imaginario, pero estaba más que encantado de aceptarlo y de seguir sentado junto a ella en medio de aquella quietud, disfrutando de la noche.

Le gustaba el silencio, podría decirse que era un sustento del que se nutría su alma, pero no había conocido nunca a una mujer (y mucho menos a una dama) que se sintiera tan cómoda como él estando en silencio; por otro lado, bien era cierto que nunca antes había tenido razón alguna para estar tan cerca de una dama más allá de los habituales ambientes donde se movía la alta sociedad.

A pesar de que no quería romper aquel momento de paz y quietud, no iban a tener más remedio que entrar pronto en la cabaña y había una cosa más que quería decir.

Agarró una de las ramas que había amontonadas a un lado y removió con ella las brasas.

—Es habitual que la gente le dé demasiadas vueltas a las cosas en situaciones como esta, al menos la gente como nosotros —la miró de reojo y, al ver que estaba atenta a sus palabras, fijó de nuevo la mirada en las brasas—. Revestimos el momento de unas significaciones que quizás no tenga. Constreñimos y limitamos el número de resultados potenciales al imponer expectativas externas, al imaginar de antemano cómo van a ver los demás las cosas y lo que dirán, cuando en realidad es posible que nada de eso importe.

Estaban sentados tan juntos que sus hombros se tocaban. Se volvió a mirarla y se encontró con unos ojos pardos que lo miraban con expresión seria y directa.

—¿Que pase lo que tenga que pasar? —le preguntó ella.

—Debería estar permitido que pasara lo que pudiera llegar a pasar —tras una ligera vacilación, añadió—: los más inteligentes son aquellos que no prejuzgan, los que no creen saber de antemano cómo van a desarrollarse los acontecimientos y mucho menos cuando estos no les conciernen solo a ellos. Las personas inteligentes dejan que las situaciones sigan su curso sin malgastar energía preparándose para librar batallas que puede que nunca lleguen a existir, ellas esperan a ver cómo caen los dados del destino y entonces deciden cómo actuar.

Ella le sostuvo la mirada y, tras un largo momento, sus labios se curvaron en una pequeña sonrisa y le preguntó:

—Supongo que preferirías ser inteligente, ¿verdad?

—Sí, así es. Puede que se deba al intelectual que llevo dentro, pero no le veo sentido a ir en la otra dirección, en la dirección habitual.

Se miraron a los ojos en silencio y Jeremy se esforzó por no moverse y seguir con los brazos alrededor de las rodillas con actitud relajada, al igual que ella. Para sus rebeldes sentidos, el calor cada vez menor que emanaba de las mortecinas ascuas parecía estar siendo reemplazado, desbancado, por el calor que emanaba de ella, por la seductora tentación de su cercanía.

—Estoy de acuerdo contigo —sin dejar de mirarlo a los ojos, alzó una mano y añadió—: lancemos los dados, a ver cuál es el resultado.

Ella posó la mano en su mejilla, la enmarcó en su palma y se la acarició, y entonces sus párpados fueron cerrándose mientras iba acercándose, mientras iba inclinándose hacia él hasta que sus labios se encontraron y lo besó de nuevo abiertamente, sin vacilaciones, sin que pudiera quedar ni la más mínima duda de lo que quería.

Jeremy cerró los ojos y saboreó aquel contacto tan increíblemente dulce. Había besado a unas cuantas mujeres años atrás, pero nunca había sido tan adictivo un simple beso. Agarró su propia muñeca con la mano mientras se obligaba a permanecer donde estaba y le devolvió el beso antes de tentarla a dar un paso más...

Un paso más que Eliza dio encantada. Se puso de rodillas y profundizó el beso mientras le entregaba de forma instintiva su boca y le incitaba a que la saboreara. Se acercó más a él, apretó los senos contra su brazo y notó los bordes duros del colgante de cuarzo rosa.

La sensación la estimuló aún más y se inclinó hacia delante

para intensificar aún más el beso... pero él se apartó de impro-viso. Después de rodearla con los brazos y de atraerla hacia sí hasta sentarla de lado sobre sus duros muslos, bajó la cabeza y la besó otra vez, capturó sus labios y saboreó su boca, la condujo de nuevo al paraíso de aquella caricia cada vez más profunda.

Inmersos en un torbellino de emociones, de un placer dulce a la par que ilícito, daban y recibían caricias, las riendas iban pa-sando de unas manos a las otras. Uno llevaba la iniciativa, exigía y dejaba claros sus deseos, y el otro respondía antes de exigir a su vez.

Los sentidos de Eliza estaban embriagados por la firmeza de sus labios, por las acaloradas caricias de su lengua, por la abrasión de su barba incipiente en la palma de la mano, por el tacto se-doso de su cabello. Le besó con un atrevimiento cada vez mayor, cada vez más convencida de que, tal y como él había dicho, de-berían dejarse llevar sin más y...

¡Uh-uh! ¡Uh-uh!

Interrumpieron el beso, miraron a su alrededor y poco a poco fueron cobrando conciencia de dónde estaban.

—Un búho —alcanzó a decir Jeremy.

Se volvió a mirarla de nuevo y al ver aquellos labios rosados, aquellos ojos pardos en los que aún brillaba el deseo, lo que en teoría debería pasar a continuación se adueñó de su imagina-ción por completo, pero sabía que corrían demasiado peligro allí fuera, en medio de la nada.

La hoguera se había apagado casi por completo ante ellos.

Vio que Eliza parpadeaba como si su mente estuviera des-pejándose. No vio arrepentimiento en sus ojos, pero aun así se preparó para lo que pudiera pasar y le dijo:

—Será mejor que entremos, mañana nos espera una larga caminata —la ayudó a levantarse antes de ponerse en pie a su vez, y lanzó una mirada hacia el espetón y los platos vacíos—. Ya limpiaremos esto mañana, cuando haya luz suficiente para ver por dónde vamos y no corramos peligro de caer en la la-guna.

—Sí, bien pensado —le dijo ella, antes de dirigirse hacia la cabaña.

Regresó al cabo de un momento con la vela que había encontrado antes, y él se encargó de encenderla con las últimas brasas que quedaban antes de devolvérsela. Mientras ella se internaba entre la maleza para tener algo de privacidad, él recordó algo que le había contado Charles St. Austell acerca de pasar la noche en algún recóndito lugar situado en territorio enemigo.

Aunque la noche anterior habían cerrado la puerta a cal y canto, habían sido vulnerables mientras dormían.

Cuando Eliza regresó, él le indicó que entrara y, cuando la vio encender una segunda vela, dio una vuelta alrededor de la cabaña y fue dejando ramitas secas por el suelo para que cualquiera que pasara por allí hiciera ruido al pisarlas.

Cuando decidió que había hecho todo lo que estaba en su mano para asegurarse de que Eliza estuviera a salvo, entró en la cabaña y cerró la puerta con cerrojo.

Dos minutos después, con ella acostada al alcance de la mano en el menor de los dos camastros y él en el mayor, apagó la vela de un soplo, cerró los ojos, y ordenó con severidad a su rebelde cuerpo que se portara bien.

No era necesario que ambos se abrumaran al querer avanzar de golpe. Lo que él necesitaba en ese momento no era pensar, sino asimilar, absorberlo todo antes de que tomaran el curso dictado por los dados del destino, unos dados que Eliza había lanzado de forma plenamente consciente.

Había que ir paso a paso.

A la mañana siguiente retomaron la marcha bien temprano para poder llegar al otro lado de los montes Moorfoot lo antes posible; a juzgar por el mapa, aún tenían que atravesar buena parte de la sierra y tardarían la mañana entera en llegar a Stow.

El aire era muy frío a pesar de que hacía sol, pero Eliza caminaba con determinación tras Jeremy con la alforja menos pesada al hombro. Los montes Moorfoot parecían ser una serie de pliegues protuberantes por los que había que ir subiendo y bajando, el proceso consistía en ajustar el rumbo para seguir a lo largo de cada ladera antes de girar para bordear la siguiente.

Avanzar por aquel terreno inhóspito y lleno de brezales no era duro, más bien podría decirse que requería un considerable esfuerzo físico. Tuvieron que pasar por campos llenos de maleza y cruzar una infinidad de pequeños arroyos, pasaron cerca de una pequeña cabaña de caza cobijada en el estrecho valle creado por dos de las colinas, y en una ocasión atravesaron una arboleda donde las densas sombras la hicieron estremecer.

Había mil y una cosas que ver y hacer, un sinfín de cosas con las que distraerse para evitar pensar en lo que había sucedido la noche anterior, pero su mente estaba empeñada en darle vueltas y más vueltas al tema. No podía dejar de pensar y rumiar en lo que estaba pasando entre ellos; fuera lo que fuese, no podía dejar de diseccionarlo y analizarlo.

Estar en compañía de un caballero como Jeremy, de alguien que vivía al margen del mundo donde ella se movía, y ver que se creaba una conexión que ninguno de los dos habría creído posible era algo que la había tomado por sorpresa, algo inesperado que jamás habría podido imaginar.

En aquel asunto iba a la deriva. Era una situación en la que no tenía ninguna experiencia previa, y las vivencias de sus mentoras tampoco le servían de guía.

Mantuvo la mirada en el suelo mientras caminaba tras él. Aquella mañana habían ido a asearse a la pequeña laguna antes de trabajar codo con codo para limpiar lo que habían usado y dejar la cabaña impecable, y aunque desde el momento en que habían despertado ella había estado esperando a que hubiera algún momento de incomodidad, a que alguno de los dos tuviera un súbito arranque de conciencia, no había sido así; de hecho, había notado que él la miraba con la misma atención. Sus ojos se habían encontrado cada dos por tres y se habían sostenido la mirada durante largos segundos, expectantes, y en toda la mañana no había habido ni un solo momento de incomodidad entre ellos.

Jeremy había dejado un soberano de oro sobre la mesa cuando estaban listos para partir y la había mirado con expresión interrogante, como preguntándole si le parecía un pago adecuado. Ella había asentido con aprobación, le había tomado de la mano y le había conducido hacia la puerta.

No alcanzaba a entender por qué podía comportarse así con él y viceversa, por qué parecía lo más natural del mundo. Jamás habría creído posible que una dama y un caballero de la alta sociedad (no había duda de que Jeremy Carling era un caballero, por mucho que él se considerara un intelectual ante todo) pudieran trabajar en equipo de semejante forma.

Hizo una mueca al ver que llegaban a un saliente rocoso. Se detuvo sin decir palabra, esperó mientras él ascendía poco a poco, y entonces alzó las manos. Él se las agarró, tiró de ella hacia arriba y, en perfecta armonía y sin necesidad de palabras, prosiguieron el camino como si nada.

Eliza empezaba a pensar que tanto su familia como ella deberían darle las gracias al misterioso noble de las Tierras Altas. Si aquel hombre no hubiera contratado a Scrope para que la secuestrara y la llevara a Escocia, en ese momento no estaría cruzando los montes Moorfoot junto a Jeremy Carling, disfrutando a más no poder con todas aquellas vivencias y descubriendo infinidad de cosas tanto sobre él como sobre sí misma. Jamás había imaginado siquiera que una persona pudiera tener tantos matices, tantos detalles por conocer.

Lo ocurrido a la luz de la hoguera había bastado para confirmar que, por muy increíble que pudiera parecer, los dos compartían la misma opinión sobre lo que estaba ocurriendo. Ninguno de los dos estaba seguro aún de cuál iba a ser la conclusión a la que iban a llegar, ninguno sabía adónde les iba a conducir el camino que, metafóricamente hablando, estaban recorriendo juntos.

Aquel progreso lento y mesurado le parecía perfecto. No era una mujer valerosa y aventurera como sus hermanas, ella necesitaba tomarse las cosas con calma. Descubrir que él opinaba lo mismo, que también consideraba que lo más sensato era evaluar la situación paso a paso, sin precipitarse ni lanzarse de cabeza sin más, era más que un alivio, era una verdadera revelación.

Alzó la mirada y contempló su despeinado cabello oscuro, aquellos anchos hombros. No le molestaba en absoluto que, teniendo en cuenta que aquella caminata iba a durar toda la mañana, lo más probable era que no lograran llegar a la frontera antes del anochecer y tuvieran que pararse a pernoctar en algún lugar.

Estaba imaginándose lo que podría ocurrir entre ellos si pasaban otra noche más a solas cuando emergieron de un tajo entre dos colinas y se detuvieron.

Aún se encontraban a una altura considerable, pero el terreno que se extendía ante ellos iba descendiendo a lo largo de un amplio valle. Multitud de arroyuelos plateados serpenteaban alrededor de colinas cada vez menos elevadas hasta desembocar en un grueso río situado al final del valle, cerca de donde empezaba a alzarse la siguiente cadena montañosa.

Después de consultar el mapa, Jeremy escudriñó el horizonte y le indicó:

—Aquel río es el Gala y aquello de allí es Stow, el lugar al que nos dirigimos —dobló de nuevo el mapa y añadió—: en teoría, allí no deberíamos tener ningún problema para alquilar algún coche de caballos, así que podremos seguir rumbo al sur a toda velocidad.

—El hombre que contrató a Scrope ya no nos sigue, ¿verdad? —le preguntó, consciente de que él había ido deteniéndose de vez en cuando para mirar atrás y cerciorarse de que no había perseguidores a la vista.

—Es difícil saberlo con certeza en un terreno tan irregular como este, pero yo creo que si nos hubiera seguido el rastro ya nos habría alcanzado.

Eliza se colocó mejor la alforja que llevaba al hombro y, tras contemplar durante unos segundos el valle que se extendía ante ellos, se volvió a mirarle de nuevo y le preguntó:

—Vamos a dar por hecho que tanto Scrope como él nos han perdido la pista. ¿Hacia dónde vamos ahora?

Él le indicó con un gesto de la cabeza el plateado brillo de un arroyo cercano.

—La ruta más fácil será ir siguiendo el curso de los arroyos. Los más pequeños van uniéndose a otros más grandes y al final todos acaban por desembocar en el río. Según el mapa, aquel arroyuelo de allí acaba por unirse al último afluente y este desemboca en el río cerca del puente al que nos interesa llegar, el que está cerca de Stow.

—De acuerdo, vamos allá —dijo ella, antes de echar a andar hacia el arroyuelo en cuestión.

Jeremy disimuló una sonrisa al verla alejarse con paso decidido. Se conocían desde hacía unos días escasos y tan solo en aquel contexto tan alejado de la alta sociedad, pero en aquel tiempo ella se había transformado, había cambiado. No, más bien se veía inclinado a pensar que el desafío que había supuesto para ella el secuestro y la huida, los obstáculos que había tenido que superar, habían hecho que aflorara una parte de su ser que había permanecido oculta, que pusiera en práctica destrezas que ni ella misma sabía que poseía, que emergiera de su interior una fuerza profunda e innata.

A raíz de lo que ella le había contado la noche anterior, tenía la impresión de que se consideraba inferior a sus hermanas en cierto sentido. Se veía con menos empuje, menos obstinada e impaciente, con un carácter menos enérgico, pero aunque eso pudiera ser cierto a ojos de la alta sociedad e incluso de la propia familia Cynster, ella era mucho más que eso, tenía muchísimas más cosas que ofrecer; además, él consideraba que el hecho de que tuviera ese carácter más templado no era un defecto ni mucho menos, sino una virtud.

Hicieron una parada junto al arroyuelo en la que aprovecharon para comer los últimos frutos secos que les quedaban, y prosiguieron el camino mientras se comían las últimas dos manzanas. El sol brillaba con fuerza mientras cruzaban el valle yendo de un arroyo a otro, descendiendo de forma gradual hacia el objetivo final.

Las horas previas de caminata habían sido mucho más difíciles que aquel descenso. Jeremy se mantuvo detrás de Eliza mientras pasaban por los prados (unos prados pequeños, pero cada vez más llenos de vegetación) que había en los márgenes de los afluentes, y al final se colocó junto a ella cuando llegaron al camino que llevaba al puente. Tuvo que contener las ganas de tomarla de la mano, y cruzaron el puente el uno junto al otro.

—Allí está Stow.

Se lo dijo mientras le indicaba con la cabeza unos edificios que había a su derecha en la otra orilla, agrupados alrededor de la torre de una iglesia, y no se sorprendió al ver que ella se limitaba a asentir. Había notado que hablaba lo menos posible cuando estaban en público debido al disfraz de muchacho, y le parecía una decisión sensata. Ella tenía una voz suave, armoniosa y cautivadoramente femenina que no era fácil transformar en una voz masculina, y por eso solía usar el truco de farfullar cosas incomprensibles.

No encontraron ninguna sorpresa desagradable esperándoles en Stow, un pueblecito encantador donde había varias posadas. Eligieron una de ellas y, después de acordar con el encargado de la cuadra el alquiler de una calesa y un caballo, entraron y fueron al comedor.

El lugar estaba bastante lleno y Jeremy le dio un pequeño codazo y señaló hacia una mesa situada junto a la pared, cerca de una de las ventanas. Ella asintió antes de dirigirse hacia allí, y cuando llegaron dejaron las alforjas en el suelo y se sentaron.

Una camarera de exuberantes formas se les acercó casi de inmediato.

—Buenas, ¿qué desean? Hoy tenemos pastel de carnero o de carne de caza, lo que prefieran.

—De carne de caza —masculló Eliza, en voz baja y con la cabeza gacha.

Jeremy reprimió a duras penas una sonrisa al ver semejante actuación y asintió.

—Sí, yo también. Y una cerveza.

Miró a Eliza, quien contestó con voz apenas inteligible:

—Agua.

—Cerveza aguada para el joven caballero, ¿verdad? —preguntó la camarera, mientras tomaba nota.

Jeremy estuvo a punto de soltar una carcajada al ver la cara que ponía Eliza. La miró con una ceja enarcada en un gesto interrogante y, al verla asentir tras una vacilación casi imperceptible, alzó la mirada hacia la camarera y le dijo:

—Sí, gracias.

—Se lo traigo todo en unos minutos, pónganse cómodos — contestó ella, sonriente.

Esperó a que se marchara, y entonces miró a Eliza y le preguntó con una sonrisa traviesa:

—¿Cerveza aguada?

Ella se encogió de hombros y mantuvo el tono de voz bajo y grave al contestar:

—¿Por qué no? No la he probado nunca, pero me apetece hacerlo. Heather lo hizo durante su aventura con Breckenridge.

Fiel a su palabra, la camarera regresó escasos minutos después con dos platos de pastel de carne de caza acompañado de una espesa salsa. Jeremy le pidió la cuenta y pagó, y al ver que Eliza le miraba con expresión interrogante le explicó en voz baja:

—Por si tenemos que marcharnos a toda prisa.

La comida resultó ser excelente y la cerveza muy refrescante, aunque algo amarga. La larga caminata matutina había hecho que a Eliza se le abriera el apetito, y ella misma se sorprendió un poco al ser capaz de dejar limpio el plato y apurar la jarra de cerveza aguada.

Jeremy, que había terminado de comer antes que ella, había sacado el mapa y había estado consultándolo con atención; al ver que ella apartaba el plato a un lado, la miró y colocó el mapa de forma que pudieran verlo los dos.

—Aquí está Stow, aquí Jedburgh y la frontera. Wolverstone está aquí. Para llegar podemos tomar la misma ruta que seguí yo al marcharme de allí.

—La que hizo que te cruzaras con el carruaje de los secuestradores.

—Exacto, y la que va a llevarnos a lugar seguro. Teniendo en cuenta la hora que es, ni siquiera vamos a poder llegar a Jedburgh antes de que anochezca. Si te parece bien, preferiría que no nos incorporáramos al camino principal propiamente dicho hasta que podamos recorrerlo de un tirón y cruzar la frontera.

—Por si alguno de nuestros dos perseguidores decidió esperar en algún punto del camino al ver que nos había perdido la pista, ¿verdad?

—Eso es —puso un dedo en el mapa y trazó el camino que

salía de Stow—. Hoy podremos llegar más allá de Galashiels, pero creo que deberíamos detenernos en Melrose o en algún lugar cercano. Aún no habremos llegado al camino principal de Jedburgh, pero estaremos bastante cerca de él y de allí en adelante las excelentes condiciones del camino nos permitirán ir hacia la frontera a toda velocidad.

—Muy bien. Buscaremos algún lugar donde pasar la noche cerca de Melrose, y mañana por la mañana pondremos rumbo a la frontera.

—¿Te parece bien? —le preguntó, mirándola a los ojos.

Al darse cuenta de que lo que estaba preguntándole en realidad era si le parecía bien pasar otra noche a solas con él, Eliza sonrió y le contestó con toda sinceridad:

—Sí, me parece perfecto.

Cada vez estaba más convencida de que sería aconsejable tomar la iniciativa y explorar un poco más, sobre todo si aquella iba a ser la última noche que iban a pasar juntos antes de reincorporarse al mundo de la alta sociedad.

Mientras él doblaba el mapa y lo guardaba de nuevo, ella se dio cuenta de repente de algo que ni se le había pasado por la cabeza. Lanzó una mirada a su alrededor para asegurarse de que nadie la oía, y entonces se inclinó un poco hacia delante y le preguntó:

—¿Tenemos dinero suficiente?

Se sintió un poco culpable por no haberse planteado antes aquella cuestión. Hasta el momento habían alquilado caballos y dos calesas, y también había que tener en cuenta la comida que habían comprado.

—¿Recuerdas que te comenté que estuve trabajando una temporada en Edimburgo? —le preguntó él, sonriente.

—Sí, así fue como conociste a Hugo y a Cobby.

—Así es, pero la cuestión es que en el banco de Edimburgo me conocen de sobra a raíz de mi estancia en la ciudad. Pasé por allí antes de que pusiéramos en marcha el plan de rescate, como no sabía lo que podría llegar a suceder opté por retirar una cantidad bastante grande de dinero —se echó la alforja al hombro y echó su silla hacia atrás, y su sonrisa se ensanchó aún más al admitir—: tengo tendencia a ir sobre seguro en cuestiones prácticas. Disponemos de fondos más que suficientes para regresar a Londres, incluso podríamos alquilar un lujoso carruaje.

—Perfecto —dijo, aliviada. Con la cabeza gacha y su alforja en la mano, salió de detrás de la mesa y le siguió hacia la puerta. Mientras cruzaban el vestíbulo, murmuró—: de repente nos he imaginado fregando suelos y lavando platos a cambio de pasar la noche en algún lugar.

Él soltó una pequeña carcajada mientras salían de la posada. Bajó la mirada hacia ella y contestó:

—Las cosas no van a llegar a esos extremos, pero, incluso si así fuera, tú y yo nos las arreglaríamos para salir adelante.

Eliza le miró, vio la cálida aprobación que había en sus ojos y le devolvió la sonrisa; al cabo de un momento, alzó la barbilla, bajó el escalón de entrada y cruzó el patio con paso decidido.

—¡Hay que seguir adelante! —dijo, llena de determinación—. Veamos hasta dónde logramos llegar antes de que oscurezca, y dónde hacemos un alto en el camino para pasar nuestra última noche.

El caballo que tiraba de la calesa era un brioso ejemplar castaño que piafaba con insistencia, deseoso de ponerse en marcha. Después de subir las alforjas al vehículo, Jeremy se sentó junto a ella y condujo hacia el camino.

En cuanto salieron del pueblo, hizo chasquear las riendas para que el joven animal se lanzara al trote. Eliza se llevó la mano al sombrero para evitar que saliera volando, la inercia hacía que los hombros de ambos se tocaran al doblar las curvas.

El camino estaba en muy buenas condiciones y serpenteaba siguiendo los meandros del río Gala, que discurría hacia el sur. Casi nunca perdían de vista los verdes márgenes poblados de árboles, ni los pájaros que se dejaban caer en picado sobre las caudalosas aguas antes de ascender de golpe y que revoloteaban sobre los prados circundantes.

Era una escena tan bucólica y agradable que resultaba muy fácil olvidar que estaban huyendo de un malvado secuestrador y de un poderoso noble escocés cuyos objetivos seguían siendo un misterio. Con el sol brillando con fuerza y la brisa acariciándoles el rostro, con los olores y los sonidos del campo inundándoles los sentidos, prosiguieron por el camino sonrientes y relajados.

Eliza se puso a cantar cuando dejaron atrás la intersección de Buckholm, y Jeremy se unió al cabo de unos segundos. Sus voces (la de ella de soprano, la de él de barítono) combinaban con armonía, y entonaron varias canciones populares.

Siguiendo el curso del río, el camino dobló hacia el este y al final llegaron a Galashiels, que resultó ser un pueblo bastante grande. Mientras aminoraba la marcha al llegar al centro de la población, Jeremy le advirtió:

—Mantente alerta por si acaso.

Aunque toda precaución era poca, no encontraron ningún peligro esperando al acecho y, tras cruzar el pueblo sin incidente, siguieron los postes indicadores rumbo a Melrose. El camino iba en dirección este y, aunque en un principio siguió el curso del Gala, la distancia entre ambos fue ampliándose hasta que al final perdieron de vista el río.

Eliza se reclinó en el asiento, y al cabo de un momento vio otro río a cierta distancia de donde estaban.

—Aquel de allí no es el mismo río, ¿verdad? Parece mucho más grande.

—No, ese es el Tweed. Lo cruzaremos un poco más adelante.

Poco después, tenían el río en cuestión discurriendo paralelo al camino, y Jeremy indicó una densa arboleda que flanqueaba el camino un poco más adelante.

—Supongo que esa será la arboleda que debemos cruzar según el mapa. Justo al otro lado el camino debería desviarse hacia el sur y se supone que habrá un puente.

Sí que lo había, uno muy pintoresco de ladrillos rosados y piedra gris con dos arcos que abarcaban el ancho río. Lo cruzaron y siguieron por la orilla sur hasta que, un poco más adelante, llegaron a una intersección donde un poste indicador señalaba hacia Melrose.

El sol empezaba a descender tras ellos y proyectaba sombras por delante de la calesa.

—Melrose debe de estar a menos de un kilómetro y medio de aquí —comentó Jeremy—. Debemos pensar lo que vamos a hacer, dónde vamos a buscar acomodo. ¿Alguna sugerencia al respecto?

Eliza pensó en ello unos segundos antes de contestar:

—Es improbable que el noble o Scrope estén esperándonos en ese pueblo, ¿verdad?

—Me sorprendería que fuera así. Yo creo que o están esperándonos más adelante o perdieron nuestra pista y decidieron rendirse y regresar a casa.

—Espero que sea la segunda opción —afirmó ella con énfasis—. En cualquier caso, como no van a estar en Melrose nada nos impide echar un vistazo por el pueblo y tomar una decisión cuando veamos cuáles son las opciones disponibles.

—Bien pensado —al cabo de un momento añadió—: tengo entendido que las ruinas que hay allí reciben una buena cantidad de visitantes, así que es posible que haya alguna pensión o que se alquilen habitaciones en casas particulares. Si al final resulta que alguno de nuestros dos perseguidores aparece por allí, lo más probable es que se limite a buscarnos en posadas.

—¿A qué ruinas te refieres?

Al final decidieron alojarse en una pequeña pensión situada justo enfrente de las ruinas de la vieja abadía. Cuando la dueña les condujo a la habitación y se marchó, Eliza miró por la ventana.

—¡Son las ruinas más románticas que he visto en toda mi vida!

—En Escocia abundan.

Ella se volvió a mirarlo y le preguntó, llena de entusiasmo:

—¿Podemos ir a explorar? No supondrá ningún problema, ¿verdad? Aún no ha anochecido y la señora Quiggs nos ha dicho que falta más de una hora para que sirva la cena.

Al verla tan animada, tan esperanzada, Jeremy se dio cuenta de que estaba perdido.

—De acuerdo —le indicó la puerta con un gesto y la siguió.

Pasaron más de una hora recorriendo las ruinas. Jeremy sabía más que suficiente acerca de la vida monástica para contestar a sus preguntas sobre esto y aquello, describir la utilidad que le daban los monjes a las distintas zonas y explicarle los detalles de los elementos arquitectónicos por los que ella mostraba interés.

La seguía de acá para allá, encandilado al verla tan entusiasmada y exultante; por suerte, no había nadie más visitando las ruinas en ese momento, porque a cualquiera que la viera le extrañaría que un muchacho se comportara de forma tan peculiar.

Decidieron regresar al ver que empezaba a anochecer y al notar el olor a comida que salía de la cocina de la pensión. La miró mientras cruzaban el camino que salía del antiguo cementerio y, cuando ella enarcó las cejas con una expresión interrogante de lo más inocente, le advirtió:

—No olvides que eres un muchacho, no una damisela con inclinaciones románticas.

Después de lanzarle otra de sus sonrisas radiantes, Eliza adoptó una expresión de aburrimiento, miró al frente y caminó con mayor lentitud, sin la vivacidad y el entusiasmo previos; al llegar a la puerta de la pensión, suspiró con apatía, se llevó la mano a la boca para cubrir un falso bostezo y opinó con voz grave:

—Me he aburrido sobremanera, espero que la cena sea mejor.

Jeremy reprimió una sonrisa y entró tras ella en la pensión.

A la misma hora más o menos, en una cómoda pensión de St. Boswells donde le conocían de sobra, el noble de las Tierras Altas se dispuso a disfrutar de una suculenta cena en la que le sirvieron salmón fresco, venado, perdiz, beicon y puerros, todo ello regado con un excelente borgoña.

A decir verdad, no podía quejarse. Tras llegar a Gorebridge había sido tarea fácil burlar a Scrope, ya que este tenía un pésimo sentido de la orientación y le había bastado con cruzar Gorebridge y enfilar por un camino que iba hacia el este, un camino que acabaría por llevar al tipo de regreso a la gran ruta del norte; con un poco de suerte, Scrope pensaría que aún seguía tras él y continuaría por aquel camino creyendo que Eliza Cynster y su salvador habían tomado un atajo para llegar a la ruta que solía elegirse para llegar a Londres.

Todo iba bien. Tan solo tenía que permanecer vigilante al día siguiente y, cuando les viera pasar, seguirles y observarles, aunque lo cierto era que el comportamiento que había tenido hasta el momento el caballero que había rescatado a Eliza Cynster demostraba sin lugar a dudas la clase de hombre que era. Había actuado con decisión e inteligencia, de forma honorable y efectiva.

Él tan solo le había visto en una única ocasión, pero le había parecido un hombre con buen porte, atractivo y protector; más aún, le había visto comportarse con actitud muy protectora. Aquella única mirada lanzada en la calle de Penicuik había bastado para dejar muy claro cómo veía aquel hombre a Eliza. La consideraba suya, de eso no había duda.

No podía negar que aquello suponía un alivio para él. Tal y como demostraba lo que había ocurrido tras su intento fallido de secuestrar a Heather Cynster, el matrimonio era el único método efectivo para proteger la reputación de una Cynster que había sido secuestrada; al igual que su hermana, Eliza podía elegir entre casarse con el hombre que la había rescatado o con él.

Aunque en ese sentido la postura del caballero en cuestión estaba bastante clara gracias a aquel breve momento vivido en Penicuik, se sentía obligado por su honor a confirmar la opinión de Eliza. ¿Estaba ella igual de feliz con el enlace que su futuro marido?

Con un poco de suerte, lo que viera al observarles al día siguiente confirmaría que la respuesta a aquella pregunta era afirmativa, pero estaba por decidir lo que haría después. Aunque su honor no quedaría empañado si decidía dejarles a su suerte y poner rumbo a casa de inmediato, antes iba a asegurarse de que cruzaran la frontera sanos y salvos.

Suponiendo que estuvieran viajando en un coche de caballos, una vez que pasaran por St. Boswells les quedaría poco para alcanzar la frontera. Si todo salía tal y como él esperaba y deseaba, por la tarde ya estaría viajando hacia las Tierras Altas.

Pidió un whisky tras la cena y cuando se lo sirvieron se reclinó en el asiento. Después de brindar en silencio por Eliza y su salvador, estuvieran donde estuviesen, tomó un trago y saboreó sin prisa su copa, satisfecho por cómo iba todo hasta el momento.

CAPÍTULO 11

—¡Qué maravilla!, ¡qué atmósfera tan evocadora!

Jeremy se volvió después de cerrar la puerta de la habitación y, al ver a Eliza de pie junto a la ventana con las cortinas abiertas, dedujo que estaba refiriéndose a las ruinas. Ella se había despojado de la capa y se había soltado el pelo, con lo que aquella hermosa cabellera dorada como la miel le caía por los hombros y acariciaba la seda marfileña de las mangas de su masculina camisa.

Después de cenar, él había optado por salir a dar un corto paseo para estirar las piernas, y también para que ella pudiera asearse y ponerse cómoda con algo de privacidad.

—La luna le da un aire de lo más misterioso y melancólico, ¿habrá fantasmas? —se volvió a mirarle y aventuró—: es posible que por la noche se oiga el gemido del viento entre los derruidos claustros.

—No dejes volar la imaginación, vas a tener pesadillas.

Ella lo miró con una sonrisa traviesa y, después de lanzar una última mirada al exterior, cerró las cortinas.

Jeremy posó la mirada en la cama y se apresuró a apartarla. Era una cama de un tamaño decente y estaba dotada de un grueso colchón, era tan amplia que podía considerarse adecuada para que durmieran en ella un joven muchacho y su tutor; aun así, teniendo en cuenta la diferencia de peso que existía entre Eliza y él, estaba convencido de que ella acabaría rodando hasta acabar entre sus brazos en cuanto se tumbaran.

No sintió ni el más mínimo deseo de evitar que aquello sucediera, y aceptó aquella reacción sin oponer resistencia mientras se acercaba a la cómoda donde había dejado las alforjas. Su intención era guardar en ellas los cuchillos que había comprado en Penicuik y que desde entonces había llevado encima en todo momento, pero se lo pensó mejor y fue a dejarlos sobre una de las dos mesillas que flanqueaban la cama y en las que relucían sendas velas que Eliza había encendido.

Se volvió a mirarla al oírla suspirar con suavidad y vio que se sentaba en la cama de espaldas a él y se inclinaba hacia delante para quitarse las botas. Sus ojos se posaron en aquella cabellera sedosa que brillaba como el oro bajo la tenue luz de las velas y, tras una ligera vacilación, comentó con forzada naturalidad:

—Si lo prefieres, puedo dormir en el suelo.

Ella se giró de forma tan abrupta que su cabello se abrió como un abanico dorado, y le espetó ceñuda:

—Yo creía que habíamos zanjado esa bobada en la cabaña del leñador.

No había duda de que estaba siendo sincera, se veía en su rostro y en su expresión beligerante.

—Así es, pero aun así he pensado que debía ofrecerte esa opción.

Eliza apretó los labios y asintió antes de contestar con firmeza:

—Queda dicho y se agradece, pero no —le dio la espalda de nuevo y añadió—: prefiero que duermas en la cama, conmigo.

Después de mirarla en silencio un largo momento, Jeremy sacudió la cabeza y se volvió. Se quitó el gabán y lo dejó sobre una silla cercana, se despojó también de la levita y del chaleco, y procedió a desanudar el pañuelo del cuello.

Eliza se quitó la segunda bota justo cuando él se sentó en la cama para quitarse las suyas, y apagó la vela de un soplo antes de acostarse. Jeremy notó y oyó cómo se tumbaba tras él y se ponía cómoda, y después de dejar una bota en el suelo lanzó una breve mirada por encima del hombro y la vio acostada de espaldas sobre el cobertor con las manos entrelazadas sobre la cintura, la cabeza hundida en la mullida almohada y la mirada fija en el techo.

Al verla tan pensativa tuvo la impresión de que quizás estaba maquinando algo, y se preguntó de qué podría tratarse mientras se inclinaba para quitarse la otra bota. ¿En qué estaría pensando?, ¿qué estaría maquinando?, ¿iba a pasar algo entre ellos aquella noche?

Tenía la certeza casi absoluta de hacia dónde se encaminaban (dadas las circunstancias, sería casi imposible evitar pasar por el altar), pero lo que no tenía tan claro era la ruta que iba a llevarles hasta allí. Daba la impresión de que se habían embarcado en una aventura que iba de la mano de otra, otra de carácter físico que discurría paralela a la primera y que estaba internándoles en un mundo que, aunque era desconocido para ambos, sospechaba que era incluso más desconcertante para él mismo que para ella.

El deseo físico era algo que había experimentado con anterioridad, pero siempre había sido una distracción menor que podía resultar más o menos inconveniente según la ocasión, un impulso que había sido capaz de ignorar si así lo deseaba. Pero el deseo que sentía por Eliza y la forma en que iba intensificándose con cada hora que pasaba, con cada vivencia que compartían... eso era algo completamente nuevo para él, algo compulsivo.

Era algo que rayaba en la obsesión y que tenía el perturbador poder de hacer que no pudiera pensar en nada que no fuera ella, en hacerla suya. Aunque eso le hacía sentir incómodo en más de un sentido, también despertaba su curiosidad y, a pesar de que bien advertía el dicho que la curiosidad mató al gato, para un académico era una característica primordial sin la que no llegaría demasiado lejos (aunque, para ser sinceros, en aquella ocasión su curiosidad no tenía nada que ver con cuestiones académicas).

Después de quitarse la segunda bota, no tuvo más alternativa que apagar la vela y acostarse. Se tumbó de espaldas todo lo largo que era dejando un buen espacio de distancia entre los dos, apoyó la cabeza en la otra almohada y procuró relajarse, pero no era una tarea nada fácil.

Sus predicciones se cumplieron y el colchón se hundió, pero Eliza estaba preparada para ello y no rodó hacia él.

Sin la luz de las velas la habitación se había quedado en penumbra, pero la oscuridad no era total. La luz de la luna que entraba por dos ventanitas altas lo cubría todo con un manto de un tono gris perla tenue, pero que cada vez iba ganando más intensidad.

—¿Cuánto falta para llegar a Wolverstone?

Jeremy contestó con la misma naturalidad que había empleado ella.

—Entre ochenta y noventa kilómetros. Si partimos bien temprano, deberíamos llegar a primera hora de la tarde.

—Ah. Eso quiere decir que mañana por la tarde regresaremos al seno de la alta sociedad, por decirlo de alguna forma —sin soltar el borde de la cama, al que se había agarrado para evitar rodar hacia él, Eliza alzó una pierna y comentó—: adiós a los pantalones, volveré a llevar faldas y enaguas y a comportarme como una dama —bajó la pierna y le lanzó una mirada—. Y tú volverás a ser el caballero intelectual.

Tras vacilar por un instante, Jeremy alzó los brazos y entrelazó las manos detrás de la cabeza.

—Sí, puede que así sea, pero tengo la impresión de que no volveré a ser el mismo que era cuando salí de Wolverstone. Me cuesta creer que tan solo hayan pasado cuatro días.

—Han pasado muchas cosas en ese tiempo —comentó ella, antes de volver a fijar la mirada en el techo—. Soy consciente de que ya no soy la misma mujer que asistió al baile de compromiso de Heather y Breckenridge —no se giró, pero notó el peso de su mirada en el rostro.

—¿En qué has cambiado?

Lo dijo en una voz baja que dio a sus palabras un tono cálido e íntimo. Eliza se volvió hacia él, le miró a los ojos por un breve momento y contestó sonriente:

—Para empezar, ahora sé que puedo subir y bajar colinas durante horas y horas; para serte sincera, jamás me habría creído capaz de hacerlo. Por otra parte, me las he arreglado bastante bien sin tener criados sirviéndome la comida y atentos a todas mis necesidades.

—Yo nunca dudé de que fueras capaz de hacerlo.

—¿No? A lo mejor lo que pasa es que siempre di por hecho

que no sería capaz, y nunca tuve ocasión de ponerme a prueba; sea como fuere, para mí ha sido una agradable sorpresa descubrir que no soy tan inútil como creía.

Él soltó un bufido burlón y miró al techo.

—No tienes nada de inútil, al igual que tus hermanas. Lo que pasa es que no os interesan las mismas cosas, eso es todo. Es parecido a lo que nos pasa a Leonora y a mí. Los dos nos fijamos en los detalles y somos organizados, testarudos y decididos, pero aplicamos esas cualidades en ámbitos distintos. Yo en el estudio de libros y manuscritos y ella en su familia, es decir: cada uno en el ámbito que más le interesa.

Eliza observó atenta aquellos ojos color caramelo, vio en ellos la convicción con la que hablaba, y murmuró pensativa:

—Puede que estés en lo cierto.

Al fin y al cabo, lo que se le estaba pasando por la mente en ese momento sería más propio de Heather o Angelica. Jamás se habría creído capaz de plantearse algo tan atrevido, ya que nunca se había considerado una mujer osada ni mucho menos, pero aun así...

Alzó la mirada hacia el techo de nuevo. No sabía qué hacer, pero al final decidió dar por buena la opinión que él acababa de darle. Carraspeó un poco y se lanzó de cabeza.

—He estado pensando... —no supo cómo continuar.

—Yo también —admitió él, en voz baja pero firme.

—¿Acerca de qué?

Sus miradas se encontraron, pero él dijo con testarudez:

—Las damas primero.

Eliza no pudo desviar la mirada. Por un instante se debatió, titubeó y no supo si dar un paso atrás, pero hizo acopio de valor y dio un audaz paso adelante.

—He estado pensando acerca de lo que estuvimos hablando anoche. Comentaste que las personas como nosotros suelen ponerse límites a sí mismas en este tipo de situaciones al dar por hecho que saben lo que sucederá, y que eso puede llevarlas a pasar por alto lo que están viviendo en el presente y a no ver otras posibles opciones —hizo una pequeña pausa, pero al ver que él se limitaba a sostenerle la mirada en silencio añadió—:

he pensado que, si esta es la última noche que vamos a pasar a solas, entonces... —de haber estado de pie, el movimiento que hizo habría alzado su barbilla— lo más probable es que esta sea la última oportunidad que tengamos para examinar o, dicho de otro modo, explorar esas «otras posibles opciones». Mañana, cuando estemos de regreso en la alta sociedad y volvamos a ser quienes los demás esperan que seamos, ya no seremos libres para explorar a nuestras anchas. Estaremos atrapados en... cómo decirlo... en el desenlace que cumpla con las expectativas de los demás.

Al ver que ella se quedaba mirándole sin añadir nada más, Jeremy asintió en señal de aquiescencia.

—Estoy de acuerdo con tus argumentos.

Eliza quería que él propusiera el siguiente paso que debían dar, pero al ver que se quedaba callado dedujo que estaba cediéndole de nuevo el turno de palabra a ella.

Muy bien, de perdidos al río. Respiró hondo y le propuso:

—Quizás, para evitar cometer el error de darle demasiadas vueltas a nuestra situación y ver las cosas desde un punto de vista erróneo, deberíamos intentar poner a prueba una de las «otras posibles opciones»... el desenlace alternativo, por decirlo de alguna forma; de hecho, si tu teoría es correcta nos conviene hacerlo.

Jeremy le sostuvo la mirada y mantuvo las manos entrelazadas con fuerza detrás de la cabeza para reprimir su reacción, para no actuar sin recibir antes una invitación inequívoca. Creía entenderla y estaba convencido de que los dos opinaban lo mismo en aquel asunto, pero hacía mucho que había aprendido que al tratar con las mujeres lo más prudente era actuar con cautela. Al ver que se quedaba callada de nuevo, intentó pensar a toda velocidad, pero no podía centrarse porque su mente no iba más allá de lo que esperaba que sucediera entre ellos. La mera idea bastaba para acelerarle el corazón.

—Me... —tenía la voz tan áspera que tuvo que carraspear para aclararse la garganta—. Me parece buena idea.

Ella le observó con atención y, al cabo de un momento, frunció el ceño y afirmó con voz llena de firmeza:

—A decir verdad, yo creo que es necesario que exploremos más. No albergo duda alguna al respecto —se apoyó en un codo y añadió, aún ceñuda—: la cuestión es que creo que deberíamos volver a hacer esto —se inclinó hacia él y le besó sin más.

«¡Por fin!». El guerrero sin apenas civilizar que llevaba dentro gritó victorioso y emergió desatado.

Le puso una mano en la nuca y, después de usar la otra para apartarle el pelo del rostro, la posó en su mandíbula para sujetarla mientras le devolvía el beso. Del contacto inicial de los labios pasaron en un segundo a saborearse a placer cuando ella abrió la boca. Sus lenguas se enzarzaron en un glorioso duelo, en una batalla primordial de voluntades y deseos (los suyos y los de ella, intentando imponerse), pero en un abrir y cerrar de ojos encontraron un ritmo acompasado, se compenetraron en una especie de danza donde ella avanzaba un paso y después le cedía el mando a él.

Primero uno, después el otro y vuelta a empezar. Se dejaron llevar mientras el embriagador beso se profundizaba paso a paso, caricia a caricia, mientras iniciaban un absorbente y fascinante descenso hacia la pasión.

Jeremy no recordaba haber sentido nada parecido al besar a otras mujeres. La tensión subyacente habitual estaba presente y se intensificaba con sutileza con cada beso, con la respiración cada vez más agitada de ambos, pero, por otro lado, no había sensación alguna de apremio ni el deseo de apresurarse, sino una especie de devoción hacia cada movimiento y, tal y como había dicho ella, el deseo de «explorar», de dedicarle la atención debida a cada progresiva caricia.

Cada movimiento, cada cambio de presión de los labios, cada lenta y ardiente caricia de sus lenguas era mucho más que dulce, era cautivador, embriagador, glorioso... nada había logrado acaparar jamás todos sus sentidos de tal forma, absolutamente nada. Ni siquiera el más excepcional pergamino sumerio o una tablilla mesopotámica recién descubierta.

Notó que ella se acercaba más y la ayudó a colocarse mejor encima de él, deseoso de sentir su suave piel y sus firmes curvas femeninas amoldadas contra su cuerpo.

Deleite, puro deleite, no había otra forma de describir aquello. No tenía ni idea de por qué no se había sentido así con ninguna otra mujer, pero se sentía tan agradecido que dejó que le cubriera y que le explorara a placer.

Ella estaba apoyada sobre su pecho y le había enmarcado el rostro con sus delicadas manos. Deslizó los dedos por sus mejillas y por su mandíbula, trazando y descubriendo, mientras seguía devorándole la boca, mientras sus voluptuosos labios jugueteaban y le tentaban.

Mientras ella exploraba, él bajó las manos por sus hombros y las deslizó por su espalda. Tuvo que reprimir el súbito impulso de agarrarla de las caderas y sentarla a horcajadas sobre él. A través de la cálida y deliciosa neblina de placer que le nublaba la mente, se recordó a sí mismo que, aunque aquello era territorio conocido para él, para ella era la primera incursión en aquellos dominios y todo era nuevo y fascinante.

Esa fascinación se reflejó en el sonido (un sonido pequeño, pero que revelaba una profunda satisfacción), que ella soltó al interrumpir el beso y echarse hacia atrás un poquitín, lo justo para abrir los ojos, lánguida y acalorada.

Después de mirarlo como si alcanzara a verle hasta el alma, se humedeció los labios con la punta de la lengua y murmuró:

—Más —le observó con detenimiento antes de añadir—: he pensado que...

Al ver que se quedaba callada, recobró el habla lo suficiente para decir con voz estrangulada:

—¿Qué?

Ella se mordió el labio con nerviosismo y admitió:

—Que esta vez no deberíamos detenernos.

Estaba tan absorto mirándole el labio y deseando con todas sus fuerzas ofrecerse a mordérselo que tardó un momento en asimilar lo que acababa de oír. Su primera reacción fue entonar un eufórico aleluya, pero entonces vio que en su mirada se reflejaba una mezcla de emociones encontradas, que la pasión y el deseo luchaban contra la incertidumbre.

—Llegaremos hasta donde tú desees. Nos detendremos cuando tú quieras, cuando tú digas.

Las palabras brotaron de sus labios como por voluntad propia, pero mientras estaba pronunciándolas se preguntó qué se había adueñado de él para llevarle a prometer una contención y un autocontrol que ni siquiera estaba seguro de poder ejercer. Nunca antes había tenido necesidad de hacerlo, ya que las amantes que había tenido en el pasado habían sido más entusiastas que él. Era la primera vez que estaba con una virgen, no sabía si sería capaz de detenerse sin más cuando ella se pusiera nerviosa durante su primera vez. Teniendo en cuenta la fuerza del deseo que ya palpitaba en sus venas, constante e irrefrenable, no sabía si podría...

Aquella duda no tuvo tiempo de acabar de materializarse en su cabeza, porque al ver aquellos ojos pardos que lo miraban expectantes y llenos de confianza, supo que por ella iba a ser capaz de hacer lo que fuera.

Por Eliza era capaz de mover montañas.

Posó la mirada en sus labios y, cuando ella bajó la cabeza hacia él, le puso la mano en la nuca para acabar de acercarla y tomó la iniciativa. Liberado por lo que ella le había dicho, por lo claro que le había dejado que deseaba dar un paso más, empezó a explorarla con la otra mano... trazando su cuerpo al principio, y pasando después a acariciarla de forma cada vez más explícita e intensa.

Eliza le alentó con los labios, con suaves murmullos. En sus venas palpitaba una potente sensación y se dio cuenta de que era deseo, un deseo puro y simple a la par que poderoso que saboreó sin reparos y por el que se dejó arrastrar.

La seda de la camisa y del pañuelo que le vendaba los senos le impedía notar plenamente sus caricias; más aún, sentía los pechos tensos y doloridos bajo la restrictiva tela. Desabrocharon juntos los botones de su camisa y después, intrigada por lo que se reflejaba en los ojos de Jeremy, por el deseo flagrante que veía en su mirada, dejó que él se encargara de quitarle la prenda y fuera dejando al descubierto su piel centímetro a centímetro.

Él frunció el ceño al ver la venda que no solo le cubría los senos, sino que los aplastaba hasta dejarlos casi planos y soltó un sonido inarticulado de desaprobación, una especie de gruñido de enojo aún cuando sus manos la recorrían y la acariciaban a través de la tensa seda.

Con la respiración entrecortada por las sensaciones que aquellas fuertes manos masculinas despertaban en su interior, Eliza alzó un brazo para que viera el nudo y él se apresuró a deshacerlo. La liberaron del vendaje entre los dos, fueron desenvolviéndolo hasta llegar a la última vuelta. Ella cerró los ojos y mantuvo las manos apoyadas en sus fuertes hombros mientras respiraba hondo, aliviada, y notó que él apartaba la tela a un lado lenta, muy lentamente, y la lanzaba al suelo con igual lentitud.

Daba la impresión de que se había quedado muy quieto, así que abrió los ojos, bajó la mirada hacia su rostro... y vio que estaba contemplando fijamente sus senos. Vio las llamas que ardían en aquellos ojos marrones y sintió su calidez en la piel como una caricia tangible. Se le endurecieron los pezones, sentía la piel acalorada y mucho más tensionada.

Miró expectante aquel cincelado rostro de facciones austeras que la contemplaba sin parpadear. Él debió de notar el peso de su mirada, porque murmuró:

—Me siento como si estuviera desenvolviendo un tesoro, un tesoro de un valor incalculable —sin apartar la mirada de sus senos, posó la palma de la mano en uno de ellos.

Eliza se estremeció de placer y cerró los ojos de nuevo.

Él le puso la otra mano en la nuca y la atrajo de nuevo hacia su tentador y seductor beso, hacia aquellos labios que prometían placer, un gozo embriagador y el delicioso esclarecimiento de los misterios a los que ella nunca antes había tenido acceso.

Se entregó por completo, se dejó arrastrar de nuevo por el beso. Mientras él se adueñaba de sus labios, mientras hundía la lengua en su boca sin vacilación alguna y la saboreaba a placer, le cubrió un seno con la mano, pero ni siquiera entonces la apremió.

Lejos de precipitarse, de abrumarla con una avalancha de pasión y sensaciones, fue interrumpiendo el beso una y otra vez por un instante... el tiempo justo para que ella saboreara al máximo sus deliciosas caricias, para esperar a que ella respondiera cuando le preguntaba con voz ronca si le gustaba tal o cual caricia, si disfrutaba cuando le acariciaba los pezones y cuando se los pellizcaba juguetón.

Fueron hundiéndose juntos en aquel mar de sensualidad mientras sus alientos se entremezclaban, mientras él exploraba y ella saboreaba.

Jeremy le dio tiempo suficiente para que abriera los ojos y le mirara, para que le viera acariciándola y recorriéndola con las manos y aprendiera, para que se viera a sí misma entregada por completo y dejándose llevar por el gozo de cada sutil gesto, por la pasión de cada explícita caricia, por el ardor de la pasión.

Eliza notaba la tensión casi tangible que atenazaba su cuerpo musculoso, la misma tensión que sentía ella. Era un apetito totalmente nuevo, un apetito que nunca antes había experimentado ni había tenido que saciar.

Tenía los párpados pesados por el deseo, pero logró abrir los ojos y vio la pasión descarnada que se reflejaba en su rostro. Sintió la caricia de aquellas manos fuertes deslizándose por su espalda desnuda, notó cómo se deslizaban de nuevo hacia delante, contuvo el aliento cuando le cubrieron de nuevo los senos y sus ojos empezaron a cerrarse mientras la recorría una oleada de placer, pero en ese momento se dio cuenta de que él aún llevaba puesta la camisa. Ella estaba desnuda hasta la cintura, pero la camisa de Jeremy seguía interponiéndose entre sus cuerpos y le parecía inadmisible que hubiera alguna barrera entre ellos.

Se puso manos a la obra, aunque tuvo que hacer un esfuerzo por aclarar sus ideas y centrarse en la tarea de eliminar la ofensiva prenda. Empezó a desabrocharle los botones y, al ver que él le ponía las manos en la cintura y permanecía tumbado de espaldas para dejarla hacer a su antojo, se sintió envalentonada y fue bajando hasta que le sacó la camisa del pantalón para llegar al último de los botones.

No esperó ni un segundo, abrió la prenda de par en par y dejó al descubierto un musculoso pecho de ensueño. Estaba claro que una podía llevarse sorpresas de lo más inesperadas con los caballeros serios y estudiosos.

Aquello la hizo sonreír, pero fue incapaz de apartar la mirada de aquel festín visual. No podía dejar de contemplar el botín escondido que acababa de descubrir. Una línea horizontal de hirsuto vello oscuro le cubría los planos pezones, y otra descendía por su abdomen y se internaba bajo los pantalones.

Sus manos recorrieron como por voluntad propia la ruta que habían trazado sus ojos. Al principio le tocó con cuidado, pero al verle reaccionar a sus caricias empezó a tocarle con más firmeza, comprobó curiosa la dureza de aquellos músculos duros bajo la piel tensa y al final cedió a la tentación y sus caricias se convirtieron en una audaz posesión.

Jeremy no podía dejar de mirarla. Estaba demasiado tenso por el deseo como para lograr esbozar una sonrisa, pero estaba cautivado al verla tan entregada, al ver la inocente pasión que le iluminaba el rostro mientras se aprendía de memoria su cuerpo con la vista y el tacto, tal y como había hecho él con ella.

Se contuvo todo lo que pudo para dejarla explorar, pero la pasión que palpitaba en sus venas era cada vez más intensa e irrefrenable. Era una fuerza a la que nunca antes había estado sometido de semejante forma, jamás había estado sujeto a aquel poder irrefrenable.

Vio el momento exacto en que a ella se le ocurrió recorrer con los labios el camino que acababan de trazar sus manos (tenía una mirada maravillosamente transparente, sus ojos reflejaban como un diáfano espejo sus pensamientos y sus estados de ánimo), así que se apresuró a adelantarse. La tomó de la nuca para bajarle la cabeza y besarla de nuevo, y entonces rodó hasta invertir posiciones y quedar encima de ella.

Sin interrumpir el beso, aflojó la mano que tenía en su nuca y deslizó los dedos por su cuello, acarició el pulso que martilleaba allí, descendió por la curva superior de uno de sus senos y se adueñó de nuevo de él.

Después de distraerla con sus caricias, interrumpió el beso y siguió con los labios el mismo sendero que habían trazado sus dedos. Saboreó con la lengua el pulso que le latía en la base de la garganta y la oyó soltar una exclamación ahogada, fue descendiendo y ella hundió los dedos en su pelo. Bajó más y más hasta que posó los labios en el pezón mientras le amasaba el pecho con la mano, lo chupó y lo saboreó hasta que empezó a succionar... con suavidad al principio, pero cada vez con más intensidad.

Eliza logró sofocar a duras penas el grito de placer que subió por su garganta. Mientras le pasaba por la mente la fugaz idea de que él tendría que haberla avisado, su cuerpo se arqueó y un sinfín de sensaciones la recorrieron como lenguas de fuego que la penetraron y relampaguearon por su cuerpo hasta llegar a la zona más íntima de su ser.

Apenas podía respirar mientras él seguía devorándola como si fuera un festín, y mucho menos pensar más allá de algún «¡Oh, sí!» que escapaba de vez en cuando entre la neblina de placer. No había duda de que su serio intelectual había llevado a cabo estudios en aquel ámbito.

Era una duda que había llegado a plantearse, pero descartó por completo la posibilidad de que él no tuviera experiencia en aquellos menesteres mientras seguía explorando sus pechos, mientras le succionaba los sensibles pezones con la intensidad justa.

De repente se detuvo, alzó un poco la cabeza y sopló con suavidad sobre un endurecido pezón antes de mirarla a la cara. Eliza pudo verle con claridad bajo la luz de la luna que penetraba por las ventanas situadas sobre la cama. Vio aquellos hombros anchos y musculosos, aquel delicioso pecho, aquella mandíbula cuadrada y aquellos ojos marrones que parecían ver con claridad a la Eliza real, la que ni siquiera ella misma había sabido que existía en su interior.

Él bajó la mirada y, después de posar la mano abierta en su abdomen, la miró de nuevo a los ojos y le preguntó:

—¿Quieres seguir?

La pregunta la tomó por sorpresa y la respuesta brotó de sus labios sin más.

—Sí.

Había contestado sin pararse a pensar, pero se tomó unos segundos para hacerlo. Tomó nota del deseo palpitante y ardiente que la recorría, de la certeza instintiva de que aún tenía por delante una plenitud incluso más profunda, y no vio razón alguna para querer cambiar su respuesta.

—¿Estás segura? —insistió él.

Lo preguntó con una mueca en los labios que no podría decirse que fuera de dolor exactamente, una mueca que no era una mueca y que bastó para que Eliza comprendiera lo que pasaba. Él era tan reacio como ella a detenerse, pero era un hombre de honor y se sentía obligado a ofrecérselo. Estaba claro que no habría vuelta atrás si seguían adelante... bueno, podría haberla, pero se generaría una situación muy incómoda cuando era más que probable que, de todas formas, ya no tuvieran escapatoria.

—Sí —en esa ocasión lo afirmó con voz firme y decidida—. Tengo que aprender más, necesito hacerlo. Los dos tenemos que averiguar... más adelante nos servirá de ayuda saber si somos compatibles en este ámbito —lo miró a los ojos con expresión interrogante y ladeó un poco la cabeza—. ¿Verdad que sí?

Jeremy no podía negar algo que era cierto, pero aun así...

—Si prefieres esperar hasta más adelante...

Sintió un alivio enorme al ver que negaba con la cabeza y que sus labios se torcían en lo más parecido a un gesto de terquedad que podía salirle en ese momento, dada la pasión apenas reprimida que claramente la embargaba.

—¿Cuándo?, ¿cuando volvamos al seno de nuestras respectivas familias y cada uno regrese a su hogar? ¡Me niego! —aún seguía atrapada en las garras del deseo y le salía un hilito de voz, pero aun así se las ingenió para que sus palabras reflejaran que su decisión era firme—. Tenemos que comprobar si somos compatibles y esta es la última oportunidad que tendremos para averiguarlo antes de regresar a nuestra vida cotidiana. No deseo malgastar este momento, y seguro que tú tampoco.

Antes de que Jeremy pudiera reaccionar, le agarró de la nuca, alzó la cabeza y le besó. No lo hizo con suavidad ni con una lánguida seducción, sino con una pasión ardiente que le tomó por sorpresa, ya que hasta ese instante no había sospechado siquiera que ella tuviera dentro algo así... una pasión que era puro fuego, puro ardor femenino y que literalmente le encogió los dedos de los pies.

Cuando ella bajó de repente la otra mano hacia su erección y, después de trazar su contorno dubitativa a través del pantalón, empezó a acariciarle con firmeza, dejó de besarla y le agarró la mano mientras luchaba jadeante por aferrarse al escaso autocontrol que le quedaba.

Sus miradas se encontraron a un suspiro de distancia, y ella le ordenó beligerante:

—Más. Ahora mismo.

De haber podido, Jeremy se habría echado a reír.

—De acuerdo —lo dijo entre dientes, tenso, y las palabras sonaron ásperas como la grava—. Pero... —le sostuvo la mirada mientras le acariciaba con los dedos la muñeca que había capturado— de aquí en adelante soy yo quien lleva las riendas, yo conduzco y tú te limitas a disfrutar. ¿Trato hecho?

Ella le miró enfurruñada, pero la pasión de antes apenas se había enfriado y al acariciarle la entrepierna las llamas se habían avivado de nuevo. Ninguno de los dos quería ponerse a discutir en ese momento.

—De acuerdo.

Tiró de él para intentar que bajara la cabeza, pero Jeremy se resistió. Después de bajarle la muñeca poco a poco hasta sujetársela contra la almohada, se levantó un poco para colocarse mejor y lentamente, sin dejar de sostenerle la mirada, la cubrió con su cuerpo.

Vio cómo sus ojos relampagueaban de deseo, vio cómo se abrían de par en par y se oscurecían, vio la pasión que ardía en ellos; cuando la cubrió por completo, cuando apretó las caderas contra ella y, con los codos apoyados en el colchón, la tuvo atrapada entre sus hombros y sus brazos, bajó la cabeza y capturó sus labios en un beso que volvió a lanzarlos a las llamas del deseo.

Eliza respiraba jadeante, no podía pensar, la cabeza le daba vueltas. Sus sentidos se habían dejado sobornar por él y le obedecían ciegamente, bailaban al son de la cada vez más fuerte llamada del deseo y de la sinfonía de pasión desatada.

Eso era lo que sentía, una composición orquestada de sensaciones y deleite, y sus manos respondieron como por voluntad propia. Las hundió en su pelo para sujetarlo mientras se besaban con una pasión cada vez más voraz, las deslizó hacia abajo para acariciar y rendir un ávido homenaje a sus musculosos hombros, las bajó y le agarró los brazos mientras él la recorría a su vez con caricias enloquecedoras.

Tenía los pechos acalorados, sensibles a más no poder, henchidos y doloridos, y cuando el hirsuto vello de su pecho le rozó los pezones jadeó de placer y se arqueó provocativa bajo su cuerpo. Contuvo el aliento al sentir que él deslizaba una mano hacia abajo, notó cómo le desabrochaba tanto los pantalones como los calzones de seda que llevaba debajo y tironeaba para abrirlos, y se estremeció de deseo cuando él metió la mano bajo la tela y la bajó por su tenso vientre hasta llegar a su entrepierna.

Acarició con suavidad el triángulo de vello que había allí, deslizó los dedos por encima y los hundió entre sus muslos para alcanzar la delicada piel que se ocultaba bajo la mata de pelo.

Fue como si una presa se rompiera. La lava ardiente que había ido acumulándose en lo más hondo de su vientre emergió de golpe y le inundó las venas, la envolvió y la llenó hasta que el mundo entero desapareció a su alrededor y lo único que existía era el pulso compulsivo de aquella abrasadora corriente.

Pasión, deseo, necesidad y anhelo se entremezclaron en aquel mar de placer, un mar de aguas embravecidas en el que Jeremy la sumergió hasta el fondo.

Él se alzó un poco de repente, se echó ligeramente a un lado y, con la cadera apoyada junto a ella y un muslo extendido a lo largo del suyo, metió la otra rodilla entre sus piernas para abrirle los muslos y dar vía libre a sus dedos, que aprovecharon de inmediato para tocar aquella zona tan íntima de su cuerpo que estaba húmeda, cálida y palpitante de deseo.

La mantuvo inmersa en el beso, en aquel mar de irrefrenable placer, mientras la acariciaba y la poseía por completo. Eliza se familiarizó con sus caricias mientras él trazaba los tersos y henchidos pliegues, descubrió lo paciente que era mientras la enloquecía de deseo. No sabía cómo saciar aquel deseo, aquel ardor que cada vez se intensificaba más, pero estaba segura de que él sí.

Desesperada, con una corriente de fuego recorriéndole las venas, le dio un mordisquito en el labio de forma instintiva. Él respondió con pasión, se adueñó de nuevo de sus labios y cambió el tono del beso, lo transformó en un acto descarnado de posesión mientras le cubría el sexo con la mano y hundía un dedo en su interior.

El placer indescriptible que la sacudió la dejó atónita, se sintió completamente a merced de aquella impactante sensación que nunca antes había experimentado.

Sintió que él hundía aún más el dedo, que la acariciaba con lentitud, que volvía a acariciarla... y algo se tensó en su interior de repente, fue tensándose más y más con cada profunda penetración y con cada caricia hasta que llegó, jadeante y enardecida, al borde de un precipicio invisible en el que esperó expectante a que... a que...

Él hizo un movimiento sutil con la mano, volvió a acariciarla... y Eliza estalló en mil pedazos, sus sentidos quedaron hechos añicos bajo la fuerza de un placer arrollador.

Soltó un grito, pero el sonido quedó atrapado en el beso y Jeremy se lo tragó.

El placer la sacudió de pies a cabeza, alcanzó hasta la última de sus terminaciones nerviosas, se extendió por sus venas en una oleada imparable, dorada, luminosa y reconfortante, pero, sorprendentemente, no la colmó, no sació el hambre voraz que la atormentaba; de hecho, aquella ardiente sensación de vacío se había ahondado aún más, se había expandido.

Jeremy luchó por despojarla de los pantalones y los calzones, era la primera vez que le hacía el amor a una mujer vestida de hombre y desvestirla no estaba siendo tarea fácil.

Sin dejar de besarle en ningún momento, ella bajó las manos (manos que ya no tenían la urgencia de antes, pero que no habían perdido ni un ápice de intensidad) y le ayudó, y se sintió absurdamente agradecido cuando por fin consiguió despojarla de las prendas y las lanzó volando al suelo.

Dejó de besarla y le quitó las calzas, y entonces se levantó y se desnudó a toda velocidad antes de regresar a la cama, a sus brazos. Ella había estado contemplándole con languidez, con aquellos ojos pardos en los que el oro fundido se mezclaba con las esmeraldas, preparada y vibrando de pasión, y abrió los brazos con un grácil movimiento para recibirle gustosa.

Maravillado al ver su cuerpo bajo la luz de la luna, lo cubrió reverente y con su peso hizo que abriera las piernas para poder colocarse en posición. Bajó la cabeza y se adueñó de su boca en un beso largo, lento y lleno de desesperación, y al notar la ardiente humedad de la entrada de su sexo bañando la distendida punta de su erección no pudo esperar ni un instante más. Flexionó la espalda y empezó a hundirse en ella lenta, muy lentamente.

Se detuvo al notar que contenía el aliento y se quedaba muy quieta y esperó, pendiente de sus reacciones, pero no notó ni rastro de resistencia ni de pánico en ella; de hecho, parecía tan expectante y anhelante como él.

Siguió penetrándola y, al llegar a la esperada barrera de su virginidad, se detuvo un segundo antes de atravesarla con una rápida y firme embestida. Más que oír el gritito de dolor de Eliza, lo notó en su boca, ya que el sonido quedó atrapado entre los labios de ambos.

Llevó la poderosa embestida hasta el final, se hundió hasta el fondo en su cuerpo... y estuvo a punto de morir de placer cuando ella se cerró alrededor de su erección.

Dejó de besarla, agachó la cabeza, apretó en un rígido puño la mano que tenía hundida en la almohada junto a la cabeza de Eliza, y luchó por recobrar aunque fuera algún vestigio de autocontrol. Mantuvo los ojos cerrados mientras respiraba hondo, retrocedió hasta emerger de aquel cálido paraíso y lenta, muy lentamente, volvió a entrar.

Si mantenía un ritmo lento, quizás lograra no perderse por completo en ella, en aquel cuerpo glorioso que se alzó hacia él tras una pausa casi imperceptible, que se unió al suyo y respondió a la llamada del deseo.

Retrocedió de nuevo, se hundió en ella con más ímpetu y, al ver que ella respondía con pasión sin vacilar, empezó a penetrarla con rítmicas embestidas en un acto de posesión flagrante, pero controlado.

Ella se aferró a él con abandono, sin inhibiciones y llena de deseo. Lejos de reprimirse, cabalgó con él hacia las llamas, las atravesaron juntos y cayeron en un glorioso mar incandescente.

Su desmelenado cabello extendido como un manto dorado

sobre la almohada; sus labios, hinchados y sonrosados, entrea-
biertos mientras jadeaba, mientras las fuertes embestidas la sa-
cudían y susurraba delirante de placer, alentándole a seguir; sus
ojos, puro fuego verde en un fondo dorado... todo ello le tenía
cautivo, le esclavizaba, le espoleaba a través del paisaje dibujado
por la pasión de ambos.

Ella hundió las uñas en sus brazos mientras el deseo y la pasión se entremezclaban y se tensaban, se fusionaban y se forta-
lecían, hasta que la combinación les lanzó directos a la cima del
deseo físico... e incluso más allá. Jadeantes, con el corazón mar-
tilleándoles en el pecho, siguieron enfebrecidos hasta que aquella conflagración les lanzó directos al cielo. El tiempo se detuvo
mientras alcanzaban el éxtasis, la culminación plena.

Jeremy le cubrió los labios con los suyos justo a tiempo. Después de estallar de placer bajo su cuerpo con un suave grito ex-
tasiado, ella le entregó jadeante su boca, se entregó por entero.

Jeremy luchó por aguantar todo lo que pudo, por contenerse
el máximo de segundos posible mientras aquellas poderosas
contracciones le llevaban al límite de la cordura. Estaba maravillado al verla responder de forma tan abierta, con una pasión
honesta, pura y sin artificios.

En el mismo instante en que aquellas contracciones insacia-
bles se volvieron irresistibles y le lanzaron a las estrellas, sintió
que algo cedía en su interior, como si una cadena acabara de
romperse al abrirse de golpe un eslabón; antes de que se diera
cuenta estaba volando junto a ella, dentro de ella, rumbo al exquisito olvido que le esperaba entre sus brazos, unos brazos que
le envolvieron mientras estallaba en mil pedazos, mientras su
cuerpo entero se sacudía y vaciaba su simiente dentro de ella.

No era algo que hubiera planeado de antemano, tenía intención de salir de su cálido interior en el último momento
para ahorrarles al menos aquel último eslabón en la cadena que
les unía, pero había una parte de su ser que sabía de forma instintiva que ya no había razón alguna para hacerlo. No había
razón alguna para imaginar siquiera que él estaría dispuesto a
dejarla ir, que querría hacerlo.

La pequeña parte de su mente racional que seguía funcionando no le veía la lógica a aquel razonamiento, pero eso era algo que al resto de su ser le traía sin cuidado.

El futuro de ambos había quedado decidido aquella noche de forma irrevocable y para siempre.

Se derrumbaron juntos en el colchón. Él tenía el peso apoyado en los codos y sus antebrazos enmarcaban la cabeza y los hombros de Eliza, y ella le abrazaba hasta donde le alcanzaban los brazos y había posado las manos abiertas sobre su espalda.

Los dos tenían la respiración agitada y estaban luchando por recobrar el aliento; él, por su parte, aún estaba medio aturdido, pero cuando logró abrir por fin los ojos y bajó la mirada hacia ella vio cómo emergía una imagen gloriosa.

Ella tenía los ojos cerrados, pero sus labios se curvaron poco a poco hacia arriba en la sonrisa de una madona llena de gozo.

Esa sonrisa fue una bendición que le tocó el alma, una sonrisa que saboreó y que consagró para siempre en su mente.

Cuando ella soltó al fin un suspiro que reflejaba una satisfacción indescriptible y se movió un poco, él reprimió un gemido que habría sido demasiado revelador y, después de salir con cuidado de su cuerpo, tironeó para sacar las mantas que habían quedado atrapadas bajo sus cuerpos y las colocó como pudo hasta que los dos quedaron tapados.

En cuanto se tumbó junto a ella, Eliza se acurrucó contra su cuerpo, confiada y relajada. Él se colocó de espaldas, le pasó un brazo por debajo y la contempló mientras ella apoyaba la cabeza en su pecho, en el hueco bajo su hombro.

Al ver que se quedaba dormida de inmediato, apoyó la cabeza en la almohada y cerró los ojos. Tenía intención de reflexionar acerca de lo ocurrido, de analizar y sopesar todo lo que había sido tan inesperadamente distinto a sus anteriores experiencias, pero se quedó dormido sin apenas darse cuenta y se sumió en un profundo y placentero sueño.

Eliza despertó en medio de la oscuridad de la noche. De la luz de la luna ya no quedaba ni rastro, pero más allá de las ventanas aún no se oía el canto de los pájaros.

Permaneció tal y como estaba durante un largo momento, envuelta en la calidez de un hombre desnudo (¡su hombre desnudo!). Apenas podía creer lo que había sucedido, estaba maravillada. ¡Quién habría podido imaginar algo así!

El cuerpo de Jeremy, que sin llegar a ser corpulento en exceso tenía una musculatura dura como el acero, había sido una confirmación más que bienvenida; el deseo desnudo que había visto brillar en sus ojos la había ayudado a sentirse más segura de sí misma, más relajada; el cuidado con el que se había asegurado de que ella disfrutara de la experiencia... eran factores que habían sellado su decisión de aceptarlo como futuro esposo.

Tenerlo en su interior, moviéndose con tanta firmeza y llenándola por completo hasta el fondo había sido una experiencia indescriptiblemente erótica que la había dejado maravillada, le bastaba con recordar lo sucedido para que la recorriera un escalofrío de excitación.

La experiencia había ido mucho más allá de lo que había imaginado. Había sido más terrenal, más física e íntima, más absorbente y fascinante, más excitante y cautivadora, mucho más tentadora. Una de esas experiencias que, después de vivirlas, te dejaban deseando repetir de nuevo.

Y hablando de repetir...

Tensó algunos músculos a modo de prueba y descubrió que, aparte de alguna pequeña punzada, había sobrevivido a la pérdida de su virginidad en excelente forma; de hecho, más que excelente si se tenía en cuenta la agradable sensación de bienestar que aún embargaba su cuerpo entero, una sensación de saciedad, de plenitud, a la que sin duda podría llegar a acostumbrarse.

Eso la llevó a pensar en el causante de aquella sensación, quien en ese momento estaba tumbado de espaldas en la cama a su lado. Estaba acurrucada contra su cuerpo con la cabeza apoyada en su ancho y musculoso pecho, y él le había rodeado los hombros con un brazo para apretarla contra sí y tenía la otra mano apoyada en su brazo.

En ese momento, notó que esa mano se movía y tironeaba con suavidad de la cadena que le rodeaba el cuello.

—¿Qué es esto? —le preguntó él.

Aunque la oscuridad era total y no se veía nada, se dio cuenta de que él estaba tocando el colgante de cuarzo rosa. Ya lo había visto al quitarle la venda que le aprisionaba los senos, pero en aquel momento se había mostrado mucho más interesado en su cuerpo.

Volvió la mirada hacia donde sabía que estaba su rostro y contestó:

—¿Cómo te has dado cuenta de que no estaba dormida?

Jeremy no contestó de inmediato; al cabo de unos segundos, se encogió de hombros de forma perceptible y admitió:

—Yo ya estaba despierto y lo he notado —acarició entre los dedos el colgante hexagonal. Al despertar lo tenía sobre su propio pecho, justo encima del corazón, y le había parecido notar que emanaba de él una extraña calidez.

Eliza alzó una mano y siguió la cadena hasta llegar al colgante, que él seguía sosteniendo entre los dedos.

—Me lo entregó Heather, ella lo obtuvo durante su aventura. Supongo que podría decirse que es una especie de talismán.

—Antes, cuando lo he visto, me ha parecido bastante antiguo —comentó, antes de soltarlo. Apenas le había dedicado una fugaz mirada, ya que en aquel momento estaba centrado en otras cosas. Que una antigüedad no hubiera logrado distraer su atención resultaba muy, pero que muy revelador.

—Lo es —afirmó ella, antes de volver a colocar el colgante entre sus senos.

Jeremy llevaba un rato despierto y sus ojos se habían acostumbrado en la medida de lo posible a la oscuridad, pero tan solo alcanzaba a verla como una figura más pálida entre las sombras. Más que ver cómo apoyaba los codos sobre su pecho y volvía el rostro hacia él, lo intuyó a partir del tacto y el movimiento.

—Estaba dándole vueltas a una cuestión.

Él también. Había permanecido allí, tumbado en medio de la oscuridad durante vete tú a saber cuánto tiempo, mientras se preguntaba si había cometido un gran error de cálculo al pensar en cómo iba a ser la relación entre los dos.

Había intuido el potencial desde el mismo momento en que la había visto (o, mejor dicho, desde el mismo momento en que sus miradas se habían encontrado) en Jedburgh. Después había dado por hecho que, dadas las circunstancias del secuestro y el rescate, dado que se habían visto obligados a pasar primero una, después dos y por último tres noches juntos, al final tendrían que pasar por el altar. Eso significaba que ella iba a convertirse en su esposa, que tendrían hijos y crearían juntos una familia.

Aquel desenlace le había parecido muy aceptable. Eliza le parecía una mujer de valía, y al verla enfrentarse a todos los obstáculos que habían surgido durante la huida la estima que le tenía no había hecho sino ir en aumento. La impresión inicial que había tenido aquella primera noche en Jedburgh se había confirmado, eran compatibles como pareja; aun en el caso de que no se hubieran visto obligados por las estrictas normas sociales a pasar por el altar, un posible matrimonio entre ellos habría funcionado bien.

A juzgar por la conversación que habían mantenido al respecto (conversación en la que, a decir verdad, habían tratado el tema sin entrar en detalles), tenía la impresión de que ella veía la situación desde su mismo punto de vista.

De acuerdo, hasta ahí todo parecía ir bien, pero el problema era que no entendía qué demonios había pasado aquella noche. No alcanzaba a comprender lo que había ocurrido escasas horas atrás, cuando habían dado un paso que, dentro del contexto más amplio de un futuro que ya estaba predeterminado para los dos, no tendría que haber significado gran cosa.

En teoría, el que tuvieran relaciones íntimas no debería haber cambiado en nada las cosas, pero las había cambiado por completo.

Sentía que estaba al borde de una situación que no comprendía, que no alcanzaba a entender por completo... no, mejor dicho, ya había dado el paso y se había lanzado de cabeza.

Sentía que ya no era el mismo... bueno, sí que lo era, pero con algo añadido o, por decirlo de otra forma, con una parte de su ser acentuada. El acto sexual nunca había tenido nada de especial para él, pero era como si al hacerlo con Eliza hubiera emergido de su interior una parte desconocida de su ser que ni siquiera sabía que existía.

Ninguna experiencia previa le había afectado así.

Al verla ladear la cabeza (vio moverse la pálida forma ovalada de su rostro) se dio cuenta de que estaba esperando a que le contestara y se esforzó por retomar el hilo de la conversación.

—¿Qué cuestión?

—Me preguntaba si, ahora que ya hemos tenido relaciones íntimas una vez y teniendo en cuenta que hoy mismo llegaremos a Wolverstone, que una vez allí lo más probable es que partamos sin demora rumbo a Londres, y que en tales circunstancias nos resultará muy difícil encontrar la forma de estar a solas... en fin, me preguntaba si no deberíamos aprovechar para repetir la experiencia.

Jeremy se alegró de que la oscuridad les impidiera verse, porque no quería ni imaginarse la expresión de su propia cara en ese momento.

Eliza entrelazó las manos sobre su pecho y apoyó la barbilla en ellas antes de preguntar:

—¿Qué opinas?

¿Que qué opinaba? ¡Que ya que se había lanzado, iba a hacerlo con todas las consecuencias!

—¿No lo deseas? —le preguntó ella, vacilante, al ver que no contestaba.

—¡Sí!

La palabra brotó de sus labios de golpe, como si algo en su interior se hubiera horrorizado ante la posibilidad de que ella se llevara una impresión equivocada y estuviera frenético por tranquilizarla a toda costa; en cualquier caso, no tenía sentido mentir. Bastaría con que ella subiera su terso muslo por el suyo unos centímetros para que descubriera que estaba más que listo para otra ronda.

Antes de que ella despertara ya estaba medio excitado, y en cuanto la había oído hablar se había puesto duro como una piedra. No había duda de que su cuerpo sí que tenía muy claro lo que quería, quizás debería seguir su propio consejo y dejar de darle tantas vueltas al asunto.

—¿Estás segura de que no estás demasiado dolorida?

—Completamente segura —Eliza dio gracias a que la oscuridad ocultaba su rostro ruborizado—. La verdad es que... —subió la mano hasta encontrar su mandíbula, la deslizó hacia arriba hasta hundirla en su pelo y, usándola para orientarse, se alzó y le rozó los labios con los suyos. Se apartó un poquito y susurró—: siento curiosidad por saber si la segunda vez es tan maravillosa como la primera.

—No lo será —rodó de improviso hasta dejarla de espaldas y la cubrió con su cuerpo mientras a sus labios afloraba una sonrisa de lo más masculina—. La segunda vez... —bajó la cabeza y, tal y como ella acababa de hacer, le rozó los labios con los suyos en una seductora caricia. Echó la cabeza un poco hacia atrás y afirmó, a un suspiro de distancia de su boca—: va a ser incluso mejor.

Bajó la cabeza sin más y se adueñó de su boca. La besó hasta que Eliza sintió que le daba vueltas la cabeza, la envolvió en un torbellino de sensaciones, y entonces procedió a demostrarle que sabía de lo que estaba hablando.

C A P Í T U L O 12

Reanudaron el camino después de tomar un desayuno temprano. Mientras avanzaban por el camino en la calesa, Eliza tenía que esforzarse por mantener su sonrisa dentro de ciertos límites. Se sentía agradecida por no tener que montar a caballo. Pero, aparte de un ligero escozor en un punto muy sensible y concreto, se sentía en el séptimo cielo.

Jeremy estaba bastante callado y parecía estar sumido en sus pensamientos, pero ella lo achacó a que debía de estar repasando la ruta que iban a seguir para llegar a Wolverstone y optó por no hacerle ningún comentario en tono de broma.

El caballo castaño que tiraba de la calesa parecía haber llegado a un entendimiento con él, y avanzaba obediente por un camino secundario que les llevó en dirección sudeste hasta un pueblecito llamado Newton St. Boswells.

—No puede decirse que sea un lugar moderno ni mucho menos —comentó ella, mientras pasaban a buen paso por la calle principal—. Algunos de estos edificios deben de tener como mínimo varios siglos de antigüedad.

Jeremy les lanzó una breve mirada y se limitó a contestar:

—Sí, eso parece.

No tardaron en salir del pueblo y en enfilar por el último tramo del camino secundario que habían elegido. Querían procurar mantenerse alejados de las rutas principales, ya que en ellas podría haber algún peligro al acecho. Al cabo de unos minutos, Eliza le puso una mano en el brazo y le pidió:

—¿Puedes parar un momento, por favor? Ahí mismo, enfrente de esos matorrales —añadió, señalando hacia la orilla derecha del camino.

Al ver que obedecía sin hacer preguntas, le lanzó una sonrisa de agradecimiento y bajó de la calesa en cuanto se detuvieron; después de asegurarle que no tardaría demasiado, rodeó el vehículo, cruzó el camino y se abrió paso entre los altos y espesos matorrales tras los que podría hacer sus necesidades sin miedo a que alguien la viera desde el camino.

Jeremy se quedó mirando al frente con las riendas en las manos. La intersección con el camino principal de Jedburgh se veía desde donde estaba, medio kilómetro más y daría comienzo la carrera a toda velocidad rumbo al sur. Tenía intención de ir directo a la frontera, una vez que la cruzaran les quedaría poco para llegar a la desviación que les llevaría a Wolverstone.

Intentó centrarse en el trayecto que tenían por delante, pero su obsesión por lo que estaba surgiendo entre Eliza y él no tardó en adueñarse de sus pensamientos. No habría sabido explicar cómo, pero un enigmático e inesperado ingrediente se había añadido a la mezcla y en ese momento no tenía ni idea de qué clase de pastel estaban horneando. Lo que estaba claro era que no tenía nada que ver con el matrimonio que había creído que le esperaba, uno basado en una serena lógica y en un tibio afecto mutuo.

La receta había cambiado misteriosamente la noche anterior, pero a pesar de ello la atmósfera había sido de total normalidad cuando, tras despertar más tarde de lo previsto, habían bajado a toda prisa para disfrutar del desayuno que les había prometido la señora Quiggs. Entre ellos había reinado un ambiente relajado, Eliza estaba tan feliz y dichosa que a él le había resultado lo más fácil del mundo dejarse llevar y sonreír como si no pasara nada.

Por otra parte, quizás era cierto y realmente no pasaba nada, tal vez aquello fuera de lo más normal.

Estaba confundido, y eso era algo muy inusual en él.

Al otro lado de los arbustos, Eliza se incorporó aliviada y se subió los pantalones. Aquella era la única actividad que resultaba más fácil llevando falda, pero aun así...

Se quedó paralizada al ver el rayo de luz que danzaba sobre sus botas. Alzó alarmada la mirada, miró en la dirección de donde procedía la luz y vio un jinete a lomos de un caballo negro un poco más adelante, a muy poca distancia de donde estaban ellos.

—¡Scrope! —el nombre brotó de sus labios en un susurro ronco. Se quedó mirándolo horrorizada un segundo más antes de girar a toda prisa—. ¡Cielo santo!

Se abrió paso frenética entre los matorrales mientras luchaba por abrocharse los pantalones, y cruzó el camino corriendo.

—¡Scrope está esperándonos ahí mismo! ¡En el camino principal, a la derecha! —alertó a Jeremy, mientras señalaba con el dedo el lugar aproximado.

Él alzó las riendas mientras ella se apresuraba a sentarse a su lado.

—¿Te ha visto?

—¡Sí, ese condenado tiene un catalejo! Así es como me he percatado de su presencia, he visto el reflejo —se sorprendió al ver que él no maniobraba de inmediato para dar media vuelta.

—¿Se habrá dado cuenta de que eras tú? Aún vas vestida de hombre.

Aquella pregunta la tomó desprevenida, pero tras pensar en ello le miró a los ojos y admitió:

—Creo que podemos dar por hecho que a estas alturas ya se ha dado cuenta de que no soy un muchacho, no estaba demasiado lejos de mí.

—Ah —aunque parecía estoico, estaba pensando a toda velocidad. Tardó apenas unos segundos en ver y sopesar todas las opciones que tenían, y se dio cuenta de que ninguna de ellas era demasiado halagüeña.

—Te habrá visto regresar al camino, seguro que ya viene hacia aquí. ¿Puede venir a campo través?

—No, yo creo que no. Estaba en un pequeño altozano, más allá de un seto muy alto que tendría que saltar para venir hacia acá.

—En ese caso vendrá por el camino, para él es la opción más sensata. ¡Puede aparecer de un momento a otro en esa intersección de ahí delante! ¡Baja y agarra las alforjas! ¡Rápido!

En cuanto Eliza obedeció, él maniobró hasta dejar la calesa mirando en la dirección contraria y, después de atar las riendas de modo que quedaran lo bastante flojas para que el caballo corriera a sus anchas, bajó de un salto, le dio una palmada al animal en la grupa y echó a correr hacia Eliza. La calesa se alejó traqueteante por donde había venido y empezó a ganar velocidad cuando el caballo se dio cuenta dichoso de la falta de peso.

Jeremy aceptó una de las alforjas de mano de Eliza, se la echó al hombro y la agarró de la mano.

—¡Vamos!

Saltaron la estrecha cuneta y se internaron corriendo en la hilera de árboles que bordeaba el camino. La maleza era lo bastante espesa para ocultarles si se agachaban, y corrieron medio encogidos por la estrecha franja de terreno hacia el camino principal. Jeremy se detuvo y, a cubierto entre los arbustos, murmuró:

—Espera aquí.

Le soltó la mano, avanzó un poco más con cautela y se asomó para echar un vistazo al camino, que era la ruta principal que conducía a Jedburgh. Un poco más allá estaba la curva que ocultaba la entrada del camino secundario por el que habían llegado y, aunque no vio a Scrope acercándose al galope y doblando la curva para enfilar por dicho camino, sí que le oyó.

Tenía que dar por hecho que realmente se trataba de él, así que le hizo un gesto apremiante a Eliza para indicarle que se acercara. Ella obedeció de inmediato sin decir palabra, alargó la mano, y él se la agarró antes de señalar hacia delante con la cabeza.

Cruzaron el camino principal a la carrera y se internaron en los árboles que había al otro lado. Jeremy se detuvo un instante para mirar atrás, pero sabía que tenían que alejarse todo lo posible del camino y la instó a seguir.

—No podemos perder tiempo en consultar el mapa, pero creo que este bosque se extiende hasta el río. Una vez que lleguemos allí, podemos seguir su curso hasta St. Boswells.

—Scrope acabará por alcanzar la calesa, ¿verdad? —le preguntó, mientras se adentraban a paso rápido en el bosque.

—Sí, no tardará en hacerlo, y entonces vendrá tras nosotros.

Eliza no le preguntó nada más, pero cuando llegaron a una zona del bosque donde los árboles eran más grandes y viejos le lanzó una mirada y echó a correr a paso ligero.

Mientras corrían entre los árboles, Jeremy lanzó alguna que otra mirada por encima del hombro y de vez en cuando cambió un poco el curso a seguir. Quería permanecer más o menos perpendicular al camino para mantener a Scrope a la mayor distancia posible.

Había acertado al decir que el bosque llegaba al río. Se detuvieron bajo una enorme rama al borde del ribazo y bajaron la mirada hacia las caudalosas aguas.

—¿Qué río es este? —preguntó ella.

—El Tweed. No esperaba que fuera tan ancho.

Se volvieron de golpe al oír un fuerte chasquido, pero los árboles y una ligera pendiente en el terreno les impidió ver al hombre que les perseguía.

Jeremy le dio un tirón en la manga de la camisa y susurró:

—¡Vamos!

Echaron a correr siguiendo el curso del río hacia el sur, y habían recorrido unos veinte metros cuando el bosque empezó a aclararse a su derecha. Al final lo único que les quedó para ponerse a cubierto fue una exigua hilera de árboles que bordeaba la orilla.

Jeremy se detuvo bajo unas ramas bajas y lanzó una mirada hacia atrás, hacia un terreno abierto que parecía ser el pastizal de alguna granja, pero fue Eliza quien indicó hacia un extremo de dicho terreno y susurró:

—¡Allí está!

Él miró en la dirección indicada y vio a Scrope corriendo a lo largo de la hilera de árboles y buscando bajo las ramas mientras avanzaba. Se le heló la sangre en las venas al ver que el tipo iba pistola en mano, y se apresuró a agarrar a Eliza para instarla a seguir.

No hizo falta que le dijera nada, ella también había visto el arma y echaron a correr como alma que lleva el diablo. Sin nada más que pastizales y la fina hilera de árboles a su derecha, continuaron en dirección sur siguiendo el curso del río.

Poco después, vieron que cada vez había menos árboles y que más adelante, interponiéndose entre ellos y los tejados de St. Boswells, había un enorme campo recién segado.

En otras palabras: iban a tener que correr en campo abierto, sin un mísero arbusto donde esconderse.

Jeremy se detuvo. Tenía claro que, si Scrope llevaba un arma encima, era porque sabía usarla, y no había duda de que iba a atraparles antes de que llegaran al pueblo si intentaban cruzar aquel campo.

—Tiene que haber alguna forma... —murmuró, antes de volverse hacia el río.

Las fuertes corrientes invernales habían erosionado el ribazo y en ese momento había una caída de unos tres metros hasta el agua, cuyo nivel era más bajo en ese momento. Miró hacia el sur y vio que, justo delante, el río describía un amplio meandro al girar hacia el este y se perdía de vista. St. Boswells se encontraba en la orilla opuesta, a lo largo de la sección que discurría hacia el este.

—Si tuviéramos una barca podríamos huir por el río —dijo Eliza, antes de añadir con una mueca—: por favor, no me digas que vamos a tener que ir a nado.

Jeremy miró hacia el norte y la tomó de la mano antes de susurrar:

—No, no te preocupes. Vamos a cruzar por allí.

Le indicó con un gesto cuatro isletas de cieno (dos de ellas, las más grandes, se encontraban en el centro del río y estaban alfombradas de maleza) que había a escasos treinta metros de donde estaban y que podrían servirles para cruzar a la otra orilla.

Scrope estaba tan cerca que oían cómo apartaba las ramas a su paso.

—¡Está a punto de alcanzarnos! —dijo Eliza, articulando las palabras con los labios sin emitir sonido alguno. Señaló hacia las isletas y le preguntó—: ¿cómo bajamos hasta allí?

Jeremy se agachó y saltó a la orilla inferior, básicamente una franja de menos de un metro de ancho compuesta de arena y rocas que bordeaba el lecho del río. Cayó con agilidad y alzó las manos hacia Eliza, que se sentó en el borde del ribazo, apretó los labios con fuerza y fue moviendo el trasero hacia delante hasta dejarse caer.

Jeremy la atrapó y, después de dejarla en el suelo, la agarró de la mano y la siguió río arriba. La arena salpicada de rocas estaba bastante compactada y amortiguaba sus pasos, y el escaso ruido que hacían quedaba sofocado por el murmullo del río. Ellos, a su vez, oían perfectamente bien a Scrope mientras este seguía buscándoles en el margen superior; por suerte, dicho margen estaba tan alto (o el lecho del río estaba tan bajo) que no les vería ni aunque Jeremy se irguiera todo lo alto que era.

Cuando estuvo seguro de que el tipo había pasado de largo y proseguía hacia el sur mientras ellos, a su vez, continuaban yendo en dirección norte a lo largo del margen del río a toda prisa, Jeremy se arriesgó a murmurar:

—No se le pasará por la cabeza que hayamos cruzado el río hasta que se dé cuenta de que no vamos por delante de él, y eso ocurrirá en cuanto llegue al campo segado. Retrocederá de inmediato, pero por suerte no ha llovido en los últimos días. No creo que hayamos dejado huellas al bajar el ribazo, y este terreno es tan rocoso que no estamos dejando rastro alguno — miró atrás y la instó a acelerar aún más el paso—. Para cuando se dé cuenta y venga a echar un vistazo, tenemos que estar ocultos en una de esas dos isletas más grandes para que no nos vea.

Aunque apenas tenían que recorrer treinta metros escasos, el suelo estaba lleno de rocas y tenían que andar con cuidado para evitar torcerse un tobillo o sufrir alguna lesión incluso peor, así que siguieron con aquella carrera atropellada, llenos de pánico pero silenciosos, sujetándose el uno al otro como buenamente podían.

Cuando llegaron por fin a la primera de las isletas de cieno, Jeremy le indicó que esperara. Salió al descubierto, escudriñó el margen superior hasta donde le alcanzaba la vista, y sin apartar la mirada de allí le indicó con un gesto de la mano que se acercara.

—¡Vamos! —la oyó saltar a la primera isla, y al no ver nada que indicara que Scrope había empezado a buscarles ya por el margen inferior se volvió y la siguió a toda prisa.

Llegaron con facilidad a la segunda isleta, una de las dos que estaban cubiertas por una espesa vegetación. Le indicó a Eliza que siguiera la orilla norte y la recorrieron intentando mantenerse a cubierto.

El canal central que había entre las dos islas grandes era más ancho que los otros más cercanos al margen del río, y la corriente era bastante fuerte. Se detuvieron justo en el borde y Jeremy la sujetó para evitar que resbalara en el inestable terreno.

—Con cuidado.

Se sintió más agradecido que nunca por los pantalones que Hugo había conseguido para ella, porque llevando falda le habría sido imposible salvar aquella distancia de un salto. Lanzó una nueva mirada hacia el margen superior del río, y al no ver ni rastro de Scrope la condujo al punto central de la orilla de la isleta y le quitó la alforja que llevaba al hombro.

—Retrocede unos pasos y, cuando yo te lo diga, echa a correr y salta —señaló hacia un arbusto que había en la isleta de enfrente—. Agarra esa rama de ahí si pierdes el equilibrio, y entonces atraviesa la maleza tan rápido como puedas y agáchate al otro lado.

Eliza le miró a los ojos y asintió. Respiró hondo (aunque le costó trabajo, ya que tenía los pulmones constreñidos por el miedo), centró la mirada en el arbusto que él le había indicado, esperó mientras él revisaba de nuevo el margen superior del río...

—¡Ya!

Tomó carrerilla y saltó por encima de las turbulentas aguas del río. En medio del salto se preguntó por un instante qué demonios estaba haciendo (se suponía que no era una mujer intrépida, ¿no?), y en un abrir y cerrar de ojos cayó con las botas firmemente plantadas en el pedregoso suelo. Al ver que se tambaleaba un poco se apresuró a agarrarse a la rama del arbusto, tal y como le había aconsejado Jeremy, y en cuanto recuperó el equilibrio se internó entre los matorrales con la mente dividida entre lo que habría un poco más adelante (esperaba que no hubiera nada) y lo que tenía detrás.

Al llegar al otro extremo de los matorrales, se agazapó entre ellos y esperó con el corazón desbocado. Los segundos se convirtieron en un minuto. No alcanzaba a ver a Jeremy desde donde estaba, pero eso a su vez quería decir que Scrope no podía verla a ella.

Su inquietud iba en aumento, pero se dijo a sí misma que Jeremy era demasiado listo como para dejar que le atraparan.

Aguzó el oído mientras esperaba, cada vez más ansiosa... oyó un ruido sordo y, un segundo después, Jeremy apareció entre los matorrales y se agachó junto a ella.

—¿Te ha visto? —más que decir las palabras en voz alta, las articuló con los labios.

Él guardó silencio mientras escuchaba con atención, pero no oyeron gritos ni disparos (gracias a Dios) y se inclinó para susurrarle al oído:

—Está cerca, en el margen del río, pero no creo que me haya visto —al cabo de un momento le advirtió—: vamos a tener que permanecer aquí hasta que tengamos la certeza de que se ha marchado —miró hacia el ribazo por el que iban a tener que subir y añadió—: no hay forma de subir por ahí sin que nos vea.

Ella se sentó en el suelo y contempló el ribazo en cuestión, que era menos empinado que el de la otra orilla. Más allá de la siguiente isleta (una más pequeña cubierta de algunos hierbajos), el margen del río se alzaba en una serie de estrechas terrazas y subir por ellas no iba a suponer un problema, pero mientras lo hicieran estarían completamente expuestos.

—¿Sabes lo que hay ahí arriba a este lado del río?

Él negó con la cabeza y admitió:

—Consulté en el mapa todos los caminos secundarios que íbamos a tomar y sus aledaños, pero no me fijé en lo que había en esta zona. Tendremos que subir y buscar algún lugar seguro donde hacer una parada y consultar el mapa. Sería demasiado arriesgado intentar hacerlo aquí, haríamos demasiado ruido.

Eliza volvió a mirar hacia el margen superior del que habían bajado, pero no se veía nada por debajo de las copas de los árboles. Jeremy y ella estaban bien ocultos entre los matorrales. Se inclinó hacia él y susurró:

—Cuando se vaya, podríamos regresar a esa orilla y proseguir hasta St. Boswells.

Él negó de nuevo con la cabeza y admitió con gravedad:

—Lo más probable es que Scrope haya dejado su caballo cerca de allí. Cuando se canse de buscarnos irá a por él y, teniendo en cuenta que vamos a pie, podría alcanzarnos en un abrir y cerrar de ojos. Tenemos suerte de haber podido darle esquinazo todo este tiempo, no nos conviene volver a encontrárnoslo.

Al ver que el tipo iba armado, Jeremy había pasado de considerarlo peligroso sin más a verle como un loco peligroso. ¿Qué clase de hombre perseguía pistola en mano a una dama desarmada y a un caballero que estaba claro que tampoco llevaba arma alguna?

Más aún, ¿qué pensaba hacer Scrope con la pistola en cuestión?

Habían estado hablando en voz lo bastante baja como para que no se les oyera por encima del murmullo del agua. Dos segundos después, oyeron unas fuertes pisadas procedentes del margen superior del río.

Se volvió hacia Eliza, que estaba mirándole con ojos llenos de temor. Se quedaron muy quietos, fuera de la vista de Scrope gracias a los espesos matorrales tras los que estaban agachados, y pasó un minuto hasta que oyeron cómo se alejaba.

Soltaron el aire que habían estado conteniendo. Tras un minuto más, Eliza hizo ademán de levantarse, pero Jeremy la agarró del brazo para detenerla. Se inclinó hacia ella y susurró:

—Yo en su lugar me quedaría al acecho y esperaría a ver si salimos de nuestro escondite. Tenemos que esperar un poco más antes de arriesgarnos a seguir.

Ella le miró con ojos penetrantes y asintió.

Se quedaron sentados en el pedregoso suelo de cieno el uno junto al otro, y esperaron a que Scrope se fuera.

El noble de las Tierras Altas estaba de pie junto a un ornamental pabellón situado en un altozano que dominaba la orilla sur del Tweed, justo en el punto donde el río dibujaba un amplio meandro y giraba hacia el este, y maldijo a Scrope mientras observaba a través de un catalejo.

—¿Qué demonios cree que está haciendo? ¡Y el muy condenado tiene una pistola! —al cabo de un momento, masculló airado—: ¡tendría que haberse dado por vencido cuando me perdió la pista en Gorebridge!

Llevaba desde las nueve de la mañana haciendo guardia en aquel lugar, era un cazador nato que nunca perdía la paciencia cuando estaba rastreando alguna presa. Aquel pabellón era una atalaya privilegiada, y se encontraba en los jardines de una casa de campo cuyos propietarios estaban disfrutando de la temporada social en Edimburgo. Había estado esperando a ver pasar a la pareja y había acabado por presenciar el desatino provocado por Scrope.

En un principio no había detectado su presencia, ya que el tipo había estado esperando a cubierto al otro lado de los árboles que había en el extremo opuesto del camino principal; de haberle visto, se habría sentido tentado a intervenir (encerrarle en las celdas del magistrado más cercano habría sido una buena opción), pero como había optado por apostarse allí arriba, junto al pabellón, porque era la posición perfecta para ver pasar a la pareja y proceder a seguirles, no había tenido más remedio que observar impotente mientras Scrope les desviaba de nuevo de la ruta que habían tomado.

—Scrope se ha convertido en una molestia sumamente tediosa —masculló, para intentar descargar de alguna forma su mal genio.

Había visto cómo Eliza Cynster y su salvador cruzaban corriendo el camino y se ponían a cubierto entre los árboles. Aunque les había perdido de vista en ese momento, había podido seguirles más o menos la pista viendo a Scrope buscándoles a lo largo del margen superior del río, pero de repente les había visto emerger de los árboles al otro lado del campo segado que había justo debajo de donde él estaba situado.

Le había atenazado el miedo ante la terrible posibilidad de que, después de todas sus maquinaciones, pudiera verse obligado a presenciar impotente cómo Scrope le pegaba un tiro al caballero que había rescatado a Eliza y volvía a atraparla, y había sentido un alivio inmenso cuando el caballero en cuestión, empleando unas excelentes tácticas de evasión, había bajado al margen inferior del río y había alzado las manos hacia Eliza para instarla a que saltara. El hecho de que ella lo hubiera hecho sin pensárselo dos veces revelaba la confianza que tenía depositada en él, una confianza que parecía ser más que merecida.

Con el caballero al mando de la situación, la pareja había logrado burlar a Scrope, quien en ese momento estaba paseando arriba y abajo por el margen superior del río como si esperara que sus presas fueran a caer de las ramas de los árboles cual fruta madura. Al final acabó por darse por vencido y fue con la cabeza gacha a por su caballo, al que había dejado cerca del punto por donde la pareja había cruzado el camino principal rumbo a los árboles.

Enfocó con el catalejo a los dos fugitivos, que habían tenido la astucia de esperar ocultos en la isleta. Aguardó pacientemente y, al cabo de otros diez minutos, vio cómo se ponían poco a poco en pie y, cautos y recelosos, salían de su escondite.

Después de saltar a la siguiente isleta, llegaron a la orilla este del río y ascendieron por el ribazo, que no tenía una pendiente tan pronunciada como el de la otra orilla. Una vez arriba, prosiguieron la marcha sin perder tiempo y entraron en los terrenos de la abadía de Dryburgh.

Desde su atalaya les vio avanzar como sombras sigilosas entre los árboles hasta llegar a las ruinas de la vieja abadía; cuando, tras observar precavidos el lugar, se apresuraron a ocultarse tras un muro derruido, bajó el catalejo y reflexionó acerca de todo lo que había visto.

Por mucho que Scrope fuera una molestia, con su intervención había generado el tipo de situación que él quería ver. El comportamiento de las personas al verse en peligro solía ser muy revelador, y por lo que había visto hasta el momento de la pareja...

Los pequeños detalles eran cruciales. Detalles como la forma en que el caballero estaba pendiente en todo momento de Eliza y anteponía la seguridad de ella a la suya propia; el hecho de que, cuando no iban tomados de la mano, él mantuviera una mano protectora en la espalda de ella; su actitud vigilante, la forma en que permanecía alerta a cualquier posible peligro. Ella, por su parte, confiaba en él sin reservas, de forma implícita; no le cuestionaba ni discutía, pero sí que hacía sugerencias.

La forma en que interactuaban le resultaba muy familiar. Había visto aquella misma comunicación verbal y física, aquella unión, aquel vínculo de dos personas que remaban en la misma dirección entre su primo Mitchell y su esposa, que habían sido inmensamente felices juntos antes de fallecer; a juzgar por lo que había visto, Eliza y su salvador tenían una relación similar, así que estaba claro que podía quedarse tranquilo en ese sentido.

Scrope era el único problema restante.

Miró de nuevo hacia el camino por el que le había visto marcharse. Él era el culpable de que aquel tipo estuviera persiguiendo a la pareja y, por mucho que quisiera, no podía dar media vuelta y desentenderse del asunto sin más. Existía la posibilidad de que los dos fugitivos lograran burlar a Scrope por sus propios medios (el inglés, fuera quien fuese, había demostrado ser capaz de tomar decisiones rápidas y efectivas), pero también era posible que no lo consiguieran.

Era de suponer que, en caso de atrapar de nuevo a Eliza, Scrope la llevaría de vuelta a Edimburgo y se la ofrecería a él, pero ¿a qué precio? Si el tipo hería al caballero inglés, si llegaba a matarlo...

—Eso sí que sería una verdadera tragedia melodramática —masculló.

Solo le faltaba eso, una esposa que le odiara y que hubiera perdido a su amado por culpa de un plan que había sido urdido por él. Esa posibilidad, sumada a lo que le dictaba su sentido del honor, bastó para convencerle de que no podía dejar de velar por la pareja hasta cerciorarse de que estaban a salvo de los desesperados ataques de Scrope, quien estaba claro que se había empecinado en atraparlos.

Si aquel tipo no hubiera desobedecido sus órdenes, en ese

momento podría regresar a casa para empezar a planear el secuestro de la Cynster que, debido a su decisión de dejar que Eliza escapara con su caballero inglés, se había convertido en su última alternativa viable.

Apretó los labios en un gesto de frustración y miró de nuevo por el catalejo.

La pareja aún seguía oculta en las ruinas. Pensó en lo que haría él de estar en su pellejo y miró hacia el este, buscando algún tramo del río donde pudiera serles posible cruzar a la otra orilla.

Mientras permanecían sentados en el suelo, parapetados tras uno de los escasos muros que aún seguían en pie, Jeremy señaló un punto del mapa que tenía abierto sobre el regazo y comentó:

—Estamos aquí, en las ruinas de la abadía de Dryburgh.

Eliza consultó el mapa con atención y preguntó, al cabo de unos segundos:

—¿Hacia dónde vamos a dirigirnos? —señaló hacia el río, que se encontraba al sur de donde estaban en ese momento—. St. Boswells está allí, en la otra orilla, pero ¿cómo vamos a cruzar el río?

—Buena pregunta. También debemos plantearnos si sería buena idea cambiar la ruta prevista. En vez de pasar por St. Boswells y dirigirnos hacia el sur rumbo a Jedburgh, podríamos ir hacia el este, pasar por Kelso y cruzar la frontera en Coldstream.

Ella repasó en el mapa aquella ruta y comentó:

—Es una ruta mucho más larga; además, una vez que cruzáramos la frontera aún nos quedaría un buen trecho hasta llegar a Wolverstone.

Jeremy asintió y tomó otro trago de agua antes de volver a guardar la botella en su alforja. Ya habían devorado el pan y el queso que la señora Quiggs había tenido la amabilidad de darles, aduciendo que sabía lo mucho que comían los jóvenes caballeros. Lo que la mujer no sabía era que eso también era aplicable a las jóvenes damas, ya que el miedo no había logrado quitarle el apetito a Eliza.

Apoyó la espalda y los hombros contra el frío muro de piedra y la miró. Ella había visto la pistola que empuñaba Scrope y se había dado cuenta del peligro que corrían, pero su reacción no había ido más allá de una fuerte tensión que se reflejaba en la forma en que miraba atenta a su alrededor cada dos por tres; por suerte, no se había dejado arrastrar por el pánico.

Sacó su reloj de bolsillo para consultar la hora.

—Falta poco para la una —volvió a guardarlo y apoyó la cabeza en el muro antes de murmurar—: qué paz se respira aquí.

Ella le miró antes de recorrer el lugar con la mirada. Había rocas y columnas caídas diseminadas por el terreno alfombrado de hierba; los árboles, muchos de ellos inmensos, daban sombra a las ruinas.

—Resulta difícil saborear esta tranquilidad sabiendo que Scrope está cerca —admitió, pesarosa.

Jeremy se arriesgó a cerrar los ojos por un momento. El mero hecho de tenerla cerca, de verla, era una distracción, y tenía que intentar pensar con claridad.

—Ojalá supiéramos cómo ha logrado encontrarnos. Puede que, después de vernos en Penicuik, el escocés le mandara a esta zona sabiendo que, si no tomábamos la gran ruta del norte, este sería el camino alternativo más lógico. Y si Scrope está aquí, ¿dónde está el escocés? ¿Nos libramos de él en Penicuik, tal y como creíamos? Incluso suponiendo que así fuera, no sabemos si también habrá venido hasta aquí para aunar fuerzas con Scrope. A lo mejor no nos acecha un solo perseguidor, sino dos.

Abrió los ojos al ver que no contestaba y se topó con su mirada. Ella guardó silencio unos segundos más antes de decir:

—No tenemos respuesta para todas esas cuestiones. La única opción razonable es decidir cuál es la mejor ruta, seguir adelante y, llegado el momento, lidiar con quien se interponga en nuestro camino.

Jeremy esbozó una sonrisa y asintió.

—¡Bien dicho! —volvió a mirar el mapa y comentó—: no podemos volver atrás en busca de la calesa. Supongo que el caballo se habrá detenido antes de llegar a Newton St. Boswells, pero lo más probable es que Scrope se encuentre en esa zona y no podemos correr el riesgo de volver a toparnos con él.

—No, me encantaría no volver a verlo en toda mi vida.

—¡Amén! En fin, yo sigo creyendo que nuestra mejor alternativa es el paso fronterizo de Carter Bar. Si logramos tomarles la delantera a Scrope y al escocés, una vez que estemos al otro lado de la frontera podemos seguir a toda velocidad rumbo a Wolverstone y dudo mucho que nos atrapen. El camino sigue siendo más o menos directo incluso después de tomar el desvío de Wolverstone, no les será posible tomar otra ruta y aparecer de improviso por algún camino secundario; en todo caso, el truco estará en alejarnos todo lo posible de Scrope... y del escocés, si también está al acecho.

—Muy bien —dijo ella, antes de levantarse con decisión. Se sacudió los pantalones y agarró su alforja—. Iremos a Boswells, alquilaremos otra calesa y retomaremos la marcha antes de que nos vea alguno de ellos.

Jeremy asintió y dobló el mapa antes de ponerse en pie. Mientras lo guardaba en la alforja, ella lanzó una mirada a su alrededor y le preguntó:

—¿Cómo vamos a llegar a St. Boswells?

La tomó de la mano, pero recordó que aún estaba haciéndose pasar por un muchacho y que alguien podría verles; después de darle un ligero apretón en los dedos hizo que se volviera hacia el sur, hacia el río, y la soltó.

—Los terrenos de la abadía están dentro de lo que sería la parte interna del meandro y el pueblo está justo al otro lado, en el extremo sur de la curva. No parece que haya existido nunca un puente, pero debía de haber alguna forma de cruzar, aunque solo fuera un vado, para conectar la comunidad monástica con la secular. Nosotros hemos cruzado por la parte oeste de la curva al huir de Scrope, así que el vado o lo que sea debe de estar al sur o al este de aquí. Con un poco de suerte, habrá dado por hecho que no hemos cruzado el río y estará buscándonos en los campos y los caminos de más al oeste. A lo largo de esta sección del río no hay ningún camino, así que creo que podemos arriesgarnos a recorrer la orilla en busca de algún punto por donde cruzar.

Atravesaron juntos la iglesia de la abadía y, sin necesidad de decir ni una palabra, se pararon a contemplar el enorme arco que se alzaba justo detrás del lugar donde, tiempo atrás, había estado situado el altar. Siguieron avanzando, pasaron por una grieta que había en el muro lateral y descendieron por una larga pero suave pendiente. Era un terreno fácil, los rayos de sol que lograban colarse entre las ramas de los enormes y viejos árboles les bañaban con su calidez de forma intermitente.

Al final llegaron a una hilera más espesa de árboles y maleza tras la que fluían las caudalosas aguas del río. A lo largo del margen superior crecían unos frondosos matorrales que les sirvieron para mantenerse a cubierto mientras avanzaban a lo largo de la sección sur del meandro, yendo de oeste a este. En aquel tramo el ribazo era alto y tenía una pendiente muy pronunciada, casi vertical, y por lo que alcanzaban a ver el río era muy hondo.

Estaba claro que por allí no iban a poder alcanzar la otra orilla, así que retrocedieron y atravesaron una zona donde el bosque era cada vez más espeso rumbo al brazo este del meandro. Antes incluso de que vieran la orilla, el terreno empezó a bajar en una suave pendiente y la vegetación fue clareando.

—¡Me parece que hemos encontrado lo que buscábamos! —exclamó Jeremy, mientras aceleraba el paso.

Sus esperanzas se cumplieron y en cuanto llegaron al río vieron un vado que debía de estar destinado al paso de carros o caballos. Tenía unos quince centímetros de profundidad y la corriente era bastante fuerte, pero había una hilera de piedras planas (que, por cierto, eran sospechosamente parecidas a las de las ruinas de la abadía) para poder pasar. Estaban un poco espaciadas, pero eran lo bastante grandes como para que Eliza fuera saltando de una a otra.

Llegaron a la otra orilla sin mojarse los pies y se miraron sonrientes.

Jeremy se colocó bien la alforja mientras recorría el paisaje con la mirada para orientarse. Enfrente tenían campos salpicados de algunas granjas, pero los tejados de St. Boswells quedaban a su derecha.

—Hay que ir hacia allí —le indicó a Eliza.

Se pusieron en marcha y, mientras avanzaban por un camino secundario lleno de roderas, comentó:

—El camino principal pasa por el extremo oeste del pueblo, seguro que Scrope se centrará en aquella zona. Estamos aproximándonos desde la dirección contraria, lo que significa que el pueblo entero nos separa del camino principal... y esperemos que también de Scrope. Con un poco de suerte, alquilaremos una calesa en alguna posada y partiremos rumbo al sur a toda velocidad antes de que él se dé cuenta siquiera de que estamos cerca.

—De acuerdo —se limitó a contestar ella, alerta en todo momento.

A Eliza le preocupaba más eludir a Scrope que llegar a Wolverstone, sus prioridades habían cambiado en el mismo momento en que le había visto empuñando una pistola. Estaría encantada de llegar a lugar seguro aquella misma jornada, pero lo principal era hacerlo junto a Jeremy. Ella no corría peligro de recibir un disparo; sería a él, a su salvador, a quien Scrope tendría en el punto de mira.

Darse cuenta de esa realidad le había afectado mucho más de lo que esperaba, pero, teniendo en cuenta que Jeremy era el hombre predestinado a ser su héroe (eso era algo que ella, al menos, ya tenía muy claro), no tenía más remedio que acostumbrarse a estar sujeta a ese tipo de preocupaciones en lo que a él se refería. No iba a permitir que Scrope le hiciera daño ni que se lo arrebatara, no iba a permitir que aquel tipo interfiriera en el futuro que Jeremy y ella iban a forjarse juntos.

«¡Ni hablar!», se dijo, llena de una especie de beligerante determinación.

Llegaron a un camino más ancho, giraron hacia el pueblo y siguieron caminando sin detenerse bajo el sol de primera hora de la tarde. Cada vez había más casas al borde del camino, pero el pueblo en sí no era grande y enfilaron por una calle que trazaba una amplia curva y en la que había las típicas tiendas a ambos lados.

Aminoraron la marcha, cada vez más cautos y nerviosos.

Se detuvieron de golpe al oír el tintineo de una campanilla

cuando, a unos diez pasos por delante de ellos, se abrió la puerta de una tienda y salió un hombre que cerró tras de sí. Estaba de espaldas a ellos, así que pudieron verle bien desde atrás. Tenía el pelo negro y era alto, muy alto; hombros enormes, piernas largas y fuertes; su gabán de color oscuro, sus pantalones de ante y sus elegantes botas de montar reflejaban a las claras su elevada posición social.

El hombre se alejó sin volverse a mirarlos, cruzó la calle caminando con unas zancadas largas y fluidas que revelaban una suprema confianza en sí mismo.

Eliza estaba casi paralizada por el pánico, no se atrevía ni a respirar. Cuando por fin logró arrancar la mirada de él y se dio cuenta de que Jeremy y ella estaban junto a una callejuela situada entre dos tiendas, le hundió los dedos en el brazo y, tirando de él para que la siguiera, fue internándose en ella con sigilo, caminando de lado con cautela.

Él vaciló por un instante, pero entró en la callejuela con ella y en cuanto estuvieron fuera de la vista se asomó para echar un vistazo.

Eliza se apoyó en la pared y dio gracias en silencio. Si hubieran ido caminando un poco más rápido, el noble escocés que había orquestado su secuestro (no había duda de que era él) se habría topado con ellos al salir de la tienda.

Jeremy se apartó de la entrada de la callejuela. Se apoyó también en la pared mientras, al igual que ella, intentaba recobrarse del susto, y comentó:

—Ha entrado en una fonda que hay un poco más adelante.

—En ese caso no podemos ir en esa dirección.

—No —sacó el mapa de la alforja y añadió con gravedad—: no solo eso, sino que tampoco vamos a poder alquilar una calesa. Si ha estado indagando en las fondas y las posadas... —le sostuvo la mirada al afirmar—: nos vio en Penicuik. Si ha dado una buena descripción de nosotros, en cuanto entremos en algún sitio para pedir un vehículo nos mantendrán ocupados y mandarán a alguien a avisarle.

—Iba a proponer que intentáramos verle mejor, pero supongo que eso sería muy arriesgado, ¿verdad?

—Sí, demasiado —afirmó él, mientras abría el mapa—. Aparte de que es un tipo enorme que debe de tener una fuerza hercúlea, si los indicios son ciertos y resulta ser un dichoso noble escocés, caer en sus manos sería lo peor que podría pasarnos.

—Supongo que él podría afirmar que es mi tutor, hacer que algún magistrado te encarcele y llevarme a su castillo de las Tierras Altas sin que nadie se lo impida.

—Sí, y eso si somos optimistas —le mostró un punto en el mapa—. Aquí es donde estamos —trazó el camino que salía de Carter Bar y cruzaba la frontera rumbo al sur—, y queremos llegar aquí. La ruta principal nos llevaría directamente hasta allí, pero tal y como están las cosas me parece demasiado arriesgado. Si ese dichoso noble escocés está vigilando aquí, lo más probable es que Scrope esté esperándonos un poco más al sur.

Eliza agarró el mapa y lo miró más de cerca para ver bien las líneas más finas, los caminos secundarios y las rutas menos transitadas.

—Sabemos que no tiene sentido ir hacia el este porque Wolverstone quedaría demasiado lejos, pero... ¿y si fuéramos hacia el oeste? Mira, podríamos tomar este camino de aquí hasta llegar a Selkirk, y una vez allí alquilar otra calesa —le miró a los ojos y añadió—: ni Scrope ni el escocés esperarán que tomemos esa ruta.

—Pero... —Jeremy frunció el ceño mientras revisaba con más detenimiento el mapa, y al cabo de unos segundos asintió—. Ah, sí, ya veo lo que quieres decir.

Eliza no pudo evitar sentirse un poco triunfal.

—Desde Selkirk podemos poner rumbo a Hawick y, si ellos encuentran nuestro rastro y deducen que nos dirigimos a Carlisle, pues mucho mejor. Una vez en Hawick, podemos dejar el camino principal y tomar el que lleva a Bonchester Bridge.

—Y de allí ir directos a Carter Bar —Jeremy alzó el mapa para poder verlo mejor a la luz que entraba en el callejón, y al cabo de unos segundos asintió—. Tienes razón, es la única alternativa razonable. No había visto ese caminito, pero si lo seguimos no tendremos que incorporarnos al camino principal de Jedburgh hasta que estemos a punto de llegar a la frontera

—la miró a los ojos y admitió—: dudo mucho que alguno de nuestros dos perseguidores esté esperándonos en la misma frontera. Yo creo que querrán detenernos a una distancia prudencial de ella, fuera de la vista de los soldados que puedan estar patrullándola. Estando tan cerca de la frontera podríamos solicitar la presencia de Wolverstone a pesar de no estar aún en Inglaterra, su nombre tiene el peso suficiente para mantenernos a salvo.

—¡Excelente! —exclamó ella, con una amplia sonrisa. Señaló con la cabeza hacia el otro extremo de la callejuela, lejos de la calle principal—.Vamos, habrá que dar un rodeo para llegar al camino de Selkirk.

Les llevó una hora entera llegar hasta allí, ya que fueron muy cautos. Se ocultaron tras matorrales, miraron bien en todas direcciones antes de cruzar cualquier camino y emplearon una cautela extrema cuando, saliendo como una exhalación de entre los matorrales de una orilla y corriendo hacia los de la otra, cruzaron el camino principal en sí. La suerte estuvo de su parte y ninguno de sus dos perseguidores les vio, nadie apareció al galope tras ellos de repente.

Una vez que estuvieron en el camino que conducía a Selkirk, avanzaron a buen paso con el sol frente a ellos y poco después vieron aparecer una hilera de espinos blancos en ambos márgenes. Los espesos y exuberantes matorrales bordeaban el camino siguiendo las serpenteantes y suaves curvas que describía, y no tardaron en ocultarles por completo de la vista de cualquiera que pudiera estar persiguiéndoles.

Habían avanzado menos de un kilómetro cuando Jeremy se detuvo y señaló hacia un pequeño altozano donde la vegetación era menos densa.

—Detengámonos ahí para echar una ojeada al camino. Estos matorrales nos ocultan, pero también nos impiden ver si alguien nos sigue. Prefiero no correr riesgos.

Estuvieron vigilando media hora desde el altozano, pero no vieron pasar a nadie.

—Estamos a salvo —afirmó Eliza, antes de levantarse y sacudirse los pantalones. Le miró sonriente y añadió—: ¡vamos! ¡Hay que seguir rumbo a Selkirk!

Jeremy le devolvió la sonrisa y se levantó también. Mientras bajaban por la cuesta de vuelta al camino, ella añadió en tono de broma:

—¡Quién sabe lo que nos espera al llegar allí!

El noble de las Tierras Altas salió a media tarde del hotel de St. Boswells donde se había alojado. Partió en dirección este a lomos de Hércules, y después dobló a la izquierda para tomar el camino secundario que le había indicado el servicial camarero que había iniciado su turno poco antes, un camino que llevaba al norte y que moría cerca de los márgenes del río Tweed.

Desmontó y, llevando a Hércules de las riendas, no tardó en encontrar el viejo vado junto con las huellas de dos personas (una más pesada y de pies más grandes, la otra más ligera) que se dirigían hacia el pueblo.

—Han sido bastante rápidos —comentó, al ver que el agua del río se había evaporado hacía mucho de las huellas.

Había llegado a la conclusión de que, a pesar de la amenaza que suponía Scrope para ellos, intentarían regresar al camino principal de Jedburgh. En ese momento estaban bastante cerca de la frontera y la ruta alternativa, la que pasaba por Kelso y Coldstream, se alejaba mucho del camino por el que parecían tener preferencia.

Aunque se sentía satisfecho al ver que su conclusión había sido acertada, no le gustaba el hecho de que le llevaran horas de ventaja.

Volvió a montar a lomos de Hércules y siguió el rastro hacia el pueblo. Tuvo que ir aminorando la marcha, porque el terreno iba endureciéndose y cuanto más se acercaba al pueblo más difícil era asegurarse de que seguía las huellas correctas.

Mientras recorría la calle principal creyó que había perdido el rastro, pero miró por pura casualidad hacia una callejuela y, gracias a que la tierra estaba más blanda y húmeda, vio claras evidencias de que la pareja había pasado un rato allí de pie.

La callejuela en cuestión estaba a escasos metros de la taberna donde él había entrado a preguntar si había algún lugar en la zona por donde cruzar el río, y en la que le habían indicado que en la fonda quizás pudieran ayudarle.

Estaba claro lo que había pasado.

—¡Maldita sea!

Regresó con paso airado a donde había dejado a Hércules y montó sin dilación. Eliza Cynster y su caballero inglés le habían visto y, como no eran conscientes de que a esas alturas lo único que quería era ayudarles a regresar sanos y salvos al otro lado de la frontera y a librarse de la persecución de Scrope, habían huido en dirección contraria.

Se habían alejado de la calle principal y habían salido por el otro lado de la callejuela, pero Hércules era demasiado grande para pasar por allí. Se tragó la retahíla de imprecaciones que tuvo ganas de soltar y, después de hacer que el caballo diera media vuelta, retrocedió por la calle principal para llegar dando un rodeo al otro lado y buscar de nuevo el rastro.

Hora y media después, exasperado por aquel nuevo giro inesperado de los acontecimientos, el noble de las Tierras Altas estaba sentado a lomos de Hércules en el cruce de la ruta principal con el camino que pasaba por St. Boswells mientras sopesaba cuál iba a ser su siguiente paso.

No tenía ni idea de hacia dónde se dirigía la pareja de fugitivos. Por muy buen rastreador que fuera, necesitaba que hubiera algún rastro, un mínimo indicio. Como los caminos de aquel distrito estaban muy endurecidos por el sol, las huellas no se marcaban lo suficiente para distinguir las que pertenecían a la pareja de las de cualquier otro viajero.

Al salir de la callejuela, Eliza y su acompañante habían dado un rodeo por varias calles con la aparente intención de acercarse a la ruta principal, pero eso era lo único que había podido averiguar. Había revisado los lugares más obvios y había ampliado la búsqueda a los distintos caminos secundarios que podrían haber tomado rumbo a Jedburgh, incluso había cabalgado hacia el este y había llegado a Maxton y al camino que pasaba por Ancrum Moor, pero no había encontrado nada de nada.

Aunque le había parecido una posibilidad muy remota, había ido de vuelta hacia el norte por la ruta principal hasta el camino de Newton St. Boswells, por si regresaban en busca del vehículo que habían utilizado. Cerca de la entrada del camino había encontrado el rastro de una calesa seguida de cerca por un caballo y había deducido que Scrope había regresado y había encontrado el vehículo.

Había llegado a la conclusión de que Eliza y su salvador debían de haber llegado hasta allí en la calesa y, al ver a Scrope, la habían abandonado y se habían visto obligados a huir hacia el río, y los indicios que había encontrado habían confirmado su teoría.

Al ver que el rastro indicaba que Scrope había atado su caballo a la parte posterior de la calesa y había puesto rumbo al sur, había seguido sus huellas hasta el cruce de caminos donde se encontraba en ese momento. Como el rastro seguía por el camino de Jedburgh, había deducido que el tipo iba a esperar a la pareja en dicha población, consciente de que no tenían medios para viajar al sur a toda velocidad (al menos hasta que encontraran otro vehículo).

Después de hacer que Hércules avanzara unos noventa metros hacia el sur, tiró de las riendas para que se detuviera y miró hacia el oeste, hacia el estrecho camino que conducía a Selkirk, que era la opción por la que él se habría decantado de haber estado en el lugar de Eliza y de su caballero inglés.

También era posible que hubieran regresado a St. Boswells dando un rodeo con la intención de pernoctar allí, pero en ese caso tendría que ir de puerta en puerta preguntando por ellos, con lo que encontrarles no sería tarea fácil.

Si tomaba el camino que iba en dirección este, era muy posible que encontrara su rastro y pudiera seguirles, pero no estaba seguro al cien por cien. Las huellas de Scrope, por el contrario, sí que eran un rastro tangible en ese momento.

Su objetivo, el único objetivo que le mantenía allí, era cumplir con lo que le dictaban su honor y su conciencia: proteger a la pareja del potencialmente malicioso Scrope. Era un cometido que podía lograr con igual o incluso más facilidad siguiendo a Scrope, quien había resultado ser un esbirro muy problemático, para asegurarse de que no le causara ningún daño a la pareja.

Era una opción mucho más simple.

Gracias a lo sucedido durante aquella jornada había llegado a un punto en que, dejando al margen a Scrope, de quien quería encargarse él, se sentía tranquilo dejando la seguridad y el cuidado de Eliza en manos de su caballeroso paladín (otro inglés ni más ni menos, tal y como había pasado con Heather Cynster. Qué ironía).

Hizo chasquear las riendas para que Hércules se pusiera en marcha y dejó atrás St. Boswells y el camino que conducía a Selkirk; con un poco de suerte, Scrope optaría por pernoctar en Jedburgh, y él conocía una posada agradable y cómoda en aquel lugar.

CAPÍTULO 13

A última hora de la tarde, Eliza y Jeremy subieron una cuesta y vieron ante ellos los tejados de Selkirk. El camino que conducía a Hawick desde allí era bastante grande y, tras salir del pueblo, bordeaba las casas situadas en el extremo más cercano a ellos.

Jeremy se detuvo y sacó el mapa.

—Hawick está a unos veinte kilómetros de Selkirk. Es un poco tarde, pero tenemos dos opciones: la primera es alquilar un vehículo en Selkirk, viajar hasta Hawick y buscar allí algún lugar donde pasar la noche —alzó la cabeza y miró hacia Selkirk—. La segunda es pasar la noche en Selkirk y retomar la marcha mañana.

Eliza no tuvo que pensárselo. Entre huir de Scrope, eludir al noble escocés y las horas de caminata, empezaba a acusar el cansancio.

—Yo voto por la segunda opción.

—Sí, yo también —asintió él, antes de volver a guardar el mapa—. Parece ser que hemos logrado burlar a nuestros perseguidores, y da igual de cuál de los dos pueblos salgamos mañana; como en cualquiera de los dos casos llegaremos a la frontera por la tarde, no nos aportaría ninguna ventaja real hacer el esfuerzo de avanzar un poco más hoy —la miró a los ojos y sonrió—. ¡Rumbo a Selkirk!

Bajaron por el último tramo del camino y, tras consultarlo entre ellos, cruzaron el camino principal y después tomaron uno más estrecho que parecía conducir de forma más directa al pueblo propiamente dicho.

La decisión resultó acertada. Fueron a parar a la calle principal y esta a su vez les llevó a la plaza del pueblo, un amplio espacio central de forma irregular que en ese momento estaba repleto de puestos ambulantes y casetas de todo tipo; tal y como les había sucedido en Penicuik, habían llegado en día de mercado. Aún había mucha gente, así que pudieron detenerse y explorar el lugar con la mirada sin miedo a llamar la atención.

Al ver que había dos posadas, cada una en un extremo de la plaza, y una taberna en un lateral, Jeremy comentó:

—Dudo mucho que la taberna cumpla los requisitos para entrar en nuestra lista de posibles sitios donde pasar la noche; aun así, es posible que las posadas estén llenas debido al gentío que ha venido al mercado.

—Ajá.

Eliza llevaba algún tiempo acariciando una idea y en ese momento, al ver un puesto donde vendían ropa, decidió darle voz. Miró a Jeremy, le indicó con la mirada el puesto en cuestión y, cuando él siguió la dirección de su mirada antes de volverse de nuevo hacia ella, enarcó las cejas en un gesto elocuente y propuso como quien no quiere la cosa:

—He pensado que podríamos comprar un vestido para regalárselo a mi hermana gemela y que después podríamos acercarnos a aquella iglesia de allí, seguro que a estas horas está vacía; al fin y al cabo, si Scrope y el escocés vienen por aquí, preguntarán por un caballero y un muchacho, ¿verdad?

—¡Brillante idea!

Ella se sintió en la gloria al ver su cálida sonrisa, y sonrió a su vez antes de echar a andar hacia el puesto de ropa.

—De acuerdo, vamos a ver lo que encontramos.

Compraron una enagua y un sencillo vestido de batista en un tono marrón que, según le había asegurado Eliza mientras se dirigían hacia la iglesia, la ayudaría a confundirse entre cualquier multitud. Personalmente, él no creía que eso fuera posible, ya que sin el sombrero que había formado parte del disfraz de muchacho su reluciente cabello llamaría la atención de cualquiera. Por no hablar de sus delicadas facciones, unas facciones que revelaban con claridad que era una dama de buena cuna.

Pensó en aquel dilema mientras hacía guardia en la nave de la iglesia, esperando a que ella se cambiara en la sacristía. Se apartó de la pared en la que estaba apoyado al verla salir... y se quedó mirándola como un pasmarote cuando emergió transformada de nuevo en mujer.

El vestido le quedaba bien y su sencillez contribuía a resaltar lo alta que era, las elegantes curvas de su cuerpo y su porte regio. Lejos de apagar el brillo de su pelo, el simple tono marrón de la prenda hacía destacar el tono dorado como la miel de su lustrosa melena y hacía que sus ojos parecieran incluso más vívidos.

No era que no recordara el aspecto que tenía vestida de mujer, sino más bien que había olvidado cómo le impactaba verla así. Se sentía como si acabaran de propinarle un cachiporrazo en la cabeza.

Intentó volver a aclarar sus ideas mientras la veía acercarse, y notó que seguía andando con las zancadas grandes y el desparpajo de un muchacho.

—Sí, ya sé lo que estás pensando —le dijo ella, sonriente, al verle bajar la mirada hacia sus pies—. Aún llevo puestas las botas, pero me va a costar trabajo recordar que debo caminar de nuevo como una dama.

Jeremy se limitó a asentir y alargó la mano para que le diera la alforja con la que había entrado en la sacristía, en la que había metido el atuendo de hombre.

—Trae, ya la llevo yo.

Ella se la dio y soltó un pequeño suspiro de satisfacción mientras se ponía la capa que sostenía en el brazo.

—¡Qué ligera me siento ahora que ya puedo volver a respirar con libertad!

Jeremy recordó el pañuelo de seda que él mismo le había ayudado a ponerse aquella misma mañana, se la imaginó quitándoselo y recordó su cuerpo desnudo...

Después de respirar hondo con dificultad (a pesar de que él no llevaba venda alguna, tenía el pecho constreñido), logró arrancar a duras penas la mirada de la parte de la anatomía de Eliza en cuestión y fijarla en su rostro.

—Ahora que vuelves a ser una dama, cuando pidamos una habitación...

—Sí, tendremos que fingir que somos marido y mujer —afirmó ella con naturalidad, antes de tomarle del brazo—. Así será más creíble mi nueva apariencia, ¿verdad?

—Sí, sin duda —iban por el pasillo de la iglesia rumbo a la puerta, pero al llegar al final se detuvo—. Por eso creo que deberías ponerte esto —extendió la mano y le mostró el anillo que solía llevar en el dedo meñique—. Nos facilitará las cosas, así será más creíble que somos un matrimonio.

Ella no vaciló ni un instante en aceptarlo y se lo puso en el dedo correspondiente antes de alzar la mano para mostrárselo.

—Me queda bien.

Jeremy vio el anillo, uno que había pertenecido a su difunto padre y que consideraba suyo, rodeando su dedo, y entonces la miró a los ojos. Ella esbozó una pequeña sonrisa, como si supiera lo que estaba pensando, y le dijo sin más:

—Gracias.

Él vaciló por un instante mientras un sinfín de palabras se arremolinaban en su mente, pero al final señaló con la cabeza hacia la puerta y se limitó a contestar:

—Será mejor que vayamos a buscar un lugar donde pasar la noche.

La sonrisa de Eliza se ensanchó aún más mientras le tomaba del brazo y esperaba a que él se echara las alforjas al otro hombro, y sin más dilación salieron de la iglesia a la calle principal y se detuvieron en la primera posada que encontraron a su paso.

Jeremy habló con el encargado de la cuadra y lo dejó todo arreglado para que a la mañana siguiente les tuvieran una calesa preparada, pero le bastó con echar un vistazo dentro de la posada en sí para retroceder sin entrar siquiera.

—Hay demasiada gente —adujo, aunque lo que en realidad había era demasiados hombres de aspecto tosco.

Mientras cruzaban de nuevo el patio del establecimiento vio

a uno de los empleados, un hombre de mediana edad que estaba de pie junto a la entrada de la cuadra, y se le ocurrió una idea.

—Intenta parecer tímida y callada —le advirtió a Eliza, que llevaba el pelo oculto bajo la capucha, antes conducirla hacia el hombre.

Ella obedeció agachando la cabeza y procurando quedarse un poco por detrás de él, como manteniéndose a su sombra.

Cuando llegaron junto al hombre, Jeremy le saludó con la cabeza y le dijo:

—¿Podría indicarnos algún lugar donde mi esposa y yo podamos pasar la noche? Queremos algo más tranquilo que las posadas y la taberna.

El hombre le devolvió el saludo con amabilidad y les aconsejó que fueran a una casa de huéspedes que había al otro lado de la plaza.

—La señora Wallace es una viuda que mantiene sus habitaciones muy limpias y cuidadas, y les preparará una buena cena. Es una excelente cocinera y una mujer muy agradable. Encontrarán el letrero en la esquina de esa calle de allí, la casa está tres puertas más abajo a la derecha.

—Gracias —después de darle una moneda, Jeremy condujo a Eliza por el patio de la posada y salieron a la calle.

Tanto la señora Wallace como su casa de huéspedes resultaron ser tan excelentes como les había asegurado el hombre. Aunque la habitación a la que les condujo era pequeña, estaba bien ventilada y era muy acogedora, y tanto las cortinas de chintz como el cobertor a juego que cubría la cama de armazón de latón daban un toque alegre. Después de proporcionarles toallas y un aguamanil con agua tibia, la viuda se marchó para dejar que se pusieran cómodos.

—La cena estará lista en menos de media hora, queridos —les advirtió, mientras se volvía hacia la escalera—. Toco una campana para avisar a los huéspedes.

—Bajaremos en cuanto la oigamos —le aseguró Eliza, con una sonrisa de agradecimiento, antes de cerrar la puerta.

Jeremy ya había dejado las alforjas sobre la cama y, mientras él llevaba el pesado aguamanil al tocador, ella fue a dejar las toallas junto a las alforjas y se sentó en la cama. Dio un par de saltitos para comprobar el colchón y se sintió satisfecha al ver que era bastante grueso y que la colcha que había debajo del cobertor estaba rellena de plumas. Su mirada cayó sobre su mano izquierda y se quedó mirándola unos segundos antes de alzarla para ver bien el anillo que tenía en el dedo.

—La treta ha funcionado —afirmó Jeremy, después de dejar el aguamanil sobre el tocador. Cuando ella alzó la mirada y sus ojos se encontraron, añadió—: la señora Wallace se ha fijado en si llevabas anillo, y en cuanto lo ha visto se ha quedado tranquila.

—Sí, se ha creído sin más que estamos casados —volvió a posar la mirada en el anillo y murmuró—: es como si estuviéramos practicando.

Jeremy se metió las manos en los bolsillos y se detuvo a los pies de la cama; después de observarla un momento en silencio, le recordó:

—Recuerda que decidimos no pensar más de la cuenta en las cosas.

Eliza alzó la mirada hacia él.

—Sí, ya lo sé —hizo una pequeña pausa antes de admitir—: creo que tienes razón, que tenemos que... dejarnos llevar. Es mejor que seamos nosotros mismos sin más, sin pensar en las normas de la sociedad. Nos está yendo perfectamente bien sin...

—¿Sin añadir a nuestra ecuación normas y exigencias ajenas, de la sociedad o de quien sea?

—Exacto, nadie tiene que interferir en lo nuestro. Yo creo que estamos lidiando bien con la situación por nuestra cuenta, ¿y tú?

Él reprimió con control férreo la inquietud que sentía cada vez que pensaba en lo que estaba surgiendo entre ellos, cada vez que se planteaba hacia dónde estaba conduciéndoles su brillante idea de dejar que las cosas se desarrollaran libremente sin más, y asintió.

—Sí, yo también lo creo.

Ella sonrió. A diferencia de él, parecía tranquila y relajada con la situación.

—¡Perfecto! En ese caso, seguiremos como hasta ahora y, una vez que lleguemos a Wolverstone, veremos hasta dónde hemos llegado —se levantó de la cama y se acercó al tocador—. En fin, supongo que será mejor que me asee antes de que se enfríe el agua.

Sus palabras le arrancaron una sonrisa y le dijo con caballerosidad:

—Las damas primero.

Cuando ella pasó por su lado, contempló su lustrosa melena rubia y notó el suave aroma de su piel, un aroma que despertaba todos sus sentidos y que la identificaba. Se volvió mientras la seguía con la mirada y puntualizó:

—Bueno, al menos cuando no haya peligro al acecho.

Ella se echó a reír y siguió andando hacia el tocador.

Jeremy se sentó en la cama y, mientras esperaba para poder asearse, siguió preguntándose lo que acabaría por surgir de aquel extraño cortejo, un cortejo que había surgido de la forma más inesperada debido a las circunstancias (aunque quizás, dado que estaban en Escocia, sería más apropiado verlo como una «unión de manos»).

Durante la cena tuvieron que procurar ceñirse a su papel de pareja casada y no meter la pata. Cuando les preguntaron de dónde procedían y hacia dónde se dirigían, Eliza le miró y él se inventó que hacía un tiempo que habían tenido que irse a vivir a las afueras de Edimburgo por motivos de trabajo, pero que se veían obligados a regresar a Inglaterra a toda prisa porque la madre de ella había enfermado.

Por lo demás, el guiso de conejo estaba delicioso y los otros huéspedes (dos escribanos que trabajaban en despachos cercanos y uno de los centinelas del pueblo) conformaban un grupo inofensivo. Hablaron de generalidades y de cosas relacionadas con el pueblo hasta que la señora Wallace recogió lo poco que había sobrado del pastel de manzana y les pidió que se retiraran del comedor.

Cuando el centinela se fue rumbo a la taberna y los dos escribanos, tras despedirse con sendas inclinaciones de cabeza, rumbo a una de las posadas, Jeremy miró con expresión interrogante a Eliza, que sonrió y le tomó del brazo. Mientras se dirigían hacia la escalera, se volvió a mirarlo y le preguntó:

—Mañana deberíamos partir lo más temprano posible, ¿verdad?

Él sonrió mientras subían a la habitación; después de abrir la puerta, se apartó a un lado para dejarla entrar y no contestó hasta que estuvieron dentro y con la puerta cerrada.

—Cuanto antes lleguemos a Carter Bar y crucemos la frontera, más contento estaré.

—¿No dijiste que Scrope no estaría en la frontera propiamente dicha? —le preguntó ella, antes de detenerse junto a la cama.

—No creo que esté allí, pero... —hizo una mueca y se acercó a ella—. Ese condenado nos ha hecho perder un día, tendríamos que haber llegado a Wolverstone esta misma noche como muy tarde.

—Pero ha habido cosas que nos han compensado por ello.

—Sí, puede ser. O, por decirlo con mayor precisión, hemos aprovechado las oportunidades que se nos han presentado gracias a las acciones de ese tipo —se quedó inmóvil mientras la veía acercarse aún más, mientras ella le agarraba las solapas de la camisa y se ponía de puntillas.

Eliza entrecerró seductora los ojos y capturó su mirada antes de susurrar, a un mero suspiro de sus labios:

—Recuerda que decidimos dejarnos llevar y no pensar.

Y entonces le besó con delicadeza, evocadoramente, destruyendo cualquier duda que él hubiera podido albergar acerca de si estaría dispuesta a aprovechar aquella inesperada noche añadida que iban a pasar juntos para seguir explorando lo que había surgido entre ellos, para seguir experimentando con aquella pasión que se encendía con tanta facilidad entre los dos.

Eliza estaba fascinada, estaba totalmente cautivada por el deseo que intuía que ardía bajo aquella fachada tan contenida y correcta de serio académico. La noche anterior estaba tan inmersa en la experiencia, en las sensaciones y las revelaciones, que no había podido centrar ni una mínima parte de su mente en él para saber cómo le había afectado la experiencia. No sabía si la plenitud, la satisfacción y el deseo puro y simple que se habían adueñado de ella por completo habían sido igual de profundos para él, si le habían llegado igual de hondo.

Quería averiguarlo. Quería aprovechar aquella oportunidad inesperada, aquella noche añadida, para explorar y calibrar aquello. Quería saber qué podría llegar a haber realmente entre los dos, pero desde la perspectiva de ambos, así que no vaciló en dejar claro cuánto le deseaba y en invitarle a saciarla.

Dejó que el deseo emergiera como una ola en su interior, que se extendiera bajo su piel y palpitara con fuerza mientras le besaba y le tentaba, mientras le incitaba y le seducía, y echó la cabeza hacia atrás con un jadeo de placer cuando él aceptó la invitación y le cubrió los senos con las manos.

Dejó que aquella ola arrolladora de placer la arrastrara, se dejó llevar por completo. Estaba preparada para descubrir a dónde la conducía, deseosa de ver qué le enseñaba Jeremy aquella noche, pero una pequeña parte de su mente permanecía centrada en él, le observaba y catalogaba hasta el último pequeño detalle... detalles como la tensión que se reflejaba en su rostro, la dureza que adquirían sus facciones debido a la pasión y la forma en que la besaba, saboreándola a placer con los labios y la lengua mientras botón a botón, prenda a prenda, fue desvistiéndola hasta dejarla desnuda bajo la luz de la luna que entraba por la ventana.

Jeremy se quedó sin aliento al verla bañada por aquella luz perlada. El suave brillo plateado trazaba su grácil talle, iluminaba sus exuberantes curvas y ensombrecía de forma erótica los valles de su cuerpo. Apenas podía respirar, tenía los pulmones constreñidos mientras la devoraba con la mirada, mientras la esculpía con las manos y le rendía pleitesía, mientras la recorría y la saboreaba con los labios, mientras una devoción profunda, intensa y muy real se abría paso en su interior y le centraba, le anclaba en el presente en medio de aquella vorágine de pasión.

Tenía muy claro lo que quería: darle a Eliza todo lo que ella quisiera, todo lo que deseara, satisfacer todos y cada uno de los deseos que ella pudiera tener, pero hacerlo sin perder el control. La noche anterior había sido incapaz de contenerse, pero en esa ocasión quería reprimir su pasión y no dejarse arrastrar por el torbellino de deseo que se desataba entre ellos.

Su determinación no se debía a que pensara que ella deseaba nublarle la mente ni mucho menos. Su decisión de mantener su autocontrol aquella noche se debía a la necesidad de demostrarse a sí mismo que era capaz de hacerlo. Quería demostrarse que podía mantener relaciones físicas con Eliza, saciarla y llevarla al éxtasis, quedar saciado y llegar al éxtasis a su vez, pero manteniendo el control en todo momento.

Por regla general, era un hombre que no solía perder el control en ninguna faceta de su vida. Nunca le había pasado con ninguna de sus amantes anteriores, pero lo cierto era que ninguna de ellas le había hecho arder de deseo al tocarle, ninguna le había hecho perder la razón al tomarle entre sus brazos.

Era un intelectual, un hombre racional que actuaba con cautela e inteligencia, pero la noche anterior había dejado atrás todo raciocinio, había ido más allá del alcance de la mente y de la voluntad consciente. Durante largos momentos había estado subordinado a una realidad diferente en la que se había sumergido por completo, pero seguro que había sido porque toda la situación en sí había sido algo completamente nuevo para él, algo desconocido que había logrado distraerle.

Sí, la noche anterior se había distraído, pero en esa ocasión estaba decidido a mantener un control férreo. Seguro que eso marcaría la pauta de cómo serían las relaciones físicas entre ellos en adelante y entonces estaría a salvo, todo volvería a la normalidad.

Aquella había sido la conclusión a la que había llegado, pero el problema era que había hecho el razonamiento sin tener en cuenta a Eliza. No había contado con la súbita desenvoltura con la que ella, desnuda cual sensual hechicera bajo la luz de la luna, le quitó la chaqueta a toda prisa; no había contado con que le abriera la camisa con seductor descaro ni con que, sin dejar de mirarle a la cara, posara las manos abiertas sobre su pecho y lo devorara, primero con las manos y después con la boca; no había contado con que ella hiciera añicos su autocontrol.

Echó la cabeza hacia atrás y luchó por aferrarse a los últimos vestigios de su fuerza de voluntad mientras ella le desvestía y le acariciaba con total libertad, mientras exploraba y se aprendía de memoria su cuerpo, mientras le dejaba trémulo de placer, mientras seguía recorriéndolo con caricias cada vez más atrevidas una vez que lo tuvo completamente desnudo bajo la luz de la luna...

Él respiró hondo, desesperado por crear algo de distancia mental el tiempo suficiente para hilvanar algún pensamiento, y la agarró de los hombros antes de empujarla hacia atrás con suavidad.

Ella se echó a reír cuando cayeron sobre la cama, pero se resistió cuando él intentó rodar para colocarse encima y recobrar las riendas de la situación. Primero llevó la iniciativa el uno, después el otro, el mando fue cambiando de manos mientras se enloquecían mutuamente de deseo. Las llamas de la pasión les envolvieron en una conflagración incontenible hasta dejarles jadeantes, sudorosos, desesperados y delirantes, más allá de cualquier posible raciocinio.

Ella abrió las piernas con abandono en una invitación muda e instintiva y él se hundió en su cuerpo con una poderosa embestida que descontroló por completo las llamas, que carbonizó todas las intenciones previas y dejó hecho cenizas cualquier vestigio de cautela, que eliminó cualquier posible reserva.

Enfebrecido de deseo, inmerso en aquella vorágine de pasión, la penetró una y otra vez con desenfreno mientras ella se aferraba a su cuerpo y le exigía más, mientras se movía delirante al ritmo de sus embestidas.

Eliza se sentía como si, al desprenderse del disfraz de muchacho, se hubiera convertido en una mujer en un sentido que iba mucho más allá del aspecto físico, como si al cambiar los pantalones por el vestido se hubiera desatado y liberado en su interior una mujer vibrante y sensual. Estaba decidida a dejar que esa seductora descarada se saliera con la suya, que le calara hondo, que la transformara y la conquistara... y que también le conquistara por completo a él.

Jeremy no podía resistirse, estaba indefenso ante la imperiosa necesidad de dejarse arrastrar junto a ella por aquel torbellino de pasión, por el placer arrebatador de aquel galope desesperado rumbo al éxtasis... porque la necesidad no procedía de ella, sino de sí mismo.

Ella era la tentación, la potente invitación, pero la aceptación surgía de lo más profundo de su propio ser. Eliza conectaba con él, con alguna parte elemental de su ser que había estado enterrada muy hondo durante toda su vida, y la hacía emerger sin esfuerzo alguno.

No tenía más remedio que rendirse.

Entrelazó los dedos con los de Eliza y la besó con desenfreno, la devoró enardecido mientras, sintiéndose completo y pleno de una forma que le impactó en lo más hondo del alma, danzaban juntos, unidos, mientras se dejaban llevar por aquel torbellino desatado de pasión cristalina y deseo abrasador que de repente les hizo estallar en mil pedazos, que les hizo añicos y les lanzó a un mar donde reinaba el olvido.

El éxtasis les envolvió, les colmó de un resplandeciente gozo dorado hasta que poco a poco acabó por depositarles en una playa distante completamente saciados y satisfechos, repletos y plenos, abrazados el uno al otro.

Aquella noche, el noble de las Tierras Altas tuvo que acostarse sobre un montón de paja que distaba mucho de la cama limpia en la que esperaba poder descansar.

Scrope, el muy condenado, no había hecho un alto en el camino al llegar a Jedburgh... bueno, se había detenido el tiempo justo para tomar una cerveza, pero en vez de pernoctar allí había seguido adelante en la calesa, con su caballo atado a la parte trasera del vehículo.

El tipo había optado por pasar la noche en una pequeña taberna de Camptown, una aldea situada a medio camino entre Jedburgh y la frontera y en la que el único alojamiento disponible para los viajeros era la taberna en cuestión, pero el establecimiento era tan pequeño que sería imposible evitar que Scrope le viera.

Hasta el momento había estado planteándose acercarse sin más a él y dejarle las cosas claras para que se largara y se olvidara de aquel asunto de una vez por todas. Después tan solo tendría que esperar allí a la pareja de fugitivos y, una vez que les viera pasar sanos y salvos camino de la frontera en el vehículo que hubieran logrado agenciarse, podría poner rumbo al norte sin más dilación y regresar por fin a las Tierras Altas.

El plan había empezado a parecerle cada vez más tentador, pero las cosas habían cambiado al ver que Scrope se detenía en Camptown. No entendía por qué había elegido aquel lugar en concreto, no se le ocurría ninguna explicación plausible. El tipo podría haber optado por parar en sitios mucho más cómodos, ¿qué diantres estaría tramando?

Con aquellas incógnitas en la cabeza, al final había decidido pasar la noche en el granero que había en un campo cercano, justo enfrente de la taberna. Con la mirada fija en las vigas del techo, se acomodó mejor en el montón de paja, cruzó los brazos por detrás de la cabeza y reevaluó la situación.

Había cometido un error de cálculo garrafal al idear su plan, un error obvio: ya había empleado en Edimburgo la táctica de intentar que Scrope se diera por vencido y se olvidara de aquel asunto, y no había funcionado.

El tipo parecía estar empeñado en completar su misión a pesar de haber sido despedido. El hecho de que hubiera seguido a la pareja hasta allí (de que con tal de encontrar su rastro le hubiera seguido a él, al hombre que le había contratado y que le había dejado muy claro que daba por terminados sus servicios), reflejaba su afán inquebrantable e inamovible por lograr su objetivo por mucho que cambiaran las circunstancias.

Si intentaba de nuevo que se diera por vencido, nada impediría que Scrope diera media vuelta, esperara a que Eliza y su caballero inglés pasaran por algún punto cercano al paso fronterizo, y les siguiera desde allí.

Él no podía darse el lujo de seguirles hasta Londres para cuidarles como si fuera una niñera, no podía perder tanto tiempo, pero lo que sí que podía hacer era esperar y, una vez que les viera pasar, entretener a Scrope para que no pudiera seguirles de inmediato y les perdiera la pista.

Sí, eso era lo que tenía que hacer, entretenerle para dar tiempo a que la pareja tomara la delantera y lograra llegar a lugar seguro. Por lo que había visto hasta el momento del caballero de Eliza, estaba convencido casi al cien por cien de que tendría algún lugar en mente y se dirigiría hacia allí manteniéndose alejado de los caminos principales.

Resumiendo: iba a esperar hasta que la pareja apareciera, y entonces haría algo para entretener a Scrope. Una o dos horas deberían bastar para que los fugitivos tomaran suficiente ventaja.

Con algo de suerte, el asunto quedaría solucionado al día siguiente. Dondequiera que estuviesen Eliza y su caballero inglés (en St. Boswells, en Jedburgh, o en algún punto intermedio), y sin importar si iban a caballo o viajaban en algún vehículo, tenían por delante una carrera rápida y directa hasta llegar a la frontera.

Sí, en teoría al día siguiente iba a poder dejar zanjado aquel asunto, y entonces podría poner por fin rumbo al norte, al castillo que era su hogar.

La decisión estaba tomada y se puso a pensar en los preparativos cada vez más urgentes de los que iba a tener que encargarse en cuanto llegara a casa, no le quedaba ninguna otra opción a pesar de que la idea se cernía sobre él como un ominoso nubarrón de tormenta.

Había sido demasiado considerado al contratar a otros para que llevaran a cabo el secuestro de Heather y Eliza Cynster. Aunque había intentado justificarse ante sí mismo diciéndose que, si él no era el secuestrador, le resultaría más fácil convencerlas de que le ayudaran a cambio de todo lo que él les entregaría cuando estuvieran casados, la pura verdad era que había opuesto una resistencia profunda, instintiva y rebelde al verse obligado por su madre a hacer algo tan bajo y rastrero como secuestrar a una mujer. Le había dolido en lo más hondo tener que mancharse las manos de semejante forma, manchar su honor.

Honor ante todo, ese era el lema de su familia. Jamás habría deseado ser quien arrastrara por el fango su apellido, pero la cuestión era que el honor no bastaba para mantener a salvo a su gente y, debido a sus intentos fallidos de capturar a Heather y a Eliza, tan solo le quedaba una única e inevitable opción.

Justo la opción que había querido evitar a toda costa: iba a tener que secuestrar él mismo a Angelica Cynster.

Desde el primer momento había preferido lidiar (mejor dicho, tratar) con Heather o con Eliza, que con veinticinco y veinticuatro años respectivamente tenían una edad más cercana a la suya (él tenía treinta y uno); dado que estaban a las puertas de ser consideradas unas solteronas, cabía suponer que se mostrarían más dispuestas a discutir las cosas de forma racional para llegar a un acuerdo amigable (al menos, ese había sido su razonamiento).

Las había visto a ambas mucho tiempo atrás, en los años que había pasado en Londres antes de tener que regresar a las Tierras Altas debido a la última enfermedad de su padre. Recordaba vagamente haber asistido a bailes en los que ellas estaban presentes, pero nunca las había invitado a bailar. En aquellos tiempos lo que buscaba no era una esposa, sino algo de diversión, y las jóvenes damas casaderas como las princesitas Cynster no le habían interesado lo más mínimo.

Pero eso había sido en aquel entonces. En ese momento habría preferido mil veces poder tratar con Heather, la mayor de las hermanas, o en su defecto con Eliza.

Angelica, la menor de las tres, era muy distinta a sus hermanas. Aunque aún no había sido presentada en sociedad cuando él vivía en Londres y no la conocía en persona, en un corto espacio de tiempo había averiguado más que suficiente para decidir que le convenía más centrarse en las dos hermanas mayores; para empezar, Angelica tan solo tenía veintiún años, así que sin duda poseería aún las poco realistas expectativas que solían tener las jóvenes y soñadoras damiselas de la alta sociedad, en especial en lo relativo al matrimonio.

Estaba convencido de que con cualquiera de sus dos hermanas cambiar dichas expectativas habría sido una tarea menos ardua, un escollo más fácil de superar; más aún, con veintiún años Angelica distaba mucho de ser una solterona, por lo que pedirle que hiciera lo necesario para salvar a las personas que tanto dependían de él, a su gente, le parecía mucho menos justo que si se tratara de Heather o de Eliza.

En fin, la cuestión era que no podía permitirse el lujo de andarse con tantos remilgos después de dar un paso atrás y no interferir ni entre Heather y su salvador, Breckenridge, ni entre Eliza y el caballero inglés (quienquiera que fuese). Era consciente de que había obrado así porque no soportaba la idea de obligar a una mujer que estaba enamorada de otro a que se conformara con él, a que le tomara como esposo en vez de a su príncipe azul, a su verdadero amor.

No era una cuestión de romanticismo, sino de pura y simple sensatez. Lo que necesitaba era una mujer que estuviera a su lado y que trabajara codo con codo con él, no una dama de buena cuna que le odiaría y le miraría con resentimiento por el resto de su vida.

De modo que iba a tener que ser Angelica, aunque por lo que tenía entendido se trataba de una fierecilla con un genio tan vivo como los reflejos rojizos y cobrizos que le habían dicho que tenía en el cabello. Teniendo en cuenta su propio temperamento, la situación no parecía augurar un futuro lleno de calma y orden para ninguno de los dos.

De las tres hermanas, ella era a la que no había querido acercarse, a la que poco menos que había tachado de la lista desde que había empezado a esbozar su plan, pero daba la impresión de que los planes del destino eran otros.

Tal y como estaban las cosas, no tenía elección. Si no secuestraba a Angelica Cynster iba a perder su hogar y sus tierras, se vería obligado a ver impotente cómo su gente quedaba desposeída de todas sus pertenencias. El proceso conocido como «limpieza» que se había llevado a cabo en las Tierras Altas había hecho estragos en los clanes. El suyo, el clan que en ese momento estaba bajo su mando y bajo su responsabilidad, había logrado escapar en gran medida de toda aquella destrucción gracias a lo difícil que era acceder al valle y a la astucia política de su abuelo, que había hecho verdaderos malabarismos para enfrentar a unos con otros.

Era el legado que el viejo había dejado el que él quería proteger a toda costa, ya que su padre no había hecho gran cosa, ni en un sentido ni en el otro, aparte de hacer el trato que en ese momento pendía sobre su cabeza como la espada de Damocles.

El trato en sí no era el problema, él mismo había sido testigo de cómo se cerraba. En su momento le había parecido un acuerdo justo y sensato y su opinión no había cambiado en ese sentido, lo que había puesto patas arriba su mundo había sido el hecho de que su madre robara el cáliz del que dependía el trato.

Aunque seguía con los ojos puestos en las vigas del techo y en el granero entraba la tenue luz de la luna, tenía la mirada perdida mientras seguía sumido en sus pensamientos.

A cada paso que había dado, con cada movimiento que había hecho de acuerdo a su plan para recuperar el cáliz, se había cuestionado la dirección que había tomado, pero cada una de sus dudas habían servido para afianzar aún más su determinación.

En ese momento, sin embargo, no vaciló ni un instante ante la idea de viajar a Londres, de meterse de lleno en la guarida del león y secuestrar a Angelica, porque no le quedaba ninguna otra alternativa.

Iba a tener que hacerlo él mismo, no podía arriesgarse a que algo saliera mal. Ella era la única que quedaba disponible, la única opción que le quedaba para lograr que su madre le devolviera el cáliz.

Angelica era su última oportunidad y, si se condenaba por atraparla, que así fuera. Sería peor si no lo hacía.

Tal y como había sucedido desde tiempos inmemoriales, al convertirse en el jefe del clan todo había pasado a sus manos y su gente dependía de él, ya que administraba las tierras y los negocios del clan. Si su plan fallaba, si no tenía el cáliz en su poder para completar el acuerdo que su padre había cerrado seis meses antes de morir, el clan dejaría de existir.

No solo perdería el castillo, el valle y el lago; perdería (y a través de él, lo perderían todos los suyos) aquello que les convertía en quienes eran.

El clan era el eje central de la vida en las Tierras Altas desde hacía infinidad de siglos, era una telaraña de vínculos y apoyo que unía a todos aquellos que tenían su mismo apellido o su misma sangre, y que les daba su protección.

El clan era la esencia de la vida para ellos, el latido que les resonaba en las venas, la canción de sus almas. Todos ellos (la infinidad de personas que dependían de él, los dos niños que estaban a su cargo, él mismo) morirían sin él.

El clan era lo que él defendía, lo que representaba y, al igual que sus antepasados, no dudaría ni un instante en dar la vida por protegerlo, por asegurarse de que perviviera... si no era a través de él directamente, entonces a través de su heredero, que en ese caso era el mayor de los dos niños.

Prefería vivir, por supuesto. No tenía intenciones de morir; a decir verdad, estaba convencido de que su firme determinación iba a ayudarle a recorrer el duro camino que tenía por delante.

No podía fallar si quería que su clan sobreviviera, y punto.

CAPÍTULO 14

Cuando Jeremy y Eliza salieron de Selkirk a la mañana siguiente, eran la viva estampa de una joven pareja de viaje para visitar a la familia. La señora Wallace salió a la puerta a despedirse de ellos después de servirles un copioso desayuno, y cuando llegaron a la posada los mozos de cuadra les tenían preparada una calesa con un bonito roano entre las varas.

Sentada junto a Jeremy, Eliza disfrutó de la caricia del sol mientras el caballo trotaba por la calle principal. Justo cuando estaban pasando por delante de la iglesia, sonaron las campanadas de las nueve en punto.

El camino de Hawick estaba en muy buenas condiciones y el paisaje era muy bonito. Eliza alzó el rostro hacia la suave brisa, maravillada por la sensación de pura felicidad que la envolvía. No recordaba haber sentido nunca antes una paz interior así, aquella sensación de profunda calma interior y de plenitud.

Lanzó una mirada a Jeremy, que estaba manejando las riendas con una competente seguridad que chocaba con la imagen de intelectual que tenía de él en el pasado.

Esbozó una sonrisa y volvió a mirar al frente, consciente de que la imagen que había tenido anteriormente de él había cambiado por completo. En algunos aspectos seguía siendo un académico de pies a cabeza, pero, tal y como ella había descubierto, tenía todo lo que ella deseaba en un hombre, y la noche anterior había servido para confirmarlo. Una pequeña parte de la dama de la alta sociedad que llevaba dentro aún estaba un poco atónita ante aquella realidad, pero ya no albergaba ni la más mínima duda; al margen de cualquier otra consideración, gracias a aquel extraño secuestro había encontrado a su héroe.

Casi le daban ganas de darles las gracias a Scrope y al misterioso noble escocés.

El traqueteo de las ruedas de la calesa y el golpeteo de los cascos del roano servían de música de fondo mientras avanzaban por el camino. Las tierras escocesas se habían cubierto al fin con el manto de la primavera, los setos habían florecido y los márgenes del camino estaban alfombrados de exuberantes plantas. Los zorzales trinaban, las alondras surcaban el cielo, y en la distancia alcanzaba a verse un halcón sobrevolando los campos en busca de alguna presa.

Tanto Jeremy como ella estaban en silencio, pero no era un silencio incómodo ni mucho menos. Ninguno de los dos era dado a hablar de naderías. Quizás, si se tratara de otro caballero, se hubiera sentido obligada a decir algo por cortesía, pero con Jeremy se sentía completamente a gusto.

Esa era otra ventaja más que le permitía quedarse relajada y, tal y como habían acordado, dejarse llevar y ser ella misma. Por primera vez en toda su vida, sentía que empezaba a tomar verdaderamente conciencia de quién era en realidad y de la mujer que podía llegar a ser.

En el trayecto hasta Hawick no hubo ningún contratiempo, pero un poquito antes de llegar se vieron obligados a aminorar la marcha al encontrarse con una larga cola de lentos carros. Para cuando lograron superar el atasco y llegaron al pueblo, ya casi era mediodía.

Jeremy miró a Eliza y vio la serenidad que se reflejaba en su rostro mientras observaba atenta el pueblo. Estaba huyendo de un secuestrador que parecía empeñado en volver a atraparla y de un misterioso noble, y aun así parecía... relajada, contenta.

Él se sentía igual.

Miró de nuevo al frente mientras conducía por la poco transitada calle. Por dentro estaba atónito, pero al mismo tiempo estaba muy, pero que muy seguro de lo que sentía. Lo que no entendía era el porqué (y entender el porqué de las cosas era algo que les encantaba a los académicos como él).

La cuestión era que el «porqué» de sus propios sentimientos era algo que no alcanzaba a comprender, pero tras intentar analizarlos y diseccionarlos había acabado por rendirse. La noche anterior había intentado reprimirse, confirmar que su autocontrol seguía siendo férreo y limitarse a observar desde un punto de vista intelectual, pero había fracasado estrepitosamente... aunque en realidad no sentía que lo ocurrido hubiera sido un fracaso ni mucho menos.

Lo cierto era que se sentía bien, satisfecho. Saciado, por supuesto, pero el efecto iba mucho más allá de lo puramente físico, llegaba mucho más hondo. Se sentía mucho más centrado, seguro y tranquilo que nunca antes, como si hubiera estado viajando a bordo de un barco escorado y hubiera llegado por fin a puerto seguro.

Hizo una mueca, consciente de que las alusiones poéticas no eran su punto fuerte, y volvió a centrar su mente en el presente, en el aprieto en el que estaban metidos y la posible solución.

Asintió al ver que un poco más adelante había una posada bastante grande.

—Aún es pronto, pero podemos aprovechar para comer algo. Creo que de aquí a Wolverstone lo único que hay son algunas pequeñas aldeas.

—Perfecto. Podemos comer y echarle un vistazo al mapa, y entonces partiremos a toda velocidad rumbo a la frontera.

—Con un poco de suerte, a estas alturas nuestros dos perseguidores nos habrán perdido la pista —murmuró él, mientras aminoraba la marcha y maniobraba para cruzar el arco de entrada de la posada—. No tienen razón alguna para suponer que vamos a pasar por aquí.

—Si están vigilando en la ruta principal de Jedburgh, no pueden estar aquí al mismo tiempo.

—Exacto —aun así, recorrió el patio con la mirada. No iba a bajar la guardia a pesar de que su instinto no le alertaba de ningún peligro inminente.

Varios mozos de cuadra se acercaron corriendo para encargarse del vehículo, y al cabo de cinco minutos Eliza y él estaban sentados a una mesa del pequeño comedor con las alforjas a sus pies.

—Pastel de venado, por favor —le pidió ella a la camarera—, y una jarra de cerveza aguada.

Jeremy sonrió al oír aquello y, después de pedir a su vez, esperó a que la camarera se marchara antes de sacar el mapa de su alforja.

—Será mejor que echemos un vistazo a todos los caminos secundarios, por muy pequeños que sean. No podemos limitarnos a cubrir nuestras opciones, también debemos tener en cuenta las de Scrope y el escocés.

Eliza le ayudó a extender el mapa sobre la mesa.

—¿Crees que el noble estará persiguiéndonos?, a lo mejor se limita a esperar a que Scrope nos dé alcance.

—Sabemos con certeza que antes nos seguía el rastro, así que tenemos que dar por supuesto que sigue al acecho —la mesa que habían elegido estaba en una esquina, el banco donde estaban sentados estaba encajado en la pared y la luz que entraba por la ventana que tenían justo encima les permitía ver con claridad el mapa—. Aquí está Hawick.

Eliza trazó con un dedo la ruta que habían seleccionado. Tras salir de Hawick, iban a seguir varios caminos secundarios hasta llegar a Bonchester Bridge, y allí tomarían un caminito más pequeño aún y pasarían por las aldeas de Cleuch Head, Chesters y Southdean hasta ir a parar al fin a un punto del camino principal que estaba a escasa distancia de Carter Bar.

—Esta es nuestra ruta —afirmó, antes de volverse a mirarlo—. A menos que Scrope o el escocés encuentren nuestro rastro y nos sigan por los caminos secundarios, veo muy improbable que logren alcanzarnos. Y, en el caso de que lo hicieran, sería cerca de la frontera.

—A mí me preocupaba que hubiera algún tramo de las vías secundarias por las que vamos a pasar que fuera visible, desde el camino principal o desde algún punto cercano, y que nuestros dos perseguidores aprovecharan para esperarnos allí al acecho tal y como hizo Scrope cerca de St. Boswells, pero la verdad es que tienes razón. Nuestra ruta no se acerca al camino principal hasta que se desvía para incorporarse a él, no hay peligro de que nos vean y preparen una emboscada —la miró a los ojos y añadió sonriente—: tenemos el camino despejado hasta la frontera, y una vez allí tan solo nos quedará llegar a Wolverstone.

—¿A qué distancia está el castillo de la frontera?

—A unos cincuenta kilómetros, menos de tres horas de camino. Deberíamos tardar unas dos horas en llegar de aquí a la frontera, así que calculo que estaremos en el castillo a tiempo para la cena.

Eliza sonrió ante la idea de reincorporarse a la alta sociedad y volver a la seguridad de su vida cotidiana, pero entonces sacudió la cabeza con suavidad y bajó la mirada.

—¿Qué te pasa?

Ella le miró a los ojos, vio la preocupación sincera que había en ellos y vaciló mientras intentaba encontrar las palabras adecuadas para describir lo que sentía.

—Estaba pensando que, a pesar de las dificultades y las tribulaciones, a pesar de tener que evadir a Scrope y del miedo constante de que ese dichoso noble escocés me capture, soy consciente del efecto positivo que han tenido en mí estos últimos días. Veo que he crecido, lo siento dentro de mí —irguió los hombros y añadió, sin dejar de sostenerle la mirada—: supongo que podría decirse que he madurado. Me siento distinta, más centrada, con las ideas mucho más claras en... en muchos aspectos, pero lo principal es que me siento mucho más segura de mí misma. Y quiero darte las gracias por ello, me has ayudado en todo momento... y no solo me refiero al rescate y a la huida, también me has ayudado a ver y entender muchas cosas.

Él se había puesto serio mientras la escuchaba, y le sostuvo la mirada en silencio durante unos segundos antes de admitir:

—Yo siento lo mismo. Me alegraré mucho cuando lleguemos a Wolverstone, pero no puedo decir que lamente lo que hemos vivido en los últimos días; de hecho, todo lo contrario. Creo que lo que ha ocurrido será un grato recuerdo en los años venideros.

—Exacto —asintió ella, antes de cubrirle la mano con la suya y darle un pequeño apretón—. Me alegrará saber que estamos a salvo, pero mientras no tengamos a Scrope y al escocés pisándonos los talones no siento apremio alguno por llegar a Wolverstone. No siento la necesidad urgente de dar por terminado este viaje.

Jeremy giró la mano bajo la suya y le devolvió el apretón, pero al ver llegar a la camarera se apresuró a apartar el mapa. Lo dobló y lo guardó en su alforja mientras Eliza ayudaba a colocar los platos y las jarras sobre la mesa, y cuando la muchacha se marchó alzó su jarra en un brindis.

—Brindo por nuestro regreso a la vida real. Para ninguno de los dos será la misma vida de antes, pero el desafío estará en aprovechar al máximo los cambios y las oportunidades que nos ha traído este viaje.

—¡Chinchín! —exclamó ella, sonriente.

Jeremy se echó a reír al ver la mueca que hizo al tomar un traguito de cerveza aguada.

Se centraron en disfrutar del excelente pastel de venado, y media hora después ya estaban montando de nuevo en la calesa. Jeremy sujetó las riendas con una mano y con la otra sacó su reloj de bolsillo.

—Aún no es ni la una, en teoría no deberíamos llegar a Wolverstone demasiado tarde. ¿Estás lista?

Ella señaló hacia delante con un teatral ademán.

—¡Adelante!, ¡rumbo a la frontera a toda velocidad!

Jeremy hizo chasquear sonriente las riendas. Salieron al trote del patio de la posada y entonces, en vez de mantenerse en la ruta que habían seguido desde Selkirk y que continuaba rumbo a Carlisle, salieron del pueblo y se dirigieron hacia el este por un estrecho camino secundario con el sol calentándoles la espalda.

Hacía buen tiempo y el estrecho camino estaba en bastante buen estado, lo que les permitía avanzar a muy buen paso. La serpenteante ruta les mantuvo en un curso más o menos fijo hacia el sudeste, pasaron por varias aldeas pequeñas y junto a un caudaloso arroyo de briosas aguas cristalinas.

El cielo empezó a encapotarse, la atmósfera fue tornándose cada vez más opresiva y amenazadora. Conforme fueron avanzando empezaron a ver signos que evidenciaban fuertes lluvias recientes sobre los montes Cheviot, la sierra de colinas que había a lo largo de la frontera.

—Espero que no encontremos ningún lodazal —comentó Jeremy. El camino estaba bien drenado de momento, ya que las cunetas que había a ambos lados servían de desagüe del agua de lluvia.

—Las cunetas están medio llenas —afirmó ella, antes de mirar hacia los nubarrones grisáceos que oscurecían el horizonte—. Debe de haber caído una fuerte tormenta.

—Tan solo espero que las cosas no se tuerzan —no le hacía ni pizca de gracia el aspecto de aquellos nubarrones.

Su deseo se cumplió en parte, ya que las cosas no se torcieron... hasta que llegaron a Bonchester Bridge.

Doblaron una curva al trote, y al entrar en el pueblo Jeremy masculló una imprecación y tiró de las riendas con fuerza para que el roano se detuviera.

Varios hombres se acercaban a ellos, corriendo y alertándoles del peligro, pero Eliza y él no les prestaron ninguna atención porque estaban mirando boquiabiertos lo que había un poco más allá (o, mejor dicho, lo que no había).

—Por lo que parece, me precipité al afirmar que teníamos el camino despejado hasta la frontera —comentó él sin apartar la mirada del camino, que terminaba sin más y volvía a empezar al otro lado de un profundo y ancho tajo del que surgían nubes de agua pulverizada.

Jeremy pasó las horas siguientes evaluando todas las posibles opciones para llegar a la frontera. El puente que daba nombre al pueblo ya no existía, había sido arrastrado por un torrente la noche anterior y, aunque los lugareños se habían tomado la situación con estoicismo, lo ocurrido había dividido el pueblo en dos. Para poder preguntar acerca del estado del camino al otro lado había tenido que hablar a voz en grito para que le oyeran por encima del rugido del torrente que discurría con ímpetu al fondo del tajo.

Eliza había ido consultando el mapa y haciendo sugerencias, pero parecía más resignada que él (o quizás, a aquellas alturas, estaba dispuesta a aceptar sin más los designios del destino); aun así...

—No hay forma de seguir avanzando —admitió, ceñudo, cuando se sentó con pesadez frente a ella en la sala de estar de la posada del pueblo. Apoyó los codos en las rodillas y se pasó las manos por la cara, y al cabo de unos segundos la miró a los ojos y admitió—: no podemos cruzar ese torrente en barca y, aun en el caso de que nos las ingeniáramos para cruzar de alguna forma, al otro lado no hay disponible ningún vehículo que podamos alquilar. También hay que descartar tu sugerencia de tomar ese caminito hacia el sur que has mencionado y dar un rodeo por Hobkirk, porque el puente que hay allí también ha quedado destruido; por si fuera poco, todo el mundo está de acuerdo en que es posible que podamos ir hacia el este y dar un rodeo por Abbotrule para poder llegar a Chesters, una aldea que estaba en la ruta que habíamos ideado en un principio, pero eso sería suponiendo que los dos puentes que hay a lo largo de ese camino estuvieran indemnes —señaló con la cabeza hacia la mitad sur del pueblo y añadió—: según lo que me han dicho desde el otro lado, hay otro puente justo al norte de Southdean, y también ha quedado inutilizado —le sostuvo la mirada al admitir—: ese camino ha quedado descartado, y es el que íbamos a tomar para llegar a Carter Bar —el camino en el que no habrían corrido peligro de toparse con ninguno de sus dos perseguidores.

Eliza le observó en silencio unos segundos antes de afirmar:

—La situación no es desastrosa, seguiremos otra ruta. Vamos a superar este pequeño bache, hasta ahora hemos sabido seguir adelante y esta vez no va a ser menos.

Jeremy la miró a los ojos y verla tan calmada fue como un bálsamo que sirvió para tranquilizarle. Suspiró y bajó las manos, y al cabo de un momento sacudió la cabeza y comentó:

—Me parece increíble que nos hayamos topado con otro

obstáculo más. Es como si Escocia entera estuviera compinchada con el diablo... en este caso con ese dichoso noble escocés y su esbirro, Scrope.

—Al menos ignoran nuestro paradero —le recordó ella, con una sonrisa.

—Sí, eso es cierto. Supongo que debería dar gracias por ello.

—En cualquier caso, hoy ya es demasiado tarde para proseguir el camino. Está empezando a anochecer.

Jeremy miró por una de las ventanas y vio que oscuros nubarrones se cernían sobre el pueblo y que se había levantado una fina niebla. Cuando miró de nuevo a Eliza, esta añadió con calma:

—He hablado con el posadero, tiene una habitación disponible. Teniendo en cuenta que no corremos el riesgo de que nuestros perseguidores aparezcan por aquí de improviso, podemos disfrutar de una buena noche de descanso y retomar la marcha mañana por la mañana.

Él la observó en silencio por un instante antes de asentir y preguntar:

—¿Dónde está el mapa?

Eliza lo sacó de una de las alforjas y lo desplegaron una vez más.

—Lo hemos consultado infinidad de veces, y da la impresión de que siempre estamos buscando otra ruta alternativa más —murmuró él.

El silencio se alargó mientras los dos lo examinaban con atención, mientras asimilaban lo que estaban viendo, y al final fue Eliza quien dijo:

—Pero en esta ocasión no hay ninguna ruta alternativa, ¿verdad?

Jeremy negó con la cabeza sin apartar los ojos del mapa.

—Nos hemos quedado sin opciones. Por lo que me han dicho, la única forma de llegar a la frontera desde aquí es tomar este caminito en dirección noroeste hasta Langlee, un pueblo que se encuentra al sur de Jedburgh, y desde allí tendríamos que arriesgarnos a recorrer el último tramo hasta la frontera por el camino principal. Serían unos diecinueve kilómetros.

—Ya veo —contestó ella, mientras revisaba la ruta en cuestión—. ¿Están seguros de que el caminito hasta Langlee está despejado?

—Hay que cruzar dos puentes, pero los lugareños parecen estar convencidos de que aún estarán en pie; de no ser así, nos veremos obligados a ir más hacia el norte.

—Y eso nos retrasaría —Eliza alzó la cabeza y le miró a los ojos—. Si partimos mañana bien temprano, en cuanto amanezca, ¿cuánto tardaríamos en llegar a la frontera? ¿Unas dos horas?

—Sí, más o menos —asintió él, antes echarse un poco hacia atrás para reclinarse en el respaldo de la silla.

—Entonces está decidido, eso es lo que haremos.

Eliza se puso a doblar el mapa, pero le miró al ver que no contestaba. Vio que estaba mirándola como solía hacer a veces, como si estuviera examinándola con atención, y enarcó una ceja en un gesto interrogante al que él contestó con una pequeña sonrisa.

—No pareces molesta por tener que pasar una noche más en el camino.

—No lo estoy. No corremos peligro, esta posada es bastante cómoda y que lleguemos a Wolverstone hoy o mañana no cambiará en nada las cosas, ¿verdad?

—No, supongo que no —al ver que se ponía una alforja en el regazo y procedía a guardar el mapa con toda la tranquilidad del mundo, comentó—: pareces estar muy segura de que mañana lograremos llegar a nuestro destino.

—No veo por qué no habría de estarlo.

Jeremy capturó su mirada y se la sostuvo en silencio; tras un largo momento, le dijo con voz suave:

—Gracias.

Ella enarcó las cejas y contestó, con una arrogancia de lo más teatral:

—¿Gracias por qué?, ¿por no dejarme arrastrar por el pánico? ¡No soy una pusilánime!

La sonrisa de Jeremy se ensanchó aún más.

—No, no lo eres —tomó su mano y le besó los dedos—. Gracias por ser como eres.

Eliza le miró a los ojos y sintió que un convencimiento pleno se adueñaba de su corazón. Sonrió y le entregó las alforjas.

—Vamos, será mejor que le digamos al posadero que nos quedamos con la habitación.

Cuando cayó la noche se retiraron a descansar a la habitación, que estaba situada en una esquina y daba por un lado a la parte delantera de la posada y por el otro al caudaloso torrente, con los montes Cheviot envueltos en una espesa niebla de fondo.

Eliza le precedió escaleras arriba, iluminando el camino con dos palmatorias, y Jeremy vaciló una vez que entró tras ella en la habitación y cerró la puerta tras de sí. La estancia era muy acogedora, los muebles desprendían esa sensación de comodidad y calidez que daba el paso de los años. Había un tocador y un armario en una de las paredes, un palanganero de tamaño considerable en la esquina situada entre las ventanas, y una enorme cama con dosel con colgaduras de brocado.

Se quedó parado junto a la puerta mientras ella dejaba las palmatorias sobre las mesillas que había a ambos lados de la cama, y al verla acercarse a una de las ventanas fue a dejar las alforjas sobre el tocador.

Se volvió de nuevo a mirarla y vio que había cerrado las cortinas de la ventana anterior y estaba de pie junto a la otra, la que daba al torrente. Aunque tenía la mano puesta en las cortinas, en vez de cerrarlas se había quedado mirando absorta la estampa de los montes Cheviot bañados por la luz de la luna, pero él tuvo la impresión de que lo que la tenía absorta en realidad era pensar en lo que les esperaba más allá de las colinas.

Se acercó a ella mientras seguía intentando entender la convicción plena que sentía en lo más hondo de sus entrañas y de su mente, se detuvo tras ella y sin pensar, dejando que aquella convicción interior tomara las riendas y le guiara, le rodeó la cintura con los brazos y la apretó contra su pecho.

Ella soltó un suspiro y apoyó la espalda contra él mientras seguía con la mirada puesta en el oscuro horizonte.

—Mañana.

No añadió nada más, pero él entendió lo que quería decir y guardó silencio.

Permanecieron un largo momento así, contemplando la oscuridad creciente, pero al final ella se enderezó sin salir de su abrazo y, tras cerrar las cortinas, se volvió hacia él y susurró:

—Pero esta noche es nuestra, solo nuestra.

—Sí.

Era la última noche que iban a pasar en aquel extraño mundo intermedio donde se habían internado, un mundo que les pertenecía y que al mismo tiempo no era el mundo de ninguno de los dos. Al llegar a Wolverstone al día siguiente, cada uno regresaría a su existencia cotidiana y retomaría su identidad habitual en el seno de la sociedad, los dos volverían a estar sujetos a las normas y regulaciones propias de esa esfera.

—Esta noche puede ser por entero para nosotros, solo para nosotros.

—No hay nadie más en la habitación —comentó él, en tono de broma, antes de acercarla más.

Ella esbozó una coqueta sonrisa y se apretó contra su cuerpo. Echó la cabeza hacia atrás y se estiró hacia arriba para rodearle el cuello con los brazos.

—No hay nadie a quien debamos impresionar —posó la mirada en sus labios, sus párpados se entrecerraron—, nadie a quien debamos consultarle su opinión.

—Es verdad —Jeremy fue bajando la cabeza lentamente, deslizó la mirada por su rostro hasta ponerla al fin en sus labios y susurró, a un suspiro de distancia—: podemos hacer lo que nos plazca, dar rienda suelta a nuestros deseos.

—Sí.

Cerraron juntos el último milímetro de separación que quedaba entre sus labios y se apretaron aún más el uno al otro mientras sus bocas se fusionaban, mientras sus lenguas se enzarzaban en una ardiente batalla, mientras se adentraban juntos en las llamas que estaban esperándoles.

Se internaron en la acogedora calidez de aquella pasión compartida, de aquel deseo que ambos admitían y aceptaban abiertamente. Un deseo por el que se dejaban arrastrar por voluntad propia, de forma deliberada y sin oponer resistencia alguna.

Jeremy había decidido que aquella noche no iba a intentar siquiera aferrarse a su autocontrol, al uso de la razón; de hecho, ni siquiera iba a fingir que sería capaz de lograr semejante hazaña, porque sería un esfuerzo inútil.

Aquella noche ya estaba escrita. Una tormenta, puentes destruidos... estaba claro que el destino había decretado que debían pasar otra noche más juntos en aquel mundo intermedio, en aquel plano al margen de la realidad cotidiana.

Una noche más, para que él se rindiera y quedara postrado ante el poder que existía en aquel inesperado vínculo que se había creado entre ellos; una noche más, para que acabara de aceptar gozoso aquel nuevo estado, aquella nueva realidad. Para que rindiera el debido homenaje a aquel nuevo y glorioso elemento que había inundado su corazón y se había adueñado de su alma.

Aunque era un estudioso y aprendía rápido, en ese caso Eliza parecía haber alcanzado la conclusión correcta antes que él, aunque quizás podría decirse que lo había hecho siguiendo una ruta distinta.

Daba la impresión de que ella aceptaba aquel poder emergente sin vacilar ni oponer resistencia alguna, lo tomaba sin dudarlo y lo aprovechaba, se dejaba llevar. A diferencia de él, que había reaccionado con recelo y con su cautela innata, ella se había lanzado de cabeza con una curiosidad entusiasta e inocente, con una valentía increíble que no solo se sentía obligado a imitar, sino que quería igualar a su vez.

Esa noche iba a entregarse a ella siendo plenamente consciente de lo que hacía, con el corazón bien abierto, con aceptación y gozo, sin reservas. Iba a dejarse guiar por Eliza y ver hacia dónde le conducía, a dónde le llevaba aquel placer elemental.

No tenía nada de malo. Aún estaban lejos de casa, en aquel mundo intermedio que tan solo les pertenecía a ellos.

Ella le había ofrecido su boca y él la saboreó, se adueñó de aquel paraíso húmedo y terso, bebió sediento la pasión que ella le entregaba; sin dejar de devorar aquel placer embriagador, retrocedió un paso y la condujo hacia la cama girando, dando vueltas en un vertiginoso vals que la hizo interrumpir el beso y echar la cabeza hacia atrás mientras reía gozosa.

Cautivado por el sonido de aquella risa seductora y embriagadora, la miró a los ojos y vio en ellos a una mujer sensual y atrevida, a la mujer en la que ella se convertía cuando estaba entre sus brazos. Esa era la verdadera Eliza, una Eliza que había ido ganando confianza en sí misma con cada nueva noche que pasaba.

Sonrió mientras la miraba, no pudo contenerse. Fue una sonrisa expectante y cálida que le salió del corazón.

Ella leyó su mirada, lo miró con ojos brillantes y posó una mano en su mejilla antes de alzarse para darle un beso que fue una invitación clara y flagrante.

Fueron desvistiéndose poco a poco, quitándose las prendas una a una por turnos con manos acariciantes y dedos juguetones.

Jeremy trazó sus curvas, las esculpió y las poseyó, y entonces bajó la cabeza para rendir homenaje a sus senos, para saborear y adorar debidamente aquel festín.

Sus miradas se encontraban una y otra vez, las llamas que se reflejaban en ellas fueron ganando intensidad hasta convertirse en un incendio desatado; la pasión fue in crescendo suspiro a suspiro, caricia a caricia, hasta que de pronto estalló.

Las palmatorias que había sobre las mesillas permitían que Jeremy viera la marfileña piel de Eliza bañada por la cálida luz, proyectaban un aura dorada sobre las tersas curvas que él acababa de desnudar; ella, por su parte, podía verle bajo aquella luz tenue, pudo poseer con la mirada su pecho desnudo antes de dejar caer su camisa y completar con las manos la conquista de aquel musculoso territorio.

Ninguno de los dos se dejó arrastrar por el apremio, tenían tiempo de sobra. En aquel mundo intermedio y privado disponían de toda la noche para descubrir lo que el destino había determinado que encontraran juntos.

Aunque la pequeña chimenea estaba apagada, el deseo les calentaba con sus llamas, unas llamas que fueron avivándose bajo su piel con cada provocativa caricia hasta hacerles arder.

De pie junto a la cama, desnudos, se besaron con un hambre voraz, desesperados por sentir la evocadora y excitante sensación de piel contra piel; el deseo entró en erupción, emergió a borbotones y la paciencia dejó de existir ante la fuerza arrolladora de una pasión arrebatada.

Cuando Jeremy le agarró las nalgas y la apretó contra su cuerpo, Eliza interrumpió el beso con un jadeo lleno de ardor y deseo, le rodeó las caderas con las piernas de forma instintiva y se aferró a sus hombros. Lo miró con ojos ardientes mientras él la colocaba en posición y la bajaba.

Entrecerró los ojos extasiada mientras sus sentidos saboreaban la sensación de la gruesa punta de su erección abriéndose paso entre sus húmedos pliegues, echó la cabeza hacia atrás con abandono y soltó un gemido de glotona satisfacción, de anticipación y deseo y flagrante provocación.

«¡Sí!, ¡no pares!».

Por suerte, no hizo falta que dijera aquello en voz alta (en ese momento era incapaz de articular palabra), porque él la agarró de las caderas sin contemplaciones, la bajó mientras empujaba a su vez hacia arriba y la empaló con fuerza. El delicioso impacto despertó en ella un deseo voraz, la sensación de su miembro duro, grueso y largo hundido en su interior era exquisitamente enloquecedora.

Al ver que él se quedaba quieto, que no se movía, buscó su boca medio cegada por el deseo y le besó jadeante antes de darle un mordisquito en el labio inferior.

—¡Más!

La orden brotó con voz ronca, pero él la oyó y empezó a moverse antes de que el sonido de la palabra se desvaneciera. Retrocedió y volvió a penetrarla con fuerza mientras seguía agarrándola de las caderas para tenerla bien sujeta, la mantuvo a su merced. Ella intentó moverse, intentó cabalgar, pero él no le dio tregua y siguió sujetándola mientras la llenaba hasta el fondo, mientras la estremecía de placer con sus poderosas embestidas.

El clímax la tomó desprevenida, explotó en un destello cegador de luz que la atravesó, que dejó su mente en blanco y nubló sus sentidos y le arrancó un grito de la garganta...

Jeremy le cubrió los labios con los suyos y se tragó el sonido. Saboreó todos y cada uno de sus evocadores gemidos de placer mientras, al mismo tiempo, saboreaba también la sensación de su húmedo canal contrayéndose rítmicamente alrededor de su erección.

Esperó con los ojos cerrados y la mandíbula apretada, aferrado a aquellas arrolladoras sensaciones; lejos de intentar contenerse, se aferró al placer del momento y, cuando dicho placer empezó a desvanecerse, se volvió hacia la cama y tumbó a Eliza sobre las sábanas tras salir del acogedor paraíso de su cuerpo.

Ella cayó de espaldas con su gloriosa melena dorada extendida sobre la almohada, sus henchidos senos teñidos del rubor de la pasión subiendo y bajando al ritmo de su respiración agitada, los brazos reposando con abandono a ambos lados del cuerpo. Se concedió un momento para disfrutar de aquella arrebatadora imagen, pero, enfebrecido por el deseo brutal que le recorría las venas, la agarró de los muslos, le abrió las piernas de par en par y bajó la cabeza hacia su cálido sexo.

La caricia la dejó sin aliento, y el grito que brotó de sus labios no tuvo fuerza suficiente para salir de aquellas cuatro paredes. Se retorció contra las sábanas mientras él la devoraba como si fuera un festín, bajó la mano y hundió los dedos en su cabello, gimió sollozante mientras él la enloquecía de placer.

Oírla gemir de placer era música para sus oídos. Verla reaccionar así a sus caricias, su respuesta desinhibida, su abandono, le llenaban de una gloriosa satisfacción. Después de aquel momento inicial de sorpresa, Eliza se había entregado por completo a aquel íntimo juego, se había rendido y le había dejado hacer lo que quisiera... había dejado que la amara como ansiaba hacerlo, de forma íntima y explícita.

Cuando ella volvió a alcanzar el éxtasis con un grito ronco, él vaciló por un instante apenas y entonces la hizo girar hasta ponerla boca abajo, subió a la cama y la agarró de las caderas.

La alzó hasta que estuvo arrodillada, se colocó en posición y la penetró con una fuerte embestida que le hundió hasta el fondo en su cálido y húmedo sexo, en el paraíso de su cuerpo.

Se sumergió en una vorágine de anhelo y avidez, de deseo y pasión, de anhelo desesperado por una intimidad incluso mayor que les envolvió como un torbellino, que les arrastró con fuerza irrefrenable.

Eliza se dejó llevar con igual abandono, se aferró a las sábanas mientras se movía al ritmo de sus poderosas embestidas para que la penetrara más hondo, más fuerte.

Los gemidos y los sollozantes jadeos de ella se entremezclaban con los gemidos y las exclamaciones guturales que brotaban de sus propios labios mientras, jadeante y con los músculos rígidos por el esfuerzo, la penetraba una y otra vez en un desenfrenado galope hacia el éxtasis.

El deseo que le inflamaba era una fuerza furiosa e irrefrenable, un látigo que le hostigaba mientras ella le poseía en cuerpo y alma, mientras le enloquecía de placer y le enardecía.

El deseo de Eliza era una fuerza igual de potente, igual de poderosa, un canto de sirena al que era imposible resistirse y que le envolvía los sentidos; era una fuerza que, combinada con su propio deseo, le ataba y le subyugaba, le capturaba en cuerpo y alma y le consumía.

La pasión se adueñó de ellos, les zarandeó y les sacudió con salvaje intensidad hasta que estuvieron jadeantes y desesperados, y entonces les arrancó de golpe del mundo y les lanzó hacia arriba, más y más alto... y después les dejó caer.

Jeremy se desplomó encima de ella, pero logró apenas rodar a un lado para no aplastarla. Sus extremidades no funcionaban, era incapaz de moverse y permaneció allí tumbado con el corazón martilleándole en el pecho, entregado, aniquilado e indefenso como nunca antes lo había estado.

Estaba maravillado por el pináculo de gloria que acababan de alcanzar, por el poder inigualable de lo que acababan de compartir, por la profunda e increíble sensación de plenitud y saciedad que le inundaba como un cálido mar, un mar en el que se sumergían sus sentidos mientras permanecía allí tumbado, conquistado en cuerpo y alma, y entregaba su corazón por completo.

Notó que ella alargaba la mano a ciegas, sin apenas fuerzas, y logró agarrársela con esfuerzo. Yacieron el uno junto al otro con los dedos entrelazados mientras intentaban recobrar la normalidad, y al final lograron hacer acopio de la energía suficiente para, entre murmullos inarticulados y con el cuerpo laxo, levantar las cobijas y cubrirse con ellas; tras lograr aquella hazaña, él se incorporó a duras penas para apagar de un soplido la vela que ella tenía en su mesilla y entonces se desplomó de nuevo y apagó la de su lado de la cama.

La noche les envolvía en sus oscuros brazos, pero el murmullo del torrente era un recuerdo constante del cambio inevitable que estaba por llegar, de lo que les esperaba al día siguiente.

Su mente, al borde del sueño, siguió pensando en lo que se avecinaba. El rumbo que iba a tomar su relación una vez que cruzaran al otro lado de los Cheviot ya estaba fijado, ambos eran plenamente conscientes de que no tenían más opción que casarse y aceptaban esa realidad; aun así, lo que sí que podían decidir era qué tipo de matrimonio iban a tener, eso era algo que aún estaba en sus manos y que les tocaba determinar a ellos.

En todo caso, era una decisión que habrían de tomar más adelante; de momento, por esa noche... la apretó aún más contra su cuerpo, apoyó la mejilla en su pelo y cerró los ojos. Suspiró, satisfecho y feliz, mientras ella se acurrucaba mejor contra él, y notó el colgante de cuarzo rosa justo encima del corazón, atrapado entre los dos.

Así, estrechamente abrazados, se quedaron dormidos.

Cuando partieron de Bonchester en dirección al sol naciente, Eliza era plenamente consciente de la tensión que les atenazaba a los dos. Ella estaba tan tensa como las cuerdas de un piano, y no le hacía falta preguntar para saber que Jeremy se sentía igual.

En la habitación, poco antes del amanecer, se habían planteado si sería conveniente que ella se hiciera pasar de nuevo por un muchacho, pero al final habían llegado a la conclusión de que, dado que tanto Scrope como el noble escocés la habían visto por última vez caracterizada de hombre, el momento de desconcierto que podrían sentir al verla vestida de mujer podría resultar ser de vital importancia.

Ese desconcierto momentáneo podría ser clave para permitirles pasar a toda velocidad ante las narices de sus perseguidores, tomar la delantera y lograr dejarlos atrás, o al menos podría valerles para lograr cruzar la frontera y estar en territorio amigo cuando dichos perseguidores logaran alcanzarles.

Los lugareños les habían aconsejado bien. Los dos puentes que había en el camino entre Bonchester y Langlee seguían en pie, aunque en el segundo tuvieron la precaución de bajar de la calesa y cruzar con cuidado. Ella abrió la lenta marcha mientras Jeremy la seguía llevando al roano de las riendas, y cuando llegaron a la otra orilla intercambiaron una mirada antes de subir de nuevo a la calesa y proseguir el camino.

Cuando llegaron poco más de una hora después a Langlee,

un pueblo situado al oeste del camino principal y a unos ocho kilómetros al sur de Jedburgh, Jeremy detuvo la calesa delante de la primera casa, consciente de que los demás edificios del pueblo les tapaban e impedían que alguien pudiera verles desde el camino principal.

Se volvió a mirarla y le dijo con gravedad:

—En cuanto nos incorporemos al camino principal vamos a correr como alma que lleva el diablo. La frontera está a unos diecinueve kilómetros y eso quiere decir una hora de camino, puede que un poco más, yendo a toda velocidad. No podemos correr el riesgo de parar, al menos de forma intencionada —le sostuvo la mirada al preguntar—: ¿estás lista?

—Sí. Es nuestra mejor opción para llegar a la frontera, así que... —miró hacia el camino, respiró hondo, y entonces le miró de nuevo y exclamó con firme determinación—: ¡vamos allá!

Jeremy alzó las riendas para iniciar la marcha, pero se detuvo en el último momento y masculló una imprecación en voz baja; después de pasarse las riendas a una mano, se volvió a mirarla, le agarró la barbilla con la mano libre, y entonces la instó a que alzara el rostro hacia él y la besó.

Fue un beso largo y profundo que contenía una promesa, una declaración de intenciones, y ella le puso las manos en las mejillas y le besó a su vez con el mismo ardor, con la misma entrega.

El roano sacudió la cabeza y tironeó de las riendas, y la súbita sacudida de la calesa hizo que interrumpieran el beso. Jeremy la miró a los ojos y vio en ellos la confianza plena que tenía en él, vio la valentía que se reflejaba en su mirada y supo de forma instintiva que ella le daba su apoyo incondicional.

—De acuerdo, allá vamos —asintió, lleno de determinación, antes de mirar al frente y reanudar la marcha.

Dio rienda suelta al caballo en cuanto se incorporaron al camino principal, y el animal alargó el tranco de inmediato y se lanzó al galope.

A aquella hora tan temprana apenas había tráfico, y el poco que había circulaba en la dirección contraria. La calzada de macadam era lo bastante ancha para permitirles cruzarse a toda velocidad con otros vehículos sin tener que aminorar la marcha.

Cuando dejaron atrás un sendero que, según el poste indicador, conducía a Bairnkine (una pequeña aldea que, básicamente, consistía en tres cabañas agrupadas en los campos que había a la derecha del camino), Eliza preguntó:

—¿Tienes idea de dónde pueden intentar tendernos una emboscada Scrope y el escocés? —tuvo que levantar un poco la voz para hacerse oír por encima del ruidoso golpeteo de los cascos del caballo.

Se dio cuenta de que era una pregunta que se le tendría que haber ocurrido mucho antes, pero Jeremy negó con la cabeza y contestó, sin apartar la mirada del camino:

—En esta ruta no hay demasiadas aldeas, así que son muchos los largos tramos de camino donde pueden esperar con la relativa certeza de que nadie va a verles. Lo único que podría frenarles sería la presencia de otro vehículo —apretó los labios antes de añadir con ceño adusto—: espero que, conforme vayamos aproximándonos a la frontera, nos crucemos con un flujo cada vez mayor de viajeros hacia el norte.

Había muy poco tráfico a pesar de que ya debían de ser las nueve pasadas, si bien era cierto que la ruta de Jedburgh no era la que solían tomar los carruajes que viajaban a Edimburgo procedentes de Inglaterra. Aunque el camino parecía razonablemente recto sobre el mapa, en realidad tan solo lo era en tramos cortos y serpenteaba de un lado a otro; por si fuera poco, también iba subiendo y bajando ondulante, uno estaba pasando entre amplios campos abiertos y de repente se encontraba cruzando un denso bosque de abetos. No se podía ver demasiado lejos en ninguna dirección.

Eliza se agarraba con fuerza al lateral de la calesa mientras miraba al frente, pendiente en todo momento de las orillas del camino hasta donde le alcanzaba la vista; con un poco de suerte, si alguno de sus perseguidores estaba esperando acechante para sorprenderles, lograría verle a tiempo.

Al ver una línea más densa de árboles que emergía a la izquierda del camino cada vez que pasaban por algún campo abierto, y cuya presencia revelaba la existencia de un río cercano, Jeremy comentó en voz alta:

—¡Debemos de estar cerca del río Jed, acaba por desembocar en el Tweed!

—¿Vamos a tener que cruzarlo? —el viento que les azotaba el rostro mientras avanzaban a toda velocidad se llevó sus palabras. No habían tenido que cruzar ningún río desde que se habían incorporado al camino principal.

Jeremy pensó en ello y, al darse cuenta de que no estaba seguro de la respuesta, admitió:

—¡No lo sé! ¡Échale un vistazo al mapa!

Tenían las alforjas a sus pies, así que Eliza bajó la mano y rebuscó en ellas hasta que lo encontró. Desplegarlo fue una tarea que puso a prueba su paciencia debido al zarandeo constante de la calesa, pero cuando al fin lo logró lo dobló de forma que pudiera sujetarlo con una mano y revisar la sección pertinente, y con la otra mano se agarró de nuevo al lateral del vehículo.

—Dentro de poco deberíamos llegar a un desvío a la derecha que nos llevará a un lugar llamado Mervinslaw, y poco después de pasar por allí doblaremos una curva y llegaremos a un puente que cruza el río. Allí mismo, un poco a la izquierda, hay un pueblo y da la impresión de que casi todas las casas están en la otra orilla, así que cabría suponer que el puente estará en buenas condiciones.

—Debería estarlo, al menos en teoría. No recuerdo haber cruzado vados ni viejos puentes de madera al pasar por este tramo de camino cuando te seguía rumbo a Edimburgo —comentó él, pensativo—. De hecho, por lo que yo recuerdo no deberíamos encontrar ninguna dificultad aunque haya estado diluviando en los Cheviot.

—Perfecto —asintió ella, antes de dejar el mapa en su regazo.

Miró al frente, atenta a que apareciera el poste indicador de Mervinslaw; de no ser por las señalizaciones, no resultaría nada fácil distinguir las vías secundarias y los caminitos que conducían a granjas apartadas.

Poco después, señaló con la mano que sostenía el mapa y exclamó:

—¡Ahí está!, ¡Mervinslaw! —consultó de nuevo el mapa para tener una noción de la velocidad a la que viajaban y de la distancia que aún tenían por delante—. Estamos casi a la mitad del tramo de camino principal que debíamos recorrer hasta llegar a la frontera.

—Y aún no hemos visto ni rastro de ninguno de nuestros dos perseguidores —Jeremy enderezó la espalda y relajó los hombros antes de volver a sentarse bien—. No sabría decir si eso es bueno o malo.

—¡Deberíamos ser optimistas!

—Sí, puede que tengas razón.

Se la veía tan entusiasta y segura que era tentador seguir su ejemplo. Teniendo en cuenta la velocidad a la que iban, en una hora más habrían cruzado la frontera y estarían ya en Inglaterra, pero no podía desprenderse de la sensación (más que una premonición, era cuestión de probabilidad estadística) de que no iban a poder huir con tanta facilidad. Estaba convencido de que Scrope y el noble escocés no iban a permitírselo.

Tomaron una amplia curva que trazaba una suave cuesta, y se puso nervioso al ver las densas hileras de abetos que había a ambos lados del camino. Podría haber alguien oculto entre la frondosa vegetación, esperando vigilante, y ni Eliza ni él se percatarían de la presencia del intruso hasta que este saliera al camino.

La tensión que le atenazaba se intensificó aún más, pero al llegar a lo alto de la cuesta se relajó un poco al ver cómo cambiaba la situación. Mientras que a la izquierda desaparecían los árboles y se abría un estrecho valle fluvial, a la derecha seguía habiendo una hilera de árboles bordeando el camino, pero era mucho menos espesa y frondosa.

—¡Allí está el puente!

Era un puente de arco de ladrillo y piedra que cruzaba el río a una altura segura, y era tan ancho como el propio camino principal. Cruzó la parte ascendente del arco a toda velocidad, hizo que el roano aminorara un poco la marcha mientras descendían hacia la otra orilla...

¡Pum!

El súbito disparo que impactó en el lateral de la calesa, justo junto a su cadera, hizo saltar astillas. Mientras se lanzaba de lado para ponerse delante de Eliza y protegerla, miró hacia los árboles y un poco más adelante, a la derecha, vio el brillo de un arma justo antes de que Scrope emergiera de su escondrijo a lomos de un recio caballo gris.

Al ver que el tipo cabalgaba hacia ellos blandiendo la pistola y gritándoles que se detuvieran, masculló una imprecación. Tenía las manos ocupadas intentando controlar al caballo, pero siguió escudando a Eliza con su cuerpo en todo momento... vio de repente la entrada de un sendero a la izquierda, al final del puente, y sin pensárselo dos veces tiró de las riendas para que el aterrado caballo girara, luchó por hacerle entrar en el sendero, y entonces le dio rienda suelta.

—¡Agárrate bien! —le gritó a Eliza.

La calesa empezó a zarandearse de un lado a otro mientras el despavorido animal se lanzaba al galope por el sendero y Scrope, aún en el camino principal, soltó una fuerte imprecación.

Jeremy lanzó una mirada a Eliza y se sintió aliviado al ver que con una mano se aferraba con todas sus fuerzas al lateral de la calesa y con la otra al asiento. En esta segunda mano aún tenía agarrado el mapa y su mirada estaba puesta en el sendero, que tenía muchas más curvas que el camino principal y subía y bajaba por pequeñas cuestas.

Después de cruzar a toda velocidad un espeso bosque, el camino se alejó del río siguiendo una amplia curva que ascendía por un altozano y fue entonces cuando Jeremy, luchando por recobrarse del susto, fue frenando poco a poco al roano hasta lograr ponerlo a un paso veloz pero controlado.

—Scrope va a perseguirnos, pero en ese bosque perderá tiempo y este terreno nos ayudará a evitar que nos vea. El problema es que estamos en un sendero, y si sabe hacia dónde conduce... —se volvió a mirarla— ¿adónde iremos a parar si seguimos por aquí?

Eliza ya había respirado hondo, había soltado el asiento y había alzado el mapa para echarle un vistazo, y en ese momento estaba intentando calmar su acelerado corazón y recobrar la compostura. Tenía que contener el pánico que la abrumaba y pensar con coherencia. Antes del incidente, Jeremy conducía a toda velocidad, pero en ese momento la calesa avanzaba a un buen ritmo por mucho que el caballo ya se hubiera tranquilizado y su paso fuera fluido. Después de consultar el mapa, contempló ceñuda el camino para comparar lo que veía en el papel con el paisaje...

—Nos acercamos a una intersección, una especie de cruce de caminos —le dijo Jeremy—. Uno de los caminos va en dirección sur.

—¡No!, ¡no vayas por ahí! —se apresuró a advertirle, al encontrar dicha intersección en el mapa—. No llega muy lejos, termina en un pueblecito llamado Falla desde el que no sale ningún otro camino.

—De acuerdo, descartado. ¿Hacia dónde vamos?, ¿hay alguna ruta que nos lleve de regreso al camino principal?

—A ver... sí, sigue recto —estudió el mapa con atención, y al cabo de unos segundos añadió—: vamos a tener que hacer un pequeño rodeo y hay un tramo que nos llevará hacia el norte en vez de hacia el sur, pero entonces podremos dar media vuelta siguiendo un caminito que lleva a un lugar llamado Swinside. Una vez pasado Swinside, ese caminito vira hacia el sur y desemboca en otro que acabará por llevarnos a su vez de regreso al camino principal, a unos ocho kilómetros de la frontera.

Jeremy asintió con gesto adusto.

—Ignoro qué estará tramando Scrope, pero debemos dar por hecho que intentará mantenernos alejados de la frontera. Ninguno de estos pequeños caminos secundarios conduce a Inglaterra, lo consulté antes en el mapa. Tan solo tenemos dos alternativas para cruzar la frontera: regresar al camino principal de Jedburgh o ir mucho más hacia el norte para tomar otra de las rutas principales.

Eliza asintió, ya que ella misma había llegado a la misma conclusión después de consultar el mapa.

—Debemos tomar esa ruta que nos llevará de vuelta al camino principal, es la única opción sensata.

—Reza para que Scrope nos esté persiguiendo, esperemos que no se haya parado a pensar y haya deducido hacia dónde vamos a dirigirnos. Si viene siguiéndonos con la esperanza de darnos alcance... y, seamos francos, al final acabaría por lograrlo... puede que tengamos alguna oportunidad.

—¿Cómo está el caballo?

—No está fresco, pero es fuerte y voluntarioso. Aún puede aguantar unos kilómetros más a pesar de la velocidad a la que vamos —al cabo de un momento, admitió—: me gustaría aminorar la marcha para dejar que descanse un poco, pero no me atrevo. Tenemos que llegar a Swinside y virar de nuevo hacia el sur rumbo al camino principal antes de que Scrope se percate de cuál es la dirección que hemos tomado.

Jeremy sabía que la situación no era demasiado halagüeña. Scrope había demostrado ser un tipo astuto, así que no había duda de que habría estudiado a fondo los mapas y conocería bien todas las rutas alternativas; por desgracia, ya no podían darse el lujo de elegir y tan solo había una opción viable.

—Si volvemos a ver a Scrope, agáchate en el asiento —le ordenó a Eliza con firmeza—. Saber que estás relativamente a salvo me ayudará a centrarme en hacer lo necesario para evadirle.

—De acuerdo.

Jeremy siguió conduciendo a toda velocidad por el ondulante camino. Tan solo aminoró la marcha antes de dar un giro cerrado a la derecha para incorporarse al camino que conducía a Swinside, pero en cuanto dobló la curva volvió a dar rienda suelta al roano.

Swinside resultó ser una pequeña aldea que dejaron atrás en un abrir y cerrar de ojos, y poco después el camino giró de nuevo hacia el sur siguiendo los márgenes de un arroyo.

—Parece que en esta zona no ha llovido tanto, eso nos beneficia —comentó ella, al ver su caudal.

—Sí, no creo que encontremos ningún puente dañado.

Bordearon una pequeña colina, y al emerger de su sombra protectora vieron que el camino se internaba en un denso bosque un poco más adelante. Eliza se apresuró a consultar el mapa.

—No sé hasta dónde llega el bosque, pero el camino que debemos tomar cruza con este un poco más allá de la próxima cuesta, aquella de allí.

Desde allí alcanzaban a ver cómo el camino ascendía por un altozano en algún punto del bosque y se perdía de vista después. No iban a saber lo que les esperaba más allá de la cima hasta que estuvieran allí, y para entonces cualquiera que estuviera al otro lado podría verles.

Jeremy tuvo la súbita certeza de que alguno de sus dos perseguidores estaba esperándoles al otro lado y, aunque no había ninguna razón lógica que lo avalara, la sensación de peligro inminente era abrumadora, y tanto Trentham como el resto de miembros del club Bastion le habían advertido siempre que confiara en sus instintos.

Era la primera vez que emergían en él aquella clase de instintos y, a decir verdad, siempre había dado por hecho que era algo de lo que carecía, pero...

Antes de que pudiera hablar, Eliza se le adelantó.

—Tenemos que doblar a la derecha cuando lleguemos a la intersección. Si dobláramos a la izquierda nos adentraríamos en los Cheviot, y en caso de seguir recto acabaríamos por llegar a un punto donde el camino muere sin más.

—De acuerdo. Reza para que Scrope haya optado por seguirnos, y recuerda lo que te he dicho.

Aún estaba hablando cuando llegaron al altozano e iniciaron el ascenso. Por el rabillo del ojo vio que ella asentía, bajaba el mapa y se aferraba con fuerza a la calesa mientras mantenía la mirada al frente.

Alcanzaron la cima en un santiamén y oyeron a su derecha el fuerte borboteo del arroyo mientras descendían por la otra ladera a toda velocidad. Al ver que, justo delante de ellos, los árboles se abrían a ambos lados al llegar a la intersección en la que debían girar a la derecha, Jeremy empezó a frenar un poco para poder incorporarse al otro camino de forma segura.

Tanto Eliza como él escudriñaron la vegetación cada vez menos densa que tenían a su derecha, pero los árboles desaparecieron por completo y quedó a la vista un tramo de unos noventa metros del camino que iban a tomar. Dicho camino pasaba por un estrecho puente, y las dos orillas del arroyo estaban cubiertas de una espesa vegetación que se extendía por los márgenes del camino rumbo a la intersección.

Jeremy frenó aún más al caballo, tiró de las riendas para hacerle tomar el camino de la derecha...

—¡No! ¡Está allí! —gritó Eliza de repente, mientras señalaba hacia un punto del camino.

Ni siquiera miró hacia allí. El terror que oyó en su voz le hizo tirar con brusquedad de las riendas para cambiar la trayectoria del caballo, pero recordó de repente que ella le había advertido que si seguían recto terminarían en un atolladero sin salida, así que luchó por lograr que el animal girara hacia la izquierda.

¡Pum!

Otro disparo, uno que dio en el recubrimiento metálico del respaldo del asiento. El roano se asustó, él le dio rienda suelta, y se alejaron a toda velocidad por el camino de la izquierda.

—¡Agáchate!

Eliza obedeció a toda prisa, pero unos segundos después alzó la cabeza para asomarse a mirar por encima del asiento y le ignoró por completo cuando él le gritó que volviera a agacharse. Jeremy necesitaba ambas manos para sujetar las riendas mientras luchaba por recobrar el control del aterrado animal, no podía soltarlas ni un instante para empujarla hacia abajo. Al final se dio cuenta de que era una batalla perdida y masculló:

—¿Quién era?

—¡Scrope! Estaba esperándonos entre los arbustos, justo al lado del puente, pero se ha movido un poco y le he visto —al cabo de un segundo, admitió impactada—: si se hubiera quedado quieto, no me habría percatado de su presencia.

—Pero se ha movido y le has visto, la suerte estaba de nuestro lado —le aseguró, preocupado al notar su extraño tono de voz. No podía permitir que el miedo la paralizara—. Supongo que estará persiguiéndonos, ¿verdad?

—Echó a correr después de dispararnos, creo que fue en busca de su caballo.

—Échale un vistazo al mapa, ¿qué ruta deberíamos tomar? —no podía consultarlo él mismo, pero tenía plena confianza en ella. Seguro que tomaba la mejor decisión posible en base a la escasa información de la que disponían.

—Le hemos perdido de vista —le informó ella, antes de sentarse de nuevo en el asiento. Alisó como buenamente pudo el arrugado mapa y lo consultó con atención unos segundos antes de decir—: desde aquí no existe forma alguna de regresar al camino principal de Jedburgh, nuestra mejor opción es seguir por este camino. Al final volverá a virar hacia el norte y acabaremos por llegar a otro camino que nos llevará a Inglaterra, pero es una ruta larga; de hecho, una vez que crucemos la frontera estaremos mucho más lejos de Wolverstone que ahora mismo.

Jeremy nunca había tenido que tomar una decisión de una importancia tan crucial estando sometido a semejante presión, pero...

—Tenemos que cruzar la frontera lo antes posible, sea como sea. Dado que Scrope nos ha disparado en dos ocasiones, podemos solicitar la protección de las autoridades a ambos lados de la frontera, pero los puestos de vigilancia más cercanos a esta zona están en Inglaterra.

Eliza consultó en el mapa la distancia que les separaba de las poblaciones grandes más cercanas y suspiró resignada.

—Teniendo en cuenta que Scrope viene pisándonos los talones, queda descartado intentar regresar a Jedburgh, y no hay duda de que la población grande más cercana está en suelo inglés.

El camino por el que viajaban era similar al anterior, pero serpenteaba y ondulaba por curvas y pendientes incluso más pronunciadas mientras recorría lo que, básicamente, eran las estribaciones de los montes Cheviot.

Jeremy había conseguido que el roano se tranquilizara y retomara un paso sostenido, pero incluso para una amazona tan pésima como ella era obvio que el animal empezaba a dar muestras de cansancio.

—¿Qué tenemos por delante? —le preguntó él.

Eliza consultó el mapa antes de contestar.

—En breve llegaremos a una bifurcación, tenemos que girar a la izquierda —miró hacia atrás mientras ascendían a toda velocidad por una pendiente y comentó, ceñuda—: no veo ni rastro de Scrope.

—Lo más probable es que esté intentando flanquearnos. Yo en su lugar me mantendría a nuestra derecha para que nos alejemos de la frontera; una vez que lo hagamos, podrá intentar sorprendernos desde ambos flancos, pero de momento mantente atenta a nuestra derecha.

Eliza siguió aferrándose con fuerza al lateral de la calesa y alargó el cuello para poder ver más allá de Jeremy y observar alerta los árboles, los matorrales y los campos. Emergieron como un relámpago de un tramo boscoso y se adentraron en una zona de campos abiertos en la que se encontraba la bifurcación.

Jeremy tiró de las riendas lo justo para que el caballo girara, y cuando se incorporaron al ramal de la izquierda Eliza lanzó una mirada por encima del hombro y vio un jinete que, montado a lomos de un recio ejemplar gris, cruzaba al galope el campo que tenían a su espalda.

—¡Es Scrope, pero no viene directo hacia nosotros!

—¿A qué distancia está? —le preguntó él, mientras hacía chasquear las riendas para que el caballo acelerara aún más.

—¡A unos ciento cuarenta metros, puede que ciento ochenta!

—¡Maldición! ¿Qué diantres estará haciendo? ¡Mira el mapa! Tienes que comprobar quién está más cerca del siguiente cruce, nosotros por el camino o él cabalgando en línea recta.

A Eliza le bastó con una rápida ojeada para saber la respuesta.

—¡Scrope está más cerca!

—¡Tenemos que llegar antes que él!, ¡agárrate! —alzó la larga fusta que había evitado usar hasta el momento y la hizo restallar justo junto a la oreja del caballo.

De no haber estado tan aterrada, Eliza se habría sentido impresionada ante semejante muestra de maestría, pero tal y como estaban las cosas se centró en agarrarse a la calesa con todas sus fuerzas mientras el caballo salía disparado como una flecha.

La velocidad a la que iban era más que temeraria. No alcanzaba a entender cómo se las arreglaba Jeremy para evitar que se salieran del serpenteante camino, y rezó para que no encontraran a su paso ni baches ni alguna inesperada raíz.

—¡No puede faltar mucho para el cruce! —le gritó, para hacerse oír por encima del traqueteo de las ruedas.

Él indicó hacia delante con la cabeza y contestó, rígido por la tensión:

—¡Ahí está!

Volvieron a salir a campo abierto y se dirigieron a toda velocidad hacia el cruce que había un poco más adelante; al igual que en el caso anterior, en medio del camino había un arroyo y para cruzar a la otra orilla había que pasar por un estrecho puente de madera.

—¿Alcanzas a ver a Scrope? —le gritó él.

Eliza era consciente de que el tipo tenía que aparecer por la derecha de la calesa, así que miró en aquella dirección y contestó:

—¡No, aún no!

Los cascos del caballo golpetearon con fuerza contra las tablas de madera del puente, la calesa se sacudió y se zarandeó unos segundos y terminó estabilizándose mientras cruzaban el arroyo. El cruce de caminos estaba justo delante, a unos noventa metros.

Eliza captó un movimiento relampagueante entre los árboles que tapaban el camino con el que iban a cruzarse, bastó una zancada más del caballo para avanzar lo suficiente para alcanzar a ver...

—¡Viene por el camino de la derecha! —exclamó, aterrada, al ver a Scrope fustigando a su caballo mientras se acercaba a un galope desenfrenado—. ¡Dios mío, quiere sacarnos del camino!

El tiempo se ralentizó, Jeremy vio el potencial desenlace como un caleidoscopio en su mente. Tiró de las riendas como si quisiera frenar al roano para doblar la curva y, con la mirada puesta en Scrope, intentó calcular la distancia y la velocidad a la que galopaba hacia ellos.

Scrope se enderezó al verles y alargó la mano hacia la pistolera que colgaba a la derecha de su silla de montar, pero soltó una imprecación al darse cuenta de que su montura no iba a detenerse a tiempo y tiró con fuerza de las riendas, con lo que su caballo se encabritó.

Jeremy aflojó las riendas e hizo restallar la fusta para que el roano siguiera recto a toda velocidad. Le habría resultado imposible aminorar la marcha para girar a la izquierda, tal y como tenían planeado, ya que eso habría supuesto tener a Scrope justo a su espalda y no estaba preparado para correr semejante riesgo.

Tal y como se habían desarrollado las cosas, el tipo estaba ocupado intentando controlar a su montura y, en el hipotético caso de que intentara dispararles, en ese momento él se interponía ya entre Eliza y la pistola.

Ella lanzó una mirada hacia atrás antes de volverse de nuevo hacia él y le recordó, con el rostro macilento:

—Este camino no tiene escapatoria.

—Sí, ya lo sé, pero no teníamos otra alternativa —su mandíbula no podía tensarse más de lo que ya estaba.

—Nos está persiguiendo.

—¿A qué distancia está?

—A menos de trescientos metros.

Iba a tener que bastarles con eso. El camino por el que iban (cuya superficie cada vez estaba en peor estado, pero eso le entorpecería a él tanto como a ellos) bordeó una nueva colina y les ocultó momentáneamente de la vista, y ese respiro sirvió para que la confusión de Jeremy se desvaneciera y su mente se despejara. De todas las opciones que habían tenido, tan solo les quedaba una.

—¿Cuánto falta para llegar al final del camino?

—No mucho, yo creo que acaba al doblar ese recodo de ahí delante.

—De acuerdo —las piezas de un plan fueron encajando en su mente—. Mira el mapa, pon un dedo al final del camino y busca una colina llamada Windy Gyle. Debería estar al este de aquí, en medio de los Cheviot. Justo en la frontera. Pon otro dedo en ese punto, y entonces levanta un poco el mapa para que yo pueda verlo.

Después de buscar los puntos en cuestión a toda prisa, Eliza agarró el mapa con las dos manos y lo alzó para mostrárselo. Él le echó una ojeada, y fijó de nuevo la mirada en el camino antes de preguntar:

—¿Qué distancia hay?

—Unos trece kilómetros.

—De acuerdo. Vamos a llegar lo más lejos posible en la calesa, y después de adentrarnos todo lo que podamos en la sierra seguiremos a pie hasta Windy Gyle.

—¿Por qué quieres dirigirte hacia allí?

—Clennell Street, una de las principales vías pecuarias, desciende hacia Inglaterra a la sombra de Windy Gyle y conduce de forma más o menos directa hasta las mismísimas puertas del castillo de Wolverstone. Royce y yo subimos por esa ruta hasta Windy Gyle hace unas semanas, está a unos dieciséis kilómetros del castillo.

—¿Crees que podremos llegar con Scrope persiguiéndonos a caballo?

—No lo sé, pero es nuestra mejor opción —hizo chasquear las riendas para animar a seguir al pobre roano y admitió pesaroso—: la verdad es que no tenemos ninguna otra.

No estaba seguro de cuál era la reacción que esperaba de ella, pero Eliza alzó la barbilla y asintió con decisión.

—¡Muy bien, rumbo a Windy Gyle! ¿Qué vamos a hacer con las alforjas?

—Saca todo lo que te resulte imprescindible. En el fondo de la mía hay un cuchillo, sácalo. No necesito nada más.

—Yo no necesito nada de nada —le aseguró ella. En vez de agarrar su propia alforja, alargó la mano hacia la de él y se la colocó en el regazo.

—Las botellas de agua, sácalas. Y tu capa también.

Eliza no perdió tiempo en contestar, se limitó a sacar los objetos en cuestión. Envolvió las botellas de agua en la capa y, con el cuchillo que él le había pedido en la mano, lanzó una nueva mirada hacia atrás.

—Scrope acaba de emerger de aquella última curva, está ganando terreno.

Doblaron el siguiente recodo y, tal y como ella había vaticinado, vieron que el camino terminaba unos metros más adelante. El agotamiento del caballo y la desaparición del camino les obligaron a aminorar la marcha de forma considerable, pero Jeremy siguió avanzando todo lo que pudo e inició el ascenso por la sierra.

—Quien viva en aquella cabaña de allí encontrará al caballo —afirmó, al ver el hilillo de humo que salía de la chimenea de la cabaña de algún granjero.

Cuando divisó al fin lo que buscaba, miró por encima del hombro y al no ver ni rastro de Scrope dedujo que este aún no había doblado el último recodo; sin pensárselo dos veces, tiró de las riendas para que el roano se detuviera y le ordenó a Eliza:

—¡Vamos!, ¡tenemos que subir a pie por esa vereda de ahí!

Ella bajó de un salto justo cuando la calesa se detuvo con una sacudida y echó a correr hacia la vereda indicada; él, por su parte, la siguió a la carrera después de atar las riendas a la calesa con un nudo lo bastante flojo para que el caballo pudiera moverse con total libertad.

Se internaron en una quebrada umbría poblada de espesos arbustos que separaba dos colinas. Eliza le dio el cuchillo y, tras guardárselo en el bolsillo, él tomó de sus manos las botellas de agua envueltas en la capa.

Iniciaron el ascenso por la ladera de la primera colina, aunque la pendiente cada vez era más pronunciada y avanzar no era tarea fácil.

—No va a poder subir por aquí a caballo —comentó ella al cabo de unos minutos, sin volverse a mirarlo.

—Por eso he escogido esta ruta.

Cuando llegaron a la cima, la cruzaron a la carrera y descendieron por la otra ladera a una velocidad de vértigo antes de iniciar el ascenso de la siguiente colina, pero no tardaron en descubrir que Scrope no era un tipo que se rindiera con facilidad. Tras veinte minutos de frenética huida, estaban cruzando un ancho valle prácticamente plano situado entre dos colinas cuando oyeron el golpeteo de los cascos de un caballo y le vieron acercándose al galope pistola en mano, espoleando al caballo para que acelerara aún más sin quitarles la mirada de encima.

Jeremy soltó una imprecación y exclamó:

—¡Vamos!

Empujó a Eliza para que corriera más rápido por la senda que habían estado siguiendo, una senda por la que habitualmente tan solo transitaban las ovejas y que empezaba a ascender por una suave pendiente; por si no bastara con las dificultades del terreno, estaban rodeados de espinosos arbustos de aulaga que les llegaban a la altura de los muslos y que de vez en cuando se les enganchaban a la ropa.

Scrope, que debía de haber dado un rodeo para darles alcance siguiendo otra ruta, en ese momento estaba galopando a lo largo de la franja verde que recorría el fondo del valle.

Llegaron a las primeras rocas y la senda se tornó más accidentada y fragosa mientras ascendían hacia una nueva cumbre por terreno cada vez más escarpado. Jeremy miró hacia arriba y vio que había otra quebrada un poco más adelante, si lograban llegar hasta allí e internarse entre las sombras Scrope no tendría más remedio que desmontar y seguirles a pie. La cuestión era si conseguirían tomarle la suficiente delantera para quedar fuera del alcance de la pistola.

Su cuerpo empezaba a resentirse por el esfuerzo de aquella frenética huida (y si él estaba así, no quería ni imaginarse cómo estaría Eliza), y aminoró un poco la marcha antes de indicarle:

—¡No pares!, ¡sigue tan rápido como puedas!

Cuando vio que ella seguía ascendiendo como buenamente podía, valiéndose de pies y manos para seguir avanzando por la pedregosa pendiente, se detuvo y miró hacia atrás. Scrope agitaba airado los brazos mientras obligaba a su montura a pasar entre la aulaga; de momento estaba demasiado lejos para dispararles, pero iba ganando terreno.

Enfrentarse con un cuchillo a un tipo que iba armado con una pistola no era buena idea, pero si Scrope erraba el tiro... vaciló por un instante, debatiéndose entre plantarle cara o...

Se quedó boquiabierto al ver que el caballo de su perseguidor respingaba de repente y se encabritaba con un sonoro relincho. Scrope, totalmente desprevenido, agitó frenético los brazos, pero acabó por caer de la silla y se quedó tirado en el suelo mientras el animal se alejaba a toda velocidad.

Jeremy se dio cuenta de que se había quedado mirando la escena como un pasmarote. Dio media vuelta y echó a correr tras Eliza, pero al ver que estaba parada un poco más arriba observando atónita lo que ocurría le gritó con apremio:

—¡Sigue! ¡Sigue!

Tenían una oportunidad de oro para alejarse todo lo posible de Scrope y conseguir que les perdiera la pista. Lograron cruzar la quebrada, siguieron ascendiendo y cuando llegaron por fin a la cima de la colina se detuvieron para mirar atrás.

El caballo de Scrope seguía alejándose despavorido por el valle, y en cuanto al propio Scrope... tardaron unos segundos en localizarlo, pero al ver que el tipo no se había dado por vencido y estaba abriéndose paso entre la aulaga con determinación, pistola en mano, tomó a Eliza del codo y le ordenó con apremio:

—¡Vamos!

Ella respiró hondo y asintió. Se volvieron hacia la siguiente cumbre, pero él se tomó un instante para otear el terreno y atisbó la boca de un estrecho valle situado entre dos elevaciones rocosas.

—¡Entremos allí!, ¡tenemos que evitar que nos vea!

Corrieron con todas sus fuerzas y Jeremy lanzó una mirada hacia atrás justo antes de entrar en el estrecho valle. No vio ni rastro de Scrope, pero eso no quería decir que el tipo no pudiera verle a él.

El mediodía llegó y quedó atrás mientras seguían avanzando. No tuvieron más remedio que empezar a aflojar un poco el ritmo y limitarse a caminar cuando veían que estaban suficientemente a cubierto. El dificultoso ascenso por umbrías quebradas empezó a ser cada vez más lento, pero siguieron adelante sin desfallecer durante unas tensas horas que pusieron a prueba su aguante. Detenerse era un riesgo que no podían permitirse, no sabían si Scrope seguía tras ellos ni si estaría lo bastante cerca como para suponer una amenaza inminente. Lo único que podían hacer era seguir avanzando.

Hacía mucho que Eliza se había prohibido a sí misma dudar de si iban a llegar a la frontera sanos y salvos, tenía que aferrarse a la convicción de que iban a lograrlo.

Siguieron avanzando sin parar, ascendiendo y caminando por una sierra que parecía haber sido creada por un gigante que había empujado a un lado la tierra hasta dejarla formando una serie de pliegues (como un mantel arrugado después de que alguien lo apartara sin miramientos).

Se sintió más que agradecida por llevar las masculinas botas de montar debajo del vestido mientras ascendía por el escarpado terreno, mientras vadeaba junto a Jeremy numerosos arroyuelos y rodeaba un lago. Notó que allí arriba el terreno era más seco y supuso que se debía a que también era más rocoso. El aire era fresco y diáfano y se percibía en él ese olor vigorizante de la naturaleza en estado puro, pero la temperatura fue bajando con la aparición de unos amenazadores nubarrones de tormenta procedentes del oeste que fueron acercándose inexorables y tapando el cielo.

Empezó a oscurecer a pesar de que aún era media tarde. El sol había desaparecido poco después de que iniciaran el ascenso, pero su brillo tras las nubes había bastado para guiarles y Jeremy había ido asegurándose cada dos por tres de que, siguiendo el rumbo previsto, se dirigían hacia el este.

Se detuvieron por fin al llegar a una cumbre y miraron hacia la siguiente. Las dos tenían una altura similar y la distancia que las separaba no era demasiado grande, y eso hacía posible que desde donde estaban se divisara con claridad lo que había más allá: campos y bosques que parecían extenderse hacia el infinito.

—¡Ahí está Inglaterra! —exclamó él, mientras contemplaban las vistas—. El problema es que tan solo podemos descender por la escarpadura por ciertas zonas concretas.

—Supongo que Windy Gyle es una de ellas, ¿verdad?

A Eliza no le sorprendió que se limitara a asentir, ya que ella también tenía la respiración entrecortada por el esfuerzo. A decir verdad, le parecía increíble haber sido capaz de llegar tan lejos, ya que caminar nunca había ocupado un puesto demasiado destacado en su lista de actividades preferidas, pero las largas caminatas de los últimos días debían de haber fortalecido su resistencia.

Al ver que Jeremy estaba recorriendo la escarpadura con la mirada, le preguntó:

—¿Dónde está?

—Es aquella cima de allí.

Él señaló con la mano hacia el lugar en cuestión y Eliza miró hacia allí, pero se le acercó un poco más para asegurarse de que la cima redondeada en la que se había fijado fuera la indicada.

—Clennell Street desciende por la escarpadura a lo largo de este lado de Windy Gyle —añadió él.

Eliza calculó la distancia y, al darse cuenta de que aún tenían por delante una hora de camino como mínimo, suspiró resignada y comentó:

—Bueno, al menos no tenemos que rodear la colina —reanudó la ardua marcha sin más, con la mirada puesta en el suelo y sin pensar en nada más allá de dar un paso tras otro.

Jeremy se dispuso a seguirla, pero se detuvo en el último momento y miró hacia atrás. Regresó al borde de la escarpada ladera por la que acababan de subir, miró hacia abajo... y masculló una imprecación en voz baja al ver que Scrope seguía tras ellos.

Dio media vuelta a toda prisa y regresó junto a Eliza, que se había detenido y estaba esperándole expectante.

—¿Has visto a Scrope?

—Sí, pero le llevamos bastante ventaja. Con un poco de suerte, ahora nos ha perdido de vista y tarde o temprano acabará por perder nuestro rastro por completo.

Le indicó con un gesto que reanudara la marcha y echó a andar tras ella. Esperaba tener razón al suponer que Scrope no era un rastreador demasiado experimentado. Daba la impresión de que estaba tan cansado como ellos y, de ser así, en teoría deberían estar a salvo siempre y cuando lograran mantenerse fuera del alcance de la pistola.

«En teoría». Se habría sentido mucho más tranquilo de no ser por la preocupante cuestión que no podía quitarse de la cabeza: ¿dónde diantres estaba el noble escocés que había contratado a Scrope?

Miró al frente y se dijo que era inútil hacer conjeturas. Lo único que podían hacer en ese momento era huir tan rápido como les fuera posible, además de rezar para que consiguieran llegar a alguna de las propiedades de Royce antes de que les diera alcance alguno de sus dos perseguidores.

Estaban locos, locos del primero al último.

—¡Locos de atar!

Aunque quizás no debería sorprenderse tanto. Los tres, incluyendo a Scrope, eran ingleses, puede que esa fuera la explicación de semejante despropósito.

El noble de las Tierras Altas profirió un improperio mientras caminaba entre la aulaga a toda prisa. Scrope estaba en algún punto entre la pareja y él, pero lo peor de todo era que el tipo estaba dispuesto a disparar (y, visto lo visto, disparar a matar). Estaba claro que había cometido un enorme error de juicio al contratarle.

Si bien era cierto que, al verle empuñando la pistola por primera vez (cuando Scrope le había tendido la emboscada a la pareja al norte de St. Boswells), había tenido aquella extraña premonición acerca de tener que presenciar impotente cómo le pegaba un tiro al caballero de Eliza, más tarde se había convencido a sí mismo de que había sido una idea absurda e irracional; al fin y al cabo, Scrope era un profesional y no se le ocurriría siquiera cometer un asesinato para el que no había sido contratado.

Había llegado a la conclusión de que su intención era usar la pistola para intimidar a los fugitivos, nada más, pero el tipo había disparado contra ellos. No una, sino dos veces, y no habían sido disparos al aire para asustar a su presa. No, nada de eso, ¡les había apuntado directamente a ellos! En ambas ocasiones le había dado a la calesa, lo que confirmaba su opinión acerca de la capacidad que tenía el tipo para desenvolverse fuera de una población. A lo mejor era capaz de disparar contra alguien en un callejón, desde una distancia mínima, pero era muy distinto hacerlo montado a caballo y en medio del campo.

Lo que le mataba de preocupación era que en ambas ocasiones Scrope podría haber alcanzado tanto a la muchacha como al inglés que la había rescatado, a cualquiera de los dos. No quería ni pensarlo, tenía que atrapar a Scrope y poner fin de una vez por todas a la obsesión que tenía con la pareja (porque parecía una obsesión, de eso no había duda).

Había estado vigilándole cerca del puente que cruzaba el río Jed, dispuesto a intervenir en cuanto le viera detener a los fugitivos, y la verdad era que no le había sorprendido que desenfundara el arma. Lo que le había tomado totalmente por sorpresa era el hecho de que llegara a usarla. Por desgracia, estaba demasiado lejos para intervenir de inmediato y al final había acabado persiguiendo a Scrope, pero no había tardado en descubrir que el caballo del tipo era un buen ejemplar.

Frustrado, furioso y aterrado ante la posibilidad de no alcanzarle a tiempo de evitar que le pegara un tiro a alguien, había ido tras él tan rápido como le había sido posible, pero, por mucho que Hércules fuera un buen caballo, no estaba hecho para las carreras y con el peso añadido de un hombre de su tamaño no era rival para la montura de Scrope.

Por suerte, el terreno había cambiado una vez que habían llegado a las colinas y había ido ganando terreno poco a poco, pero se le había helado la sangre en las venas cuando había visto a Scrope galopando a toda velocidad hacia Eliza y su salvador, cuando había visto cómo este último, tras hacer que ella siguiera adelante, se detenía de repente y se volvía hacia Scrope.

Aún estaba demasiado lejos de ellos como para que le oyeran y, como no iba armado, no había tenido la opción de pegar un tiro al aire, pero por suerte para el inglés él era un escocés con un buen brazo y una excelente puntería. Después de desmontar de un salto, había agarrado un par de piedrecitas del suelo y se las había lanzado al caballo de Scrope sabiendo que no iban a lastimar al animal, pero que bastarían para asustarlo. La treta había funcionado y Scrope había terminado en el suelo.

Ninguno de los tres se había percatado de su presencia. Un

saliente rocoso había impedido que los fugitivos le vieran mientras huían a toda prisa y Scrope, por su parte, se había quedado unos segundos viendo cómo se alejaba su caballo y entonces había lanzado un iracundo improperio y había echado a correr tras la pareja. No había mirado hacia atrás en ningún momento, así que no había llegado a verle.

Él había perdido algo de tiempo atando a Hércules antes de seguirles a pie, y en ese momento estaba avanzando tan rápido como le era posible. Iba acercándose metro a metro a Scrope, pero este iba acercándose a su vez a Eliza y al inglés que la había rescatado y cada vez estaba menos claro si el tipo estaba en su sano juicio en lo que a ellos se refería.

Rezó en voz baja para poder alcanzar a Scrope antes de que este alcanzara a Eliza y a su salvador, no soportaría verles morir sin poder hacer nada para evitarlo.

Eliza no habría logrado llegar a la cima de la siguiente colina de no ser porque Jeremy le puso la mano en la espalda para ayudarla. Alcanzó a dar unos pasos para alejarse del borde y apoyó las manos en las rodillas mientras luchaba por recobrar el aliento.

Inclinada hacia delante, poco menos que resollando, alzó la mirada y vio que justo frente a ellos se alzaba una sólida pared rocosa demasiado alta como para que pudieran escalarla. La colina se extendía a la izquierda de donde estaban como un largo pliegue de la corteza terrestre, y una senda recorría la fría cumbre. La pared rocosa terminaba un poco más allá, pero no se veía lo que había al otro lado.

Jeremy se detuvo tras ella y le indicó, un poco jadeante también por el esfuerzo:

—Sigue la senda, ya no queda mucho.

Ella dio gracias al Cielo para sus adentros, pero no malgastó su aliento pronunciando las palabras en voz alta. Se incorporó con esfuerzo, logró que sus pies la obedecieran, y siguió junto a Jeremy la estrecha senda a lo largo de la cima.

El lugar ofrecía unas vistas de Escocia espectaculares, pero su agotamiento era tal que el paisaje no tenía cabida en su mente. Tomó plena conciencia de la altura a la que estaban cuando la parte izquierda de la colina se convirtió en un barranco que fue tornándose más y más profundo y escarpado con cada paso que daban.

Se detuvo para asomarse con cautela (el fondo estaba a cientos de metros de distancia) y Jeremy la imitó, pero al cabo de unos segundos la instó a que reanudara la marcha y comentó, mientras dejaban atrás la pared rocosa:

—La verdad es que impresiona.

—¿Has visto las rocas que hay al fondo?

—Sí, por suerte esa no es nuestra ruta.

Señaló hacia la siguiente colina, que se alzaba al otro extremo de un valle tan estrecho y profundo que prácticamente podría considerarse un desfiladero. Una zigzagueante senda descendía hacia allí y después ascendía hacia la otra cima, donde una estrecha grieta separaba dos enormes peñascos.

—Tenemos que subir hasta allí, una vez que pasemos entre esos peñascos bajaremos por el otro lado y enfilaremos por Clennell Street.

La colina que tenían delante era la última antes de llegar a Windy Gyle, que se alzaba imponente frente a ellos, y la vía pecuaria conocida como «Clennell Street» discurría por el valle que separaba ambas elevaciones.

Con aquella meta en mente, Eliza respiró hondo y bajó por la senda tan rápido como pudo. Llevaba remangadas la falda y la enagua para poder caminar con mayor libertad, pero sentía el peso del cansancio y tenía que vigilar por dónde pisaba por miedo a tropezar.

Cuando llegó al estrecho valle que era poco más que un desfiladero, preguntó por encima del hombro:

—¿Y Scrope?

—Aún nos viene siguiendo —le contestó él, con un tono de voz que reflejaba lo tenso que estaba.

—¿Has visto a alguien más?

—No, pero, teniendo en cuenta la ruta que hemos seguido, no veo cómo podría habérselas ingeniado el escocés para adelantarnos; en cualquier caso, si viene tras nosotros debemos de llevarle como mínimo la misma ventaja que a Scrope —Jeremy optó por no decirle que este último había acelerado el paso y estaba ganándoles terreno.

Mientras empezaban el ascenso de la siguiente ladera, lanzó una mirada por encima del hombro hacia la cima de la colina por la que acababan de bajar, y tuvo una mala premonición repentina que le hizo alzar la mirada hacia la cima a la que se dirigían. Lo que vio hizo que tuviera que tragarse a toda prisa una imprecación. No se había percatado antes de lo cerca que estaba una cima de la otra, pero desde el fondo del valle era evidente la distancia que había entre ellas (mejor dicho, la que no había).

Le puso una mano en la espalda a Eliza para darle algo de sostén y se acercó un poco más a ella antes de advertirle:

—Tenemos que intentar llegar cuanto antes a la grieta —oyó la desesperación que se reflejaba en su propia voz y, consciente de que a ella tampoco le habría pasado desapercibida, añadió—: hasta que no nos adentremos entre los dos peñascos, estamos expuestos a que nos disparen desde lo alto de la colina que acabamos de dejar atrás.

Eliza le lanzó una mirada por encima del hombro y, después de alzar la mirada por un instante hacia la colina en cuestión, se volvió y aceleró el paso todo lo que pudo.

El problema radicaba en que no era nada fácil avanzar. El terreno era muy pedregoso, por lo que cualquier paso en falso podía hacerles resbalar y caer. Para cuando alcanzaron al fin la cuesta más suave que ascendía hacia los peñascos que flanqueaban la grieta, él estaba jadeante y Eliza tenía la respiración entrecortada y se había llevado una mano al costado.

Al verla trastabillar, se apresuró a pasarle un brazo por la cintura y la ayudó a seguir avanzando, pero los últimos metros se les hicieron interminables.

—Una vez que lleguemos al otro lado de la grieta y bajemos la ladera, creo que llegaremos a Clennell Street y estaremos adentrándonos en Inglaterra antes de que Scrope...

—¡Alto! ¡Ni un paso más!

La inesperada voz hizo que se volvieran de golpe y vieron a Scrope en lo alto de la colina que acababan de dejar atrás, parado con los pies muy separados y tambaleándose un poco mientras luchaba por apuntarles con la pistola.

Mientras se enderezaban lentamente, procurando no sobresaltarle, Jeremy repasó frenético las alternativas que tenían. Le dio un codazo a Eliza con disimulo y murmuró, sin quitarle la mirada de encima a Scrope:

—Sigue acercándote a la grieta, pero muy poco a poco.

Ninguno de los dos apartó la mirada de Scrope, que les miraba a su vez con cara de enajenado y la respiración entrecortada.

Eliza deslizó el pie a un lado, avanzó medio pasito más; Jeremy dio un paso en la dirección contraria, con lo que el espacio que le separaba de ella se agrandó un poco.

—¡Alto!, ¡les he dicho que no se muevan! —les gritó Scrope con furia.

Él hizo caso omiso de la advertencia y dio otro paso, un paso que le apartó un poco más de Eliza y del refugio que ofrecía la grieta.

Scrope movió frenético la pistola, apuntando a uno y a otro. Estaban lo bastante cerca para ver la obsesión febril que se reflejaba en su rostro, los ojos de loco que tenía, la indecisión que le atenazaba mientras intentaba decidir a cuál de los dos iba a disparar.

Jeremy había dado por hecho que le elegiría a él y se tensó mientras se disponía a lanzarse a su izquierda, lo más lejos posible de Eliza. Rezó para que ella echara a correr hacia la grieta en cuanto él recibiera el disparo, pero se le heló la sangre en las venas al ver que el tipo hacía una mueca de furia, apuntaba directamente hacia ella y se disponía a disparar.

—¡No! —gritó, desesperado, mientras se abalanzaba hacia ella para protegerla.

La derribó justo cuando el disparo rasgó el aire, sintió un súbito ardor en la parte posterior del brazo izquierdo un instante antes de que impactaran contra el duro suelo pedregoso.

La fuerza del golpe les dejó a ambos sin aliento, el repentino dolor de la herida le dejó aturdido.

—¡Te ha dado! ¡Estás herido! ¡Maldita sea, Jeremy, estás sangrando!

Eliza estaba al borde de la histeria, pero era una histeria más cercana a la furia que al miedo y que, en vez de paralizarla, la enardeció y le infundió una fuerza que ni ella misma sabía que tenía. Luchó por salir de debajo de su cuerpo, y cuando al fin lo logró le dio la vuelta con esfuerzo hasta que logró dejarlo tumbado de espaldas.

Se disponía a examinar su herida cuando él le agarró las manos para detenerla y exclamó, mientras intentaba ponerse en pie:

—¡No! ¡Tenemos que huir!

—¡No digas tonterías! ¡Una pistola, un tiro! —al ver que él ignoraba sus protestas y, con la mandíbula apretada en un rictus de dolor, insistía en ponerse en pie, decidió darse por vencida y ayudarle—. ¡Está bien, como quieras! ¡Si quieres ser mi héroe, adelante! —estaba hablando sin pensar, pero eso le traía sin cuidado en ese momento—. Si tan empeñado estás, pasaremos por esa grieta y bajaremos hacia Clennell Street, y una vez que lleguemos a lugar seguro...

—¡De eso nada!

La voz de Scrope destilaba puro veneno. Eliza se volvió a mirarle y vio que, aunque el tipo había lanzado a un lado su arma (tal y como ella había dicho, era un pistola de un solo disparo), no se había movido de donde estaba y empuñaba otra que a pesar de ser más pequeña parecía incluso más mortífera que la primera.

—¡No van a poder huir de mí!, ¡no van a poder! ¡A Victor Scrope nunca se le escapa su presa! —alzó el brazo un poco mientras apuntaba, dispuesto a disparar.

—¡Eliza!

El grito desesperado de Jeremy quedó ahogado por un espeluznante rugido que salió de la nada. Mientras él la agarraba y la tiraba al suelo con la intención de volver a escudarla con su cuerpo, un hombre gigantesco apareció de repente de detrás de la pared rocosa y se abalanzó hacia Scrope; este, a su vez, había vacilado al oír el fuerte rugido y al darse cuenta del peligro que tenía a su espalda se volvió como una exhalación, dispuesto a disparar, pero ya era demasiado tarde.

El noble de las Tierras Altas (Eliza estaba convencida de que era él) alcanzó a su presa en un torbellino de furia, le agarró la mano con la que empuñaba el arma y le obligó a apuntar el cañón hacia el cielo. La pistola disparó al aire, el estallido resonó entre las colinas.

Ella se resistió a los esfuerzos frenéticos de Jeremy por escudarla y, sin apartar la mirada de los dos hombres que forcejeaban en lo alto de la colina, le agarró la mano y exclamó:

—¡No, mira eso! ¡Ese hombre, el noble de las Tierras Altas, ha evitado que Scrope nos dispare!

Sus palabras le pillaron totalmente desprevenido. Se incorporó hasta quedar sentado con ella sobre el regazo y alzó la mirada hacia la colina mientras intentaba asimilar la situación.

Ninguno de los dos podía apartar la mirada de la lucha titánica que estaba desarrollándose ante ellos, decir que estaban atónitos sería quedarse muy corto. Aunque Scrope no era un hombre menudo ni mucho menos, el escocés le sacaba media cabeza y era mucho más grandote y fuerte, así que era él quien llevaba la ventaja; aun así, mientras que él estaba limitándose a intentar reducir a su adversario, este se había transformado en un monstruo rabioso y furibundo cuyo único objetivo era liberarse y volver a atacar a su «presa».

Los dos hombres se enzarzaron en un acalorado forcejeo, el suelo rocoso y la hierba ofrecían un precario apoyo bajo sus pies. Scrope aprovechaba la más mínima oportunidad para golpear, pero su contrincante se limitaba a bloquear los puñetazos y a sujetarle los brazos.

En opinión de Jeremy, estaba claro que el objetivo del escocés era cansar a Scrope para poder someterle. A pesar de la distancia, podía apreciarse bien el tamaño de sus puños y estaba claro que le bastaría con un solo puñetazo para romperle la crisma al desquiciado secuestrador, pero por la forma en que luchaba saltaba a la vista que era un hombre muy consciente de su propia fuerza.

El tipo había guardado un tenso silencio después de aquel

amedrentador rugido inicial, pero Scrope cada vez era más ruidoso y al final, con un bramido de furia, logró apartarse un poco e intentó darle un rodillazo en los testículos.

El escocés bloqueó el golpe con el muslo sin soltar a Scrope, pero para mantener el equilibrio tuvo que girar un poco y eso hizo que acercara a su adversario al borde de la colina, al borde del barranco.

Scrope eligió ese preciso momento para echarse hacia atrás en un intento de soltarse de él, gritó triunfal al lograrlo y retrocedió a toda prisa, pero lo único que había tras él era el vacío del barranco.

La cara que puso al darse cuenta de que no había suelo bajo sus pies fue impactante.

Intentó aferrarse a lo que fuera con desesperación y consiguió agarrar la manga del escocés, pero lo único que consiguió fue arrastrarle en su caída y los dos se precipitaron al vacío.

—¡Dios mío! —Eliza se cubrió la boca con las manos mientras miraba petrificada el lugar que segundos antes habían ocupado los dos hombres.

Se oyó un grito desgarrador (una especie de mezcla entre un alarido y un rugido) que se cortó de golpe, y no estaba segura de si alcanzó a oír el impacto de los cuerpos contra las rocas del fondo del barranco o si el sonido fue cosa de su imaginación.

Jeremy y ella se quedaron allí, impactados por lo ocurrido, mientras el silencio volvía a adueñarse de la sierra. Unos oscuros nubarrones taparon el sol y ensombrecieron aún más la colina y el barranco.

—¡Vamos! —le ordenó él, al cabo de unos segundos.

—No entiendo nada —admitió, antes de ponerse en pie a toda prisa.

—Yo tampoco —Jeremy se levantó y miró por encima del hombro para echar un vistazo a la herida del brazo. En un principio había sangrado profusamente, pero la hemorragia ya estaba contenida—. Será mejor que no nos detengamos a intentar desentrañar lo ocurrido hasta que salgamos de esta sierra y lleguemos a lugar seguro.

A pesar de que él quería reanudar la marcha cuanto antes, ella insistió en vendarle la herida con jirones de tela que arrancó de su enagua y comentó, en tono de broma:

—Siempre quise tener una excusa para poder hacerlo.

Parecía tan decidida que Jeremy optó por ceder, pero en cuanto tuvo el brazo vendado la tomó de la mano, la atrajo hacia sí y la besó con ardor, con un profundo alivio, agradecido hasta lo más hondo del alma.

Ella le devolvió el beso con igual pasión, con la misma vorágine de sentimientos. Fue un beso que contenía los rescoldos de la desesperación y la angustia que acababan de sentir, y en el que ardían las llamas del inmenso alivio posterior.

Jeremy se apartó un poco y apoyó la frente en la suya antes de admitir con voz ronca:

—Por un momento he pensado que iba a perderte.

Ella siguió abrazándole con fuerza y deslizó una mano por su mejilla.

—Me... —le temblaba tanto la voz que tuvo que hacer una pausa, pero al cabo de un momento logró recobrar la compostura—. Me he enfadado mucho contigo al ver que habías recibido un disparo. Ya sé que lo has hecho para salvarme, pero... —se encogió de hombros y le miró a los ojos—. De no haber estado herido, creo que te hubiera propinado un puñetazo.

Él sonrió y al cabo de un instante se le escapó una carcajada. Le pasó el brazo sano por los hombros y la abrazó.

—No hay duda de que somos tal para cual, porque ha habido un momento en que yo también me he enfadado contigo —miró hacia la colina y añadió, muy serio—: pero estamos aquí, estamos vivos y ellos están muertos. Hemos sobrevivido —se volvió hacia la grieta con la intención de dirigirse hacia allí, pero al ver que ella no se movía la miró con expresión interrogante.

—¿Crees que deberíamos ir a echar un vistazo al barranco?

—Has visto la altura que tenía, nadie podría sobrevivir a semejante caída.

—Pero... nunca llegaremos a saber quién era ese noble escocés, y la verdad es que al final nos ha salvado.

—Sí, pero si estábamos en peligro era por culpa suya, así que podría decirse que no ha hecho más que solucionar el problema que él mismo originó. En cualquier caso, no podemos permanecer mucho tiempo aquí. En un par de horas habrá oscurecido tanto que será un riesgo seguir avanzando, tenemos que encontrar antes algún lugar seguro donde pasar la noche.

Eliza posó la mirada en su brazo herido y asintió.

—Sí, tienes razón. Los dos están muertos y no hay nada que podamos hacer para ayudarles; además, gracias a ellos nosotros mismos necesitamos ayuda —con cuidado de mantener el brazo sano de él alrededor de los hombros, le pasó un brazo por la cintura y miró al frente—. Inglaterra, allá vamos. ¡Rumbo a casa!

Cuando llegaron al punto junto a Windy Gyle donde Clennell Street iniciaba su descenso por la escarpadura, Jeremy se apoyó un poquitín en Eliza y le explicó:

—La frontera propiamente dicha está ahí abajo, sigue más o menos la base de la sierra. A partir de aquí, el terreno va bajando en una serie de lomas hasta llegar al páramo.

—Igual que en el ascenso.

Él respiró hondo mientras intentaba evitar que el mareo contra el que llevaba luchando unos minutos volviera a nublarle la mente, pero la confesión brotó de sus labios como por voluntad propia.

—No voy a ser capaz de bajar hasta la frontera.

Eliza se volvió a mirarlo con ojos llenos de preocupación.

—La herida...

—Supongo que no es tanto por la herida en sí como por la pérdida de sangre. Puedo caminar razonablemente bien, pero no me veo capaz de bajar por aquí. Este camino está hecho para el ganado y para personas a caballo, no para recorrerlo a pie. Será mejor que ni lo intente, el resultado sería desastroso.

—Al menos eres lo bastante hombre para admitirlo. Muchos en tu lugar se habrían quedado callados y habrían acabado por desplomarse a medio camino, con lo que la situación habría empeorado aún más.

—Sí, precisamente por eso lo he mencionado —murmuró él con gravedad.

—En fin, supongo que será mejor que busquemos un lugar donde pasar la noche.

Jeremy estuvo a punto de sonreír al ver su actitud desenvuelta, ¿dónde estaba la dama de la alta sociedad a la que no le gustaba el campo? A lo mejor seguía estando presente, pero se limitaba a amoldarse a las circunstancias lo mejor posible.

—Eso no será necesario —al ver que ella enarcaba una ceja en un gesto interrogante, le aclaró—: ya te comenté que Royce y yo subimos a caballo por aquí.

—Sí, lo recuerdo —asintió ella, mientras daban media vuelta y regresaban por Clennell Street en dirección a Escocia.

—Fuimos a visitar a su hermanastro, Hamish O'Loughlin. Vive en una granja cercana con su esposa, Molly —alzó una mirada hacia los ominosos nubarrones que seguían acercándose y añadió—: no deberíamos tardar ni una hora en llegar, y estoy convencido de que Hamish nos ayudará.

—Si es el hermanastro de Royce, no me cabe la menor duda de que lo hará.

Siguieron por Clennell Street hasta encontrar un sendero por el que bordearon Windy Gyle. Ya no les perseguía nadie, así que no había necesidad de correr ni de mirar temerosos por encima del hombro cada dos por tres, pero la pérdida de esa tensión tuvo como consecuencia que avanzaran con mayor lentitud y, por tanto, les dio tiempo a sentir plenamente el peso del cansancio y a notar hasta la más mínima incomodidad.

La herida del brazo cada vez le dolía más, pero Jeremy apretó los dientes y siguió avanzando con determinación. La necesidad imperiosa de llevar a Eliza a un lugar seguro le daba fuerzas para seguir adelante.

Después de rodear el nacimiento de un arroyo, el sendero descendía paralelo a su cauce hasta desembocar en un valle de montaña poco profundo. No tardaron en encontrar a su paso vallas bajas de piedra que dividían los campos en pastizales y la granja en sí apareció al fin a la vista, encajada entre colinas y protegida de los vientos y las inclemencias del tiempo.

Jeremy se detuvo y se apoyó con pesadez en una valla.

—Ahí está.

A Eliza no le pasó desapercibido lo rígido que estaba, la forma en que apretaba los labios en un rictus de dolor, y le contestó con voz suave:

—Sí, ya la veo.

Él esquivó su mirada y se limitó a señalar con la cabeza hacia la granja.

—Adelántate. Que Hamish venga a buscarme con un caballo, así será más fácil.

Parecía una sugerencia de lo más razonable, pero a ella se le ocurrió lanzar una mirada hacia atrás y vio la cortina de agua que se acercaba hacia ellos.

—Por muy fácil que sea, no pienso dejarte aquí para que quedes empapado, ¡y ni se te ocurra decirme que es mejor que yo no me moje! A mí no me han pegado un tiro, y no me cabe duda de que mi madre me diría que es una pésima idea dejar que un herido se moje y se exponga a contraer un catarro —al ver que él se disponía a protestar, se mostró inflexible y le ordenó con flagrante obstinación—: ¡no discutas y levántate de ahí! Apóyate más en mí, así podremos avanzar más deprisa y ninguno de los dos acabará mojándose.

Él respiró hondo mientras intentaba lidiar con el dolor y se apartó con cuidado de la valla de piedra.

—Si vas sola, estarás en la granja antes de que llegue la lluvia.

—Sí, puede que sí. Pero, si te callas y me obedeces —le agarró el brazo ileso, se lo echó sobre sus propios hombros y le agarró la mano—, es probable que lleguemos allí sin necesidad de empaparnos. ¡Vamos!

Jeremy sofocó un suspiro y echó a andar con su ayuda, pero apenas habían avanzado unos pasos cuando ella resopló exasperada.

—¡No voy a caer de bruces si apoyas algo de peso en mí! El objetivo de todo esto es lograr que no nos mojemos ninguno de los dos, así que podría decirse que me conviene que te apoyes bien en mí.

Él apretó los labios, pero obedeció y no tardó en descubrir que juntos podían avanzar mucho más rápido. A pesar de lo alto que era, ella tenía una altura considerable para ser una mujer y tal y como estaban, con ella bajo su axila y rodeándole la cintura con un brazo, le proporcionaba justo el sostén que necesitaba.

Llegaron a la granja cuando las primeras gotas de lluvia empezaban a caer sobre ellos, y oyeron los ladridos de varios perros.

—No te preocupes, están encerrados en el establo —le aseguró él, sin apenas fuerza en la voz. Su alivio fue enorme cuando, alertado por los ladridos, Hamish abrió la puerta.

El enorme escocés abarcaba casi toda la puerta, ya que además de ser tan alto como Royce era mucho más ancho. En cuanto vio quién se acercaba cojeando, llamó por encima del hombro a Molly y se apresuró a salir a recibirles.

—¡Jeremy, muchacho! ¿Qué diantres estás haciendo aquí?

Fue Eliza quien contestó.

—¡Está herido! Ha recibido un disparo en el brazo y ha sangrado mucho, me parece que está desmayándose.

Hamish se agachó un poco para poder ver los ojos de Jeremy, y al cabo de un momento afirmó sonriente:

—De eso nada, tan solo está un poco débil. Trae, muchacha, deja que yo le sostenga.

Ella le cedió su lugar a regañadientes, consciente de que si Jeremy acababa por desmayarse sería mejor que le sostuviera alguien con la suficiente fuerza bruta para evitar que cayera al suelo, y se colocó al otro lado. Caminó con la mirada puesta en el rostro de Jeremy, pero estaba tan pendiente de él que, de no ser por una delicada mano femenina que la detuvo justo a tiempo, se habría dado de bruces contra el marco de la puerta.

—¡Cuidado!

Se volvió para ver a la dueña de aquella voz y su mirada se encontró con unos brillantes ojos azules.

—Tú debes de ser Molly.

La menuda mujer de lustrosa cabellera sonrió con calidez.

—La misma. Entra, está empezando a llover. Hamish se encargará de meter a Jeremy, vamos a tomar una taza de té mientras nos contáis lo que ha sucedido.

El cálido recibimiento de Hamish y Molly se reflejaba también en la casa, que irradiaba paz y bienestar, y Eliza sintió que se le quitaba de los hombros un peso del que ni siquiera había sido consciente.

—Gracias, me parece una idea maravillosa —asintió, con una débil sonrisa.

CAPÍTULO 16

Pasaron la noche arropados por la calidez del hogar de Hamish y Molly, reconfortados por el sereno y feliz ambiente familiar que se respiraba en aquel lugar.

Molly sentó a Jeremy en una silla de la cocina y, con la ayuda de Eliza, le quitó el improvisado vendaje y le despojó del gabán y de la camisa. Entonces procedió a lavarle la herida, y le aplicó un ungüento antes de volver a vendarle el brazo.

Hamish, por su parte, hizo caso omiso de la mirada de desaprobación de su esposa y le sirvió un vaso de whisky para que le aliviara un poco el dolor. Jeremy lo aceptó agradecido, y agradeció también la camisa y la chaqueta que le prestó. Las prendas le quedaban grandes, pero abrigaban y eran muy cómodas.

Poco después cenaron en compañía de los hijos menores de la pareja, Dickon y Georgia, de veintitrés y veinte años respectivamente; cuando terminaron de cenar, los jóvenes se quedaron recogiendo y fregando mientras sus padres llevaban a los huéspedes al salón, les acomodaban en sendas butacas y les pedían que les explicaran al detalle lo ocurrido.

Jeremy y Eliza consiguieron hilar entre los dos un resumen muy completo de lo acontecido desde que ella había entrado en el saloncito trasero de la mansión St. Ives. Tuvieron que retroceder un poco más en el tiempo y explicarles lo del secuestro de Heather, ya que sus anfitriones no estaban al tanto de lo ocurrido.

Jeremy no dudó en hablar con ellos acerca de aquellos asuntos tan delicados, ya que sabía que la pareja tenía una relación muy estrecha con Royce y Minerva.

Cuando llegaron al final del relato y narraron la inesperada lucha que se había desatado al borde del barranco, Hamish miró a su esposa y afirmó:

—Dickon y yo iremos en cuanto amanezca a echar un vistazo a los cuerpos.

—Sí, será lo mejor —asintió ella. Momentos después, condujo a Eliza y a Jeremy escalera arriba para mostrarles las habitaciones que había preparado con la ayuda de Georgia, y les ordenó que durmieran hasta que se hartaran—. No me cabe duda de que Hamish querrá acompañaros al castillo, quizás pueda aportar alguna información acerca de ese misterioso noble de las Tierras Altas una vez que vea el cadáver.

Jeremy asintió y, tras intercambiar una fugaz mirada con Eliza, esperó mientras ella le agradecía a Molly la ayuda que les había prestado y se metía en su habitación, y entonces se dirigió hacia la suya por el pasillo. No le hacía ninguna gracia dormir alejado de ella, pero se consoló diciéndose a sí mismo que la tenía a escasos metros, que estaba sana y salva y allí estaba protegida de cualquier peligro.

A la mañana siguiente, bajó bastante tarde a desayunar y la encontró sentada a la mesa de la cocina, disfrutando de un buen plato de gachas de avena. Al ver a Molly de pie junto a los fogones, le dijo sonriente:

—Perdón por bajar a estas horas, me tomé tu sugerencia al pie de la letra.

—Por supuesto que sí, os sugerí que durmierais hasta tarde porque necesitabais descansar; de hecho, Eliza acaba de bajar. ¿Cómo has dormido?

—Bastante bien.

Al mirar a Eliza vio que sus ojos se habían ensombrecido y notó que enarcaba ligeramente la ceja en un pequeño gesto de incredulidad, como si supiera que estaba mintiendo. A decir verdad, no le había resultado nada fácil conciliar el sueño. Al dolor insistente en el brazo se le había sumado una persistente sensación de ansiedad, de insatisfacción, por el hecho de no tenerla a ella a su lado, había echado en falta sentir su cálido cuerpo yaciendo junto a él. No alcanzaba a entender cómo era posible que ella se hubiera convertido en un elemento tan familiar y, por alguna extraña razón, tan absolutamente necesario cuando tan solo habían dormido juntos en cinco ocasiones, pero la cuestión era que le había costado muchísimo conciliar el sueño sin tenerla entre sus brazos.

Se había sumido en una inquieta duermevela cuando las primeras luces del alba teñían el cielo, y al final se había quedado profundamente dormido mientras los habitantes de la casa despertaban.

Vestirse había sido una tarea dolorosa, pero la había realizado con el mismo estoicismo que había empleado la noche anterior para desvestirse. La herida le dolía y estaba muy sensible, pero al menos podía utilizar el brazo razonablemente bien (aunque le dolía al hacer el más ligero movimiento).

Se sentó junto a Eliza y le dio las gracias a Molly cuando esta le sirvió un humeante plato de gachas de avena con miel. Se le hizo la boca agua y se puso a comer con ganas.

Eliza le observó en silencio, satisfecha al ver que su apetito era algo que no se había visto afectado por lo ocurrido. A diferencia de Molly, ella sí que sabía el aspecto que solía tener recién levantado, y las líneas de expresión que flanqueaban su boca no solían estar allí.

Apartó a un lado su plato vacío y agarró la taza de té que Molly le había preparado. Estaba convencida de que, al igual que ella, Jeremy no había dormido bien. Estaba tan preocupada por él que no había logrado conciliar el sueño hasta el amanecer.

Se había planteado ir a verle para comprobar que estuviera bien, pero no lo había hecho por miedo a despertarle en caso de que estuviera dormido. Había dado vueltas y más vueltas en la cama y, cuando por fin se había quedado dormida, había soñado que la fiebre se había adueñado de él, pero no había sido más que una pesadilla y en ese momento podía ver por sí misma que tenía un color de tez normal y que no parecía febril ni mucho menos.

Tomó un sorbo de té y estuvo a punto de soltar un suspiro de placer. Miró a Molly y le aseguró, sonriente:

—Está delicioso.

Un súbito revuelo procedente del exterior anunció el regreso de Hamish y Dickon, que entraron momentos después en la cocina. Mientras el primero se acercaba a su esposa y le daba un dulce beso en la coronilla, el segundo dio los buenos días y le dijo a su padre:

—Voy a cepillar a los caballos.

Hamish asintió y se sentó frente a Jeremy.

—Sí, ya me encargo yo de poner al tanto a esta gente, pero tendrás que estar listo para bajar con nosotros tres a Inglaterra. Tu tío Ro querrá tu versión de los hechos además de la mía, por si tú has notado algo que a mí me haya pasado desapercibido.

Dickon asintió con una enorme sonrisa antes de marcharse, y su padre comentó con voz llena de afecto:

—Idolatra a su tío Ro.

—Y con buena razón —afirmó Jeremy.

—Cierto, muy cierto —Hamish entrelazó las manos sobre la mesa antes de informarles con semblante serio—: lamento deciros que cuando hemos llegado al barranco los cuerpos ya no estaban allí.

—¿Cómo puede ser? —le preguntó Jeremy, atónito, antes de apartar a un lado su plato de gachas.

—Supongo que habrá sido alguna cuadrilla que pasaba por allí arreando ganado, hay huellas de jinetes que se detuvieron allí antes de dirigirse hacia el norte. Es lo que suele hacerse en estos lares, cuando alguien encuentra un cadáver lo lleva al magistrado de la población más cercana y este se encarga de dar parte y de organizar el funeral. El problema en este caso está en determinar cuál era la población más cercana, ya que eso depende de la ruta que haya seguido la cuadrilla; en cualquier caso, no existe la menor duda de que esos dos hombres murieron al impactar contra las rocas del barranco —hizo una mueca de desagrado al añadir—: hay restos de sobra que lo atestiguan.

Jeremy asimiló aquel desagradable detalle antes de preguntar:

—¿Cómo vamos a averiguar dónde se encuentran los cuerpos?

—Teniendo en cuenta que Eliza lleva más de una semana desaparecida y que todos vuestros seres queridos están pendientes de vosotros y esperaban que llegarais al castillo de Wolverstone hace días, yo diría que de momento tenéis otras cosas más importantes en que pensar. Será mejor que dejéis que Royce y yo nos encarguemos de localizar los cuerpos y de averiguar todo lo posible acerca de ese misterioso noble. Una vez que sepamos dónde se los llevaron, él podrá utilizar sus contactos para recabar toda la información necesaria.

Jeremy pensó en ello y acabó por asentir.

—Gracias, supongo que eso será lo mejor —lanzó una mirada a Eliza antes de añadir—: pero creo que sería aconsejable no indagar demasiado abiertamente. No nos conviene que alguien se pregunte por qué estamos tan interesados en averiguar la identidad de ese noble y, en cuanto a Scrope, me sorprendería que un villano como él no fuera conocido en ciertos círculos y no podemos permitir que se asocie su nombre con el de Eliza.

—No, ni tampoco con el tuyo —asintió Hamish—. Déjanoslo a Royce y a mí, conseguiremos la información sin despertar sospechas —esbozó una enorme sonrisa al añadir—: mentiremos en caso de que sea necesario, a Royce siempre se le ha dado bien inventar historias.

Jeremy le devolvió la sonrisa.

—Sí, supongo que era un talento necesario en su vida anterior —durante la guerra con Francia, Royce había sido el espía encargado de dirigir a todos los agentes encubiertos que trabajaban infiltrados en la Europa continental.

—Bueno, ¿estáis listos para reanudar el viaje? —les dijo Hamish, mirando al uno y a la otra—. Vamos a tardar una hora en llegar al castillo, puede que un poco más.

Eliza lanzó una mirada hacia el reloj que había en la vitrina y comentó:

—Son las once. Si nos ponemos en camino de inmediato, en teoría deberíamos llegar antes de que se sienten a comer.

—Sí, así es —asintió Hamish.

Jeremy la miró a los ojos y le advirtió:

—La senda es demasiado escarpada para una calesa, vamos a tener que ir a caballo.

—Ah.

—Tenemos caballos de sobra —le aseguró Hamish, al ver lo desanimada que parecía de repente.

—No es eso, es que... a decir verdad, no soy demasiado buena como amazona.

Hamish se quedó mirándola sin saber qué decir. Molly se había quedado igual de sorprendida que él, pero fue ella quien rompió al fin el silencio que se había creado. Miró a su marido y le dijo:

—En ese caso, que Jeremy monte en el viejo Martin y la lleve a ella sentada delante.

—¡Buena idea! —Hamish se levantó y miró a la pareja—. Si ya habéis terminado de desayunar, será mejor que partamos sin más demora.

Jeremy y Eliza le dieron las gracias a Molly, sinceramente agradecidos por lo bien que les había tratado. Ella recibió sus cumplidos con una cálida sonrisa que iluminó su rostro, y les estrechó las manos mientras se despedía de ellos deseándoles lo mejor.

Encontraron a Hamish esperando con Dickon en la cuadra y ensillaron los caballos entre los tres hombres, ya que Jeremy insistió en ensillar él mismo al viejo Martin.

—Me conviene mover el brazo —les aseguró. Lo cierto era que le dolía, pero estaba convencido de que no se le curaría tan bien como debía si no lo usaba con normalidad.

Mientras ajustaba la cincha se dio cuenta al fin de qué era lo que notaba tan distinto en comparación a la anterior visita que había hecho a la granja, tan solo dos semanas atrás. Era él, él era lo único que había cambiado.

El cambio era innegable y enorme. Se sentía mayor, más maduro y curtido. Había sido puesto a prueba y había salido victorioso, había descubierto de qué pasta estaba hecho y también tenía una visión mucho más clara de cómo quería que fuera su vida en adelante.

Después de ajustar la cincha, bajó el estribo y se volvió hacia Eliza, y en el mismo instante en que su mirada se encontró con aquellos hermosos ojos pardos sintió que su corazón se expandía y que todos sus sentidos se focalizaban en ella. Aquella mujer era el pilar central y esencial que necesitaba para su futuro, el futuro que deseaba con todas sus fuerzas: un futuro junto a ella.

Al verla esbozar una pequeña sonrisa, como si no estuviera segura de lo que él estaba pensando, sonrió a su vez pero no dijo nada. Aquel no era el momento adecuado para la conversación que debían mantener, la conversación que no iban a poder evitar una vez que llegaran a Wolverstone y regresaran a la vida cotidiana.

—¿Quieres montar delante de mí o prefieres ir detrás? —le preguntó, mientras sujetaba al caballo.

Ella alzó la mirada hacia el lomo del animal. El viejo Martin debía de tener unos diecisiete palmos de altura como mínimo.

—Delante, si no te molesta.

—No me molesta en absoluto. Ven, toma mi mano —la ayudó a montar y a continuación subió a lomos del caballo tras ella.

Después de asegurarse de que estuviera cómoda y preparada para emprender la marcha, condujo al viejo Martin hacia la puerta. No era de extrañar que Molly le hubiera elegido para Eliza, ya que era un caballo sosegado de paso firme y lomo ancho que no iba a descontrolarse ni en el supuesto caso de que él soltara las riendas.

—Todo listo, pongámonos en marcha —dijo Hamish, antes de salir de la cuadra a lomos de su montura.

Jeremy salió tras él y Dickon cerró la marcha. Siguieron el sendero en fila india y, una vez que llegaron a Clennell Street, viraron hacia el sur y pusieron rumbo a Inglaterra, al castillo de Wolverstone.

Cuando los cuatro cruzaron la portalada de hierro forjado que señalizaba la entrada de la finca y pudieron ver los escalones de entrada del castillo, Eliza no pudo dar crédito a lo que estaban viendo sus ojos.

—¿De dónde diablos han salido?

Jeremy debía de estar igual de atónito ante el gentío que estaba esperándoles, porque murmuró tras ella:

—¿Por qué han venido?

—Esperaba ver tanto a mis padres como a Royce y a Minerva, por supuesto; sabíamos que Hugo y Cobby podrían estar aquí, e incluso Meggin también. ¡Lo que no esperaba en absoluto era que también estuvieran mis hermanas, Breckenridge, Gabriel y Alathea, Diablo y Honoria, y la tía Helena!

—Yo esperaba que vinieran Leonora y Trentham, pero no Christian y Letitia, ni Delborough y Deliah, ¡y mucho menos lady Osbaldestone!

Eliza tan solo pudo articular un sonido de incredulidad, ya que a esas alturas ya se habían acercado tanto que se vieron obligados a sonreír tranquilizadoramente.

Se detuvieron en el patio delantero y, mientras Jeremy desmontaba, el grupo rompió filas y corrió a recibirlos entre exclamaciones de alegría y sonrisas de bienvenida. Para cuando bajó a Eliza del caballo, una pequeña oleada de féminas les había alcanzado y se precipitó sobre ellos.

Atrapada en el abrazo de su madre, un abrazo perfumado que revelaba lo enormemente aliviada que se sentía por tenerla de vuelta, Eliza apenas tuvo tiempo de asegurarle que estaba bien antes de que su padre reclamara su turno y la envolviera a su vez en un gigantesco abrazo. Después la abrazó Heather y a ella la siguió Angelica, y Gabriel, y Alathea, y...

Todo el mundo hablaba atropelladamente, todos hacían preguntas que el pobre Hamish intentaba contestar como buenamente podía. Después de pasar tantos días relativamente aislada, con Jeremy como única compañía, se sentía sofocada, y no solo por el revuelo que se había formado y el gentío en sí, sino por las emociones que se arremolinaban a su alrededor. A pesar de lo felices que estaban todos en general, notaba una preocupación subyacente.

Sabía que, en el caso de sus padres, esa preocupación iba a mantenerse viva hasta que Jeremy y ella contaran lo ocurrido y hablaran de... bueno, de las consecuencias, pero en ese momento aún no estaba preparada para pensar en ellas.

Se volvió a mirarlo y vio en sus ojos marrones el mismo agobio que ella sentía. Le lanzó una sonrisa, una pequeña sonrisa íntima y cómplice que él le devolvió antes de que ambos tuvieran que centrarse de nuevo en la gente que les rodeaba.

Cuando Meggin se acercó a ella, le dio un cálido abrazo y admitió:

—Tenías razón, no hemos tardado un día en llegar ni mucho menos. La comida nos resultó muy útil.

Meggin se echó a reír y contestó, sonriente:

—No sabes cuánto me alegro, cuánto nos alegramos todos, de que lo hayáis logrado. Nos preocupamos muchísimo al ver que no llegabais al segundo día, y tampoco al tercero.

—Después de eso, perdimos la cuenta y nos limitamos a morirnos de la preocupación —apostilló Cobby, antes de abrazarla—. Lamento decir que nuestro maravilloso señuelo no funcionó tan bien como esperábamos, digamos que la idea se truncó antes de tiempo. ¿Tuvisteis detrás a Scrope y a sus secuaces durante todo el trayecto?

—No, Genevieve y Taylor no volvieron a aparecer después de mi huida. Tan solo vimos a Scrope y al noble de las Tierras Altas que le había contratado.

Diablo estaba conversando en ese momento con Jeremy, pero se volvió a mirarla al oír aquello y afirmó:

—Deseo saber todo lo que hayáis averiguado acerca de ese misterioso noble.

Antes de que Eliza pudiera contestar, una fuerte palmada centró la atención de todos en Minerva, la duquesa de Wolverstone, que tras entrar en el castillo por un momento había vuelto a salir y estaba parada en lo alto de los escalones de la entrada.

—Si queréis que Jeremy y Eliza nos cuenten lo que ha ocurrido, os sugiero que dejéis que los pobres se recompongan. Entrad, por favor. La comida está servida, una vez que hayamos saciado nuestro apetito podremos ir al salón para oír juntos el relato —recorrió a los presentes con una mirada imperiosa y añadió—: hasta entonces, nada de preguntas.

Diablo se volvió de nuevo hacia Eliza, pero ella se limitó a sonreír con la boca firmemente cerrada; al ver que la miraba ceñudo en un intento de intimidarla, ella se echó a reír.

—Ya has oído a nuestra anfitriona, vas a tener que esperar como todo el mundo.

Al poderoso duque de St. Ives no le complació lo más mínimo oír aquello, pero ni siquiera él era inmune al poder de Minerva y, por si fuera poco, su propia duquesa no le quitaba el ojo de encima. De modo que les indicó a Eliza, Meggin y Cobby que entraran, y se acercó a Honoria para ofrecerle su brazo.

Eliza subió los escalones de la entrada acompañada también de Angelica, que estaba deseando enterarse de todo. Se volvió a mirar por encima del hombro y vio a Jeremy flanqueado por su hermana Leonora (la vizcondesa de Trentham) y el esposo de esta, Tristan (el vizconde de Trentham). Christian Allardyce, marqués de Dearne, y su esposa Letitia flanqueaban a Trentham y a Leonora respectivamente.

Tanto su tía Helena, la duquesa viuda de St. Ives, como lady Osbaldestone habían entrado ya del brazo de Hugo. Seguro que estarían interrogándole, ya que las dos grandes damas eran las únicas dos personas presentes que osarían hacer caso omiso de lo que Minerva había decretado.

Mientras todos entraban en el majestuoso vestíbulo, notó cómo iba tejiéndose de nuevo la red de vínculos, tanto familiares como sociales. Se sentía como si hubiera retrocedido hasta volver a entrar en el puesto que le estaba predestinado, un puesto en el que había sido encasillada, que tenía su nombre y cuya forma definía quién era y lo que era.

Movió los hombros con incomodidad, intentó dejar de pensar en ello y, al darse cuenta de que Angelica estaba mirándola con expresión interrogante, le sonrió y siguió andando.

No era la misma persona de antes, pero aún no sabía con certeza en quién se había convertido. Iba a tener que averiguar pronto la respuesta, pero...

Con Minerva sentada al final de la mesa en su maciza silla de madera labrada, atenta a todas las conversaciones, todo el mundo controló su impaciencia y la comida transcurrió con rapidez.

Después de comer, Eliza entró al salón sintiéndose mucho más animada y con fuerzas renovadas para enfrentarse a lo que se avecinaba. Se sentó en la butaca que Royce le indicó y que, junto a otra gemela, flanqueaba la enorme chimenea y miraba de cara al largo salón, que era tan elegante como acogedor.

Las damas se acomodaron en los sofás, divanes y sillas disponibles y sus respectivos maridos se colocaron de pie tras ellas, pero Royce permaneció de espaldas a la chimenea entre las dos butacas. Esperó a que Jeremy ocupara la otra y entonces miró a Eliza con una sonrisa de ánimo y le propuso:

—¿Por qué no empiezas por lo que ocurrió cuando saliste del salón de baile de la mansión St. Ives?

Ella asintió e inició el relato.

—Recibí una nota, me la entregó uno de nuestros lacayos.

Narró el secuestro y, después de describir a Scrope, Genevieve y Taylor a petición de Royce, detalló desde su perspectiva todo lo que había sucedido hasta que Jeremy, Hugo y Cobby la habían rescatado del sótano de aquella casa de Edimburgo.

Llegados a aquel punto, Royce le preguntó a Jeremy:

—¿Cómo averiguaste su paradero? Empieza por el momento en que la viste pasar en un carruaje.

Jeremy asintió y procedió a narrar lo que había hecho mientras Eliza viajaba a Edimburgo y permanecía encerrada en la casa. Después de explicar cómo Cobby, Hugo y él habían ideado el rescate y lo habían llevado a cabo, narró cómo había salido junto a Eliza de Edimburgo, pero evitó mencionar los problemas que había tenido ella a la hora de montar a caballo. Se limitó a decir que poco después de salir de la ciudad se habían visto obligados a proseguir el camino en carros, ya que no habían encontrado ningún otro medio de transporte disponible.

Cuando llegó al momento en que habían divisado al noble de las Tierras Altas desde la torre de la iglesia de Currie, miró a Cobby y a Hugo y comentó:

—Supongo que vuestro señuelo logró engañar a Scrope, ya que a él no le vimos hasta mucho después.

Cobby carraspeó con suavidad antes de contestar.

—Bueno, en cuanto a eso... —explicó lo que había sucedido, y concluyó con el momento en que Hugo y él habían regresado a Edimburgo—. Pero fuimos a indagar a Grassmarket y el encargado de una de las cuadras nos dijo que habíais salido de la ciudad aquella misma mañana y que, aunque un noble había ido a preguntar por dos personas, no debíais de ser vosotros, ya que el tipo había preguntado por una joven dama y un caballero.

Jeremy frunció el ceño, pero al cabo de un instante se encogió de hombros y afirmó:

—No sé cómo lo hizo, pero la cuestión es que averiguó la ruta que íbamos a tomar y vino tras nosotros.

—¿No os siguió nadie más? —le preguntó Diablo.

—A Scrope no le vimos hasta el día siguiente en Penicuik, pero será mejor que no nos adelantemos.

Retomó el relato desde el momento en que se habían dirigido hacia los montes Pentland en un intento de burlar al noble escocés. Siguió narrándolo todo de forma simple y neutra, limitándose a recitar los hechos sin añadir nada más. No habló en ningún momento de las emociones, no mencionó los miedos de ninguno de los dos ni los sentimientos que habían nacido y crecido entre ellos.

Eliza parecía darse por satisfecha dejando que él se encargara de relatarlo todo. Se volvió a mirarla por un instante y, al recibir un gesto de asentimiento, procedió a describir cómo habían escapado de Scrope cuando este les había perseguido pistola en mano cerca de St. Boswells. Sus palabras fueron recibidas con exclamaciones de horror y les contó a continuación todo lo ocurrido después, les explicó el inesperado obstáculo que habían supuesto los puentes destrozados y la última carrera frenética para intentar llegar a la frontera.

Todos los presentes guardaron un silencio sepulcral mientras narraba cómo habían huido de un Scrope que ya no se limitaba a ir pistola en mano, sino que había llegado a dispararles, mientras relataba el tenso momento en que les había alcanzado en lo alto de la sierra de los Cheviot y la aparición final y decisiva del noble.

—¿Está muerto? —preguntó Diablo con incredulidad.

—Se avecinaba tormenta y no pudimos pararnos a comprobarlo, llegamos a la granja de Hamish justo cuando nos alcanzó la lluvia. Pero Dickon y él han subido hasta allí a primera hora de la mañana.

La atención se centró en Hamish, que les contó lo que habían visto su hijo y él; tal y como había predicho, Royce les acribilló a los dos a preguntas, y Jeremy aprovechó la distracción de los demás para mirar con disimulo a Eliza.

Sus ojos se encontraron, pero no pudo leer en su mirada en qué estaba pensando ni cómo se sentía. No tenía ni idea de lo que ella pensaba en ese momento de la aventura que habían vivido juntos, del viaje que habían compartido, de lo que iba a pasar de allí en adelante.

El impactante final que había tenido su huida dio pie a un animado debate donde se plantearon si el noble habría muerto y, de ser así, las implicaciones que eso podría tener. ¿Llegarían a averiguar algún día qué le había llevado a planear los secuestros?, ¿cuál era el objetivo que le había impulsado a obrar así?

En opinión de Jeremy, eran cuestiones para las que no tenían respuesta y redundantes en gran medida, pero la presencia de los demás le obligó a permanecer sentado en la butaca a pesar de cuánto ansiaba ponerse en pie, acercarse a Eliza, tomarla de la mano y llevársela de allí con disimulo.

Se sintió inmensamente agradecido cuando Meggin, al darse cuenta de que Eliza empezaba a cansarse, se levantó de una silla cercana y se acercó a Minerva. Tras una breve conversación en voz baja, Minerva asintió y Meggin se acercó a Eliza y sugirió que quizás le gustaría retirarse para refrescarse y descansar antes de la cena.

Eliza le lanzó una fugaz mirada antes de aceptar la sugerencia con una premura que él comprendió a la perfección; de hecho, le habría encantado poder huir con tanta facilidad como ella, pero logró esbozar una pequeña sonrisa de ánimo cuando sus miradas se encontraron por un momento antes de que ella diera media vuelta y se dirigiera hacia la puerta.

En cuanto salió del salón con Meggin y esta cerró la puerta tras de sí, Eliza soltó un enorme suspiro de alivio y exclamó:

—¡Mil gracias! Nunca me había dado cuenta de lo bulliciosas que son este tipo de reuniones, debo de haber perdido la práctica.

—Debo admitir que yo misma me he sentido un poco abrumada, pero todo el mundo ha sido muy amable.

—No sabes cuánto te agradezco que hayas venido —le dijo, mientras se dirigían hacia la escalinata—. ¿Dónde has dejado a los niños?

—En casa de mi hermana y mi cuñado, viven cerca de Dalkeith. No me cabe duda de que mis hijos disfrutarán sobremanera en compañía de sus primos. Como Hugo y Cobby estaban tan consternados por no haber podido servir de señuelo durante más tiempo y estaban empeñados en venir al castillo, tal y como estaba previsto, para poner a Royce al tanto de lo que ocurría, decidí que debía venir con ellos para apoyarles.

—Me alegro mucho de que estés aquí.

Por alguna extraña razón, se sentía más próxima a Meggin que a sus propias primas; sentía que tenían puntos de vista más similares, más cosas en común. Era como si la nueva Eliza, la Eliza que se había moldeado y forjado durante el secuestro y la huida, se hubiera alejado de los círculos de la alta sociedad londinense y se hubiera incorporado a... no a la alta sociedad de Edimburgo, exactamente, sino a otra esfera social.

Una restringida esfera social dentro del mundo académico donde Jeremy y ella podían ser ellos mismos de verdad.

Mientras le daba vueltas a aquella súbita revelación, siguió a Meggin rumbo a la habitación que Minerva le había preparado. Sonrió encantada cuando entró y vio que un lacayo estaba vertiendo un último cubo de agua caliente en una tina.

—¡Qué maravilla! No quiero ni pensar en cuánto hace que no me doy un baño.

Una joven doncella pertrechada con toallas y jabón perfumado estaba esperando para ayudarla a desvestirse y a lavarse el pelo. El lacayo salió de la habitación y Meggin se ofreció a salir también, pero Eliza le pidió que se quedara.

Charlaron de esto y de aquello. Fue una conversación intrascendente sobre cuestiones banales del día a día para la que no se requerían ni un ingenio ni una sutileza excesivos, una conversación que llegó a su fin cuando Meggin, al darse cuenta de la hora que era por el reloj que había sobre la repisa de la chimenea, se fue para ir a ver lo que estaban haciendo Hugo y Cobby.

Para cuando Eliza salió al fin de la tina y, después de ponerse una bata, empezó a secarse el pelo con una toalla, se sentía... como la Eliza de antes, pero no del todo.

Cada vez estaba más convencida de que nunca volvería a ser la misma persona de antes. No había duda de que los cambios que había originado en ella la semana que acababa de vivir, fueran cuales fuesen, eran irreversibles.

Tenía un baúl repleto de ropa suya gracias a sus padres, que habían tenido la previsión de llevárselo al castillo, así que le pidió a la doncella que sacara uno de sus vestidos.

—Eso es todo por ahora, Milly.

—Para servirla, señorita. ¿Desea que regrese más tarde para peinarla y ayudarla a vestirse?

—Sí, por favor —le contestó, sonriente, mientras se sentaba en el taburete del tocador y agarraba su peine—. Necesitaré ayuda para lograr que mi pelo esté presentable, de momento voy a limitarme a cepillarlo un poco antes de dormir una siesta.

—Volveré en cuanto me llame —le aseguró la doncella, antes de despedirse con una pequeña reverencia.

La puerta apenas acababa de cerrarse cuando volvió a abrirse y Heather entró en la habitación seguida de Angelica. A Eliza le bastó con mirarlas a través del espejo para saber lo que querían: la verdad, toda la verdad y nada más que la verdad.

Mientras Heather colocaba una silla junto a ella, Angelica se limitó a sentarse en el borde del taburete y, tras empujarla un poco con la cadera para que le dejara algo más de espacio, le exigió sin más:

—Venga, desembucha. Queremos saber todo lo que te has callado en el salón.

—¿Es realmente cierto que te paseaste por Edimburgo vestida de hombre? —Heather fingió estar escandalizada, pero su sonrisa pícara y el brillo de sus ojos decían algo muy distinto—. Yo habría dado lo que fuera por no tener que caminar un kilómetro tras otro con la dichosa falda.

Eliza asintió y contestó, sin dejar de cepillarse el pelo:

—Sí, no hay duda de que es mucho mejor caminar con pantalones —señaló con el cepillo hacia las botas de montar que había usado y que en ese momento estaban pulcramente colocadas junto a la pared—. Y esas botas me fueron incluso de más ayuda. Son mucho mejores que los botines para caminar, incluso llevando falda.

—¿Cuándo dejaste de ponerte los pantalones?, ¿los tienes aquí? —le preguntó Angelica.

Eliza les dio las explicaciones pertinentes, aunque era plenamente consciente de que sus hermanas estaban esperando a que llegara el momento oportuno para poder sacar el tema en el que estaban más interesadas. Finalmente fue Heather quien tomó la iniciativa.

—Tanto a Jeremy como a ti se os ve muy tranquilos y relajados, ¿qué decisión habéis tomado?

Ella respiró hondo y alzó un poco la barbilla antes de contestar con voz firme:

—Poco después de partir de Edimburgo decidimos, tras darnos cuenta de que íbamos a pasar juntos días con sus respectivas noches, que no íbamos a darle vueltas a lo que nos deparaba el futuro, que no íbamos a pensar en ello ni a hablar del tema hasta que estuviéramos a salvo en el castillo.

—¿Por qué diantres no? —le preguntó Heather, ceñuda.

—Supongo que podría decirse que no queríamos... influenciar lo que podría llegar a surgir de forma espontánea entre nosotros. Queríamos darnos la oportunidad de conocernos mutuamente sin dar por hecho ningún resultado final.

Heather no parecía demasiado convencida, pero Angelica asintió al cabo de un momento y comentó:

—Muy bien, puedo llegar a entenderlo, pero ¿qué va a pasar ahora?

Eliza dejó el cepillo sobre el tocador antes de contestar.

—Ahora, Jeremy y yo vamos a tener que hablar de nuestros sentimientos, de lo que queremos y de cómo vamos a encarar la situación, pero huelga decir que no podremos hacerlo hasta que tengamos oportunidad de hablar en privado, sin tener a todos nuestros seres queridos pendientes de todas y cada una de nuestras palabras.

—En eso tienes toda la razón —admitió Angelica. La miró a los ojos a través del espejo y le preguntó—: ¿quieres que nosotras dos nos encarguemos de acelerar un poco las cosas? —movió una mano en el aire mientras agitaba los dedos para representar un grupo de caballos alejándose.

Eliza contempló en silencio a su hermana pequeña antes de volverse hacia la mayor, y vio que ambas le ofrecían el mismo apoyo incondicional.

—Si pudierais hacerlo, os estaría eternamente agradecida.

—Considéralo hecho —afirmó Heather con firmeza—. No me cabe duda que bastará con hablar con Minerva y Honoria.

—Sí, nadie como las duquesas para hacer que la gente se mueva —asintió Angelica.

Heather ladeó un poco la cabeza mientras observaba con ojos penetrantes a Eliza, y al cabo de unos segundos comentó:

—Has cambiado. No sabría especificar cómo, pero...

—¡Por supuesto que ha cambiado! —afirmó Angelica, con toda la seguridad del mundo—. Ha encontrado a su héroe y salta a la vista que, para él, ella es su heroína —se levantó del taburete, miró sonriente a Eliza a través del espejo y añadió, con ojos chispeantes—: eso significa que será mejor que la dejemos sola para que pueda descansar, porque necesita recobrar fuerzas para esta noche.

Eliza se ruborizó y Heather enarcó las cejas al percatarse de ello, pero se limitó a esbozar una sonrisa cómplice antes de ponerse en pie.

—Angelica tiene razón, será mejor que nos vayamos. Pero prométenos que recurrirás a nosotras si necesitas ayuda.

Eliza sonrió emocionada mientras se levantaba también y las abrazó a las dos a la vez.

—Gracias.

Ellas le devolvieron el abrazo y, cuando se apartaron tras un largo momento y se dispusieron a salir, Heather le advirtió con fingida severidad:

—No te olvides de avisarnos las primeras en cuanto concluya tu conversación con Jeremy.

—Sí, ni se te ocurra permitir que lady O se entere de todo antes que nosotras —añadió Angelica desde la puerta.

—¡Dios no lo quiera! —exclamó Eliza, con una carcajada.

Tenía una sonrisa en los labios mientras las veía salir de la habitación, una sonrisa que, junto con la calidez generada por la aprobación tácita que sus hermanas habían mostrado hacia Jeremy, siguió acompañándola mientras se acercaba a la cama, se tumbaba sobre el cobertor y cerraba los ojos.

No era la misma persona de antes, pero, aunque aún no sabía con certeza en quién se había convertido, con cada minuto que pasaba empezaba a tener una imagen más y más clara de sí misma.

«Ha encontrado a su héroe y salta a la vista que, para él, ella es su heroína». Su hermana pequeña tenía tendencia a señalar con su delicado dedo el meollo de cualquier cuestión dada.

Había estado buscando durante años a su héroe, y su corazón y su alma le decían de forma inequívoca que su héroe era Jeremy Carling; por muy inesperado que fuera, era una realidad indiscutible.

Se pertenecían el uno al otro y, de formas sutiles que no habría sabido explicar pero de las que era plenamente consciente, eso la había cambiado. Había cambiado la imagen que tenía de sí misma, había cambiado cómo se sentía consigo misma. El viaje que habían hecho juntos y la forma en que Jeremy había interactuado con ella, las distintas formas en que habían conectado, cómo habían intercambiado y compartido el uno con el otro pedazos de sí mismos... todo ello la había cambiado, la había moldeado y la había convertido en una dama mucho más fuerte y segura de sí misma que antes.

No había vuelta atrás. Tan solo quedaba mirar hacia delante, hacia el futuro que le esperaba junto a él. Un futuro que la sociedad iba a exigirles que compartieran, pero no tenían por qué permitir que fuera la sociedad la que dictara la clase de unión que iba a existir entre los dos.

Jeremy había propuesto que dejaran las consecuencias para después, para cuando llegaran al castillo, y gracias a eso habían podido ver lo que podría llegar a ser; aun así, cada vez estaba más convencida de que iba a necesitar de toda aquella inesperada valentía que había descubierto en su interior para asegurarse el futuro que imaginaba y que quería llegar a tener.

Sabía lo que quería con una seguridad de la que antes carecía. En contadas ocasiones (por no decir nunca) había sentido aquella determinación tan inamovible; a decir verdad, en contadas ocasiones (por no decir nunca) se había sentido tan arrogantemente Cynster.

Le había bastado con examinar sus sentimientos para darse cuenta de que no albergaba ni la más mínima duda. Quería trasladar a aquel plano de la realidad aquella relación, aquella unión que se había forjado entre Jeremy y ella durante la frenética huida a través de un mundo que estaba al margen de la vida real de ambos. Quería trasladar aquel vínculo, aquella relación estrecha de dos personas que lo compartían todo, aquella confianza plena y recíproca, al mundo normal y cotidiano, quería incorporarlo a su unión como algo sagrado.

Eso era lo que quería, la clase de matrimonio que sabía que podían llegar a tener, y estaba total y absolutamente decidida a lograrlo.

Tan solo quedaban por resolver dos cuestiones. La primera era cómo ingeniárselas para trasladar lo que se había creado en una vida en la que estaban sometidos a una persecución constante a otra vida muy distinta, una donde se movían en los círculos de la alta sociedad.

La segunda cuestión (y también la principal) era si, dado que ya se habían reincorporado a la alta sociedad y esta volvía a tenerlos entre sus garras, Jeremy estaría dispuesto a seguir adelante con aquello; más aún, estaba por ver si, al igual que ella, estaba dispuesto a luchar por aferrarse a la relación que habían descubierto que podía existir entre ellos.

Estuvo dándoles vueltas a aquellas dos cuestiones hasta que al final se sumió en un profundo sueño.

—¡Lo que sigo sin comprender es qué pretendía conseguir ese condenado!

Diablo hizo aquel comentario sin dirigirse a ninguno de los presentes en concreto.

Todos los hombres se habían refugiado en la biblioteca de Royce en cuanto habían tenido oportunidad de huir y en ese momento algunos de ellos estaban sentados, otros de pie con un hombro apoyado en algún estante, y el propio Royce no dejaba de pasear de acá para allá delante de los largos ventanales.

Huelga decir que el «condenado» al que se refería Diablo era el difunto noble escocés que estaba detrás de los secuestros. Fue Royce el que, tras un largo silencio, comentó:

—Cuando averigüemos su identidad, podremos obtener algunas respuestas, eso puedes dejárnoslo a Hamish y a mí. Localizaremos a la cuadrilla de jinetes y, una vez que sepamos dónde dejaron el cadáver, iré a investigar sin revelar el porqué de mi interés. Los cuerpos fueron encontrados cerca de mis tierras, así que mis preguntas no le extrañarán demasiado a nadie. Habrá habladurías si se confirma que ese hombre era un noble de las Tierras Altas, es imposible que la muerte de un hombre así pase desapercibida; en cualquier caso, Hamish y yo daremos con su rastro.

Lord Martin Cynster, el padre de Eliza, intervino entonces en la conversación.

—Lo que no alcanzo a comprender es por qué se enfrentó a Scrope, un malhechor al que él mismo había contratado y que justo en ese momento había dado alcance a Jeremy y a Eliza. No entiendo por qué organizó el secuestro de Eliza y después la dejó escapar; no, no solo la dejó escapar, se aseguró de que pudiera hacerlo. ¡No tiene sentido!

Jeremy, que había guardado silencio mientras la conversación seguía su curso, se enderezó ligeramente y comentó:

—He estado reflexionando al respecto, cabe suponer que sus acciones cobrarían sentido para nosotros si conociéramos cuáles eran sus motivos. Digamos que, por alguna razón que aún desconocemos, necesitaba conseguir a una Cynster soltera y sin compromiso. Eso le llevó a planear el secuestro de Heather, pero despidió a sus secuaces en cuanto sus planes se vieron frustrados —lanzó una mirada hacia Breckenridge, quien estaba sentado al otro extremo de la biblioteca—. Corrígeme si me equivoco.

—No, así fue. Continúa, por favor.

—De modo que... ¿cómo se llamaban? Ah, sí, Fletcher y Cobbins, ¿verdad? En fin, la cuestión es que ellos debieron de darle una descripción tuya al noble. Puede que lograras engañarles a ellos, pero es posible que ese tipo alcanzara a ver lo suficiente para empezar a sospechar, al menos en cierta medida, cuál es tu verdadera posición social. Según tu relato de los hechos, siguió vuestro rastro, pero cuando os alcanzó su reacción fue sorprendente. Fue a campo abierto y él iba a caballo, seguramente armado; vosotros, en cambio, ibais a pie y desarmados, y tú tenías que pensar en proteger a Heather. Todo estaba a su favor, pero ¿qué fue lo que hizo él?

—Se limitó a observarnos —contestó Breckenridge.

—¿Mostró alguna hostilidad hacia vosotros?

Breckenridge vaciló por un instante antes de admitir:

—Lo cierto es que no, y eso es algo que me llamó la atención. Nos observó como si estuviera evaluándonos. No hizo ningún gesto amistoso, pero tampoco se mostró amenazante.

—Exacto. Y entonces, cuando vosotros proseguisteis vuestro camino, él fue a una taberna del lugar donde averiguó que os dirigíais a una finca propiedad de la familia de Heather.

—Sí, y entonces se marchó de la zona —le sostuvo la mirada al preguntar—: ¿porque sabía que Heather estaba a salvo?

Jeremy asintió.

—Esa es mi deducción. Se marchó cuando se cercioró de la clase de hombre que eras y de que estabas protegiéndola. ¿Estoy en lo cierto al suponer que os vio juntos en alguna ocasión? —al verle asentir, suspiró y añadió—: debemos recordar que estamos hablando de un escocés de las Tierras Altas, de un noble. Hay que dar por hecho que caza...

—Y que está acostumbrado a dar órdenes y a ver más allá de las apariencias, y que confía en sus instintos —apostilló Royce, que había dejado de pasear de un lado a otro y estaba mirando con atención a Jeremy—. Tu hipótesis empieza a cobrar sentido, ¿cómo encaja con lo que sucedió con Eliza?

—Es la siguiente de las hermanas Cynster. En su caso, el noble envía a un tipo más decidido y experimentado que Fletcher y Cobbins. Aunque estos dos eran bastante efectivos, Scrope lo era aún más, era más implacable y estaba más acostumbrado a tratar con la alta sociedad. El secuestro de Eliza fue rápido y eficiente, Scrope actuó en el único lugar donde sabía con relativa certeza que Eliza no iba a estar tan fuertemente custodiada.

—Eso es cierto —admitió Diablo con rigidez.

—Que Scrope empleara láudano para mantener a Eliza incapacitada durante el viaje, por muy rápido que este fuera, indica de nuevo que se trataba de un hombre que se encontraba a un nivel muy distinto del de Fletcher y Cobbins —miró a Royce al añadir—: aun así, creo que el noble no solo dio por terminado su acuerdo con él cuando Eliza logró escapar, sino que optó por seguirnos él mismo la pista. Pensé en un principio que los dos estaban colaborando para atraparnos, pero, tal y como Cobby me ha recordado, en ese caso también habríamos visto a Taylor, uno de los compinches de Scrope. Puedo comprender que la enfermera, la tal Genevieve, no les resultara de demasiada utilidad durante la persecución, pero ¿por qué no contaron con Taylor? No era un matón sin sesera, logró encontrar a Cobby y a Hugo mucho antes de lo que esperábamos.

Hizo una pausa y recorrió a los presentes con la mirada antes de añadir:

—La única razón que se me ocurre para explicar la ausencia de Taylor es que el noble dio por terminados los servicios de Scrope y este dejó ir a sus dos secuaces, pero después decidió desobedecer las órdenes del noble y salir en busca de Eliza por su cuenta.

—Todo parece indicar que ese noble, quienquiera que fuese, no era un hombre al que muchos osarían contradecir —comentó Gabriel.

—Nunca llegué a tenerle demasiado cerca, pero por lo que

vi de él no puedo por menos que darte la razón. No hay duda de que tenía un porte impresionante que podía llegar a intimidar, verle caminar era suficiente advertencia; en todo caso, por lo que Eliza ha contado está claro que Scrope tampoco era un secuestrador normal y corriente. Puede que no fuera un caballero, pero por poco —hizo una pausa para respirar hondo antes de continuar—. A juzgar por lo que vimos de su comportamiento en los últimos días, en especial la forma en que nos habló justo antes de que interviniera el noble, la verdad es que no parecía estar en su sano juicio. Era como si la idea de que Eliza escapara le resultara insoportable, creo que es muy revelador que al final quisiera dispararle a ella en vez de a mí.

Sus palabras fueron recibidas con murmullos, pero Royce asintió y contestó:

—Supongamos que la idea de perder a Eliza provocó que Scrope se obsesionara con volver a atraparla fuera como fuese. Si damos por válida esa teoría, es posible que el noble estuviera siguiéndoos con el mismo propósito que, según tu razonamiento, le impulsó a seguir a Heather y a Breckenridge. Puede que su intención no fuera volver a capturar a Eliza, sino determinar si tú, el hombre que la había rescatado, estabas a la altura de las circunstancias, la protegías y lograbas llevarla a un lugar seguro, para poder dejarla en tus manos una vez que comprobara tu valía.

Jeremy asintió.

—He repasado todos nuestros encuentros con él y sí, esa hipótesis encaja. Si le resultaba indiferente cuál de las jóvenes Cynster era la secuestrada, podía permitirse el lujo de ser indulgente, alterar sus planes e ir a por la siguiente. No necesitaba a Eliza *per se*, al igual que tampoco había necesitado a Heather en concreto. Tan solo necesita o, mejor dicho, necesitaba a una de las hermanas Cynster.

A Christian no parecía convencerle demasiado aquella teoría, porque dijo con obvio escepticismo:

—A ver si lo entiendo. Lo que estás diciendo es que el noble, que fue quien contrató a Scrope en un principio, le atacó al ver que suponía una amenaza para Eliza. ¿Es eso?

Jeremy asintió de nuevo y le explicó:

—A mi modo de ver, es la única explicación que encaja con los datos de que disponemos.

Breckenridge asintió también.

—No hay que olvidar que, en las instrucciones que el noble les dio a Fletcher y a Cobbins, les dejó muy claro que Heather no podía ser lastimada bajo ninguna circunstancia, que no debía sufrir daño alguno.

Se hizo un profundo silencio mientras todos digerían aquello y asimilaban las implicaciones de la hipótesis de Jeremy, y finalmente fue lord Martin quien tomó la palabra.

—Supongo que, dado que se trata de un noble, debemos aceptar la posibilidad de que tenga cierto sentido del honor.

—Sí, estoy de acuerdo contigo en eso, pero la cuestión es que está muerto —afirmó Royce—. Seguimos sin saber cuál fue el motivo que le llevó a querer secuestrar a una Cynster, pero no me cabe duda de que eso también quedará esclarecido cuando averigüemos su identidad.

—Si está muerto, debemos concluir que las muchachas ya no están en peligro.

—¡Gracias a Dios! —la exclamación de alivio de Gabriel fue secundada por Diablo—. Si tengo que seguir aguantando las protestas de Angelica por mi supuesta actitud sobreprotectora, creo que me vería tentado a retorcerle el cuello yo mismo. Su lengua es más afilada que una espada, compadezco al pobre infeliz al que elija para concederle el gran honor de tenerla por esposa.

Todos se echaron a reír, pero al oír el sonido de la campanilla que indicaba que era hora de arreglarse para la cena se pusieron en pie y, después de estirarse, fueron saliendo de la biblioteca.

Royce iba el último y, mientras se dirigía hacia la puerta tras Jeremy, le dio una palmadita en la espalda y le dijo:

—¡Buen trabajo! Gracias a ti, la de esta noche va a ser una velada de celebración.

—Deberías felicitar a Eliza, ella también puso de su parte —le contestó, sonriente.

Royce le devolvió la sonrisa y asintió.
—Así lo haré.

Aquella noche, mientras yacía de espaldas en una cómoda y enorme cama, Jeremy se preguntó (un poco atontado, la verdad, debido a la pócima que le había administrado el doctor que había acudido a la llamada de una insistente Minerva) si Morfeo iba a ser complaciente y le permitiría dormir un poco.

Seguía molestándole el brazo a pesar de que la pócima había logrado calmar el dolor y, por si fuera poco, su cerebro parecía estar empeñado en darles vueltas y más vueltas a las cosas. No llegaba a centrarse en ningún asunto en concreto, pero parecía incapaz de detenerse.

Además, bajo aquel torbellino de ideas que se arremolinaban en su mente subyacía una inquietante sensación de desazón, la sensación de que algo iba mal.

El castillo fue quedándose en calma hasta que finalmente reinó el silencio. Cuando ya estaba a punto de resignarse a la idea de que no iba a poder conciliar el sueño, la puerta de la habitación se abrió. Al principio fue apenas un resquicio, pero al cabo de un momento se abrió de par en par y Eliza entró a toda prisa antes de cerrar tras de sí.

Él apenas podía creer lo que estaban viendo sus ojos, pero cuando ella se acercó con sigilo y, después de observarle con atención a través de la penumbra, le preguntó en voz baja si estaba dormido, llegó a la conclusión de que no era una aparición producto de lo desesperado que estaba por tenerla cerca.

—No, no estoy dormido —después de analizar la situación durante unos segundos, le preguntó con toda la naturalidad del mundo—: ¿qué haces aquí? —notó que lo dijo arrastrando un poco las palabras.

—¡Shhh! No hace falta que digas nada —le dijo ella, mientras se quitaba la bata—. Tan solo quería estar contigo, asegurarme de que estuvieras bien.

Jeremy apenas alcanzó a ver por un momento su esbelto cuerpo cubierto por un delicado camisón de algodón, porque ella apartó las cobijas de inmediato y se metió en la cama por el lado de su brazo sano. Se acurrucó contra su cuerpo tal y como solía hacer siempre (bueno, mejor dicho, tal y como había hecho durante cinco de las seis noches anteriores), y él la rodeó con el brazo sano y la apretó aún más contra sí.

La calidez de su terso cuerpo se extendió como un bálsamo por su costado, se le metió bajo la piel, le recorrió de pies a cabeza y llegó a lo más profundo de su ser.

Ella soltó un suave suspiro, posó la mejilla sobre su pecho y murmuró:

—Duérmete.

Era una orden a la vez que una indicación y, a decir verdad, una magnífica sugerencia. Se dio cuenta de que sus propios labios esbozaban una sonrisa, una sonrisa que se ensanchó cuando bajó la mirada hacia aquella cabeza de cabello dorado. La obedeció y se relajó, hundió la cabeza en la almohada y cerró los ojos.

Era extraño, pero el mero hecho de tenerla allí bastó para que su mente quedara en reposo.

Sabía que el hecho de que ella se hubiera presentado en su habitación y estuviera en su cama no resolvía ninguna de las cuestiones que se habían arremolinado en su mente, que no respondía a las preguntas a las que había estado dando vueltas y más vueltas. Iban a tener que enfrentarse tarde o temprano a esas cuestiones, a esas preguntas tan pertinentes, pero no en ese momento.

Esa noche todo era perfecto, todo era tal y como debería ser. Por fin iba a poder conciliar el sueño...

Se quedó dormido en un abrir y cerrar de ojos.

CAPÍTULO 17

Dos días después, Jeremy se encontraba en medio de un caos de carruajes, caballos, lacayos y mozos de cuadra. Amigos y allegados le daban palmadas en la espalda y se despedían de él con sus mejores deseos, perfumadas damas a las que conocía desde hacía años y a las que siempre había evitado en gran medida le daban palmaditas en la mejilla y le decían (por no decir que le ordenaban) que esperaban verle pronto en Londres.

La mayoría de los huéspedes que se habían reunido en Wolverstone se disponían a partir y, aunque no sabía a qué deidad se debía aquel inesperado éxodo generalizado, le estaba inmensamente agradecido.

Hugo, Cobby y Meggin fueron los primeros en marcharse. Iban a tener que regresar a Edimburgo en la calesa de Hugo, ya que Cobby había viajado al castillo en el calesín de Jeremy y Jasper se encontraba en aquel momento comiendo hasta hartarse en la cuadra de Royce.

—Le he echado un vistazo a tus notas sobre el texto sumerio de Wolverstone —le dijo Cobby—. ¡Qué hallazgo tan magnífico! No olvides mandarme una copia de tu artículo cuando lo presentes ante la Real Sociedad —al ver que ponía cara de no entender a qué se refería, insistió desconcertado—: vas a presentar tus conclusiones, ¿verdad?

—Eh... sí, claro —había tardado un largo momento en recordar el fantástico hallazgo que había descubierto—. Te enviaré una copia cuando lo haya redactado —no había prisa.

Se dio cuenta de que, desde el mismo momento en que había virado hacia el norte siguiendo a Eliza, no había pensado ni una sola vez en el importantísimo texto que había descubierto, y le pareció una muestra más de lo mucho que había cambiado. Incluso en ese momento, cuando las cosas aún estaban sin resolver entre los dos, no se sentía inclinado a dedicarles tiempo a sus notas.

Ocultó aquella impactante realidad detrás de una sonrisa, le estrechó la mano a Cobby y le dio una palmada en la espalda, y a continuación fue a despedirse de Meggin.

—Cuídate —le pidió ella, antes de alzarse para poder besarle la mejilla. Cuando se apartó le observó con atención y añadió—: trae a Eliza de visita cuando todo esto termine.

Ese «todo esto» era algo que se cernía sobre Eliza y sobre él, pero se limitó a asentir y contestó:

—Lo haré.

La propia Eliza se acercó a ellos en ese momento, y Meggin y ella se dieron un cálido abrazo.

—Muchísimas gracias por toda la ayuda que nos has prestado, Meggin —su rostro se iluminó cuando su amiga repitió sonriente la misma invitación que le había hecho a él—. ¡Claro que iremos!

Jeremy no le quitó la mirada de encima mientras ella se despedía de Cobby y Hugo, les deseaba lo mejor y se reía por algo que dijo el segundo. No había duda de que había sido sincera al aceptar encantada la invitación de Meggin, y verla interactuar con sus amigos le complacía a la vez que le tranquilizaba.

Aunque ella había dormido las dos últimas noches a su lado, asegurándose así de que él también gozara de un sueño reparador, en ambas ocasiones se había marchado de la habitación antes de que él despertara; además, debido al pequeño ejército que había ocupado el castillo hasta el momento, no habían podido estar ni un solo momento a solas para poder intercambiar impresiones, así que no tenía ni idea de lo que pensaba ella. Habían regresado al mundo cotidiano y no sabía lo que pensaba acerca de él, acerca de los dos, acerca del futuro que iban a tener que compartir.

Lo que sabía a ciencia cierta era la imagen que tenían de él todos los presentes (sin contar a Cobby, Meggin y Hugo, que en ese preciso momento estaban subiendo a la calesa de este último) y, en consecuencia, la impresión que tenían de su enlace inminente e ineludible con Eliza.

Gabriel Cynster, el hermano mayor de Eliza, tan solo fue el último en dejarle clara cuál era su opinión al respecto.

Eliza había permanecido junto a él viendo cómo Cobby, Hugo y Meggin se alejaban en la calesa y diciéndoles adiós con la mano, pero se fue al cabo de un momento cuando Breckenridge, que iba a encargarse de llevar a Heather y a Angelica de vuelta a Londres, le hizo un gesto para que se acercara a despedirse.

Fue entonces cuando Gabriel aprovechó para acercarse a él y le dijo, con obvia sinceridad:

—Quería darte las gracias por salvarla. Tu plan de traerla hasta aquí en un solo día era bueno y habría funcionado con Heather o con Angelica, pero soy consciente de que fue la escasa habilidad de Eliza como amazona lo que lo echó al traste. Que tardarais días en llegar no es responsabilidad tuya —esbozó una sonrisa y añadió—: de hecho, para ser alguien que pasa sus días entre libros polvorientos, lograste sortear excepcionalmente bien todos los peligros y los obstáculos para traerla hasta aquí sana y salva; aun así, las consecuencias de todo esto no entraban en tus planes y no tienes ninguna culpa de lo ocurrido, pero has dejado muy claro que estás dispuesto a aceptarlas y yo, al igual que todos los demás, consideramos que eso te honra y te respetamos por ello.

Jeremy no quería que le respetaran por algo así, pero no podía decirle que sus palabras eran innecesarias. No podía admitir que el hecho de que estuviera dispuesto a asumir las consecuencias y a salvar a Eliza en el sentido más amplio de la palabra no estaba motivado por su sentido del deber, ya que ignoraba cuál era la opinión de ella en ese momento. Era posible que, una vez que habían vuelto al seno de la sociedad, Eliza deseara enfocar el futuro enlace entre ellos como algo regido por las normas sociales y que se veían obligados a aceptar.

Su mirada se posó en ella y, mientras la veía charlar con Heather y Angelica, se metió las manos en los bolsillos y se limitó a contestar con fingida serenidad:

—Me limito a hacer lo correcto, es la mejor solución tanto para ella como para mí —eso sí que era cierto.

Gabriel inclinó la cabeza y alargó la mano.

—En cualquier caso, gracias. Puedes recurrir a nosotros si necesitas cualquier cosa.

—Gracias —le estrechó la mano y sonrió a Alathea, que acababa de acercarse a ellos.

Las despedidas fueron sucediéndose una tras otra. Jeremy mantuvo con Diablo una conversación más o menos idéntica a la que había mantenido con Gabriel, y el resultado fue más o menos el mismo.

El hecho de tener que eludir la cuestión de cuál era su verdadera relación con Eliza, verse obligado a permitir que Diablo, Honoria, Helena, lady Osbaldestone y todos los demás se fueran con la impresión de que su unión con ella (una unión que todos habían evitado mencionar de forma explícita) iba a estar basada en el honor y en la necesidad de preservar la reputación de Eliza… no poder corregir esa falsa impresión cada vez le enervaba más, y su paciencia ya estaba a punto de agotarse para cuando partió rumbo a Lincolnshire el carruaje en el que viajaban Christian, Letitia, Delborough y Deliah.

A pesar de todo, no podía negar que se sentía agradecido al ver que tanta gente había ido a apoyarles. En cuanto había recibido el mensaje que él le había enviado desde Edimburgo, Royce había mandado mensajeros a Surrey y a Londres para avisar tanto a Leonora y a Tristan como a los padres de Eliza. Estos últimos habían puesto rumbo al norte acompañados de Gabriel y Alathea; Diablo y Honoria habían decidido viajar también y Helena, que estaba pasando una temporada con ellos, había decidido acompañarles. Leonora y Tristan habían hecho un alto en el largo camino hacia el norte en la abadía de Dearne y allí habían coincidido con Delborough, Deliah y lady Osbaldestone. Como ignoraban cuál sería la situación al norte de la frontera, tanto Christian y Letitia como Delborough y Deliah habían decidido acompañar a Tristan y a Leonora, y huelga decir que lady Osbaldestone también se había sumado al grupo.

La dama en cuestión había decidido regresar a Londres con Helena, Diablo y Honoria, y el carruaje partió en ese momento tras el de Christian; en cuanto a Gabriel y Alathea, iban ya de camino a Londres.

Eliza estaba al otro lado del patio delantero del castillo, aguantando estoicamente el sermoneo constante de sus hermanas. Heather subió al carruaje con la ayuda de Breckenridge tras despedirse de ella con un abrazo, pero se detuvo justo antes de entrar y se volvió a mirarla para ordenarle con firmeza:

—Recuerda que debes mantenerte firme. Sabes lo que quieres, así que ve a por ello.

Mientras Breckenridge hacía una mueca y fingía no haber oído nada de nada, Eliza hizo a su vez una mueca de exasperación y le dijo a su hermana:

—Deja de preocuparte tanto, sé lo que hago.

Fue Angelica, quien se disponía a subir al carruaje tras Heather, quien contestó:

—Sí, pero está por verse si vas a lograr mantenerte firme. Todos sabemos que eres más blanda y maleable que nosotras dos. Si das tu brazo a torcer, si te dejas convencer y te conformas con algo que no está a la altura de tus sueños, Heather y yo te... —sus ojos verdes relampaguearon amenazantes mientras la miraba desde la portezuela—. No sé lo que haremos, pero te aseguro que no vamos a quedarnos de brazos cruzados. Así que será mejor que no te eches atrás.

Sin más, su irritante hermana menor dio media vuelta y entró en el carruaje. Tan solo quedaba Breckenridge, que la miró con una comprensiva sonrisa y se encogió de hombros.

—Pronto seré tu cuñado, y como tal lo único que me queda agregar es que... —se interrumpió con un suspiro y se puso serio—. Es un buen hombre, Eliza. Sea cual sea el acuerdo al que lleguéis, no te olvides de eso ni de todo lo que ha hecho para mantenerte a salvo, todo lo que ha dado de sí mismo.

Sus palabras la conmovieron. Le abrazó con cuidado, ya que

él aún estaba recuperándose de la grave herida que había sufrido por proteger a Heather.

—Tengo muy claro qué clase de hombre es, te aseguro que no voy a olvidarlo.

Jeremy era su héroe en muchos más sentidos de los que la gente alcanzaba a ver. Daba la impresión de que ni siquiera sus hermanas alcanzaban a entender esa realidad y esa era la última gota que colmaba el vaso, pero, dado que casi todos los causantes de su irritación se habían marchado ya, pudo respirar hondo y controlar su genio.

Lady Osbaldestone y su tía Helena habían llegado a asegurarle que no sería tan horrible estar casada con un hombre conocido por su propensión a pasar semanas encerrado en su biblioteca y, mientras le daban unas tranquilizadoras palmaditas en la mano, habían agregado que estaban convencidas de que ella podría encontrar multitud de actividades con las que entretenerse y pasar el rato.

Todos ellos, del primero hasta el último, se habían comportado como si Jeremy fuera un hombre de segunda categoría, como si su matrimonio fuera una consecuencia que ambos iban a tener que aceptar con resignación. Sus hermanas, por lo menos, habían admitido la posibilidad de que las cosas no fueran así, de que su unión con Jeremy pudiera ser un verdadero final feliz, aunque ninguna de ellas parecía tener demasiada fe en ello.

Jeremy se acercó en ese momento, le estrechó la mano a Breckenridge y se despidió también de Heather y de Angelica, que sacaron la mano por la ventanilla para un rápido apretón. Los padres de Eliza llegaron en ese momento junto con Minerva y Royce, Breckenridge subió al carruaje y cerró la portezuela, y Royce le indicó al cochero que podía ponerse en marcha.

Les dijeron adiós con la mano mientras les veían alejarse por el camino, por fin se habían quedado a solas... mejor dicho, rodeados de aquellos cuya presencia allí estaba justificada: sus padres, la hermana y el cuñado de Jeremy y los dueños del castillo, Royce y Minerva.

Al ver que los seis se dirigían charlando hacia los escalones de la entrada, Jeremy la miró y le preguntó:

—¿Vamos a dar un paseo?

—¡Sí, por favor! —se apresuró a responder, aliviada—. No me apetece lo más mínimo entrar y pasar el rato sentada en el salón.

Jeremy se sentía igual.

—Podemos acercarnos al arroyo y tomar el sendero que bordea el lago.

Ella asintió y, tras cruzar el patio delantero del castillo, se internaron en un sendero muy bien cuidado que pasaba por varios parterres y conducía a la amplia ribera alfombrada de césped del arroyo.

Jeremy la tomó de la mano para ayudarla a pasar por el puente de madera que unía las dos orillas, y en un momento dado admitió:

—Teniendo en cuenta que no me hirió de gravedad, la verdad es que le estoy casi agradecido a Scrope por el balazo —sonrió al ver lo sorprendida que se quedaba al oír aquello, y procedió a explicarse—. Gracias a la herida, se nos han concedido unos días de gracia antes de nuestro obligado regreso a Londres.

Antes de anunciar su compromiso matrimonial y de tener que iniciar los preparativos necesarios para la boda.

—Sí, es verdad —asintió ella, con un suspiro.

—Pero, ya que todos han consentido en darnos algo de tiempo, creo que deberíamos aprovecharlo.

—¿Qué tienes en mente? —le preguntó con curiosidad, mientras llegaban a la otra orilla y se incorporaban al sendero que seguía el curso del arroyo.

Él vaciló por un instante antes de contestar.

—Háblame de tus preferencias. Dime cuál es tu color preferido, qué flor es la que más te gusta, háblame de tus gustos musicales o de cualquier otra cosa sobre la que tengas una opinión formada.

Ella se echó a reír y le hizo la misma petición, así que siguieron paseando a la orilla del arroyo mientras hablaban de sus gustos y compartían opiniones. Jeremy se sorprendió al ver la facilidad con la que afloraban a sus labios preguntas para ella, al ver la fluidez con la que contestaba a las que ella le planteaba. Conversar con jóvenes damas nunca había sido su fuerte, pero en aquel caso... aquella era la dama con la que iba a compartir el resto de su vida, así que no había razón alguna para que fuera cuidadoso con lo que decía.

Lo que necesitaba era conocerla mejor, aunque lo cierto era que ya sabía todo lo que para él resultaba más primordial. Sabía, por ejemplo, que le gustaba oírla reír, y también que se sentía como un rey cuando ella le sonreía de cierta forma, con aquella pequeña sonrisa íntima y llena de complicidad; aun así, tomó nota mental de sus respuestas y centró toda su atención en ella.

Se sobresaltó un poco al darse cuenta de que lo que estaba haciendo en realidad era cortejarla... y no solo eso, sino que además estaba haciéndolo deliberadamente, poniendo todo su empeño en ello. Lo estaba haciendo porque una parte de su ser, aquella parte recién descubierta que había emergido de su interior, que había aflorado de algún recóndito rincón de su alma mientras se enfrentaban juntos a las vicisitudes de la huida, sabía que ella se lo merecía. Sí, Eliza merecía mucho más que una unión obligada.

Sorprendentemente, tomar conciencia de aquella realidad no hizo que se echara atrás ni mucho menos; todo lo contrario, fue más allá. Se esmeró en coquetear con ella y en divertirla y en entretenerla, ¡y consiguió hacerlo!

Ella le miró con ojos chispeantes mientras respondía abiertamente, sin afectación ninguna. Llegaron al lago y fueron bordeándolo sin prisa bajo las frondosas ramas de los sauces.

Eliza estaba cautivada. Él ya era el dueño de su corazón, pero sintió como si estuviera entregándoselo de nuevo. Le tomó del brazo y, mientras seguían paseando, le preguntó por su tío Humphrey y le pidió que le hablara de la casa donde vivían ambos y que sabía que estaba situada en el número catorce de Montrose Place. La complació con una descripción de la casa y los jardines tan detallada como cabía esperar de él, pero ella le miró con curiosidad al percatarse de que había omitido una parte muy importante de la vivienda.

—¿Cómo es la biblioteca?

Él hizo una mueca antes de admitir, casi con tono de disculpa:

—Lo cierto es que hay dos. Convertí lo que solía ser el invernadero en un salón, y el salón original lo reformé para tener mi propia biblioteca personal.

Antes de que pudiera ofrecerse a dejarlo todo como antes (a juzgar por lo agitado que estaba, esa parecía ser su intención), Eliza se apresuró a decir:

—Ah, entonces supongo que el nuevo salón dará al jardín trasero, ¿verdad? —al verle asentir vacilante, sonrió y le dio un empujoncito con el hombro—. ¡Eso está muy de moda hoy en día!

—¿Lo dices en serio? Yo creo que te lo acabas de inventar.

Eliza se echó a reír.

—¡No, es la pura verdad! Estaba en todas las revistas para mujeres de los últimos meses, es la última moda.

—Ah —sonrió aliviado y comentó—: ¡bueno, parece ser que Humphrey y yo somos unos verdaderos pioneros! Debo recordar comentárselo.

—Por lo que me has contado de él, le complacerá saber que es todo un visionario.

—¡Sin duda!

Siguieron conversando y bromeando, pero bajo los despreocupados comentarios subyacía un hilo conductor, un rumbo que a Eliza no le había pasado desapercibido. Jeremy estaba contándole a su manera cómo era su vida, estaba hablándole de su casa y de su día a día mientras se interesaba a su vez por la vida que llevaba ella.

Estaba dándole la información que no habían tenido ocasión de compartir antes de acabar comprometidos en matrimonio gracias al noble escocés y a Scrope, a pesar de que no tendría por qué hacerlo. Nada le obligaba a exponerse así, a revelarle todos los pequeños detalles de su vida que para él eran importantes, que significaban algo para él.

Tampoco tenía por qué sentir interés por ella, por cómo era y cómo era su vida, pero lo sentía. No había duda de que la atención y el interés que estaba mostrando no eran fingidos ni mucho menos, y ser el centro de toda su atención era muy excitante. Como buen estudioso, tenía una capacidad de concentración verdaderamente impresionante, y tenerla centrada por completo en ella resultaba embriagador.

Como era consciente de que era un intelectual centrado en sus estudios que se mantenía apartado en gran medida de la escena social, no esperaba que la cortejara. Que lo hiciera, que estuviera haciéndolo, la enamoró de nuevo.

Después de rodear el lago, pusieron rumbo al castillo y él suspiró mientras contemplaba las almenadas torres.

—Debo confesar que no sé nada acerca de compromisos matrimoniales. Ignoro por completo lo que debemos hacer, tanto en público como en privado —la miró de soslayo—. Supongo que tú sí que conoces el procedimiento habitual, ¿verdad?

Ella le sostuvo la mirada por un momento antes de asentir. Había sido una transición perfecta y sutil, pero el hecho era que él acababa de pasar de lo teórico a lo práctico; en otras palabras: había sacado a colación las cuestiones prácticas con las que iban a tener que lidiar.

—Lo primero es publicar un anuncio en la *Gaceta de Londres*, para redactarlo basta con seguir unas pautas bastante establecidas.

—¿Y después?

Eliza respiró hondo, presa de un súbito nerviosismo, y admitió un poco tensa:

—Eso depende de nosotros, de lo que decidamos. De... la dirección que queramos tomar —vio en su rostro que no la entendía, así que procedió a explicárselo—. Lo que hagamos después de la publicación de nuestro compromiso servirá para indicar, tanto ante la nobleza como ante la sociedad en general, en qué va a basarse nuestro matrimonio —se esforzó por hablar con naturalidad, como si lo que estaba diciendo fuera lo más normal del mundo, y se sintió aliviada al ver que estaba consiguiéndolo—. En circunstancias como las nuestras todo el mundo espera que, después de la publicación del anuncio del compromiso, los preparativos se lleven a cabo con discreción y que se celebre una boda sencilla a la que tan solo estén invitados familiares y allegados.

—Ah —se limitó a decir él, antes de alzar la mirada hacia las almenas del castillo.

Eliza no podía ver su expresión ni sus ojos, no tenía ni idea de lo que estaría pensando, pero necesitaba saberlo. Aquel era el meollo del asunto, el punto al que habían llegado gracias a la decisión que habían tomado días atrás de no pensar en las expectativas de la sociedad y dejar que su relación evolucionara libremente.

La cuestión era si iban a casarse por amor, si iban a aferrarse a la oportunidad de hacer realidad el futuro lleno de felicidad que estaba convencida que tenían al alcance de la mano, o si iban a dar un paso atrás y a conformarse con una unión convencional y dictada por las normas sociales, una unión que, al menos en teoría, les daría la libertad de poder darle la espalda al amor y no rendirse a los dictados del corazón.

—Debemos tomar una decisión, tenemos que elegir —intentó verle los ojos, pero él mantuvo la mirada fija en el castillo.

—Sí, ya veo.

A juzgar por lo que podía ver de su rostro, parecía un académico ponderando ceñudo una cuestión, como si la decisión que debían tomar estuviera sujeta a análisis y aún fuera algo que estaba en duda.

Ella sintió la tentación de insistir, pero cabía la posibilidad de que él aún no hubiera analizado sus propios sentimientos. Quizás no había decidido todavía la dirección que quería tomar. Tal y como afirmaban con frecuencia las esposas de sus primos, los hombres solían ser reacios a participar en tomas de decisiones de carácter tan emocional y, por mucho que Jeremy fuera un erudito, seguía siendo un hombre.

Quizás sería aconsejable darle tiempo para que pensara, para que alcanzara sus propias conclusiones antes de avanzar ella misma con las suyas.

Recordó lo que le había dicho Angelica, pero lo descartó de inmediato. No estaba echándose atrás, sabía lo que quería y no estaba renunciando en absoluto a la meta que se había marcado, pero la cuestión radicaba en que no podía conseguir lo que quería si los deseos de Jeremy no coincidían con los suyos. Los dos tenían que tener la misma meta.

Cuando llegaron al castillo, él le sujetó la puerta lateral para que entrara y entró tras ella al pasillo.

—Dime una cosa, ¿cuál es el anuncio de compromiso más inusual que has leído?, ¿el menos convencional?

Aquellas palabras la tomaron por sorpresa. Después de pensar en ello unos segundos, negó con la cabeza y admitió:

—Creo que nunca he visto nada que se saliera de la norma.

—¿No? Me refiero a algo así como «Lord y lady Higginbotham sienten un alivio enorme al poder anunciar el compromiso de su quinta hija, Priscilla, con el señor Courtney», o «El señor y la señora Foxglove anuncian llenos de éxtasis que su hija mayor, Millicent, va a casarse con el vizconde de Snaring». ¿Nunca has encontrado nada parecido?

Ella se echó a reír.

—¡Ni por asomo! Lo del alivio no se menciona nunca, por muy cierto que sea, ¡y mucho menos se habla de éxtasis!

—Pues yo creo que deberíamos procurar ser originales, aunque solo sea para poder evaluar todas nuestras opciones.

La impactó aquella nueva muestra de su agudeza mental.

—¿Te refieres a hacer lo mismo que durante la huida?

Él se detuvo justo cuando acababan de llegar al enorme vestíbulo, tomó la mano que ella tenía apoyada en su brazo y, sin soltársela, se volvió y la miró a los ojos al contestar:

—Sí, exactamente lo mismo.

Eliza sintió que le daba un brinco el corazón e intentó leer en su mirada lo que estaría pensando. ¿Acaso quería decir que...?

La campanilla que anunciaba que había llegado la hora de comer les tomó desprevenidos y quebró aquel momento. Oyeron voces femeninas acercándose a la escalinata en la planta superior, y el runrún de voces masculinas procedentes de la biblioteca.

Se miraron en silencio durante unos segundos, y al final él esbozó una sonrisa y le ofreció el brazo.

—Vamos.

Eliza se dijo que después tendrían tiempo de sobra para seguir con la conversación y, después de sofocar un suspiro de resignación, posó la mano en su brazo y se dirigió con él hacia el comedor.

Si Jeremy hubiera albergado alguna duda acerca de lo que creían Leonora, Tristan, Royce, Minerva y los padres de Eliza acerca de cuál iba a ser la «base» de su unión con ella, el hecho de que nadie dijera ni una sola palabra al respecto, de que no se hiciera ni la más mínima alusión al tema, se lo habría dejado más que claro.

Aquella delicada omisión, la incomodidad implícita en el mero hecho de hacer alusión al tema, impregnaba el ambiente y resultaba sofocante. Nadie quería mencionar las normas sociales ante las que creían que él se había rendido.

Sí, era cierto que se había rendido ante algo increíblemente poderoso, pero ese «algo» no eran un puñado de normas sociales ni mucho menos.

Le indignaba la imagen que daba de Eliza la actitud de todos los presentes. Por mucho que ni ella ni él mismo se hubieran manifestado aún sobre el tema, no alcanzaba a entender cómo era posible que Tristan y Royce, que le conocían desde hacía más de una década, fueran tan ciegos y no vieran la realidad... ¡por no hablar de Leonora, su propia hermana!

Era una realidad que él sentía en lo más hondo del alma, que formaba parte de su ser: era un hombre distinto, había cambiado, y la huida no había sido lo único que había generado esa transformación.

—De momento llevamos un año bastante bueno en Somerset —dijo lord Martin, en respuesta a una pregunta de Royce—. La siembra fue bien y, a menos que ocurra algún desastre, la cosecha debería ser excelente.

La conversación de los caballeros giraba en torno a vacas,

ovejas y cultivos. No habría sabido decir cómo se las estaban ingeniando las damas para reprimirse, pero la cuestión era que no se mencionó ni una sola cuestión que tuviera la más mínima relación con la sociedad.

Leonora, quien estaba sentada a su derecha y frente a Celia, comentó en ese momento:

—No voy a tener más remedio que reemplazar a la institutriz de mis hijas, o puede que me limite a contratar a otra más. Las niñas han empezado a protestar porque quieren aprender Latín, y también más Aritmética y Geografía. ¿Quién iba a imaginar algo así?

—Yo, por ejemplo —contestó Minerva—. Lamentablemente, las nuestras son unas fierecillas y huelga decir que Royce no ayuda a controlarlas, pero parecen sentir mucha más inclinación hacia actividades... arcanas, por llamarlas de alguna forma, que hacia otras como la costura, la música o la pintura.

Sus seres queridos estaban tratándoles con pies de plomo y eludiendo a toda costa el tema de su matrimonio.

A mitad de la comida intercambió una mirada con Eliza, y al ver su mohín de enojo se dio cuenta de que ella también se sentía molesta por la actitud de los demás.

Se planteó preguntar en voz alta si a alguien se le ocurrían formas interesantes de redactar un anuncio de compromiso, pero, como Eliza y él aún no habían hablado del tema ni habían tomado ninguna decisión, optó por no hacerlo.

Esa última reflexión hizo que no volviera a hablar en toda la comida. No era nada fuera de lo común que permaneciera en silencio mientras comía, pero en aquella ocasión lo que acaparaba su atención no eran unos jeroglíficos mesopotámicos.

Se había dado cuenta de que, en realidad, Eliza no había dicho nada acerca de qué tipo de matrimonio deseaba tener. No era el hombre más observador del mundo, al menos en lo referente a la gente en general y a las mujeres en particular, pero, a pesar de que Eliza había pasado las dos noches previas con él y había respondido de forma muy gratificante a su intento de cortejarla, lo cierto era que no había especificado en ningún momento cuáles eran sus deseos.

Estaba casi convencido de saber cuáles eran y esperaba no equivocarse, pero la cuestión era que ella no había dicho nada que a él pudiera servirle para saber lo que le deparaba el futuro; de hecho, cuanto más pensaba en ello y más lo analizaba (como buen hombre de ciencia), su desazón iba en aumento, ya que empezaba a tomar conciencia de que todas las ideas que había dado por hecho acerca del futuro que iban a compartir, todas sus suposiciones respecto a la clase de matrimonio que Eliza quería tener, estaban basadas en su propia percepción y, por tanto, las veía a través del prisma de sus miedos y sus esperanzas, de sus necesidades y sus deseos.

Era posible que Eliza viera las cosas a través de un prisma muy distinto, quizás estuviera equivocado por completo y los que estaban sentados alrededor de la mesa en ese momento estuvieran en lo cierto.

De ser así...

Miró a Eliza y vio que, al igual que él, estaba comiendo en silencio sin prestar atención apenas a las conversaciones que había a su alrededor. Intentó verla (su comportamiento, sus expresiones, todo lo que había hablado con él) de forma objetiva, fríamente, y se preguntó si esa imagen encajaría igual de bien o incluso mejor con la posibilidad de que, tras regresar a su mundo cotidiano, estuviera dispuesta a amoldarse al papel que la familia y los amigos de ambos les tenían preparado a los dos, uno basado en ideas preconcebidas y en lo que ellos creían que estaba establecido.

No había duda de que aceptar ese papel sería más fácil para los dos. Era mucho más fácil ceder, soltar las riendas y seguir el guion preestablecido, empezando por un anuncio de compromiso redactado de forma convencional.

Lo único que tenía que hacer era proponerle matrimonio y dejar que las cosas siguieran su curso. Así no tendría necesidad de lidiar con lo que sentía por ella (y con lo que ella sentía por él), no tendría que hacerle ningún cambio significativo a su vida. Si se conformaba con un matrimonio dictado por las normas sociales y basado en el sentido de la obligación y en un tibio afecto, podría seguir viviendo más o menos como siempre.

Si eso fuera lo que él deseaba, le resultaría muy fácil hacerlo realidad, pero ¿era eso lo que realmente deseaba?

Para cuando la comida concluyó y todos se levantaron de la mesa, ya no estaba seguro de nada... ni de sí mismo, ni de Eliza, ni de lo que querían para su futuro compartido, ni de cómo iba a acabar siendo dicho futuro.

Jeremy salió a dar un paseo más largo, y en esa ocasión optó por ir solo. Necesitaba reflexionar y aclarar sus ideas para tener bien claro qué era lo que quería realmente; una vez que hubiera hecho eso, tenía que idear algún ingenioso plan que le permitiera averiguar qué era lo que quería Eliza, ya que quedaría como un idiota si le proponía una opción que resultaba que ella no deseaba.

Tal vez todo hubiera sido más fácil si le hubiera sido posible hablar con ella a solas, sin la presión de las expectativas que, tal y como había temido, pesaban sobre ellos y poco menos que los sofocaban, pero mientras salían del comedor ella se había puesto a hablar con lady Celia y, absorta en la conversación, había subido por la escalinata junto con las otras damas (dirigiéndose sin duda al saloncito de Minerva, por el que esta sentía especial predilección).

La había seguido con la mirada por unos segundos, pero, consciente de los tres hombres que salían tras él del comedor, había enfilado por el pasillo y en vez de entrar en la biblioteca había pasado de largo y había seguido hasta llegar a una puerta lateral que daba a los jardines.

Al salir del castillo había cerrado tras de sí y, mientras echaba a andar por el sendero de grava, había sentido que se le quitaba un peso opresivo tanto de los hombros como de la mente.

Aquello era lo que necesitaba, espacio y silencio para poder pensar.

Se metió las manos en los bolsillos del pantalón y fijó la mirada en el suelo mientras caminaba. Habría preferido dar un paseo a caballo o en su calesín, pero debido a la herida era más prudente ir a pie.

Su mente funcionaba mediante razonamientos lógicos; cuando tenía que comprender algo, su tendencia natural era hacerlo desde la perspectiva de la lógica, y en ese momento necesitaba con urgencia comprender todo lo que estaba pasando.

Compararse con lo que sabía acerca de otros hombres que se habían visto en situaciones similares parecía un punto sensato de partida. Siempre se había considerado un intelectual, nunca un guerrero, y esa también era la percepción que el resto del mundo había tenido de él; aun así, la mayoría de sus conocidos al margen del mundo académico eran verdaderos guerreros (Tristan y los demás miembros del club Bastion, Royce, los varones de la familia Cynster...), así que estaba muy familiarizado con las características de esa clase de hombres.

Por mucho que siempre hubiera sido un intelectual, tener que rescatar a Eliza de Scrope y del noble escocés había hecho emerger otra parte de su ser que quizás había estado latente en su interior, una parte cuya personalidad era, sin duda alguna, la de un guerrero; además, las abiertas muestras de aprobación de Gabriel, Diablo, Royce y todos los demás demostraban que, para ellos, sus acciones y sus reacciones no eran las de un intelectual, sino las de un guerrero como ellos.

De todo ello se deducía que era una mezcla de ambas cosas. Era un intelectual guerrero o un guerrero intelectual, daba igual. Lo que no daba igual era que, en el fondo de todo, estaba sujeto a los mismos impulsos y compulsiones que el resto de guerreros a los que conocía, pero en su caso dichos impulsos estaban influenciados y templados por su faceta de académico.

No habría sabido decir si eso hacía que tuviera más sangre fría que los demás o, simplemente, le ayudaba a ser más lúcido, pero la cuestión era que había sido testigo de cómo se enfrentaban ellos a las cuestiones relacionadas con el matrimonio. Intentó imaginar lo que harían ellos de estar en su lugar, y soltó un bufido burlón.

—Aprovecharían la oportunidad de conseguir lo que quiero, que en este caso es tener a Eliza como esposa, sin necesidad de hablar de amor ni de exponer el corazón, sin admitir ni una sola de las vulnerabilidades inherentes.

Era plenamente consciente de dichas vulnerabilidades, pero, aun así... quizás fuera por el intelectual que llevaba dentro, pero nunca le había visto el sentido a tenerles miedo ni a intentar luchar contra ellas, al menos hasta el punto de rechazar lo que uno recibía a cambio. Nunca le había parecido lógico que el hecho de que a uno no le gustara una de las caras de una tentadora moneda le impidiera hacerse con ella.

—Pero ellos intentarían ocultar sus sentimientos a toda costa; si les pidiera su opinión, me aconsejarían que aprovechara la oportunidad, que dejara que todo el mundo siguiera creyendo que mi matrimonio con Eliza no va a ser una unión basada en el amor.

Para todos los caballeros con alma de guerrero que conocía, casarse con la dama a la que amaban sin tener que declarar su amor, sin tener que exponer sus sentimientos, había sido como una especie de santo grial; por azares del destino, él tenía al alcance de la mano ese santo grial que todos ellos habían ansiado alcanzar, pero la pura verdad era que no lo quería.

Sabía que iban a pensar que estaba loco... bueno, quizás lo habrían pensado cuando estaban solteros, pero a esas alturas estaban felizmente casados y tal vez sí que le entendieran; al fin y al cabo, todos ellos habían acabado por elegir la otra opción, la opción que él ansiaba y deseaba tomar.

No veía razón alguna para renegar del amor (de sus alegrías, sus desafíos, sus penas, de todo lo que abarcaba) por la mera razón de que todo el mundo había dado por hecho que una persona como él, un hombre al que consideraban un simple académico, rechazaría ese sentimiento. Ellos creían que no desearía lidiar con una emoción tan poderosa, una emoción que distraería su atención y pondría patas arriba su ordenada vida, pero se equivocaban por completo.

Ya no le hacía falta seguir analizando sus propios sentimientos, tenía muy claro qué era lo que quería. Tan solo quedaba averiguar si Eliza quería lo mismo y entonces podrían avanzar en pos del futuro que les haría felices, que no tenía nada que ver con el oscuro y aburrido futuro que todo el mundo imaginaba para ellos.

Se volvió al oír pasos a su espalda y no se sorprendió demasiado al ver que Tristan se acercaba por el sendero con la clara intención de alcanzarle. Se detuvo mientras sofocaba un suspiro de resignación, y esperó a su cuñado procurando mantenerse cortés e impasible.

Tristan le miró a los ojos e intentó ver más allá de aquella máscara inexpresiva, pero al final desistió y le indicó con un ademán que reanudara el paseo.

—Supongo que estás intentando discernir cómo proceder en semejante situación —comentó, mientras caminaban por el sendero.

Jeremy asintió y se limitó a contestar, con tono cortante:

—Claro —en realidad estaba pensando en cómo lograr que Eliza le confesara sus sentimientos.

—Teniendo en cuenta que lo ocurrido ha sido del todo inesperado y que no tienes experiencia ninguna en este tipo de situaciones, supongo que estarás preguntándote acerca de los pormenores, los detalles, los requisitos, las obligaciones sociales.

—Ajá.

No sabía si sería justo confesarle sin más a ella lo que sentía; en caso de hacerlo, se arriesgaba a que se sintiera obligada a fingir que le correspondía o, peor aún, a mostrarse compasiva y procurar tratar el asunto con mucho tacto. ¡Qué horror!

Tristan, mientras tanto, siguió diciendo:

—A decir verdad, puedes limitarte a pedirle matrimonio. No hace falta que finjas que sientes algo por ella, nadie espera que finjáis que se trata de un matrimonio por amor.

«¿Y qué pasa si te digo que no hace falta que finjamos nada?, ¿qué pasa si realmente estamos enamorados y el nuestro sí que va a ser un matrimonio por amor?». Aunque tenía aquellas palabras en la punta de la lengua, no pudo corregir las conclusiones erróneas de su cuñado, porque este añadió a continuación:

—Todo el mundo sabe que Eliza no es la esposa que habrías elegido y que, de igual forma, ella jamás te habría considerado el hombre de sus sueños, pero teniendo en cuenta que ninguno de los dos tenéis un vínculo afectivo con otra persona y que vuestra unión es perfectamente aceptable, no hay duda de que la alta sociedad le dará el visto bueno a vuestro matrimonio.

Jeremy tuvo que morderse la lengua (y no de forma figurada, sino literalmente), para no decirle a su cuñado dónde podía meterse sus opiniones la alta sociedad; al parecer, el guerrero que llevaba dentro tenía un genio mucho más vivo que el templado intelectual, y ese genio había llegado al borde de la ebullición cuando Tristan había sugerido que Eliza jamás le habría elegido como marido y que él en realidad no quería casarse con ella.

Mantuvo la mirada en el suelo para ocultar la furia que relampagueaba en sus ojos y contuvo a duras penas las ganas de arrancarle la cabeza a su cuñado, aunque tuviera que conformarse con un ataque verbal (al fin y al cabo, Tristan le caía bien).

Se tragó el súbito arranque de rabia y tan solo alcanzó a soltar un sonido inarticulado, pero su cuñado lo interpretó como una muestra de asentimiento y le dio una palmada en el hombro.

—En fin, lo único que tienes que hacer para iniciar el proceso es pedir su mano; dadas las circunstancias, no es necesario que pidas la autorización de Martin, huelga decir que la tienes.

Lord Martin iba a tener que ir a por su espada si quería interponerse en su camino.

—Una vez que ella acceda a casarse contigo, y está de más decir que lo hará, nosotros os ayudaremos a organizar todo lo demás —agachó un poco la cabeza al cabo de un momento para intentar ver su expresión y cómo había reaccionado ante sus palabras.

Aunque para entonces Jeremy ya volvía a tener sus facciones bajo control, no confiaba en su propia lengua, así que se puso muy serio, asintió y soltó otro sonido inarticulado. Por el rabillo del ojo vio que su cuñado sonreía con alivio.

—No tienes por qué apresurarte, por supuesto, pero en mi opinión el anuncio debería publicarse en el curso de la semana que viene.

Él soltó otro sonido inarticulado y, por suerte, Tristan pareció darse por satisfecho con esa respuesta. Si no averiguaba cuáles eran los verdaderos sentimientos de Eliza en una semana, iba a volverse loco de remate.

El sendero que habían seguido rodeaba el castillo y conducía a una puerta situada en otra ala del edificio. Tristan la mantuvo abierta para dejarle pasar y preguntó:

—¿Cómo tienes la herida?

Su brazo era la menor de sus preocupaciones.

—Aún me duele un poco —masculló, antes de alejarse con paso airado por el pasillo.

Se dirigió hacia la biblioteca, consciente de que todos le dejarían en paz si parecía estar inmerso en la lectura de alguno de los libros antiguos de Royce; al fin y al cabo, ser un erudito de prestigio tenía algunas ventajas. Bastaría con pasar una página de vez en cuando para hacerles creer que estaba leyendo. Era la tapadera perfecta para poder centrarse en la tarea que realmente ocupaba toda su atención: idear una forma de averiguar si Eliza correspondía sus sentimientos, si le amaba tanto como él la amaba a ella.

La tarde de Eliza fue degenerando desde lo exasperantemente absurdo a lo absurdamente exasperante.

Le costaba creer que tres damas que siempre había considerado que se distinguían por su aguda inteligencia se empeñaran en no querer ver la realidad acerca de ella, de Jeremy y del futuro matrimonio de ambos, no podía llegar a entenderlo.

Nadie ponía en duda que la boda fuera a celebrarse, pero en todo lo demás existía una divergencia enorme (por no decir total y absoluta) entre la verdadera realidad y la percepción que las tres damas tenían de la realidad.

Al salir del comedor, su madre se había acercado para plantearle una duda que tenía acerca de la boda de Heather. Su hermana y Breckenridge no habían fijado la fecha hasta el momento debido a que él había estado convaleciente tras la grave herida que había sufrido, pero tras la celebración del baile de compromiso era hora de empezar a organizarlo todo.

No había entendido por qué su madre le había preguntado acerca de la boda de Heather hasta que había añadido, mientras la instaba a entrar en el saloncito de Minerva:

—Ahora que también hay que tener en cuenta tu boda, debemos pensar en cómo equilibrar las cosas.

—¿A qué te refieres? —le había preguntado, desconcertada, antes de sentarse junto a ella en el sofá.

—Teniendo en cuenta que el matrimonio de Heather y Breckenridge es una unión por amor, todo el mundo esperará que sea una boda con toda la parafernalia romántica de rigor.

Los ojos de su madre la habían mirado con cálida compasión, sus labios se habían curvado en una comprensiva sonrisa poco menos que de conmiseración, y había añadido con voz suave:

—En tu caso, sin embargo... nadie querría haceros pasar a Jeremy y a ti por algo así, querida.

Se había quedado tan atónita al oír aquello que se había quedado mirándola enmudecida, sin saber cómo contestar, y está de más decir que su madre había malinterpretado su reacción. Después de darle unas palmaditas de consuelo en la mano, se había dirigido a Minerva y a Leonora para pedirles su opinión.

Las tres damas habían hablado en primer lugar de cuál sería la duración apropiada de su compromiso con Jeremy a ojos de la sociedad. Tras llegar a la conclusión de que el compromiso no debía durar más de lo estrictamente necesario, se habían centrado en determinar qué margen de tiempo era razonable dejar entre la espectacular boda de Heather y Breckenridge y la suya que, por supuesto, debía ser mucho más íntima y discreta.

Le había costado asimilar todo lo que estaba oyendo y había intentado encontrar las palabras adecuadas para corregir aquellas ideas claramente preconcebidas tan erróneas, pero cada vez que lograba formular en su mente alguna frase con la corrección y la templanza que semejante situación requería, alguna de las tres soltaba un comentario incluso más disparatado y equivocado que los anteriores que volvía a descolocarla por completo y a dejarla enmudecida.

En más de una ocasión estuvo a punto de ponerse en pie para aclararles con firmeza lo equivocadas que estaban, pero entonces se pusieron a hablar del manejo de una casa, de la creación de un hogar, de lo que suponía crear una familia y tener hijos, y optó por cerrar la boca y escuchar.

Prestó atención a lo que estaban diciendo porque no estaban hablando de Jeremy y de ella, sino de sus propias experiencias. De vez en cuando hacían algún comentario acerca del futuro que imaginaban para Heather y Breckenridge, pero mayormente se dedicaron a describir la vida de casada que ella siempre había imaginado que llegaría a tener.

Lo que Minerva, Leonora y su madre estaban hablando subrayaba y dejaba bien claras las diferencias que existían entre un matrimonio por amor y otro por conveniencia. Eso la llevó a centrarse en la cuestión fundamental, la cuestión que había permitido que quedara sin respuesta hasta el momento y que ni siquiera se había atrevido a intentar contestar en su fuero interno: si Jeremy la amaba o no.

Ella no albergaba duda alguna acerca de lo que sentía por él. Dos semanas atrás le habría parecido absurda la idea de que pudiera llegar a enamorarse de Jeremy Carling, pero no había podido estar más equivocada. Lo que había sentido en la sierra cuando se había abalanzado sobre ella y la había derribado para salvarla, cuando había recibido un balazo en su lugar, no dejaba lugar a dudas.

Estaba perdida e irremediablemente enamorada de un erudito que en ocasiones podía ser un poco despistado pero que, cuando era necesario, se transformaba en un hombre tan protector como sus hermanos y sus primos.

En su pecho no quedaba ni el más mínimo poso de indecisión, ni la más mínima duda acerca de sus sentimientos hacia él. Lo que no tenía tan claro era lo que él sentía por ella, pero, tal y como le había dicho a sus hermanas, no era una pusilánime y no iba a amilanarse ante el desafío de sacar a la luz los sentimientos de ambos, de aclarar abiertamente qué era lo que sentían el uno por el otro.

Sí, tal vez fuera un riesgo, pero cuanto más pensaba en cómo la había cuidado, en cómo interactuaban, en cómo la había abrazado y le había hecho el amor, en cómo había arriesgado su vida sin dudarlo para salvarla... en el fondo de su corazón, donde no necesitaba justificar sus conclusiones mediante hechos ni pruebas tangibles, sabía cuál era la verdad. Sabía que Jeremy la amaba.

Quizás tuvieran que tratar el tema con tiento hasta que él se sintiera preparado para pronunciar las palabras en sí, tal y como sucedía en el caso de tantas otras parejas, pero había sido testigo de muchas situaciones similares y el resultado siempre acababa por ser el mismo, así que en ese sentido no estaba preocupada.

Iban a lograr alcanzar la meta a la que querían llegar y lo harían trabajando en equipo, tal y como habían hecho durante la huida. Iban a encontrar obstáculos en el camino, pero estaba convencida de que juntos podrían superarlos.

Al final llegarían a un punto en que se declararían su amor mutuo por voluntad propia y, cuando ese momento llegara, los dos sabrían que esas dos pequeñas palabras, «te amo», le habían salido al otro del corazón.

Para ella todo eso era una certeza, algo que iba a suceder. No sabía cuándo sería, pero tenía muy clara cuál era la meta hacia la que se dirigían.

Lo que no tenía tan claro era cuál sería el siguiente paso. No sabía si tendría alguna importancia el hecho de que, a pesar de que su unión con Jeremy fuera por amor, todo el mundo (incluyendo a sus respectivas familias) creyera que se trataba de un matrimonio que habían tenido que aceptar obligados por las circunstancias.

A decir verdad, no sabía si eso tendría alguna influencia en su matrimonio, si modificaría en algo su vida de casados. A ella le resultaba indiferente la opinión que la sociedad en general pudiera tener sobre ellos y tenía la impresión de que a Jeremy le traería sin cuidado el estigma social, pero teniendo en cuenta lo indignada que se había sentido ante los comentarios de su madre, Leonora y Minerva, no sabía cómo iban a reaccionar si tenían que pasar el resto de su vida oyendo cosas así, comentarios bienintencionados pero tremendamente equivocados.

Volvió a prestar atención a la conversación, que había proseguido sin necesidad de que ella pronunciara una sola palabra, y lo que Minerva estaba diciendo en ese justo momento ilustró a la perfección el asunto sobre el que había estado reflexionando.

—También está la cuestión de cuáles son los otros intereses

a los que se le dedica el tiempo, por supuesto. En el caso de Royce, son nuestras tierras; por suerte, después de aquella última aventura con Delborough y compañía no ha vuelto a involucrarse en más misiones gubernamentales, y no sabéis cuánto me alegro de ello.

—Tristan tiene trabajo de sobra con sus tías, sus primas y el resto de queridas ancianitas —afirmó Leonora—. Si sumamos además el manejo de nuestras tierras, lo cierto es que no tiene tiempo de aburrirse ni mucho menos.

Celia se echó a reír.

—En mi época, todo aquello que mantenía a un hombre ocupado y alejado de la tentación se consideraba digno de aplauso; de hecho, debo recordar aconsejarle a Heather que aliente a Breckenridge a adquirir algún pasatiempo que le mantenga alejado de Londres.

—Y supongo que alejado también de las damas que viven allí, ¿verdad? —comentó Minerva, con cierta ironía.

—Exacto. No me cabe duda de que él solo tiene ojos para Heather, pero no descartaría que algunas damas creyeran que pueden servirle como distracción.

—Muy cierto —aseveró Minerva.

Leonora miró a Eliza y le dijo, con una sonrisa de ánimo:

—Bueno, al menos eso es algo con lo que tú no tendrás que lidiar. Las únicas distracciones contra las que habrás de competir serán antiquísimas, sin vida, y encuadernadas en cuero o inscritas en piedra.

Minerva soltó una delicada carcajada y Celia estuvo a punto de secundarla, pero su sonrisa se tornó en una expresión ceñuda y comentó, pensativa:

—Sí, eso es cierto, pero nos lleva a otra consideración pertinente —miró a Eliza—: tú también deberías tener algunos pasatiempos con los que entretenerte, querida. Si Jeremy está ocupado, no es aconsejable que intentes acaparar su tiempo.

—Lamento tener que admitirlo, pero cuando mi hermano está inmerso en alguno de sus textos antiguos es como si no existiera —afirmó Leonora—. Me temo que tendrás que ejercitar tu paciencia y hacer ciertas concesiones.

Eliza empezaba a acalorarse; no de vergüenza, sino de furia. Se puso en pie de golpe y alcanzó a decir, manteniendo a duras penas la calma:

—Disculpadme, por favor. Necesito tomar un poco de aire fresco —hizo una breve reverencia y se dirigió hacia la puerta con paso airado, le daba igual haberlas dejado boquiabiertas.

La consideraban la hermana callada, la reservada, la que no tenía genio alguno, pero había cambiado y Jeremy también, y estaba completamente convencida de que ninguno de los dos iba a volver a ser como antes, pensaran lo que pensasen los demás.

Salió al pasillo y, tras cerrar tras de sí la puerta del saloncito, respiró hondo mientras luchaba por serenarse y exhaló entre dientes. Había tenido que salir de allí cuanto antes, ya que de haberse quedado un momento más les habría dejado muy claro lo que pensaba sobre el hecho de que, supuestamente, fuera a verse obligada a tener que competir contra algún mohoso tomo antiguo para lograr que Jeremy le prestara algo de atención.

—¡Ja!

Agachó la cabeza y se alejó furiosa. Si mal no recordaba, había una escalera por la que se podía acceder a las almenas, así que iba a subir para sentarse un rato al aire fresco hasta que recobrara la calma y entonces, siguiendo el ejemplo de Jeremy, sopesaría sus opciones y trazaría un plan.

Eran el nuevo Jeremy y la nueva Eliza, las personas en que se habían convertido, quienes encajaban de forma tan perfecta.

Aquella noche, cuando todos se habían retirado a sus respectivas habitaciones, Eliza estaba de pie junto a una ventana contemplando la oscura silueta de los montes Cheviot y repasó de nuevo la línea de razonamiento que la mantenía allí, contemplando la noche con una mano cerrada alrededor del colgante de cuarzo rosa que descansaba entre sus senos, ataviada con un camisón de popelín que se agitaba con suavidad bajo la brisa y con los pies firmemente plantados en el suelo.

Aquella noche no iba a ir a la habitación de Jeremy, no podía hacerlo.

No podía hacerlo porque no podía presionarle; porque, gracias a la revelación que había tenido aquella tarde en las almenas, se había dado cuenta de que tenía que esperar a que él tomara una decisión.

No se había enamorado del intelectual, sino del hombre que había demostrado ser durante la huida a través de Escocia. Ese era el hombre que se había adueñado de su corazón y estaba convencida de que la Eliza de la que él se había enamorado, la Eliza a la que había estado dispuesto a defender con su propia vida, era la dama con la que había huido por los caminos a toda velocidad al otro lado de los montes Cheviot.

Jeremy tenía que decidir si deseaba seguir siendo el hombre en que se había convertido durante la huida o si, por el contrario, prefería volver a ser el de antes, el académico sin más.

Ella, por su parte, ya había tomado una decisión. La vida que podía llevar como la nueva Eliza, en aquella nueva encarnación, era muchísimo más excitante y estimulante que la que habría tenido siendo la Eliza de antes. Iba a aceptar con los brazos abiertos a aquella nueva Eliza, iba a lanzarse de cabeza a aquella nueva vida y a conservar aquella mentalidad firme y decidida, y aceptaría los riesgos que surgieran debido a esa determinación.

Pero no podía tomar la decisión por Jeremy, de igual forma que él no podía tomarla por ella.

Que ambos se aferraran con fuerza al amor que se profesaban sería el equivalente a aferrarse a las personas en que se habían convertido, porque eran esas personas, el nuevo Jeremy y la nueva Eliza, quienes se habían enamorado.

La presión generada por las opiniones de los demás, por cómo había malinterpretado todo el mundo lo que había entre los dos, iba empujándoles hacia atrás y corrían el riesgo de volver a ser los de antes. El nuevo Jeremy y la nueva Eliza estaban muy por encima de las personas que habían sido anteriormente y podían llegar a labrarse juntos un futuro maravilloso.

La cuestión era que tenía que darle a Jeremy tiempo para que se decidiera, por muy difícil que fuera la espera. La impaciencia que sentía estaba agudizada por un deseo que no había sentido por ningún otro hombre, pero el amor había que demostrarlo de muchas formas y, en esa ocasión, lo correcto era mantener las distancias. Después de sopesar sus opciones había ideado un plan sencillo, directo y efectivo, y estaba preparada para ponerlo en práctica.

En cuanto Jeremy tomara la iniciativa, cuando hiciera el más mínimo gesto que indicara con claridad que quería avanzar de la mano con ella y aferrarse al amor que ya sentían el uno por el otro, ella daría un paso adelante para ponerse a su lado y así dar juntos el siguiente paso.

No le hacía falta pensar más allá, por el momento tan solo quedaba esperar... esperar a que él se diera cuenta de que lo amaba y lo amaría por siempre jamás, de que ya era el dueño de su corazón al igual que ella, a su vez, era la dueña del suyo.

Jeremy había cerrado las cortinas de su habitación y, vestido aún con la ropa que se había puesto para la cena, paseaba con nerviosismo frente a la chimenea apagada mientras repasaba sus argumentos y reafirmaba sus conclusiones.

Durante la cena y las dos horas posteriores había quedado demostrado que no había ocurrido nada que cambiara la errónea y, al parecer, generalizada percepción que todos (Martin, Celia, Tristan, Leonora, Royce y Minerva) tenían de su inminente matrimonio con Eliza. Había pasado gran parte de las dos horas en cuestión en la sala de billar, intentando que durante la conversación no surgiera aquel tema, porque no quería perder los nervios ni precipitarse haciendo afirmaciones que aún tenía que confirmar con Eliza.

Pero los dos iban a hablar hasta llegar al meollo de la cuestión aquella misma noche, en cuanto ella llegara a la habitación.

Con lo que había visto y percibido hasta el momento al verla reaccionar ante la ceguera de los demás, le bastaba para estar razonablemente seguro de que ambos veían su relación de igual forma; además, no le había pasado desapercibida la reacción que había tenido ella cuando había recibido el balazo, y tampoco había olvidado cómo se había negado a dejar que él la escudara con su cuerpo cuando Scrope les había apuntado con la segunda pistola.

Gracias a Leonora, sabía por experiencia que las mujeres podían ser tan protectoras con los hombres por los que sentían afecto como ellos mismos lo serían con ellas. El instinto de protección no era algo exclusivo del género masculino.

Huelga decir que existía una diferencia significativa entre «sentir afecto» y «amar», y ese era el punto crucial que tenía que clarificar con Eliza. La cuestión era cómo hacerlo, pero si algo tenía claro era que ya no era hora de andarse con rodeos. Tenían que decidir aquella misma noche qué clase de futuro querían compartir, y al día siguiente corregirían la impresión equivocada que tenían todos.

Debía averiguar la respuesta a aquella única duda crucial que tenía, pero como no parecía haber ningún método fácil (y mucho menos sutil) para lograrlo, no iba a tener más remedio que preguntar sin más; aun así, preguntarle a Eliza si le amaba así, a bocajarro, quedaba muy brusco y parecía un acto de desesperación.

Se detuvo en seco y se pasó la mano por el pelo.

—Si existe un patrón establecido para redactar los anuncios de compromiso, ¿por qué no hay también alguna fórmula estándar para preguntarle a una dama si te ama?

No recibió ninguna respuesta, pero los relojes del castillo dieron la hora en ese momento y se volvió sorprendido hacia la puerta al darse cuenta de lo tarde que era.

—¿Las doce? ¡A esta hora ya suele estar aquí!

Eliza había llegado mucho antes de la medianoche en ambas ocasiones. Se tensó al darse cuenta de lo que pasaba y se dirigió hacia la puerta.

—¡No! ¡No, no y no! ¡No vamos a soportar un día más esta situación de incertidumbre!

Abrió la puerta de golpe, salió al pasillo, agarró la puerta y la cerró tras de sí. Se detuvo un momento para orientarse y recordar por dónde tenía que ir (ella había mencionado la noche anterior dónde estaba su habitación), y se dirigió hacia allí con paso resuelto.

La conversación que debían mantener no podía esperar más. Iban a aclarar las cosas aquella misma noche.

La gente creía que los intelectuales eran almas pacientes y eso solía ser cierto en lo relativo a sus estudios, pero en todo lo demás (en especial en todo aquello que se interpusiera en su camino) tenían tendencia a ser no solo impacientes, sino también irascibles, malhumorados y bastante intolerantes.

Así solían ser los intelectuales y él era uno de los pies a la cabeza, así que no era de extrañar que aquella incertidumbre, aquella situación inconclusa en la que nada estaba decidido estuviera enloqueciéndole.

Mientras atravesaba la galería envuelta en sombras y enfilaba por el pasillo donde estaba la habitación de Eliza, se preguntó a qué se debería el que ella hubiera decidido no acudir a la suya en aquella ocasión, pero optó por restarle importancia al asunto. Si existía alguna razón en concreto, estaba convencido de que Eliza le daría las explicaciones oportunas. Seguro que la actitud absurda de los demás la había hecho dudar o algo así.

Llamó con suavidad a la puerta y entró sin esperar respuesta. No había ni una sola vela encendida, pero sus ojos se habían acostumbrado a la oscuridad y vio cómo el bulto que había en la cama se movía y su silueta se incorporaba de golpe.

—¿Jeremy? —preguntó, sorprendida.

Él cerró la puerta y se acercó a la cama.

—Tenemos que hablar —la vio asentir y, a pesar de que apenas había luz, tuvo la impresión de que se sentía complacida.

—Sí, es verdad —encogió las piernas bajo las cobijas y le miró expectante.

Estaba claro que estaba alentándole a continuar, pero para acabar de asegurarse y también por una cuestión de modales se detuvo junto a la cama y le preguntó:

—¿No te molesta?

—No —se quedó callada un segundo antes de admitir—: me alegra que hayas venido —se puso de rodillas, avanzó así hasta el borde de la cama, le agarró de las solapas y tiró para acercarle.

Cuando tocó la cama con las piernas, Jeremy le cubrió las manos con las suyas y le dijo:

—Tenemos que hablar de ti y de mí —contempló aquel delicado rostro que estaba alzado hacia él y añadió—: de nosotros y de la vida en común que vamos a tener, de cómo queremos que sea.

Ella había dejado las cortinas abiertas y la luz de la luna que inundaba la habitación les permitía verse bien desde aquella corta distancia, cada uno podía ver la mirada directa y cálida que se reflejaba en los ojos del otro.

Jeremy no tenía pensado qué era lo que iba a decir exactamente, no había encontrado ninguna frase perfecta con la que conseguir la respuesta que buscaba.

La contempló mientras se devanaba los sesos intentando tener alguna súbita inspiración, buscó en lo más hondo de su ser y encontró allí las palabras perfectas.

Se había planteado preguntarle a Eliza si le amaba, pero lo que le dijo fue:

—Te amo —le apretó las manos con suavidad. Se había sumergido tan profundamente en aquellos hermosos ojos pardos que se sentía como si estuviera ahogándose, pero el intelectual que llevaba dentro seguía estando presente—. Bueno, eso creo, porque la verdad es que nunca he sentido esto por ninguna otra mujer —sintió que sus labios se curvaban a pesar de que no tenía ganas de sonreír—. Es como si para mí, para mis sentidos, fueras la personificación del más fabuloso manuscrito jeroglífico jamás creado, centras mi atención y mi interés. Quiero saberlo todo sobre ti, hasta el más minúsculo detalle; quiero conocer todas tus peculiaridades, todos tus sutiles matices. Valoro y venero todas las pequeñas cosas que hacen que tú seas tú, y siento una necesidad apremiante de tratarte como a mi tesoro más preciado y de comportarme en consecuencia en todos los sentidos posibles.

Se llevó su mano a los labios y le sostuvo la mirada mientras besaba sus dedos.

—De modo que creo que sí, que debe de ser amor... que te amo. ¿Qué otra cosa podría ser esta fascinación embriagadora y compulsiva?

Los ojos de Eliza se habían iluminado mientras le oía hablar. Se quedó mirándolo, radiante de felicidad, y al cabo de unos segundos el sonido de su risa, un sonido dulce y glorioso y lleno de gozo, quebró el silencio y a Jeremy le llegó hasta el alma.

—¡Solo tú podías describirlo con tanta claridad! —ella le

sostuvo la mirada y admitió, de forma clara y simple—: es una de las razones por las que te amo —sacó una mano de debajo de la suya y la posó en su mejilla—. No me cabe ninguna duda de que lo que siento por ti es amor, porque llevaba una eternidad buscándote por todas partes. Te busqué en los círculos de la alta sociedad, pero no te encontré... bueno, al menos no...

—No encontraste al Jeremy que soy ahora, tan solo conociste al intelectual despistado —hizo una pequeña pausa antes de añadir—: he cambiado, Eliza. Este viaje... tu secuestro, el rescate, nuestra huida... me ha cambiado.

—A mí también. Me siento distinta, soy otra mujer. Ahora me conozco a mí misma y siento una seguridad de la que antes carecía en muchos sentidos.

—Tiempo atrás se conocieron el Jeremy y la Eliza de antes; ahora, sin embargo, somos quienes estábamos destinados a ser, hemos desarrollado el potencial que había en nuestro interior y han salido a la luz el Jeremy y la Eliza que siempre tuvimos dentro.

—¿Tú también lo sientes así?, ¿también sientes que son el nuevo Jeremy y la nueva Eliza los que se han enamorado?

—Sí, aunque lamento decir que nadie más parece haberse percatado de los cambios.

—Eso es irrelevante, en este caso los únicos que importamos somos nosotros dos. Esta es nuestra verdad, nuestra realidad; estos somos realmente nosotros, así es como queremos ser; así es como queremos vivir de ahora en adelante, y eso es lo único que importa.

Cuando él deslizó las manos por su cintura hasta llegar a su espalda y la atrajo hacia sí, Eliza se apretó gustosa contra su cuerpo y le rodeó el cuello con los brazos. Sostuvo la mirada de aquellos ojos color caramelo que la cautivaban y sintió que su corazón se henchía de felicidad. Estaba embriagada, enardecida, por aquel júbilo y aquella dicha que nunca antes había sentido, pero no se sentía a la deriva ni mucho menos. Su mente y sus sentidos estaban firmemente anclados gracias al convencimiento absoluto que tenía, a la firmeza con la que Jeremy la sujetaba, a la determinación de ambos y a la certeza implícita de que así serían siempre... directos, sinceros, leales.

Alzó un poco más la cabeza y le dijo, a un suspiro de sus labios:

—Me alegra saber que compartes mi opinión.

Habría sido imposible poder decir quién besó a quién porque actuaron de común acuerdo, los dos a la vez. La caricia se profundizó de igual forma, paso a paso, mientras las riendas iban pasando del uno al otro. Ambos sabían lo que querían y hacia dónde se dirigían; ambos conocían el camino de la pasión, de aquellos momentos en que el corazón se aceleraba y la respiración se entrecortaba.

Se adentraron juntos en aquel camino donde los sentidos florecían y la sensación se convertía en una forma de comunicación, en una vía en la que intercambiaban mutuamente mensajes de amor, de devoción y firme compromiso, de la adoración y el deseo transmitidos mediante besos cada vez más ardientes, mediante largas e intensas caricias que cada vez eran más eróticas, más apremiantes y explícitas.

La excitación y la pasión ardían desatadas mientras se amaban con un deseo voraz, mientras se adentraban de la mano sin esfuerzo alguno en aquel plano donde el mundo desaparecía y lo único que existía eran ellos dos, sus corazones, sus anhelos, sus deseos... su inquebrantable unión.

Jeremy se echó hacia atrás ligeramente y, después de quitarle el camisón a toda prisa, retrocedió otro paso y dejó caer la prenda al suelo mientras centraba toda su atención en ella y la contemplaba a placer. Al verla allí, arrodillada desnuda sobre la cama con la luna bañando su exquisito cuerpo con su luz perlada, se intensificó aún más su percepción de que tenía ante sus ojos un tesoro de valor incalculable.

—Eres... eres indescriptiblemente hermosa —la pasión que le atenazaba era tan intensa que no podía ni sonreír. La miró a los ojos para transmitirle a través de su mirada lo que sentía, no le importaba lo más mínimo exponer sus sentimientos por completo—. Eres un tesoro sin parangón.

Dio un paso hacia ella y deslizó la mirada por sus senos, por

el colgante de cuarzo rosa que pendía de la fina cadena intercalada con pequeñas cuentas, por sus rosados y endurecidos pezones, por el provocativo rubor que se había extendido ya bajo
su piel.

Bajó la mirada por su cintura, por su vientre y sus caderas
hasta llegar a sus tensos muslos y el aterciopelado vello rubio
de su entrepierna.

Logró inhalar aire a pesar de lo constreñidos que tenía los
pulmones y se obligó a alzar la mirada de nuevo. Mientras devoraba con los ojos aquella maravillosa imagen, prácticamente
pudo oír que el guerrero que llevaba en su interior susurraba:
«Mía, toda mía».

Eliza apenas podía respirar. El ardiente y posesivo escrutinio
al que estaba sometiéndola estaba marcándola a fuego, estaba
dejando una impronta indeleble en sus sentidos y en su psique
de la que ella era consciente, que sentía como algo tangible en
lo más profundo de su ser. La brisa nocturna la acariciaba con
sus fríos dedos y a pesar de ello estaba ardiendo, ardía de deseo
por él.

Al verla reaccionar, al ver la clara invitación que brillaba en
sus ojos, Jeremy dio un paso hacia delante de forma instintiva,
pero logró controlarse. Se detuvo cuando sus cuerpos estaban a
escasos milímetros de distancia el uno del otro, alargó una mano
y entrelazó sus dedos con los suyos. La miró a los ojos y dijo,
con voz ronca por la emoción:

—Supongo que debería proponerte matrimonio formalmente.

Ella ensanchó aún más su sonrisa, le puso la mano en la nuca,
le atrajo hacia sí y le besó con pasión desatada. Se estremeció al
sentir el roce de su levita contra sus excitados pezones y se
apartó lo justo para alcanzar a contestar, jadeante:

—Ya lo harás mañana —le agarró la levita con ambas manos
y se la abrió sin miramientos—. De momento, por esta noche...

No se molestó en terminar la frase, el apremio con el que se
puso a desvestirlo hablaba por sí solo. Logró echarle la levita
hacia atrás, pero advirtió el pequeño gesto de dolor que se le
escapó al mover los brazos para acabar de quitarse la prenda.

—¿Te sigue doliendo la herida?

—No es que me duela exactamente, más bien limita mis movimientos. Olvídate de eso.

—¡No digas tonterías!

Eliza bajó de la cama, le apartó las manos (parecía estar mucho más interesado en acariciarla que en desnudarse), y procedió a ayudarle. Le quitó el pañuelo que llevaba anudado al cuello, le desabrochó el chaleco y la camisa, y entonces se acercó más a él y le miró sonriente mientras deslizaba las manos por su pecho desnudo.

—Esta noche puedes considerarme tu ayuda de cámara.

El bufido que soltó él dejaba claro que aquello le parecía del todo imposible, pero se rindió y dejó que ella llevara la voz cantante. Cuando le ayudó a quitarse los zapatos y los pantalones y le tuvo desnudo al fin, Eliza sonrió encantada y se abrazó a su cuello. Se apretó contra su cuerpo con un suspiro de placer, un suspiro que quedó atrapado en su garganta por el súbito asalto de las deliciosas e intensamente eróticas sensaciones que cobraron vida con el contacto de piel contra piel. Sentir su cuerpo duro contra el suyo embriagó sus sentidos.

A pesar del apasionado deseo que veía en sus ojos, a pesar de la reveladora tensión que le atenazaba y que ella había aprendido a reconocer y que la hacía sentir exultante, a pesar del ardor desesperado con el que la sujetaba, la miró a los ojos y murmuró:

—Tendremos que hablar tanto de nuestro compromiso como de la boda —no pudo evitar bajar la mirada hacia sus labios mientras hablaba, las palabras le salieron con una voz tan gutural y enronquecida de deseo que resultaban casi indescifrables.

Para Eliza fue todo un desafío lograr aclarar su mente lo suficiente para poder contestar; aun así, si él había encontrado la fuerza de voluntad necesaria para decirle aquello, ella no podía ser menos.

—Creo que… —sus párpados se entrecerraron, era imposible concentrarse mientras él subía las manos por su espalda con sensualidad— que hemos llegado a lo que las grandes damas denominarían «un entendimiento», de modo que... —él la apretó aún más contra sí, sus senos quedaron aplastados contra aquel pecho firme y notó la áspera caricia de su hirsuto vello contra la piel. Apenas tuvo aliento suficiente para añadir—: podemos dejar esos detalles para mañana. Por ahora... —le bajó la cabeza y el suspiro de distancia que separaba sus labios desapareció.

Le besó con toda la pasión y el deseo que sentía y él respondió de igual forma, tomó el control y la devoró. Se adueñó de su boca con pasión desatada, y el volcán del deseo que sentían el uno por el otro entró en erupción.

Sus anhelos colisionaron, estallaron en un géiser incontrolable mientras se acariciaban enfebrecidos, mientras sus corazones latían desenfrenados.

La alzó en brazos y la tumbó sobre la cama, pero Eliza vio que hacía una nueva mueca de dolor cuando se disponía a tumbarse junto a ella y le detuvo.

—¡Tu brazo! —a pesar de la lava ardiente que le corría por las venas, no le costó lo más mínimo centrarse en él, en su dolor. Se incorporó sobre un brazo y le advirtió con firmeza—: no debemos hacer nada que pueda abrir de nuevo la herida.

Se le había olvidado por completo, no habían vuelto a hacer el amor desde que le habían herido.

Él vaciló por un instante y flexionó un poco el brazo para probar. La miró a los ojos y dijo con una sonrisa de lo más pícara:

—De acuerdo. Vamos a intentar otra danza distinta, una que no me obligará a hacer más esfuerzo del debido con el brazo.

Ella enarcó una ceja al oír aquello.

—¿Ah, sí? ¿Y se puede saber a qué danza te refieres? —era tanto una orden imperiosa como una altiva exigencia.

La sonrisa de Jeremy se ensanchó aún más. La agarró de la cintura y se tumbó de espaldas mientras la colocaba a ella encima.

—Así —la colocó a horcajadas, con las rodillas apoyadas a ambos lados de su cintura, y la echó un poco hacia atrás.

No hizo falta que le diera más instrucciones. Eliza se echó a reír y, después de posar las manos en sus hombros, se inclinó hacia delante para darle un beso carnal y voraz que era toda una promesa.

Él posó una mano entre sus omóplatos para mantenerla sujeta y, mientras sus lenguas se enzarzaban en un apasionado duelo, deslizó reverente la otra mano por la curva de su cuerpo, la hundió entre sus muslos y acarició los tersos pliegues hasta que estuvieron henchidos y húmedos.

Hundió un largo dedo en su interior, después otro más, y los movió rítmicamente mientras con el pulgar acariciaba con movimientos circulares el duro y sensible nudo que se ocultaba bajo el rubio vello.

Jadeante de deseo, enfebrecida por una pasión irrefrenable, Eliza interrumpió el beso. Su respiración entrecortada le impedía pronunciar palabra, su mente era incapaz de hilar un solo pensamiento, sus sentidos se habían nublado y su cuerpo entero ardía y demandaba una única cosa. Se dejó guiar por Jeremy hasta que notó la gruesa punta de su erección en la entrada de su cuerpo, y entonces se echó un poco hacia atrás para aceptarlo en su interior.

Cerró los ojos y, trémula y con el cuerpo tenso de pasión, contuvo el aliento al sentir que su grueso y duro miembro iba penetrándola milímetro a milímetro, que la llenaba y la poseía por completo. Las sensaciones, tan distintas en aquella postura, la recorrieron en una poderosa oleada que se entremezcló con sus emociones en un mar de pasión y deseo, de entrega y amor que la arrastró imparable.

Poco a poco, muy lentamente, le enfundó en su cuerpo por completo... le amó con toda la devoción de su corazón, le abrió su alma.

Jeremy llegó a la conclusión de que aquello era el mismísimo cielo (bueno, el suyo al menos, su cielo en la tierra) mientras contemplaba arrobado el gozo glorioso que iluminaba el rostro de Eliza. Mientras ella se movía de forma instintiva y firme, cada vez más segura y entregada tanto a su propio placer como al de él, cerró los ojos y se dejó llevar por completo. La sensación de sus aterciopelados miembros moviéndose y deslizándose contra los suyos, acariciándole e inflamándole, la increíble sensación de su cálido y estrecho canal envolviéndole por completo, el placer de sus senos bamboleándose incitantes sobre su pecho y acariciándole de vez en cuando mientras ella cabalgaba... todo ello estaba llevándole al borde del éxtasis.

Ella ajustó su posición y la penetró más hondo, y un poco más aún al cabo de otro instante. Le envolvió con su cuerpo y le hizo perder la razón, hizo añicos su autocontrol y se afanó con abandono en avivar el fuego que, como siempre, ardía entre ellos.

Mientras las llamas de aquella conflagración les abrasaban y recorrían sus venas como un pálpito elemental y atronador, él acarició sus caderas y sus muslos, saboreó la flexión rítmica de estos últimos antes de deslizar las manos hacia arriba para acariciar reverente sus senos.

Ella cerró los ojos, echó la cabeza hacia atrás con un jadeo de placer y aceleró el ritmo de sus movimientos con su melena alborotada cayendo en una cascada dorada sobre sus hombros.

Elevó el torbellino huracanado de sus pasiones hacia cumbres nuevas y vertiginosas mientras cabalgaba con desenfreno, mientras el anhelo y la pasión se fusionaban en una única fuerza motriz, en un deseo voraz, poderoso y arrollador que era imposible contener.

Jeremy soltó un gruñido gutural mientras se incorporaba usando el brazo sano y, apoyado en el codo, capturó un seno con la mano izquierda y se llevó a la boca el fruncido pezón. Lo chupó enfebrecido, y al cabo de unos segundos se lo metió en la boca y empezó a succionar.

Eliza soltó un grito ahogado de placer, hundió las manos en su pelo y le apretó contra su seno mientras seguía llevándoles hacia el éxtasis con sus rítmicos movimientos.

Al notar de repente que su cálido canal se contraía a su alrededor, él le soltó el pecho, le puso la mano en la nuca y, apoyado en el brazo, se alzó para besarla y cambiar de forma deliberada el ángulo de penetración.

Aquello bastó para que ella alcanzara el borde de aquel precipicio indefinible y se lanzara sin dudarlo. Con un grito de placer que él capturó con su boca, voló más y más alto hasta que al fin estalló en mil pedazos y cayó en picado.

Arrastrado por ella, Jeremy no pudo resistirse y, con un gemido ronco, arqueó las caderas hacia arriba con fuerza. Sintió cómo le estrujaban las poderosas contracciones de su canal, sintió cómo se adueñaba en cuerpo y alma de él y le recibía por completo.

Se estremeció al sentir tan cerca de la superficie la otra parte de su ser. En ese momento tenía a flor de piel aquella parte con la que Eliza y solo Eliza conectaba, a la que ella hacía emerger sin esfuerzo alguno.

Era una parte de su ser primaria, primitiva y salvajemente posesiva que le impelía a poseerla, a encadenarla a su lado, a hacerla suya por siempre jamás.

No podía conformarse con menos, aquella parte emergente de su ser jamás lo permitiría, pero la posesión era recíproca y esa era una realidad que en ese momento, mientras yacían aferrados el uno al otro con él hundido hasta el fondo de su cuerpo y sus corazones martilleaban al unísono, vio con claridad diáfana. Era una realidad que aceptó como algo justo e inevitable, como algo ineludible, irremediable e irrevocable.

Así era y así sería siempre. Se pertenecían el uno al otro, estaban unidos por aquel poder al que los poetas llamaban «amor».

Apenas un instante después de hacer aquella admisión tan simple que salía del fondo de su alma, alcanzó el clímax en un estallido de placer, pero lo que sintió iba mucho más allá de la mera satisfacción física. Era una plenitud elemental en infinidad de sentidos y planos distintos, Eliza le había devuelto la parte de sí mismo que le había faltado durante tanto tiempo y le había convertido en un hombre pleno.

Exhausto, completamente saciado, se desplomó contra las almohadas mientras ella se dejaba caer sin fuerzas sobre su cuerpo, la rodeó con los brazos y notó cómo tomaba aire y lo expulsaba.

Ella se amoldó a su cuerpo, laxa y entregada por completo. Estaba totalmente rendida… pero no ante él, sino ante la fuerza irrefrenable que les unía; ante lo que ambos habían admitido que había entre ellos, ante aquella nueva realidad construida sobre los cimientos de aquellas nuevas personas en que se habían convertido.

Fueron recobrando la respiración y, cuando el corazón dejó de atronarle en los oídos, volvió a envolverle el silencio de la noche. Consciente de la fuerza de arrastre de la oleada de éxtasis, de la tentación creciente de dejarse llevar por aquel cálido mar dorado, colocó a Eliza a su lado y la tomó de nuevo entre sus brazos antes de besarla en la frente.

—Esta es nuestra verdad, la realidad que está a nuestro alcance.

Ella apoyó la cabeza justo debajo de su hombro y depositó un cálido beso en su pecho antes de contestar:

—Esta es nuestra realidad, así es como somos y como seremos.

Las palabras reflejaban su entrega, una entrega tan absoluta y firme como la de él.

Jeremy cerró los ojos, buscó a tientas hasta que logró encontrar las mantas, y cuando estuvieron bien abrigados la abrazó contra su cuerpo y dejó que la profunda sensación de paz y bienestar que habían creado juntos le sumiera en un profundo sueño.

CAPÍTULO 19

Jeremy salió de la habitación justo antes de que llegaran las doncellas, pero, como antes de irse le dio instrucciones estrictas de vestirse y reunirse con él lo antes posible, Eliza se aseó a toda prisa, se vistió y se recogió el pelo.

Cuando al fin estuvo presentable, salió del dormitorio con paso firme y decidido.

Aunque no estaba segura de qué era lo que él tenía planeado, lo cierto era que había asuntos que debían tratar, pero se trataban de detalles que no le preocupaban lo más mínimo; al fin y al cabo, el único punto realmente importante había quedado aclarado sin ningún género de duda la noche anterior.

Se amaban, aún estaba intentando asimilarlo. Sí, ella ya sabía desde antes que le amaba y había albergado la esperanza de que él la amara a su vez, pero por fin lo sabía a ciencia cierta.

No solo lo sabía, sino que... en cierto modo, la noche anterior había sido distinta. Cada caricia había enfatizado de forma intangible aquella nueva realidad, había cristalizado y anclado el amor que se profesaban.

La noche anterior había sido una demostración de amor, un amor tangible y arrollador.

Con una gran sonrisa que reflejaba la enorme felicidad que la embargaba, llegó al final del pasillo y encontró a Jeremy en la galería. Estaba fingiendo que miraba interesado por uno de los largos ventanales, pero en realidad estaba pendiente de su llegada y en cuanto la vio se acercó a ella con largas zancadas.

—Perfecto, ven conmigo —le dijo, mientras recorría su rostro con una mirada acariciante que era poco menos que un beso. Tomó su mano y rozó sus dedos con los labios antes de añadir—: sé dónde podemos hablar sin ser interrumpidos.

Después de conducirla escalera abajo, la llevó por el largo pasillo hasta la biblioteca, y tras hacerla entrar la siguió y cerró la puerta tras de sí.

Después de examinar el lugar con una breve mirada, Eliza optó por descartar el enorme escritorio y se acercó a un sofá situado de cara a un par de largas ventanas con vistas al exterior.

Él la siguió y rodearon juntos el sofá, pero antes de que ella pudiera sentarse la tomó de la mano, tiró con suavidad hasta que estuvieron cara a cara y entonces tomó su otra mano.

La miró a los ojos y se limitó a decir:

—Mi querida Eliza... —hizo una pequeña pausa y al cabo de un instante prosiguió—. No me había puesto a buscar esposa seriamente, pero de haberlo hecho jamás habría imaginado que pondría mis ojos en ti, y mucho menos que te adueñarías de mi corazón. Jamás se me pasó por la cabeza que pudiera enamorarme de alguien y sin embargo heme aquí, irresistible e irrevocablemente enamorado de ti —aquello era más de lo que tenía intención de decir, pero respiró hondo y añadió—: pero como te amo tanto, como estoy tan profundamente enamorado de ti que no puedo imaginarme una vida sin ti a mi lado, ¿me concedes el inestimable honor de aceptar ser mi esposa?

La sonrisa radiante que iluminó el rostro de Eliza le dejó sin aliento.

Ella se tomó un instante para encontrar las palabras adecuadas. Le miró a los ojos con el corazón en los suyos, respiró hondo y contestó:

—Mi querido Jeremy... busqué por todas partes a mi héroe, al hombre que habría de conquistarme y llevarme a la felicidad conyugal. Si hubiéramos permanecido en Londres, jamás le habría encontrado, ya que —le puso la mano abierta en el pecho— no me habría dado cuenta de que el corazón de mi héroe latía bajo este pecho en particular. Pero las vicisitudes de las últimas semanas me han hecho ver la verdad; la verdad acerca de ti, nuestra verdad. Y como te amo tanto, como estoy tan enamorada de ti que no puedo imaginar una vida que no sea a tu lado... ¡sí, por supuesto que acepto ser tu esposa!

Los ojos de Jeremy se iluminaron con una sonrisa que hizo que la embargara una cálida felicidad.

—¡Excelente! —le besó una mano y después la otra, y su sonrisa se volvió traviesa—. Ahora que ya hemos lidiado con este pequeño detalle, debemos planear lo que vamos a hacer.

Ella asintió antes de sentarse, tiró de su mano con suavidad para que se sentara a su lado y le preguntó:

—¿Vamos a plantarnos y a dejar clara nuestra postura ante todos?

—Yo estoy deseando hacerlo, ¿tú no?

—¡No sabes cuánto! Dime, ¿cómo propones que lo hagamos?

Tan solo había una forma de hacerlo, por supuesto. La gran mayoría de los miembros de la alta sociedad se estremecería de horror tan solo con plantearse algo así, pero ellos no tuvieron ningún reparo en hacerlo.

El desayuno no les servía, porque la madre de Eliza prefería no bajar y que le subieran una bandeja a la habitación. Como no querían encontrarse con nadie hasta poder hablar con todo el mundo a la vez, desayunaron a toda prisa mientras la servidumbre aún estaba disponiéndolo todo y se escabulleron incluso antes de que apareciera Royce.

Fueron a la cuadra a visitar a Jasper, que estaba descansado y deseoso de desfogarse. Eliza propuso ir a Alwinton, el pueblo más cercano, para que el animal saliera un rato; como no quería arriesgarse a que la herida de Jeremy se abriera de nuevo, se ofreció a ser ella quien condujera el calesín, a lo que él accedió sin demasiada convicción.

Al final, Eliza lo hizo bastante bien a pesar de algún que otro sustillo. Después de pasar un rato en el pueblo y de recorrer los alrededores, regresaron al castillo al mediodía, justo cuando los demás estaban sentándose a la mesa para comer.

—Llegamos justo a tiempo —comentó ella, mientras se dirigían tomados del brazo hacia el comedor.

Jeremy la miró y sonrió. Se la veía radiante, con el rostro luminoso, y no solo por el paseo que acababan de dar.

—Recuerda lo que hemos planeado. ¿Estás segura de que quieres hacerlo?

—¡Por supuesto!

Irrumpieron en el comedor y todas las miradas fueron hacia ellos.

Jubiloso, dando rienda suelta a la felicidad que le embargaba, Jeremy la detuvo junto a la mesa y posó la mirada en cada uno de los seis rostros que les miraban sorprendidos antes de anunciar:

—Eliza me ha hecho el honor de aceptar convertirse en mi esposa, pero queremos dejar muy claro tanto ante vosotros como ante el resto del mundo que no nos casamos porque nos sintamos obligados a hacerlo, que no vamos a unirnos para cumplir con las expectativas de la alta sociedad ni por acatar los dictados sociales.

Hizo una pausa mientras volvía a mirar aquellas caras en las que se reflejaba un desconcierto cada vez mayor, y entonces miró a Eliza y vio la verdad que relucía en sus ojos e iluminaba su rostro, la misma verdad que él mismo estaba proyectando. Tomó la mano que ella tenía apoyada en su brazo, la miró a los ojos mientras depositaba un beso en sus dedos, y entonces se volvió de nuevo hacia los demás y afirmó:

—Vamos a casarnos porque estamos enamorados; porque en algún lugar de Escocia encontramos el amor, o puede que fuera él el que nos encontró a nosotros; porque no vamos a fingir que no sucedió. No queremos cometer la cobardía de no admitir nuestra verdad, nuestra realidad.

Todos habían dejado los cubiertos en la mesa y les miraban en silencio, atónitos y expectantes.

Jeremy sonrió y siguió diciendo:

—En fin, la cuestión es que deseamos casarnos y que la ocasión sea tratada por todos con el debido entusiasmo. Tenemos intención de publicar un anuncio muy poco convencional en la *Gaceta* y queremos que después se celebre un gran baile de compromiso; en cuanto a la boda, queremos que sea una celebración espectacular. Queremos que se reconozca públicamente nuestro amor, que el mundo entero sepa y comprenda que nos amamos; queremos, metafóricamente hablando, anunciarlo a los cuatro vientos.

Su sonrisa se ensanchó aún más al ver que empezaban a comprender lo que ocurría.

—Queremos, en definitiva, que todo el mundo sepa que estamos —miró a Eliza, quien, con los ojos empañados de lágrimas pero sonriendo beatíficamente, dijo al unísono con él— perdida e irremediablemente enamorados.

Se hizo un profundo silencio que duró cosa de medio segundo. Eliza logró apartar los ojos de Jeremy con dificultad y miró a su madre, que se levantó de la mesa y abrió los brazos mientras exclamaba, con los ojos inundados de lágrimas:

—¡Queridos míos! —se echó a llorar de felicidad cuando su hija corrió a sus brazos.

Minerva se unió a ellas, riendo y sonriente, y después de abrazarlas a las dos se las pasó a Leonora antes de envolver a Jeremy en un perfumado abrazo; fue sustituida al cabo de unos segundos por Celia, quien riendo y llorando a la vez le abrazó y exclamó:

—¡Qué dicha tan grande! —le besó en la mejilla y le dijo, con una sonrisa radiante de alegría—: ¡bien hecho!

Después de darle otro abrazo con una fuerza sorprendente, lo dejó en manos de Martin, quien estaba realmente encantado y así se lo dijo. Los demás se acercaron a felicitarle también, le estrecharon la mano y le dieron palmaditas en la espalda entre exclamaciones de alegría.

Todo el mundo quería una explicación, y ellos intentaron darla en la medida de lo posible.

—No me lo esperaba, pero la verdad es que no debería haberme tomado por sorpresa —comentó Royce. Miró a Jeremy a los ojos al añadir—: el destino suele atraparle a uno cuando menos se lo espera.

—Para mí fue y sigue siendo un placer haber sido atrapado, estoy encantado —afirmó él, con una sonrisa de oreja a oreja.

—Sí, al final todos lo estamos, ¿verdad? —asintió Royce, con una pequeña sonrisa en los labios y la mirada puesta en su duquesa.

La comida quedó en el olvido mientras charlaban entre risas. En un momento dado, Jeremy miró a Eliza y esta asintió sonriente. No había duda de que todos habían recibido la noticia con sincera alegría y que la aceptaban sin reserva alguna, la primera fase del plan que habían ideado los dos juntos había sido un éxito: habían logrado corregir la idea equivocada que todos ellos tenían de su unión.

—Ahora vamos a dejarle las cosas claras a la alta sociedad en pleno —murmuró ella.

—Sí, y ahí también vamos a triunfar —le contestó él, sonriente.

Pero fue Leonora quien, con sus palabras, logró darle más esperanzas, quien logró convencerlo de que quizás no sería tan difícil convencer a la alta sociedad de la realidad de su relación con Eliza.

—Tuvimos nuestras sospechas, por supuesto, pero los dos sois personas bastante calladas y reservadas y hasta que no lo aclararais vosotros mismos no podíamos presuponer nada; al fin y al cabo, el amor no es algo que se le pueda atribuir sin más a otra persona —le miró emocionada y añadió, sonriente—: Jeremy, querido, no sabes cuánto me alegro por vosotros, ¡Humphrey se sentirá dichoso cuando se entere de la noticia! —después de lanzar una mirada hacia Eliza, posó los ojos en Tristan y añadió—: créeme si te digo que, aunque puede que resulte difícil pronunciar las palabras por primera vez, resulta más fácil con el paso de los años y nunca, ni ahora ni en el futuro, te arrepentirás de haberlo hecho —se volvió de nuevo hacia él y, después de darle un beso en la mejilla, le dio una palmadita en el brazo y se acercó a Tristan.

Jeremy la vio interactuar con su marido, vio el afecto que fluía entre ellos y supo que Eliza y él iban a compartir en adelante una conexión así, una conexión tan natural como extraordinaria.

A la izquierda de donde él estaba, un Martin rebosante de

alegría estaba estrechándole enérgicamente la mano a Royce mientras Minerva, tomada del brazo de su marido, les miraba con una sonrisa en los labios y los ojos brillantes.

Eliza y él habían superado el primer y mayor obstáculo gracias a su gran confesión; el resto, tal y como había dicho Leonora, resultaría más fácil.

Miró a Eliza, que estaba a su derecha. Sus ojos se encontraron por un instante justo antes de que ella se volviera hacia Celia, que se acercaba para envolverla en otro abrazo, y en ese instante relampagueó entre los dos esa conexión que él había descubierto que tan solo daba el amor.

Eliza aún estaba recobrándose del impacto de aquella mirada cuando abrazó a su madre, y oyó que esta le susurraba con suavidad:

—Mi querida niña... ¡bienvenida al club!

Anuncio publicado en la Gaceta el 15 de mayo de 1829

Lord Martin y lady Celia Cynster de Dover Street y Casleigh, Somerset, están encantadísimos de anunciar el compromiso matrimonial de su hija, Elizabeth Marguerite, con Jeremy William Carling, de Montrose Place, hermano de Leonora, vizcondesa de Trentham, y sobrino de sir Humphrey Carling. En dos semanas se celebrará un baile de compromiso en la mansión St. Ives para celebrar la unión de los felices novios, que declaran estar perdida e irremediablemente enamorados.

EPÍLOGO

29 de mayo de 1829
Mansión St. Ives, Londres

—¿Te sientes feliz?

Jeremy le hizo aquella pregunta a Eliza mientras bailaban el vals, aunque era del todo redundante. Ella estaba radiante de felicidad, para él no tenía parangón.

—¡Soy la dama más feliz de todas las presentes!

Los miembros de la crema y nata de la sociedad, que habían sido emplazados a presenciar su compromiso matrimonial, bailaban entre risas y charlas alrededor de ellos. El evento y la selecta cena que lo había precedido habían sido un éxito total, y nadie se sentía más agradecido y satisfecho por ello que Jeremy. Había conseguido a la esposa que deseaba de la forma en que ambos deseaban, así que su satisfacción era plena.

—Si tú eres la dama más feliz, entonces no hay duda de que yo soy el hombre más orgulloso y afortunado —la miró sonriente mientras la hacía girar al son del vals y admitió—: me arrebatas el aliento.

Eliza se echó a reír, y Jeremy se sintió gratificado al ver que a ella también parecía faltarle el aliento. Sus futuros suegros, que también estaban bailando, pasaron en ese momento cerca de ellos, y esperó a que se alejaran antes de murmurar:

—Creo que, después de ti, la segunda mujer más feliz debe de ser tu madre. Sus dos hijas mayores han encontrado marido, y ambas uniones cuentan con la entusiasta aprobación de la alta sociedad —hizo una pequeña pausa antes de admitir—: no estaba seguro de lo que iba a suceder en nuestro caso. Tenía claro que todo el mundo le daría el visto bueno al enlace de Heather con Breckenridge, pero, tal y como dirían las grandes damas, tú podrías haber aspirado a algo más.

—En eso te equivocas —le corrigió ella, con una cálida sonrisa—. Yo no lo habría intentado siquiera, y eso es algo que saben todas las grandes damas y las cotillas. Por eso no es de extrañar que estén tan complacidas y entusiasmadas por el hecho de que tú llegaras, te adueñaras de mi corazón y vayas a convertirte en mi esposo.

—Debo admitir que no alcanzo a entenderlo. Soy un intelectual, no un conde.

—Olvidas que Heather tiene veinticinco años y yo veinticuatro. La idea de que dos Cynster siguiéramos solteras a nuestra edad ponía nerviosas a tales adalides de la sociedad. Imagina el precedente que se creaba por el hecho de que Heather y yo esperáramos durante tanto tiempo a que apareciera nuestro héroe y nos negáramos a casarnos con cualquier otro, piensa en el ejemplo que estábamos dando a otras jóvenes damas.

Ella ladeó la cabeza y le miró a los ojos mientras esbozaba aquella pequeña sonrisa íntima y llena de complicidad que tanto lo cautivaba, y concluyó diciendo:

—Pero Heather ha encontrado a su héroe y yo también, así que todo ha vuelto a su cauce en el seno de la alta sociedad.

—Ah, ya entiendo —alcanzó a ver a Heather y a Breckenridge bailando entre el gentío. Nadie que viera cómo se miraban podría dudar del vínculo que les unía, tan solo tenían ojos el uno para el otro—. Creo que Heather debe de ser la tercera dama más feliz de todas las presentes.

—Sí, tienes razón; de hecho, puede que sea incluso más feliz que mi madre, ya que esta tiene... lealtades divididas, por decirlo de alguna forma.

—¿Quién sería la siguiente? —Jeremy miró pensativo a su alrededor, y gracias a su altura pudo mirar hacia uno de los extremos del salón por encima de las cabezas del resto de bailarines—. Podría ser tu tía Helena, tu tía Horatia, o incluso lady Osbaldestone. ¿Qué opinas?

—No, no es ninguna de ellas. Has pasado por alto a la dama que, ahora que lo pienso, es casi con toda seguridad la segunda más feliz de todas las presentes; de hecho, cuanto más lo pienso, más convencida estoy de ello. Es la que tiene un motivo de mayor peso para sentirse entusiasmada.

Consciente de cuánto disfrutaba él resolviendo acertijos y rompecabezas, Eliza esperó mientras se devanaba los sesos intentando adivinar de quién se trataba, pero al final se dio por vencido.

—Nada, no se me ocurre quién puede ser. Dime, querida, ¿quién es la segunda dama más feliz de todas las presentes?

Ella se echó a reír.

—¡Angelica, por supuesto!

Al verla señalar con la cabeza hacia un lado, Jeremy miró hacia allí y vio a la menor de las tres hermanas Cynster parada junto a la pared.

—Mírala, fíjate en su rostro y en sus ojos.

Él obedeció y tuvo que admitir que, a pesar de la distancia a la que estaba, no había duda de que Angelica parecía estar dichosa. Miró de nuevo a Eliza y admitió, desconcertado:

—No lo entiendo, ¿por qué está tan contenta?

—Por dos razones principales. La primera es que el hecho de que Heather y yo estemos felizmente comprometidas en matrimonio con nuestros respectivos héroes, que son caballeros que cuentan con la aprobación tanto de la alta sociedad en general como de nuestra familia en particular, demuestra que esperar a que llegue el caballero adecuado también es la opción más sensata para ella; la segunda es que el noble de las Tierras Altas está muerto.

—¿Qué tiene que ver eso con Angelica?

—Si ese hombre siguiera vivo, seguiría siendo una amenaza para las restantes «hermanas Cynster» solteras y tanto Angelica como Henrietta y Mary tendrían que estar custodiadas a todas horas. Nuestros hermanos y primos ya se habían vuelto insoportablemente autocráticos y obsesivamente protectores antes de que Scrope me secuestrara, ¿te imaginas cómo debieron de comportarse después? Según Angelica, se le prohibió dar un paso fuera de la casa sin estar acompañada de alguno de ellos, y tanto Rupert como Alasdair se trasladaron a la ciudad para alojarse en casa y asegurarse de que siempre hubiera como mínimo uno de ellos a mano... aunque, según Angelica, lo que hacían era estorbar. Ella en concreto no ha tenido paz, pero lo más importante es que tampoco ha tenido oportunidad alguna de salir en busca de su héroe y, como comprenderás, ahora está más decidida que nunca a hacerlo.

—Pero si solo tiene... ¿cuántos años son? Veintiuno, ¿verdad? Es joven, aún tiene tiempo de sobra.

—Sí, eso es cierto, pero no debes olvidar que se ha criado con Heather y conmigo. Es la menor de las tres, pero no le da importancia a la diferencia de edad que la separa de mí. A su modo de entender las cosas, ahora que Heather está comprometida con Breckenridge y yo contigo, le toca a ella, y para Angelica eso significa que debe ser cuanto antes. Puedes estar seguro de que empezará a buscar a su héroe mañana mismo, mañana por la noche cuando asista a algún evento social. No me cabe duda de que ya habrá echado un buen vistazo a todos los asistentes a este baile.

El vals terminó y las parejas se detuvieron. Los caballeros se inclinaron ante las damas, estas hicieron una reverencia; Eliza se alzó y, tras posar la mano en el brazo que él le ofreció, lanzó una mirada hacia donde estaba Angelica, pero no pudo verla entre el gentío. Miró a Jeremy y le dijo, sonriente:

—Conociendo a Angelica, su búsqueda en pos de su héroe va a ser, como mínimo, de lo más entretenida.

—No sé si me atrevo a preguntar por qué.

Ella vaciló por un instante antes de explicárselo.

—Toma todos los rasgos fuertes que tenemos Heather y yo, júntalos y multiplícalos por dos, y te harás una idea de la personalidad de Angelica. Es la más testaruda de las tres, la más decidida, la más lista de largo y la más resuelta; por si fuera poco, se le da muy bien manipular a la gente, es excepcionalmente buena a la hora de salirse con la suya. Puede que sea la menor de las tres, pero también es la más osada y la más fuerte, y la que tiene un genio más vivo. Es toda una fierecilla.

—Bueno, tiene el pelo tirando a pelirrojo, así que supongo que eso era de esperar; aun así, sigo sin entender por qué su romance habría de ser especialmente entretenido.

—Porque sea quien sea el hombre al que Angelica le entregue su corazón, puedes estar seguro de que va a haber fuegos artificiales.

—Ah —le cubrió la mano que ella tenía en su brazo con la suya y le dio un suave apretón—. ¿He mencionado alguna vez lo agradecido que me siento de que tú y yo hayamos logrado llegar hasta aquí sin fuegos artificiales?

Ella se echó a reír y señaló hacia un rincón cercano a la puerta con un ademán.

—Ahí fue donde empezó todo —le miró a los ojos y añadió—: ahí es donde estaba yo cuando un lacayo me trajo la nota que me condujo al saloncito que hay en la parte posterior de la casa. Estaba tan desesperada por encontrar a mi héroe, que fui sin más y así fue como acabé en aquel carruaje que se dirigía hacia el norte cuando se cruzó contigo en la ruta de Jedburgh.

Él esbozó una sonrisa comprensiva y comentó:

—Hemos cerrado el círculo y vuelves a estar en el punto de partida, pero conmigo a tu lado.

—Sí, contigo... mi héroe, mi prometido, mi futuro esposo —le miró emocionada y sus ojos se empañaron de lágrimas—. El destino ha sido generoso.

—Más de lo que crees —admitió él, sosteniéndole la mirada—. Partí de Wolverstone aquel día preguntándome cómo ingeniármelas para encontrar a la esposa que por fin había admitido que necesitaba, y el destino intervino y me encomendó la tarea de rescatarte —alzó su mano y depositó un beso en sus dedos—. Y heme aquí, con la dama que va a ser la perfecta esposa para mí —sonrió con el corazón en los ojos y admitió—: no hay duda de que el destino nos ha bendecido.

—Sí, pero en honor a la verdad hay que decir que nosotros estuvimos a la altura de los desafíos que nos puso delante.

—Así es. El destino repartió las cartas, pero fuimos nosotros los que jugamos la partida.

—Y ganamos.

—Sí. Conseguimos todo lo que queríamos, todo lo que deseábamos.

Eliza miró a su alrededor y contempló a los familiares de ambos, a los amigos y los conocidos que se habían congregado en aquel lugar para desearles lo mejor.

—Y ahora que hemos reclamado nuestra justa recompensa, nuestro futuro parece de color de rosa —lo miró a los ojos y admitió, sonriente—: ¡estoy deseando que dé comienzo!

Al ver que Eliza miraba sonriente a Jeremy, al ver que este volvía a colocar la mano de su hermana sobre su propio brazo y agachaba la cabeza para escucharla con atención mientras echaban a andar por el salón, Angelica sonrió con una mezcla de alivio, alegría y felicidad.

Todo había vuelto a la normalidad en su mundo, tal y como debía ser.

Su sonrisa se ensanchó al mirar hacia Heather y Breckenridge, que en ese momento estaban conversando con la tía abuela Clara. Aprobaba por completo la elección que habían hecho sus dos hermanas. Ellas habían buscado a sus héroes, habían logrado encontrarlos y eran enormemente felices, así que podía centrar toda su atención en su propia búsqueda. Había llegado el momento de que ella encontrara y atrapara a su propio héroe, dondequiera que estuviese el muy condenado.

Lanzó una breve mirada por encima del hombro y murmuró:

—Aquí no está, eso está claro. ¿Dónde debería buscarlo?

Alzó la mano y la cerró alrededor del colgante de cuarzo rosa que llevaba al cuello, un colgante que pendía de una extraña y antigua cadena intercalada con pequeñas cuentas de amatista, y esperó a ver si le llegaba alguna súbita inspiración. El collar había sido el talismán de Heather y de Eliza (y, al parecer, también de Catriona años atrás), y había pasado a sus manos. Eliza se lo había entregado el día en que había regresado de Wolverstone junto con sus padres y Jeremy, y le había explicado que las instrucciones de Catriona (o, mejor dicho, de la Señora) eran que el collar fuera pasando de una Cynster a la otra para que cada una de ellas encontrara a su héroe, al hombre destinado a ser su esposo. Ella no estaba segura de creer en el destino, pero estaba dispuesta a aceptar encantada cualquier cosa que pudiera ayudarla a encontrar a su héroe. Ya le había buscado en los círculos de la alta sociedad a los que tenía acceso, en los eventos sociales que se consideraban adecuados para una joven dama de buena cuna.

—Está claro que debo ampliar la búsqueda.

Oculta entre las sombras de un rincón, repasó las alternativas que tenía a su alcance y los terrenos en los que podría internarse. La mayor parte de los caballeros presentes tenían una relación de parentesco o algún tipo de vinculación con ella, así que sabían que no debían importunarla si en ese momento prefería disfrutar de un momento de soledad. Era esa misma la razón por la que las grandes damas, que en circunstancias normales estarían presentándole a todos los caballeros que podrían ser un buen partido para ella, en aquella ocasión no creían necesario centrar su atención en ella y la habían dejado tranquila.

Aprovechó la oportunidad para pensar, para idear su plan de acción.

Al día siguiente iba a dar el primer paso, iba a reemprender la búsqueda aprovechando que sus hermanos y sus primos habían relajado la vigilancia tras enterarse de que el misterioso noble escocés había muerto y la amenaza que se cernía sobre las «hermanas Cynster» había desaparecido. Aunque la actitud obsesivamente protectora que todos ellos habían tenido en los últimos tiempos había regresado al nivel habitual (un nivel irritante, pero manejable), los preparativos de aquel baile la habían mantenido ocupada y se había centrado en ayudar a Eliza y a su madre.

Pero el baile estaba a punto de terminar y había llegado el momento de reanudar su búsqueda e incluso de intensificarla, ya que llevaba puesto el collar y, por tanto, era la designada por la Señora para ser la próxima en encontrar a su amor verdadero; además, le convenía empezar antes de que sus hermanos y sus primos recordaran que el noble de las Tierras Altas no era el único hombre peligroso que se movía en los círculos más amplios de la alta sociedad.

Las razones que habían motivado los secuestros seguían siendo un misterio. Royce, duque de Wolverstone, se había prestado voluntario para averiguar la identidad del misterioso escocés, pero el día anterior habían recibido una misiva en la que se les informaba de que ni Hamish ni él habían localizado a la cuadrilla que se había llevado su cadáver y el de Scrope del fondo del barranco al que habían caído; en cualquier caso, no había ninguna duda de que el escocés había muerto y, como siempre, Royce acabaría por lograr su objetivo y acabarían averiguando el porqué de todo aquello.

La cuestión era que los motivos que hubiera podido tener el noble escocés eran algo que a ella ya no le concernía... bueno, eso suponiendo que algún familiar del tipo no decidiera encargarse él del asunto, claro... no, era mejor que ni siquiera se lo planteara.

Miró a Rupert, su hermano mayor, que estaba conversando cerca de allí con varias personas, y rezó con fervor para que no se le ocurriera aquella posibilidad... ni a Alasdair, Diablo, o cualquiera de los otros. Si creían que la amenaza seguía latente, serían capaces de convertir su vida en un verdadero infierno.

Miró ceñuda a Alasdair y murmuró:

—Será mejor empezar con buen pie y cuanto antes, mañana mismo.

Emergió de entre las sombras y circuló entre el gentío sonriendo y asintiendo, intercambiando algún que otro comentario mientras se dirigía hacia la puerta. Vio a su madre y se acercó a ella para explicarle que tenía una jaqueca incipiente y que se disponía a regresar a casa en el carruaje de la familia, pero que lo enviaría de vuelta para que tanto ella como Eliza y su padre regresaran en él una vez que se marcharan los últimos invitados.

Después de recibir el beneplácito de su madre, salió del salón de baile y descendió la escalinata. Sligo, el mayordomo de Diablo, se encontraba en el vestíbulo y le entregó su capa antes de preguntarle si precisaba cualquier otra cosa, y se encargó de llamar al carruaje y de ayudarla a subir.

Cuando la portezuela se cerró, Angelica se reclinó en el asiento y, a solas en la reconfortante penumbra, se centró en lo que estaba por llegar mientras el vehículo se dirigía hacia Dover Street.

Iba a encontrar a su héroe; estaba decidida a darle caza, dondequiera que estuviese, y después de eso... bueno, estaba convencida de que el amor se encargaría de todo lo demás.

La prueba que tenía por delante, el desafío al que se enfrentaba, era encontrarle. Ese era el obstáculo que debía superar para demostrar su valía, ya que dudaba seriamente que fuera él quien la encontrara a ella; en cualquier caso, tenía intención de divertirse mientras le buscaba, ya que existía la posibilidad de que tardara un año o incluso más en encontrarle.

Frunció el ceño, pensativa, al darse cuenta de que quizás no fuera así. Henrietta, a la que se suponía que ella debía pasarle el colgante tras encontrar a su héroe, tan solo era unos meses más joven que ella, lo que indicaba que apenas estaba unos pasos por detrás en lo que a la búsqueda de su propio héroe se refería.

—Vaya, es posible que no tenga tanto tiempo como pensaba.

Más decidida que nunca, se centró en confirmar las cualidades que tenía que tener su héroe. Huelga decir que debía ser alto, apuesto y fuerte; tenía una marcada predilección por el cabello oscuro, pero estaba dispuesta a hacer concesiones en ese aspecto. El requisito que para ella tenía suma importancia era que, cuando él se diera cuenta de lo que iban a ser el uno para el otro (después de que ella se lo dejara bien claro), su héroe debía mirarla tal y como Jeremy miraba a Eliza... con aquel brillo de inteligencia y complicidad en los ojos, como un hombre total e irremediablemente enamorado al que ya no le importaba lo más mínimo lo que pudieran pensar los demás al verle tan prendado de su amada.

Era la misma forma en que Breckenridge miraba a Heather, en que su padre miraba a su madre después de tantos años.

Esa mirada era la clave.

Se relajó en el asiento, su expresión ceñuda se evaporó y dio paso a una férrea determinación.

—¡Como que me llamo Angelica Cynster, que eso es lo que quiero y eso es lo que voy a tener!